HEYNE
BÜCHER

BRENDA JOYCE

PIRAT DES HERZENS

Roman

Deutsche Erstausgabe

WILHELM HEYNE VERLAG
MÜNCHEN

HEYNE ROMANE FÜR »SIE«
Nr. 04/192

Titel der Originalausgabe
THE GAME

Aus dem Amerikanischen
von Traudi Perlinger

Printed in France 1997
Umschlagillustration: Pino Daeni/Agentur Schlück
Umschlaggestaltung: Atelier Ingrid Schütz, München
Satz: Fotosatz Prechtl, Passau
Druck und Bindung: Brodard & Taupin

ISBN 3-453-11873-1

Prolog

Whitehall, 1562

Die Königin war nervös. Im Kreise ihrer beliebtesten Höflinge, alle in Seide und Brokat gekleidet, erwartete sie O'Neill.

Seit vier Jahren regierte die junge Königin das Land; sie wußte, daß Irland zur Raison gebracht werden mußte — eine schwer zu bewältigende Aufgabe. Die irischen Lords waren ein Haufen Barbaren, ständig in blutige Rivalenkämpfe verstrickt. Sie waren noch ihrer alten gälischen Kultur verhaftet. O'Neill war der Schlimmste von allen. Doch nun schien der wilde irische Aufrührer — einer ihrer erbittertsten Feinde — sich ihrem königlichen Willen beugen zu wollen.

Die Königin war prächtig gekleidet. Ihr schweres Brokatgewand hatte einen tiefen, viereckigen Ausschnitt. Eine hohe, plissierte Halskrause rahmte ihr schmales, bleiches Antlitz. Die Röcke wurden von einem ausladenden Reifrock getragen, der schwere Brokat war mit Tausenden Perlen bestickt. Um ihre schmale Taille trug sie einen mit Perlen und Rubinen besetzten Goldgürtel. Den Hals schmückte ein breites Goldgeschmeide mit einem Rubinanhänger, an den Ohren funkelten Rubingehänge; die herzförmige, steife Haube aus schwarzer Seide war mit Goldfäden und Perlen bestickt. Ihre Haltung: jeder Zoll eine gebieterische Monarchin.

Ihre Höflinge waren nicht minder prachtvoll gekleidet: kostbar bestickte Wämser mit geschlitzten Puffärmeln, enganliegende Hosen und gepolsterte Hosenbeutel. An den Fingern der Edlen funkelten Ringe, schwere Goldketten bedeckten die stolz gewölbte Brust der Herren. Sie boten einen prunkvollen Rahmen für die Machtentfaltung der englischen Krone. Neben der Herrscherin standen ihre drei engsten Ratgeber: ihr Cousin Tom Butler, Graf von Ormond;

Sir William Cecil, Erster Staatssekretär; und Oberhofstallmeister Robert Dudley.

O'Neill, besser gesagt, der Graf von Tyrone, war eingetroffen, um sich der englischen Krone zu unterwerfen. Sir Henry Sidney, der Anführer ihrer Truppen in Irland, hatte die Königin davon überzeugt, daß O'Neills Unterwerfung der einzige Weg sei, die wilden Iren zu zähmen — die Krone mußte die Barbaren in die Knie zwingen, um ihnen danach ihre Ländereien mit englischen Titeln, Privilegien und Pflichten zurückzugeben.

Den Höflingen stockte der Atem. Ebenso der Königin.

O'Neill war eingetreten. Der Riese von nahezu zwei Metern Körpergröße mit enorm breiten Schultern trug einen hermelingefütterten, safrangelben Umhang, vorne von einer keltischen Silberbrosche gehalten, darunter eine grobe, knielange Tunika. Beine und Füße waren nackt. Um die Mitte trug er einen breiten, mit Gold beschlagenen Gürtel, in dem ein riesiges Schwert steckte, daneben ein spitzer irischer Dolch. Auf seiner linken Schulter trug er eine gewaltige irische Streitaxt.

Hinter ihm marschierten zwölf Männer in die Halle, barfuß, mit glatt rasierten Köpfen, beinahe so groß und breit wie O'Neill. Auch sie trugen Streitäxte. Gekleidet waren sie in Wolfspelze über altmodischen Kettenhemden.

Die Höflinge wichen an die Wandtäfelung zurück. Elisabeth stieg das Blut in die Wangen. Wenn O'Neill seinem Ruf Ehre machen und Amok laufen würde, käme keiner der Anwesenden im Audienzsaal mit dem Leben davon.

Plötzlich zerriß ein ohrenbetäubendes Geheul die lähmende Stille, während O'Neill sich Elisabeth zu Füßen warf.

Die Königin erschrak. Ormond und Dudley traten schützend vor sie und griffen nach ihren Zeremonienschwertern. Doch Elisabeth begriff, daß es sich um eine alte, barbarische Geste der Unterwerfung handeln mußte, und entspannte sich. O'Neill gab unverständliche Gutturallaute von sich. Die Königin warf Robin Dudley einen fragenden Blick zu.

»Der Wilde spricht gälisch«, murmelte Dudley, und in sein

Raubvogelgesicht kehrte die Farbe zurück. »Vermutlich will er uns mit dem Theater täuschen. Ich weiß, daß er die englische Sprache beherrscht.« Dudley verzog das Gesicht. »Mir ist nur nicht klar, was der Unruhestifter mit der Vorstellung bezweckt.«

Auch Elisabeth wußte O'Neills seltsames Verhalten nicht zu deuten. Sie blickte zu Ormond und Cecil, die nicht minder ratlos wirkten. O'Neill brachte das ganze Protokoll durcheinander. Im Hintergrund der Halle entstand eine Bewegung. Ein weiteres Dutzend von O'Neills Gefolgsleuten war eingetreten. Ein junger Mann löste sich aus der Gruppe, trat vor und blieb neben dem auf den Steinfliesen liegenden O'Neill stehen.

Hochgewachsen wie der irische Häuptling, aber sehr jung, kaum siebzehn, muskelbepackt, breitschultrig. Kräftiges, goldblondes Haar umrahmte das schönste Männergesicht, das die Königin je gesehen hatte. Ihr Puls beschleunigte sich. Irgendwie kam er ihr bekannt vor. Sie blickte in kalte, graue Augen und fröstelte.

Er beugte ein Knie. »Eure Majestät, wenn Ihr gestattet, übersetze ich die Worte des O'Neill.«

Elisabeth straffte die Schultern und bedachte den Jüngling mit einem hochmütigen Blick. »Wir nehmen an, Ihr sprecht vom Grafen von Tyrone, Sir.«

Der kühle Blick des Jünglings hielt dem ihren stand. Er schwieg.

O'Neill war gekommen, um sich der Krone zu unterwerfen. Das Schweigen des Jünglings gab ihr allerdings deutlich zu verstehen, daß ihr ein erbitterter Zweikampf bevorstand, ein Zweikampf, wer den stärkeren Willen besaß. Ein Schauer jagte ihr den Rücken hinunter, weniger wegen O'Neill, sondern wegen des seltsamen jungen Mannes. »Was haltet Ihr davon, Euch vorzustellen?«

Er erhob sich und neigte den Kopf. »Liam O'Neill.«

Elisabeths Gedanken rasten. »Doch nicht ... Mary Stanleys Sohn — der Sohn des O'Neill?« Vor Schreck war ihr der verbotene gälische Titel entschlüpft.

Der Jüngling lächelte spöttisch: »Genau der.«

Sie holte hörbar Atem. Sie kannte Liam seit seiner Geburt. Mary Stanley war mit ihrem Gemahl, einem Hofbeamten, unterwegs nach Irland, als ihr Schiff von Piraten überfallen wurde. Sie wurde von O'Neill vergewaltigt und geschwängert, von Sir Stanley verstoßen und zu ihrer Familie nach London zurückgeschickt. Königin Catherine, die letzte Gemahlin Heinrichs VIII., nahm sie zu sich und ernannte Mary zur Hofdame. Bilder eines hübschen Kindes, das zu einem in sich gekehrten Knaben heranwuchs, schossen Elisabeth durch den Kopf. »Wie lange ist es her, daß Euer Vater Euch aus London wegholte?«

Wieder dieses spöttische Lächeln. »Sieben Jahre.« Seine Stimme war leise, seine Augen begannen zu glänzen. »Wie geht es Euch, Bess?«

Aus dem Augenwinkel sah die Königin, wie Dudley erstarrte, seine Hand den Schwertgriff fester umklammerte. Sie berührte Dudleys Arm. »Der Knabe ist zum Jüngling geworden«, entgegnete sie spitz, »ein dreister Jüngling, wie mir scheint.«

Der junge Ire verneigte sich kühl.

»Tut Eure Arbeit!« schnarrte die Königin, wütend auf ihn, seinen mörderischen Vater, auf sich selbst.

»Shane O'Neill bittet um Vergebung«, antwortete Liam ohne Gefühlsregung. »Er ist der rechtmäßige Sohn von Bachach. Matthew hingegen wurde von einem Schlosser gezeugt, der mit einem Weib namens Alison verheiratet war und an allen schändlichen Verrat geübt hat. Matthew hatte kein Recht und keinen Anspruch auf die Nachfolge. Der Gerechtigkeit ist Genüge getan. Es gibt nur einen rechtmäßigen Erben und Nachfolger Irlands, und dieser rechtmäßige Erbe ist O'Neill.«

Schweigen lag über dem Saal. Elisabeth blickte auf den vor ihr liegenden Shane O'Neill, unschlüssig, wie sie ihn ansprechen sollte. Schließlich wandte sie sich an seinen furchtlosen Sohn. »Ist Matthew tot?« fragte sie, obschon sie die Antwort wußte. Shane O'Neill hatte ihn getötet.

Gerüchten zufolge waren mehrere Vettern von O'Neill unter seltsamen Umständen zu Tode gekommen. Es kursierten sogar Gerüchte, wonach er seinen eigenen Vater Bachach gefangengesetzt hatte, um den Titel des Häuptlings und die damit verbundenen Ländereien an sich zu reißen. Auch Bachach, hieß es, war mittlerweile gestorben.

»Ja«, antwortete der Sohn ohne weitere Erklärung.

Shane stand mit einem Ruck auf. Elisabeth wich nicht zurück. Sie mußte dem Barbaren Vergebung gewähren, wie es mit dem Kronrat vorher abgesprochen war. Wie aber in Gottes Namen sollte sie ihn ansprechen? Den englischen Titel eines Grafen würde er mit Sicherheit ablehnen. Und sie war sich gar nicht mehr so sicher, ob ihm dieser Titel zustand. Der Kerl war aufrührerisch und mehr als gefährlich. Sie aber mußte zu einem friedlichen Einvernehmen mit ihm kommen.

Dudley neigte sich ihr zu. »Ihr dürft ihn nicht als O'Neill ansprechen, ihn aber auch nicht beleidigen.«

Elisabeth hob das Kinn.

»Unseren Titel wird er nicht akzeptieren«, flüsterte Cecil von der anderen Seite, »wir müssen uns eine andere ehrenvolle Bezeichnung ausdenken, eine, die er für besonders vornehm hält.«

Elisabeth betrachtete die beiden Besucher durchdringend; den bärenhaften Vater, einen vielfachen Mörder und Frauenschänder, daneben seinen Sohn, einen schlanken, blonden Adonis. Shane grinste breit. Liams Gesicht war wie versteinert. Erst jetzt bemerkte die Königin, daß auch Liam einen groben Umhang über einer Tunika trug und barfuß war wie sein Vater. Sie erinnerte sich an den Knaben im Wams, mit enger Hose, Lederschuhen und einer roten Feder, die an seiner Mütze wippte. Eine Welle des Mitgefühls durchströmte sie. Doch die spöttisch funkelnden Augen kühlen schnell jedes Gefühl für den dreisten Iren, der ebenso wild und gefährlich geworden war wie der Alte.

Cecil neigte sich ihr zu. »O'Neill der Große«, flüsterte er. »Das wird ihm mit Sicherheit gefallen.«

»Damit ist uns nicht gedient«, fauchte Ormond. »Das ist ja noch schlimmer als O'Neill.«

»Sei's drum«, mischte Dudley sich ein. «Er ist hier — er hat der Königin mehr als Gehorsam geleistet, als er sich ihr zu Füßen warf.«

Elisabeth schenkte O'Neill ein Lächeln. »O'Neill der Große.« Ihre Stimme klang laut und hell. Sie registrierte das Staunen der Höflinge und die stolze Genugtuung Shanes. »Vetter des Heiligen Patrick und Freund der Königin von England. Wir gewähren Euch Vergebung und heißen Euch in London willkommen. Gottes Segen sei mit Euch.«

Shanes Lächeln erstarb. Seinen Anspruch auf die Länder des O'Neill hatte sie nicht bestätigt — und das wußten alle ebensogut wie er.

Die Schänke war ein rauchgeschwängerter, muffiger, langgezogener Raum. Seit Jahren drängten sich hier Abend für Abend ungewaschene, verschwitzte Gäste. Und vielen Trunkenbolden war es zu mühsam, nach draußen zu gehen, um ihre Notdurft zu verrichten.

Auch an diesem Abend war die Spelunke gerammelt voll, doch kein Engländer war geblieben, nachdem Shanes wilde Horde eingefallen war. Die Iren schütteten einen Krug Bier nach dem anderen in ihre Kehlen, grölten obszöne und kriegerische Lieder, kniffen die drallen Bedienungen in den Hintern und grapschten nach ihren Brüsten.

Liam hockte allein in einer Ecke. Er hatte den ersten Krug Bier vor sich stehen. Er lachte nicht, er sang nicht. Sein Blick glitt über die aufgedunsenen Gesichter und blieb an seinem Vater hängen.

Shane grölte höhnische Trinksprüche auf die Monarchin, nannte sie quittengelb und leberkrank, mit dem Rückgrat eines Aals. Hätte ihn der Wirt oder ein Schankkellner angezeigt, wäre er noch am selben Abend im Tower gelandet. Seinem Sohn war das gleichgültig, denn er war nur Shanes Sohn, weil der Ire seine Mutter brutal vergewaltigt hatte. Noch vor sieben Jahren hatte Liam seinen Vater für unbesiegbar gehalten, heute wußte er freilich, daß kein Mensch unsterblich war und einer, der so gefährlich lebte wie sein Vater, den Tod geradezu einlud.

Shane feixte übers ganze Gesicht, schüttete den zehnten Krug in sich hinein, ohne daß das Bier ihm etwas anhaben konnte — nichts konnte ihm etwas anhaben. Seine Männer johlten ihm begeistert zu. Shane packte sich eine Bedienung, die so sehr erschrak, daß sie ein volles Tablett fallen ließ und das Bier sich über die verdreckten Holzdielen ergoß. Shane setzte sich das Mädchen auf den Schoß, hielt sie mit stahlhartem Arm umklammert, die andere Hand wühlte in ihrem Mieder und holte eine Brust heraus. Die Männer wieherten beim Anblick des nackten Frauenfleisches.

Liam zuckte zusammen. Er sah seine Mutter vor sich, bleich, blond, verbittert. Und dann kam der Vater, den er nicht kannte, und entriß den Zehnjährigen den Armen seiner Mutter. Liam verdrängte die böse Erinnerung.

Das Mädchen wehrte sich verängstigt gegen den groben Iren. Shane lachte dreckig und kniff sie in die Brust. Das Mädchen schluchzte.

Liam sprang auf. Er hatte keine Angst vor seinem Vater. Die Angst war ihm mit Prügeln ausgetrieben worden. Er schob sich an den dichtbesetzten Tischen vorbei. Shane sah ihn kommen, hörte auf, das Mädchen zu quälen, ein böser Funke glomm in seinen Augen. Auch das Mädchen sah Liam und wehrte sich nicht mehr, sie sah ihm mit weit aufgerissenen Augen entgegen.

»Laß sie los!« zischte Liam.

Shane lachte dröhnend, stieß die Magd grob zu Boden und baute sich vor Liam auf. Das verstörte Mädchen brachte sich kriechend in Sicherheit. Liam war auf das Unvermeidliche gefaßt. Niemand, auch nicht sein Sohn, provozierte O'Neill, ohne einen blutigen Preis dafür zu bezahlen. Shanes fleischige Faust schoß nach vorn. Liam blockte den Schlag ab, taumelte aber unter der gewaltigen Wucht nach hinten. Shane war ein massiger Berg aus Fleisch und Muskeln, sein Sohn war ihm hoffnungslos unterlegen. Doch

Liam wußte, daß die Waagschalen eines Tages zu seinen Gunsten ausschlagen würden. Und diesen Tag sehnte er herbei.

Liam verlor das Gleichgewicht. Der nächste Fausthieb traf ihn in die Magengrube. Der Junge krümmte sich, ohne einen Laut von sich zu geben. Schmerzen stumm zu ertragen war ihm eingebleut worden. Der nächste Schlag traf seinen Unterkiefer und riß ihn von den Füßen. Liam flog nach hinten über den Tisch, Bierkrüge rollten klirrend zu Boden. Blut quoll aus Liams Mund.

Shane stand drohend über ihm. »Komm nur, Kleiner, oder hast du etwa schon genug?« höhnte er.

Liam richtete sich mühsam auf und stellte sich vor seinen Vater. »Eines Tages«, sagte er leise, »bring ich dich um.«

Shane lachte. »Ich würde mich an deiner Stelle beeilen.«

Vater und Sohn starrten einander an. Shane grinste, Liams Gesicht war ohne Ausdruck. Nur in seinen Augen glühte der Haß.

Shane schob sein bärtiges Gesicht heran. »Du Schwächling!« knurrte er. »Wegen einer dreckigen englischen Schlampe legst du dich mit mir an. Sie taugt nichts. Du wirst nie mein Nachfolger. Kein Ire wird dich als Häuptling anerkennen. In deinen Adern fließt das Blut der feigen Engländer!«

Liam wischte sich das Blut mit dem Ärmel ab. Die grausamen Worte seines Vaters hatten ihm einen Stich versetzt. »Laß die Blonde in Ruhe! Die Schwarzhaarige ist willig — sie treibt es schon den ganzen Abend mit unseren Männern.«

»Schwächling!« spuckte Shane. »Ich nehme mir, was ich will und wann ich will. Ich bin O'Neill!«

Shanes Faust schoß erneut vor, und in Liams Kopf zerbarst ein sprühender Funkenregen. Als er die Augen aufschlug, lag er auf dem Fußboden, grelle Lichtflecken tanzten vor ihm. Der Lärm der Schankstube dröhnte vom derben Lachen und Gegröle der Betrunkenen. Langsam kam er auf die Füße. Sein Vater saß beim Würfelspiel, die dunkelhaarige Hure hing an seinem Hals. In Liams Kopf hämmerte es schmerzhaft, er lächelte grimmig. Die junge Bedienung war geflohen. Es war ein kleiner Sieg. Aber immerhin ein Sieg.

I

DAS UNTERPFAND

1. Kapitel

Normandie, Januar 1571

Man hatte sie vergessen.

Katherine wußte keine andere Erklärung dafür, daß man sie seit beinahe sechs Jahren im Kloster Abbé Saint Pierre-Eglise schmachten ließ. Sie kniete auf den eiskalten Steinfliesen der Kapelle, leierte die Gebete herunter, war jedoch mit ihren Gedanken ganz woanders. Keiner der Briefe, die sie an ihren Vater nach Munster geschickt hatte, war beantwortet worden. Schließlich hatte sie im letzten Sommer in ihrer Not ein Schreiben an ihre Stiefmutter Eleanor gerichtet. Auch dieser Brief war ohne Antwort geblieben.

Katherine versuchte, sich auf die Morgenandacht zu konzentrieren. Heute war der Tag, an dem ihr Leben eine Wende nehmen *mußte.* Sie mußte all ihren Mut zusammennehmen und die Äbtissin um eine Unterredung bitten.

Ihr blieb keine andere Wahl. In ein paar Monaten wurde sie neunzehn. Sie wollte nicht alt und grau werden in dem abgeschiedenen Kloster. Sie wollte leben. Sie wollte einen Ehemann, ein Heim, Kinder. Andere Frauen in ihrem Alter hatten zwei oder drei Kinder am Rockzipfel hängen. Wie konnte man sie bloß vergessen haben?

Vor sechs Jahren hatte Eleanor vorgeschlagen, Katherine in ein Kloster zu schicken. Ihr Vater hatte in der Schlacht bei Affane in Südirland schwere Verluste hinnehmen müssen. Dreihundert seiner Gefolgsleute waren von den Truppen Tom Butlers, des Grafen von Ormond, am Ufer des Blackwater Flusses niedergemetzelt worden. Und Katherines Vater, der Graf von Desmond, war von Butler verwundet und festgenommen worden. Doch Katherine hatte einen noch größeren Verlust erlitten.

Ihr Verlobter, Hugh Barry, war in der Schlacht gefallen. Katherine war seit ihrer frühen Kindheit mit dem um ein Jahr älteren Hugh verlobt. Die Barrys waren entfernte Verwandte, und Hugh und Katherine waren gemeinsam aufgewachsen. Er war ihr Kinderfreund, ihre Jugendliebe; von ihm hatte sie ihren ersten Kuß erhalten. Sein Tod hatte nicht nur ihre Träume zerstört — wie es schien, auch ihre Zukunft.

Vom Schmerz übermannt, hatte Katherine sich dem Wunsch ihrer Stiefmutter gefügt, sich vorübergehend in ein Kloster im Ausland zurückzuziehen, bis eine erneute Eheschließung ins Auge gefaßt werden konnte. Hughs Tod war um so schmerzvoller, da Katherine ein Jahr vor dem verhängnisvollen Affane ihre Mutter verloren hatte. Der Graf von Desmond war Joan FitzGeralds dritter Gatte, und Katherine war ihr einiges Kind. Mutter und Tochter waren sich sehr nahe gestanden, und Katherine hatte den Tod der Mutter noch nicht verschmerzt.

Sie hatte gerechnet, zwei Jahre im Kloster verbringen zu müssen, bis eine Eheschließung für sie arrangiert war und sie, wie geplant, bis zu ihrem fünfzehnten Geburtstag verheiratet wäre. Im ersten Jahr hatte Eleanor ihr einen einzigen Brief geschrieben, in dem sie Katherine davon unterrichtete, daß ihr Vater im Tower von London eingesperrt sei und auf die Begnadigung der Königin warte. In den folgenden fünfeinhalb endlos langen Jahren hatte Katherine kein einziges Wort mehr von ihrer Familie gehört.

Die Andacht war zuende. Katherine bekreuzigte sich, murmelte »Amen« und erhob sich. Sie wartete, bis die anderen Stiftsdamen die Kapelle verlassen hatten, allesamt Edelfrauen. Manche waren verwitwet, andere waren zu arm, um heiraten zu können. Oder es war ganz einfach eine Tochter zu viel in einer kinderreichen Familie. Die schweren Seidenröcke rauschten über die Steinfliesen. Draußen war es kalt.

Katherine schlang ihren abgetragenen pelzgefütterten Umhang enger um die Schultern. Im Hof blieb sie stehen, während die Stiftsdamen den Speisesaal betraten, wo frisches Brot, Kuchen, Wurst und Käse, Bier und Wein aufgetragen wurden.

»Tust du es?«

Katherine drehte sich fröstelnd zu Juliet, ihrer Freundin und einzigen Vertrauten, um, die das Kloster im Februar verlassen würde, da ihr Vormund sie nach Cornwall gerufen hatte. »Ja.«

Juliet, mit auffallend heller Haut zu dunklem Haar und einem Mund wie eine Rosenknospe, blickte Katherine in die Augen. »Ich bin sicher, die Äbtissin gibt dir diesmal die Erlaubnis. Sie kann deine Bitte nicht wieder ablehnen.«

Katherines Herz schlug heftig, sie drückte Juliets Hand. »Ich fürchte, sie sagt wieder nein.« Schon zweimal hatte sie die Äbtissin ersucht, heimkehren zu dürfen. Die Äbtissin hatte es verboten, da sie weder die Erlaubnis ihres Vaters habe noch Katherine eine Begleitung mitgeben könne.

Juliet lächelte. »Es wäre wunderbar, zusammen zu reisen. Ich hoffe so sehr, daß sie ein Einsehen hat!«

Katherines Wille war nie stärker als diesmal. Sie mußte die Äbtissin überzeugen.

Die beiden Mädchen überquerten den Hof und betraten den Speisesaal, in dem die Stiftsdamen sich laut und fröhlich unterhielten. Sie wurden von Mägden bedient, die sie mit ins Kloster gebracht hatten. Zu Füßen von Lady Montaignier, der Herzogin von Sur-Rigaud, bettelten vier wuschelige Hündchen um Leckerbissen. Das lange Fell über den Ohren war mit rubinbesetzten Haarspangen zusammengehalten.

Die Damen waren so kostbar gekleidet und mit Schmuck behangen, daß kein Fremder auf die Idee gekommen wäre, man befinde sich in einem Kloster.

Katherine war eine der wenigen Ausnahmen. Sie trug alte, abgetragene und vielfach geflickte Kleider. Seit ihrem fünfzehnten Geburtstag hatte sie nichts Neues mehr bekommen — in dem Jahr waren ihre finanziellen Mittel aufgebraucht, die sie ins Kloster eingebracht hatte.

Wieder kroch Angst in Katherine hoch. Die Äbtissin hatte eine stattliche Summe bei ihrer Ankunft erhalten. Als Katherines Mittel zu Ende waren, hatte die Äbtissin einen Brief an den Grafen geschrieben; doch ihr diskreter Hinweis, er möge weitere Geldmittel schicken, blieb unbeantwortet. Der Graf ließ auch diesen Brief, wie alle weiteren direkten Anfragen, unbeantwortet. Die strenge, aber gutherzige Äbtissin behielt Katherine, obwohl sie nichts für ihren Unterhalt bezahlte.

Katherine hegte größte Befürchtungen, ihr Vater befinde sich erneut im Krieg mit den Butlers. Der Graf konnte die Schmach von Affane kaum ungerächt auf sich sitzen lassen. Wie aber war es möglich, daß er seine einzige Tochter völlig vergaß? Vielleicht steckte Eleanor dahinter. Sie war nur wenige Jahre älter als Katherine, sie war schön, und ihr Vater liebte sie abgöttisch. Und außerdem konnte sie ihre Stieftochter nicht leiden.

Sollte Eleanor tatsächlich Katherines Vater gegen sie aufgehetzt haben, würde er nicht begeistert sein, wenn seine Tochter ungebeten und unangemeldet in Askeaton Castle auftauchte. Aber sie mußte den väterlichen Unmut riskieren, wenn sie ihr Leben in die Hand nehmen wollte. Zunächst aber galt es, die Äbtissin davon zu überzeugen, dem Kloster ohne die Erlaubnis des Vaters den Rücken kehren zu dürfen.

Nach dem Mahl eilte Katherine bangen Herzens in die Schreibstube der Äbtissin. Von dem bevorstehenden Gespräch hing ihre Zukunft ab. Katherine durfte nicht verlieren.

Ein Leben hinter Klostermauern konnte und durfte nicht ihr Schicksal sein. Sie mußte um ihre Freiheit kämpfen.

Die Äbtissin machte ein bekümmertes Gesicht. »Du willst also in deine Heimat zurück?« seufzte sie.

Katherine stand aufgeregt vor dem eleganten Mahagonischreibtisch. »Ich kann nicht bleiben. Ich bin für das Klosterleben nicht geschaffen. Ich muß heim und meinen Vater an seine Pflichten erinnern. Er wird eine Heirat für mich arrangieren.« Ihr Blick flehte die Äbtissin an. »Mutter Oberin, ich wollte immer einen Ehemann, ein Heim und viele Kinder. Ich bin schon achtzehn. Und in ein paar Jahren dreht sich kein Mann mehr nach mir um.«

Das bezweifelte die Äbtissin zwar, denn Katherine war trotz ihres hohen Wuchses von ausnehmender Schönheit. Ihre Haut schimmerte makellos wie Elfenbein, ihre Augen leuchteten grün, ihr ovales, feingeschnittenes Gesicht war von rotem Haar, wie Weinlaub im Herbst, gerahmt. Die Äbtissin war sehr besorgt. »Seit du als dreizehnjähriger Wildfang zu uns kamst, weiß ich, daß du für dieses Leben nicht geschaffen bist. Und ich zweifle nicht daran, daß du eine gute Ehefrau sein wirst. Du wirst viele gesunde Söhne zur Welt bringen. Aber du verlangst Unmögliches von mir. Ich kann dich nicht ohne die Erlaubnis deines Vaters gehen lassen!« Schuldgefühle nagten an ihr. Sie wußte, daß Katherine die Erlaubnis ihres Vaters nie erhalten würde. Sie wußte auch, was Katherine in der Heimat erwartete.

Das junge Mädchen befeuchtete die Lippen. »Bitte versteht mich nicht falsch«, sagte sie mit gepreßter Stimme. »Ich bin Euch zutiefst dankbar, daß Ihr mich aufgenommen habt. Ihr wart immer gut zu mir.« Hastig fuhr sie fort: »Ich muß noch aus einem anderen Grund nach Irland zurück. Ich fürchte, es ist ein Unglück geschehen. Mein Vater würde nicht vergessen, für meinen Unterhalt zu bezahlen. Es paßt nicht zu ihm. Ich flehe Euch an, ehrwürdige Mutter, laßt mich reisen, damit ich herausfinden kann, was geschehen ist. Vielleicht braucht mein Vater mich.«

Mitleid für ihren Schützling krampfte das Herz der frommen Frau zusammen. »Hätte dein Vater dich gebraucht«, entgegnete sie sanft, »hätte er dich längst nach Hause geholt.«

Tief besorgt und ratlos ließ die Äbtissin den Rosenkranz durch die Finger gleiten. Jetzt wäre der ideale Zeitpunkt, dem Mädchen die Wahrheit zu sagen, doch sie hatte versprochen, Schweigen zu bewahren. Sie durfte Katherine nicht verarmt und schutzlos in ein feindliches Leben schikken. Es war nicht richtig, dem Mädchen die Tatsachen zu verschweigen, dennoch wagte die Äbtissin nicht, Katherine die Wahrheit zu gestehen. Angst hielt sie zurück und eine Ahnung, daß die Macht des Schicksals im Spiel war.

»Ich flehe Euch an, laßt mich gehen! Wenn ich einmal daheim bin, wird sich alles zum Guten wenden. Ich kann mit Juliet reisen. Es gab nie eine günstigere Gelegenheit.«

Die Äbtissin blickte ihrem Schützling lange in die Augen. »Den anderen Damen in meiner Obhut würde ich raten, ihr Schicksal in Gottes Hände zu legen«, entgegnete sie zögernd. »Und sie würden meinen Rat befolgen. Du bist anders.«

»Ich kann Euch nicht gehorchen«, antwortete Katherine leise. »Auch nicht, wenn Ihr mir befehlt zu bleiben.«

Die Äbtissin faßte einen Entschluß. Nicht weil Katherine so viele Jahre unglücklich war, nicht weil es sie schmerzte, eine ihrer Stiftsdamen traurig zu sehen. Der Grund lag auch nicht darin, daß eine Frau wie Katherine ein weltliches Leben führen wollte. Aber sie durchschaute Katherines Absichten genau. Die Äbtissin kannte ihren Schützling zu gut. Würde sie ihr verbieten zu gehen, würde Katherine fliehen. Und dieser Gedanke versetzte die fromme Frau in Angst. Würde Katherine allein und ungeschützt reisen, wäre sie furchtbaren Gefahren ausgesetzt, würde vielleicht in den Harem eines türkischen Sultans verschleppt. Die beiden Frauen sahen einander lange an. Katherine würde ein Nein nicht akzeptieren.

Die Äbtissin seufzte. »Ich gestatte dir zu reisen, Katherine. Aber ich warne dich. Die Welt dort draußen ist nicht so, wie du sie dir vorstellst. Vielleicht erwartet dich in deiner Heimat eine furchtbare Enttäuschung. Möglicherweise schickt dein Vater dich zurück.«

»O ehrwürdige Mutter, ich danke Euch!« Katherine strahlte vor Glück, achtete nicht auf die kaum verhohlene Warnung. »Er schickt mich nicht zurück, das weiß ich!« In ihrem Überschwang umarmte sie die Äbtissin und stürmte hinaus.

Die Äbtissin setzte sich an ihren Schreibtisch und tauchte den Federkiel in ein Tintenfaß, ihr Gesicht von tiefen Sorgenfalten durchfurcht. Sie hätte nicht nachgeben dürfen. Doch dann wäre Katherine fortgelaufen, und das durfte sie nicht zulassen. Der Konvent war kein Gefängnis. Andererseits war die Welt draußen voller Gefahren und Tücken.

Es war nicht zu spät, um Katherine die Wahrheit zu sagen. Doch die Äbtissin wagte es nicht. Wie eine Marionette mußte sie ihren Herren gehorchen und auf eine höhere Macht vertrauen.

Seufzend beugte sich die Vorsteherin über das Pergament und begann in ihrer schönen Handschrift niederzuschreiben, was geschehen war und was Katherine vorhatte.

Juliets Vormund hatte sechs Getreue geschickt, um sein Mündel zu begleiten. Sie überbrachten einen knappen Brief, in dem Richard Hixley sein Mißfallen zum Ausdruck brachte, daß Katherine seine Nichte begleitete. Der Grund war klar: Juliet war eine reiche englische Erbin, und Katherine war Irin. Es war nicht das erste Mal, daß Katherine von Engländern herablassend behandelt wurde, die die Iren generell als unzivilisierte Wilde betrachteten.

Doch es zählte einzig und allein, daß sie endlich heim durfte. Die letzten vier Wochen krochen im Schneckentempo dahin. Katherine konnte es kaum erwarten, das fruchtbare grüne Land und ihr Elternhaus wiederzusehen, Askeaton Castle, die mittelalterliche Trutzburg auf der Insel im Shannon.

Cherbourg lag nur wenige Reisestunden mit der Kutsche vom Kloster entfernt. Dort wartete ein kleines Handelsschiff, mit dem die jungen Damen den Ärmelkanal überqueren sollten. Im Hafen wurden die Mädchen rasch an Bord gebracht. Der Anführer der Soldaten, Sir William Redwood, befahl den jungen Damen, sich während der Überfahrt in ihrer Kabine aufzuhalten. Das Schiff würde bei Tagesanbruch Segel setzen und bei günstigem Wind noch am gleichen Abend Dover erreichen. Juliet bedankte sich artig, und dann waren die beiden Freundinnen allein in ihrer Kabine.

Katherine trat ans Bullauge. Die Abenddämmerung senkte sich über den Hafen. Ein einzelner Stern blinkte am Himmel. Sie bebte innerlich vor Erregung. Nach Hause. Bisher war es ein Traum gewesen. Bald würde ihr Traum Wirklichkeit werden. Sie stand an einem Neubeginn ihres Lebens — und fieberte der glücklichen Zukunft entgegen, die sie erwartete.

Katherine fuhr mit einem Schrei aus dem Schlaf hoch. Sie hatte von bunten Frühlingswiesen in Munster geträumt. Hugh war am Leben und sie eine junge Braut. Sie blinzelte in das Sonnenlicht, das durch das Bullauge fiel. Es war heller Morgen, und weder sie noch Juliet hatten gehört, wie das Schiff ablegte. Wieso war sie so plötzlich aus dem Schlaf hochgeschreckt? Was bedeuteten die scharrenden Geräusche über ihrem Kopf?

Und dann dröhnte ein ohrenbetäubender Donnerschlag. Eine Kanone. Katherines Herzschlag setzte aus. Sie flehte zum lieben Gott, zu Jesus, zur heiligen Maria, daß alles nur ein Alptraum war. Und dann folgte ein zweiter Donnerschlag, lauter, näher als der erste. Und sie wußte, das war kein Traum. *Das Schiff wurde angegriffen.* »Juliet!«

Sie rannte zum Bullauge. Die See lag glatt wie ein Spiegel in der gleißenden Wintersonne.

Der nächste Kanonenschuß donnerte. Über ihrem Kopf krachte splitterndes Holz, als würde ein Mast zerfetzt.

»Wir werden angegriffen«, schrie Katherine und wandte sich zu Juliet um, die kerzengerade und bleich wie der Tod auf ihrer Koje saß.

»Wer?« hauchte Juliet. »Wer greift unser Schiff an?«

Katherine versuchte, einen klaren Gedanken zu fassen. Juliet war eine reiche Erbin, sie selbst die Tochter des Grafen von Desmond. Die Küstengewässer vor Frankreich, Spanien, England und Irland wurden von Piraten unsicher gemacht, die es auf kostbare Fracht, auch auf menschliche Fracht abgesehen hatten. »Lieber Gott, erbarme dich unser!« flüsterte sie.

Juliet lief zum Bullauge und schlang ihre Arme um Katherine. Vom Deck über ihnen hörten sie Männerstimmen: »Piraten!«

»Es ist nichts zu sehen!« wimmerte Juliet und äugte über Katherines Schulter.

Der nächste Kanonenschuß brachte das Schiff gewaltig ins Schlingern. Die Mädchen wurden zu Boden geschleudert. Männer schrien durcheinander. Direkt über den Köpfen der verängstigten Mädchen krachte etwas donnernd auf die Planken.

Das Schiff ächzte und stöhnte wie ein verwundetes Tier. Musketen wurden abgefeuert. Hoffentlich kann die Mannschaft die Räuber in die Flucht schlagen, betete Katherine. »Feuer achtern! Feuer achtern!« schrie ein Mann. Der Schrei wurde vielfach weitergetragen.

Katherine und Juliet klammerten sich aneinander. »Was sollen wir nur tun?« flüsterte Juliet.

Katherine überlegte krampfhaft. »Wir müssen hier unten bleiben und die Tür verriegeln.« Bilder einer schmutzigen Horde wilder Piraten, die sich lüstern und blutrünstig auf sie stürzten, stürmten auf sie ein.

»Was ist … wenn das Schiff sinkt? Wir ertrinken. Vielleicht sinkt es schon!«

Wenn das Schiff sank, waren sie verloren. Wenn sie sich an Deck wagten, würden sie ebenfalls sterben. Und wenn das Schiff gekapert wurde … daran wollte und durfte Katherine nicht denken. Sie mußte Ruhe bewahren.

»Das Schiff sinkt nicht.« Katherine bemühte sich, ruhig zu sprechen. »Wir würden die Schreie der Männer hören.«

»Ja, du hast recht.« Juliets Fingernägel gruben sich durch Katherines Nachthemd in ihren Unterarm. »Das Schiff ist wieder ruhig.«

Katherine rappelte sich hoch und suchte an der Holztäfelung Halt. »Wir bleiben hier unten. Wenn wir merken, daß das Schiff sinkt, laufen wir an Deck. Gemeinsam. Aber nicht vorher.«

Juliet nickte eifrig und ergriff die Hand der Freundin.

Katherine schaute aus dem Bullauge; das Blut gefror ihr in den Adern. Eine schwarze Galeone schob sich ins Blickfeld; weiße Segelflächen blähten sich im Wind. Die schwarzen Rohre der Bordgeschütze glänzten in der Sonne. Das Ungeheuer hielt direkt auf sie zu.

Die Mädchen blickten der tödlichen Bedrohung in starrem, hilflosen Entsetzen entgegen. Die Explosionen über ihren Köpfen drohten das Schiff auseinanderzureißen. Jeder Einschlag setzte sich als ächzendes Beben durch den Rumpf fort, der sich gefährlich nach Steuerbord neigte. Es roch nach beißendem Pulverdampf. An Deck schien Chaos ausgebrochen zu sein.

Plötzlich verstummten die Geschütze.

Die Mädchen blickten einander verstört an. »Ist es vorbei?« flüsterte Juliet.

Doch dann setzte erneut Musketenbeschuß ein, gemischt mit Triumphgeschrei. Durch das Schiff ging wieder ein gewaltiger Ruck. Und dann klirrten Schwerter und Degen.

»Sie sind an Bord«, schrie Katherine, halb wahnsinnig vor Angst. »Sie haben uns gekapert!«

Juliet hielt sich schluchzend die Hand vor den Mund.

Katherine schluckte schwer. »Juliet ... du weißt, was uns bevorsteht.«

Tränen glänzten in Juliets Augen. »Aber danach ... geben sie uns gegen Lösegeld frei.«

»Willst du als Geschändete weiterleben?«

Juliet keuchte. »Ich weiß nicht, Katherine. Ich bin erst fünfzehn. Ich weiß nur, daß ich nicht sterben will.«

Auch Katherine wollte nicht sterben. Doch sie hatte von den Greueln gehört und wußte, daß sie beide sich in wenigen Stunden wünschen würden, tot zu sein. »Wir haben keine Waffen«, sagte sie dumpf.

»Wir können nicht gegen Piraten kämpfen«, entgegnete Juliet.

»Nein«, antwortete Katherine und blickte der Freundin in die Augen. »Um unserem Leben ein Ende zu machen.«

Sie blickten einander unverwandt in die Augen. Sie sprachen nicht mehr. Es gab nichts zu sagen. Ihnen blieb nichts, als ihrem Schicksal gefaßt entgegenzusehen.

Eine Stunde später versuchte jemand, die Tür der Kabine zu öffnen, und rief etwas in einer fremden Sprache. Katherine und Juliet antworteten nicht, rührten sich nicht, atmeten nicht. Schwere Schritte entfernten sich.

Die Mädchen hatten sich angekleidet. Juliet wandte sich verstört an Katherine. »Er sprach gälisch. Ein Ire? Ein Schotte?«

»Ich weiß nicht«, antwortete Katherine bang. Tränen stiegen ihr in die Augen. »Wenn du denkst, die verschonen uns, weil ich Irin bin, so täuschst du dich. Piraten kennen kein Ehrgefühl, sie sind blutrünstig und niederträchtig.«

»Psst! Er kommt zurück!«

Die Mädchen standen starr, Hand in Hand. Draußen redeten zwei Männer miteinander. Und dann wurde ein schwerer Gegenstand gegen die Tür geschlagen, Holz splitterte. Beim nächsten Schlag bohrte sich die Schneide einer Axt in die zerfetzte Türfüllung.

Katherine zog Juliet näher zu sich. Sie war älter und fühlte sich für die Freundin verantwortlich. Sie würde Juliet verteidigen. Dabei konnte sie sich kaum auf den Beinen halten, so sehr zitterten ihr die Knie.

Eine Männerhand schob sich durch den Spalt und schob den Riegel beiseite. Die Tür sprang auf. Zwei Seeleute in schwarzen Kniehosen und groben Hemden stürmten in die Kabine. Zwei mit Dolchen bewaffnete Riesen, Waffen und Kleidung blutbespritzt. Die Piraten registrierten die Mädchen und tauschten erstaunte Blicke. Der Kahlköpfige musterte Katherine, dann Juliet und wieder Katherine, die sich schützend vor Juliet stellte und seinem Blick tapfer standhielt. Der gefürchtete Angriff blieb aus.

Der Kahle wandte sich an seinen Gefährten und sprach

gälisch mit ihm. »Wir bringen sie zum Kapitän. Über die da wird er sich freuen.«

Katherine schlug das Herz bis zum Hals. »Wer ist euer Kapitän?« fragte sie mit gespielter Forschheit. »Ich will ihn sprechen!«

Falls der Seemann erstaunt war, sie gälisch sprechen zu hören, ließ er sich nichts anmerken. »Ganz ruhig, Kleine. Der Kapitän wartet schon auf dich.«

Katherine nahm Juliet bei der Hand, um ihr Mut für das bevorstehende Grauen zu machen. Doch die Männer trennten sie grob. Jeder griff sich ein Mädchen und schob es vor sich her, den schmalen Gang nach oben.

Katherine stockte der Atem, als sie an Deck stand. Es herrschte Totenstille. Überall standen Piraten in Kniehosen herum, die tödlichen Schwerter und Degen gezückt. Die französische Mannschaft lag in Eisenketten, viele von ihnen bluteten aus tiefen Wunden. Sir William Redwood und seine Soldaten waren ebenfalls gekettet und schwer bewacht.

Katherines Blick schweifte über das verwüstete Deck. Das Achterschiff hatte am meisten gelitten, die Planken waren zersplittert und schwarz verkohlt, Rauch und Schwefelgestank hingen in der Luft. Teile der Reling waren zerschossen. Einer der Großmasten war geknickt und lag wie ein gefällter Baum quer mittschiffs, die großen Segel bauschten sich wie losgerissene Zeltplanen. Ihr Blick glitt über das Oberdeck, und dann sah sie ihn.

Katherines Herz machte einen wilden Satz. Er stand auf der Brücke in schenkelhohen Stiefeln über heller, enganliegender Hose, umweht von einem offenen, weiten Leinenhemd.

Ein hochgewachsener Mann mit breiten Schultern, schmalen Hüften und kraftvollen Schenkeln. Sein kurz geschnittenes blondes Haar glänzte in der Sonne. Er stand in lässiger Haltung, eine Hand am Griff des Degens, die schlingernden Bewegungen des Schiffes glich er durch leichtes Abfedern in den Knien aus. Er blickte auf das Deck, als überblicke er sein Königreich.

Katherine spürte seine Macht, seinen Hochmut und haßte ihn für das, was er getan hatte und noch tun würde.

Und dann fühlte sie seinen kühlen, musternden Blick. Katherine gefror das Blut in den Adern. Sie hatte sich nie im Leben hilfloser, entblößter gefühlt. Sein Blick wich nicht von ihr. Katherine spürte ein angstvolles Kribbeln im Nacken.

Langsam breitete sich ein Lächeln über seine Züge aus. Katherine kam sich vor wie ein vor Entsetzen starrer Hase, der sich auf die Erde duckte, während der Habicht über ihm immer engere Kreise zog, bevor er pfeilschnell senkrecht nach unten stieß.

Der Seemann stieß sie nach vorn, Katherine stemmte sich vergeblich gegen ihn. »Nein!« schrie sie in heller Panik.

Das Gesicht des Piraten war wieder ernst.

»Nein!« Katherine bockte wie ein Maultier.

Mit einer unmerklichen Kopfbewegung gab der Kapitän dem Seemann ein Zeichen, der sie nun grob vor sich her die Stufen hinaufstieß. Das Boot schlingerte. Katherine, am Ende ihrer Kraft, sackte dem Piraten vor die Füße, wollte sich mit den Händen auf den Planen abstützen und aufstehen, doch ihre schlotternden Knie versagten ihr den Dienst.

Der Pirat schaute auf sie herab. Der Wind strich ihm das Haar aus dem kantig geschnittenen Gesicht: hohe Wangenknochen, eine kühne, gerade Nase. Das offene, flatternde Hemd gab eine gebräunte, muskelbepackte Brust frei, das dünne Leinen umspielte einen glatten Bauch und schmale Hüften. Unter der enganliegenden Hose zeichnete sich die stattliche Wölbung seiner Männlichkeit ab. Katherine hoffte, daß er einer der affigen Gecken war, die sich den Hosenlatz auspolsterten. Andernfalls würde er sie umbringen, wenn er ihr Gewalt antat.

Graue Augen senkten sich in ihre. Katherine konnte den Blick nicht abwenden.

»Ich bin Liam O'Neill«, sagte er mit satter Genugtuung.

Katherine brachte kein Wort über die Lippen.

Seine Augen funkelten. Sein Lächeln wurde breiter. »Was habe ich denn da erbeutet? Einen echten Schatz, wie mir scheint, ein Juwel unter so viel Tand und Schund. Komm, mein Schatz.«

Und er bückte sich nach ihr.

2. Kapitel

Bevor Katherine reagieren konnte, hatte der blonde Pirat sie mit stahlhartem Griff hochgezogen.

Katherines Verstand begann langsam wieder zu arbeiten. Sie versuchte, ihm ihren Arm zu entreißen. Vergeblich. Er lächelte, seine weißen Zähne blitzten.

»Nehmt Eure Hand von mir!« zischte Katherine, und ihre Stimme klang schrill vor Panik.

Staunen und Heiterkeit lagen in seinen grauen Augen. »Wie Ihr wünscht, Mistreß.«

Katherine wich zurück, rieb sich das Handgelenk, ohne den Blick von ihm wenden zu können.

Er musterte sie mit träger Neugier, war seiner Sache unendlich sicher. Er, der Kapitän der Piraten, der König dieses Räubergesindels, und sie, seine hilflose Gefangene. Ihr Blick flog seitlich über die kalten bleigrauen Wellen des Meeres.

»Es gibt kein Entkommen, Mistreß«, erklärte der Pirat leise. »Oder denkt Ihr daran, in den Tod zu springen?«

Katherine hatte schon zum Sprung angesetzt, um sich in ein nasses Grab zu stürzen. Mit einem Satz war er bei ihr, umfing sie von hinten und zog sie an seinen muskelbepackten Körper.

Sie schrie ihre Angst, Ohnmacht und Wut hinaus, wehrte sich verzweifelt, schlug wütend um sich, bis er die Geduld verlor, seine Arme fest um sie schloß, so daß sie zu keiner Bewegung mehr fähig war.

»Schon besser«, hauchte er an ihrem Hals. »Das kann ich nicht zulassen, Mistreß. Mit Eurer Gegenwehr steigert Ihr nur meinen Appetit.«

Katherine schauderte. Würde er ihr jetzt Gewalt antun — auf dem Deck — vor seinen Männern? »Bitte.«

»Bitte, was?« Seine Arme lagen wie eine Eisenklammer um ihre Mitte. Sein Mund berührte ihren Hals, die Stelle brannte wie Feuer. Sein Körper war heiß und hart. Katherine war noch nie von einem Mann umarmt worden. Sie fand es erschreckend, beängstigend. »Bitte, laßt mich los!«

Er drehte sie zu sich herum. »Ich tue Euch nicht weh, meine Liebe. Keine Angst.«

Katherine entriß ihm ihren Arm. Hoffnung glomm in ihren Augen.

Sein schöner Mund verzog sich spöttisch. »Ihr versteht mich falsch. Ich tue Euch nicht weh. Aber Ihr werdet doch nicht annehmen, daß ich mir die Wonnen Eures Körpers versage. In der Liebe und im Krieg ist jedes Mittel recht. Dem Sieger steht die Beute zu. Und Ihr seid die reizendste Beute, die ich seit langem in die Finger bekommen habe.«

Katherine stand reglos. »Das hier hat nichts mit Liebe zu tun.«

Seine Antwort kam prompt. »Nein.«

»Und der Überfall auf ein Handelsschiff ist keine kriegerische Aktion, sondern verbrecherische Piraterei«, setzte Katherine schneidend hinzu.

Seine Augen waren unter halb gesenkten Lidern verdeckt, seine Zähne blitzten weiß. »Ich *bin* ein Verbrecher, meine Schönste, und Wortgefechte, so amüsant sie sein mögen, lenken mich nicht von Euren Reizen und meinem *sündigen* Vorhaben ab.«

Katherine stand stocksteif da, Zorn vermischte sich mit ihrer Angst. »Wie kann man mit einem Verbrecher verhandeln?«

»Eine schwierige Frage«, stimmte er zu.

»Ihr müßt mich freilassen! Mein Vater ...«

»Nein.« Er schnitt ihr das Wort ab.

Ein Blick in die kalten, grauen Augen des Piraten überzeugte Katherine, daß sie diesen Mann nicht umstimmen konnte. Haß wuchs in ihr. *»Fahrt zur Hölle!«*

Seine Antwort war ein melodisches Lachen. »Und das aus dem Mund einer angehenden Nonne?«

»Ihr fordert Gott mit meinem Leben heraus!« schrie sie wütend.

»Ich habe nur die Absicht, mit Euch zu schlafen, Mistreß, nicht, Euch zu töten.«

»Das ist dasselbe.«

»Würdet Ihr in den Tod springen, bevor Ihr mit mir schlaft?« fragte er sinnend. »Oder hinterher?«

Ihr Blick glitt über das graue Meer. Sie wußte nicht, ob sie den Mut aufbringen würde. »Ja«, log sie mit fester Stimme.

»Selbstmord ist eine größere Sünde als Unzucht.« Sein Blick durchbohrte sie.

Sein Gesicht verschwamm vor ihren Augen. »Vielleicht habt Ihr dann wenigstens Gewissensbisse.«

»Wie töricht Ihr seid. Ich lasse Euch nicht in den Tod springen. Und ich werde Euch beweisen, wie dumm Ihr seid.«

»Nein.« Katherine schüttelte heftig den Kopf. »Nein. Nichts, was Ihr sagt oder tut, wird mich dazu bringen, mit Euch das Bett zu teilen.«

Wieder lächelte er. Es dauerte lange, bevor er sprach. »Am nächsten Morgen, Katherine, flüstert Ihr mir zärtliche Liebesworte ins Ohr und bittet mich zu bleiben.«

Fassungslos blickte sie in sein schönes, hochmütiges Gesicht.

Der Pirat wandte sich an den Kahlkopf, der sie an Deck geschleppt hatte. »Bring die Damen auf die *Sea Dagger,* Macgregor. Und wenn ihnen auch nur ein Haar gekrümmt wird, landet dein kahler Schädel in den Fluten des Meeres.«

»Aye, Captain!« antwortete Macgregor ungerührt.

Der Matrose nahm Katherines Arm und führte sie zum Piratenschiff, das längsseits festgemacht hatte. Die erste Begegnung mit dem Unhold hatte Katherine heil überstanden, doch irgendwann in dieser Nacht würde er über sie herfallen. Katherine war nur eine kurze Gnadenfrist gewährt.

Doch eine kurze Gnadenfrist war besser als nichts. Ihre Angst legte sich ein wenig. Sie mußte einen Weg finden, um einem Schicksal zu entrinnen, das schlimmer war als der Tod.

Macgregor ließ Juliet und Katherine in der Kapitänskajüte allein. Staunend, mit großen Augen blickten die beiden sich um. Das sollte die Behausung eines Piraten sein?

Die Kajüte war mit Teakholz getäfelt. Die polierten Eichendielen waren mit kostbaren Teppichen belegt. Unter einem der fünf Bullaugen lagen gold- und silberdurchwirkte, türkische Polster. Daneben befand sich eine mit Quasten behängte Ottomane aus smaragdgrüner Seide.

An der Stirnseite der Kajüte stand ein ovaler, dunkler Mahagonitisch auf vier geschnitzten, messingbeschlagenen Löwenpranken, umgeben von sechs spanischen Stühlen mit hohen, lederbespannten Rückenlehnen. Eine Längsseite des Tisches diente als Schreibpult. Seekarten, Navigationsgeräte, Bücher lagen darauf verstreut, dazu Tintenfaß und Federkiele.

Ein bis zur Decke reichendes Regal war mit Lederbänden gefüllt. Davor standen zwei zierlich geschwungene, französische Sessel mit blauen, bestickten Seidenkissen.

Am entfernten Ende der Kajüte war ein Bett, das in seiner Stattlichkeit in die Prunkräume von Hampton Court gepaßt hätte: der Baldachin aus purpurfarbenem Damast, die Unterseite mit plissierter, goldfarbener Seide gefüttert. Die zurückgezogenen Vorhänge aus purpurnem Samt wurden von goldenen Quastenkordeln gehalten. Auf dem Bett lagen rote, golddurchwirkte Daunendecken und bestickte Kissen. Im geschnitzten Wappen am Kopfende war die Bourbonenlilie des französischen Herrscherhauses zu sehen.

Eine schwere Truhe am Fußende des Bettes erkannte Katherine an ihren Silberbeschlägen als keltischer Herkunft.

»Hier hortet er die kostbarsten Beutestücke seiner Raubzüge«, hauchte Juliet in ehrfurchtsvollem Staunen.

Ja, dachte Katherine, dieser Raum ist der Beweis für die jahrelangen, blutigen Raubzüge des mörderischen Piraten. Katherines Blick blieb an dem Prunkbett hängen. Bilderfetzen schossen ihr durch den Kopf. Sie sah sich nackt auf den Seidendecken liegen, der Pirat über ihr schlug in rasender Wut auf sie ein. Mit einem Aufschrei rannte Katherine an Juliet vorbei zur Tür und rüttelte wie besessen daran.

Juliet legte einen Arm um sie. »Katherine, was sollen wir nur tun?«

»Ich weiß nicht. Ich habe solche Angst.« Ruhelos wanderte sie auf und ab. Schließlich wollte sie sich einen Stuhl heranziehen, um sich zu setzen, doch der Stuhl ließ sich nicht bewegen; er war an den Dielen festgeschraubt. Alle Möbel in der Kajüte schienen auf diese Weise befestigt zu sein. Sie setzte sich und schloß erschöpft die Augen.

Sie glaubte dem Piraten nicht, daß er ihr nichts antun wollte. Ein Versprechen aus dem Mund eines Mörders und Gesetzlosen war absurd. Sie mußte sich ihm als Tochter des Grafen von Desmond zu erkennen geben. Wenn er wußte, wer sie war, würde er sie für die Aussicht auf ein stattliches Lösegeld vielleicht verschonen.

Katherine dachte an die durchdringenden Augen des Piraten. Noch nie hatte ein Mann sie so angesehen.

Ein Beben durchzuckte sie. Der Pirat würde mit ihr Katz und Maus spielen und sie dann mit Gewalt nehmen, Lösegeld hin oder her. Sie bekreuzigte sich und sandte ein Stoßgebet zum Himmel.

Kurz darauf betrat er die Kajüte. Katherine schnellte hoch, als die schwere Eichentür hinter ihm ins Schloß fiel. Juliet floh zur Freundin. Der Pirat musterte Katherine von oben bis unten, als wolle er sie mit Blicken entkleiden. Sie glaubte, das Herz springe ihr aus der Brust. Heiße und kalte Schauer jagten ihr den Rücken hinunter.

Der Wilde winkte Juliet zu sich. »Kommt, mein Fräulein.« Juliet erstarrte.

Katherine geriet in Panik. Was hatte er mit ihrer Freundin vor? Sie war noch ein Kind. Wollte er ihnen beiden Gewalt antun? Sie stellte sich vor Juliet. »Sie ... sie bl ... bleibt bei mir.«

Lachend zog er eine Braue hoch. »Wie mutig, Mistress.

Doch Ihr gebt auf meinem Schiff keine Befehle. Kommt, mein Fräulein.«

Juliet rührte sich nicht vom Fleck. Katherine straffte die Schultern. »Was habt Ihr vor?«

Er blickte ihr in die Augen. »Nicht das, was Ihr offenbar denkt. Eure Freundin interessiert mich nicht. Eure verlokkenden Reize werden mir die Nacht versüßen. Falls Ihr kein Publikum wünscht, läßt uns das Fräulein allein.«

Katherine schluckte, ihre Wagen brannten wie Feuer. Sie gab Juliet nicht frei. »Kapitän?«

»Ihr wollt mit Sicherheit Lösegeld für mich?«

Sein Blick wanderte von ihren Augen zu ihren vollen Lippen, weiter zu ihrem vom steifen Mieder flach geschnürten Busen. Bemerkte er etwa ihre schäbige Kleidung? Zweifelte er an der Höhe des Lösegeldes? »Es ist nicht, wie Ihr denkt!« stammelte sie hastig. »Ich bin nicht arm. Ich bin die Tochter eines Grafen!«

Seine Augen funkelten spöttisch.

»Ich schwöre es beim Gekreuzigten und allem, was mir heilig ist«, fuhr Katherine verzweifelt fort. »Ich bin die Tochter des Grafen von Desmond.«

Er schien nicht beeindruckt. »Lady Juliet«, wandte er sich an die Freundin, »soll ich Euch mit Gewalt aus der Kajüte bringen lassen?«

Juliet schüttelte heftig den Kopf, befreite sich aus Katherines Griff und eilte zur Tür. Draußen wurde sie von Macgregor in Empfang genommen. Die Tür fiel ins Schloß. Lächelnd näherte sich der Pirat seinem Opfer.

Katherine verlor vollends die Fassung. Blindlings rannte sie los. Sein Arm hielt sie auf, und im nächsten Augenblick stand sie gegen die Türfüllung gelehnt, seine schweren Hände lagen auf ihren Schultern, ein Knie schob sich zwischen ihre Schenkel. Katherine war gefangen wie ein aufgespießtes Insekt.

»Wie töricht, mein Schatz. Ich tu Euch nichts. Ich würde einer Blume niemals weh tun. Pflücken ja, aber ohne sie zu verletzen.«

Katherine rang nach Fassung, versuchte ihre wirren Gedanken zu ordnen. »Ich bin die Tochter des Grafen«, keuchte sie verzweifelt. »Er wird Euch töten, wenn Ihr mir etwas antut.«

»Desmond kann mich nicht töten«, entgegnete er leichthin. Ihre adelige Herkunft schien nicht den geringsten Eindruck auf ihn zu machen.

»Ihr kennt ihn nicht«, beharrte Katherine trotzig.

»Ich kenne ihn«, antwortete er ungerührt. Seine Finger berührten ihr Gesicht, strichen sanft über ihre Wange. »Und bald werde ich Euch kennen«, raunte er. Sein Mund näherte sich ihrem Gesicht.

Katherine entfuhr ein spitzer Schrei, sein Phallus drückte sich an die Innenseiten ihrer Schenkel.

»Ihr seid eine große Schönheit, Mistress. Ihr verfolgt mich in meinen Träumen.«

Katherine war sich seiner Männlichkeit in aller Deutlichkeit bewußt. Sie mußte sich zur Wehr setzen, wenn sie eine Katastrophe verhindern wollte.

Sie wand sich, trat nach ihm, schüttelte wild den Kopf. »Von mir könnt Ihr nicht geträumt haben, Pirat! Ich kenne Euch nicht.«

Er ließ nicht von ihr ab. »Ich habe nicht die Absicht, Euch einzuschüchtern. Ruhig, mein Schatz, ganz ruhig. Und wenn Ihr Euch noch so sehr gegen mich wehrt, Ihr habt keine Chance. Ich tue Euch nicht weh. Ich bereite Euch Vergnügen.«

»Ihr wollt mir die Unschuld nehmen und mir dabei nicht weh tun? Das ist unmöglich! Ein Mann Eurer Sorte könnte mir nie Vergnügen bereiten — niemals.«

Lachend zog er sie enger an sich. Seine Fingerspitzen strichen sanft über ihre Wangen. »Töricht — unschuldig — naiv.«

Katherine zitterte. »Laßt mich los!« zischte sie.

»Ich kann — und werde — Euch Vergnügen bereiten, Liebste!« Seine Augen senkten sich in ihre.

Wirre Bilder zweier nackter, verschlungener Körper tanzten durch Katharines Kopf. Der Mann war muskelbepackt und blond.

»Es tut nur einen kurzen Moment weh«, raunte er. »Und dann folgen Wonnen, über die Ihr die Welt vergeßt.«

»Nein! Nie!« schrie sie und verdrängte die unzüchtigen Bilder.

»Koste mich!« flüsterte er, und sein Mund strich über ihre Lippen.

Katherine schlug mit den Fäusten nach ihm. Mühelos hielt er ihre beiden Handgelenke mit einer Hand fest. Sie war gefangen. Seine Zunge tastete die Konturen ihrer Lippen nach. Katherine hörte auf zu atmen. Nun saugte er behutsam an ihrer Unterlippe. Und seine Männlichkeit pochte zwischen ihren Beinen.

Katherines Puls hämmerte hart, sie glaubte, das Herz müsse ihr zerspringen. Sie japste nach Luft, um nicht zu ersticken. Der Pirat gab einen kehligen Laut von sich, seine Zunge drängte begehrlich in ihren Mund.

Katherines Knie wurden weich. Sie wäre zu Boden gesunken, hätten seine Arme sie nicht gehalten. Unvermutet gab er ihren Mund frei. Benommen blickte sie ihm in die Augen, unfähig, eine Bewegung zu machen. Sie hätte nie geahnt, daß ein solcher Kuß überhaupt möglich war.

Erst jetzt bemerkte sie, daß sie sich an seinen breiten Schultern festklammerte. Sie machte einen hilflosen Versuch, ihn von sich zu stoßen, zwang sich, nicht an die pochende Hitze zu denken, die sich zwischen ihre Schenkel drängte. »Mein Vater wird Euch kein Lösegeld bezahlen, wenn Ihr mir Gewalt antut«, stieß sie heiser hervor.

Sein Mund beschrieb einen Halbkreis brennender Küsse an ihrem Halsansatz. Ihr Herz dröhnte. Er hob lächelnd den Kopf. »Ich werde Euch keine Gewalt antun, mein Schatz. Einer Frau wie Euch würde ich niemals Gewalt antun.«

»Ihr nehmt mich nicht ernst!« fuhr sie ihn an.

»Ich nehme Euch sogar sehr ernst«, murmelte er und blickte ihr tief in die Augen.

»Dann gebt mich frei!« forderte sie.

Sein Blick wanderte über ihr Gesicht, ihre Brüste. »Ich kann nicht.«

»Warum nicht?« rief sie verzweifelt.

Seine Kiefernmuskeln spannten sich. Wieder strichen seine Fingerkuppen über ihre Wangen. »Weil Ihr die schönste Frau seid, die mir je begegnet ist, weil ich mich vor Verlangen nach Euch verzehre.«

Katherine blickte ihn ungläubig an. »Aber Ihr könnt mich nicht haben! Ich bin kein Apfel, in den Ihr nach Lust und Laune beißen könnt. Ich bin Katherine FitzGerald, Tochter des Grafen von Desmond, von Geburt und Erziehung eine adelige Dame. *Ihr könnt mich nicht haben!*«

Seine funkelnden Augen ließen nicht von ihr ab. Es dauerte eine Weile, bevor er sprach. »Ihr irrt! Ihr gehört mir bereits. Wir sind nicht in Desmond. Wir befinden uns auf meinem Schiff. Auf hoher See. Hier bin ich König, Herr über alles und jeden, soweit das Auge reicht. Ihr gehört mir, seit Ihr mir in die Hände gefallen seid. Ich tue unschuldigen Frauen keine Gewalt an. Noch heute nacht beweise ich Euch, daß Eure Angst unnötig war.«

»Denkt an das Lösegeld, das ich Euch bringe! Das ist mehr wert als ein flüchtiges Vergnügen.«

Seine Mundwinkel zogen sich nach oben. »Ich will kein Lösegeld.« Er hob ihr Kinn. Sein Blick heftete sich auf ihre Lippen. »Lösegeld ist das Letzte, was mir am Herzen liegt.«

»Gebt mich frei! *Bitte!*«

Sein Blick suchte ihre Augen. »Es tut mir leid, Katherine, daß ich es bin, der Euch die Wahrheit sagen muß. Selbst wenn ich Lösegeld für Euch verlangen wollte, es wäre aussichtslos.«

Katherine erstarrte. »Was wollt Ihr damit sagen?«

Er seufzte. »Euer Vater ist seit vielen Jahren der Gefangene der Königin.«

Katherine erstarrte, brachte keinen Laut hervor, konnte nicht atmen.

Er suchte ihren Blick. »FitzGerald wurde wegen Hochverrats verurteilt, sein Besitz eingezogen, sein Titel aberkannt.

Es gibt keinen Grafen von Desmond mehr, kein Schloß, kein Land, nur einen in Ungnade gefallenen Gefangenen.«

Katherine blickte ihn verständnislos an.

3. Kapitel

In Katherines Kopf schrie eine schrille Stimme: *Das kann nicht sein!*

Dann drang die Stimme des Piraten wieder in ihr Bewußtsein. »Ihr seht also, Katherine, Euer Vater kann weder Lösegeld bezahlen, noch kann er Euch helfen.«

Ihre grünen Augen flackerten wild. »Ich glaube Euch kein Wort. Ihr lügt!«

Er blieb ruhig. »Ich lüge nicht. Ich sage nur, was die ganze Welt weiß.«

Katherine weigerte sich, ihm zu glauben. Ihr Vater, ein Gefangener der Krone; seines Titels, seiner Besitztümer beraubt? Nein, das durfte nicht wahr sein.

Der Ton des Piraten wurde sanfter. »Aber Euer Vater lebt, Katherine. Er wurde nicht enthauptet. Soweit ich weiß, lebt er in Southwark unter Hausarrest.«

Katherine zuckte zusammen, ihr Busen hob und senkte sich schwer. »Southwark?« fragte sie benommen. Southwark, nicht Desmond.

Ihr Vater war ein Gefangener der Krone, lebte gezwungenermaßen in London — in der Verbannung.

»Ich verstehe Euren Schock.« Der Pirat musterte sie prüfend.

Katherine haßte ihn. Sie haßte ihn für seine Gleichgültigkeit, für seine sündigen Absichten, dafür, daß er ihr die schlimme Nachricht überbracht hatte. »Ihr versteht nichts«, entgegnete sie schneidend. »Geht mir aus den Augen!«

Sein kantiges Gesicht wurde abweisend. Katherine sank gegen die Wand. Wenn ihr Vater Gefangener der Krone und all seiner Reichtümer beraubt war, so war ihre Flucht aus dem Kloster sinnlos. Wenn ihr Vater in die Verbannung geschickt worden war, so war auch sie in Ungnade gefallen und verbannt. Ohne Adelstitel, ohne Mitgift würde kein Mann sie haben wollen. Sie stand ohne Zukunft da, ohne Träume, ohne Hoffnung. Sie war ein Niemand, ein Nichts.

»Trinkt!«

Katherine erschrak. Der Pirat hielt ihr ein Glas Branntwein hin. »Nein.«

»Wie eigensinnig Ihr seid«, meinte er zärtlich. »Seid nicht dumm. Trinkt!« Er hielt ihr das Glas an die Lippen.

Katherine nippte und japste nach Luft, als die brennende Flüssigkeit ihre Kehle hinunterlief. Sie stieß seine Hand weg. Der Branntwein bespritzte sein Hemd und seine sonnengebräunte Haut. Seine Lippen wurden schmal. »Ich bin kein sanfter Mann. Ich bin auch nicht gütig. Aber ich versuche, Geduld mit Euch zu haben«, grollte er. »Ich werde Euch zähmen wie ein Wildpferd. Ich will Euch nicht brechen, Katherine, obwohl mein Verlangen nach Euch beinahe unerträglich ist.«

Sie holte tief Luft. »Ich bin kein Pferd, das man zähmt.«

»Ihr seid eine schutzlose Frau und braucht einen Mann, der Euch beschützt und leitet.«

»Haltet Ihr Euch etwa für diesen Mann? Für meinen Beschützer?« entgegnete sie höhnisch.

»Ihr habt keine andere Wahl.«

Wutentbrannt wollte Katherine sich an ihm vorbeidrängen. Mühelos hielt er sie am Arm fest und zog sie an sich. Das Glas stellte er beiseite, ohne den Blick von ihr zu wenden. Katherine verkrampfte sich. Sie haßte seinen harten, heißen, erregten Körper.

»Ich bin ein sinnlicher Mann«, raunte er. »Und ich denke, wir beide passen gut zusammen.«

»Wir passen niemals zusammen! Stillt Eure Lust woanders!« zischte sie.

»Nein.«

Ein Blick in seine grauen Augen sagte ihr alles. Er kümmerte sich nicht um ihre Gefühle. Sie hatte keine Familie, keinen Namen, nichts, was sie schützte. Er war ein gewissenloser Schurke, der ihre Notlage schamlos ausnutzte. Nichts hinderte ihn daran, sie ins Unglück zu stürzen. Es war nur eine Frage der Zeit.

Wenn sie nur klar denken könnte. Sie mußte sich durch den Aufruhr ihrer Gefühle, ein Gewirr von Schock, Unglauben und Angst kämpfen. Sie mußte einen Ausweg aus ihrer grauenvollen Lage finden. Sie war Katherine FitzGerald. Es mußte noch irgendwo verstecktes Geld geben, ein Stück Land, Verwandte, einen einflußreichen Onkel. Und sie hatte ihren stolzen, alten Namen. »Nehmt Eure Hände von mir!«

Der Pirat gehorchte.

Katherine wich nach hinten. Er ließ sie nicht aus den Augen. In seinem Blick lag Kälte und Glut zugleich. Die Kälte rührte von seiner Herzlosigkeit. Die Glut stieg von seinen Lenden auf.

Katherine trat hinter den schweren Mahagonitisch und hielt sich an der lederbezogenen Rückenlehne eines Stuhles fest. Wenn er nicht gelogen hatte, wäre das eine Erklärung, warum das Geld für ihren Unterhalt seit dreieinhalb Jahren ausgeblieben war, warum ihr Vater die Anfragen der Äbtissin nicht beantwortet hatte. Sie mußte mehr über die Geschehnisse erfahren. »Erzählt mir von meinem Vater.«

Er näherte sich, blieb aber vor dem Tisch stehen. »Was wollt Ihr wissen?«

»Alles.« Ihre Stimme bebte. »Ich kann nicht glauben, daß mein Vater wegen Hochverrats verurteilt wurde, daß er ein Gefangener ist ... in Ungnade gefallen.«

Der Pirat sah ihr lange in die Augen, bis Katherine den Blick abwandte. Endlich fing er an zu sprechen. »Nach Affane setzte Butler Euren Vater in Clonmel fest. Die Königin befahl beide Männer an den Hof, und Euer Vater wurde in den Tower geworfen. Dort blieb er zwei Jahre, da die Königin und der Kronrat unschlüssig waren, was mit ihm weiter geschehen sollte. Auch Tom Butler hatte die Königin mit seiner Rolle in der blutigen Fehde erzürnt, aber sie verzieh ihm.«

»Natürlich«, bemerkte Katherine spitz. Tom Butler, der

Graf von Ormond, war nicht nur der verhaßte Feind ihres Vaters, er war ein Cousin der Königin und einer ihrer Günstlinge. Katherine legte ihre flachen Hände auf die polierte Tischplatte und beugte sich vor. »Aber warum?« rief sie verzweifelt. »Mein Vater hat sich früher schon gegen die Krone aufgelehnt — und wurde begnadigt! Warum hat die Königin ihn schuldig gesprochen und Ormond begnadigt?«

»Als sie Euren Vater früher begnadigte, war die Königin eine junge Frau«, versuchte Liam zu erklären. »Und sie scheute sich, das Thema Irland aufzugreifen. Diesmal war sie entschlossen, die irischen Lords zur Raison zu bringen, allen voran Euren Vater, der sich ihrer Autorität in seinem Land widersetzte. Ormond hingegen war immer ein treuer Untertan. Dennoch war der Kronrat geteilter Meinung. Es bildeten sich verschiedene Fraktionen. Eine Gruppe, angeführt von Dudley und Sir William Cecil, stimmte für eine Begnadigung und die Rückkehr Eures Vaters nach Desmond. Die Gegenpartei unter Ormond stimmte für seine Eliminierung.«

Katherine ballte die Fäuste. »Und der schwarze Tom Butler siegte.«

Der Pirat nickte. »Aber auch nur mit Hilfe Eures Vaters. Nach zwei Jahren wurde er nämlich aus dem Tower entlassen und durfte in Southwark wohnen, unter Bewachung und mancherlei Restriktionen. Er aber versuchte zu fliehen. Der Schiffskapitän, der ihn nach Irland bringen sollte, entpuppte sich freilich als verräterischer Judas. Ich glaube, die Königin war richtig froh, endlich einen handfesten Beweis gegen Desmond in der Hand zu haben und ihn unschädlich machen zu können. Er wurde des Hochverrats angeklagt und verurteilt, verlor seinen Besitz und seinen Titel. Das ist zwei Jahre her. Soweit ich weiß, lebt er in St. Leger House in Southwark unter Arrest.«

Katherine war völlig benommen. »Mein Vater ist also seit der Schlacht von Affane in Gefangenschaft«, bestätigte sie dumpf.

Er nickte. »Die Notwendigkeit, Südirland unter die Herrschaft der Krone zu bringen, war der Anlaß für seine Verurteilung. Euer Vater war der mächtigste Lord von Irland und der rebellischste. Sein Schicksal war bereits besiegelt, als Butler ihn in Affane gefangennahm.«

Katherine schwankte und schloß die Augen. Seit sie in Frankreich lebte, saß ihr Vater im Gefängnis oder lebte unter Hausarrest. Sechs Jahre war er nun seiner Freiheit beraubt. Und er hatte alles verloren. Es war so ungerecht.

»Ihr müßt Euch mit den Tatsachen abfinden, wenn Ihr überleben wollt.« Der sachliche Ton des Piraten brachte sie in die Gegenwart zurück. »Hört mir gut zu, denn ich weiß, wovon ich spreche. Ich bin ein Mann der See, ohne Clan, ohne Vaterland. Ich bin auf mich selbst angewiesen, und mein Handeln ist danach ausgerichtet.«

Sie blickte ihm unverwandt in die Augen. »Was redet Ihr? Ihr seid ein O'Neill. Ihr habt einen Clan und ein Vaterland. Und wenn Ihr Euch dagegen entschieden habt, so ist das Eurer Dummheit zuzuschreiben.«

Er lächelte bitter. »Mein Vater war irisch wie Ihr, aber meine Mutter war Engländerin. Die O'Neills sehen in mir einen Engländer. Und die Engländer halten mich für ebenso wild wie meinen Vater.«

Er sprach gleichmütig, ohne Selbstmitleid oder Bedauern. Katherine begriff plötzlich. Ihre Lebenssituation ähnelten einander. Auch er hatte einen berühmten Namen, der ihm nichts nützte, auch er hatte Verwandte, die ihm keinerlei Rückhalt gaben. Er hatte sich der Wahrheit gestellt und trotzte den Stürmen des Lebens auf seine Weise. Er riet ihr, ihr Leben auf ihre Weise zu meistern. »Heißt das, ich kann nur überleben, wenn ich mit Euch das Bett teile?« fragte sie höhnisch. »Ich bin also ein ideales Opfer für einen Mann wie Euch. Es gibt niemand, der Euch zur Rechenschaft zieht, niemand, der meine Schmach rächen würde.«

Seine Augen funkelten. »Eine intelligente Frau«, murmelte er. »Schön, eigensinnig und klug — welch eine seltene Mischung.«

Katherine errötete. Seine Worte konnten keine plumpe

Schmeichelei sein, denn eine ideale Frau war weder eigensinnig noch klug, sondern keusch, bescheiden und gehorsam, im großen wie im kleinen. Er aber lächelte sie an, als freue er sich über ihre Eigenschaften. Katherine reckte das Kinn. »Ich bin nicht Euer Opfer. Ich glaube nicht, daß ich völlig schutzlos in dieser Welt stehe. Ich glaube nicht, daß Ihr mit mir machen könnt, was Euch beliebt, und ungestraft davonkommt.«

Die Muskeln seiner Wangen spannten sich, er erhob sich zu seiner ganzen drohenden Größe. »Ihr seid ein Opfer, Katherine. Ihr seid ein Opfer politischer Umstände.« Er blickte sie durchdringend an. »Aber nicht ich habe über das Schicksal Eures Vaters bestimmt — nicht ich habe ihn schuldig gesprochen und bestraft. Gebt mir nicht die Schuld an dem unbesonnenen Handeln Eures Vaters. Nicht ich habe Euch Erbe, Namen und gesellschaftliche Stellung genommen.«

»Ich klage Euch wegen *Eures* unbesonnenen Handelns an«, schrie sie zornig und ballte die Fäuste.

Ein Lächeln huschte über sein Gesicht. »Ich bin *nie* unbesonnen.« Er kam um den Tisch herum. Katherine wich zurück — und stand an der Wand. Sein Lächeln war gefährlich. »Aber in einem Punkt habt Ihr recht.«

Sein Blick glitt über ihr Gesicht. »Ihr habt einen Beschützer, Katherine, einen einzigen Beschützer auf der ganzen Welt, und der bin ich.«

Sie japste. »Und wer beschützt mich vor Euch?«

Er lachte leise. »Ihr begreift immer noch nicht. Ihr müßt nicht vor mir beschützt werden. Ich habe nicht die Absicht, Euch weh zu tun. Meine Absicht ist, Euch vor der Welt zu beschützen, für Euch zu sorgen, Euch Freude zu bereiten. Mein einziger Wunsch ist, daß Ihr freiwillig zu mir kommt. Mehr verlange ich nicht, Katherine.« Sein Blick wurde traumverloren. »Vom ersten Augenblick an, als ich Euch sah, wußte ich, daß Ihr meine Geliebte werdet.«

»Nein«, preßte Katherine hervor. »Meine Antwort ist nein! Ich werde nicht Eure *Geliebte!*« Es fiel ihr schwer, das gräßliche Wort auszusprechen.

»Ihr werdet Eure Meinung ändern, wenn Ihr Euch beruhigt habt und Euch mit den Umständen abgefunden habt.«

»Ich werde niemals meine Meinung ändern! Ich lasse mir meine Träume nicht nehmen!« Katherine war fest entschlossen, an ihren Träumen festzuhalten, allen widrigen Umständen zum Trotz.

»Eure Träume existieren nicht mehr«, entgegnete er kühl.

»Nein!« Sie schluckte ihre heißen Tränen hinunter. »Ich verfluche die Butlers!« flüsterte sie voll Bitterkeit. »Ich verfluche den Kronrat — und ich verfluche die Königin!«

»Katherine! Heilige Mutter Gottes! Was hat er dir angetan?« rief Juliet bestürzt.

Der Pirat hatte Katherina allein gelassen, als sie anfing zu weinen. Irgendwann hatte sie sich erschöpft auf dem breiten Bett zusammengerollt.

Sie wußte nicht, wieviel Zeit vergangen war, hatte nicht gehört, wie Juliet die Kajüte betrat. Nun richtete sie sich mühsam auf. Ihr Kopf schmerzte von den Tränen, den furchtbaren Nachrichten und ihrer Angst vor dem Piraten. Krampfhaft hatte sie über Auswege nachgedacht, ohne eine vernünftige Lösung zu finden.

Sie tätschelte Juliets Hand. »Mir geht es gut«, flüsterte sie. »Er hat nicht ...« Die Stimme drohte ihr zu versagen. »Er hat mir nicht die Unschuld geraubt.«

»Gottlob.« Juliet atmete erleichtert auf und strich ihr ein paar wirre Locken aus der Stirn. »Hat er ... dir weh getan?«

Katherine zögerte. »Nicht wirklich.« Immer noch entsetzt über die sinnlichen Regungen ihres Körpers, hatte sie Mühe, sein Bild aus ihren Gedanken zu verbannen. »Und du? Bist du unversehrt?« fragte sie.

Juliet nickte. »Die Mannschaft hat Anweisung, sich von uns fernzuhalten.«

Katherine sah sie fragend an.

»Ich hatte solche Angst, Katherine. Aber der Kahlköpfige, dieser Macgregor, sagte mir, daß der Kapitän keine Vergewaltigungen zuläßt. Und daß wir uns keine Sorgen machen müssen. Das französische Schiff wurde freigegeben, und keinem der Seeleute ist ein Leid geschehen.«

Katherine reagierte mit Verachtung. »Pah! Nur weil der Kerl nicht sämtliche Männer über Bord geworfen hat? Ich glaube ihm kein Wort!«

Juliet machte ein besorgtes Gesicht. »Was hat er wohl mit uns vor? Will er Lösegeld?«

Katherine biß die Zähne aufeinander. »Juliet, mein Vater hat seinen Besitz und seinen Titel verloren und steht unter Hausarrest.«

Juliet erschrak. »O Katherine!«

Katherine dachte an ihren mächtigen, kühnen und klugen Vater und hoffte, daß er einen Plan hatte, sich seinen Besitz zurückzuholen. Es konnte nicht so sein, wie der Pirat sagte.

»Aber was will er von dir?«

Katherine blickte ihrer Freundin in die Augen. »Er hat die Absicht, mich zu schänden.«

Juliet sah sie verständnislos an.

Katherine vergaß, wie naiv und behütet Juliet war. »Er beabsichtigt, mich zu verführen, mich zur Gefangenen seiner Leidenschaft zu machen.«

Juliet errötete bis an die Haarwurzeln. »Was wirst du jetzt tun?« rief sie verzweifelt.

»Ich weiß nicht«, entgegnete Katherine. Und dann setzte sie düster hinzu: »Ich werde kämpfen.«

Die Mädchen erschraken, als der Riegel beiseite geschoben wurde. Bang blickten sie zur Tür, die langsam geöffnet wurde. Ein Knabe, nicht älter als zehn oder elf, trat mit einem bedeckten Tablett in den Händen ein. Bratenduft stieg den Mädchen in die Nase, beide richteten sich kerzengerade auf. Die letzte Mahlzeit hatten sie am Abend zuvor auf dem französischen Schiff eingenommen.

»Der Kapitän befahl, den Damen das Essen zu bringen.« Seinem Akzent nach war er Franzose. Er stellte das Tablett auf den Tisch und entfernte die Serviette. »Wenn Ihr etwas braucht, ich bin Guy.«

Der Knabe war mager und bleich. Vermutlich aus seiner

Heimat verschleppt und an die Piraten verkauft, dachte Katherine angewidert. »Danke, Master Guy.«

Der Knabe furchte die Stirn. »Guy genügt.«

Katherine rief ihm nach: »Guy? In welche Richtung fährt dieses Schiff?«

»Nach Norden«, antwortete er über die Schulter und verließ die Kajüte.

Plötzlich stand der Pirat mitten im Raum. Katherine hatte ihn nicht gehört. Ihre Blicke trafen sich einen Herzschlag länger als nötig. Errötend senkte sie den Kopf.

Liam trat an den Tisch, ohne sich zu setzen. »Bitte zu Tisch, die Damen. Es gibt *boeuf bourguignon,* frisches Brot, Rotwein und zum Nachtisch warmen Apfelkuchen.«

Die Mädchen tauschten unsichere Blicke, sie waren am Verhungern.

Beide rutschten gleichzeitig von dem hohen Bett, schritten gemessen an den Tisch und setzten sich. Erst nachdem die Damen saßen, setzte auch der Pirat sich.

Katherine hielt den Blick gesenkt. »Wohin bringt Ihr uns?« fragte sie.

»Nach Norden. Auf meine Insel.«

Katherines Hunger war verflogen. Sie blickte ihn haßerfüllt an.

»Und was wird mit mir?« wisperte Juliet.

Der Pirat streifte sie mit einem kurzen Blick. »Ihr werdet nach Cornwall gebracht.«

Katherine schob ihren Teller beiseite. Kaltes Entsetzen packte sie. Nicht mehr lang, und er würde sie in sein Bett zwingen. Und danach würde er sie auf seine Pirateninsel verbannen.

Es mußte eine Flucht geben.

Das Mahl wurde schweigend eingenommen. Erst nachdem die Teller abgetragen waren, wagte Katherine, den Blick zu heben. Der Pirat saß ihr lässig gegenüber, ein Glas Branntwein in der Hand, den Blick unverwandt auf sie gerichtet.

»Ziemlich ungewöhnlich für eine Dame, ein Kloster ohne

die elterliche Erlaubnis zu verlassen, findet Ihr nicht?« meinte er mit unverhohlenem Spott.

»Ich habe beschlossen, mein Schicksal selbst in die Hand zu nehmen«, entgegnete Katherine aufbrausend. »Ich hatte nicht die Absicht, im Kloster alt und grau zu werden.«

»In der Tat«, murmelte er, und seine Stimme war wie eine zarte Feder, die über ihre Haut strich.

Katherine errötete. Plötzlich war ihr bewußt, wie ungehorsam und eigenwillig sie wirken mußte. Trotzig verteidigte sie sich. »Mein Vater hat nicht auf meine Briefe geantwortet, und ich wußte nichts von seiner Notlage. Ich wußte nur, daß ich nach Irland zurückkehren muß.«

»Viele Damen sind zufrieden in der Abgeschiedenheit und Geborgenheit eines Klosters.«

»Ich nicht«, entgegnete sie patzig.

Er lächelte. »Das freut mich. Ihr seid die faszinierendste Frau, die mir je begegnet ist, Katherine.«

Sie krallte die Finger in ihrem Schoß ineinander, senkte den Blick. Er machte nicht einmal den Versuch, sein Verlangen zu verbergen. Es kümmerte ihn nicht, daß Juliet Zeugin wurde. Der Mann war unmoralisch und abscheulich.

Abrupt hob Katherine den Kopf, ihre Blicke trafen sich. Panik durchfuhr sie wie eine Hitzewelle. Wie konnte sie die Schande nur abwenden? Wie nur?

Er lächelte. »Lady Juliet, gestattet, daß ich Euch in Eure Kabine begleite.«

Juliet blieb kerzengerade sitzen.

Katherines Hände klammerten sich an der Tischplatte fest. Ihre Blicke irrten wild umher. »Ich denke, Juliet bleibt hier, schläft bei mir«, stammelte sie.

Er erhob sich träge. Das Funkeln seiner Augen war allerdings keineswegs träge. »Lady Juliet?«

Juliet warf der Freundin einen bangen Blick zu, stand aber gehorsam auf. Auch Katherine war auf den Beinen. »Bitte«, flehte sie, »laßt Juliet bei mir.«

Sein Blick glitt von ihrem Gesicht über ihre Figur. Wortlos nahm er Juliets Arm, brachte sie zur Tür und rief nach dem

Wachtposten. Juliet warf der Freundin einen letzten, verzweifelten Blick über die Schulter zu, dann war sie verschwunden. Der Pirat schloß die Tür und wandte sich langsam um.

»Was habt Ihr vor?« Katherines Stimme zitterte vor Panik.

Er lehnte mit verschränkten Armen in der Tür. »Ich werde Euch verführen, Katherine.«

Katherine erstarrte. Der Pirat näherte sich langsam wie eine Raubkatze.

Katherine haßte seine Arroganz, sie haßte alles an ihm.

»Ich werde Euch nicht töten«, murmelte er mit einer Stimme wie gesponnene Seide.

»Nein, Ihr werdet nur meine Seele vernichten«, entgegnete sie dumpf.

Lächelnd streckte er ihr die Hand entgegen.

Wie eine Furie trommelte sie mit den Fäusten auf ihn ein. Er duckte sich blitzschnell unter ihrem Angriff, packte ihre Handgelenke und hielt sie fest. Staunen lag in seinem Blick. Sie stand reglos, stumm. Nur ihre Brust hob und senkte sich.

Blitzschnell schob er den Arm unter ihre Knie und hob sie hoch. Katherine schrie und wehrte sich mit Händen und Füßen. Er trug sie zum Bett. Es geschah alles viel zu schnell!

Mit ihr in den Armen ließ er sich auf die weiche Matratze nieder. »Schsch!« versuchte er sie zu beruhigen. »Sei still. Ich will dich nur küssen.«

Katherine riß den Kopf nach hinten, und das war ein Fehler. Seine Lippen saugten sich an der weichen Unterseite ihres Kinns fest. Ein sündiges Kribbeln durchströmte sie. Sie rang nach Luft, hörte sein leises Lachen, spürte seine Hand auf ihrer Brust, die sich schmerzlich zusammenzog.

Er schenkte ihrer Abwehr etwa so viel Aufmerksamkeit wie dem Summen einer lästigen Fliege. Unbeirrt drückte er sie auf die seidenen Decken, beugte sich über sie und küßte sie. Katherine grub ihre Fingernägel in seine Schultern, was er gar nicht zu bemerken schien. Sein Mund strich sanft über ihre Lippen, zärtlich, geduldig. Ohne es zu wollen, hörte Katherine auf, wie wild um sich zu schlagen und zu strampeln. Ihre Finger lösten sich, ihr verkrampfter Körper entspannte sich. Seine Zunge drängte an ihre Lippen, öffneten sie.

Mit einem wohlig sinnlichen Stöhnlaut legte er sich auf sie und vertiefte seinen Kuß. Katherine wimmerte leise. Ein sengendes Feuer durchströmte sie, breitete sich bis in ihre Lenden aus. Das Blut rauschte in ihren Ohren, ihr Verstand setzte aus.

Seine Hüften kreisten wollüstig, sein harter Schaft liebkoste ihre Schenkel. Katherine drehte den Kopf zur Seite, entzog ihm ihren Mund, schrie. Er preßte sich noch drängender an sie.

»Katherine«, raunte er. »Liebste.« Seine Hand hatte sich unter ihre Röcke geschoben und liebkoste ihre Schenkel durch das dünne Leinen ihrer Unterwäsche. Und dann strich seine Handfläche gefährlich weit nach oben und umkreiste ihr weiches, pochendes Fleisch.

Katherine war halb betäubt, beinahe um den Verstand gebracht. Sein Daumen umkreiste ihre Schamlippen, berührte ihr feuchtes Geheimnis.

O Gott! Wenn sie ihn jetzt nicht abschüttelte, verlor sie ihre Unschuld. In wilder Panik versuchte sie, einen klaren Gedanken zu fassen.

Er raunte ihren Namen.

Katherine zwang sich zur Gegenwehr. Mit beiden Fäusten bearbeitete sie seine breiten Schultern. »Nein!« Vergeblich versuchte sie, sich unter seinem schweren Körper herauszuwinden, zog ein Knie an, um es ihm zwischen seine erregten Lenden zu stoßen. Er begriff ihr Vorhaben, schob blitzschnell seine Hüften zur Seite und wich dem Angriff aus. Katherine nutzte die Situation, stieß ihn von sich, rollte seitlich vom Bett und landete auf dem Fußboden.

Benommen und atemlos versuchte sie sich aufzuraffen. Doch schon war er vorgeschnellt, seine Faust packte zu und wühlte sich in ihr Haar. Katherine schrie.

Mit dem Oberkörper halb aus dem Bett gebeugt, hielt er

sie an den Haaren fest, ihr Gesicht dicht an seinem. In seinen Augen las sie Staunen und Wut, sein Mund war ein schmaler Strich. Katherine blickte ihn starr an. Als ihr die Tränen aus den Augen quollen, lockerte sich sein Griff, seine Züge entspannten sich. Mit einem gotteslästerlichen Fluch ließ er von ihr ab. Katherine sank zu Boden.

Sie hörte, wie er aufstand. Sie richtete sich auf und hob den Blick. Und errötete heftig. Er stand über ihr, seine aufgerichtete Männlichkeit war nicht zu übersehen. Sie wandte erschrocken den Blick ab, wünschte verzweifelt, seine Berührung hätte nicht diese sinnliche Hitze in ihr ausgelöst, dieses Pulsieren in ihrem Leib. »Ich hasse Euch«, zischte sie.

»Vor wenigen Augenblicken habt Ihr mich nicht gehaßt.«

Das graue Funkeln seiner Augen war ihr unheimlich. Sie wich an den Bettpfosten zurück, konnte aber den Blick nicht von ihm wenden. »Ich habe Euch vorhin ebenso gehaßt, wie ich Euch jetzt hasse, O'Neill!«

Seine Lippen verzogen sich zu einem unangenehmen Lächeln. »Ihr macht aus einer angenehmen Verführung etwas Scheußliches.«

»Eine *angenehme* Verführung?«

»Ja, eine für uns beide angenehme Verführung.« Sein Blick verdunkeltle sich. »Versucht nicht, es zu leugnen.«

Ein Stich durchbohrte sie. »Was meint Ihr mit scheußlich? Droht Ihr mir mit Vergewaltigung?«

Seine Nasenflügel bebten. »Gewisse Damen haben eine Vorliebe für Gewalt. Wenn Ihr zu dieser Sorte gehört, könnt Ihr es gern haben.«

Katherines Augen weiteten sich.

»Schaut mich nicht so erstaunt an. Ach ja, man hat Euch sechs Jahre ins Kloster gesperrt, das hätte ich beinahe vergessen.« Er lächelte spöttisch. »Und bevor Ihr einen hysterischen Anfall bekommt, kann ich Euch beruhigen. Ich vergewaltige keine Frauen, selbst dann nicht, wenn ich provoziert werde.«

Sie glaubte ihm kein Wort. Statt des beabsichtigten Hohnlachens kam ein gequälter Laut aus ihrer Brust. »Ihr habt doch eben gesagt, daß Ihr Damen mit einer Vorliebe für Gewalt ...« Sie konnte nicht weitersprechen. Bilderfetzen drangen auf sie ein, Bilder des blonden Piraten, der rasend über eine Frau ohne Gesicht herfiel, die sich ihm fiebernd hingab.

»Ich kann grob oder sanft sein. Ihr müßt mir nur sagen, was Ihr wollt.« Seine Augen senkten sich in ihre.

»Ich will ... ich will ... daß Ihr mich allein laßt.«

»Ihr wollt mich in Euch haben, Liebste«, entgegnete er hohnlachend.

Seine lasterhaften Worte trieben ihr die Schamröte ins Gesicht. »Ihr seid ein Wilder, ein Pirat, ein Schurke, der Schwächere überfällt und ausraubt.« Hilflos kauerte sie auf dem Boden und blickte zu ihm hoch. »Ihr fallt über mich her, wie Ihr über andere Frauen hergefallen seid. Ich will Euch nicht!«

»Andere Frauen haben mich beglückt mit offenen Armen empfangen.«

Katherine lachte bitter. »Huren und Dirnen.«

Er beugte sich wütend vor. »Ich lege mich nicht zu pokkennarbigen Huren. Meine letzte Geliebte war eine Gräfin.«

Eine Lüge! Welche Gräfin würde sich von einem Gesetzlosen verführen lassen? Selbst wenn er noch so gut aussah.

»Es gibt Frauen, die keine Angst vor ihrer Leidenschaft haben.« Seine Augen hielten sie gefangen. »Aber das sind keine prüden, zimperlichen Klosterschwestern.«

Katherine sprang auf die Füße. »Ich habe keine Angst vor meiner Leidenschaft«, kreischte sie. »Ich wünsche mir nichts sehnlicher als einen Mann — einen Edelmann, einen braven, gerechten, liebevollen Mann, der mein Gemahl ist.«

Er blickte sie lange schweigend an. »Und wer soll dieser Ausbund an Tugend sein?«

Katherine reckte trotzig das Kinn. »Ich habe ihn noch nicht gefunden.«

Sein Lachen war kalt, grausam und herablassend und kränkte sie zutiefst.

»Ich war sechs Jahre im Kloster eingesperrt«, verteidigte sie sich. »Wie könnte ich ihn gefunden haben? Jedenfalls habe ich nichts für gottlose, blutrünstige, räuberische Piraten übrig.«

Seine Augen sprühten wütende Funken. Er setzte die Branntweinflasche an und nahm einen tiefen Schluck, ohne sie aus den Augen zu lassen. Katherine fürchtete, er würde sich erneut auf sie stürzen und ihr Gewalt antun.

»Ich muß verrückt sein«, stieß er hervor. »Mich auf Euch einzulassen.«

»Dann gebt mich frei.«

»Nein.«

»Bitte.«

Er schwieg.

Katherines Busen hob und senkte sich. »Dann tut mir Gewalt an, damit es endlich vorbei ist.«

Seine Augen wurden schmal, sein Gesicht verzerrte sich. Die Flasche flog gegen die Wand und zerbarst in tausend Scherben. Im nächsten Augenblick war er bei ihr.

Sie bedauerte ihre unbesonnenen Worte. Er bückte sich, hob sie hoch und warf sie aufs Bett. Katherine suchte auf allen vieren zu entkommen. Er packte ihren Fuß, zog sie zurück und lag im nächsten Augenblick auf ihr.

Katherine lag reglos. Auch er lag bewegungslos auf ihr. Nur sein Atem ging stoßweise. »Soll ich Euch Gewalt antun, damit es endlich vorbei ist?« keuchte er.

Sein Atem strich heiß über ihren Hals. Katherine war deutlich und angstvoll bewußt, wie leicht er ihr die Röcke hochreißen und sie nehmen könnte. Seine Männlichkeit preßte sich heiß zwischen ihre Schenkel.

»Soll ich Euch Gewalt antun, damit es endlich vorbei ist?« wiederholte er drohend.

»Nein!«

Er rollte von ihr herunter und stand auf.

Katherine fuhr hoch, kroch auf die andere Seite des Bettes und drückte sich an das geschnitzte Kopfende.

Er blickte ihr unverwandt in die Augen.

Plötzlich blitzte ein Dolch in seiner Hand. Katherine blieb das Herz stehen. Die Klinge sauste durch die Luft und steckte im nächsten Augenblick zwei Finger breit von ihrer Wange entfernt im Holz. Kalter Schweiß bildete sich auf ihrer Stirn. Die Augen des Piraten blitzten tödlich wie der Stahl der Waffe.

Er fuhr herum, war mit langen Schritten an der Tür, riß sie auf und schlug sie hinter sich zu. Dann wurde der Riegel mit einem lauten Knall vorgeschoben.

Katherine bedeckte das Gesicht mit den Händen und begann zu zittern. Die Drohung war deutlich genug.

4. Kapitel

Katherine nahm sich vor, den Piraten nicht weiter zu provozieren.

Es war spät geworden, vermutlich nach Mitternacht. Sie hatte auf seine Rückkehr gewartet, machte sich auf die nächste Runde eines erbitterten Kampfes gefaßt. Sie kauerte noch immer an den Bettpfosten gelehnt, wie er sie verlassen hatte.

Vor wenigen Minuten hatte er ihre Kabine wieder betreten.

Katherine beobachtete ihn wachsam. Ohne sie eines Blikkes zu würdigen, trat er an den Kleiderschrank und öffnete ihn.

Seine Bewegungen wirkten fahrig. War er betrunken? Katherine verkrampfte sich noch mehr.

Er riß sich das Hemd vom Leib. Katherine erschrak beim Anblick seines breiten, gebräunten, muskulösen Rückens, der festen Gesäßbacken unter den engen Hosen. »Was habt Ihr vor?« entfuhr es ihr.

Er drehte sich um, sah sie erstaunlich sanft an. »Ich ziehe ein frisches Hemd an.«

Er streifte sich ein weißes Hemd über und trat ans Bett. »Wir beide müssen zu einer Einigung kommen.«

Er lallte nicht, stellte sie erleichtert fest. Sein Blick wanderte über ihr Gesicht. »Ihr seid sehr schön, Katherine. Wißt Ihr, daß ich nachts von Euch träume?«

Katherine drückte den Rücken gegen die Holzschnitzerei. Er war betrunken. Wie konnte er von ihr träumen? Schließlich hatte er sie erst an diesem Morgen kennengelernt. »Es gibt viele schöne Frauen auf der Welt«, antwortete sie tonlos.

»Richtig«, entgegnete er und stemmte die Hände in die Hüften. »Es gibt viele schöne Frauen auf der Welt. Sind sie aber auch eigensinnig und klug?«

»Macht Ihr Euch über mich lustig?«

Er lachte. »Nein, Liebste.«

Katherine hörte weder sein Lachen, noch den Kosenamen gern und kroch noch weiter nach hinten.

»Ihr habt immer noch Angst vor mir.« Sein Gesicht wurde ernst, seine Augen verloren das Weiche. »Ich entschuldige mich für mein Benehmen.«

Ihre Augen weiteten sich. Sie blieb stumm.

»Ihr habt mich in Wut gebracht, aber ich hätte mich beherrschen müssen. Meine einzige Rechtfertigung ist, daß ich nicht so viel Temperament von Euch erwartet hätte.« Sein Blick durchbohrte sie.

»Das ist keine Rechtfertigung. Ein Gentleman hätte mich niemals so behandelt.«

Seine Mundwinkel gingen nach oben. »Ihr habt ja gesagt, ich sei ein Wilder.«

»Wollt Ihr das bestreiten?«

»Keineswegs.« Seine Augen verdüsterten sich. »Mir ist noch keine Frau begegnet, die mich so in Rage gebracht hat.« Seine Stimme klang schneidend. »Und ich habe noch nie eine Frau im Zorn angefaßt.«

Katherina lachte verächtlich. Er war nicht nur ein Pirat, sondern ein echter O'Neill. Er stammte von einem wilden Clan ab, aus den entlegensten Winkeln Nordirlands. Sie dachte an den berüchtigten Shane O'Neill, der vor wenigen Jahren ermordet worden war. Sie hatte ihn einmal gesehen; damals mußte sie etwa neun Jahre alt gewesen sein. Der häßliche, schwarze, bärtige Riese stand ihr deutlich vor Augen. »Und das aus dem Munde eines O'Neill?« fragte sie spitz. »Die O'Neills sind berüchtigt für ihre Brutalitäten gegenüber Frauen!«

Sie drückte sich gegen den Bettpfosten. Sie durfte ihn nicht erzürnen!

Er schwieg, holte tief Luft und wandte sich ab. Nach einer Weile drehte er sich betont langsam um. Seine Stimme war leise und angespannt. »Ich will nicht mit Euch streiten.«

Sie schluckte schwer.

»Katherine, es hat keinen Sinn, wenn wir uns bekämpfen. Ihr braucht einen Beschützer, und ich biete mich an. Ihr müßt doch mittlerweile begriffen haben, daß Euch gar nichts anderes übrig bleibt. Wenn Ihr eine Weile bei mir seid, werdet Ihr sehen, daß ich Euch ein angenehmes Leben biete.«

Katherine verdrängte die Bilder, die sie bestürmten, Bilder von ihm und ihr in leidenschaftlicher Umarmung. Sie wollte, er wäre ihr nie begegnet. »Ich will nach Hause.«

Ein Anflug von Trauer huschte über sein Gesicht. »Ihr habt kein Zuhause mehr.«

Sie schluckte den Kloß in ihrem Hals hinunter, dachte an Askeaton Castle, an Castlemaine, an Shanid. »Ich will zu meinem Vater.« Ihre Stimme bebte; sie kam sich vor wie ein dummes, verängstigtes Kind.

Der Pirat blickte sie lange sinnend an. »Wollt Ihr tatsächlich mit FitzGerald und seiner hübschen jungen Frau in der Verbannung leben, in Armut und Ungnade?«

Ihr Herz wurde schwer. »Ich will heiraten. Ich will einen irischen Edelmann heiraten und in meine Heimat zurückkehren. Ich will ein Heim und Kinder. Mein Vater wird einen passenden Ehemann für mich finden.«

»Wird er das?« fragte Liam gedehnt.

»Ja!«

»Und wen wollt Ihr heiraten, *Mistress* FitzGerald? Einen Bauern, einen Fischhändler, einen Beamten?«

Der Gedanke erschreckte sie so sehr, daß sie keine Worte fand. Und sie wünschte sich sehnlichst, der Kerl würde sie nicht so ansehen, als täte sie ihm leid. »Mein Vater wird eine Heirat, meiner Stellung gemäß, für mich arrangieren.«

»Eure gesellschaftliche Stellung existiert nicht mehr.«

Sie schlang die Arme um sich. »Hört auf damit! Ich verlange, daß Ihr mich freigebt, damit ich ihn aufsuchen kann!«

»Aber Ihr seid meine Beute«, entgegnete der Pirat völlig ernst. »Ihr gehört *mir.* Ich kann Euch nicht aufgeben.«

»Warum nicht?« fragte sie verzweifelt.

Statt einer Antwort blickte er ihr tief in die Augen.

Katherine schlug mit der geballten Faust auf die Seidendecke. »Schert Euch zum Teufel!«

»Die fromme Klosterschülerin flucht schon wieder? Aber, Katherine, das ist nicht damenhaft.«

»Schert Euch zu Eurer Gräfin«, fauchte sie wütend.

»Glaubt Ihr, mich von meinem Vorhaben abzubringen, wenn Ihr Euch benehmt wie ein trotziges Kind? Damit erreicht Ihr nichts.«

»Wollt Ihr mich gegen meinen Willen festhalten?«

»Ich werde Euren Willen ändern, Katherine.«

»Ihr seid ein Wilder! Ein Pirat! Ein verfluchter O'Neill!« schrie sie. »Ihr werdet meine Meinung niemals ändern ...« Sie konnte nicht weitersprechen. Tränen liefen ihr über die Wangen.

Sein Gesicht war angespannt, seine Augen schossen Blitze. »Gut, ich bin ein Wilder, ein Pirat, ein O'Neill. Ihr jedenfalls gehört mir! Findet Euch damit ab!«

»Nein! Ich weigere mich, das zu akzeptieren.«

Er trat ans Fußende des Bettes. »Ich bin Euer Schicksal, Katherine. Wie kann ich Euch davon überzeugen?«

»Ich will mich selbst davon überzeugen, daß Desmond nicht mehr meiner Familie gehört. Will mit meinen eigenen Ohren hören, daß kein Lösegeld für mich vorhanden ist.«

Liam betrachtete sie nachdenklich. »Wie Ihr meint, Katherine«, sagte er endlich.

Katherine zog den pelzgefütterten Umhang enger um die Schultern, während das Ruderboot in der unruhigen See hin und her schaukelte. Die Nacht war bitterkalt und nebelverhangen. Drei Seeleute begleiteten sie und den Piraten; zwei bedienten die Ruder. Macgregor saß neben ihr, vermutlich, um sie daran zu hindern, einen törichten Fluchtversuch zu wagen. Doch sie hatte nicht die Absicht, sich in den nassen Tod zu stürzen, nicht jetzt, da das Glück endlich wieder auf ihrer Seite war. Ihr Vater würde dafür sorgen, daß sie freikam.

Liam O'Neill stand im Bug, ungeachtet der Kälte und der hochspritzenden Gischt der hohen Wellen. Er schien mit dem schwankenden Boot, ja mit dem Meer selbst verwachsen zu sein. Katherine konnte den Blick nicht von seinem breiten Rücken unter dem wallenden Umhang wenden. Bald würde sie von ihm befreit sein und nichts würde von ihm bleiben als ein paar unangenehme Erinnerungen.

Der Wellengang in der Themsemündung, wo unterschiedliche Strömungen aufeinandertrafen, war sehr rauh. Katherine klammerte sich krampfhaft an der Bank fest, als das kleine Boot beinahe senkrecht einen Wellenkamm hochstieg und danach steil nach unten raste. Diesem O'Neill schien der Wellengang nichts anhaben zu können. Er stand unerschüttlich im Bug. Einmal drehte er sich um, und Katherine sah sein verwegenes Lächeln, seine blitzenden Zähne, als mache ihm die Höllenfahrt Spaß.

Katherine schloß die Augen und sandte Stoßgebete zum Himmel. Der Mann war wahnsinnig und würde sie in den kalten Wellen ertränken. Bald bäumte das Boot sich nicht mehr so wild auf, das Wasser klatschte weniger laut gegen den Rumpf. Sie öffnete die Augen. Die Wogen hatten sich zu zahmen Wellen geglättet, die Seeleute ruderten die Themse hinauf.

Und dann knirschte der Rumpf auf sandigem Ufer. Die Männer sprangen ins seichte Wasser und zogen das Boot die Uferböschung hinauf. O'Neill stand bereits neben dem Boot, hob Katherine hoch und stellte sie aufs glitschige Ufer.

Sie entwand sich seiner Umarmung und schaute sich um. London lag einige Meilen im Norden. Sie wunderte sich über die Unverfrorenheit des Piraten. Wenn er in England erwischt wurde, würde man ihn wegen Piraterei verurteilen und mit dem Tode bestrafen. Sollte er gnädige Richter finden, würde man ihm den Kopf abschlagen. Ansonsten stand ihm ein grausamer Tod bevor, man würde ihn strecken, pfählen und vierteilen. Wie tollkühn von ihm, Englands Boden zu betreten.

Katherine warf ihm verstohlene Seitenblicke zu. Der Pirat sprach mit seinen Männern, leise und bestimmt. Sein Gesicht war wie aus Stein gemeißelt, sein Profil kühn und edel. Die Männer beeilten sich, seinen Befehlen zu gehorchen.

Macgregor führte Katherine die Uferböschung hinauf. Liam ging voran. Die beiden anderen Seeleute blieben beim Boot. Die Nebelschwaden teilten sich, gaben die Zinnen einer Burg in der Ferne frei. Der Himmel wurde fahl, der Nebel lichtet sich zusehends. Bald kam die äußere Burgmauer in Sicht.

»Wo sind wir, O'Neill?« flüsterte Katherine.

»Tilbury Castle«, antwortete Liam leise. »Ihr wartet hier mit Mac.«

»Und wohin geht Ihr?«

Er antwortete nicht, tauchte in den Schatten ein und verschwand.

Die Burg konnte O'Neill nicht betreten, denn die Tore blieben üblicherweise bis Sonnenaufgang geschlossen. In der Nähe lag vermutlich ein Dorf. Wollte er dort eine Transportmöglichkeit organisieren? Katherine wunderte sich über seine Verwegenheit, direkt neben einer von Soldaten bewachten Burg Pferde und Wagen zu stehlen.

Es dauerte nicht lang, und er tauchte auf einem hohen Pferd sitzend auf, zwei weitere Gäule an der Führleine. Ehe sie es sich versah, wurde Katherine in den Sattel gehoben. Kurz darauf trabten drei Reiter auf der Straße nach London.

»Könnt Ihr reiten?« fragte er dicht neben ihr.

»Kommt die Frage nicht ein wenig spät?« entgegnete sie, sicher im Sattel sitzend und froh, nicht im Damensattel reiten zu müssen.

»Eine waschechte Irin, die nicht reiten kann, hätte mich schwer enttäuscht«, entgegnete er belustigt.

Sie warf ihm einen kurzen Seitenblick zu. Er mußte nicht bei Verstand sein, Spaß an dem gefährlichen Abenteuer zu haben. Was geschah, wenn sie von Soldaten der Königin aufgegriffen wurden? Was würde Elisabeth mit ihr anfangen, der Tochter eines Rebellen? Würde man sie dazu verurteilen, mit ihrem Vater unter Hausarrest zu leben?

Katherine verwarf alle ängstlichen Gedanken. Der Nebel lichtete sich immer mehr. Der rote Feuerball der Sonne stieg langsam in den grauen Morgenhimmel. Bald tauchten spitze Türme, ein Meer von Dächern, Kaminen und Zinnen vor ihnen auf, überragt von der mächtigen Kuppel der St. Pauls Kathedrale. Liam ritt neben ihr, Macgregor dahinter. Katherine suchte nach einer Spur Unsicherheit in den Zügen des Piraten, sah aber nur Entschlossenheit.

Bald ritten sie durch das Stadttor und durch ein Gewirr menschenleerer Gassen.

Die Stadt schlief noch. Nur gelegentlich drang Grölen und Lachen Betrunkener aus einer Schankstube. Liam schien sich bestens in dem Gewirr von Gassen und Plätzen zurechtzufinden.

Sie ritten an den Mauern des Towers vorbei. Der Mann kann nicht bei Verstand sein, dachte Katherine. Niemand, der die Gesetze der Krone übertreten hatte, würde sich in die Nähe des grausigen Ortes wagen, der sein Schicksal besiegeln konnte.

Sie ritten über die London Bridge, wandten sich nach Osten und erreichten ein Stadtviertel mit vielen Schänken, Brauereien und Bordellen. Eine Gruppe gutgekleideter Herren trat lachend auf die Gasse. Katherine tat so, als würde sie die halbnackten, grell bemalten Frauen an der Straßenecke nicht sehen. Eine üppige Hure rief ein paar Obszönitäten herüber. Katherine bekam rote Ohren, der Pirat reagierte nicht darauf.

An einem langgezogenen Gebäude, einer Art Lagerhaus, wandte Liam sich nach links und hielt an einer Mauer, die ein schindelgedecktes Haus umgab. »Wartet hier!« befahl er Katherine und Macgregor.

Er benutzte nicht das Tor, ging die Mauer entlang und bog um eine Ecke. Fünfzehn Minuten später wurde das Tor geöffnet. Liam stand im Schatten des Torflügels, den Umhang an den Schultern zurückgeworfen. Darunter trug er ein Wams über dem Hemd, Kniehosen und hohe Stulpenstiefel. Er winkte ungeduldig. Katherine drückte ihrem Pferd die Absätze in die Flanken. Ihr Herz vollführte einen aufgeregten Tanz. Endlich sollte sie ihren Vater wiedersehen — endlich!

Sie glitt aus dem Sattel, eilte die Steinstufen zum Eingang hinauf und schlug gegen die schwere Tür. Als niemand öffnete, schlug sie erneut gegen die Tür.

»Wer da zu dieser frühen Stunde?« rief eine barsche Frauenstimme.

»Eleonor!« rief Katherine. »Ich bin es — Katherine FitzGerald!«

Die Tür wurde entriegelt und geöffnet. Eleanor blickte Katherine fassungslos an, dann den Piraten. »Herr im Himmel! Wie kommst du hierher?!«

Sie war eine zierliche Frau von ausnehmender Schönheit. Dunkelblondes Haar umrahmte ihr ovales, makelloses Gesicht. Beim Sprechen zeigte sie ebenmäßige, weiße Zähne. Sie war eine geborene Butler, die Tochter von Baron Duboyne, und sie war nur drei Jahre älter als Katherine.

»Ich bin wieder daheim«, flüsterte Katherine und lächelte unsicher.

Eleanor erwiderte ihr Lächeln nicht. »Das kann man wohl kaum als Heim bezeichnen«, bemerkte sie bitter und trat zur Seite. »Was für eine Überraschung für deinen armen Vater — es geht ihm gar nicht gut. Tretet ein!« Die Einladung klang wenig erfreut.

»Bleib draußen, Mac«, wandte sich Liam an seinen Begleiter. »Ein Pfiff genügt, falls ein ungebetener Gast auftaucht.«

Macgregor nickte.

Eleanor schloß die Tür. »Warum hast du uns nicht benachrichtigt?« fragte sie vorwurfsvoll.

»Ich habe viele Briefe geschrieben. Hat Vater keinen erhalten?«

»Es sind ein paar Briefe gekommen, aber ich wollte seinen Seelenfrieden nicht mit den selbstsüchtigen Forderungen seiner verwöhnten Tochter stören. Er hat weiß Gott andere Sorgen.«

»Meine Bitte, heimkommen zu dürfen und verheiratet zu werden, kannst du kaum selbstsüchtig nennen«, entgegnete Katherine spitz.

»Und was soll deine Mitgift sein?« fragte Eleanor giftig. »Zwei Kühe und ein Schwein?«

Katherine wußte, daß Eleanor sie nicht leiden konnte, vom ersten Augenblick an, als die schöne, strahlende Braut an Geralds Seite in Askeaton Castle Einzug hielt. Eine bis heute schmerzvolle Erinnerung für Katherine, nicht weil Eleanor so glücklich war, sondern weil ihr Vater Gerald vor Glück strahlte, obgleich Katherines Mutter Joan erst vier Wochen zuvor zu Grabe getragen worden war. »Es kann doch nicht alles verloren sein«, murmelte Katherine. »Es wird doch irgend etwas für meine Mitgift übrig sein.«

»Alles wurde uns genommen und zerstört«, entgegnete Eleanor bitter. »Ich muß bei den Nachbarn betteln gehen. Wir leben von Brot und Met!«

Katherine wollte nichts davon hören. »Wo ist mein Vater? Ich will ihn sehen!«

»Gerald schläft, aber ich wecke ihn, da O'Neill bei dir ist. Wartet hier.« Eleanor rauschte an Katherine vorbei, nahm eine Kerze und stieg die schmale Treppe hinauf.

Katherine war verblüfft, daß Eleanor den Piraten kannte. Ihr Vater hatte vor vielen Jahren etwas mit dem Anführer Shane O'Neill zu tun gehabt. Irland war eine kleine Welt. Vermutlich hatte auch Eleanors Vater, Baron Duboyne, mit den O'Neills Handel getrieben.

Bangen Herzens wartete Katherine in der dunklen Halle auf ihren Vater. Die Reisigmatten rochen muffig. Der Raum schien nicht möbliert, soweit sie das in der Finsternis erkennen konnte. Eleanors Nachtgewand und Morgenmantel hatten schäbig und mehrfach ausgebessert ausgesehen. Vor sechs Jahren trug ihre Stiefmutter kostbare Gewänder und Pelze und war mit Schmuck behängt. Katherine hatte keinen einzigen Ring an Eleanors Fingern gesehen.

Sie fühlte Liams prüfenden Blick und wandte sich brüsk ab. Was sollte aus ihr werden, wenn Eleanor die Wahrheit sprach? Katherine begann zu zittern.

»Wach auf!« rief Eleanor und entzündete die Kerze auf dem Nachttisch neben dem schmalen Bett.

Gerald fuhr hoch und rieb sich die Augen. »Bei Gott, was ist los, Frau? Wo brennt's?«

Eleanor setzte sich zu ihm ans Bett und griff nach seinem Arm. »Gerald — deine Tochter ist da!«

Gerald blinzelte, kam langsam zu sich. Er war ein schlanker Mann mit heller Haut und nachtschwarzem Haar. »Meine Tochter?« wiederholte er verständnislos.

»Gott hat meine Gebete endlich erhört!« rief Eleanor. »Er hat uns deine Tochter geschickt. Und noch dazu in Begleitung des Herrn der Meere!«

Gerald war völlig verdattert. »Wovon redest du, Eleanor? Bist du übergeschnappt?«

»Ich bin nicht übergeschnappt!« jubelte Eleanor. »Liam O'Neill! Der berüchtigte Pirat, Shane O'Neills Sohn. Er steht leibhaftig unten in der Halle! O Gerald! Endlich! Er kommt von Gott gesandt! Begreifst du denn nicht?«

Gerald war aus dem Bett gesprungen. »Ja, mein Herz, ich begreife! Schick ihn herauf!«

Katherine zuckte zusammen, als Liam seine Hand auf ihre Schulter legte. »Kommt«, sagte er beinahe freundlich. »Eure Stiefmutter ruft.«

Katherine wollte weder seine Sympathie noch sein Mitleid. Sie stürmte an ihm vorbei, die finstere Treppe hinauf. Gerald stand im Nachtgewand mitten in der Kammer. Mit einem Aufschrei flog Katherine in seine Arme und klammerte sich an ihn. Er war mager, aber warm und stark. Er würde gewiß eine Lösung aus der schrecklichen Notlage finden.

»Katie — wie geht es dir?«

Katherine lächelte matt. »Danke, Vater, ganz gut.«

Gerald streifte Liam mit einem Blick, wandte sich wieder seiner Tochter zu. »Wie groß du geworden bist!« Seine Augen füllten sich mit Tränen. »Und schön bist du geworden, das Abbild deiner lieben Mutter — wer hätte das gedacht!«

Vor sechs Jahren war Katherine ein mageres, hoch aufgeschossenes Mädchen. Sie errötete vor Freude, mit ihrer schönen Mutter verglichen zu werden. »Ach Vater, sag so etwas nicht«, flüsterte sie verlegen.

Gerald blickte über ihren Kopf hinweg zu dem Piraten. »Ja, du bist so schön wie sie.«

Die beiden Männer sahen einander unverwandt in die Augen. Gerald war nicht nur dünn und hager, er war auch erschreckend bleich. Tiefe Furchen hatten sich um Augen und Mund eingegraben. Sein Gesicht verzerrte sich, sanft schob er seine Tochter beiseite, humpelte zu einem Stuhl und ließ sich schwer darauf nieder.

Besorgt beugte Katherine sich über ihn.

»Vater, was ist mit deinem Bein?«

»Es ist die verfluchte Hüfte. Die Wunde ist nie richtig verheilt. Eine Kugel. In kalten Winternächten ist es besonders schlimm.« Er lächelte gequält.

Katherine sank auf die Knie. »Wie furchtbar! Hast du denn alles an die Krone verloren? Warum mußt du in solcher Armut leben? Gibt es keine Hoffnung? Keine Gerechtigkeit?«

Seine schwarzen Augen glühten. Er umklammerte die Armlehnen. »Es gibt keine Hoffnung, kein Erbarmen, Katie. Schon gar nicht von der Königin.«

Katherine stockte der Atem. Bis zu diesem Augenblick hatte sie wie ein kleines Kind auf ein Wunder gehofft, daß alles ein böser Alptraum sei; hatte gehofft, daß ihr mächtiger, unbesiegbarer Vater einen Plan hätte, um das Unrecht ungeschehen zu machen. Gerald FitzGerald, Graf von Desmond, der mächtigste Lord von Irland, wie sein Vater und Großvater vor ihm, war in eine einflußreiche, wohlhabende Familie hineingeboren mit dem Wissen, daß seine Familie für immer und ewig auf Desmond über die anderen irischen Lords herrschen würde. Katherine konnte das Ausmaß der Ungerechtigkeit nicht fassen.

»Katie, meine Verbannung ist ein schweres Schicksal. Ich lebe nur in der Hoffnung, eines Tages nach Irland zurückkehren zu dürfen. Ich denke an nichts anderes. Aber weine nicht, Liebling. Wenigstens schmachte ich nicht im Tower. Und das habe ich Eleanor zu verdanken.« Er lächelte seine Frau an. »Vor einem Jahr kam sie aus Desmond und setzte Himmel und Hölle in Bewegung, um eine Audienz bei der Königin zu erhalten. Es gelang ihr schließlich, die Königin zu überreden, mich an Sir Warham Leger unter Hausarrest zu überstellen.« Sein Blick wanderte zu Liam. »Wie seid Ihr an den Wachen vorbeigekommen, O'Neill?«

Liam lächelte. »Das war nicht schwer. Sie trinken Bier und würfeln. Jetzt träumen sie von Würfeln und Bier.«

Katherine wischte sich die Augen.

»Ich staune, Euch in Begleitung meiner Tochter zu sehen, O'Neill.«

Liam legte eine Hand auf Katherines Schulter, bevor sie etwas sagen konnte. »Eure Tochter überredete die Äbtissin des Klosters in Frankreich, sie nach Irland reisen zu lassen. Ich kaperte ihr Schiff im Ärmelkanal. Da sie keinen Beschützer hat, habe ich diese Rolle übernommen.«

Katherine sprang wütend auf die Füße. »Vater! Er hat mich in seine Gewalt genommen! Er will mich zu … zu seiner Geliebten machen!«

Gerald kam mühsam auf die Füße.

Katherine erschrak. Sie war zu voreilig gewesen. Gehetzt blickte sie von einem zum anderen. Die beiden Männer maßen sich mit Blicken wie zwei Rivalen vor einem Duell. Eleanor verfolgte die Szene mit lebhaftem Interesse.

»Wie günstig für Euch, O'Neill, daß meine ungeratene Tochter aus dem Kloster entsprungen ist, ich verarmt bin und unter Hausarrest stehe und keinerlei Schritte gegen Euch unternehmen kann.«

»Ja.«

Katherine schrie empört auf. »Vater! Du kannst ihm sicher eine kleine Summe Lösegeld anbieten und ihn von seinem teuflischen Vorhaben abbringen!«

»Schweig, Katie!« befahl Gerald barsch.

Katherine wich einen Schritt zurück, das Blut gefror ihr in den Adern. Aber sie mußte sprechen, ihre Zukunft stand auf dem Spiel. »Vater, ich kann nicht bei dem Piraten bleiben. Ich muß frei sein. Ich will heiraten. Mein Onkel kann mit Sicherheit eine Summe für mich aufbringen. Bitte verhandle mit dem Piraten und einige dich mit ihm!«

Geralds Gesichtszüge wurden weich. »Katie, ich besitze nur die Kleider, die ich auf dem Leib trage. Ich kann dem Piraten keinen Penny bezahlen. Und ich kann keinen Ehemann für dich finden. Kein anständiger Mann würde dich haben wollen — keiner.«

Katherine stöhnte. »Aber ...«

»Willst du mit mir streiten?«

Sie zuckte zusammen, ließ die Schultern hängen. »Nein«, antwortete sie tonlos.

Gerald holte bebend Luft. »Ich besitze NICHTS! Man hat mir alles genommen. Und du beklagst dich darüber, daß du keinen Ehemann hast!«

Katherine sah ihren Vater durch einen Tränenschleier an.

»Desmond wurde zerstört«, fügte Eleanor mit schriller Stimme hinzu. »FitzMaurice, der ehrgeizige Vetter deines Vaters hat die Situation nach der Niederlage von Affane genutzt, um die irischen Lords aufzuwiegeln, die Engländer zu verjagen. Aber er verwüstete das ganze Land, und was unversehrt blieb, plünderte und brannte Sir Henry Sidney nieder! Die Iren verstecken sich heute in den Sümpfen und Wäldern, Gemeine wie Edelleute; Männer, Frauen und Kinder verhungern und erfrieren reihenweise!« Eleanor wischte sich die Augen. »Desmond ist dem Erdboden gleichgemacht. Dein Vater hat alles verloren, und du tauchst hier auf und verlangst, daß wir dir einen Ehemann suchen! Wir haben andere Sorgen, als uns mit solchem Unsinn zu befassen.«

Katherine schwieg tief betroffen. Zu Recht bezichtigte ihre Stiefmutter sie der Selbstsucht. »Verzeiht«, murmelte sie schuldbewußt.

»Wenn ich nur wüßte, was FitzMaurice vorhat«, preßte Gerald zwischen den Zähnen hervor. »Zum Teufel mit meinem elenden Cousin.«

»FitzMaurice wurde von dem neuen Präsidenten des Geheimen Staatsraates in Munster nach Glen Aherlow gejagt«, erklärte Liam. Alle blickten ihn erstaunt an. »Er war den Winter über ans Bett gefesselt, doch ich nehme an, er erholt sich wieder und beginnt den Kampf von neuem.«

»Ja, der Frühling ist eine günstige Jahreszeit für Kriege«, meinte Gerald düster.

»FitzMaurice hat sich zum Grafen von Desmond ernannt«, sagte Eleanor zu Katherine gewandt. »Und er ist sehr klug. Er hat sich die Unterstützung des Papstes und der Spanier gesichert. Er wird nicht eher ruhen, bis er Desmond seinem rechtmäßigen Eigentümer endgültig entrissen hat!«

Katherines Herz schlug wie ein Trommelwirbel. »Das wußte ich nicht«, raunte sie. Ihr Blick flog verstört zu Liam O'Neill. Wieso wußte dieser Mann das alles, wenn er behauptete, keinen Clan, keine Heimat, keine Familie zu haben?

»Nun weißt du es.« Gerald bebte in ohnmächtiger Wut. »Wärst du nur in Frankreich geblieben. Ich kann dich nicht ernähren, Katie.«

Katherine schlang hilflos die Arme um sich.

»Ich werde für sie sorgen«, sagte Liam ruhig.

Gerald bedachte Liam mit einem verärgerten Blick. »Nein. Ich lasse nicht zu, daß Ihr meine Tochter wie ein gewöhnliches Bauernmädchen nehmt. Sie entstammt den zwei ältesten Adelsgeschlechtern Irlands.«

»Ich fürchte, Ihr könnt mich nicht davon abhalten«, lächelte Liam.

Gerald durchbohrte Liam mit Blicken. »Wie sehr ähnelt ihr Eurem Vater?«

Liam zuckte gleichgültig die Schultern. »Ich bin genau wie er — sagt man wenigstens.«

»Das glaube ich nicht.« Gerald entblößte die Zähne zu einem kalten Lächeln. »Ihr seid anders als Shane O'Neill. Daß Katie unversehrt ist, ist der beste Beweis dafür.«

»Denkt, was Ihr wollt, FitzGerald«, entgegnete Liam. »Ich habe Katherine bewiesen, daß sie keine andere Wahl hat. Wir werden uns nun verabschieden.«

»Nein«, flüsterte Katherine mit belegter Stimme und starrte Liam mit unverhohlener Feindseligkeit an, den Sohn des berüchtigten Shane O'Neill.

»Ich mache Euch einen Vorschlag, O'Neill«, lenkte Gerald ein.

»Tatsächlich?« Liam schien erheitert. »Was könntet Ihr mir wohl vorschlagen, was mich auch nur im entferntesten interessieren könnte?«

Katherine blickte skeptisch von ihrem Vater zum Piraten. Die plötzliche Wende des Gesprächs gefiel ihr nicht.

Gerald fuhr fort, ohne seine Tochter mit einem Blick zu streifen: »Wie sehr begehrt Ihr sie?«

Katherine stockte der Atem, sie traute ihren Ohren nicht.

»So sehr, daß ich sie gegen ihren Willen behalte«, antwortete Liam gelassen.

Gerald trat steifbeinig auf Liam zu, in seinen Augen loderten Flammen. »So sehr, um sie zu heiraten?«

»Jeder Mann braucht eine Ehefrau. Sie hat keine Mitgift, aber ich gebe sie Euch zur Ehefrau mit meinem Segen«, antwortete Gerald. »Auch wenn ich verarmt bin und Desmond verloren habe, in Katherines Adern fließt adeliges Blut. Der Stammbaum der FitzGeralds geht bis auf Wilhelm den Eroberer zurück. Ihre Mutter schenkte dem Grafen von Ormond sieben stramme Söhne, bevor sie starb. Eine bessere Partie könnt Ihr nicht machen. Ihr seid O'Neills Bastard, der Sohn einer Engländerin. Euer Clan wird Euch nie und nimmer als Lord anerkennen. Und die Engländer hassen und fürchten Euch.« Geralds schwarze Augen sprühten Feuer. »Aber ich akzeptiere Euch, Liam.«

»Vater!« schrie Katherine, am ganzen Körper zitternd. »Nein!«

Liams Augen waren schmale Schlitze. »Ich brauche keine Gemahlin. Und ich brauche keine Söhne. Wie Ihr richtig sagt, ich bin kein Edelmann. Was soll ich meinen Söhnen hinterlassen? Den Steinhaufen, den ich meine Heimat nenne? Meine drei Piratenschiffe?« Er lachte böse. »Ich will keine Ehefrau, FitzGerald, und ich habe nie einen Clan gebraucht. Und einen Sohn will ich schon gar nicht.«

»Euer Sohn könnte«, flüsterte Gerald fiebernd, »einen Teil von Desmond erben.«

Katherine weigerte sich zu glauben, was ihr Vater sagte.

Liam lächelte spöttisch. »Euer Angebot ist lächerlich. Desmond existiert nicht mehr.«

Katherine haßte den Piraten mehr denn je.

Gerald schwieg lange. Die beiden Männer schätzten die Habgier, die Pläne und Listen des anderen ab. Gerald brach das knisternde Schweigen. »Wäre ich noch der Graf von Desmond, würdet Ihr meine Tochter nehmen, selbst wenn sie häßlich wie eine Kröte wäre und ohne Mitgift, ohne zweimal zu überlegen!«

Liam legte den Kopf zur Seite. »Vermutlich.«

Gerald blickte ihn wütend an.

»Da Ihr mich nicht von meinem Ziel abbringt, Mylord, brechen wir nun auf«, setzte Liam gelassen hinzu.

Katherine liefen Tränen übers Gesicht. Ein Rest ihres Stolzes hinderte sie daran, sich ihrem Vater zu Füßen zu werfen, seine Knie zu umfassen und ihn anzubetteln wie ein kleines Kind, sie nicht zu verlassen. Sein Verrat schmerzte wie ein Dolch in ihrer Brust.

»Ich werde Euren Kopf bekommen, O'Neill«, drohte FitzGerald endlich. Seine Augen glühten.

»Ich wünsch Euch viel Glück dabei.« Liam wandte sich an Katherine. »Kommt, wir gehen!«

Katherine hob den Kopf. Durch einen Tränenschleier sah

sie die Gefühllosigkeit, die Entschlossenheit in seinem Gesicht. Für ihn war dieser Besuch nichts als ein Spiel. Sie war eine Närrin. Sie hatte erwartet, daß ihr Vater den ehrlichen Versuch unternehmen würde, ihren Peiniger zu überlisten. Statt dessen hatte er versucht, sie an den Piraten zu verschachern.

Liams graue Augen senkten sich in ihre. Seine Hand schloß sich um ihre Finger. Sie war zu betäubt, um ihn abzuschütteln. »Kommt, Katherine«, sagte er beinahe zärtlich. »Ihr habt verloren.«

Katherine unterdrückte ein Schluchzen.

Geralds Blick war undurchdringlich.

Liam ging zur Tür, einen Arm um Katherine gelegt. Sie war unfähig zu denken.

Als sie bereits unten in der finsteren Halle angelangt waren, rief Eleanor ihnen nach und kam eilig die Treppe herunter. »O'Neill. Ich muß Euch noch etwas sagen.«

Liam blieb stehen. »Beeilt Euch.«

Katherine wollte eigentlich nichts mehr von ihrer Stiefmutter hören, hob dennoch den Blick.

Eleanor lächelte. »Ich glaube zwar nicht, daß er sich einmischen wird. Aber vielleicht ist er wütend — weil Ihr etwas gestohlen habt, das ihm gehört.«

Liam reagierte ungeduldig. »Ihr sprecht in Rätseln, und ich habe keine Zeit für Spielchen. Sagt, was Ihr zu sagen habt, Lady FitzGerald.«

»Nun denn. Ich spreche von Hugh Barry.«

Katherine erschrak, als sie den Namen ihres verstorbenen Verlobten hörte. »Was redest du da?« stammelte sie. »Hugh ist tot, Eleanor. Er starb bei Affane vor sechs Jahren.«

»Nein, Katherine«, widersprach Eleanor. »Wußtest du nicht, daß er seine Verletzungen überlebte? Als man ihn begraben wollte, stellte man fest, daß er noch lebte. Aber es dauerte viele Wochen, bevor die Ärzte sicher waren, daß er seine schweren Verletzungen überleben würde. Es war ein Wunder, ein Geschenk Gottes, sagten sie. Er lebt, Katherine. Hugh Barry lebt.«

Das mußte eine Lüge sein, eine schreckliche, gemeine Lüge. Denn wenn Hugh lebte, hätte er Katherine längst aus dem Kloster geholt. Aber konnte Eleanor eine so furchtbare Lüge erfinden? Der Boden unter Katherines Füßen schwankte, sie sank in Liams Arme.

Als der Pirat sprach, klang seine Stimme hohl und wie aus weiter Ferne. »Wer zum Teufel ist Hugh Barry?« fragte er.

Eleanor lachte leise. »Katherines Freund aus der Kindheit — der Mann, den sie an ihrem fünfzehnten Geburtstag heiraten sollte.«

Sie blickte Liam lange an. »Vielleicht entscheidet Ihr Euch doch dafür, Katherine zu heiraten, O'Neill.«

5. Kapitel

Schon als Kind hatte er sich eine gleichmütige Haltung angeeignet, als er bei Hofe ein irischer Außenseiter und Bastard war, der von anderen Kindern grausam verhöhnt und gehänselt wurde. Liam sah, wie Katherine sich die Augen mit einem Zipfel ihres Umhangs wischte, und redete sich ein, daß es ihn nicht berühre.

Mitgefühl an sich war gefährlich, brach nur alte, längst verheilte Wunden wieder auf.

Liam führte sie zu seinem Vollbluthengst. In ihrem aufgewühlten Zustand konnte sie nicht selbst reiten.

Plötzlich weigerte sie sich weiterzugehen, fuhr zu ihm herum und funkelte ihn an: »Ich reite nicht mit Euch, O'Neill!«

»Ihr seid nicht in der Verfassung, allein zu reiten«, entgegnete er.

Tränen liefen ihr übers Gesicht. »Ich reite nicht mit Euch«, beharrte sie eigensinnig, wand sich aus seinem Arm, rannte zu ihrem Pferd, das Macgregor am Zügel hielt, und kletterte trotz ihrer hinderlichen Röcke ohne Hilfe in den Sattel.

»Könnt Ihr wirklich allein reiten?« fragte er leise.

Sie schaute ihn feindselig an, als habe er ihre Liebe und ihr Vertrauen verraten.

Mit einem heftigen Ruck riß sie die Zügel herum, drückte dem Pferd die Absätze in die Flanken und galoppierte durch das Tor.

Liam sprang aufs Pferd und nahm die Verfolgung auf. Bald hatte er sie eingeholt, beugte sich im vollen Galopp aus dem Sattel und packte ihre Zügel. Beide Pferde fielen in einen leichten Trab.

Hinter Katherine leuchtete die Morgenröte und tauchte ihr Haar, das sich aus der Haube gelöst hatte, in flammendes Rot. Ihre Schönheit raubte Liam den Atem, ihr Mut erstaunte ihn. Was für eine ungewöhnliche Frau.

»Ich lasse nicht zu, daß Ihr flieht, Katherine.«

Sie war bleich und wütend, immer noch schwammen ihre Augen in Tränen. »Ihr könnt mich nicht hindern, es zu versuchen!«

Er behielt die Zügel ihres Pferdes in der Hand. Wenn sie sich etwas beruhigt hatte, würde sie vernünftig werden und sich damit abfinden, daß sie bei ihm bleiben mußte.

Aber es nagte ein Gefühl der Schuld an ihm, sie gegen ihren Willen festzuhalten. Noch nie hatte sich ihm eine Frau widersetzt.

Immer wieder warf er Seitenblicke zu Katherine hinüber, als sie über die London Bridge ritten, vorbei an Eselskarren und Passanten mit schweren Bündeln auf dem Rücken.

Er hatte noch nie versucht, eine Jungfrau zu verführen.

Liam dachte an Hugh Barry, ihren Verlobten, der noch am Leben war. Wilder Zorn stieg in ihm auf. Um nichts in der Welt würde er sie freilassen, damit sie zu Barry zurückkehrte.

Liam hatte sie vom ersten Augenblick an begehrt — und er war nie in seinem Leben geduldiger gewesen. Früher oder später würde sie ihm gehören — auch wenn Hugh Barry noch lebte. Er war jetzt ihr Beschützer. Er ganz allein.

Sie erwiderte seinen Blick mit trotzig vorgerecktem Kinn. Sie würde nicht so schnell aufgeben. Sie war eine Kämpferin. Er mußte den Fehdehandschuh aufheben, den sie ihm zugeworfen hatte. Aber er konnte sie nicht bekämpfen wie einen Feind. Er wollte sie zähmen, verführen, gewinnen.

Denn er war nicht wie sein Vater, wie Gerald FitzGerald behauptet hatte. Shane O'Neill hätte das Mädchen längst genommen, wäre ihrer bereits überdrüssig geworden und hätte sie seinen Männern überlassen. Und Shane O'Neill hätten keine Gewissenbisse geplagt.

Auch in Liams Leben war kein Platz für Gewissensbisse. Männer, die ihre Siege mit Schwert und Kanonen errangen, schafften dies ausschließlich, weil sie kein Gewissen hatten. Sein Leben war ein ständiger Kampf. Sieg bedeutete Überleben. Und dem Sieger winkte die Beute. Katherine FitzGerald war nichts weiter als ein Beutestück.

Gerald FitzGeralds Angebot, ihm Katherine zur Gemahlin zu geben, schien ihm ein ähnlich grausamer Scherz wie damals die Scherze, denen er von den Söhnen der Adeligen bei Hofe ausgesetzt war. Bei Gott, er brauchte keine Ehefrau. Er brauchte keine Söhne. Er hatte sich vorgenommen, keine Kinder in die Welt zu setzen. Dann würde der Hohn seiner Existenz mit ihm enden, er würde keine Schmach auf einen Sohn übertragen.

Liam sah ihr entsetztes Gesicht vor sich, als Gerald sie ihm als Gemahlin angeboten hatte.

Er hatte zwar keine Verwendung für eine Ehefrau, er wollte keine Kinder, doch der Gedanke, Katherine FitzGerald zum Traualtar zu führen, reizte Liam über die Maßen. Es war absurd und undenkbar, daß ein Pirat, ein Außenseiter der Gesellschaft, eine edle und vornehme Dame heiratete.

Liam flüchtete sich in Zynismus. Wie bedenkenlos Ohnmacht sich mit Macht zu verbünden sucht, dachte er. FitzGerald, einst der hochwohlgeborene Graf von Desmond, würde seine Tochter bereitwillig mit Shane O'Neills Sohn verheiraten.

Liam fragte sich nur, was Gerald sich von ihm als Schwiegersohn versprach. Hoffte er, dadurch aus Southwark fliehen zu können wie vor zwei Jahren, als er den Kapitän bestach, der ihn dann aber doch verriet? Nur ein Narr macht zweimal den gleichen Fehler. Gerald hatte Größeres im Sinn, als nur seinem Gefängnis zu entfliehen, vermutete Liam.

Wollte er sich Liams Herrschaft zur See nutzbar machen? Um seinen Cousin FitzMaurice zu vernichten? Er, Liam, könnte mit Leichtigkeit die spanischen und französischen Schiffe kapern, die den irischen Rebellenführer mit Waffen und Munition versorgten. Doch das allein konnte FitzGerald nichts nützen, er würde weiterhin ein Gefangener im Exil sein, der Desmond für immer verloren hatte. Damit würde FitzMaurice nur empfindlich geschwächt.

Was versprach Gerald sich also von einem Bündnis mit dem Mann, den die Welt zum Herrn der Meere gestempelt hatte?

Ein Gedanke begann in Liams Kopf Gestalt anzunehmen. Er richtete sich auf, warf Katherine einen durchdringenden Blick zu. Nur nichts überstürzen, mahnte er sich. Katherine gehörte ihm. Und wenn er es wagte, das Undenkbare zu denken, das Unmögliche zu tun, konnte er seine Geliebte noch immer zu seiner Ehefrau machen.

Eigentlich handelte er nur in ihrem Interesse. Durfte er zulassen, daß sie nach Irland zurückkehrte und um Brot bettelte wie andere vertriebene Kriegsopfer? Sie brauchte seinen Schutz, sie brauchte ihn. Und irgendwann würde sie glücklich sein mit ihm, wie alle anderen Frauen glücklich mit ihm waren. Dafür wollte er Sorge tragen. Er würde sie im Bett befriedigen und sie mit Reichtümern und Luxus überhäufen.

Katherine erwiderte seinen Blick haßerfüllt. Ihre Augen blitzten grün vor Groll und Trotz. Liam empfand eine Welle des Mitleids für seine Gefangene. Nur zu gut konnte er das Gefühl nachempfinden, wenn einem alles genommen wird, wenn man der hilflose, unschuldige Spielball der Mächtigen ist. Er hatte es am eigenen Leib zu spüren bekommen an jenem Unglückstag vor sechzehn Jahren, als Shane O'Neill plötzlich in seinem Leben auftauchte und es für immer veränderte.

Essex 1555

Der Knabe hörte das Geschrei und schlich zum Fenster. Als er das Weinen seiner Mutter vernahm, wuchs seine Angst. Er spähte nach draußen.

Vor Schreck stockte ihm der Atem.

Im Hof waren etwa ein Dutzend Reiter versammelt. Kräftige Kerle in Bärenfellen mit alten Eisenschilden auf dem Rücken. Ihre Schädel waren rasiert, am Gürtel hingen riesige Schwerter. Unter den Pelzen trugen sie grobe Wolltuniken, ihre Beine und Füße waren nackt. Der Knabe hatte noch nie solche wilden, fremdartigen Männer gesehen.

»Das dürft Ihr nicht tun, Shane!« flehte seine Mutter.

Mary Stanley war eine blonde, zierliche Frau mit feinen Gesichtszügen und vornehmer Haltung, die sich elegant zu kleiden wußte. Ihre grauen Augen waren angstvoll geweitet. Der Knabe stieß einen spitzen Schrei aus, als der bärtige Fremde mit dem verfilzten Haar den Arm hob. »Genug, Weib!« schrie Shane und schlug zu.

Die Mutter des Knaben sank wimmernd zu Boden.

Der Knabe rannte schreiend aus dem Haus, ohne darauf zu achten, daß er nicht einmal eine Waffe trug, um seine Mutter zu verteidigen. »Aufhören!« schrie er und stürzte sich auf den fremden Riesen.

»Zum Teufel, was ist das denn?« Shane O'Neill war viermal größer als das Kind und versetzte ihm einen Schlag wie mit einer Fliegenpatsche. Der Knabe taumelte neben seiner Mutter in den Staub. Sie zog ihn verzweifelt in die Arme, ihr Gesicht weiß vor Angst, ihre Augen schwammen in Tränen. Er aber wollte nicht ihren Schutz — er wollte *sie* beschützen. Er entwand sich ihren Armen und stand auf. Shane bückte sich, hob ihn am Kragen seines Samtwamses hoch und hielt den Strampelnden von sich.

»Das soll mein Sohn sein?« fragte er in die Runde seiner Männer. »Ein englischer Lackaffe?«

Liam hörte auf, sich zu wehren. Es war sinnlos, sich gegen den Grobian aufzulehnen, diesen Shane O'Neill, den Vater, den er nie gesehen hatte, den Mann, der seiner Mutter Gewalt angetan hatte, vor vielen Jahren. Mary hatte Liam nie die Wahrheit gesagt, aber er hatte die Geschichte oft genug gehört, denn man tuschelte über ihn und seine Mutter hinter seinem Rücken, seit Mary von der Königinwitwe Catherine Parr bei Hofe aufgenommen wurde.

Die irischen Krieger feixten beim Anblick des Knaben im blauen Samtwams und mit den weißen, engen Hosen, den ihr Anführer angeekelt am gestreckten Arm hochhielt.

Shane ließ ihn plötzlich fallen, so daß er schmerzlich auf dem Hinterteil landete. Haß schwoll in ihm. Er rappelte sich wieder hoch. »Faßt meine Mutter nicht an!«

Der Wilde bekam große Augen, dann lachte er schallend. »Ich tu, was mir paßt, Bürschchen. Und von jetzt an tust auch du, was mir paßt. Du kommst mit mir.«

»Nein!« Seine Mutter kam auf die Beine und klammerte sich verzweifelt an Shanes Arm. Ihr Gesicht war auf einer Seite rot geschwollen.

»Der Junge kommt mit mir!« brüllte Shane. »Verflucht, es ist höchste Zeit. Du hast ein verweichlichtes Muttersöhnchen aus ihm gemacht! Verdammt noch mal! Aus meinem Sohn wird kein Schwächling, kein pissesaufender Engländer!«

»Bei Gott, nein!« Seine Mutter sank auf die Knie, krallte sich am Saum von Shanes Tunika fest. »Bitte Shane, tut das nicht. Nehmt mir meinen Sohn nicht. Ich flehe Euch an, ich ertrage es nicht!«

Shane versetzte ihr einen Fußtritt. Bevor der Knabe reagieren konnte, hatte Shane ihn am Ohr gepackt. »Auf nach Tyrone. Von jetzt an bist du ein O'Neill. Ich mache einen Mann aus dir, oder ich ertränke dich wie eine Katze.«

Er stieß ihn vor sich her und warf ihn auf ein großes, braunes Pferd.

Der Knabe war benommen, sein Ohr, das ihm der Grobian halb abgerissen hatte, brannte wie Feuer. Doch er schaffte es, das zweite Bein über den Sattel zu schwingen, um auf der anderen Seite wieder abzuspringen. Er hörte das herzzerreißende Schluchzen seiner Mutter und war wild entschlossen zu fliehen.

»Du verweigerst mir den Gehorsam?« brüllte Shane, packte ihn am Knie, holte mit seiner fleischigen Hand aus und schlug ihm mitten ins Gesicht. Funken explodierten in Liams Kopf, sein Magen hob sich. Als er wieder zu sich kam, saß Shane hinter ihm im Sattel und trabte durch das Tor von Stanley House.

»Liam! Liam! O Gott, Liam!« schrie die Mutter.

Der Knabe schaffte es, sich trotz des Eisengriffes im Sattel umzudrehen. Seine Mutter rannte hinter dem Pferd her, verhedderte sich in ihren Röcken, schluchzte, streckte die Arme nach ihm aus. Dann stolperte sie und stürzte in gebauschten Stoffwolken aus Samt und Seide in den Staub.

Der Knabe schluchzte.

»Mein Sohn weint nicht. Tränen sind Weibersache«, knurrte Shane und schlug ihm noch einmal ins Gesicht.

Der Knabe schluckte seine Tränen hinunter, schluckte seinen Schmerz hinunter, der ihm im Herz, in der Seele und im Kopf brannte. Die erste Lektion seines Vaters war grausam. Aber eine Lehre, die sich ihm einprägte. Seither hatte er nie wieder geweint.

London, 1571

»Sir William!«

William Cecil schlief in seinem Himmelbett in Cecil House in London. Sein Kammerdiener mußte seinen Namen mehrmals rufen, bevor der Minister sich bewegte. Brummend setzte er sich auf.

»Was ist los, Horace? Guter Gott, es ist nach Mitternacht!«

»Sir William, ein Herr wartet im Vorzimmer. Er behauptet, er müsse Euch dringend sprechen!«

Brummend warf Cecil die Daunendecke beiseite, ließ sich in den pelzbesetzten Morgenmantel helfen und folgte dem Kammerdiener, der die Kerze hochhielt. Beim Anblick seines späten Gastes verengten sich seine Augen. »Laß uns allein, Horace«, sagte er zum Diener gewandt, der sich verneigte und die schwere Tür aus Walnußwurzelholz hinter sich schloß.

Cecil wandte sich barsch an den Besucher im langen Umhang: »Was gibt's?«

»Bei Einbruch der Nacht sind seltsame Dinge in St. Leger House vorgefallen«, begann der Fremde. »Als ich meine Runde machte, kamen die Wachen gerade wieder zu sich. Jemand hatte sie von hinten niedergeschlagen. Doch einer war etwas früher aufgewacht und hörte Stimmen im Hof. Eine erkannte er als die von Eleanor FitzGerald. Er konnte nur noch sehen, wie drei Reiter in Richtung London Bridge fortritten. Einer war ein ungewöhnlich großer Mann mit blondem Haar. Von den anderen beiden war einer eine Frau.«

»Eleanor FitzGerald — treibt sich bei Einbruch der Dunkelheit in London herum?« fragte Cecil scharf.

»Nein, es war eine fremde Frau, größer als Eleanor.«

Cecil nahm den Bericht mit gefurchter Stirn entgegen. »Drei Besucher in St. Leger House. Was in Gottes Namen führen FitzGerald und seine Frau im Schilde? Wer wagt es, sich mit FitzGerald zu verbünden?«

Cecil erwartete keine Antwort von seinem Spion und fuhr in seinem halben Selbstgespräch fort. »FitzGerald hat sich noch nicht mit seinem lebenslangen Exil abgefunden. Das wird er wohl nie. Und jetzt das!« Cecil wandte sich wieder an den Spitzel. »Gebt Euren Männern Anweisung, St. Leger House Tag und Nacht zu observieren. Falls die Besucher zurückkommen, muß ich wissen, wer sie sind.«

Der Spion nickte und zog sich zurück.

Cecil sprach vor sich hin: »Bei Gott! Nächtliche Besucher bedeuten eine Verschwörung. Dieser FitzGerald zettelt erneut einen Aufstand gegen die Königin an! Doch wer wagt es, sich mit dem entmachteten Grafen zusammenzutun? Wer könnte so töricht sein — oder so tollkühn?«

Cecil geriet ins Grübeln. Das irische Problem stand ihm

bis zum Hals, diese ewigen Aufstände und Anschläge von diesen verrückten halbwilden Kelten. Die Unruhen mußten endlich ein Ende haben.

Die Königin mußte Irland völlig unterwerfen, sonst würden Englands Feinde dort Fuß fassen. Hatte er nicht von Anfang an davor gewarnt, FitzGerald aus Irland wegzuholen? Und er hatte recht gehabt. Der Beweis war ein neunmal kluger Verrückter, der Anführer dieser Rebellen, James FitzMaurice, der von Frankreich, Spanien und vom Papst in Rom unterstützt wurde.

Sir William war fest entschlossen, herauszufinden, wer die neuen Verschwörer waren. Vielleicht lag hier der Schlüssel zur Problemlösung zu jedermanns Zufriedenheit, mit dem endlich alle Schwierigkeiten ausgeräumt wären.

Der Mann schrie.

Die Soldaten beobachteten gleichgültig, wie seine Gliedmaßen auf der Bank gestreckt wurden. Als die grausigen Schreie endlich aufhörten, trat einer vor. Er trug ein rotes Jackett, helle, enge Hosen und einen scharfen Degen. Der Kastellan von Tilbury Castle brachte sein Gesicht nahe an das schweißüberströmte Gesicht des Gefolterten. »Los, Matrose, jetzt wirst du wohl sprechen. Warum bist du mit deinem Freund bei Tilbury an Land gegangen? Wen habt ihr abgesetzt? Auf wen habt ihr gewartet? Ich gebe dir eine ganze Minute, ein Geständnis abzulegen. Wenn das Rad sich noch einmal dreht, werden dir die Arme vom Leibe gerissen, wahrscheinlich auch die Beine.«

»Erbarmen, nein!« winselte der Seemann. »Ich rede, ich rede!«

Der Burgvogt nickte. »Heraus mit der Sprache!«

»Wir ... wir kommen von der *Sea Dagger.*«

Die Augen des Kastellans weiteten sich. »Von der *Sea Dagger?* Liam O'Neills Schiff?«

Der Matrose stieß einen gutturalen Laut aus, offenbar eine Zustimmung.

»O'Neill hier? In Tilbury?«

»Nein, Eure Lordschaft. Wir haben auf ihn gewartet, um ihn zurück zum Schiff zu rudern.«

Der Burgvogt lachte in sich hinein und rieb sich die Hände. »Beim Gekreuzigten! Heute ist mein Glückstag! Die Königin wird sich freuen, wenn ich ihr den berüchtigten Herrn der Meere ausliefere!«

Dann wandte er sich wieder an den Seemann auf der Streckbank. »Wohin ist O'Neill geritten? Was hat er vor?«

Der Seemann winselte. »Ich weiß es nicht.«

Unmut flog über das Gesicht des Burgvogts. Er gab dem Soldaten am Rad einen Wink, weiterzudrehen. Der Seemann schrie. Er hörte nicht auf zu schreien.

Sie trabten die Straße entlang. Tilbury Castle türmte sich in der Ferne vor ihnen auf. Katherina war so müde, daß sie sich kaum noch im Sattel halten konnte, kaum noch denken konnte. Ihre Muskeln schmerzten von dem stundenlangen Ritt. Der Anblick der Burg, die in den blauen Himmel ragte, gab ihr wieder Kraft. Sie hatte keinen sehnlicheren Wunsch, als endlich abzusitzen, selbst wenn sie erneut auf das Piratenschiff verschleppt wurde. Nachdem sie sich ein paar Stunden ausgeruht hätte, würde sie über ihre Zukunft nachdenken. Bis dahin gab ihr der Gedanke, daß Hugh am Leben war, Hoffnung und Zuversicht.

Liam stellte sich plötzlich halb im Sattel auf, seine Hand griff nach dem Degen. »Mac«, murmelte er, »da stimmt was nicht.«

Macgregor zog seine Pistole, und eine Sekunde später sahen die drei Reiter sich einem Trupp Bewaffneter gegenüber.

Hinter ihnen stürmte ein Dutzend Infanteristen mit gezückten Degen aus dem Wald. Katherine schrie, als die Schwerter klirrten. Liam gab seinem Pferd die Sporen, sein Degen sauste kreuz und quer durch die Luft. Er schickte den ersten Soldaten zu Boden, dessen Lederwams sich rot färbte. Liam hieb auf den nächsten Angreifer ein und machte ihn kampfunfähig, dann einen dritten und den vierten. Sein

Gaul stieg schrill wiehernd hoch, als ihn eine Degenspitze an der Flanke ritzte.

Katherine wurde von Liam und dem Schotten abgedrängt, die sie beschützen wollten. Liam parierte Angriffe, schlug wild um sich, verwundete und tötete weitere Soldaten. Macgregor hatte einen Angreifer mit einem Schuß getroffen und seine Pistole weggesteckt. Nun schwang auch er den Degen mit Geschick und Kraft, nicht anders als sein Kapitän. Katherine hielt die Zügel krampfhaft fest und sah in panischem Schrecken zu, wie Liam und Macgregor sich gegen eine Übermacht an Soldaten verteidigten. Auf der Erde lagen bereits mehrere Soldaten hingestreckt. Die beiden Seefahrer schienen den Sieg über den Soldatentrupp davonzutragen.

Und dann sah Katherine die Verstärkung — Musketiere. Ihr Herz machte vor Entsetzen einen Satz. Die mit Flinten bewaffneten Soldaten kamen mit wehenden roten Umhängen die Straße herangaloppiert. Katherine wollte schreien, um Liam zu warnen — zu spät.

Eine Kugel pfiff ihm um die Ohren, dann die nächste. Liam focht gegen seine zwei letzten Gegner. Katherine hätte nie gedacht, daß ein Sterblicher seine Feinde, einen nach dem anderen, mit solcher Kraft niedermähen könnte. Die dritte Kugel bohrte sich in Liams Schulter, riß ein Loch in den Umhang. Liam knurrte, focht gegen den letzten Angreifer. Katherine sah, wie das Loch im Umhang sich rot färbte. Der Einschuß war in Höhe des linken Schulterblatts. Wäre Liam rechts getroffen worden, hätte es das Ende für ihn bedeutet.

Doch sein rechter Arm hieb kraftvoll weiter und streckte den letzten Mann nieder. Und plötzlich war alles vorbei, wenige Minuten, nachdem der Überfall begonnen hatte. Die Musketiere hatten die drei Reiter eingekreist. Ein Dutzend tödlicher Flintenläufe war auf sie gerichtet.

Liam senkte sein Rapier. Macgregor ebenfalls. Beide Männer keuchten schwer, der Schweiß lief ihnen in Strömen übers Gesicht. Hände und Arme waren blutbespritzt. Katherine starrte auf den Blutfleck auf Liams Rücken. Ihr Magen drohte, sich umzudrehen. Sie schlotterte am ganzen Körper.

Ein Mann löste sich aus dem Trupp, ritt nach vorne zu Liam. Seine rote Uniformjacke war mit Goldborten und Bändern geschmückt. Seine schwarze, federgeschmückte Mütze saß ihm keck auf dem Kopf. Er hielt den Degen beinahe spielerisch in der behandschuhten Hand. In seinen schwarzen, funkelnden Augen und seinem finsteren Gesicht lag allerdings wenig Spielerisches. »Ich bin Sir Walter Debrays, der Kastellan von Tilbury«, verkündete er, »legt den Degen ab, Captain O'Neill. Ihr seid mein Gefangener.«

Liam hielt dem Blick des Burgvogts einige Sekunden stand, bevor er seine Waffe fallen ließ.

Die Gefangenen ritten über die herabgelassene Zugbrücke, unter den Fallgittern hindurch in den zweiten Innenhof. Dort befahl man ihnen abzusteigen. Katherine gehorchte wortlos, sie hatte Angst. Obwohl sie nicht viel für O'Neill übrig hatte, wußte sie, daß er dem Tode geweiht war. Kein Pirat blieb am Leben.

Katherine stand zwischen Liam und Macgregor. Sie spürte, daß der Pirat große Schmerzen litt. Debrays trat heran und zog Katherine nach vorn, riß ihr die Kapuze nach hinten. »Wer seid Ihr?« fragte er schneidend.

Katherine antwortete nicht. Natürlich hätte sie zu erkennen geben müssen, daß sie die Gefangene des Piraten war. Dann wäre sie rasch frei gewesen. Doch dann würde sie den vielen Verbrechen, die ihm zur Last gelegt wurden, auch noch das Verbrechen der Entführung hinzufügen. Sie zögerte. Er verdiente eine Bestrafung, aber den Tod verdiente er nicht. Schließlich hatte er ihr keine Gewalt angetan. Er hatte sie gefangengenommen, aber weder er noch seine Männer hatten ihr oder Juliet ein Leid zugefügt.

»Sie antwortet nicht.« Debrays wandte sich lächelnd an Liam. »Dein Liebchen ist schön, O'Neill.«

Liams Gesichtsausdruck blieb kühl, irgendwie gelangweilt. Den Arm seiner verletzten Schulter hielt er angewinkelt. »Sie ist nicht mein Liebchen, sie ist meine Gefangene.«

Debrays lachte höhnisch. »Wäre sie deine Gefangene, O'Neill, würde sie dich nicht so besorgt ansehen! Eine dümmere Ausrede hätte dir wohl nicht einfallen können, wie?«

Liams Kaumuskel bewegten sich. Dann richtete er seine grauen Augen auf Katherine, und sie glaubte eine Warnung in seinem Blick zu erkennen.

Debrays riß sie an seine Seite. Er schob ihren Umhang beiseite und griff nach ihrer Brust. Katherine schrie auf, konnte sich ihm aber nicht entwinden. Liam machte einen Satz nach vorn. Gleichzeitig richteten sich fünf Degenspitzen auf seine Brust, zerrissen ihm das Hemd. Er blieb stehen. Debrays hob eine Braue und streichelte Katherines Brust weiter, betont provozierend. »Aha — wir lassen nicht gern andere mit unseren Puppen spielen, wie?«

»Sie ist meine Gefangene«, entgegnete Liam schroff. »Und ich hatte die Absicht, Lösegeld für sie zu kassieren. Deshalb haben wir englischen Boden betreten. Sie ist Katherine FitzGerald, die Tochter des Grafen von Desmond. Ich schlage vor, Ihr behandelt sie mit dem Respekt, der ihr gebührt.«

Debrays wurde unsicher.

Katherine befeuchtete die Lippen. Ihr war klar, daß Debrays ihr Gewalt angetan und großen Spaß dabei gehabt hätte. Sie erkannte außerdem, daß Liam sie verteidigte. »Ich bin die Tochter von Gerald und Joan FitzGerald«, brachte sie hervor. »Und ich verlange, daß Ihr sofort Eure Hände von mir nehmt.«

Der Burgvogt ließ von ihr ab und blickte in ihr schönes, bleiches Gesicht. »Randolph, bring sie in die Halle und sorg dafür, daß man ihr eine Kammer herrichtet.« Dann wandte er sich an Liam. »Ihr, O'Neill, werdet mit dem Kerker vorlieb nehmen, bis ich weitere Befehle vom Großadmiral habe.«

Ein junger Soldat trat neben Katherine und musterte sie neugierig. Sie beachtete ihn nicht. Liam und Macgregor wurden von rauhen Händen gepackt. Katherine biß sich auf die Lippen, um nicht zu schreien. Auf Liams Umhang hatte sich im Rücken ein großer Blutfleck ausgebreitet. Vielleicht würde er an der Schußwunde sterben und nicht mit dem Strick um den Hals.

»Lady FitzGerald?«

Katherine streifte den jungen Soldaten mit einem Blick. Dann fuhr sie zum Burgvogt herum. »Sir Walter!« rief sie, »Ihr könnt diesen Mann nicht in den Kerker sperren, bevor seine Wunde ärztlich versorgt wurde.«

Debrays blickte sie erstaunt an. »Wie besorgt Ihr um sein Wohlergehen seid, Mylady. Vielleicht seid Ihr nicht nur seine Gefangene? Vielleicht seid Ihr überhaupt nicht seine Gefangene?«

Katherine sah plötzlich das Bild von Liams kraftvollem, erregtem Körper vor sich, wie er auf ihr lag. Sie erinnerte sich an den Sturm des Begehrens, der in diesem Augenblick in ihr tobte. Errötend antwortete sie: »Ich wurde auf hoher See entführt, Sir. Kapitän O'Neill hat erst vor wenigen Stunden seine Lösegeldforderungen gestellt«, log sie.

»Und die hübsche Gefangene hat ein Auge auf den gutaussehenden Kapitän zur See geworfen, nehme ich an«, schnarrte Debrays.

»Nein!«

»Dann kümmert Euch nicht um sein Wohlergehen, *Lady* FitzGerald.« Debrays nickte dem jungen Soldaten zu. »Bringt sie in die Halle, Randolph.«

»Jawohl, Sir.« Randolph nahm ihren Ellenbogen, und Katherine folgte ihm über den Hof in die Halle. Sie redete sich ein, erleichtert zu sein.

Endlich war sie den Piraten los. Doch das Bild seines blutdurchtränkten Umhangs ging ihr nicht aus dem Sinn. Sie sah Liam vor sich in einem dunklen, feuchten Verlies, dem Tode geweiht.

Kahterine wurde in einer Kammer über der Halle untergebracht. Eine Magd bereitete ihr ein Bad und brachte Essen. Katherine hatte wenig Appetit. Die Ereignisse ihres Abenteuers, angefangen mit ihrer Gefangennahme auf hoher See, gingen ihr nicht aus dem Sinn. Ihr Vater, der sie Liam O'Neill als Ehefrau angeboten hatte. Der verwundete Pirat, bei dem die Gefahr bestand, daß die Verletzung sich entzündete und er am Wundfieber starb.

Sie verbrachte eine unruhige Nacht, träumte von ihrem Vater, nicht dem armseligen Gefangenen in St. Leger House, sondern dem Grafen von Desmond auf Schloß Askaeton. Im Traum trug Gerald prachtvolle Kleider. Ihre Mutter war noch am Leben. Auch Hugh war da, ein sommersprossiger Junge, der versuchte, sie zu küssen. Sie turtelten lachend und scherzend miteinander. Plötzlich tauchte Liam auf und trennte sie wutentbrannt. Katherine war nun eine erwachsene Frau, und Hugh war verschwunden. Als Liam sie umarmte, zerflossen seine Arme in Blut. Sie schrie. Liam war weg, und von ihren Händen tropfte Blut.

Katherine erwachte und fühlte sich völlig erschlagen. Sie schickte die Magd nach einem Frühstück, kniete neben dem Bett nieder und sprach hastig ein Morgengebet, ehe die Magd zurückkehrte. Papisten wurden in England zwar nicht mehr öffentlich verfolgt, doch es empfahl sich, die neue, reformierte Religion auszuüben.

Danach ging Katherine unruhig in ihrer Kammer auf und ab und mußte immer wieder besorgt an Liam denken.

Kurz vor Mittag betrat der junge Soldat Randolph die Kammer. »Bitte nehmt Euren Umhang und folgt mir, Mylady.«

Katherine stieg hinter dem Soldaten die schmale Steintreppe nach unten. Ihr Herz schlug schnell und heftig. Beim Betreten des Hofes sah sie ihn. Sechs Soldaten führten Liam und Macgregor auf den Hof. Beide Männer blinzelten in das helle Tageslicht, nachdem sie vierundzwanzig Stunden im Dunkeln eingesperrt waren. Mit dem in Streifen gerissenen Hemd hatte Liam seine Wunde verbunden und den Arm in eine Schlinge gelegt. Unter dem blutbefleckten Umhang war sein Oberkörper nackt. Katherine fiel sein gerötetes Gesicht auf. Er fieberte.

Sein Blick traf ihren, und in seinen Augen war ein amüsiertes Funkeln, als spüre er ihre Besorgnis. Seine Selbstsicherheit ärgerte sie. Der Pirat war weit davon entfernt, an seiner Wunde zu sterben.

Sie hätte wissen müssen, daß eine Kugel dem Kraftprotz nichts anhaben konnte.

Katherine hörte Debrays raunende Stimme von hinten an ihrem Ohr. »Ihr scheint glücklich zu sein, Euren *Entführer* wiederzusehen, Mylady.«

Sie straffte die Schultern und wandte sich betont langsam um. »Ich bin froh, daß er am Leben ist. Das nennt man christliche Nächstenliebe, Sir Walter.«

»Vielleicht möchte auch ich ein wenig an Eurer christlichen Nächstenliebe teilhaben«, schmeichelte er.

Katherine zuckte zusammen. Dieser Mann wußte oder ahnte zu viel. Doch er konnte nicht wissen, daß weit mehr als unschuldige Neckereien zwischen ihr und Liam vorgefallen waren. Sie errötete tief und wünschte sich sehnlichst, Tilbury und diesen gefährlichen Mann schnellstens zu verlassen. »Warum habt Ihr uns holen lassen?«

Debray's gelbe Zähne blitzten. »Ihr seid nach Whitehall berufen worden, alle drei, Lady FitzGerald. Die Königin befiehlt Euer umgehendes Erscheinen.«

Katherine erschrak. Ihr Blick suchte Liam. Er zeigte keine Reaktion auf den Befehl, der Königin vorgeführt zu werden, um anschließend im Kerker bis zur Vollstreckung seines Todesurteils zu schmachten.

6. Kapitel

Mit Ausnahme ihres Besuches bei ihrem Vater in Southwark war Katherine noch nie in einer so großen Stadt wie London gewesen. Dublin war zwar die größte Stadt Irlands, doch weder der Graf von Desmond noch seine Gemahlin hielten sich häufig in der Stadt auf. Und Katherine hatte ihre Eltern nur einmal nach Dublin begleitet.

London stellte Dublin bei weitem in den Schatten. Was es da alles zu bewundern gab! Von den hohen gotischen Häusern der Adeligen am Ufer der Themse bis zu den halb verfallenen, strohgedeckten Holzkaten der Elendsviertel mit ihren Bordellen und Spelunken. Himmelstürmende Kathedralen erhoben sich über Fachwerkhäuser in engen, schmutzigen Gassen. Knochige Maultiere zogen Karren mit Reisigbündeln, daneben fuhren hochherrschaftliche vierspännige Kutschen, an deren Wagenschlag goldene Wappen prangten. Die Seidenlivrees der Kutscher und Diener hatten mehr gekostet, als eine arme Familie in einem Jahr zum Leben zur Verfügung hatte. Schwarz gekleidete Studenten plauderten mit Handwerkern und Künstlern. Man drehte sich nach den reichen Adeligen um, die einen sehnsüchtig und bewundernd, die anderen feinselig. Bettler liefen den Prachtkutschen nach. Und sollte einer der edlen Herren oder Damen es wagen, mit oder ohne Begleitung zu Fuß durch die Gassen zu schlendern, waren sie vor Taschendieben nicht sicher.

Fast auf jedem Platz wurden Märkte abgehalten. Katherine kam aus dem Staunen nicht heraus. In den Verkaufsbuden wurden Dinge angeboten, von deren Existenz sie nicht einmal ahnte. Seiden und Gewürze aus dem Orient, venezianische Glaswaren, Pelze aus den Wäldern Schwedens und Norwegens. Putz und Flitter, Hüte, Mützen und Handschuhe, deren Stulpen mit Rüschen, ja sogar mit Edelsteinen besetzt waren. Daneben bunte Bänder und Federn, bestickte Kissen, emaillierte und bemalte Parfumkugeln, sogar kleine französische Polstersessel mit gepolsterten Armlehnen gab es zu bewundern. An einem Stand wurden Cremetöpfe und Schminken verkauft. Katherine bewunderte milchweiße Puder und alle Schattierungen von Wangenrot. An einem anderen Stand wurden Bettflaschen verkauft — aus schierem Silber. Andere Verkäufer priesen Gewürzkuchen und Süßigkeiten an. Katherine wäre zu gerne durch die Menge spaziert, um sich die Waren und die Damen und Herren, die mit den Händlern feilschten, genauer anzusehen.

Doch es sollte nicht sein. Nicht an diesem Tag. Sie war eine Gefangene. Nun nicht länger die Gefangene des Freibeuters, sondern die der Krone, auf dem Weg zur Audienz bei der Monarchin.

King Street Gate tauchte auf. Katherine warf Liam einen Blick zu, doch ihm war kein Anzeichen von Angst anzumerken.

Sobald sie den gemauerten, überwölbten Torweg passiert hatten, wurden sie von etwa zwei Dutzend Gardisten empfangen, prächtig in Rot und Gold gewandet. Eine gepflasterte Straße führte in einen großen Innenhof. Zur Rechten lagen weitläufige Gärten, zur Linken die Tennisplätze und Kampfarenen, an der entfernten Seite der Gärten die Wirtschaftsgebäude. Sie ritten auf den neuen Flügel des Palastes zu, der den Bankettsaal und die Privatgalerie enthielt. Daneben die Große Halle, der Ratsherrensaal und die Privatgemächer der Königin. Im Hintergrund war der Turm der Kapelle zu sehen.

Der Troß hielt an. Der Hauptmann der Garde, ein schlanker, dunkelhaariger Soldat saß ab, trat zu Debrays, der ebenfalls vom Pferd stieg und wechselte ein paar Worte mit ihm. Der Hauptmann streifte Liam und Katherine mit einem Blick, dann trat er zu Katherine und verneigte sich. »Sir John Hawke, Hauptmann der Wache«, stellte er sich vor. »Wenn Ihr bitte absteigen wollt, Lady FitzGerald.«

Katherine glitt vom Pferd und taumelte vor Müdigkeit. Hawke war zur Stelle und stützte sie. Sie murmelte ein Dankeschön und trat einen Schritt zurück. Sie spürte Liams finsteren Blick, dem es offenkundig nicht gefiel, daß ein Fremder sich um sie bemühte.

»Lady FitzGerald?« bat der Hauptmann höflich um ihre Aufmerksamkeit. »Wenn Ihr mir bitte folgen wollt.«

Katherine folgte dem Soldaten, hinter ihr Liam, flankiert von Debrays und mehreren Soldaten, dahinter Macgregor zwischen zwei Bewaffneten. Hawke führte den Zug in die Galerie. Katherine unterdrückte einen Ausruf der Bewunderung. Die Decke des langgezogenen Saales war mit vergoldetem Stuck geschmückt, die Holztäfelung der Wände bestand aus Hunderten kunstvoll geschnitzer Figurinen.

Man schritt durch die Galerie auf hohe Flügeltüren zu. Der Zug hielt, ein Hofbeamter verkündete laut die Ankunft der Besucher. Katherines Herz schlug hörbar. Wie konnte Liam nur so ruhig sein? Hinter den hohen Flügeltüren wartete keine Geringere als die Königin.

Nun verließ ein Strom von Höflingen und Hofdamen die königlichen Privatgemächer. Katherine blieb der Mund offen stehen. Noch nie hatte sie so viel Eleganz, so viel Pracht gesehen. Die Männer trugen Lederschuhe mit goldenen Schnallen, enge Seidenhosen in allen nur denkbaren Farbtönen, Jacken mit gepolsterten Schößen zu bestickten Wämsern, die Puffärmel waren geschlitzt und mit Bändern verziert. Hohe, plissierte Stehkragen umrahmten die Köpfe. Und beinahe jeder Herr trug einen kunstvoll getrimmten Bart. Dazu waren die Edlen mit vielen Goldketten geschmückt. An jedem Finger funkelte ein Ring. Viele trugen schwarze Samthüte mit extravaganten Federn.

Die Damen waren in schwere Brokate, Samt und Seide gekleidet. Die Röcke waren sehr ausladend. Durch spanische Reifröcke darunter wirkten die schmalen Taillen noch zierlicher. Jede Dame trug eine juwelenbesetzte goldene oder silberne Kette als Gürtel um die Mitte, behängt mit Schlüsselringen, Elfenbeinfächern, Parfumkugeln oder Vergrößerungsgläsern. Die Mieder waren tief und viereckig ausgeschnitten, die geschlitzten Puffärmel mit andersfarbiger Seide unterlegt. Die gefälteten Stehkrägen der Damen waren nicht minder kostbar wie die der Herren. Sie trugen Perlenketten um den Hals, lange Ohrgehänge und funkelnde Ringe. Alle Damen trugen Hauben aus Seide oder Samt, bestickt oder mit Rüschen und häufig mit Edelsteinen oder Perlen besetzt.

Die Damen waren bleich gepudert, auf die Wangen hatten sie Eiweiß gepinselt, damit sie glänzten. Die Augenbrauen waren zu dünnen Strichen gezupft, die Lippen grell rot bemalt. Manche Damen hatten sich sogar feine blaue Linien auf ihre prallen, fast nackten Busen gepinselt, um ein blaues Aderngeflecht vorzutäuschen.

Als der Strom der Höflinge und Hofdamen versiegt war, wurde Debrays in das Privatgemach gebeten. Hinter ihm schlossen sich die Türen. Katherine hatte fasziniert dem Zug der Höflinge nachgeschaut. Nun begegnete sie Liams Blick, der sich über ihre Ehrfurcht beim Anblick des Hofstaats der Königin amüsierte.

Katherine ärgerte sich über ihn und über ihr Aussehen. Ihr Kleid war alt und schäbig. Aber selbst wenn es neu gewesen wäre, hätte es ärmlich und altmodisch gewirkt. Sie trug keine Schminke, hätte gar nicht gewußt, wie sie damit umgehen sollte. Sie war ein häßliches Entlein unter all den stolzen Schwänen. Sie wandte sich abrupt ab.

Wieso hatte er überhaupt einen Blick für sie übrig? In wenigen Minuten würde er der Königin gegenüberstehen und bald danach in den Tower geworfen. Und außerdem waren all die anderen Frauen so schön!

Katherine hielt ihm den Rücken zugekehrt, die Schultern gestrafft. Die hohe Tür zu den königlichen Privatgemächern blieb lange verschlossen. Was dieser Debrays der Königin wohl berichtete? Würde die Königin ihr gestatten, in die Heimat zurückzukehren, um Hugh zu heiraten?

Katherines Entschluß, genau das zu tun, festigte sich. In den letzten sechs Jahren hatte sie so viel versäumt, hatte in vollständiger Abgeschiedenheit gelebt, die schönsten Jahre ihrer Jugend vergeudet. Man hatte ihr nicht nur das Schicksal ihres Vaters, den Verlust ihrer Heimat, ihres Besitzes, einen Ehemann und Kinder vorenthalten, man hatte sie daran gehindert, eine wunderbare neue Welt zu entdecken.

Doch es war noch nicht zu spät. Sie würde den Verlust wettmachen. Sie war noch nicht zu alt. Sie wollte Kinder, und sie wollte leben. Und eines Tages würde sie eine Reise nach London unternehmen. Katherine versuchte sich vorzustellen, wie sie an Hughs Seite, mit zwei kleinen Kindern an der Hand, die Märkte von London durchstöberte. Sie hatte Hugh nur als Knaben in Erinnerung und konnte ihn sich als

Mann nicht vorstellen. Seufzend ließ sie von dem Gedanken ab.

Plötzlich öffneten sich die Türflügel, Debrays trat mit blasierter Miene heraus. Angst krampfte sich um Katherines Herz. Ihr Vater war in Ungnade gefallen, vielleicht ereilte sie in wenigen Minuten das gleiche Schicksal. An der Seite ihres Vaters in Southwark leben zu müssen war um keinen Deut besser als ins Kloster nach Frankreich zurückgeschickt zu werden. Katherine nahm sich vor, mit großem Bedacht zu sprechen. Von der Königin wußte sie nur, was der allgemeine Klatsch über sie verbreitete. Sie war sehr gebildet, beherrschte mehrere Sprachen fließend. Sie neigte zum Jähzorn und verlor rasch die Beherrschung. Aber sie war auch gerecht. Katherine betete, daß die Königin milde gestimmt war.

Ein würdevoller Herr erschien in der Tür, gerahmt von zwei Marmorsäulen. Sein Blick streifte Liam und Macgregor und blieb auf Katherine ruhen. »Ich bin Sir William Cecil. Ihre Majestät bittet Euch vorzutreten.«

Katherine hielt den Atem an und warf Liam einen letzten, verstohlenen Blick zu. Er lächelte ihr aufmunternd zu. Sie folgte Cecil, spürte Liams Blick im Rücken.

Beim Anblick der Königin wäre sie beinahe ins Stolpern geraten. Elisabeth saß auf einem Thron auf einer erhöhten Estrade, reglos wie aus Stein gemeißelt und blickte Katherine direkt in die Augen.

Katherine war fasziniert von der prachtvollen Erscheinung der Königin.

Sie trug ein purpurfarbenes Damastgewand, übersät mit Goldperlen und von Goldfäden durchwirkt. Um ihre schmale Mitte trug sie einen breiten, mit Rubinen und Perlen besetzten Goldgürtel. Das tief ausgeschnittene Mieder entblößte einen elfenbeinweißen Busen, der zu üppig für ihre sonstige zierliche Gestalt wirkte. Ein tropfenförmiger Rubin, größer als Katherines Daumen, lag auf ihrer durchscheinenden Haut zwischen den Brüsten. Der Hals und das Haupt der Königin war von einem steifen, hellrosa Stoffgebilde gerahmt, die höchste Halskrause, die Katherine je gesehen hatte. Ihr rotgoldenes, gekräuseltes Haar war streng nach hinten frisiert und wurde von einer dunklen, mit Juwelen besetzten Samthaube gehalten.

Die Königin war siebenunddreißig Jahre alt. Einst eine schöne Frau, sah sie immer noch gut aus mit makelloser, elfenbeinweißer Haut — ihr feines, ovales Gesicht war nicht geschminkt. Hätte sie nicht die lange Nase und den schmalen Mund ihres Vaters geerbt, wäre sie eine ausgesprochen schöne Frau gewesen.

William Cecil hüstelte.

Katharine erschrak. Sie mußte dagestanden haben wie eine gaffende Bauernmagd. Verlegen errötend sank sie in einen tiefen Hofknicks. Als sie sich wieder aufrichtete, bemerkte sie, wie die Königin Liam O'Neill musterte, kühl und gebieterisch, aber auch mit einem Funken, den Katherine nicht zu deuten wußte. Ihr Blick wanderte zu Katherine, die immer noch von Schamröte übergossen dastand. »Habt Ihr Euch mit Eurem Vater in einer Verschwörung gegen Uns verbündet, Mistreß?«

Katherine stockte der Atem. Ihr war, als würde der Boden unter ihren Füßen weichen. »Ich ... wie bitte?«

»Ihr habt sehr wohl gehört. Habt Ihr Euch mit Eurem Vater gegen die Krone von England verschworen?«

Katherine war fassungslos. Die Königin beschuldigte sie des Hochverrats. »Nein! Eure Majestät — wie kommt Ihr auf einen so verabscheuenswerten Gedanken?«

Elisabeth musterte Katherine von Kopf bis Fuß. »Wenn der Herr der Meere sich im Morgengrauen mit Gerald FitzGerald trifft, gemeinsam mit dessen Tochter, müssen Wir das Schlimmste annehmen.«

Katherine blickte entsetzt zu Liam, der keine Regung zeigte. Der Narr stand in bequemer Haltung und völlig ungerührt da. Warum sagte er denn nichts? »Eure Hoheit!« stammelte Katherine endlich. »Der Herr der ... ich meine ... Liam O'Neill entführte mich auf hoher See. Er traf sich mit meinem Vater wegen einer Lösegeldsumme — weiter nichts!

Das kann ich beschwören!« Katherine errötete tiefer, weil sie wieder log, diesmal belog sie sogar die Königin von England.

Die Monarchin durchbohrte Katherine mit Blicken. »Und aus welchem Grund wart Ihr bei der Unterredung anwesend, wenn nicht, um eine Verschwörung zu planen?«

Katherine erbleichte. Sie suchte verzweifelt nach einer glaubwürdigen Antwort. »Ich bat ihn ... ich hatte meinen Vater seit sechs Jahren nicht gesehen!«

Elisabeth musterte Katherine ohne Gefühlsregung. Schließlich wandte sie sich an Liam. »Stimmt das, Schurke?«

Er lächelte. »Ich habe ein kleines französisches Handelsschiff gekapert, ohne etwas von der kostbaren Fracht zu ahnen, Eure Majestät. Ihr kennt die Gesetze auf See. Die Beute war mein. Die ganze Beute. Also begab ich mich zu FitzGerald, um Lösegeld zu fordern, das ist alles.«

Katherines Blick flog von dem immer noch lächelnden Liam zur Königin, deren Mund ein schmaler Strich war. »Was für eine fantastische Geschichte.« In ihrem Tonfall lag eine deutliche Warnung.

Liams Lächeln strahlte gewinnender denn je. »Die Dame kann sehr überzeugend sein. Was konnte es schaden, wenn sie mich zu ihrem Vater begleitete?«

Die Königin blickte ihn durchdringend an. »Hat sie Schaden genommen, Liam?«

Er schüttelte den Kopf. »Wohl kaum.«

Katherine traute ihren Ohren nicht. Was ging hier vor? Es schien beinahe, als kenne die Königin den Freibeuter — als hege sie sogar eine gewisse Zuneigung zu ihm. Welch absurder Gedanke. Liam war ein Pirat. »Eure Majestät, mir wurde kein Schaden zugefügt«, fügte Katherine hastig hinzu. »O'Neill spricht die Wahrheit, und ich bitte um meine Freilassung.«

Elisabeth wandte sich an Katherine, die zu spät begriff, daß sie sich ungebeten in ein Gespräch gemischt hatte. Eine dünne, rötliche Augenbraue zog sich in die Höhe. »Ihr verteidigt diesen Mann nach allem, was er Euch angetan hat?«

Katherine errötete. »Ich bin Jungfrau, Eure Hoheit. Er ließ meine Unschuld unangetastet. Dafür bin ich ihm dankbar.«

»Wie ehrenwert«, murmelte die Königin zu Liam gewandt. »Euer Ruf basiert nicht auf Ehre — und nicht auf Eurem weichen Herz.« Wieder wandte sie sich an Katherine. »Ihr verteidigt ihn. Debrays sagt, Ihr seid Liam zugeneigt.«

»Nein!« rief Katherine. »Nicht im geringsten!«

Elisabeths eisiger Blick durchbohrte sie, als glaube sie ihr kein Wort.

»Er entführte mich, hinderte mich an meiner Heimkehr, machte mir klar ...« Katherine stockte. Sie brachte es nicht über sich, die Wahrheit auszusprechen — daß Liam sie zu seiner Geliebten machen wollte.

»Was machte Euch dieser Schurke klar, Mistreß?« forderte die Königin.

Katherine erbleichte.

»Antwortet gefälligst!« forderte die Königin schneidend.

Katherine war wie erstarrt. Ihr Gesicht war ohne jede Farbe. Sie war unfähig zu sprechen.

Liam trat vor. »Ich habe Mistreß FitzGerald gebeten, meine Geliebte zu werden«, erklärte er seelenruhig. »Da sie keinen Beschützer hat, bin ich gerne bereit, diese Rolle zu übernehmen.«

Der Blick der Königin ruhte kalt auf Liam. »Ihr habt Euch nicht verändert, Liam. Doch Eure Freibeutermanieren sind allzu tollkühl geworden.«

»Wenn ich Euch in irgendeiner Weise gekränkt haben sollte, tut mir das aufrichtig leid, Eure Majestät.«

»Das bezweifle ich!« entgegnete die Königin spitz. »Dann war also alles nur ein Spiel?« fuhr sie aufgebracht fort. »Lösegeld zu verlangen, wo kein Lösegeld zu holen war, der Laune eines jungen Mädchens nachzugeben, ihren Vater zu besuchen — und sie schließlich zu Eurer Geliebten zu machen?«

»Weiß nicht die ganze Welt, wie sehr ich das Spiel liebe, Eure Majestät?« Er neigte den Kopf, ein Lächeln umspielte seine Lippen. »Es gibt niemand, der etwas gegen ein solches

Spiel einwenden könnte. FitzGerald ist in Ungnade gefallen. Ihr Bruder ist erst zwei Jahre alt. Und ihre Stiefmutter wünscht keine Rivalin in ihrem Haus.«

Katherine blinzelte. Sie wußte nichts von einem kleinen Bruder.

Die Königin erhob sich. »Schurke!« Sie war sichtlich aufgebracht. »Ihr treibt es zu weit mit Euren Spielen! Eure Geschichte klingt unglaubwürdig. Da steckt mehr dahinter. Unverschämter Halunke!«

»Ich würde niemals Verrat gegen Euch üben, Bess«, entgegnete Liam leise.

Katherine gefror das Blut in den Adern. Für diese Unverschämtheit würde Liam umgehend im Tower landen.

Elisabeth durchbohrte Liam mit Blicken, lange und durchdringend, als wäge sie seine Worte ab. Liam hielt ihrem Blick unverwandt stand.

»Ihr seid zu weit gegangen, O'Neill!« sagte sie endlich. »Euer Hochmut muß bestraft werden. Ihr könnt nicht alles plündern, wonach Euch der Sinn steht. FitzGerald mag in Ungnade sein, doch das Mädchen ist Unsere Untertanin und kommt direkt aus einem Kloster. Sie ist keine Beute für einen Mann wie Euch. Ich hoffe, Ihr seid nicht so weit gegangen, um mit FitzGerald eine Verschwörung anzuzetteln.«

Liam senkte den Blick.

»Vielleicht kühlt sich Euer Hitzkopf im Tower ab«, fügte die Königin schneidend hinzu und gab ein Handzeichen. Zwei Wachen eilten herbei und packten Liam an den Armen. »Und denkt über all das nach, was Ihr Euch habt zuschulden kommen lassen«, fügte sie unheilvoll hinzu.

Katherine unterdrückte einen Schrei, als Liam abgeführt wurde.

Später am Nachmittag empfing die Königin Sir William Cecil unter vier Augen. »Habt Ihr nach Ormond geschickt?« fragte sie.

»Er wird jeden Augenblick eintreffen, Hoheit«, entgegnete Cecil.

»Und FitzGeralds Tochter?«

»Sie wurde in eine Kammer gesperrt und schläft. Bisher hat sie nichts getan, um die Verschwörungstheorie zu erhärten.«

Elisabeth durchmaß unruhig den Raum, sich ihrer hoheitsvollen Gestalt durchaus bewußt. Wie ihr Vater war sie eitel. Sie war nicht nur die schönste und eleganteste Frau bei Hofe. Keine andere Dame tanzte so gut wie sie — keine ihrer Hofdamen hatte so viele Verehrer. »Ich habe nie größeren Unsinn gehört«, sagte sie und blieb vor Cecil stehen. »FitzGeralds Tochter hat Liam O'Neill mit Sicherheit eine Geheimbotschaft ihres Vaters überbracht. Und FitzGerald haßt Uns. Er hat nur eines im Sinn: seine Flucht nach Irland und einen Aufstand gegen uns anzuzetteln.«

»Unter Umständen«, entgegnete Cecil.

»Für das Geheimtreffen gibt es keine andere Erklärung!« entgegnete die Königin unwirsch. Und dann wich der harte Zug aus ihrem Gesicht. »Zum Teufel mit dem Schurken, Cecil. Wie konnte er mir das antun? Fluch über meinen goldblonden Piraten! Über ein Jahr höre ich nichts von ihm, und dann das? Wie oft habe ich ihn an den Hof befohlen?« Sie nahm ihre erregte Wanderung wieder auf, ohne auf eine Antwort zu warten. »Wie viele Schiffe mag er wohl geplündert haben, von denen Wir nichts wissen? Ganz zu schweigen von den Damen, die auf diesen Schiffen reisten.« Sie verzog säuerlich das Gesicht und seufzte. »Nun ja, er ist kein trauriger, einsamer Junge mehr. Er will das Mädchen verführen — und vermutlich denkt er auch an Verrat an mir.« Plötzlich schwammen Elisabeths Augen in Tränen.

»Eure Majestät, ich bitte Euch, zieht keine voreiligen Schlüsse. O'Neill ist viel zu geschickt, um sich an einer Verschwörung zu beteiligen. Ich glaube, der Schein trügt.«

»Und was meint Ihr zu der Sache?«

»O'Neill war uns bisher sehr nützlich. Ich kann nicht glauben, daß ein so kluger Mann seine Zukunft aufs Spiel setzt und sich in die irische Politik einmischt.« Cecils Stimme war sanft, sein Blick unverwandt auf die Königin gerichtet.

»Er ist zu überheblich und anmaßend«, entgegnete Elisabeth etwas milder. »Er denkt, er habe Narrenfreiheit.«

»Möglich. Für FitzGerald wäre ein Bündnis mit ihm durchaus von Vorteil. Doch was hätte O'Neill davon?«

»FitzGerald könnte Liam als Fluchthelfer benutzen und nach Munster zurückkehren, um erneut gegen seinen Cousin FitzMaurice Krieg zu führen und sein Land zurückzuerobern. Liam hat dabei nichts zu gewinnen«, entgegnete Elisabeth scharf, »außer das Versprechen auf späteren Lohn. Doch das würde Liam nicht dazu veranlassen, Hochverrat zu begehen. Das Mädchen könnte er gewinnen. Aber sie ist wertlos.«

»Genau. Das Mädchen ist wertlos, mit einem Vater in der Verbannung, ohne Land, ohne Titel, ohne Macht«, fügte Cecil hinzu. Wie anders würde das Gespräch verlaufen, wenn das Mädchen die Tochter eines mächtigen Grafen wäre! Dann wären Liam O'Neills Ziele eindeutig.

»Ihr denkt also, O'Neill hat sich nur einen Spaß gemacht und tatsächlich Lösegeld gefordert?«

»Ich bin mir nicht sicher.« Cecil wanderte nun seinerseits auf und ab. Dann blieb er vor dem Gemälde stehen, das Heinrich VIII. in Lebensgröße darstellte. »Wir müssen das Spiel im Auge behalten, Majestät. Wir sollten beobachten, welche Züge die Spieler vorhaben.«

»Wenn O'Neill sich mit FitzGerald verbündet, gefällt mir das gar nicht. Wir haben genügend Probleme mit dem Papisten FitzMaurice.« Elisabeth hatte Kopfschmerzen, ob wegen der lästigen irischen Frage oder weil sie sich von Liam betrogen fühlte, wußte sie nicht zu sagen. »Wo bleibt denn nur Ormond?« fragte sie ungeduldig. »Er kennt FitzGerald genau. Die beiden waren ihr ganzes Leben verfeindet. Er kann uns sagen, was an dieser Verschwörung dran ist.«

»Ich höre Schritte«, entgegnete Cecil, ging zur Tür und öffnete, als der Graf von Ormond das Vorzimmer durchquerte. »Tom! Wir warten auf Euch.«

Der Graf von Ormond, wegen seiner dunklen Hautfarbe und seiner finsteren Stimmungen der ›Schwarze Tom‹ genannt, betrat das Gemach mit langen, festen Schritten. Von seinen breiten Schultern wallte ein brauner, zobelgefütterter Umhang, den er nun gereizt abwarf. »Es regnet in Strömen«, grollte er. »Keine angenehme Nacht, um durch halb London zu reiten.«

»Dennoch seid Ihr unverzüglich zu Uns geeilt, nehme ich an«, entgegnete Elisabeth kühl. Er hatte sie über eine Stunde warten lassen. »Es geht um eine ernste Sache, Tom.«

Er beobachtete sie und zog betont langsam die Handschuhe aus. »Fürwahr. Höre ich recht, meine Cousine, meine Königin? Habt Ihr den Herrn der Meere in den Tower geworfen?«

»Nur vorübergehend.« Elisabeth sprach langsam, um seine Reaktion auf ihre Worte zu erforschen. »Nur damit seine wilde Lust für Eure Halbschwester sich abkühlt, die Tochter Eurer lieben Mutter Joan — Katherine FitzGerald.«

Ormond stutzte. Und dann fluchte er.

7. Kapitel

Der Graf von Ormond lächelte böse. »Wie reizend, mich daran zu erinnern, daß meine Mutter diesen Bastard FitzGerald geheiratet hat.« Er verzichtete auf eine abfällige Bemerkung darüber, daß Joan Butler, die Herzogin von Ormond, zwanzig Jahre jünger war als Gerald FitzGerald — etwa im gleichen Alter wie ihr ältester Sohn.

»Kennt Ihr Eure Halbschwester, Tom?« fragte Elisabeth liebenswürdig.

»Vor Jahren wurde sie mir einmal vorgestellt«, knurrte er. »Denkt Ihr, FitzGeralds Balg interessiert mich?«

»Aber Tom, Ihr wollt doch nicht, daß einer wie Liam O'Neill ihr die Unschuld nimmt.«

Ormonds Blick war ausdruckslos.

»Empfindet Ihr denn gar nichts für sie? Sie sieht Eurer Mutter sehr ähnlich, auch wenn sie rothaarig ist, nicht blond. Sie ist eine Schönheit von stolzer Haltung, obwohl ihr alles genommen wurde.«

»Sie ist mir so gleichgültig wie eine Bauernmagd.«

Elisabeth seufzte. »Nun, das Mädchen behauptet, von O'Neill entführt worden zu sein.« Ormond reagierte nicht. »O'Neill tischte Uns eine absurde Geschichte auf, die Uns wenig glaubwürdig erscheint.« Die Königin berichtete ihrem Cousin von dem geheimen Treffen in St. Leger House.

»Beim Gekreuzigten!« rief Ormond. »O'Neill und FitzGerald in einer Verschwörung! Dem muß Einhalt geboten werden!«

»Ich dachte, das würde Euch interessieren«, fügte Elisabeth zufrieden hinzu.

Butlers Kiefermuskulatur trat hervor. »Wißt Ihr, was geschieht, wenn Shane O'Neills Sohn sich mit FitzGerald verbündet? FitzGerald wird fliehen und nach Irland zurückkehren. Und in einem Jahr hat er seine frühere Machtposition wiedererlangt.«

Die Königin blickte finster zu Cecil, der in einem hohen Lehnstuhl Platz genommen hatte. »Wir haben ausführlich darüber gesprochen. Doch William glaubt nicht an eine solche Verbindung.«

Ormond holte tief Luft. »Er irrt. FitzGerald ist verdammt schlau. Er hat O'Neill seine Tochter angeboten, um ihn auf seine Seite zu bringen.«

»Aber das Mädchen ist bettelarm und wertlos.«

Ormond wurde ungeduldig. »Ich bitte Euch, Cousine, doch nicht für O'Neill.«

»Was wollt Ihr damit sagen?« fragte Elisabeth in schroffem Ton.

Ormond tigerte auf und ab. »Liam ist Shane O'Neills Bastard — ein Mann, der als Verräter starb, dessen Besitz an die Krone fiel. Der Pirat ist reich, das wissen Eure Spione genau, obwohl noch niemand einen Fuß auf den Steinhaufen gesetzt hat, in den er sich verkriecht, und niemand das Ausmaß der Schätze kennt, die er dort hortet. Er ist jedenfalls ein reicher Mann. Und wofür, für wen? Er hat keine Familie.

Keinen Clan. Die Iren mißtrauen ihm. Und Engländer ist er auch nicht. In seinen Adern fließt irisches Blut, auch wenn Mary Stanley ihn geboren hat. Wenn er die Tochter von FitzGerald heiratet, hat er eine Familie, einen Clan — ein Vaterland. Durch das Mädchen erwirbt er sich Achtung. In den Adern seiner Söhne fließt dann blaues Blut.« Ormond blickte von Cecil zu Elisabeth. »Das ist der Wunsch des Piraten. Alle niedriggeborenen Männer wollen durch Heirat mit Adeligen und durch ihre Söhne zu höherem Ansehen aufsteigen. FitzGerald hat ihm das Angebot vermutlich schmackhaft gemacht und ihm eine spätere Belohnung versprochen, zweifellos einen Teil der Ländereien von Desmond.«

Elisabeth und Cecil tauschten Blicke, Cecil ergriff das Wort: »Ihr habt neben der Königin am meisten zu verlieren, wenn FitzGerald seinen Platz in Irland wieder einnimmt. Deshalb zieht Ihr voreilige Schlüsse, Tom.«

Ormond fluchte. »Ich werde *niemals* die Herrschaft in Südirland mit ihm teilen!« Sein Gesicht war wutverzerrt. »Wie meine Mutter diesen Fluch Gottes heiraten konnte, ist mir ein Rätsel«, fügte er bitter hinzu. Er nahm Elisabeths Hand. »Dieses Bündnis darf niemals zustandekommen, liebste Cousine. FitzGerald wird sich O'Neills Vormachtstellung zur See zunutze machen. Nicht nur, um aus der Verbannung zu fliehen. Im Winter könnte er seinen Vetter FitzMaurice aushungern. Das würde uns zwar alle freuen, aber sobald FitzMaurice entmachtet ist, könnte O'Neill unsere Häfen blockieren — und die königlichen Truppen aushungern. Und über kurz oder lang hat Desmond seine alte Macht wiedererlangt und wird sich gegen Euch erheben.« Toms dunkle Augen schossen Blitze. »Oder die beiden Vettern verbünden sich gegen England, was Gott verhüten möge.«

Stille senkte sich über den Raum. Elisabeth setzte sich. Sie wollte nicht glauben, daß Liam O'Neill sich gegen sie stellen würde. Wie William bereits sagte, gab es keinerlei Beweise dafür. »Mary Stanley war — ist — meine Freundin«, begann sie nach langem Schweigen. »Als Catherine Parr starb, nahm ich sie zu mir — sie und ihren kleinen Sohn. Die beiden taten mir leid, sie wurden von der übrigen Hofgesellschaft gemieden. Und das spürten beide. Beide wußten, daß sie auf das Wohlwollen anderer angewiesen waren.« Sie hob den Kopf. »Einmal sah ich Liam zu, wie er allein im Garten von Hatfield House spielte. Es war Vorfrühling. Die Sonne schien, ohne wirklich zu wärmen. Der Junge war damals fünf oder sechs. Er schwang einen dürren Ast als Schwert und kämpfte erbittert gegen die ganze Welt.« Sie seufzte. »Er war so einsam. Ein stiller, verschlossener Junge, der nur redete, wenn er angesprochen wurde, nie lachte. Und die anderen Kinder waren grausam zu ihm, verspotteten und hänselten ihn als irischen Bastard.«

»Er ist kein kleiner Junge mehr«, entgegnete Ormond scharf. »Laßt Euer Urteil nicht von Sentimentalität trüben, Bess. Er ist ein gefährlicher Mann.«

Die Königin betrachtete ihren Vetter. »Ich kann die Vergangenheit nicht verdrängen, als habe sie nie existiert. Wir wissen nicht, ob er Verrat begangen hat. Im übrigen glaube ich, daß er mich gern hat und mir dankbar ist.«

»Wenn Ihr da nur nicht irrt!« polterte Ormond aufgebracht. »Ihr müßt ihn sehen, wie er ist! Nicht sein hübsches Gesicht, sondern sein kaltes Herz!«

Elisabeth blickte ihren Vetter sinnend an. »Dann dürfte ich auch zu Euch kein Vertrauen haben, liebster Tom, Ihr steht nicht im Ruf, ein herzensguter Mensch zu sein.«

»Wir sind Blutsverwandte«, wandte Ormond ein. »Wir haben die gleichen Interessen. Ich war und bin Euch stets treu ergeben.«

Elisabeth seufzte. »Ja, wir haben die gleichen Interessen, und ich vertraue Euch.« Sie nahm seine Hand und tätschelte sie. »Ich weiß, Ihr wollt mich nur schützen.« Sie preßte die Fingerkuppen gegen die Schläfen. »Ich will einfach nicht glauben, daß Liam O'Neill ein Verräter ist, wie sein Vater einer war. Schon der Gedanke versetzt mir einen Stich ins Herz.«

»Das heimliche Treffen ist Beweis genug für eine Verschwörung gegen Euch«, widersprach Ormond schneidend. »Cousine, hört auf mich! Laßt O'Neill im Tower schmachten. Wenn Ihr ihn nicht an den Galgen bringen wollt, so soll er im Kerker verrotten.« Und wie nebenbei setzte er hinzu: »Und überlaßt mir das Mädchen. Sie ist meine Halbschwester. Wer könnte sie besser beschützen als ich? Ich werde sie zu einem meiner Brüder nach Kilkenny Castle bringen, dort ist sie in guten Händen.«

Elisabeth warf Cecil einen Blick zu.

Er hatte geduldig gewartet, bis die Reihe an ihm war zu sprechen. »O'Neill hat sich bisher nichts zuschulden kommen lassen. Wir haben keinen Grund, ihn wie einen Verbrecher einzusperren«, gab er ruhig zu bedenken.

»Er ist der Piraterei schuldig.« Der Schwarze Tom lachte böse. »Ich kann Euch ein Dutzend Zeugen für seine Greueltaten bringen.«

Elisabeth hob abwehrend die Hände. Sie war sehr bleich. »*Nein.* Wir werden *keine* Klage wegen Piraterei gegen ihn erheben.«

Ormond wandte sich wutentbrannt ab, ohne den Blick zu bemerken, den Elisabeth und Cecil tauschten. Cecil legte seine Hand auf den Arm der Monarchin. »Eine weise Entscheidung, Majestät«, sagte er leise. »Wenn wir O'Neill einkerkern und das Mädchen Ormond überlassen, werden wir *nie* erfahren, ob FitzGerald eine neue Verschwörung gegen Euch plant. Laßt beide gehen. Meine Spione werden sie beobachten.«

Ormond blickte die Monarchin und ihren Ratgeber finster an. »Ihr begeht einen folgenschweren Fehler!«

Elisabeth achtete nicht auf ihn. »Ja, Cecil, der Plan ist gut. An ihrem Verhalten werden wir ihre Absichten erkennen. Ihr seid ein bedächtiger Mann, Cecil.«

Cecil lächelte.

»Wir werden beide freilassen.« Sie tätschelte Tom Butlers Schulter. »Und Wir werden bald wissen, ob sie sich gegen Uns verschworen haben oder nicht. Wenn sie nach Irland reisen, verdichtet sich der Verdacht ihrer Schuld.« Sie machte eine Pause. »Und wenn Liam das Mädchen heiratet, dann wissen wir, daß Tom recht hatte — damit wäre der Beweis ihrer Schuld erbracht.«

Katherine hatte kaum ihre Morgentoilette beendet, als sie erneut zur Königin gerufen wurde. Mit bangem Herzen folgte sie dem Leibwächter die endlosen Flure des Palastes entlang. Hatte die Königin sich entschlossen, sie der Konspiration oder gar des Hochverrates anzuklagen? Und was geschah mit Liam O'Neill?

Sie wurde nicht in den Audienzsaal geführt, sondern in die Privatgemächer der Königin. Sie betrat einen holzgetäfelten Salon mit reich verzierter Stuckdecke und frischem Binsenreisig auf den polierten Eichendielen. Wieder stand William Cecil an der Seite der Königin. Eine zweite Person war anwesend, ein hochgewachsener, dunkelhaariger Mann, der Katherine mit kalten, schwarzen Augen entgegenblickte. Es waren viele Jahre vergangen, seit sie ihn zum letzten Mal gesehen hatte, doch sie erkannte ihren Halbbruder — den ältesten Sohn ihrer Mutter aus erster Ehe. Der erbittertste Feind ihres Vaters: Thomas Butler, Graf von Ormond.

»Lady Katherine«, empfing Königin Elisabeth sie lächelnd.

Katherine sank in einen tiefen Hofknicks. Sie fragte sich bang, was Ormonds Anwesenheit zu bedeuten habe und warum die Königin sie so freundlich empfing. Sie erhob sich und sah die Königin auf sich zukommen. »Ihr braucht keine Angst mehr zu haben, meine Liebe«, sagte die Monarchin sanft. »Wir sind zu der Überzeugung gelangt, daß Eure Geschichte wahr ist.«

Katherines Augen weiteten sich. »Wirklich?« Im selben Augenblick wurde ihr bewußt, daß ihre Reaktion den Anschein eines Schuldbekenntnisses hatte. Sie errötete. »Ich meine ... vielen Dank, Eure Hoheit.« Wieder versank sie in einen Hofknicks.

Doch diesmal hielt die Königin sie am Ellbogen fest. »Bitte verzeiht Unser Mißtrauen. Aber Euer Vater hat mit seiner verräterischen Haltung Unser Mißfallen so sehr erregt, daß wir stets auf der Hut sein müssen.«

Katherine zog es vor, nichts darauf zu entgegnen.

Lächelnd fuhr die Königin fort: »Glücklicherweise geratet Ihr nicht nach Gerald, sondern nach Eurer lieben verstorbenen Mutter.«

»J ... ja«, stammelte Katherine.

»Tom!« rief die Königin im Befehlston, und Ormond näherte sich. »Erinnert sie Euch nicht an Eure Mutter?«

Ormonds Miene war undurchdringlich. »Ja.«

»Eure Mutter war eine wunderbare und schöne Frau«, fuhr Elisabeth fort. »Wir waren gute Freundinnen. Als Euer Vater das erste Mal Unsere Geduld auf die Probe stellte und Wir gezwungen waren, ihn in den Tower zu werfen, wandte sie sich tief besorgt direkt an Uns und setzte sich für ihn ein. Wir versicherten ihr, der junge, eigenwillige Graf habe einen Denkzettel verdient. Doch im Jahr darauf gaben Wir ihm die Freiheit wieder.«

»Zu spät«, hörte Katherine sich sagen. »Meine Mutter starb, bevor er freikam.«

Elisabeths Blick wurde streng. »Das stimmt. Aber Ihr wart damals noch ein Kind.«

»Ich war zwölf«, antwortete Katherine mit gesenktem Blick. Und sofort machte sie sich Vorwürfe: Wie konnte sie sich zu dieser Bemerkung hinreißen lassen? Wie konnte sie riskieren, sich erneut das Mißfallen der Königin zuzuziehen?

»Eure Hoheit, verzeiht ... Aber ich habe meine Mutter sehr geliebt. Ich habe ihren Verlust bis heute nicht verschmerzt.«

Elisabeth tätschelte ihre Hand. »Auch Wir haben um sie getrauert. Jeder, der sie kannte, hat um sie getrauert. Nun solltet Ihr Euren Halbbruder begrüßen. Er freut sich, Euch wiederzusehen.«

Zögernd wandte Katharine sich an Thomas Butler. Sein verschlossenes Gesicht ließ nicht die geringste Wiedersehensfreude erkennen. »Mylord.« Sie neigte den Kopf.

»Lady Katherine . . . liebe Schwester. Ihre Majestät hat recht. Ihr seid das Abbild unserer Mutter.«

Katherine wußte, daß die Königin und er ihr nur schmeichelten. Ihre Mutter war in ihrer Jugend und auch noch als Vierzigjährige, als sie Gerald heiratete, eine vielgepriesene Schönheit, während sie selbst eine unscheinbare graue Maus war. »Ihr ehrt mich ... danke sehr«, entgegnete sie, die geheuchelte Schmeichelei höflich akzeptierend.

Ormond sagte nichts mehr. Die Königin warf ihm einen verdrossenen Blick zu, nahm Katherines Arm und führte sie zu einem zierlichen Polstersessel, bedeutete ihr, sich zu setzen und nahm neben ihr Platz. »Über Liam O'Neill braucht Ihr Euch keine Sorgen zu machen.«

Katherine zuckte zusammen. »Er . . . ist er nicht tot?«

Die Königin lachte. »Nein Katherine, nein. Er lebt. Eine Gewehrkugel bringt den Herrn der Meere nicht um.«

Katherine bemerkte den prüfenden Blick der Königin. »Dieser O'Neill ist ein Pirat — oder nicht?« fragte sie.

»Natürlich ist er ein Pirat. Wie könnt Ihr fragen?«

Katherine zögerte. »Ihr ... Ihr scheint ihn zu kennen, Königliche Hoheit.«

Die Königin lachte. »Und ob ich ihn kenne. Als mein Vater Catherine Parr heiratete, zog ich mit meinem Bruder Prinz Edward zu ihr. Liams Mutter war Mary Stanley — die Nichte von Catherines erstem Gemahl, Edward Borough. Die Ärmste war schwanger und wurde verstoßen, doch Catherine nahm sie zu sich und machte sie zu ihrer Kammerzofe. Ich kannte Liam O'Neill schon als quäkenden Säugling.«

Katherine staunte.

»Auch nach dem Tod meines Vaters«, fuhr die Königin fort, »blieb ich in Catherines Haus. Sie war wie eine Mutter zu mir. Drei Jahre später heiratete sie Tom Seymour, und ich blieb. Ebenso Mary Stanley und ihr Sohn. Als Catherine starb, nahm ich Mary zu mir. Liam war damals vier. Die beiden lebten bei mir, bis meine Schwester Maria den Thron bestieg.« Elisabeth sprach von Königin Maria, der Blutigen.

»Dann bat sie mich, zurück auf das Schloß ihrer Eltern in Essex gehen zu dürfen, und ich gab meine Zustimmung.«

Katherines Gedanken rasten. Liam war gar kein wilder Pirat — er war am Hof geboren und mit einem Prinzen und einer Prinzessin im Haus der Königinwitwe erzogen worden. Demnach mußte er wie seine Mutter Protestant sein, auch wenn er halber Ire war. Katherine konnte kaum glauben, was sie hörte. »Ihr seid verdutzt«, lächelte die Königin.

»Das bin ich. Ist O'Neill Engländer oder Ire — ein Edelmann oder ein Freibeuter?«

»Beides«, entgegnete die Königin nunmehr ernst. »Sein Vater war Shane O'Neill, ein Mörder, der Mann, der seiner Mutter Gewalt angetan hat. Der Barbar entriß den Zehnjährigen den Armen seiner Mutter und erzog ihn auf seine Weise.«

Katherine blickte sie mit großen Augen an.

»Ihr seid lebhaft an Liam O'Neill interessiert«, stellte die Königin fest. »Ein gutaussehender Mann, findet Ihr nicht auch?«

Katherine spürte, wie ihr eine flammende Röte in die Wangen schoß. Vor Verlegenheit fand sie keine Antwort.

»Ihr seid frei«, ergriff die Königin schließlich wieder das Wort.

Katherine entfuhr ein spitzer Schrei, sie griff nach den Händen der Königin. »Eure Majestät ... tausend Dank!« Erschrocken über ihre Dreistigkeit, ließ sie die bleichen, kühlen Finger wieder fahren, die sie so impulsiv ergriffen hatte.

»Wir sind Freundinnen, Katherine, vergiß das nicht«, lächelte die Königin. »Was habt Ihr nun vor?«

Katherine dachte an die grünen wogenden Wiesen, die Askeaton umgaben, die bewaldeten Hügel, sie dachte an Hugh. »Ich kehre nach Hause zurück!« antwortete sie begeistert.

»Zu Eurem Vater nach Southwark?«

Zu spät erkannte Katherine ihren Fehler. Südirland war nicht mehr ihre Heimat — ihr Elternhaus war in den Besitz der Krone übergegangen. »Eure Majestät, ich bitte um Vergebung. Ich lebte so viele Jahre in der Abgeschiedenheit des Klosters und wußte bis vor kurzem nicht, was mit meinem Vater geschehen ist. Ich ... betrachte Munster immer noch als meine Heimat.«

Elisabeth murmelte eine beschwichtigende Antwort, doch ihr Blick flog zu Cecil und dann zu Ormond.

Ein Blick, der Katherine irritierte. Sie räusperte sich. »Ich würde gerne nach Irland zurückkehren«, gestand sie tapfer.

»Und wohin wollt Ihr?«

»Zu meinem Verlobten.«

»Ihr seid verlobt?« fragte die Königin verblüfft.

»Mit Hugh Barry, Lord Barrys Erben. Ich wurde bereits in der Wiege mit ihm verlobt, doch nach Affane hat man mich fortgeschickt. Ich warte seit Jahren darauf zu heiraten, Majestät. Ich bin eine erwachsene Frau von achtzehn Jahren. Ich möchte Hugh bald heiraten.«

Die Königin zog die Augenbrauen hoch und blickte zu ihren beiden Beratern. »Was wißt Ihr von der Sache?« fragte sie Ormond.

Er zuckte die Achseln. »Ich erinnere mich an die Verlobung. Ihr solltet sie zu Barry schicken — nach Irland.« Sein dunkler Blick wirkte verschleiert.

Elisabeth bedachte Katherine mit einem Blick, der ihr das Gefühl gab, etwas falsch gemacht zu haben. Doch schließlich lächelte die Monarchin.

»Nun denn, auf nach Irland, meine Liebe! Zu Eurer Hochzeit mit Hugh Barry.«

Katherine bebte vor Erleichterung. Und wieder sah sie, wie die Königin bedeutungsvolle Blicke mit ihren Vertrauten wechselte.

Es war spät. Bald würden die Kirchenglocken die Mitternachtsstunde schlagen. Liam horchte auf. Die Tür seiner Zelle wurde entriegelt. Er hätte es schlechter treffen können. Man hatte ihn in eine Kammer mit einer schmalen Bettstatt und einem Nachtstuhl gesperrt. Eine bevorzugte Behandlung, wie sie nur königlichen Günstlingen zuteil wurde. Er war nicht erstaunt, um diese Stunde geholt zu werden.

Ein Mann hielt ihm schweigend die Tür auf. Liam forderte keine Erklärung, warf sich den blutgetränkten Umhang um die Schultern und folgte dem Mann wortlos die gewundene Stiege nach unten. Die beiden verließen den Tower durch eine schmale Tür, die sich auf einen in die Themse hineinragenden Steg öffnete. Am Ende des Stegs wartete ein Boot. Liam stieg ein, der Diener der Königin folgte. Zwei Männer ruderten das Boot flußabwärts nach Whitehall.

Bei dem warmen Wetter stiegen üble Gerüche vom Fluß auf, und es empfahl sich nicht, die fauligen Dünste tief einzuatmen. Liam atmete flach und bereitete sich innerlich auf die Begegnung vor.

Bald darauf wurde er durch das Tor am Fluß in den Palast und in die Privatgemächer der Königin geführt. In einem karminroten Brokatkleid saß die Monarchin an ihrem zierlichen Schreibtisch und machte sich Notizen. Bei Liams Eintreten hob sie den Kopf und furchte die Stirn, doch dann meinte sie lächelnd:

»Ihr seid manchmal sehr ungezogen, Liam.«

Die Königin schien versöhnlich gestimmt. In wiedergewonnenem Selbstvertrauen trat Liam auf sie zu, nahm ihre Hand und drückte einen innigen Kuß darauf. Errötend entzog sie sich ihm. »Damit erreicht Ihr nichts bei mir«, schalt sie.

War ihre Heiterkeit nur eine ihrer Launen? Liam lächelte. »Wie angenehm weich Eure Hände sind, Bess«, murmelte er und nahm ihre elegante Hand erneut. Elisabeth war sehr eitel und besonders stolz auf ihre schönen Hände. »Wie weich, wie zart.«

Sie fühlte sich geschmeichelt, gab ihm einen spielerischen Klaps und gebot ihm, sich zu setzen. »Ich muß mich entschuldigen«, sagte sie aufrichtig.

Liam schwieg, er durfte keinen Fehler machen. Seine Unschuld bezüglich der Verschwörung gegen die Krone war nicht bewiesen. Oft genug hatte ein Angeklagter seine Unschuld tausendmal beteuert und war dennoch verurteilt worden. Liam mußte herausfinden, welches Spiel die Königin mit ihm trieb.

»Es gibt Zeugen Eurer Plünderung des französischen Schiffes und der Entführung von Katherine FitzGerald«, begann die Königin.

Er zweifelte an der Wahrheit ihrer Worte, hütete sich jedoch zu widersprechen. Elisabeth war eine sehr kluge Frau.

»Es kränkt mich, Bess, daß Ihr mich für einen Verräter halten könnt.«

»*Ich* bin gekränkt«, entgegnete sie, beugte sich vor und blickte ihm prüfend in die Augen.

Sie wünschte nichts sehnlicher, als daß er unschuldig war, das wußte Liam. Er nahm ihre schmale Hand und drückte sie sanft. »Ich bin Euer Freund«, sagte er leise und zärtlich. »Immer und ewig.«

Sie überließ ihm ihre Hand und lehnte sich vertraulich an ihn. »Das hoffe ich sehr, Liam.« Ihre Blicke verschmolzen ineinander. Liam wußte genau, welche Anziehung er auf sie ausübte. Ihre Lippen waren leicht geöffnet. Sie seufzte. Eine knisternde Spannung lag zwischen den beiden. »Liam«, flüsterte sie.

Seine Kiefernmuskeln spannten sich. Mit einem Mal war sie nur noch eine Frau, die er sein ganzes Leben lang kannte, eine Frau voller Sehnsucht nach Liebe. Er legte einen Arm um sie. »Bess, ich bin Euer Freund«, wiederholte er.

Er würde niemals vergessen, was sie für seine Mutter und für ihn getan hatte. Noch bevor sie den Thron bestiegen hatte, war sie großherzig zu seiner Mutter, hatte sie nicht verachtet wie die meisten Höflinge. Aber Liam hatte seine Königin nie begehrt, obgleich das für ihn wie für jeden Mann von Vorteil sein könnte.

Sie lehnte sich an ihn, ihr Körper bebte. »Liam, Ihr habt mir gefehlt. Warum habt Ihr Euch so lange ferngehalten?«

Er lächelte zärtlich. »Mein Leben ist nicht leicht, Bess. Ich habe keinen großen Palast, der mich nach England locken könnte. Ich verdiene mein Brot auf hoher See.«

»Das könnte geändert werden«, hauchte sie atemlos.

Liam erstarrte.

Elisabeth errötete, ohne den Blick von ihm zu wenden.

Sein Puls hämmerte. »Selbst wenn Ihr mir einen großen Palast schenken würdet, wäre ich noch lange kein Engländer.«

»Ihr seid aber ein halber Engländer.«

»Ja.« Er strich mit einer Fingerkuppe über ihre Unterlippe. »Und mein Vater war Shane O'Neill und wird es immer bleiben.«

»Aber Ihr seid nicht wie er.« Ihr Blick war durchdringend. »Oder doch?«

»Nein.« Wenn sie ihm eine weitere Aufmunterung gab, mußte er sie küssen.

Sie legte die flache Hand auf sein hämmerndes Herz. »Es tut mir leid, daß ich Euch verdächtigt habe, Euch mit FitzGerald gegen mich verschworen zu haben. Aber dieses Treffen erschien mir allzu unerklärlich. Nun, da ich die Wahrheit über Katherines Entführung kenne, weiß ich, daß es Euch um Lösegeld ging. Und das schöne Mädchen war offenbar eine angenehme Reisebegleiterin.« Ihr Blick wanderte über sein Gesicht und heftete sich auf seine Lippen.

Ach Bess, dachte er, *wie absurd die Geschichte von deinen Lippen klingt. Du hältst mich für schuldig, du willst es nur nicht glauben. Willst du mir mit deinen begehrlichen Blicken zu verstehen geben, daß du mich zum Geliebten wünscht — nach all den Jahren?*

Liam hatte nicht den Wunsch, mit seiner Königin zu schlafen. Trotz aller Gerüchte über sie und Robin Dudley, den sie zum Grafen von Leicester ernannt hatte, und dem Gerede über sie und ihren Cousin Tom war sie Liams Meinung nach unberührt und hatte auch die Absicht, jungfräulich zu bleiben. Liam war ein Mann mit großer Erfahrung und wußte, daß sie ihn sehr attraktiv fand. Dies war nicht ihr erstes intimes Beisammensein, nicht zum ersten Mal flirtete sie mit ihm, berührte ihn und blickte ihm tief in die Augen.

Mit Leicester und Ormond, die sie seit vielen Jahren liebte, ging sie allerdings in der Öffentlichkeit liebevoller um — und es kursierten Gerüchte und Spekulationen über ein etwaiges Liebesverhältnis. Leicester war häufig auch tagsüber mit der Königin allein. Und manchmal nannte Elisabeth Tom ihren ›schwarzen Gemahl‹. Niemand wußte freilich genau, was sich hinter den verschlossenen Türen der königlichen Gemächer abspielte.

Als Liebhaber der Königin hätte Liam manche Vorteile — vorübergehend. Auf lange Sicht konnte ihm eine Liebesaffäre allerdings schaden. Er hoffte, daß sie heute nacht *nicht* das Bedürfnis hatte, ihn in ihr Bett zu nehmen, denn die Königin durfte er nicht zurückweisen. Das durfte sich kein Mann erlauben.

Er aber wollte sie nicht benutzen. Auf diese Weise wollte er nicht begleichen, was er ihr schuldete.

Elisabeth saß still, den Blick auf ihre Hände gesenkt. Dann hob sie den Kopf. Glühendes Verlangen stand in ihren Augen.

Liam handelte instinktiv. Er zog sie an sich und hoffte, sie würde wieder zur Vernunft kommen. »Bess? Wollt Ihr das wirklich?«

Ihre Lippen öffneten sich. Doch dann entrang sich ihr ein gutturaler Laut, sie sprang auf und ging erregt auf und ab. Ganz die jungfräuliche Königin. Liam atmete erleichtert auf.

»Dennoch«, sagte sie gepreßt, mit dem Rücken zu ihm, »die Wahrheit spricht Euch nicht von Euren anderen Verbrechen los, Liam.« Sie schalt ihn wie eine Mutter ihr ungehorsames Kind. »Ihr könnt nicht einfach adelige Damen entführen und ungestraft davonkommen. Noch dazu, wenn es sich um die Tochter eines verräterischen, in Ungnade gefallenen Grafen handelt. Und um eine Jungfrau, die im Kloster erzogen wurde.«

»Ich gestehe mein Fehlverhalten ein«, sagte er leichthin, ohne die geringste Reue zu zeigen.

»Welche Strafe soll Euch auferlegt werden?«

Er erhob sich träge. »Habe ich nicht genug gelitten? Eine

Kugel in der Schulter — eine Nacht im Tower? Seine Stimme war leise.

»Das ist kaum Strafe genug dafür, daß Ihr Katherine in Angst und Schrecken versetzt habt.«

Liam lächelte verschmitzt. »Ich habe ihr weder Angst noch Schrecken eingejagt.«

Elisabeths Blick wurde böse. »Nein. Ich kann mir gut vorstellen, daß sie nichts gegen Eure Küsse und Zärtlichkeiten einzuwenden hatte.«

War die Königin eifersüchtig, weil er sich für Katherine interessierte? »Wenn sie nichts dagegen einzuwenden hatte, bin ich der Schuldige, nicht sie.«

»Ja — Ihr macht Euch schuldig, ein lüsterner Weiberheld zu sein«, entgegnete die Königin gereizt.

Sie war tatsächlich eifersüchtig. Das bedeutete nichts Gutes für Katherine. Und es bedeutete nichts Gutes für ihn. »Darf ich kein Mann mit gesunden Empfindungen sein?«

Elisabeths Blick wanderte über seine Figur und blieb an seinen Lenden haften. »Ihr wißt, daß ich das nicht will.« Sie wandte sich brüsk ab. »Das Mädchen könnt Ihr nicht haben.«

Liam ließ sich seinen Unmut nicht anmerken. Mit der Eifersucht der Königin hatte er nicht gerechnet. »Hoheit, der französische Frachter war das fünfte Schiff, das ich in diesem Jahr gekapert habe.«

»Versucht nicht, mit mir zu handeln!« fauchte sie eisig. »Ich weiß sehr wohl, wie viele französische Schiffe Ihr gekapert habt, Pirat! Der französische Botschafter hat wiederholte Male Euren Kopf von mir gefordert! Katharina von Medici hat ein Kopfgeld auf Euch ausgesetzt und sich mehrmals in persönlichen Schreiben an mich gewandt!«

Liam lachte leise. »Und was habt ihr geantwortet, Hoheit?«

Sie musterte ihn kühl. »Wenn mir der Herr der Meere in die Hände fällt, wird er vor Gericht gestellt und verurteilt. Doch bislang ist er meiner Flotte ebenso entwischt wie den Flotten aller anderen Länder.«

Liam grinste.

»Werdet nur nicht überheblich! Ihr wißt genau, wenn Ihr von einer anderen Nation ergriffen werdet, kann ich nichts für Euch tun, eingebildeter Kerl!«

»Ich bin mir völlig im klaren darüber, welches Schicksal mich erwartet, wenn ich in einem französischen Gefängnis oder auf einer spanischen Folterbank lande.« Sein Blick war gefühllos geworden. »Ich bin Euch treu, und das wißt Ihr, Bess. Ich habe in diesem Jahr mehr für Euch getan als Eure ganze Marine. Fünf französische Schiffe, von denen zwei Schottland anliefen, um die Rebellen mit Waffen zu versorgen. Und drei spanische Schiffe, davon eine Galeone, voll beladen mit Silbermünzen für die Niederlande. Ihr seht selbst, Majestät, ich verdiene eine Belohnung.«

»Und ihr denkt, ich gebe Euch das Mädchen als Belohnung?«

»Sie stellt für niemand einen Wert dar. Sie hat keine gesellschaftliche Stellung, keine Mitgift. Ich behandle sie gut. Ich werde sie nicht mißbrauchen.« Und plötzlich schoß ihm der Gedanke durch den Kopf, daß er sie doch eines Tages heiraten könnte. Wenn er das Spiel, das er soeben begonnen hatte, gewonnen hatte.

»Sie ist verlobt.«

»Diese Verlobung ist uralt. Ich bezweifle, daß Hugh Barry bereit ist, sie jetzt noch zu heiraten.«

»Wie dem auch sei, die Verlobung ist nicht aufgehoben. Ich habe meine Zustimmung gegeben, daß sie nach Irland reist und ihn heiratet.«

Liam erbleichte. Dann kochte Zorn in ihm hoch. »Und meine Belohnung?«

Elisabeth griff nach den Dokumenten auf ihrem Schreibtisch und hielt sie ihm hin. »Hier! Die Kaperbriefe, um die Ihr mich gebeten habt. Für *alle* spanischen Schiffe, nicht nur für solche, die Papisten in Schottland, Irland und Flandern unterstützen. Was? Reicht Euch das nicht? Eure Freibeuterei ist damit legalisiert, Liam. Zumindest, was die Spanier betrifft, die ihr so gern ausplündert.«

Liam hielt die Kaperbriefe in der Hand. In England würde

er nun nicht mehr gerichtlich verfolgt werden, wenn er spanische Schiffe plünderte. Gegen die Franzosen hatte er keine Freibriefe. Aber es bestand ein stillschweigendes Einverständnis zwischen ihm und seiner Königin, die Katharina von Medici haßte und fürchtete.

»Seid Ihr nicht erfreut? Liam, was liegt Euch nur an dem Mädchen? So ungewöhnlich ist sie auch wieder nicht.«

Doch Liam konnte kaum an etwas anderes denken als an die schöne, feurige, kluge Katherine FitzGerald. Er begehrte sie, seit er sie zum ersten Mal gesehen hatte. Und nun wollte man ihn ausschalten. Das passierte selten. Sehr selten. Doch wenn er einen kühlen Kopf bewahrte und abwartete, würde er auch aus dieser Sache als Sieger hervorgehen.

Aber wie?

Er konnte Katherine kein zweites Mal entführen. Elisabeth verdächtigte ihn bereits, mit FitzGerald eine Verschwörung anzuzetteln. Er durfte ihr Mißtrauen nicht verstärken. Nein, er mußte sehr klug vorgehen. Er mußte die Königin für sich gewinnen. Aber wie?

Eins war jedenfalls sicher: Nie und nimmer würde er zulassen, daß Katherine diesen Hugh Barry heiratete.

Er verneigte sich. »Ich bin über die Kaperbriefe sehr erfreut, Bess. Erfreut und dankbar. Ihr werdet es nicht bereueh. Ich werde den Spaniern zusetzen, wo ich nur kann.«

Elisabeth nickte.

Liam blickte ihr in die Augen. »Und Ihr müßt mir verzeihen. Ich bin nun mal ein lüsterner Mann.« Er legte eine bedeutungsvolle Pause ein. »Es ist nicht einfach, ein Mann zu sein, dessen Lust geweckt wird ... und der zurückgewiesen wird.«

Elisabeths Miene wurde weicher. »Ihr seid ein reizvoller Mann, Liam. Ein Schurke bis ins Mark — und Ihr wißt, wie attraktiv das auf Frauen wirkt.«

Er lächelte ihr in die Augen. »Und Ihr seid eine aufregende Königin, Madam.«

Nun lächelte sie wieder. »Ich muß Euch um einen Gefallen bitten. Ich hatte es als eine Strafe gedacht, aber jetzt ... ist es eine Gunst, die ich Euch erweise. Und ein Zeichen, wie sehr ich Euch vertraue.«

Er verneigte sich, innerlich angespannt und wachsam. »Stets zu Euren Diensten, Madam.«

»Ihr habt sie hierher gebracht. Nun bitte ich Euch, sie zu Barry zu bringen.«

Liam verstand es, sein Erstaunen zu verbergen — und seine Freude. Innerlich triumphierte er. Nun wußte er, daß er auch diese Schlacht gewinnen würde. »Euer Wunsch ist mir Befehl, Bess.«

Elisabeth lächelte, und Liam stellte fest, daß sie nicht minder zufrieden war als er.

8. Kapitel

Am nächsten Tag speiste Katherine im Bankettsaal des Palastes in Gesellschaft einiger hundert Höflinge zu Mittag. Ein riesiger Saal, der von dreißig hohen Säulen gestützt war. Die stoffbezogenen Wände waren bemalt und stellten eine mit Holunder, Efeu und rankenden Rosen bewachsene Steinmauer dar. Das Deckengemälde war ein blaues Himmelsgemälde mit einer strahlenden Sonne und weißen Schäfchenwolken. Von diesem Himmel hingen Weidenkörbe, angefüllt mit exotischen Früchten. Hinter einer Balustrade befanden sich zehn Zuschauerreihen, von denen die meisten Plätze belegt waren. Der Saal wies 290 Fenster auf.

Das Mahl war ein ohrenbetäubend lärmendes und verwunderliches Schauspiel. Eingekeilt auf einer Bank zwischen zwei beleibten Herren, die sich als Sir John Campton aus Campton Heath und Lord Edward Hurry von Hurry Manor vorstellten, vergaß Katherine vor Staunen zu essen.

Zudem hatte sie Mühe, sich der Komplimente zu erwehren, die die Herren über sie ausschütteten, als sie ihren Namen nannte. »Ein so hübsches irisches Kind«, schmeichelte Hurry. »Ganz allein und so weit von zu Hause fort?«

Katherine nickte. Sie brach ein Stück warmes Brot, bestrich es mit süßer Butter. Die Herren zu beiden Seiten rammten ihr die Ellbogen in die Rippen. Hurry raunte ihr weitere Schmeicheleien ins Ohr, die sie nicht beachtete. Sie aß, ohne den süßen Rosinengeschmack zu genießen, ließ ihre Blicke schweifen, über die Höflinge, zum gemalten Himmelsgewölbe hinauf und schließlich zu den lebhaft gestikulierenden Zuschauern hinüber, die die Tafelnden mit Zurufen bedachten.

Katherine hatte keinen Appetit. Bald sollte ihr Begleiter sie abholen, und sie würde ihre Reise in die Heimat antreten. So interessant das Leben bei Hofe war, sie konnte die Abreise kaum erwarten. Nicht mehr lang, und sie würde in Askeaton sein, der stolzen Burg ihrer Vorväter, die auf einer Felseninsel im Fluß Shannon thronte, in einem von dichten Wäldern umgebenen Tal.

Bald würde sie wieder mit Hugh vereint sein. Sie versuchte, sich seine Überraschung bei ihrem Wiedersehen auszumalen. Zweifellos wartete eine glückliche Zukunft als Hughs Ehefrau auf sie. Hugh war zu einem starken, wohlgestalten Mann herangewachsen. Ja, sie liebte Hugh. Wenn sie erst in seinen Armen lag, würde sie den blonden Piraten schnell vergessen, der so passend Herr der Meere genannt wurde.

Doch Katherine konnte sich nicht vorstellen, in Hughs Armen zu liegen. Das lag gewiß daran, daß sie ihn so lange nicht gesehen und ihn für tot gehalten hatte.

Wenn sie einmal verheiratet war, wollte sie dafür sorgen, daß ihr Vater freikam. Er durfte nicht den Rest seiner Tage verarmt und verstoßen in St. Leger House darben. Die Königin hatte sich ihr gegenüber als gütig erwiesen. Katherine würde bei Hofe vorsprechen und die Königin von der übertriebenen Härte seiner Strafe überzeugen. Seinen Titel und seinen Besitz würde er zwar nicht wieder erhalten, doch die Krone mußte ihm wenigstens zugestehen, nach Irland zurückzukehren — nach Askeaton, in seine Heimat.

Katherine ließ die Blicke noch einmal durch den großen

Saal schweifen. Sie hätte nichts dagegen, hierher zurückzukehren.

Sie schob den Zinnteller von sich. Sie mußte sich den wahren Grund ihrer Appetitlosigkeit eingestehen. Einerseits freute sie sich darauf, Hugh zu heiraten, hatte aber zugleich Angst davor. Sie hatte ihn seit Jahren nicht gesehen. Was geschah, wenn er sie nicht haben wollte? Warum hatte er sich in all den Jahren nicht bei ihr gemeldet?

Und warum drängte sich Liam O'Neills Bild immer wieder in ihre Gedanken?

»Worüber grübelt Ihr, Mistreß?« fragte eine wohltönende, vertraute Stimme hinter ihr.

Katherine spürte seinen Atem an ihrem Nacken. »Seid Ihr denn nicht glücklich, endlich nach Hause reisen zu dürfen?« scherzte Liam.

Katherine drehte sich verdattert nach ihm um. »A ... aber ... was macht Ihr denn hier?«

Lachend drängte Liam sich zwischen sie und Lord Hurry, der eilig Platz machte. Liams harter Schenkel preßte sich gegen ihren.

»Guten Morgen, Liebste«, flüsterte er und nahm ihre Hand, die sie ihm flink entzog.

»Ihr seid nicht im Tower?«

»Nein, bin ich nicht.«

»Das verstehe ich nicht.« Ihr Herz schlug pochend. Sein Schenkel drückte hart gegen ihren. Sie wagte keine Bewegung.

»Die Königin hat mir in ihrer Güte all meine Sünden verziehen«, lachte er. Plötzlich lag seine Hand auf ihrem Schenkel.

Katherine schob sie weg. »Wollt Ihr damit sagen, daß Ihr Euren Charme eingesetzt habt, freizukommen?«

»Mag sein.« Seine grauen Augen sprühten.

Sie schnaubte verächtlich. »Nicht einmal die Königin kann Euren Schmeicheleien widerstehen.« Sie hielt den Blick auf ihren Teller gerichetet.

»Ein Kompliment aus Eurem bezaubernden Mund, Katherine? Ich hätte nie gedacht, daß ich das zu hören bekomme. Ich weiß es zu schätzen.«

Verärgert stocherte sie mit dem Messer auf dem Teller herum. »Schätzt, was Ihr wollt, O'Neill.«

»Euch weiß ich auch zu schätzen«, lächelte er. Bevor Katherine reagieren konnte, beugte er sich näher zu ihr, seine Hand schob sich ihren Schenkel nach oben. »Warum seid Ihr so kratzbürstig, Liebste?« raunte er. »Ich dachte, Ihr freut Euch, daß ich nicht am Galgen enden mußte.«

»Welchen Grund hätte ich, mich darüber zu freuen?« Sie stieß ihm den Ellbogen in die Seite und erreichte, daß er seine Hand wegnahm. »Ich versuche zu essen, O'Neill. Und wenn ich eine Unterhaltung wünsche, so mit Sicherheit nicht mit Euch.«

»Aber Katherine, gesteht es doch! Euer Herz ist nicht aus Stein. Ihr habt Euch Sorgen um mich gemacht.« Er war ihr immer noch sehr nahe, sie spürte seinen Atem an ihrer Wange, an ihrem Ohr.

Katherine würde niemals gestehen, was er zu hören wünschte — selbst wenn ein Körnchen Wahrheit daran wäre. »Ihr seid wahrhaftig der letzte Mensch, um den ich mir Sorgen mache. Geht jetzt endlich!«

Liam lachte. »Ich fürchte, den Gefallen kann ich Euch nicht tun, Liebste.«

Ihre grünen Augen schossen Blitze. »Habt Ihr denn nichts zu rauben und zu morden, Pirat? Seid ihr nur vorbeigekommen, um mich zu quälen?«

»Heute steht kein dringender Raub auf der Tagesordnung«, antwortete er leichthin. »Vielleicht morgen.«

»Wenn Ihr bleibt, dann gehe ich.« Katherine wollte aufstehen, doch seine Hand lag schon auf ihrer.

Sein Blick hing begehrlich an ihrem Busen. »Folter würde mir gefallen, Katherine. Süße, quälende Folter.«

Ihr Gesicht übergoß sich mit flammender Röte. »Ich weiß nicht, welchen Unsinn Ihr redet.«

»Ich denke, Ihr lügt«, murmelte er.

Sie versuchte, ihm ihre Hand zu entwinden, wollte seinem Spott entgehen, seinen Anzüglichkeiten, seiner verwirrenden Nähe. Er ließ ihre Hand los. »Katherine, Ihr solltet aufessen. Unterwegs halten wir nicht an.«

Katherine fuhr herum. »Was?«

»Ich habe nicht die Absicht, Rast zu machen, nachdem wir Whitehall verlassen haben«, erklärte Liam. »Ich will das Schiff erreichen und in See stechen — möglichst vor Einbruch der Dunkelheit.«

Katherine war sprachlos.

Er lächelte wie ein träges Raubtier. »Hat Euch die Königin nicht in Kenntnis gesetzt? Ich werde Euch nach Hause begleiten.«

Katherine traute ihren Ohren nicht.

»Macht kein so entsetztes Gesicht. Ich fühle mich beinahe gekränkt.«

»Was hat sie sich dabei gedacht!« rief Katherine. »Das ist ein Scherz — oder Ihr lügt!«

»Ich scherze nicht, und ich lüge nicht, meine Liebe. Die Königin hat mir eine Strafe für meine Verfehlungen auferlegt. Und da ich es war, der Euch an Eurer Heimreise gehindert hat, ist es nur gerecht, daß ich Euch den Rest der Reise begleite.« Er grinste.

»Ich werde nicht mit Euch reisen«, fauchte Katherine. »Ihr werdet mich wieder entführen ...« Sie stockte, ihre Wangen glühten.

Er lachte. »Und was werde ich Eurer Meinung nach dann tun?«

Sie wollte aufspringen und fliehen.

Er legte seine große Hand auf die ihre, bestimmter diesmal. »Katherine, ich bringe Euch zu Hugh. Ich bin kein Narr, um das Mißfallen und weiteren Verdacht der Königin zu erregen, wenn ich Euch ein zweites Mal entführe. Aber ...« Ein grauer Schleier legte sich über seine Augen.

Katherines Herz schlug wild. Durfte sie ihm glauben? Würde er sie nach Hause bringen? Sie konnte kaum einen klaren Gedanken fassen. Liam wäre wirklich ein völliger Narr, die Königin erneut zu provozieren, nachdem sie ihm verziehen hatte. Ein schmerzhafter Stich durchbohrte Katherines Herz. Wie sehr mußte er der Königin geschmeichelt haben, daß sie sich darauf eingelassen hatte, dem verbrecherischen Piraten zu verzeihen, ihn auch noch mit dem Auftrag zu betrauen, seine Geisel nach Irland zu bringen. Dennoch zweifelte Katherine nicht daran, daß er wieder versuchen würde, sie zu verführen.

Katherine räusperte sich. »Die Königin hat ihre Zustimmung zu meiner Heirat mit Hugh gegeben.«

Liam schwieg.

»Wenn Ihr Euch an dem vergreift, was Hugh gehört, vergeht Ihr Euch am Willen der Königin.«

Er schwieg immer noch, seine silbergrauen Augen ruhten unverwandt auf ihr.

»Ihr habt verspielt, O'Neill.«

Ein Lächeln breitete sich in seinem Gesicht aus. Katherine war ausgesprochen unbehaglich zumute. Er machte nicht den Eindruck eines Mannes, dem eine Siegestrophäe vorenthalten wurde. »Ist das so, Katherine?« fragte er.

Sie blieb ihm die Antwort schuldig. Ihre Blicke verschmolzen ineinander.

Wieder wollte sie aufspringen. Zu spät. Seine Hand lag unter ihrem Kinn, drehte ihr Gesicht zu sich. Er zwang sie, sich wieder zu setzen. Und dann legte sein Mund sich auf ihre Lippen.

Katherine versuchte ihn von sich zu schieben. Vergeblich. Mit dem Druck von Daumen und Zeigefinger zwang er sie, den Mund zu öffnen. Seine Zunge drängte sich tief in ihre Mundhöhle. Flüssige Hitze durchströmte Katherine und konzentrierte sich zwischen ihren Schenkeln.

Sie japste in seinen Mund. Seine Zunge bewegte sich in höchst verwirrender Weise. Katherine kämpfte gegen die schwindelerregende Berauschtheit, die sie übermannte; sie trommelte mit den Fäusten gegen seine Schultern. Er stöhnte leise und wohlig, hörte nicht auf, sie zu küssen, seine Zunge schlang sich um ihre.

Katherines Protestschrei mißlang zu einem Gurren. Ihre Fäuste öffneten sich, sie klammerte sich an seine Schultern.

Er löste sich von ihr, senkte seinen glühenden Blick in ihre Augen.

Die umsitzenden Herren machten lüsterne Bemerkungen, die Damen kicherten und tuschelten. Und plötzlich erscholl Applaus, und von den Zuschauerreihen hagelte es laute Zurufe. Katherine kam wieder zur Besinnung, warf gehetzte Blicke in die Runde. Sie sah sich umringt von lüstern geifernden Männergesichtern und Frauen, die Liam mit begehrlichem Augenzwinkern bedachten. Verwirrt sprang Katherine auf die Füße. Er stand ebenfalls auf und hielt ihren Ellbogen. »Wenn mein Spiel verloren ist, dann sagt mir bitte, was das eben zu bedeuten hatte?«

Katherine schlotterten die Knie, sie war außer Atem, wußte nicht, welches Spiel hier gespielt wurde. Sie wußte nur, daß sie noch immer die Trophäe war – und daß er sich in den Kopf gesetzt hatte, sie zu gewinnen.

Wenige Stunden später war Katherine an Bord der *Sea Dagger,* die der offenen See zustrebte. Während der letzten Tage hatte sie kaum an Juliet gedacht, doch nun umarmten die Freundinnen sich herzlich. Juliet hatte nicht viel erlebt auf dem Piratenschiff. Katherine hingegen wußte gar nicht, wo sie mit dem Erzählen anfangen sollte. Und Juliet hörte mit großen Augen zu.

»Wie geht es jetzt weiter?« fragte Juliet am Ende.

»Wir fahren nach Cornwall und bringen dich nach Hause«, entgegnete Katherine. »Und danach wird O'Neill mich zu Hugh Barry bringen.«

Juliet nahm Katherines Hand. »Warum klingst du so bitter?«

Katherine blickte der Freundin in die Augen. »Weil ich Angst davor habe, was der Pirat in dieser Nacht vorhat.«

Guy hielt seinem Herrn die Tür auf, und Liam trat mit einem schweren Tablett in den Händen ein. Es war bereits dunkel. Die Lampen verbreiteten einen warmen Schein. Er stellte das Tablett auf den Tisch und drehte sich suchend nach dem Mädchen um. Seine Augen verengten sich, als er Juliet im Bett liegen sah. Katherine saß neben ihr. Was sollte dieses Spiel?

»Braucht Ihr noch etwas, Sir?« fragte Guy.

Liam drehte sich zu dem Jungen um, den er vor zwei Jahren völlig verwahrlost im Hafen von Cherbourg aufgelesen hatte. »Nein«, sagte Liam. »Mach Feierabend, Junge. Du hast einen schweren Tag hinter dir.«

Guy nahm das Lob des Kapitäns mit einem breiten Grinsen zur Kenntnis und wandte sich zum Gehen.

»Keine Würfel und keine Spielkarten«, rief Liam ihm hinterher.

Guy warf seinem Herrn einen traurigen Blick über die Schulter zu. »Nein, Sir.« Damit schloß er die Tür.

Liam wandte sich an die beiden Mädchen. Juliet stöhnte.

Er hätte es wissen müssen, daß Katherine sich eine neue List einfallen lassen würde.

Liam trat ans Bett. Katherine mied seinen Blick, saß kerzengerade da.

»Die arme Juliet scheint plötzlich krank geworden zu sein«, bemerkte er.

Katherine hob den Blick. »Ja, ganz plötzlich. Sie hat furchtbare Magenschmerzen.«

»Ob sie die ganze Nacht so stöhnt?«

»Möglicherweise«, antwortete Katherine gepreßt.

Liam legte die Hand auf Juliets kühle Stirn. Sie hielt die Augen krampfhaft geschlossen. Ihre geröteten Wangen wirkten gekünstelt — vermutlich hatte sie Rouge aufgetragen. »Sie hat kein Fieber.«

»Nein.«

»Vermutlich wollt Ihr bei ihr bleiben.« Katherine nickte sehr heftig. Er seufzte. »Katherine, morgen verläßt uns Juliet. Und dann gibt es nur noch Euch und mich für den Rest der Reise.«

Sie erbleichte. Er brachte sein Gesicht nahe an das ihre. »Ihr zögert das Unvermeidliche nur hinaus«, sagte er weich.

Katherine blieb ihm eine Antwort schuldig.

Liam drehte sich auf dem Absatz um und verließ die Kabine.

Als er am nächsten Morgen zurückkehrte, waren die Speisen auf dem Tablett vollständig aufgegessen.

Thurlstone Manor, Cornwall

»Juliet! Ist dir etwas zugestoßen?«

Obgleich Juliets Onkel kein sonderlich gütiger und fürsorglicher Mann war, empfing er sie mit diesen Worten. Sie lächelte unter Freudentränen, endlich wieder zu Hause zu sein. »Nein, aber es war eine abenteuerliche Reise, Onkel«, entgegnete sie schüchtern. Er hatte es immer geschafft, sie einzuschüchtern.

»Ein schönes Abenteuer für eine junge Dame«, meinte er streng. »Aber du scheinst gottlob unversehrt.« Hixley blickte finster zu Liam O'Neill. Der Pirat hatte Juliet auf die Burg gebracht und in aller Ruhe erklärt, daß er das Schiff auf hoher See gekapert und von der Königin den Auftrag erhalten hatte, Juliet umgehend in Thurlstone abzuliefern. »Ihr werdet verstehen, Kapitän, daß ich Euch nicht bitte, zum Abendessen zu bleiben.«

Liams Mine war ohne Ausdruck. »Ich habe nicht den Wunsch, mit Euch zu speisen, Sir Richard. Ich muß auf mein Schiff zurück.« Er verneigte sich mit einer galanten Verbeugung vor Juliet, machte auf dem Absatz kehrt und ging zur Tür.

Juliet erschrak. »Kapitän! Kapitän O'Neill!« rief sie und rannte hinter ihm her.

Er machte eine Schulterdrehung und hob eine Augenbraue.

»Bitte, Sir, paßt gut auf Katherine auf und sorgt dafür, daß ihr kein Leid geschieht«, bat Juliet.

Er blickte ihr in die Augen. »Ich werde gut auf sie aufpassen«, entgegnete er. »Das verspreche ich Euch.« Dann war er fort.

Juliet blickte ihm verwirrt nach.

»Komm, Juliet«, meldete Richard sich im Befehlston. »Ich habe mit dir zu sprechen.«

Ihr Onkel war ein Mann von mittlerer Größe und mit beträchtlichem Leibesumfang. Sein Gesicht war rund, seine braunen Augen blickten streng und hart. Ihr Vater hatte ihn kurz vor seinem Tod zum Verwalter seiner Güter eingesetzt. Juliets Mutter war einige Jahre zuvor gestorben. Hixley und Juliet waren keine Blutsverwandten. Durch die Heirat mit ihrer Tante war er ihr Onkel geworden. Er besaß ein stattliches Gut nördlich von Thurlstone Manor an der Atlantikküste. Die Vormundschaft zwang ihn, seine Zeit zwischen Thurlstone und seinem Gut und seiner Familie zu teilen.

Juliets Unsicherheit wuchs. »Onkel, ich bin gerade angekommen, ich bin hungrig und müde und schmutzig von der Reise. Könnten wir nicht später miteinander reden?«

»Wir erwarten Gäste heute abend«, entgegnete er barsch.

Also folgte Juliet ihm gehorsam durch das Herrenhaus. Thurlstone war eine mittelalterliche Burg. Dank der reichen Eisenerzvorkommen, die ihr Großvater entdeckt hatte und die seitdem abgebaut wurden, war die Burg kostbar ausgestattet. An den Wänden hingen farbenprächtige Gobelins. Das Familienwappen — der schwarze Stratheclyde Drache auf rotem Grund — hing darüber. Mittelalterliche Waffen, seit Generationen in Familienbesitz, schmückten die anderen Wände. Gekreuzte Schwerter, Streitäxte, Dolche und verschiedene Zeremonienspeere. Von der getäfelten Eichendecke hingen Wimpel und Fahnen.

An der Seite ihres Onkels betrat Juliet eine lange, aus Ziegeln erbaute Galerie, die ein Jahr vor dem Tod ihres Vaters angebaut worden war. Richard trat an eines der hohen, verglasten Fenster, Juliet nahm auf einer Bank Platz.

»Du weißt, warum ich dich nach Hause habe kommen lassen.«

Juliet nickte. Sie fühlte sich elend, obwohl sie glücklich sein sollte.

Der Onkel schien durch sie hindurchzublicken. »Du bist zwar noch ein wenig jung, um zu heiraten, aber ich werde alt, Juliet. Und es fällt mir zunehmend schwer, mich um die Verwaltung zweier Güter zu kümmern.«

Juliet vergaß ihren Vorsatz, sich Zurückhaltung aufzuerlegen, und platzte heraus: »Aber ich werde im Juni erst sechzehn.«

Er wischte ihren Einwand mit einer unwirschen Handbewegung beiseite. »Ich habe eine Liste von Heiratskandidaten erstellt, junge Männer aus guten Familien. Die Verlobung soll an deinem nächsten Geburtstag stattfinden.« Erst jetzt sah er sie direkt an. »Die Herren wünschen dich kennenzulernen.«

Die Kandidaten wollten sich also davon überzeugen, daß sie weder eine klapperdürre Bohnenstange noch eine fette Kuh war.

»Du scheinst nicht sehr erfreut, Juliet.«

Sie sollte ihrem Onkel für all seine Mühe dankbar sein. »Ich bin erst fünfzehn«, flüsterte sie. »Andere Frauen heiraten erst mit achtzehn.«

»Ich brauche einen tüchtigen Verwalter für Thurlstone«, entgegnete Richard kalt.

Sie blickte ihm angstvoll in die Augen. »Was ist ... wenn ... ich ihn nicht mag?«

Richards Miene wurde finster.

Juliet senkte errötend den Blick.

»Unsinn«, schalt er barsch. »Wenn du anfängst zu weinen, schicke ich dich auf deine Kammer wie ein ungezogenes Kind.«

Juliet schwieg. Sie weinte nicht.

»Die Liste ist nicht lang«, fuhr Richard geschäftsmäßig fort. »Von dreißig Freiern habe ich drei in die engere Wahl gezogen.«

Drei Heiratskandidaten. Sie wurde also nur drei Männern vorgeführt. Juliet nahm die Nachricht nicht gerade erleichtert entgegen. Bis zum Juni würde sie verlobt sein. Mit einem Mann, den sie nicht kannte, den sie nicht haben wollte — den sie nicht liebte.

Juliet stand auf, zwang sich zu sprechen. »Danke, Onkel«, preßte sie hervor. »Ich bin dir dankbar für alles, was du für mich getan hast.«

Und als sie endlich allein in ihrer Schlafkammer war, legte sie sich aufs Bett, schlang die Arm um das Kopfkissen und träumte von der Liebe — und fragte sich, warum das zu viel verlangt war.

Katherine stand am Bullauge in Liams Kabine und beobachtete den roten Feuerball der Sonne, der tiefer sank. Das Schiff segelte nach Nordosten, auf die Küste Irlands zu.

Der Atlantische Ozean war rauher als der Ärmelkanal. Sie stand mit leicht gespreizten Beinen und lehnte eine Schulter an die Wand. Günstige Winde blähten die Segel des Piratenschiffs, das schnelle Fahrt machte. Die Sonne hing nun sehr tief am violetten Horizont. Wie konnte sie sich Liam O'Neill in dieser Nacht vom Leib halten, jetzt, da Juliet nicht mehr bei ihr war?

Immer wieder mußte Katherine an seinen Kuß im Bankettsaal von Whitehall denken. Ihre Knie wurden weich, ihr Blut geriet in Wallung.

Katherine erschauerte. Sie mußte an seine Hände denken, seine gefährlichen Hände.

Sie dachte an Hugh. An den Mann, den sie bald wiedersehen würde. Den Mann, den sie heiraten würde. In ihren Gedanken war kein Platz für Liam O'Neill, diesen verdammten goldblonden Piraten mit seiner aufdringlichen Männlichkeit.

Sie hörte, wie die Tür geöffnet wurde. Erschrocken drehte sie sich um. Es war nur Guy, der das Abendessen brachte.

»Der Kapitän sagt, Ihr sollt ohne ihn speisen. Er kommt später.«

»Wann später?« fragte Katherine unsicher.

Guy zuckte die Achseln und ging.

Katherine hatte keinen Appetit. Sie schaute wieder aus dem Bullauge. Die Sonne war gesunken. Das Meer war schwarz wie der Himmel. Die ersten Sterne blinkten. In Katherine tobte ein Aufruhr aus Furcht und banger Erwartung. Sie mußte sich gegen ihn zur Wehr setzen, sie mußte gewinnen.

Sie trat an den Tisch, schenkte sich ein Glas Wein ein und trank hastig.

Erst als Liam mit einer Kerze in der Hand in der Tür stand, bemerkte sie, daß sie die ganze Zeit im Dunkeln gestanden hatte. Ihr Herz begann zu flattern.

Sein Blick glitt über ihre Gestalt, dann zum Tisch, registrierte das unberührte Essen. Nur die Karaffe Wein war zur Hälfte geleert. Er trat ans Bett, steckte die Kerze in einen Messinghalter und stülpte einen Glaszylinder darüber. Dann drehte er sich zu ihr um. »Kommt, Katherine.«

»Was?«

»Kommt.« Er stand breitbeinig im flackernden Kerzenschein. Katherine bemerkte, daß die Wölbung seiner Lenden größer war als sonst. »Kommt zu Bett.«

»Ich schlafe n ... nicht mit Euch.«

Sein Lächeln war unverschämt selbstsicher, unverschämt verführerisch. »Das Bett ist groß genug für zwei.«

»Ihr wollt nicht nur das Bett mit mir teilen!« fauchte sie.

»Ich zwinge Euch zu nichts.« Seine Stimme klang seidenweich. »Kommt, Katherine.«

Katherine rannte zur Tür. Er war bei ihr, ehe sie den Raum durchquert hatte und zog sie an sich. »Ich will dich haben, Katherine«, murmelte er an ihrem Ohr.

Katherine wurde ganz starr. Er stand hinter ihr, seine Arme um ihre Mitte, seine harte Männlichkeit drängte sich an ihr Gesäß, seine Lippen berührten ihren Nacken. »Ich möchte dir Vergnügen bereiten, Katherine«, raunte er sanft. Dann hob er sie hoch und trug sie zum Bett.

9. Kapitel

Liam sank mit Katherine in den Armen aufs Bett. Sie spürte seinen Körper auf sich. Seine Hüften drängten sich an sie, seine Männlichkeit pulsierte an ihren Schenkeln.

»Süße Katherine«, flüsterte Liam heiser. Sein Daumen strich über ihre Wange.

Katherine blickte in seine rauchgrauen Augen, wie hypnotisiert von seinem Verlangen. Doch ein Funke Vernunft war ihr geblieben. Sie war entschlossen, ihm das Gesicht zu zerkratzen, wenn er sie nicht losließ. Doch ehe sie die Hände heben konnte, hatte Liam ihre Gelenke gepackt, ihre Arme heftig nach oben über den Kopf gerissen; der Schmerz fuhr ihr in die Schultern. Sie bäumte sich auf, doch er hielt sie mit seinen kräftigen Schenkeln wie mit einer Zange fest. »Hör auf!« befahl er. »Verdammtes Weib! Ich tu dir nicht weh!«

»Ihr lügt!« schrie Katherine, dachte an seinen Kuß, an seine Hände und erschauerte. »Ihr wollt mich ins Verderben stürzen, mich vergewaltigen!«

»Ich habe nicht die Absicht, dich zu vergewaltigen«, stieß er grimmig hervor. »Nicht jetzt und nicht später.«

»Ich glaube Euch nicht«, zischte sie. »Ihr seid der Sohn von Shane O'Neill!«

»Wie leid ich es bin, daran erinnert zu werden«, entgegnete er verärgert.

»Dann benehmt Euch wie ein Gentleman.« Katherine versuchte erneut, sich unter ihm herauszuwinden. »Er hat Eure Mutter vergewaltigt!«

Seine Augen verdunkelten sich. »Ich bin nicht wie mein Vater. Und ich werde es dir beweisen.« Er wollte sie küssen.

Katherine riß ihr Gesicht zur Seite, sein Mund berührte ihre Wange und drückte federleichte Küsse darauf. Sie keuchte. »Ich gehöre Hugh!«

»Nach dieser Nacht gibt es nur einen Mann für dich — und der heißt nicht Hugh Barry.« Er hielt ihre Arme mit einer Hand über ihrem Kopf fest, mit der anderen drehte er ihr Gesicht zu sich und legte seinen Mund auf ihre Lippen.

Katherine bockte wie ein störrisches Maultier, erreichte aber nur, daß ihr Leib sich gegen seine harte Erektion preßte. Erschrocken zuckte sie zurück. Liams Lippen strichen sanft über ihren Mund. In den Winkeln ihrer zusammengekniffenen Augen bildeten sich Tränen. Trotz allen Widerstandes fühlte sie, wie ein Sturm der Leidenschaft sich in ihr zusammenbraute.

»Öffne dich mir, Liebling«, hauchte er. Katherine riß den Kopf zur Seite.

»Die Königin ist mit meiner Verlobung mit Hugh einverstanden!« preßte sie hervor.

Seine grauen Augen glühten. »Bess ist für ihr sprunghaftes Wesen bekannt.«

»Sie wird wütend sein, wenn Ihr mir die Unschuld nehmt!«

Er lächelte, seine Zunge strich die Konturen ihrer Lippen entlang. »Mach dir um Bess keine Sorgen«, raunte er. Seine Zunge kitzelte ihre Mundwinkel. »Mit ihr werde ich fertig.«

Während er sprach, hatte er begonnen, seine Hüften kreisen zu lassen, träge und zärtlich. Dabei blickte er ihr tief in die Augen. Katherine stockte der Atem. Sein steifes Glied rieb sich an ihrem weichen, geschwollenen Fleisch.

Seine Zunge drängte sich zwischen ihre Lippen. Gegen ihren Willen wölbten ihre Hüften sich ihm entgegen. Ihr Körper stand in Flammen. Sie hatte nur einen Wunsch, ihre geöffneten Beine noch mehr zu spreizen und ihn in sich aufzunehmen.

Hugh! Sie durfte Hugh nicht vergessen. Shane O'Neill! Sie durfte nicht vergessen, wer der Vater dieses Mannes war. Wer er selber war. Ein gesetzloser Pirat, ein Mörder. Sie durfte Liam O'Neill nicht ihre Unschuld schenken. Ihre Zukunft stand auf dem Spiel.

Katherine klammerte sich an diesen Gedanken — und biß ihm in die Zunge.

Mit einem Schrei der Wut und des Schmerzes wich er zurück. Katherine erkannte zu spät, daß sie diesmal zu weit gegangen war. Noch während sie zubiß, hatte er schnell seine Zunge zurückgezogen. Sie sah kein Blut in seinen Mundwinkeln.

Wutschnaubend stand er neben dem Bett, eine Hand an den Mund gelegt. Sobald Katherine frei war, kroch sie ans Kopfende.

»Weib!« stieß er hervor. Nun sah sie Blut. »Verdammtes Weib!«

Katherine war in arger Bedrängnis. »Das wollte ich nicht!« schrie sie. »Es tut mir leid!«

Er packte sie am Arm, zerrte sie zur Mitte des Bettes und warf sie auf den Rücken. Bevor Katherine reagieren konnte, fesselte er ihr Handgelenk mit einer rotgoldenen Kordel zum Raffen der Bettvorhänge an einen Bettpfosten.

»Verfluchtes Weib!« keuchte er, riß ihren anderen Arm hoch und fesselte ihn an den zweiten Bettpfosten. »Du hast mir beinahe die Zunge abgebissen!«

»Ihr habt es nicht anders verdient!« Katherine zerrte an ihren Fesseln. »Ich habe mich nur verteidigt!«

Er fesselte auch ihre Fußgelenke ans Bett. Dann bedachte er sie mit einem finsteren Blick. »Du hast Gück, Katherine. Es ist nur ein Kratzer.«

»Ich hätte fester zubeißen sollen!«

Seine Augen wurden zu schmalen Schlitzen. »Willst du mich noch mehr reizen?«

Katherine wußte, daß es töricht war, ihn noch wütender zu machen. »Nein! Nein! Bitte bindet mich los. Bitte!« Sie fühlte sich entblößt und gedemütigt. Doch es war nicht Angst, die ihr Blut in Wallung brachte.

Ein Lächeln umspielte seine Lippen. Plötzlich hielt er einen Dolch in der Hand. »Strafe muß sein!« murmelte er leise.

Katherine zerrte vergeblich an ihren Fesseln.

Liam beugte sich über sie. Die Dolchspitze hakte sich in den Saum ihres Ausschnitts. Katherine begann, seine Absicht zu durchschauen, und wagte keine Bewegung. Langsam schlitzte das Messer die verblichene blaue Seide über ihrem Busen auf. Katherine wimmerte. Ihr Unterkleid kam zum Vorschein. Die blitzende Schneide bewegte sich weiter nach unten über ihren Bauch, zwischen ihre Beine. Katherine wagte kaum zu atmen. Mit einem heftigen Ruck schnitt er das Kleid bis zum Saum auf.

»Bitte nicht!« flüsterte Katherine heiser. Ihre Brüste wogten, der Stoff klaffte weiter auf.

Sein Blick heftete sich auf ihre prallen Brüste, deren Spitzen sich gegen den dünnen Battist drängten. Sein Blick senkte sich wieder in ihre Augen, während er die Klinge langsam durch den Stoff zog.

Entsetzt sah Katherine ihre elfenbeinweiße Haut, dort wo ihre Unterwäsche klaffte. Unaufhaltsam glitt der scharfe Dolch ihren Bauch nach unten und zwischen ihre Beine. Sekunden später waren auch ihre Unterkleider in zwei Hälften geteilt.

Katherine keuchte. Sie trug nur noch ihre unversehrten Beinkleider. Liams Blick senkte sich in ihre Augen. Katherine vermochte sich nicht abzuwenden.

Er hakte die Dolchspitze in das spitzenbesetzte Gurtband und entblößte ihren Nabel. Wie hypnotisiert starrte sie auf die glänzende Schneide, die sich durch den feinen Batist zog, das Dreieck ihres rötlichen Kraushaars entblößte. Sie spürte die Kühle des Stahls zwischen ihren Schenkeln.

Jede einzelne Nervenfaser ihres Körpers war zum Zerreißen gespannt. Mit zwei raschen Schnitten schlitzte er ihre Beinkleider an beiden Schenkeln auf.

Dann schob er beide Hälften des Kleides und der Unterwäsche beiseite, entblößte ihre vollen, wogenden Brüste, ihre Rippen, das rötliche Kraushaar ihrer Scham und dann ihre langen, blassen Schenkel.

Katherine fühlte sich fiebrig heiß, konnte kaum atmen. Sie schluckte, brachte kein Wort hervor, schüttelte nur unentwegt den Kopf von einer Seite zur anderen.

»Wie schön du bist, Katherine«, raunte er heiser. Seine

Hand strich über eine Brust. Katherine japste. Ihre Brustknospe schwoll unter seiner Berührung. »Du trägst zu enge Mieder und versteckst den Reichtum, mit dem die Natur dich gesegnet hat.«

Er rieb eine Brustknospe zwischen Daumen und Zeigefinger und blickte ihr in die Augen. »Gefällt dir das, Katherine?«

Sie schüttelte heftig den Kopf.

Er lachte trocken. »Dann bist du entweder eine Lügnerin oder eine Närrin.« Sanft spielte er an der anderen Brustknospe. »Ich weiß, daß du keine Närrin bist, Liebste.«

Katherine, zwischen Entsetzen und Verlangen hin und her gerissen, ließ ihn gewähren, als Liam sich über sie beugte und seine Zunge ihre Brustknospen leckte. Benommen schloß sie die Augen und stöhnte leise.

Je heftiger seine Lippen an ihren Brustspitzen saugten, seine Zunge sie leckte, desto mehr wand Katherine sich unter ihm, desto quälender wurde ihre Lust. Von ihr unbemerkt, hatte er ihre Handfesseln durchschnitten. Sie grub ihre Finger in sein blondes Haar, preßte sein Gesicht stöhnend an ihre Brust.

Er aber bewegte sich nach unten, küßte ihren Bauch, ihren Nabel. Katherine hatte ihre langen Beine um ihn geschlungen und stieß ihm ihre Hüften entgegen. Als seine Hand sich über ihre Weiblichkeit legte, verharrte Katherine reglos.

Er nagte und küßte ihren Bauch, seine Finger teilten ihre feuchten, geschwollenen Schamlippen. Ein Lustschrei entrang sich ihr, als sein Finger in die Falten eintauchte und dann um ihre Klitoris kreiste.

Sie wand sich stöhnend. Benommen nahm sie wahr, wie sein Kopf sich weiter nach unten bewegte, während seine Finger an ihr spielten. Sie hielt still, als sein Mund über ihr Schamhaar glitt, die Innenseiten ihrer Schenkel küßte, sein Gesicht über ihr weibliches Fleisch glitt.

Er küßte ihre Scham.

Katherine hauchte seinen Namen.

Er teilte ihre Schamlippen und küßte sie behutsam. Katherine drängte ihre Hüften an ihn. Er hielt ihre Vagina geöffnet, seine Zunge leckte sie. Katherine schrie. Sie schrie und schrie, als eine gewaltige Welle der Ekstase sich in ihr auftürmte, verharrte und über ihr zusammenbrach.

Sie sank nach hinten. Die Ekstase flaute ab, die Lust verebbte. Erst jetzt stellte Katherine fest, daß sie ihre Hände in sein seidiges Haar verkrallt hatte. Erst jetzt spürte sie seine rauhen Wangen an den Innenseiten ihrer Schenkel, seine Finger, die ihre Weiblichkeit immer noch in kreisenden Bewegungen liebkosten.

Eiskaltes Entsetzen packte sie, als sie begriff, was sie getan hatte. Sie hatte ihn wollüstig begehrt, den gesetzlosen Piraten, den Sohn des Frauenschänders Shane O'Neill. Sie war mit einem anderen Mann verlobt und hatte sich dem Freibeuter leidenschaftlich hingegeben. Und wie er versprochen hatte, hatte er sie nicht gezwungen, ihr keine Gewalt angetan. Sie hatte sich ihm dargeboten, die Beine für ihn breitgemacht. Und wenn seine Zunge sie erneut liebkoste, würde sie ihn darum betteln, seine Männlichkeit tief in sie einzutauchen.

Katherine stöhnte gepeinigt auf, wollte sich zur Seite drehen, doch ihre Beine waren noch immer an die Bettpfosten gefesselt. Sie bedeckte ihr Gesicht mit den Händen, krampfhaft bemüht, nicht zu weinen, sich nicht noch mehr vor ihm zu erniedrigen.

»Katherine?«

Vergeblich. Katherine schluchzte haltlos in ihre Hände.

Liam hob den Kopf. »Warum in Gottes Namen weinst du?« fragte er erstaunt.

Sie nahm die Hände vom Gesicht und blickte ihn mit wildem Zorn an. »Seid Ihr zufrieden? Zufrieden damit, daß Ihr Eure Männlichkeit bewiesen habt und mir gezeigt habt, daß ich eine Hure bin?«

Seine Augen weiteten sich.

»Macht, was Ihr wollt«, schluchzte sie und preßte die Faust vor den Mund. »Fahrt zur Hölle! Mein Gott, wie ich Euch hasse, O'Neill! Wie ich mich hasse.«

Er blickte sie traurig an. »Du bist keine Hure, Katherine. Das weißt du ganz genau«, versuchte er sie zu beschwichtigen.

Sie barg ihr Gesicht wieder hinter den Händen. Ihre Schultern zuckten wild.

»Hör auf zu weinen, Katherine.«

Sie haßte sich für ihren hysterischen Anfall, sie haßte diesen Mann, der sie so mühelos verführt hatte.

Sie hörte sein leises Fluchen, dann schnitt er ihre Fesseln durch. Katherine rollte sich zusammen, kroch ans Kopfende des Bettes, wo sie mit dem Rücken zu ihm kauerte, die Arme um die Knie geschlungen. Mühsam unterdrückte sie ihr Schluchzen. Plötzlich spürte sie seine Hand auf ihrer Schulter und zuckte zusammen.

»Du bist keine Hure«, wiederholte Liam sanft. »Was wir getan haben, ist ein ganz natürlicher Vorgang zwischen Mann und Frau, Katherine. Noch dazu, wo wir uns so sehr begehren.«

Katherine schnellte herum. »Ich begehre Euch nicht!« schrie sie ihm ins Gesicht.

Um seinen Mund lag ein skeptischer Zug. Seine Schläfen waren schweißnaß, sein Atem ging beschleunigt. An seinem muskulösen Hals standen die Sehnenstränge vor. Seine Halsschlagader pulsierte.

Sein offenes Hemd war schweißnaß, entblößte seine muskulöse Brust und seinen flachen Bauch. Katherines Blick streifte seinen Unterleib. Seine starke Erregung preßte sich gegen die enge Hose.

Er beobachtete sie. »Ganz recht. Ich begehre dich, Katherine. Ich brauche dich.«

Sie wollte sich die Ohren verschließen. Selbst seine Worte hatten Macht über sie — raubten ihr die Sinne. »Aber ich will Euch nicht.« Katherine errötete bei seinem durchbohrenden Blick. »Auch ... w ... wenn mein Körper Euch begehrt«, stammelte sie, »ich gehöre Hugh. Ich begehre Hugh.«

Seine Kaumuskulatur spannte sich an. »Du hast ihn sechs

Jahre für tot gehalten«, entgegnete er schneidend. »Willst du behaupten, daß du all die Jahre einem Mann in deinem Herzen stets die Treue gehalten hast, den du für tot gehalten hast?«

Nach ein paar Monaten der Trauer hatte sie kaum je an Hugh gedacht, dennoch nickte sie trotzig. »Ich liebe ihn. Er ist mein Verlobter. Wir werden bald heiraten.«

Liam lächelte. Es war ein sehr gefährliches Lächeln. »Wirklich?«

Katherine reckte das Kinn. »Ja.«

Plötzlich war sein Gesicht nah bei ihrem. »Das glaube ich nicht.«

Er konnte ihre geheimen Ängste nicht wissen — ihre Angst, Hugh könne sie längst vergessen und nicht die Absicht haben, sie zu heiraten. »Ihr irrt«, flüsterte sie mit belegter Stimme.

»Tatsächlich? Seine Lippen kräuselten sich. Ihre Blicke verschmolzen ineinander. Eine knisternde Spannung lag zwischen ihnen. »Wir werden bald herausfinden, ob dein Geliebter dich überhaupt noch haben will, nicht wahr, Katherine?«

»Ja«, brachte Katherine hervor und griff nach der Bettdecke.

Liam stand vor ihr. »Und wenn er dich abweist — kommst du dann freiwillig zu mir?«

Sie zog die Luft mit einem scharfen Pfeifton ein.

»Kommst du?« fragte er mit glühenden Augen. »Kommst du freiwillig zu mir?«

»Nein!«

Einen Augenblick lang stand er wie versteinert. Dann machte er plötzlich auf dem Absatz kehrt und ging. Die Tür fiel laut krachend ins Schloß; Katherine sank in sich zusammen. Es dauerte sehr lange, bevor sie einschlafen konnte.

10. Kapitel

Ruhelos wanderte Liam auf dem nächtlichen, windgepeitschten Deck umher, blieb im Bug stehen und hielt das Gesicht in die hochspritzende, eisige Gischt.

Seine Gesichtszüge waren entschlossen, seine Körperhaltung angespannt.

Katherines Schluchzen, ihre haßerfüllten Worte klangen in ihm nach.

Er war nicht wie Shane O'Neill. Verflucht noch mal, er war kein Mörder, kein Frauenschänder. Er war Freibeuter der Königin, er kaperte kein einziges Schiff ohne ihr Einverständnis. Seine Ziele waren ausschließlich politischer Natur. In den Kämpfen auf See kamen nur selten Männer ums Leben, und er ließ die Seeleute der gekaperten Schiffe unversehrt frei. Ihn interessierte nur die Beute, die er behielt oder ablieferte, je nach Gutdünken. Noch nie hatte er eine Frau geschändet — und würde es nie tun.

Liam schüttelte sich wie ein nasser Hund. Er hatte viele Frauen gehabt. Einige unschuldige Opfer, die ihm bei seiner Freibeuterei auf hoher See in die Hände fielen. Aber er hatte nie versucht, eine unberührte Frau zu verführen oder eine, die ihm die kalte Schulter zeigte.

Bis auf Katherine.

Liam war wild entschlossen, diese Frau zu besitzen. Trotz ihres verbissenen Widerstandes.

Welch ungewöhnliche Frau. Ihr Stolz, ihre Widerborstigkeit, ihre Willenskraft schreckten ihn nicht ab. Im Gegenteil, er begehrte sie um so heftiger. Andere Frauen verblaßten im Vergleich mit ihr.

Liam mußte sich eingestehen, daß eine erzwungene Verführung einer Vergewaltigung gleichkam, damit stellte er sich mit Shane O'Neill auf eine Stufe. Liam umklammerte die nasse Reling. Was zum Teufel sollte er bloß tun?

Ein Mann von Ehre würde sie an Hugh Barry ausliefern. Liam war wütend gegen sich, sie so leidenschaftlich zu begehren. Er war wütend auf die Frau, die ihn bis aufs äußerste reizte und ihm damit bewies, daß er letztlich nicht anders war als sein Vater. Er schämte sich.

Er schämte sich seiner animalischen Lust.

Katherine stand an der Luke in Liams Kabine. Ihr Blick hellte sich auf. Sie sah Land. Die wilde, zerklüftete Küste Irlands.

Ein Tag und eine Nacht waren vergangen, genügend Zeit, um ihre Unterwäsche und das Kleid wieder zusammenzunähen. Nun riß sie die Tür auf, flog die schmalen Stufen zur Reling hinauf. Lächelnd blickte sie auf den Küstenstreifen in der Ferne, die Heimat, die sie sechs lange Jahre nicht gesehen hatte.

»Guten Morgen, Katherine.«

Ihr Lächeln schwand, sie wandte sich Liam zu. Es war ihre erste Begegnung seit der schmachvollen Verführungsszene.

Sein ernster Blick glitt über ihr Gesicht, verharrte auf ihren Lippen, wanderte zu ihren Brüsten. Seine Gedanken standen ihm deutlich ins Gesicht geschrieben. Katherine spürte, wie ihr das Blut in die Wangen stieg. »Guten Morgen«, murmelte sie, wandte sich ab und versuchte, seine Nähe zu ignorieren.

»Ihr scheint nicht sonderlich erfreut, mich zu sehen«, murmelte er. »Ich hatte gehofft, ein wenig Abstand würde Eure Zuneigung zu mir steigern.«

Katherine hielt den Blick starr geradeaus gerichtet. »Ich bin nur einem Mann zugeneigt — und der seid bestimmt nicht Ihr.«

»Ach ja, der lang vermißte Geliebte. Oder soll ich besser sagen, der Totgeglaubte?«

Sie bedachte ihn mit einem kalten Blick. »Mir wäre lieber, Ihr würdet überhaupt nicht von ihm sprechen.«

»Das ist zu viel verlangt.« Seine grauen Augen hielten ihrem Blick stand. »Ich platze vor Eifersucht, wenn ich nur an Hugh und Euch denke.«

Katherine blieb ungerührt.

»Und das wißt Ihr, Katherine.« Seine Stimme war ein zärtliches Flüstern.

Ihr Puls hatte sich beschleunigt. »Ich weiß nur, daß Ihr ein gewissenloser Freibeuter seid, der ebenso kaltblütig Frauen verführt, wie er raubt und mordet.«

Er lächelte träge. »Ich lege Euch mein Herz zu Füßen, Katherine, und Ihr schleudert es mir ins Gesicht. Ihr seid eine grausame Frau.«

»Unsinn«, entgegnete sie schroff und wandte sich ab.

»Ich habe zwei furchtbare Nächte verbracht«, raunte er.

Ihr Puls dröhnte in ihren Ohren. Sie konnte sich vorstellen, daß er nicht geschlafen, sich ruhelos mit sündigen Gedanken im Bett gewälzt hatte — nicht anders als sie. »D ... das ist mir egal«, stammelte sie.

Er antwortete mit einem wissenden, überheblichen Lächeln.

Er ahnte es. Er ahnte, daß auch sie kaum Schlaf gefunden hatte. Mit hochroten Wangen blickte Katherine unverwandt zur Küstenlinie. »Merkwürdig, daß mir die Landschaft nicht vertraut ist.«

An der Mündung des Shannon fielen die Felsklippen nicht senkrecht ins Wasser ab.

»Kennt Ihr Euch in der Gegend von Cork aus?« Er lehnte mit verschränkten Armen an der Reling.

»Cork!« rief sie und fuhr herum. »Segeln wir nach Cork? Nicht nach Askeaton?«

»Wir gehen in Cork vor Anker und reiten nach Barrymore, dem Sitz der Barrys.«

Sie starrte ihn mit offenem Mund an. »A ... aber ich dachte, wir segeln zuerst nach Hause!«

»Wieso?« Er studierte ihr Gesicht. »Ihr liebt doch Hugh und könnt es kaum erwarten, in seine Arme zu sinken. Askeaton liegt fünfzig Meilen im Westen.«

»Aber mit dem Schiff könnten wir Askeaton vor Einbruch der Nacht erreichen.« Verzweiflung krallte sich um ihr Herz.

»Die Anweisung der Königin lautet, Euch zu Hugh Barry zu bringen«, entgegnete er schroff.

Katherine schluckte und blickte wieder zur Küste. Das Schiff steuerte die Bucht an. Cork war eine englische Garnisonsstadt. »Man wird Euer Schiff unter Beschuß nehmen«, wandte sie bang ein.

»Ich denke nicht.« Er hob den Blick zu den Masten hinauf.

Er hatte die englische Flagge gehißt. »Wird man die Fahne nicht für eine Falle halten?«

»Möglich.« Er hob die Schultern. »Ich habe ein versiegeltes Schreiben Ihrer Majestät der Königin an den Präsidenten des Geheimen Staatsrats Perrot, das ihn von meiner Mission unterrichtet.« Seine grauen Augen fixierten sie.

Katherine versuchte, sich ihre Enttäuschung nicht anmerken zu lassen. Sie würde später nach Askeaton kommen. Es war vernünftiger, Hugh direkt aufzusuchen. Wenn sie erst mit Hugh vereint war, gingen all ihre Träume in Erfüllung.

Kurz nachdem die *Sea Dagger* am Kai festgemacht hatte, kam Sir John Perrot mit einer Eskorte bewaffneter Soldaten an Bord. Ein sehr beleibter Mann mit flammend rotem Haar und rotem Vollbart. Man munkelte, er sei ein Bastardsohn von König Heinrich VIII.

Sein Samtwams klaffte auseinander, da es nicht um seine enorme Leibesfülle reichte. Dennoch war er keine lächerliche Figur. Im Dezember hatte die Königin ihn zum Präsidenten des Geheimen Staatsrates ernannt mit dem Auftrag, die Rebellen niederzuschlagen, die englische Siedler vertrieben hatten. Des weiteren hatte er Order, den Anführer der Aufständischen, James FitzMaurice, gefangenzusetzen. Perrot war ein willensstarker Mann, ein tapferer Soldat, allerdings nicht mehr der Jüngste.

Liam erwartete ihn und seine Leibgarde oben am Fallreep in lässiger Haltung, hatte aber seinen Degen gegürtet. Die beiden Männer tauschten Begrüßungsworte, und Liam händigte dem Präsidenten ein Schreiben mit königlichem Siegel aus. Perrot erbrach das Siegel ungeduldig und vertiefte sich in den Inhalt.

Dann hob er den Kopf mit gefurchter Stirn. Die beiden

Männer wechselten erneut ein paar Worte, dann drehte Liam sich um und winkte Katherine heran.

Sie hatte mit Macgregor neben dem Hauptmast gestanden und die Begegnung beobachtet, in der Furcht, Liam werde jeden Moment festgenommen. Nun atmete sie erleichtert auf.

Perrot musterte Katherine reichlich unverschämt und bemerkte die senkrechte Naht, die ihr Gewand in der Mitte durchzog. Ohne sich zu verbeugen, richtete er das Wort an sie. »Ihr seid also Fitzgeralds Tochter. Wie ich höre, jammert er um den Verlust von Desmond.«

Katherine straffte die Schultern. »Mein Vater sehnt sich nach *seinem* Land zurück.«

Perrot lächelte. »FitzGerald hat keinen Anspruch mehr auf Desmond, das wißt Ihr so gut wie ich. Ihr wollt also Barrys Erben heiraten? Er soll heimlich den verrückten Katholiken, diesen FitzMaurice, unterstützen.«

»Davon weiß ich nichts«, entgegnete Katherine abweisend. Sie spürte, wie Liam ihren Ellbogen drückte.

»Ihr könnt ihm von mir etwas bestellen. Ich werde FitzMaurice gefangennehmen und seinen Kopf der Königin präsentieren. Als er an der Stadtmauer von Cork Ihre Majestät einen Bastard und eine Ketzerin nannte, hat er sein Schicksal besiegelt. Er will die Königin stürzen! Der Kerl ist verrückt. Sagt Barry, daß auch sein Kopf rollt, wenn er es wagt, sich gegen mich aufzulehnen. Ich werde diese Rebellen vernichten. Denkt an meine Worte.«

Katherine achtete nicht auf den Druck von Liams Hand an ihrem Ellbogen. »Kein Engländer kann ganz Irland vernichten«, entgegnete sie trotzig.

Perrots Gesicht lief rot an.

Liam zog sie heftig an seine Seite. »Hört nicht auf sie, Lord Perrot. Sie ist erschöpft von der langen Reise«, meinte er beschwichtigend. »Sie weiß nicht, was sie redet.«

Katherine hätte ihn am liebsten gegen das Schienbein getreten. Finster starrte sie Liam von der Seite an, doch er achtete nicht auf sie.

»Wann bekommen wir unsere Passierscheine?« fragte er.

Perrot fixierte Katherine. »Überlegt Euch zweimal, bevor Ihr Euren Verlobten zu weiterem Verrat ermuntert. Ich scheue mich nicht, auch Euren Kopf neben denen der anderen Verräter aufzuspießen, Mistreß FitzGerald.«

Liams Finger gruben sich in ihren Arm. »Sie ist im Kloster erzogen worden, Sir John. Sie weiß nichts von der Welt, sie weiß nichts von Männern und schon gar nicht von deren Machenschaften.« Er lächelte listig. »Sie wird ihren Gemahl zu nichts anderem ermuntern, als mit ihr in die Federn zu kriechen, das garantiere ich Euch.«

Perrots Blick wanderte die Naht an ihrem Kleid entlang. »Und sie wird ihn nicht enttäuschen, kann ich mir denken. Ihr habt wohl schon Eure Erfahrung mit ihr gemacht, stimmt's, O'Neill?« Er lachte fett.

Liam lächelte.

Katherine kochte innerlich.

Perrot wandte sich zum Gehen. »Innerhalb einer Stunde habt Ihr die Passierscheine, Kapitän«, rief er über die Schulter und stapfte das Fallreep hinunter. Die Bretter knarzten unter seinem Gewicht. »Keiner verläßt das Schiff ohne Passierschein«, gab er den Wachsoldaten Anweisung.

Liam und Katherine beobachteten, wie ihm zwei Männer in den Sattel halfen und die Kavalkade losgaloppierte. Katherine entriß Liam ihren Arm. »Charakterloser Wurm!« zischte sie.

Liams Augen verengten sich. »Meint Ihr ihn — oder mich?«

»Euch!« fauchte sie. »Ihr seid kein heißblütiger Ire, sondern ein dekadenter Brite — ja, das habt Ihr soeben bewiesen!«

»Das habe ich schon öfter gehört«, entgegnete Liam gepreßt. »Und Ihr, Katherine, seid eine törichte Närrin, den mächtigsten Mann Irlands zu provozieren.«

»Mächtig, pah!« höhnte sie. »Mein Vater war mächtig! Der Kerl ist nur eine fette Kröte! Es hat Euch ja sichtlich gefallen, ihn zu umschmeicheln.«

Liams graue Augen sprühten Funken. »Ohne Passierscheine kommen wir nirgendwo hin, Mistreß.«

»Passierscheine? Wozu brauchen wir Passierscheine?«

»Lord Perrot hat eine Menge neuer Gesetze erlassen, um den Iren das Leben schwer zu machen. Eines dieser Gesetze verbietet das Reisen. Jeder Reisende braucht von ihm unterzeichnete Dokumente. Wir sind von dieser Verordnung nicht ausgenommen.«

Katherine starrte ihn ungläubig an. »Aber ... das ist ja unerträglich!«

»Nicht weniger unerträglich, als den Barden und Poeten zu verbieten, ihre Kunst auszuüben, oder den Bauern ihre Trachten und Dialekte«, erklärte Liam.

Katherine war entsetzt. »Gedichte und Musik sind verboten?«

»Unter anderem.«

»Er ist ein Tyrann!« schrie Katherine.

»Er ist ein tapferer und guter Soldat. Und er ist der von der Königin ernannte Präsident des Geheimen Staatsrats. Wir stehen zwar unter dem Schutz der Königin, dennoch könnte es ihm einfallen, uns ins Gefängnis zu werfen — zumal nach Euren aufrührerischen Worten. Wir sind ihm auf Gedeih und Verderb ausgeliefert. Das solltet Ihr nicht vergessen.« Liam entfernte sich.

Katherine schaute ihm nach. Ihr Zorn hatte sich gelegt.

Cork war seit dem Mittelalter eine bedeutende Handelsstadt, durchzogen von engen, gepflasterten Gassen. Fachwerkbauten und verputzte Ziegelhäuser drängten sich aneinander. Im Erdgeschoß vieler Häuser waren Werkstätten eingerichtet, wo Schuster und Schneider, Bäcker und Schmiede ihrem Handwerk nachgingen. Eine alte normannische Kirche zerbröckelte allmählich im Schatten einer himmelstrebenden Kathedrale, die unter der Regierung von Heinrich VIII. errichtet worden war. Direkt am Hafen lag die ummauerte Burg, in der die Garnison untergebracht war. Die Stadt selbst war von einer weiteren Mauer umgeben.

Im Sommer vor zwei Jahren hatte FitzMaurice mit seinen Rebellen die Stadt belagert, sich aber bald wieder zurückgezogen. Sir Henry Sidney versorgte Cork mit Proviant und Truppennachschub. FitzMaurice wurde des Hochverrats an der Krone angeklagt, nicht weil er das Land verwüstet hatte, auch nicht, weil er alle englischen Siedler abschlachten ließ, derer er habhaft wurde, sondern weil er die Königin an der Stadtmauer öffentlich eine Ketzerin genannt hatte.

Katherine ritt zwischen Liam und Macgregor aus dem nördlichen Stadttor. Einst war die Stadt von üppigem Grün und fettem Weideland umgeben, durchzogen von fruchtbaren Äckern, auf denen Roggen und Hafer gedieh. Dahinter erhoben sich dicht bewaldete Hügel.

Nun war das Land vom Krieg zerstört, die Bauernhöfe waren niedergebrannt, die Wälder abgefackelt; schwarz verkohlte Baumstümpfe ragten in den Himmel. Die Felder lagen brach, die Wiesen waren ungemäht. Von den Häusern waren nur zerfallene Steinhaufen übrig. »Mein Gott!« flüsterte Katherine entsetzt. »Wie konnte das geschehen? Diese verdammten Engländer!«

Liam bedachte sie mit einem ernsten Seitenblick. »Leider hat der Cousin Eures Vaters FitzMaurice ebensoviel Unheil angerichtet wie die Engländer. Ihm ging es darum, die Siedler zu vertreiben, auch wenn es bedeutete, das Land zu verwüsten. Er schaffte beides. Die Königin schickte ihm Sir Henry Sidney auf den Hals, der eine nicht minder tödliche Spur der Zerstörung hinterließ. Wenn dieser Krieg noch lange weitergeht, ist Südirland bald eine Wüstenei.«

Katherine war unfähig zu sprechen. Schreckensbilder stürmten auf sie ein. Sie sah die reichen Wälder im Umkreis von Askeaton Castle schwarz verkohlt, die Wiesen verdorrt, die Äcker brachliegen, die Dörfer verwüstet. Sie riß ihr Pferd heftig am Zügel. »Und Askeaton?«

»Ich weiß nicht, ob Kämpfe in der Nähe Eurer Heimat stattfanden, Katherine. Am schlimmsten tobte der Krieg zwischen Cork im Osten und Limerick im Westen, zwischen Tralee und Kilmallock.«

»Limerick!« rief sie. Auch in Limerick war eine königliche Garnison stationiert — und es lag nur zwanzig Meilen nördlich von Askeaton am Ufer des Shannon. »Mein Gott, ich muß nach Hause.«

Liams Blick glitt über sie. »Das sollte wohl Barry entscheiden, oder?«

Sie vermochte den Blick nicht von ihm zu wenden. Es erschien ihr plötzlich alles so unwirklich — der Weg nach Barrymore, das Wiedersehen mit Hugh. Sie schluckte. »Ja, da soll Hugh entscheiden.«

Es war nicht mehr weit bis Barrymore. Liams Hände zitterten vor Erregung. Er spielte nach wie vor mit dem Gedanken, Katherine zu entführen. Er konnte sie zwingen, mit ihm zur *Sea Dagger* zurückzureiten. An Bord seines Schiffes konnte ihm keiner etwas anhaben. Und auf Earic Island war sie seine Gefangene. Niemand würde es wagen, seine Inselfestung anzugreifen.

Aber eine zweite Entführung war der letzte Ausweg. Er mußte sich hüten, die Königin ein zweites Mal zu provozieren. Wenn er sein Spiel gewinnen wollte, mußte er dafür sorgen, daß ihm die Monarchin wohlgesonnen blieb. Ein Federstrich von ihr genügte, und er wäre zum Verräter gebrandmarkt, würde seine Privilegien verlieren; Kopfgeld wäre auf ihn ausgesetzt.

Er hatte ein politisch völlig unwichtiges französisches Handelsschiff geplündert. Darüber würden die Berater der Königin sich wundern, doch es würde keiner die wahren Zusammenhänge erraten. Noch nicht. Selbst wenn ihm einer auf die Schliche kam und einen Verdacht äußerte, gab es keinen Beweis — nur Spekulationen.

Liam mußte dennoch überaus vorsichtig, geduldig und wachsam sein. Er mußte noch geschickter vorgehen als bisher, um alle Spieler in dieser Partie zu überlisten. Wenn er sich entschloß, Katherine zur Frau zu nehmen — und das Angebot ihres Vaters sagte ihm immer mehr zu —, mußte er sich der Sache ihres Vaters annehmen. Damit geriet er geradewegs in die Mühlen der Verschwörung, die seinen Untergang bedeuten konnten.

Eine zweite Entführung war vermutlich unnötig. Liam bezweifelte, daß Barry ein verarmtes Mädchen heiraten würde.

Wissen konnte er es allerdings nicht. Katherine war eine ungewöhnliche Frau, und wenn Barry sie liebte, war ihm ihre augenblickliche Situation vielleicht unwichtig. Liam durfte es nicht zu einer Hochzeit zwischen den beiden kommen lassen. Kein anderer Mann durfte Katherine besitzen. Er hatte sich ihres Schicksals vor langer Zeit angenommen, als er sie zum ersten Mal sah.

Die Türme von Barrymore Castle ragten über die Baumwipfel der Hügelkuppe. Liam warf Katherine einen verstohlenen Blick zu. Ihre Wangen waren erwartungsvoll gerötet, ihre Augen funkelten. Liam kämpfte gegen seine Eifersucht an, ermahnte sich zu Ruhe und Gelassenheit.

Katherine unterbrach seine Gedankengänge. »Gottlob hat hier der Krieg nicht getobt«, murmelte sie.

Sie ritten durch das äußere Burgtor über die Zugbrücke. Die Eisengitter waren heruntergelassen. Kein Wächter empfing sie, um nach ihrem Begehr zu fragen. Liam entdeckte einen Klingelzug am Wachtturm.

Das Geräusch der Glocke zerriß die Stille. Tauben flogen aus dem Gebälk. Barrymore war im Mittelalter erbaut, der viereckige Turm aus Quadersteinen beherrschte die Festungsanlage. Im Lauf der Jahrhundert war die Burg zwar um einige Anbauten erweitert worden, doch der Innenhof war nicht gepflastert, es gab keine Glasfenster, keine modernen Ziegelbauten. Man fühlte sich in frühere Zeiten zurückversetzt, in die Welt eisengepanzerter Ritter und Burgfrauen unter Spitzhauben. Die Festung wirkte gespensterhaft und wie ausgestorben.

Katherine warf Liam einen Blick von der Seite zu. »Merkwürdig. Ist denn niemand zu Hause?«

»Anscheinend.« Liam war erleichtert. »Wir fragen mal im Dorf nach.« Er begann sein großes Pferd zu wenden. Katherine und Macgregor folgten ihm. Aus der Ferne näherte sich ein Reitertrupp, der beim Anblick der drei Fremden vor dem Burgtor das Tempo beschleunigte. Liam packte Katherines Zügel und trieb ihr Pferd eilig über die Zugbrücke, zurück auf die Straße. Sollte es zum Kampf kommen, hatten beide Männer dort mehr Bewegungsfreiheit als auf der schmalen Brücke. Macgregor hatte die Hand am Pistolenknauf. Liam schlug seinen Umhang zurück, um rasch den Degen ziehen zu können.

»Wer ist das?« Katherines Stimme war schrill vor Angst. »Ihr wollt doch um Himmels willen nicht gegen ein Dutzend schwerbewaffneter Männer kämpfen.«

Liam blieb ihr die Antwort schuldig, beobachtete die Reiter scharf, die auf der Straße herangaloppierten. Er erkannte Iren in grauen Umhängen auf kleinen, kräftigen Gäulen aus irischer Zucht. Liam fixierte den ersten Reiter. »Ist das Euer Verlobter?« fragte er.

Katherine nickte strahlend.

Der Mann war jünger als Liam, hatte rotes Haar wie Katherine und helle Haut. Hugh Barry war ein ausgesprochen attraktiver Mann; seine Gesichtszüge waren kantig, die Augen blitzblau. Liam griff nach seinem Degen.

Hugh zügelte sein Pferd resolut. »Ich bin Lord Barry«, verkündete er, den Blick auf Liam gerichtet. »Erklärt Euch als Freund oder Feind.«

Liams Finger zuckten, zu gern hätte er die Angelegenheit in einem schnellen Kampf geregelt. Barry war ein junger Hüpfer, ein mutiger, kampfgestählter zwar, aber kein ernstzunehmender Gegner für Liam. In wenigen Sekunden hätte er ihn kampfunfähig geschlagen, wenn er das wilde Tier in sich freiließ.

Liam ließ die Hand sinken. »Liam O'Neill«, begann er mit einem kalten Lächeln, weiter kam er nicht.

»Hugh!« rief Katherine atemlos. »Mein Gott, Hugh!« Tränen liefen ihr über die Wangen.

Liam erstarrte.

Hugh blickte sie verdutzt an.

»Ich habe dich für … für tot gehalten«, stammelte sie. Wiedererkennen — und Erschrecken — spiegelten sich im Gesicht des Iren. »Katherine? Katherine FitzGerald?«

Sie nickte bang, mit großen Augen.

»Guter Gott!« schrie Barry. »Katie! Die kleine Katie!« Dann lachte er und zeigte gesunde, weiße Zähne. Und eine Sekunde später hatte er seinen Gaul neben ihre Stute gebracht, sie aus dem Sattel gehoben und in seine Arme geschlossen.

11. Kapitel

Katherine hing atemlos in Hughs Armen, seitlich auf seinem Schoß sitzend. Sein Pferd tänzelte nervös unter ihm.

»Katie FitzGerald!« rief er strahlend und drückte ihr einen Kuß auf den Mund. Sie schauten einander in die Augen. Sein Lächeln schwand, seine Stirn furchte sich.

Katherines Herz war leicht, all ihre Befürchtungen waren verflogen.

Hugh sprang mit ihr im Arm vom Pferd und stellte sie auf die Erde. Seine Hände lagen um ihre Mitte. Sein Blick wanderte bewundernd über ihre Gestalt. »Mein Gott, Katie, ich erkenne dich kaum wieder. Was bist du für eine schöne Frau geworden.«

Katherine lachte verlegen.

»Unglaublich schön.« Seine Stimme war leise geworden.

Katherine befeuchtete die Lippen. Sie war aufgeregt und verwirrt wegen seiner stürmischen Begrüßung. Aber Hugh war kein Fremder. Bald würde er ihr Ehemann sein. »Und aus dir ist ein stattlicher Mann geworden«, brachte sie verlegen hervor. »Du bist kein magerer kleiner Junge mehr.«

»Ja«, murmelte er, und zog sie an sich. »Damals versuchte ich, dir einen Kuß zu rauben, und wußte nicht, wie ich mich anstellen soll.«

Katherine wurde verlegen. »Deine Unbeholfenheit war aber sehr süß.«

»Aber nicht süß genug«, flüsterte er und zog sie an sich.

Katherine zuckte zusammen, als sein Mund sich auf ihren legte. Er war schließlich ihr Verlobter. Sie zwang sich, seinen Kuß zu erdulden. Seine Zunge versuchte sich zwischen ihren Lippen zu drängen.

Katherine fühlte sich ausgesprochen unbehaglich. Hugh war ihr so fremd, aber er würde bald ihr Ehemann sein — sie mußte ihn küssen.

Entschlossen schlang sie die Arme um seinen Hals und küßte ihn leidenschaftlich — Hugh war der Mann, den sie liebte.

Danach blickte Hugh ihr tief in die Augen. Katherine trat einen Schritt zurück, ihr Herz hämmerte.

»Heilige Maria Mutter Gottes«, keuchte er. »Aus dir ist eine wunderbare Frau geworden.«

Katherine errötete. Sie war sich der leise lachenden Männer bewußt, auch Liams Gegenwart war sie sich bewußt, der keine Miene verzog. Sie wagte einen Blick über die Schulter in seine Richtung und sah den glühenden Zorn in seinen Augen. Katherine erschrak. Hatte er seine Worte etwa ernst gemeint, als er sagte, allein der Gedanke an sie und Hugh mache ihn rasend vor Eifersucht?

Liam trat an ihre Seite. »Ich habe Katherine begleitet, Lord Barry. Wir sind erst heute in Cork angekommen und haben einen langen, anstrengenden Ritt hinter uns, um vor Einbruch der Dämmerung hier zu sein. Lady FitzGerald ist erschöpft und halb verhungert.« Ein dünnes Lächeln umspielte seine Lippen.

Katherine war weder müde noch hungrig, aber dankbar für Liams Bemerkung. Wieso nannte er sie bei einem Titel, der ihr nicht mehr zustand?

»Wie gedankenlos von mir«, bemerkte Hugh schuldbewußt. »Aber Katies Anblick hat mich völlig verwirrt.« Sein Blick flog erneut begehrlich über ihre Gestalt. »Komm, wir wollen etwas essen.«

Ein alter Mann und ein junger Bursche kurbelten die Fallgitter hoch. Katherine mied Liams Blick. Sie redete sich ein, großes Glück zu haben, daß Hugh sich freute, sie zu sehen, daß er sie begehrte.

Ihre Ängste, er könne sie vergessen haben, waren nur Hirngespinste gewesen.

Hugh legte ihre Hand in seine Armbeuge. »Du mußt bei mir bleiben Katie«, sagte er mit einem verschmitzten Lächeln. Seite an Seite betraten sie Barrymore Castle, Hughs Heim, das bald auch ihr Heim sein würde.

Die Große Halle diente als Speisesaal. Der Raum war fast leer. Altes Binsenreisig bedeckte den Fußboden. Die Wände waren kahl. Dienstboten entzündeten Fackeln in den Wandhaltern. Brot, Käse und kalter Braten auf Holzbrettern wurde aufgetragen, dazu gab es Bier aus Zinnkrügen. Hughs Gefolgsleute nahmen ihre Plätze ein.

Katherine erinnerte sich, als Kind hier gewesen zu sein. Damals waren die Wände mit kostbaren Gobelins behangen, die Halle war mit geschnitzten Eichenmöbeln eingerichtet, die Speisen wurden auf Silbertabletts serviert, Wein trank man aus Glaskelchen, Löffel und Messer waren aus getriebenem Silber. Es roch nach edlem Wachs und gutem Essen, nicht nach Staub und vermoderndem Reisig. Die Diener trugen saubere Kleidung, und es wurde getafelt, wie es einem wohlhabenden Lord anstand.

Hugh bemerkte ihre verwunderten Blicke, als er ihr den Platz neben sich am Kopfende der Tafel anbot. »Wir haben alles verloren, Katie«, erklärte er bitter. »Ich war sogar gezwungen, die Einrichtung zu verkaufen. Meine Gefolgsleute haben sich FitzMaurice angeschlossen, bis auf die wenigen, die hier am Tisch sitzen. Dienstboten kann ich nicht bezahlen. Doch nicht nur wir Barrys haben viel gelitten. Alle großen Clans im Süden sind schwer betroffen. Ich muß froh sein, daß Barrymore Castle noch in meinem Besitz ist.«

»Es tut mir leid, Hugh«, antwortete Katherine leise. »Wir haben die furchtbaren Verwüstungen unterwegs gesehen.«

Er nickte, spießte ein Bratenstück auf und legte es auf ihren Teller. Katherine bemerkte, daß Liam zu ihrer Linken Platz nahm.

Hastig wandte sie sich an Hugh. »Deine Gefolgsleute haben sich meinem Cousin FitzMaurice angeschlossen?«

Hugh nickte.

Katherine schnitt das Fleisch zurecht. »Meine Stiefmutter sagt, er spielt sich als Herr über Desmond auf.«

Hugh warf ihr einen Seitenblick zu. »Davon habe ich auch gehört. Doch als ich ihm begegnete, nannte er sich nur Verwalter von Desmond. Dir ist sicher bekannt, daß dein Vater ihn zum Verwalter ernannt hatte, nachdem die Königin ihn festnehmen ließ.«

Das war Katherine bekannt. »Will er meinem Vater Desmond wegnehmen?«

Hugh nahm ihre Hand. »Liebste Katie, Desmond gehört deinem Vater nicht mehr. Nachdem seine Ländereien enteignet wurden, haben sich Hunderte Engländer in Desmond angesiedelt. Viele dieser Siedler gibt es nicht mehr, weil FitzMaurice sie vertreiben oder aufhängen ließ. Andere flüchteten sich in die englischen Städte an der Küste. FitzMaurice ist es zu verdanken, daß wenigstens einige Iren den Mut hatten, zu bleiben und um ihren Besitz zu kämpfen.«

»Du sprichst von ihm wie von einem großen Helden.«

»Er ist ein tapferer Soldat, Katie. Und ihm allein ist es gelungen, die Clans gegen die Engländer zu einigen. Sogar Ormonds Brüder haben uns unterstützt. Sir Henry Sidney ist es nicht gelungen, Ormond festzunehmen — und Sir John Perrot wird es auch nicht gelingen.« Hugh spuckte Perrots Namen verächtlich aus.

»Und du? Bist du ein Anhänger von FitzMaurice?« Katherine bebte innerlich. »Hast du dich auf die Seite des Usurpators geschlagen?«

»Wie rebellisch du bist! Ganz die Katie von früher.« Hugh blieb ihr die Antwort schuldig, tätschelte nur beschwichtigend ihre Hand.

»Genug davon! Kriegsgreuel sind nicht für die zarten Ohren einer Dame bestimmt. Es gibt so viel, worüber wir reden müssen. Und ich habe noch kein Wort mit dem Herrn in deiner Begleitung gesprochen.«

Katherine fragte sich bang, ob Hugh heimlich FitzMaurice unterstützte, den Erzfeind ihres Vaters, der FitzGeralds Macht an sich zu reißen trachtete.

Liam beugte sich vor. »Und worüber wollt Ihr mit mir sprechen?« fragte er.

Hugh musterte ihn kühl. »Über den Namen Liam O'Neill. Es gibt wohl kaum zwei Männer, die den selben Namen tragen.«

»Ganz recht.«

Hughs Augen funkelten. »Heißt das, der Herr der Meere sitzt an meiner Tafel?«

Liam nickte und goß Bier in seinen Krug.

Hugh verschränkte die Arme. »Und wie kommt es, daß Ihr mir Katie bringt?«

Liam benutzte seinen eigenen Dolch zum Essen, doppelt so lang und schmaler als die Messer, mit denen die Tafelnden hantierten. Er zerschnitt ein Stück Fleisch. Keine Klinge war schärfer, kein Stahl blitzte glänzender. »Ich habe sie auf See gekapert.«

Hugh sprang auf die Füße.

Auch Liam erhob sich.

Katherine stellte sich zwischen die beiden Männer. »Hugh! Bitte! Es ist nicht, wie du denkst! Wir kommen von der Königin.«

»Ach wirklich?« Hugh beachtete sie nicht.

Liam schob Katherine sanft beiseite und stellte sich vor sie.

»Ja, von der Königin.«

Zu spät erkannte Katherine ihren Fehler. Wenn Hugh der heimliche Verbündete von FitzMaurice war, war er ein Feind der Krone. Und Liam war Hughs Feind. In einem Anflug von Panik begriff Katherine, daß Hugh dann auch *ihr* Feind war — denn er war mit FitzMaurice gegen ihren Vater verbündet.

»Nun, es erstaunt mich nicht, daß Ihr Geschäfte mit der

Königin macht. Schließlich seid Ihr halber Engländer«, entgegnete Hugh verächtlich. »Ihr seid bei Hofe mit englischen Prinzen von protestantischen Lehrern erzogen worden.«

»Ganz recht«, bestätigte Liam höflich.

Katherine stellte sich neben ihn. »Aber sein Vater war Ire wie du und ich, Hugh.«

»Sein Vater war ein Mörder, wenn ich mich recht erinnere«, entgegnete Hugh schneidend.

Liam lächelte kalt. »Ja. Und es wird häufig behauptet, ich sei ihm sehr ähnlich.«

Katherine nahm Hughs Arm und zwang ihn, sie anzusehen. »Die Königin hat Liam seine Verfehlungen verziehen, Hugh. Sie hat ihn beauftragt, mich zu dir zu bringen.«

»Du verteidigst ihn?« fragte Hugh entrüstet. »Du verteidigst diesen englischen Bastard? Du verteidigst Shane O'Neills Sohn? Einen Piraten, der auf hoher See plündert und mordet?«

Katherine zauderte. Liam hatte das französische Schiff zwar beschossen, aber die Seeleute freigelassen, nachdem er sich genommen hatte, was er haben wollte. Er hatte Juliet kein Leid zugefügt. Doch er hatte sie selbst kaltblütig ans Bett gefesselt und ihr die Kleider zerschnitten. Aber ... er hatte ihr das Letzte gelassen, was einen Wert für sie darstellte, ihre Unschuld. Sobald sie anfing zu weinen, hatte er von ihr abgelassen. »Er hat mich unversehrt zu dir gebracht, Hugh«, erwiderte sie leise.

Hugh starrte ihr ins Gesicht, dann auf ihr Kleid. »Wer hat dir das Kleid zerrissen, Katie?« fragte er schroff.

Katherine zögerte nicht mit ihrer Antwort. »Ich bin aus dem Kloster in Frankreich fortgelaufen«, antwortete sie schnell, und blickte ihm direkt ins Gesicht, »wohin meine Stiefmutter mich nach dem Debakel von Affane gesteckt hatte. Ich versuchte, eine Überfahrtmöglichkkeit zu finden. Ein Matrose im Hafen von Cherbourg hat mir das angetan.«

Hugh tätschelte ihre Wange. »Arme Katie.«

Katherine schloß die Augen. Er durfte nicht merken, daß sie log.

»Ja, arme Katherine«, meldete Liam sich mit eisiger Stimme zu Wort. »Wie rührend Eure Anteilnahme klingt, Lord Barry.«

Katherine wich zurück. Liam hatte kein Recht, wütend auf sie zu sein. Sie hatte ihm soeben das Leben gerettet, denn Hugh hätte ihn auf der Stelle getötet, wenn er gewußt hätte, daß der Pirat ihr das Kleid zerschnitten hatte. Im gleichen Augenblick wußte Katherine aber, daß Hugh zwar versucht hätte, Liam zu töten, ein Zweikampf aber tödlich für Hugh geendet hätte. Und Liam hätte ihn mit Genuß getötet.

Hugh legte seine Hand auf Katherines Arm. »Du hast es schwer gehabt. Man hat dich nach Frankreich geschickt, deinen Vater ins Gefängnis gesteckt und enteignet.« Er nahm ihren Arm. »Komm, setz dich und iß. Du brauchst Kraft.«

Katherine nickte erleichtert und setzte sich. Auch die beiden Männer nahmen wieder Platz. Katherine kaute lustlos an einem Stück Käse und betrachtete Hugh von der Seite.

Ein gut aussehender Mann. Seine Nase war vielleicht etwas breit, paßte aber zu seinem flächigen Gesicht. Seine Lippen waren wohl geformt, seine Augen strahlend blau, sein Haar flammend rot. Jede Frau wünschte sich einen gutaussehenden Ehemann. Sie konnte zufrieden sein.

Sie vermied es, Liam anzusehen. Sie hatte kein Recht, die beiden Männer miteinander zu vergleichen. Aber der blonde Pirat war wie die Sonne, neben der jeder andere Mann verblaßte — selbst Hugh. Sie schalt sich ihrer schamlosen Gedanken wegen.

Hugh lehnte sich zurück, lächelte zufrieden und streichelte ihre Hand. »Du wurdest also im Kloster erzogen«, meinte er, und sein Blick glitt über ihren Ausschnitt.

»Ja«, antwortete sie beklommen.

»Welche Vergeudung, Katie.«

Was meinte er damit? Lächelnd schwärmte er: »Die Katie aus meiner Kindheit rannte immer barfuß herum. Sie hatte lange Zöpfe, und kein Baum war ihr zu hoch. Als sittsame Klosterschülerin mit einer Stickerei auf dem Schoß kann ich mir dich gar nicht vorstellen.«

»Ich habe gelernt, kunstfertige Handarbeiten anzufertigen«, antwortete sie eifrig.

»Ja, das steht jeder Frau gut an«, schmunzelte er. »Deine Mutter war oft schier verzweifelt, und dein Vater lachte über deine Lausbubenstreiche.«

Katherine erinnerte sich sehr wohl an die Seufzer ihrer Mutter, wenn sie barfuß und in weiten Bauernhosen draußen herumtollte. Und ihr Vater war heimlich stolz auf sie, daß sie auf Bäume kletterte und reiten konnte wie ein Junge.

Liam stellte seinen Krug demonstrativ laut ab und goß sich Bier nach.

Hugh umfing ihre Hand. »Aber Katie, eins verstehe ich nicht. Hab' ich recht gehört, die Königin gab O'Neill den Auftrag, dich nach Barrymore zu begleiten?«

Katherine nickte. »Ja, es war sehr großzügig von ihr, Hugh. Ich fürchtete schon, sie würde mich in St. Leger House zu meinem Vater stecken.«

»Ich freue mich, daß du gekommen bist«, antwortete Hugh freundlich. »Und du kannst bleiben, so lange es dir gefällt. Aber wieso hat sie dich zu mir geschickt und nicht zu deinem Onkel?«

Katherine erschrak.

»Katie?«

Liam verfolgte die Szene wie ein Habicht seine Beute. Unwillkürlich flog ihr Blick zu ihm. Seine Augen waren kalt, verengt und wachsam. Sie wandte sich an Hugh. »Wo ... hätte ich denn sonst hingehen sollen, Hugh? W ... wir sind verlobt. Es war richtig, mich zu dir zu schicken.«

Hugh schien sehr erstaunt. Er gab ihre Hand frei. »Katherine! Wie kommst du auf die Idee, daß wir immer noch verlobt sind?«

»Aber wir ... wir sind seit unserer Geburt verlobt«, stammelte sie verdattert. »Korrigiere mich, wenn ich etwas Falsches sage. Die Verlobung wurde nie gelöst.«

In Hughs Blick lag unverhohlenes Mißfallen.

Katherine schlug das Herz bis zum Hals.

Hugh beugte sich vor. »Katherine, ich weiß nicht, wie ich es dir sagen soll.«

Katherine saß versteinert.

»Der Vertrag zwischen unseren Vätern bezog sich auf meine Heirat mit der Tochter des Grafen von Desmond. In den Verträgen ist dreimal die Rede von der Tochter des Grafen von Desmond. Dein Name ist nur ein einziges Mal erwähnt.«

»Ich verstehe nicht.«

Sein Blick heftete sich auf ihren Mund, auf ihre Brüste. »Bei Gott, du bist so schön, aber ... du bist nicht Desmonds Tochter. Den Grafen gibt es nicht mehr. Die Verlobung existiert nicht mehr seit dem Tag, an dem der Graf von Desmond aufhörte zu existieren. Verstehst du jetzt?«

Katherine war aufgesprungen. »Der Besitz meines Vaters wurde von der Krone eingezogen, sein Titel wurde ihm genommen. Aber *ich* existiere noch, Hugh.«

Hugh stand ebenfalls auf. »Katherine, der Fall wurde dem Gericht vorgelegt. Die Richter waren sich darüber einig, daß es sich um eine Verlobung zwischen mir und der Tochter des Grafen handelte, und nicht zwischen mir und Katherine FitzGerald.«

Katherine rang nach Luft.

»Es ist eine gerichtliche Entscheidung, Katherine. Sie wurde kurz nach der Verurteilung deines Vaters getroffen.«

Katherine begriff. Die Tochter des Grafen von Desmond gab es nicht mehr. Hugh Barry war nicht gewillt, Katherine FitzGerald zu heiraten — Fräulein Habenichts. Ihre Augen brannten. Sie hob das Kinn. »Und wer hat den Fall vor Gericht gebracht, Hugh?«

Er zögerte nicht. »Ich natürlich. Wer sonst? Katie, du bist wunderschön, aber ich kann dich nicht heiraten. Du hast keine Mitgift, keinen Namen, nichts. Das mußt du verstehen.«

Sie schluckte gegen den Knoten an, der ihr die Kehle zuschnürte.

»Und außerdem bin ich seit drei Jahren mit der Tochter

des Grafen von Thomond verlobt. Sie wird im Frühling fünfzehn, dann heiraten wir.«

Katherine wandte sich ruckartig ab.

»Katie!« Er nahm ihren Arm. »Laß uns unter vier Augen reden.«

»Nein!«

»Bitte!«

Katherine wußte nur, daß sie nicht in Tränen ausbrechen durfte. Benommen nahm sie wahr, daß Liam plötzlich neben ihr stand. »Katherine ist müde. Ihre Privatunterhaltung kann warten.«

»Ich glaube kaum«, entgegnete Hugh schneidend.

Die beiden Männer haßten einander und wären sich am liebsten an die Kehle gesprungen. »Einverstanden«, sagte Katherine tonlos, um zu verhindern, daß es doch noch zu einem Blutvergießen kam, und um diesen schrecklichen Abend hinter sich zu bringen.

Hugh nahm höflich ihren Arm und führte sie zur schmalen Treppe. Katherine fühlte Liams Blicke, spürte seinen schwelenden Haß. Hughs Verhalten entsetzte sie. Aber er war ihr Freund aus der Kindheit. Seine Zurückweisung war grausam. Seine Treulosigkeit bohrte sich wie eine Lanze tief in ihr Herz. Insgeheim hatte sie befürchtet, daß er sie nicht mehr haben wollte, daß er sie vergessen und einer anderen den Vorzug gegeben hatte. Sie hatte nur einen einzigen Gedanken: *Was wird nun aus mir?*

Und Liams goldblondes Bild stand vor ihrem inneren Auge.

Hugh schloß die Tür der Kammer im ersten Stock auf, in der nur ein schmales Bett stand. »Du kannst heute nacht hier schlafen, Katie.«

Sie stand mitten im Raum, hatte ihm den Rücken zugewandt.

»Katherine, es tut mir leid, daß du das nicht gewußt und den weiten Weg zu mir gemacht hast, um mich zu heiraten.«

Sie schwieg. Sie hatte ihre Fassung wiedererlangt und

drehte sich zu ihm um. Erst jetzt stellte sie fest, daß sie ein wenig größer war als er.

»Aber ich freue mich trotzdem. Du bist die schönste Frau, die ich je gesehen habe. Wärst du nicht gekommen, hätten wir uns vielleicht nie wieder gesehen.«

»Na und?« entgegnete sie knapp.

»Das wäre sehr schade gewesen.« Hugh berührte ihre Wange. Katherine zuckte zurück. »Ich bin dein Freund, Katie. Du weißt nicht, wohin du gehen sollst. Wenn du nach London zurückkehrst, kannst du nur bei deinem Vater in St. Leger House wohnen. Askeaton ist verlassen. Und für deinen Onkel und seine Familie bist du nur eine Last, denn seine Situation ist schlimmer als meine. Es würde mich nicht wundern, wenn er dich nach Frankreich ins Kloster zurückschickt. Aber die Schiffsreise kann er nicht bezahlen, ebensowenig die Kosten für deinen Aufenthalt im Kloster.«

Katherine rieselte ein kalter Schauder über den Rücken. »Mein Onkel wird mich nicht vor die Tür setzen. Und außerdem haben wir noch andere Schlösser.«

»Castlemaine, Shanid, Newcastle und Castleisland wurden alle enteignet. In Castlemaine sind Truppen der Königin stationiert.« Katherine blieb vor Entsetzen der Mund offen stehen. »Deine Verwandten leben alle auf Dingle, soweit ich weiß. Aber davon ist nur der kleine Wehrturm übriggeblieben, in dem alle hausen.« Hugh betrachtete sie mitleidvoll. »Sie werden keinen Platz für dich haben.«

»Ich glaube dir kein Wort!«

»Ich würde dich nie belügen, Katie«, sagte Hugh freundlich.

Katherine nestelte fahrig an ihren Röcken.

»Sie können dich nicht aufnehmen«, sagte Hugh eindringlich. »Willst du mit einem Schafhirten oder einem Köhler verheiratet werden?«

Sie schüttelte mechanisch den Kopf.

»Du kannst hier bleiben«, schlug Hugh vor.

Katherine blickte ihm in die Augen. Was sollte dieses Angebot?

»Warum schaust du mich so verdattert an? Denkst du, ich laß dich im Stich, nur weil ich mit einer anderen verlobt bin?«

»Bietest du mir ein Heim an?« fragte sie verwirrt.

Er lächelte. »Ja. Ein Heim, ein Dach über dem Kopf, Essen auf dem Tisch und ein weiches, warmes Bett.«

Katherine sah die Wollust in seinen Augen. Sie hatte Mühe zu atmen. »Mein eigenes Bett oder dein Bett?«

Er lachte. »Kluges Kind, Katie. Mein Bett natürlich. Ich biete dir mein Bett an. Wie könnte ich meine Hände von dir lassen, wenn du unter meinem Dach lebst, Liebste. Du bist schön. Ich begehre dich. Du bist eine Frau, die einen Mann um den Verstand bringt. Und es tut mir unendlich leid, daß dein Vater verarmt ist.«

Katherine ballte die Fäuste. »Was bist du nur für ein Freund, Hugh?«

»Warum regst du dich auf? Du bist kein Kind mehr. Es war O'Neill, der dein Kleid zerrissen hat, nicht wahr?«

Sie erbleichte.

»Ich wußte es! Und du warst unschuldig. Schließlich bist du im Kloster erzogen worden.« Sein Gesicht war zornrot.

»Ich bin immer noch unberührt, Hugh«, hauchte sie tonlos.

Seine Augen leuchteten. »Wie schön. Dieser O'Neill ist ein Narr. Und, Katie? Was meinst du? Bleibst du bei mir?«

Sie hatte Mühe, Worte zu finden. »Ich fasse nicht, wie du so reden kannst«, stieß sie bitter hervor.

»Aber ich wollte dich nicht beleidigen«, verteidigte er sich. »Ich bin nicht der erste Mann, der sich eine Geliebte nimmt, und wir sind Freunde, kennen uns von Kindheit an. Ich mache dich bestimmt nicht unglücklich.«

Sie kämpfte mühsam gegen ihre Tränen an. Nein, um diesen Kerl würde sie nicht weinen. »Ich habe dich einst geliebt«, sagte sie tonlos. »Das ist vorbei.« Damit ließ sie ihn stehen und rannte aus der Kammer.

Sie war noch nie so gedemütigt worden. Blindlings stürmte sie die schmalen, ausgetretenen Steinstufen hinunter, stolperte und wäre gefallen, hätte Liam, der unten an der Treppe unruhig auf und ab wanderte, sie nicht aufgefangen.

Katherine klammerte sich instinktiv an ihn. Doch sie sah nicht seinen Zorn, seine Besorgnis. Sie sah nur einen lüsternen Mann in ihm, der nichts weiter wollte, als sein Verlangen an ihr zu befriedigen. Wütend stieß sie ihn von sich.

»Was wollte er?«

»Was alle Männer wollen!« spuckte Katherine ihm ins Gesicht. »Er wollte, daß ich auf Barrymore bleibe und ihm das Bett wärme. Als Ehefrau bin ich ihm nicht gut genug, aber als Hure wäre ich ihm ganz recht!«

Sie drängte an ihm vorbei, doch er hielt sie am Arm zurück.

»Und was habt Ihr geantwortet?« Sein Gesicht war ihr sehr nahe.

»Ich hätte ihm sagen müssen, er soll zur Hölle fahren! Das sage ich Euch jetzt, O'Neill. Geht zum Teufel und laßt mich in Frieden! Alle beide!« Sie riß sich von ihm los, stürmte durch die Halle und hinaus in die kalte Nacht.

An die Burgmauer gelehnt, konnte sie endlich weinen. Ihre Tränen waren bald versiegt, doch die Kälte blieb und legte sich mit eisigen Fingern um ihr wundes Herz.

12. Kapitel

Liam hatte zwar soeben — dank Hugs Dummheit — einen großen Sieg errungen, dennoch war er besorgt um Katherine. Mühsam widerstand er dem Drang, ihr zu folgen und sie zu trösten.

Katherine haßte ihn im Augenblick vermutlich mehr als Hugh, mit dem sie aufgewachsen war, den sie einmal geliebt hatte. Mit Liam verband Katherine keine Erinnerungen an unbeschwerte Kindertage.

Er hörte Hugh die Treppe herunterkommen und wandte sich ihm zu. Hugh hatte nicht anders gehandelt, als jeder andere Edelmann es getan hätte. Ein Grundbesitzer heiratete keine mittellose Bettlerin, so einfach war das.

Hugh hatte nicht die Absicht, Katherine zu heiraten, wollte sie aber zu seiner Geliebten haben. Liam und er hatten gemeinsame Interessen.

Wie zwei rivalisierende Hirsche in der Brunft maßen die Männer einander feindselig mit Blicken. Beide wußten um die Ziele des anderen, beide wußten, daß einer auf der Strecke bleiben mußte. Liam trat an die lange Tafel, Hugh folgte ihm und füllte beide Krüge mit bitterem Bier.

»Nun, O'Neill, hatte Katie recht oder nicht? Macht Ihr Geschäfte mit der Königin?« fragte Hugh.

Liam nahm einen Schluck. Ein vollmundiger Rotwein wäre ihm lieber gewesen. »Und was geht Euch das an?«

»Ich habe etwas dagegen, Engländer unter meinem Dach zu beherbergen.«

»Dann seht in mir den Iren.«

Hugh blinzelte. »Ich würde in Euch gern den Iren sehen, bin mir da aber nicht sicher.«

Liam lächelte abwartend.

»Seid Ihr Häretiker?«

»Ich bin Protestant.«

»Dann dient Ihr einer *protestantischen* Königin.«

Hugh wagte nicht, Elisabeth als Ketzerin zu bezeichnen wie andere Papisten. »Ich diene den Gegebenheiten.«

Hugh lächelte. »Ihr dient also weder Gott noch der Königin.«

»Wollt Ihr mir ein lukratives Angebot machen, Lord Barry?«

»Es passiert nicht jeden Tag, daß der Herr der Meere an meine Tür klopft. Würde ich nicht versuchen, daraus Nutzen zu ziehen, wäre ich ein rechter Narr.«

»Ich weiß nicht, ob Ihr ein Narr oder ein Schlitzohr seid«, parierte Liam. »Aber vielleicht sagt mir Euer Angebot zu.«

»Dieses Land befindet sich im Kriegszustand.«

»Das weiß jedes Kind.«

»Die Spanier haben der irischen Bevölkerung geholfen,

den letzten Winter zu überstehen. Ohne ihre Lebensmittel wären noch wesentlich mehr Menschen verhungert.«

Liams Finger trommelten im Stakkato auf die Tischplatte. »Wollt Ihr mein Herz rühren? Ich kenne kein Mitleid — für niemand.«

Hugh schnaubte verächtlich. »Das ist allgemein bekannt. Ihr kapert Schiffe jeder Nation auf hoher See. Es heißt aber auch, daß Ihr spanische Beute bevorzugt.«

Liams Blick war undurchdringlich. Er zuckte die Achseln. »Das ist ein Irrtum. Beute ist Beute, von wem sie kommt, ist mir einerlei.«

Barry beugte sich vor. »Wir können Euch brauchen, O'Neill.«

»Wir?«

Barry biß die Zähne aufeinander. »FitzMaurice und die anderen großen Lords, die unser Land von dem englischen Joch befreien wollen.«

»Ihr wollt, daß ich mich mit einer Bande katholischer Verräter zusammentue?« fragte Liam leicht erstaunt.

»Ihr seid ohnehin ein Verräter, O'Neill. Mich wundert, daß die Königin Euch Eure blutigen Taten verziehen hat, und kann mir nicht denken, womit Ihr Euch freigekauft habt. Solltet Ihr jedoch noch einmal im Tower landen, werdet Ihr am Galgen enden, das wissen wir beide.«

»Ich schlottere jetzt schon vor Angst.«

»Ihr habt nichts zu verlieren, aber viel zu gewinnen, wenn Ihr Euch uns anschließt.«

Liams Mundwinkel verzogen sich. »Sagt lieber, viel zu verlieren und wenig zu gewinnen, Barry.«

»Habt Ihr denn keinen Funken Sympathie für Euer Vaterland?«

»Ich bin doch *Engländer.*«

Barry errötete. »Shane O'Neill bekämpfte die Krone, bis man ihn ermordete. Kein Mann kämpfte verbissener und tapferer als er. Er haßte die Engländer, und er haßte die Königin.«

»Vor einer Weile habt Ihr gesagt, er war ein Mörder, kein

Held. Und außerdem war er ein Frauenschänder«, entgegnete Liam kalt.

Barry hob die Augenbrauen. »Verzeiht. Ich habe ihn nie kennengelernt.«

»Dann habt Ihr Glück gehabt«, antwortete Liam ungerührt. »Mit meinem Vater erreicht Ihr gar nichts bei mir. Ich pfeife darauf, für oder gegen wen oder warum er gekämpft hat.«

»Ich kann ein Treffen zwischen Euch und FitzMaurice arrangieren.« Barry beugte sich vor. »Wenn ich Euch nicht von unserer Sache überzeugen kann, er kann es.«

Liam stand auf. »Und wenn der Teufel mir Unsterblichkeit garantieren würde, Barry, würde ich mich nicht dazu überreden lassen, Hochverrat zu begehen.«

Barry stand seinerseits auf. »Bei Gott, wie moralisch Ihr seid!«

Liam lächelte dünn. »Ich habe keine Lust, mich mit Papisten und Fanatikern auf eine Stufe zu stellen, die Männer, Frauen und sogar Kinder auf dem Scheiterhaufen verbrennen.« Voll Abscheu schüttelte er sich in der Erinnerung an die durchdringenden Todesschreie einer Frau, den süßlichen Geruch ihres verbrannten Fleisches.

»In Irland haben keine Verbrennungen stattgefunden!«

»Noch nicht. Aber FitzMaurice hat Knaben und Männer aufgehängt, Frauen und Greise verhungern lassen — alles im Namen Gottes.« Liams Augen funkelten zornig. »Sucht Euch einen anderen für Euer Spiel, Barry. Ich werde mich niemals mit FitzMaurice treffen — es sei denn, um ihn der Königin auszuliefern.«

Damit wandte Liam sich ab und ging zu dem Feldbett, das Macgregor in einer Ecke aufgestellt hatte. Barry rief ihm wütend hinterher. »Ich glaube Euch nicht. Auch Ihr seid käuflich, mein Freund.«

Liam drehte sich lächelnd um. »In diesem Punkt habt Ihr recht. Ich bin käuflich. Allerdings muß der Preis stimmen. Und den könnt Ihr nicht bezahlen.«

Später, als er ausgestreckt auf der Pritsche lag und in den

matten Schein der heruntergebrannten Fackeln starrte, dachte er darüber nach, wie sehr die Krone diesen FitzMaurice fürchtete und verachtete. Königin Elisabeth wäre mehr als dankbar und erleichtert, wenn FitzMaurice besiegt und gefangengesetzt wäre. Der Mann, dem dieser Coup gelang, konnte seine Belohnung selbst festsetzen — und wäre sie noch so hoch. Außerdem war FitzMaurice der Feind von Katherines Vater.

Doch selbst die Festnahme des gefährlichen FitzMaurice würde nichts an FitzGeralds Schicksal ändern.

Liam überlegte, ob er es wagen konnte, sich auf ein gefährliches Spiel einzulassen, ob er sich in die Machenschaften der politischen Kräfte in Irland einmischen sollte. Es dauerte lange, bis er in unruhigen Schlaf fiel.

Katherine lag zusammengerollt auf dem schmalen Bett in der Kammer. Wo sollte sie nur hin? Hugh hatte ganz recht, ihre Verwandten konnten sie nicht aufnehmen, sie würde ihnen nur zur Last fallen. Sie war mutterseelenallein und hatte niemanden, an den sie sich wenden konnte.

Ein kalter Windhauch streifte sie. Katherine hatte sich in ihren Kleidern hingelegt. Trotz des pelzgefütterten Umhangs und einer Decke fror sie erbärmlich. Woher kam nur der Windhauch? Plötzlich ein Rascheln. Sie erstarrte. Ihr Herz pochte wild in plötzlicher Angst.

»Katie?« Hugh faßte sie an der Schulter.

Sie fuhr herum. Er hatte einen kleinen Kerzenhalter auf den Fußboden gestellt, kniete neben dem Bett und lächelte sie an.

Katherine richtete sich auf. »Hugh! Was tust du hier? Du hast mich erschreckt! Ich dachte, mich will jemand umbringen.«

Er lachte leise. Plötzlich lag seine Hand an ihrer Wange. Sein Daumen strich über ihre vollen Lippen. »Ich will dich nicht umbringen, Katie. Ich will dich nur überzeugen, bei mir zu bleiben.«

Sie sah die Wollust in seinen Augen. »Hinaus!«

Er lachte. Seine Hand glitt zu ihrer Schulter und packte plötzlich fester zu. »Nein, noch nicht.«

Sie versuchte, ihn abzuschütteln. »Hinaus!«

»Ich tu dir nichts — es tut nur am Anfang ein bißchen weh. Ich kenne mich mit Jungfrauen aus, Katie. Ich bin ein Mann mit Erfahrung.« Er drückte sie auf die Matratze, schob sein Knie zwischen ihre Beine und stieg über sie.

Katherine schrie, bäumte sich wild gegen ihn auf, schlug mit den Fäusten nach ihm.

Er erstickte ihren Schrei mit seinen Lippen, packte ihre Gelenke mit einer Hand. Mit der anderen zerrte er ihre Röcke bis zur Hüfte hoch und drängte sich zwischen ihre Schenkel. Katherine wehrte sich erbittert. Er nestelte an seiner Hose, entblößte seine erigierte Männlichkeit, die heiß an ihrem nackten Bauch pulsierte. Katherine keuchte und schrie erstickt, versuchte ihn abzuwerfen. Er hob den Kopf.

»Verflucht, Katie, wir sind doch Freunde! Hör auf!« zischte er wütend. »Es wird dir gefallen!«

»Wir sind keine Freunde«, keuchte sie atemlos. Dann schnellte ihr Kopf vor, und sie biß ihn mit aller Kraft in den Unterarm.

Er stieß einen Grunzlaut aus und schlug ihr mit dem Handrücken ins Gesicht. Sterne explodierten in ihrem Kopf, halb betäubt registrierte sie, wie seine Finger sich an ihrer Scham zu schaffen machten. Allmählich begann ihr Verstand wieder zu arbeiten. Panik durchfuhr sie. Er war im Begriff, sie zu vergewaltigen. Sie wand sich unter ihm ... und plötzlich wurde Hughs Körper von ihr gehoben.

Verschwommen nahm sie wahr, wie er quer durch die Kammer geschleudert wurde und mit dem Kopf gegen die Wand krachte. Ihr Gesichtsfeld klärte sich. Liam riß Hugh hoch und setzte ihm die Faust mit einem dumpfen Schlag ins Gesicht. Hugh sackte stöhnend zusammen. Doch Liam zog ihn erneut hoch. Diesmal schlug er ihm die Faust in die Magengrube. Die Luft entwich Hughs Lungen mit einem pfeifenden Zischlaut. Dann lag ein lebloser Haufen auf dem Fußboden.

Im nächsten Moment hielt Liam seinen Dolch in der Hand. Er rollte Hugh mit der Fußspitze auf den Rücken. »Gebt mir den Befehl, und ich töte ihn. Oder ich kastriere ihn, wenn Ihr das bevorzugt.«

Katherine schob sich hastig die Röcke nach unten. Sie zitterte am ganzen Körper.. »N ... nein.«

Liam richtete sich auf. Der Dolch verschwand. Katherine atmete schwer, dann beugte sie sich über die Bettkante und würgte.

Liam holte das Nachtgeschirr unter dem Bett hervor und hielt es ihr vor. Sie würgte trocken. Er legte ihr eine Hand auf den Rücken. »Katherine«, sagte er leise.

Sie lehnte sich zurück, bedeckte das Gesicht mit den Händen, zitterte unkontrolliert.

Liam setzte sich neben sie. »Seid Ihr verletzt?«

Sie schluchzte trocken.

Er nahm ihre Hände vom Gesicht. »Hat er Euch etwas angetan?« fragte er wieder.

Katherine schüttelte den Kopf. »N ... nein.«

Sie sah Liams harte Gesichtzüge im Kerzenschein. Zögernd streichelte er ihre Wange, drehte sanft ihren Kopf zur Seite. »Er hat Euch geschlagen.«

Katherine nickte. Immer noch entrang sich trockenes, gequältes Schluchzen ihrer Brust. Sie zuckte zusammen, als er ihre geschwollene Wange berührte. Liam stand auf.

»Ich bringe den Kerl um.«

»Nein!« Katherine griff nach seinem Arm. Erst jetzt sah sie das Blut an seiner Hand. »Ich ... bitte. Hört auf damit!«

Liam blickte sie lange an. »Ihr seid eine sehr tapfere Frau, Katherine. Tapfer und ungewöhnlich. Die meisten Frauen würden einen hysterischen Anfall bekommen.« Er suchte ihre Augen.

»Ich ... habe ... einen hysterischen Anfall.« Sie konnte ihren Blick nicht von ihm wenden.

Er lächelte dünn. »Nein, wahrhaftig nicht.« Und nach einer Pause setzte er hinzu: »Ich nehme es Hugh nicht übel, daß er Euch begehrt. Ich nehme ihm nur seinen Mangel an

Feingefühl übel.« Damit ging er zur Tür. »Ich werde Lord Barry zu Bett bringen lassen. Da Eure Kammer keinen Riegel hat, schlage ich mein Lager im Flur auf. Obwohl Barry heute nacht nicht noch einmal auf die Idee kommen wird, Euch etwas anzutun.«

»Ja«, antwortete Katherine zittrig. »Liam, Danke.«

Er verharrte eine Sekunde, ehe er ging. Kurz darauf wurde Hugh von zwei Männern weggetragen. Katherine lag lange wach, wissend, daß Liam vor ihrer Tür ebenfalls keinen Schlaf fand.

Kurz nach Sonnenaufgang brachen sie auf. Das milde Wetter der vergangenen Tage war einem kalten Nieselregen gewichen. Hugh Barry zeigte sich nicht, um sich von seinen Gästen zu verabschieden.

Katherine ritt zwischen Liam und Macgregor, versuchte zu vergessen, was Hugh gesagt und ihr angetan hatte — versuchte, nicht daran zu denken, daß Liam sie gerettet hatte. Es gab Momente, da sie dachte, sie habe die Ereignisse der vergangenen Nacht nur geträumt.

Doch ihre geschwollene Wange erinnerte sie schmerzhaft an das, was geschehen war. Sie sah schrecklich aus. Ein Blick in den Spiegel hatte sie davon überzeugt. Ihre rechte Gesichtshälfte war stark geschwollen und hatte sich bläulich verfärbt.

Liam hatte nur einen prüfenden Blick auf ihren Bluterguß geworfen und Katherine dann nicht weiter beachtet.

Sie verlangsamten das Tempo, um einen Bach zu durchwaten. Katherine fand den Zeitpunkt für gekommen, das auszusprechen, was sie so sehr bedrückte. Die Pferde suchten sich vorsichtig ihren Weg durch das seichte Wasser.

»O'Neill?« begann sie unsicher.

Die Pferde erreichten das andere Ufer. Liam blickte sie fragend an. »Kehren wir zur *Sea Dagger* zurück?« fragte sie stockend.

»Ja.«

Ihr Puls überschlug sich beinahe. Betrachtete er sie wieder als seine Gefangene, nachdem Hugh sie zurückgewiesen hatte? Sie hatte Angst, die nächste Frage zu stellen. Aber sie mußte seine Absicht erfahren. »Wohin bringt Ihr mich?«

Er blickte sie lange durchdringend an. »Wir müssen miteinander sprechen, Katherine. Aber nicht jetzt. Wir unterhalten uns, wenn wir wieder auf dem Schiff sind.«

»Über meine Zukunft?« fragte sie bang.

»Ja.«

»Dann müssen wir jetzt darüber reden!«

»Jetzt ist keine Zeit. Überall lungern halb verhungerte Wegelagerer herum, die nach Opfern Ausschau halten.«

Er gab seinem Pferd die Sporen, Katherines Stute galoppierte hinter ihm her.

Gegen Mittag erreichten sie die Stadtmauer und passierten das Nordtor. Sie trabten durch die engen Gassen. Bald kam der Hafen in Sicht. Die Burg mit der britischen Garnison lag zur Linken. Handelsschiffe und Fischerboote dümpelten in der Bucht. Der schlanke, schwarze Rumpf der *Sea Dagger,* deren weiße Segel im Wind flatterten, war ein atemberaubend schöner Anblick.

An der Kaimauer saßen die drei Reiter ab. Vom Piratenschiff wurde ein Ruderboot zu Wasser gelassen.

»Dürfen wir die Anker lichten?« fragte Katherine.

»Wer sollte mich hindern?« entgegnete Liam leichthin.

»Sir John Perrot.«

»Ich habe ihm nichts zu sagen. Und den Gefallen tue ich ihm nicht zu warten, bis er mir die Erlaubnis gibt, den Hafen zu verlassen.« Liam lächelte ihr aufmunternd zu.

Katherine zweifelte nicht daran, daß Perrot einen Wutanfall bekommen würde, wenn er feststellte, daß die *Sea Dagger* plötzlich verschwunden war. »Euch gefällt das wohl«, sagte sie vorwurfsvoll.

Er zog die Augenbrauen hoch.

»Ihr liebt die Gefahr. Es macht Euch Spaß, Perrot zu ärgern!«

Er lachte. »Ich habe nie darüber nachgedacht, aber Ihr mögt recht haben.« Er blickte sich suchend um. »He, du da!« rief er und winkte.

Ein zerlumpter Junge kam angelaufen. Liam warf dem ausgemergelten Kind ein paar Münzen zu. »Bring die Pferde zurück in den Mietstall, verstanden?«

»Jawohl, Sir«, antwortete der Bengel beflissen. »Seid Ihr der Piratenkapitän?« fragte er mit großen Augen.

»Genau der bin ich«, antwortete Liam schroff und schaute das Bürschchen finster an. »Nun aber lauf, bevor ich dir den Hintern versohle!«

Der Bengel packte die Zügel der drei Pferde und setzte sich hastig in Bewegung. Die großen Pferde trotteten willig hinter ihm her.

Katherine schaute Liam mit zur Seite geneigtem Kopf an. »Macht es Euch Spaß, einem Kind Angst einzujagen?«

Liam grinste spitzbübisch. »Er erwartet einen rauhbeinigen Piraten. Ich konnte ihn doch nicht enttäuschen.«

Katherine lächelte.

Liams Augen funkelten. Dann drehte er ihr brüsk den Rücken zu. Gestern nacht war er wirklich besorgt um sie gewesen. Doch heute behandelte er sie wie eine Fremde. Warum? Der Mann war ihr ein Rätsel.

Doch was kümmerte sie der Kerl? Er war ein Pirat und Shane O'Neills Sohn, das durfte sie nie vergessen.

Sobald die *Sea Dagger* die Hafenbucht verlassen hatte und in die offene See segelte, überließ Liam das Steuer seinem ersten Offizier, stellte sich in den Bug und hielt sein Gesicht in die hochspritzende, eisige Gischt. Die *Sea Dagger* jagte pfeilschnell durch die stahlgrauen Wogen.

Liam durfte nicht zögern, Katherine sein Angebot zu machen. Und davor hatte er Angst. Er, der vor nichts Angst hatte, fürchtete sich vor der Zurückweisung einer Frau.

Katherine hatte Hugh abgewiesen, ihren Freund aus Kindertagen. Wieso sollte sie Liam als ihren Beschützer akzeptieren, den berüchtigten Piraten, den Sohn eines Mörders?

Katherine FitzGerald war eine stolze und eigenwillige Frau. Liam umklammerte die Reling. Sein Puls schlug rasch, seine Zweifel ließen sich nicht beschwichtigen. Endlich faßte er sich ein Herz, überquerte das Deck und ging nach unten, um Katherine zu bitten, seine Frau zu werden.

Katherine stand an der Luke und blickte auf den bewaldeten Küstenstreifen im Norden der Bucht, der allmählich in der Ferne verschwand. Bangen Herzens fragte sie sich, was die Zukunft für sie bringen würde.

»Katherine? Ich möchte mit Euch sprechen.«

Beim Klang seiner Stimme überschlug sich ihr Puls, ihre Schultern strafften sich. Langsam drehte sie sich um. »Wohin bringt Ihr mich?«

Liam blieb in einiger Entfernung vor ihr stehen. »Katherine, ich möchte Euch nicht gehen lassen.« Sein Blick suchte ihre Augen. »Ich kann Euch viel bieten.«

Sie schwieg, ihr Puls hämmerte. Sie wußte, was kommen würde und wollte sich nicht wieder ein anstößiges Angebot anhören. Langsam begann sie, den Kopf zu schütteln.

»Ich habe Euch damals beobachtet«, fuhr er hastig fort, »als wir über den Markt von Smithfield ritten. Mit großen Kinderaugen habt Ihr all die Kostbarkeiten bestaunt, die es da zu kaufen gab, habt Euch den Hals beinahe danach verrenkt.«

Katherine erinnerte sich nur zu deutlich an die bunten Herrlichkeiten auf dem Markt, auch die Pracht und den Reichtum der Höflinge und Kammerfrauen der Königin hatte sie nicht vergessen, alle die Kostbarkeiten, die ihr versagt waren.

»Ich kann Euch jeden Reichtum schenken, den Ihr Euch je erträumt habt. Ich prahle nicht gern. Aber ich bin reicher als mancher König, Katherine. Steht Euch der Sinn nach Zobel oder Nerz? Hermelin oder Luchs?« Er breitete die Arme aus. »Ihr könnt jeden Pelz haben. Ihr seid eine Frau, die sich an schönen Dingen freut, eine Frau, die wie eine Königin verehrt und verwöhnt werden soll.« Sein Blick flog über ihr abgetragenes, häßliches Gewand. »Ihr müßt in Samt und Seide gekleidet, mit Spitzen und Bändern geschmückt werden. Ihr sollt Ohrgehänge aus Diamanten, Rubine um den Hals,

Saphire und Smaragde im Haar tragen. Oder bevorzugt Ihr bescheideneren Schmuck? Dann sollen es in Gold gefaßte Perlen sein. Ihr müßt nur einen Wunsch äußern, und ich werde ihn erfüllen.«

In Katherine wallte Zorn hoch. Er wollte sie mit seinem Angebot immenser Reichtümer bestechen, seine Hure zu werden. Sie bebte innerlich vor Zorn. Zugleich aber war tief in ihr eine schmerzliche Wehmut. Erst gestern nacht hatte er sie vor Hughs Zudringlingkeiten gerettet. Gestern war er kein Pirat, er war ein Held, ein fürsorglicher, beschützender Mann.

»Hugh ist ein Narr«, fuhr Liam fort. »Und außerdem ist er völlig verarmt. Ich bin kein Edelmann, aber ich würde Euch nie weh tun. Das habe ich Euch bereits bewiesen.«

Und wenn schon, sein Angebot machte deutlich, daß er nicht anders war als Hugh. »Ich habe Hugh und sein verabscheuenswertes Angebot abgelehnt. Und ich lehne Euch ab«, entgegnete sie bitter. »Ich werde keines Mannes Geliebte sein.«

Liams graue Augen senkten sich in ihre. »Katherine, ich bitte Euch nicht, meine Geliebte zu werden. Ich bitte Euch, meine Frau zu werden.«

Katherine glaubte, nicht richtig gehört zu haben.

»Ich bitte Euch, meine Frau zu werden«, wiederholte er mit klarer Stimme.

Eine Welle des Schocks spülte über sie hinweg. Sie war zu keiner Bewegung fähig, brachte kein Wort über die Lippen.

»Meine Heimat liegt weit im Norden«, fuhr er mit belegter Stimme fort. »Eine uneinnehmbare Insel. Dort sind wir in Sicherheit vor allen Menschen, die uns Böses wollen. Aber ich denke, der Skandal unserer Heirat wird sich bald legen. Habt Ihr nicht wiederholte Male gesagt, wie gern Ihr heiraten würdet? Wie sehr Ihr Euch einen Ehemann und ein Heim wünscht? Ich habe ein Haus auf der Insel bauen lassen, das den eleganten englischen Herrenhäusern in nichts nachsteht. Wenn es Euch nicht gefällt, lasse ich es abreißen und wir bauen ein neues.« Er zögerte. Seine Augen waren dunkel umwölkt. »Euer Vater wünscht diese Verbindung. Sie wäre nützlich für ihn. Auch ich könnte ihm nützlich sein.«

Katherines Busen hob und senkte sich schwer. Ihre Hände ballten sich zu Fäusten. Sie kämpfte mühsam gegen die Versuchung an. »O Gott«, hauchte sie erschrocken. Liam O'Neill bot ihr seinen Namen an. Er machte ihr einen Heiratsantrag.

Als er fortfuhr zu sprechen, klang seine Stimme beinahe schroff. »Ihr solltet sorgfältig über mein Angebot nachdenken, Katherine. Ihr seid eine kluge Frau. Einen solchen Antrag bekommt Ihr kein zweites Mal. Braucht Ihr Zeit, um darüber nachzudenken?« Er klang sehr ernst. »Ich verstehe, daß Ihr überrascht seid.«

Das war eine starke Untertreibung. »Warum?«

Er blinzelte.

»Warum, Liam? Warum wollt Ihr mich heiraten?«

Seine Kiefernmuskulatur spannte sich. »Ich habe sorgfältig darüber nachgedacht, seit Euer Vater mir den Vorschlag machte. Ich begehre Euch, aber ich will Euch wirklich zu nichts zwingen. Ich möchte, daß Ihr freiwillig zu mir kommt.«

»Ich verstehe.« Tränen brannten in ihren Augen.

»Nehmt Euch so viel Zeit, wie Ihr braucht«, sagte er und wandte sich zum Gehen.

»Nein«, entgegnete Katherine traurig. »Ich brauche keine Zeit, um darüber nachzudenken.«

Er hielt inne.

»Ich kann Euch nicht heiraten, Liam. Es tut mir leid. Ich kann keinen Piraten heiraten.« Sie schlang die Arme um sich. »Mein Vater mag glücklich darüber sein, aber Katherine FitzGerald hat sich nicht verändert. Ich bin als Adelige geboren. Ich kann keinen Piraten lieben. Auch wenn mein Vater diese Verbindung für seine politischen Zwecke nutzen möchte.«

Liam stand wie versteinert. Sein Gesicht war ohne Ausdruck, nur um seinen Mund lag ein bitterer Zug.

»Es tut mir leid«, flüsterte Katherine.

»Ihr könnt noch nicht klar denken«, sagte Liam. »Ihr seid von gestern nacht noch zu sehr mitgenommen. Ich gehe jetzt.«

»Nein.« Katherine schluckte schwer gegen ihre aufsteigenden Tränen an.

»Ihr habt keine andere Wahl, Katherine. Ein besseres Angebot bekommt Ihr nicht. Ich bitte Euch, meine Frau zu werden. Andere Männer — *Edelmänner* wie Hugh, wollen Euch nur zu ihrer Hure machen.«

Katherine wandte sich ab, der Schmerz drohte ihr die Brust zu sprengen.

»Denkt in Ruhe darüber nach und schlaft eine Nacht darüber. Dann werdet Ihr Eure Meinung ändern.« Sie hörte ihn zur Tür gehen.

»Ich ändere meine Meinung nicht!« Sie lehnte sich kraftlos gegen die Wand, konnte die Tränen nur mit größter Mühe zurückhalten.

»Mein Antrag bleibt bestehen. Denkt daran, was ich Euch alles bieten kann, Katherine. Vielleicht könnt Ihr Eure Verachtung meiner Herkunft und meines Lebens überwinden.« Er verließ die Kabine.

Katherine sank ermattet auf den Fußboden. Forderte sie denn mehr vom Leben als andere Frauen? Sie war eine Adelige. Die Tochter eines Grafen. Aber ihr Schicksal war es, einen schamlosen Antrag von einem Adeligen zu erhalten und einen Heiratsantrag von einem Piraten. Katherine umschlang ihre Knie. Sie wußte, daß Liam O'Neill recht hatte. Katherine FitzGerald hatte keine Wahl, sie würde keinen besseren Heiratsantrag bekommen — von keinem Mann auf der ganzen Welt.

Aber sie konnte Shane O'Neills Sohn nicht heiraten. Niemals, selbst wenn sie den Wunsch gehabt hätte, sich mit ihm zu vermählen.

13. Kapitel

Katherine sah nur noch eine Möglichkeit.

Bei Einbruch der Dämmerung verließ sie eilig die Kabine. An Deck zog sie ihren Umhang enger um die Schultern und hielt Ausschau nach Liam. Er stand am Steuer seines Schiffes. Mit einiger Mühe kletterte sie die Leiter zur Brücke hinauf.

Er überließ das Ruder dem Maat, eilte zur Leiter und half ihr die letzten Schritte herauf. Katherine lehnte sich gegen ihn, um die Balance zu halten, löste sich rasch wieder. »Ich muß mit Euch sprechen, Liam.«

Seine Augen blitzten. »Habt Ihr über meinen Antrag nachgedacht?«

Der Eifer in seiner Stimme entging ihr keineswegs. »Nein. Ich habe meine Meinung nicht geändert. Ich kann und will Euch nicht heiraten.«

Er zuckte zusammen.

»Es gibt nur einen Ausweg für mich«, fuhr sie fort, ohne sich von seiner Enttäuschung beeindrucken zu lassen »Ich möchte bei der Königin vorsprechen.«

»Wollt Ihr Euch ihrer Gnade und Barmherzigkeit ausliefern?«

»Ja!« rief sie. »Es ist besser, ihre Gnade zu erflehen, als Männern wie Hugh oder Euch ausgeliefert zu sein!«

»Und wenn sie Euch zu Eurem Vater schickt? Oder zurück ins Kloster?«

Katherine hob das Kinn. »Dann soll es so sein.«

Aber sie hatte nicht die Absicht, sich nach Southwark verbannen zu lassen oder im Kloster zu versauern. Sie würde die Königin auf Knien anflehen, wenn es unbedingt sein mußte.

Sein Mund verzog sich bitter ... »Ich bin also das schlimmste aller Übel.«

Das hatte sie nicht behauptet. »Streitet Ihr etwa ab, wer Ihr seid?«

»Wie könnte ich?« parierte er spöttisch.

Seine Worte verwirrten sie. »Werdet Ihr mich nach London bringen? Oder bin ich wieder Eure Gefangene?«

»Katherine, wenn Ihr meine Gefangene wärt, wenn ich ein ehrloser Pirat wäre, hätte ich Euren schönen Körper längst genommen.«

Katherine schwieg.

Er lächelte höhnisch. »Ihr beschimpft mich zwar als Bestie, aber ich hab' Euch nichts angetan, im Gegenteil, ich habe Euch aus den Händen Eures edlen Freundes Hugh gerettet. Ich werde Euch auch diesen Wunsch erfüllen.«

Sie rührte sich nicht.

»Es ist gar keine schlechte Idee, die Königin um Hilfe zu bitten. Vielleicht wird Sie sogar eine Ehe für Euch arrangieren.« Seine Augen funkelten. »Möglicherweise gibt es in England einen Gentleman, dem es nichts ausmacht, daß Ihr eine völlig verarmte, katholische Irin seid, die obendrein noch ihren Titel verloren hat.«

»Ich hoffe es«, brachte sie heiser hervor.

Er blickte sie lange und kühl an. »Ihr gebt wohl nie auf.«

»Nein.«

»Darin seid Ihr Eurem Vater verdammt ähnlich.« Liam rief seiner Mannschaft Befehle zu, worauf die Seeleute in die Wanten kletterten. Und langsam wendete das Schiff.

Katherine nahm sich vor, kein Bedauern für Liam zu empfinden. Er hatte sich sein Leben freiwillig ausgesucht — während sie an ihrem Schicksal keine Schuld traf.

Als das Schiff schließlich nach Süden fuhr, beschlich Katherine eine unangenehme Beklommenheit. Die Königin war zwar freundlich zu ihr gewesen, bei ihrer ersten Begegnung hatte sie Katherine allerdings der Verschwörung und des Hochverrats beschuldigt. Katherine war sich klar darüber, daß die Monarchin sie nach Southwark schicken konnte, wo sie bis an ihr Lebensende unter Hausarrest stehen würde.

In diesem Falle wäre der Antrag des Piraten doch vorzuziehen.

Zwei Tage später segelte das Piratenschiff flußaufwärts, Whitehall entgegen. Katherine wunderte sich, daß Liam es wagte, sein Schiff vor dem Königspalast zu vertäuen. Als die beiden den Palast betraten, war ihnen die Kunde ihrer Ankunft bereits vorausgeeilt. Sie wurden von einem Ratgeber der Königin empfangen, der ihnen mitteilte, die Königin werde sie unverzüglich empfangen.

An diesem späten Vormittag war die Königin noch nicht im Audienzsaal erschienen. Die Besucher warteten nahezu eine Stunde im Vorzimmer der Privatgemächer. Katherine wiederholte immer wieder im stillen ihr Bittgesuch. Mit jeder Minuten wurde ihr banger ums Herz. Liam wirkte gelangweilt.

Endlich öffnete sich die Flügeltür, und ein hochgewachsener, dunkler, gutaussehender Mann trat ein. Katherine blinzelte. Abgesehen von Liam, war er der schönste Mann, den sie je gesehen hatte. Der Fremde musterte sie von oben bis unten, ehe er sich lächelnd verbeugte. Einen Augenblick später war er verschwunden.

Katherine blickte ihm verwundert nach. »Wer war das?«

»Robert Dudley, der Graf von Leicester«, antwortete Liam und beobachtete sie argwöhnisch.

Katherine hatte viel von ihm gehört. In den ersten Jahren von Elisabeths Regierung munkelte man, die Königin beabsichtige, ihn zu heiraten. Dann aber bot sie ihn ihrer Cousine und Rivalin Maria Stuart, der Königin von Schottland an. Maria wies den Mann zurück, der als Liebhaber ihrer Cousine galt, und Dudley schäumte vor Wut. Die Königin verlieh ihm den Titel eines Grafen von Leicester und erhob ihn damit in den Rang, der ihm gestattete, sich mit einer Königlichen Hoheit zu vermählen. Die Spekulationen über eine Heirat zwischen Königin Elisabeth und Dudley erhielten somit neue Nahrung.

Elisabeth bevorzugte Dudley vor den anderen Günstlingen, sie war eindeutig verliebt in ihn und war häufig mit ihm allein — wußte der Hofklatsch zu berichten. Als sie sich kennenlernten, war Dudley mit Amy Robsart verheiratet, ein Umstand, der eine königliche Vermählung ausschloß. Doch wenige Jahre später brach Amy sich bei einem Treppensturz das Genick. Ihr Tod galt als tragischer Unfall, doch die Gerüchte verstummten nicht, Dudley stecke dahinter, der frei sein wollte, um die Königin zu heiraten. Wieder andere Gerüchte wollten wissen, die Königin habe gemeinsam mit ihm den Mord geplant. Das Getuschle über die Umstände von Amys tragischem Tod machte eine Eheschließung zwischen Elisabeth und Dudley wiederum unmöglich, da damit Mordgerüchten neue Nahrung gegeben worden wäre.

Katherine hatte sich nie besonders für Klatsch interessiert, der bis ins Kloster nach Frankreich drang und von den Stiftsdamen eifrig diskutiert wurde. Nachdem Katherine Dudley gesehen hatte, konnte sie sich gut vorstellen, daß die Königin in ihn verliebt war. Aber Mord? Sie hatte Elisabeth nur zweimal getroffen, hielt sie jedoch nicht fähig, einen Mord zu begehen.

»Er ist längst weg, und Ihr starrt ihm immer noch hinterher«, bemerkte Liam kalt.

Katherine fuhr herum und errötete.

Liam wandte sich verärgert ab. Katherine registrierte seine Eifersucht mit Genugtuung, gleichzeitig kam sie ihr kleinlich vor. Schließlich wollte sie nichts von ihm, nicht seine Eifersucht, nicht sein Verlangen, nicht seine Liebe — sollte er überhaupt zu romantischen Gefühlen fähig sein.

Einen Augenblick später erschien eine Hofdame und führte die Besucher in einen Salon, wo sie erneut warteten. Schließlich öffneten sich die Flügeltüren des königlichen Schlafgemachs. Katherine blickte neugierig in den dunklen Raum, der nur ein Fenster aufwies. Durch die Glasscheiben sah man auf die Themse, auf der viele buntbemalte Barken schaukelten.

Die Decke des Schlafgemachs war vergoldet. Neugierig blickte Katherine auf das riesige geschnitzte Himmelbett, das kunstvolle Intarsien aufwies. Die Bettdecke aus Samt war mit schwerer Seide unterlegt, mit Gold- und Silberfäden bestickt. Vom Kopfende hingen kostbare indische Seidenschals.

Die Königin trat aus ihrem Gemach. »Katherine?« rief sie lächelnd und streckte ihr die Hände entgegen. »Süße Katherine!« Sie umarmte Katherine, ohne Liam zu beachten. Ihre Wangen waren gerötet, ihre Augen funkelten. »Ich bin erstaunt und erfreut zugleich, Euch zu sehen.«

Katherine war so erleichtert, daß sie die Königin unverblümt anstrahlte. »Es ist wunderbar, wieder bei Hofe zu sein, Majestät«, sagte sie aufrichtig. Als die vielen Türme, Kuppeln und Dächer Londons in Sicht kamen, hatte ihr Herz vor Aufregung schneller geschlagen.

»Habt Ihr Euren Verlobten mitgebracht? Lord Barry? Oder seid Ihr bereits Lady Barry?«

Katherines Lächeln versiegte.

Die Königin blickte sie durchdringend an, warf Liam einen fragenden Blick zu. »Ist etwas nicht in Ordnung?«

Liam verneigte sich. »Königliche Hoheit.«

»Liam, ich bitte Euch«, entgegnete die Königin ungeduldig, »was ist geschehen?«

»Lord Barry hat sich schon anderweitig verlobt, Eure Majestät.«

Elisabeths Augen weiteten sich. »Die Verlobung wurde also gelöst?« Sie wandte sich an Katherine. »Und Eure Familie wußte nichts davon?«

Katherine erklärte, daß Hugh den Verlobungsvertrag dem irischen Gericht vorgelegt hatte, das die Verlobung auf Grund von Geralds Verurteilung und Enteignung für ungültig erklärte.

»Armes Kind.« Die Königin tätschelte ihre Hand. »Ihr seid also völlig umsonst nach Irland gereist, und nun kommt Ihr an meinen Hof zurück.«

Die Königin wandte sich an Liam.

»Es war sehr nobel von Euch, Liam, die Kleine wieder nach London zu bringen. Ich nehme an, sie beabsichtigt, zu ihrem Vater zu gehen? Oder hat sie ihm die traurige Nachricht bereits überbracht?«

»Katherine hat noch nicht mit FitzGerald gesprochen«, antwortete Liam ruhig.

Katherine durfte nicht länger warten. »Eure Majestät, darf ich sprechen?«

»Ich bitte darum«, lächelte Elisabeth.

Katherine rang die Hände. »Hugh hält mich für unwürdig, seine Frau zu werden, jetzt, da ich keine Grafentochter mehr bin und mein Vater arm und mittellos ist. Aber ... meine Träume haben sich nicht verändert. Ich habe mich nicht verändert.«

Elisabeth neigte den Kopf schräg. »Bitte fahrt fort.«

Katherine trat einen Schritt vor. »Ich verlange nur, was jeder Frau zusteht, Eure Majestät. Ein Heim, einen Ehemann und Kinder. Ich sehne mich nach nichts anderem. Katherine FitzGerald ist die gleiche geblieben. Ich habe mich auf ein großes Wagnis eingelassen, als ich das Kloster verließ. Aber im Kloster mein Leben zu fristen, unverheiratet und kinderlos, bedeutet für mich ein langsames Sterben.

Königliche Hoheit, ich werfe mich Euch zu Füßen und appelliere an Eure Großmut. Ich bin eine Frau ohne Mitgift und weiß um meine Wertlosigkeit. Ich bin auch nicht mehr die Jüngste, aber ich bin gesund und kräftig. Bestimmt kann ich einem Mann noch viele Kinder gebären. Ihr habt meinen Vater zu recht bestraft und enteignet. Bin ich aber als seine Tochter dazu verdammt, sein Schicksal zu teilen? Meine Mutter Joan war Eure Freundin. Ich flehe Euch an, Majestät, findet einen einfachen, guten Mann für mich. Er muß nicht von hohem Adel sein und auch nicht besonders reich, vielleicht ein Witwer mit Kindern. Ich liebe Kinder. Ich würde die Kinder einer anderen Frau mit der nämlichen Liebe aufziehen wie meine eigenen. Ich bitte Euch, Majestät, habt ein Einsehen mit mir.«

Katherine faltete die Hände vor der Brust wie im Gebet, und im stillen flehte sie zu Gott, die Königin möge sich ihrer erbarmen. Nachdem sie alles gesagt hatte, was zu sagen war, stand sie reglos da, den Blick unverwandt auf die Königin geheftet.

Elisabeth erwiderte ihren Blick ernsthaft und aufmerksam.

Auch Liams Blick heftete sich auf Katherine, durchdringend, schmerzlich.

Elisabeth trat einen Schritt auf Katherine zu, nahm ihre Hände. »Euer Gesuch klingt sehr ergreifend«, sagte sie.

Katherine schluckte, Hoffnung stieg in ihr auf.

»Ich werde die Sache überdenken«, sagte die Königin.

Katherine hatte eine sofortige Antwort erwartet.

Die Königin ließ ihre Hände los. »Nun aber warten Staatsgeschäfte.« Sie strebte den Flügeltüren zu. »Katherine, Ihr bleibt im Palast, bis ich mich entschieden habe. Eine meiner Hofdamen wird Euch eine Kammer zuweisen. Liam, mit Euch rede ich später.« Damit verließ sie den Salon, ihre goldenen, perlenbestickten Brokatröcke rauschten über die Dielen.

Katherine begegnete Liams durchbohrendem Blick. Hochmütig hob sie das Kinn.

»Beim Blute des Gekreuzigten«, fluchte Liam »Ihr seid zu klug, um Euch auf so etwas einzulassen.« Seine Hände schlossen sich um ihre Gelenke.

»Was?« rief Katherine zu spät.

Er zog sie in seine Arme, hielt sie an seine Brust gedrückt. Mit einer Hand hob er ihr Gesicht. »Zu klug und zu schön. Ich will dich immer noch zur Frau haben, Katherine.«

Ihren Protest erstickte er mit seinen Lippen, die ihren Mund hungrig in Besitz nahmen. Katherines Widerstand erlahmte. Vielleicht war das der Abschied. Sie wollte sich nicht gegen ihn wehren. Nicht jetzt. Katherines Hände tasteten um seine Schultern. Seine Zunge drängte in ihren Mund. Sie erwiderte seinen Kuß.

Ihre Lippen saugten sich an seinen fest, ihre Zunge tastete sich in seinen Mund. Die beiden versanken in einem wilden, leidenschaftlichen Kuß.

Katherines Finger glitten in sein loses Hemd, strichen über seine starke Brust, die sich anfühlte wie warme Seide. Sie keuchte in seinen heißen Mund. Ihre Hände strichen nach unten über seinen Bauch, forschend, verlangend. Liam stöhnte.

Keiner von beiden bemerkte den Mann, der auf der Türschwelle stand. William Cecil vermied es, sich zu räuspern. Er wollte das Paar nicht auf sich aufmerksam machen. Er hatte in den letzten Tagen viel über das Dreigespann FitzMaurice, FitzGerald und O'Neill nachgedacht. Seltsam, daß O'Neill ein unbedeutendes französisches Schiff — politisch absolut wertlos — geplündert hatte. Es sei denn, er schrieb Katherine FitzGerald einen möglichen Wert zu, der Frau, die er nun so leidenschaftliche umarmte. Möglicherweise hatte Ormond recht. Cecil schloß lautlos die Türflügel. Beim Verlassen des Vorzimmers sprach er ein Kammermädchen an. »Räume die Privatgemächer der Königin später auf«, gab er ihr Anweisung.

Das Mädchen machte einen tiefen Knicks und zog sich zurück.

Auf dem Weg durch die langen Korridore verfiel Cecil ins Grübeln. *Ist Liam ein Freund oder Feind? Wie weit wird er in seinem Bündnis mit FitzGerald gehen?* Cecil war überzeugt, daß ein Bündnis existierte. Und er überlegte, ob es eine Möglichkeit gab, das Mädchen dafür einzusetzen, Kontrolle über Liam auszuüben. Oder tat Katherine FitzGerald das bereits mit den ältesten Mitteln der Welt?

Die Königin lächelte Leicester an, der neben ihrem Thron stand. »Wie schön, Euch hier zu sehen, Robin«, gurrte sie.

Er tätschelte ihre Hand vertraulich. »Eure Sorgen sind meine Sorgen, Eure Majestät. Das wißt Ihr.«

Elisabeths Blick glitt zufrieden zu Ormond, der die Szene finster beobachtete, und weiter zu Cecil, der wie immer gleichmütig wirkte. »Ich habe soeben ein Sendschreiben von Sir John Perrot erhalten«, verkündete sie, »in dem er behauptet, FitzGeralds Tochter sei eine irische Rebellin, der man nicht trauen könne — wie ihrem Vater. Er ließ O'Neill und das Mädchen beschatten. Sie ritten nach Barrymore Castle, blieben aber nur eine Nacht. Ansonsten verhielten die beiden sich nicht sonderlich verdächtig. Doch O'Neill verließ Cork überstürzt, ohne auf die Papiere zu warten. Verdächtig ist auch, daß Katherine diesen Barry nicht heiratete. Andererseits brachte O'Neill das Mädchen umgehend zu Uns — und das spricht gegen eine Verschwörung.«

Wie geschickt dieser Liam O'Neill ist, dachte Cecil.

Ormond knurrte. »Es war von Anfang an ein abgekartetes Spiel. Sie wollte nicht nach Munster, um Barry zu heiraten, sondern um Geheimbotschaften ihres Vaters zu überbringen. Majestät, FitzGerald führt wieder etwas im Schilde — diesmal hat er den Herrn der Meere für seine Umsturzpläne gewonnen!«

Leicester bedachte Ormond mit einem genervten Blick. »Es gibt keinen Beweis, daß O'Neill mit FitzGerald konspiriert. Eure Hysterie führt Euch in die Irre.«

»Aha. Und was schlagt Ihr vor?« Ormond lief vor Zorn dunkel an. »Sollen wir dem Verräter freie Hand lassen?«

Leicester maß seinen ärgsten Rivalen um die Gunst der Königin mit kalten Blicken. Seit FitzGerald im Süden von Irland ausgeschaltet war, gab es keinen mächtigeren Lord als Ormond. »FitzGerald ist als Verräter halb so gefährlich wie sein Vetter Tom. Wir wären alle besser dran, wenn er sein Länder wieder in Besitz nähme und den Papistenhund vertreiben würde.«

»Schluß damit!« unterbrach Elisabeth den hitzigen Wortwechsel. »Dieses Thema haben wir vor drei Jahren zu den Akten gelegt, als wir FitzGerald des Hochverrates für schuldig befunden haben. Ich wünsche nicht nach rückwärts zu blicken, sondern in die Zukunft.« Elisabeth wandte sich an Cecil. »Was meint Ihr, Sir William? Konspiriert mein goldblonder Pirat gegen mich?«

»Auch wenn die Verdachtsmomente sich mehren«, antwortete ihr Sekretär, »gibt es plausible Erklärungen für O'Neills Verhalten. Ich kann nicht ausschließen, daß es eine Verschwörung gegen Euch gibt, Majestät. Noch nicht.« Sein Gesichtsausdruck ließ seine Gedanken nicht erkennen — auch nicht die Schlußfolgerungen, die er im stillen gezogen hatte. Es war nicht seine Art, die Königin mit unnötigen Dingen zu belasten.

»Er ist in eine Verschwörung verwickelt«, schrie Tom Butler aufgebracht. »Habt Ihr alle den Verstand verloren? Aus welchem Grund hat O'Neill das Mädchen zu ihrem Vater begleitet? Wenn FitzGerald genügend Verbündete um sich schart, geht der Krieg im Süden noch jahrelang weiter! Wollt Ihr, daß FitzMaurice *und* FitzGerald den Süden Irlands weiterhin verwüsten und brandschatzen?« fragte er die Königin.

»Ihr wißt genau, daß das nicht Unser Wunsch ist«, entgegnete die Königin empört.

Leicester und Cecil wechselten einen vielsagenden Blick. Die beiden waren nicht gut aufeinander zu sprechen, beide waren eifersüchtig auf den Einfluß des anderen auf die Königin, doch gelegentlich verbündeten sie sich in einer Sache, wie jetzt.

Leicester nahm Elisabeths Hand. »Meiner Meinung nach ist O'Neill von der Schönheit des Mädchens geblendet. Schließlich ist er für seine Frauengeschichten bekannt. Denkt nur an die Affäre mit der Herzoginwitwe Marian.« Leicester stellte zufrieden fest, daß Elisabeths Augenlider flatterten. »Dem Piraten geht es nur um zwei Dinge, wie immer: um Gold und um die Befriedigung seiner Wollust.«

»Ihr verteidigt FitzGerald!« warf Ormond ihm vor.

»Müßt Ihr ständig auf Kriegsfuß miteinander stehen?« rief Elisabeth ungeduldig. »Eines ist klar. Perrot ist der Meinung, dem Mädchen sei nicht zu trauen, weil sie mit FitzGerald und ihrer Sippe verschworen ist. Ich vertraue Sir Johns Urteil. Ob sie allerdings eine Verschwörerin ist . . .« Elisabeth ließ den Satz in der Luft hängen. »Ich glaube es nicht. Nein, Liam würde mir so etwas nicht antun.«

»Bess, sie ist eine Verschwörerin!« widersprach Ormond eindringlich. »Laßt Euch nicht zum Narren halten! Gebt sie mir als Mündel, dann hat es mit der Verschwörung bald ein Ende!«

Leicesters Augen verengten sich. »Entdeckt Ihr plötzlich

brüderliche Gefühle für Eure verschollen geglaubte Schwester, Tom? Oder habt Ihr andere Interessen?« höhnte er.

Ormond ignorierte ihn und trat näher an die Königin. »Liebste Cousine, gebt sie in meine Obhut. Ich schicke sie zu meinen Brüdern nach Kilkenny, wo sie gut beaufsichtigt wird. Sie wird keine Verbindung mit ihrem Vater aufnehmen können.«

»Sie bat mich, eine Ehe für sie zu arrangieren«, entgegnete Elisabeth. »Ihr Gesuch klang sehr überzeugend. Sie scheint nur den Wunsch zu haben, mit einem guten Mann verheiratet zu werden. Wenn sie die Wahrheit gesagt hat, kann es kaum eine Verschwörung zwischen ihrem Vater und Liam O'Neill geben.«

»Das war nur Theater«, warf Ormond bissig ein.

»Sie ist eine kluge Frau. Ihr Gesuch war der Beweis«, murmelte Elisabeth. »Ihre Mutter war eine sehr kluge Frau, und FitzGerald ist ein schlauer Fuchs.«

Cecil meldete sich zu Wort. »Ich würde sie in Frieden lassen. Auch ich halte sie für unschuldig, Majestät. Wenn nicht, werden wir sie des Verrates überführen. FitzGerald ist Euer Gefangener und kann uns kaum schaden. Sollte sie schuldig sein, führt sie uns über kurz oder lang zu dem Hornissennest, falls es existiert.« Cecil hielt O'Neill für zu klug, um sich bei dem tödlichen Spiel erwischen zu lassen.

Ormond stöhnte laut. Leicester tauschte erneut einen stummen Blick mit Cecil. Beide wußten sich in dieser Sache einig. Leicester aus eigennützigen Gründen, weil er Ormond haßte; Cecil, weil er sein Vaterland und seine Königin schützen wollte.

»Ihr könnt sie mit einem Vertrauten von Euch verheiraten«, meinte Leicester leichthin. »Mit einem Mann, der sie bespitzelt.«

Elisabeth blickte ihm ernst in die Augen. »Hätte ich zwei von Eurer Sorte, Robin, würde ich sie mit einem von Euch verheiraten.« Ihr Blick war kalt wie ein geschliffener Diamant.

Er lächelte und entblößte strahlend weiße Zähne. »Da es

mich nur einmal gibt, würdet Ihr mir das Herz brechen, Elisabeth, wenn Ihr mich verheiratet.«

Elisabeths Züge wurden weich. »Wir haben einen Entschluß gefaßt«, verkündete sie. »Wir werden alle Vorschläge überdenken. Das Mädchen soll vorerst unverheiratet bleiben, da Wir eine Heirat sorgfältig planen wollen. Sie wird bei Uns am Hofe bleiben.« Elisabeth lächelte. »Als eine Unserer Hofdamen. Wir werden ihr Freiheiten gewähren, sie darf ihren Vater besuchen, in der Hoffnung, daß Wir so auf das Hornissennest stoßen. Um keine Vorsichtsmaßnahme außer acht zu lassen, wird sie eine Kammerzofe bekommen, die sie ständig beobachtet und Uns täglich Bericht erstattet.«

Die Herren nickten lächelnd. Die Entscheidung der Königin war ganz im Sinne ihrer Ratgeber.

14. Kapitel

Elisabeth empfing Liam in ihrem Salon im Beisein zweier Hofdamen. Sie trug eine prachtvolle Staatsrobe aus schwerem Brokat. Die adeligen Damen schäkerten schelmisch mit Liam, erröteten und blickten ihm tief in die Augen. Er achtete nicht auf ihre Koketterie; die Königin winkte sie barsch hinaus und lächelte ihm etwas verkrampft zu.

»Es war sehr großzügig von Euch, Liam, die arme Katherine nach London zu begleiten«, sagte sie und zog ein versiegeltes Schreiben aus dem Ärmel. »Nach dem Fiasko mit Hugh Barry war sie sicher völlig verwirrt.« Ihr Blick glitt prüfend über ihn.

»Katherine war nicht begeistert«, entgegnete er sachlich.

»Sie ist eine starke Frau, ihrer Mutter auch darin sehr ähnlich. Ich hoffe, ich kann eine gute Heirat für sie arrangieren.«

Liam straffte die Schultern. »Ihr seid sehr großzügig, Hoheit.«

Elisabeth blickte ihm in die Augen. »Mag sein. Ihr wirkt nicht sehr beglückt.«

Er zuckte die Achseln.

Die Königin blickte ihn unverwandt an. »Ist sie noch unberührt — oder seid Ihr Eurem Piratenruf gerecht geworden?«

»Sie ist unberührt, Bess.«

Elisabeth zog die Brauen hoch. »Dann ist Euer Ruf nur Aufschneiderei?«

Bei seinem Lächeln bildeten sich Grübchen in seinen Wangen. »Nichts als Aufschneiderei.«

Elisabeth begriff. »Schurke! Falls sie noch Jungfrau ist, zugesetzt habt Ihr der Kleinen allemal!«

»Habt Ihr mir nicht befohlen, die Finger von ihr zu lassen?«

»Ja, das habe ich. Seit wann befolgt Ihr meine Befehle wortgetreu, Liam?«

»Ihr seid meine Königin, ich Euer bescheidener und gehorsamer Diener.« Er verneigte sich tief.

»Das Mädchen hat Euch einen Korb gegeben«, schnaubte Elisabeth. »Damit hat sie mehr Verstand bewiesen, als ich ihr zugetraut hätte. Doch nein, sie macht einen sehr klugen Eindruck. Ihr Bittgesuch hat mich tief berührt.«

»Werdet Ihr ihrer Bitte nachkommen?«

»Ich bin mir noch nicht im klaren darüber. Für Männer wie Euch ist sie jedenfalls zu schade. Ihr bekommt sie nicht, Liam.« Elisabeth musterte ihn scharf.

Er hielt ihrem Blick unverwandt stand. Doch sein Herz krampfte sich zusammen. Er spürte die Eifersucht der Königin, die wie eine Giftschlange nach ihm züngelte. Er durfte auf keinen Fall die Gunst der Monarchin aufs Spiel setzen.

»Eine Ehe mit Euch kommt aus politischen und gesellschaftlichen Gründen nicht in Frage. Habt Ihr verstanden?«

Liam wählte seine Worte mit Bedacht. »Ich habe nie die Absicht geäußert, die Dame zu heiraten.«

»Und Ihr werdet sie nicht heiraten — Ihr werdet sie auch nicht zu Eurer Geliebten machen.« Elisabeth hob das Kinn. »Sie steht unter Unserem Schutz. Ihr hört auf, dem Mädchen nachzustellen.« Nach einer Pause fuhr die Königin sanfter fort. »Ich bemühe mich um einen Ehemann für sie, obwohl es nicht einfach ist. Schwerer wäre es allerdings, wenn sie von Euch geschändet wäre und ein Kind unterm Herzen trüge.«

»Ihre Bitte *hatte* also Erfolg.« Seine Stimme klang bitter.

»Ich habe mich noch nicht entschieden. Ihr Vater war ein Verräter, aber ihre Mutter war mir eine gute Freundin. Ich werde sie zu meiner Hofdame machen.«

Liam atmete erleichtert auf. »Katherine wird sich freuen. Sie findet sicher Geschmack am Leben bei Hofe.«

»Das nehme ich an.« Elisabeth reichte ihm das versiegelte Schreiben. Liam nahm es entgegen, ohne das Siegel zu brechen.

»Ein weiterer Freibrief«, lächelte die Monarchin.

»Und welche Schiffe wird die *Sea Dagger* im Namen der Krone kapern?«

»Jedes Schiff, das es wagt, FitzMaurice zu unterstützen oder Handel mit den Aufständischen zu treiben.«

In Liams kühlen, grauen Augen spiegelte sich nicht die geringste Gefühlsregung.

»Außerdem werdet Ihr jedes Schiff kapern, das es wagt, andere Rebellen zu unterstützen«, fügte sie im Befehlston hinzu.

Liam nickte, ließ das Schreiben in die Innentasche seines Umhangs gleiten. Andere Rebellen . . . solche wie Gerald FitzGerald. Das Spiel war eröffnet. Er hatte den ersten Zug gemacht, als er Katherine entführte. Sein zweiter Zug war der Besuch bei ihrem Vater. Der Gegenzug der Königin war präziser — und sehr viel gefährlicher.

»Freut Ihr Euch nicht?« fragte sie schelmisch.

»Ich freue mich sehr«, murmelte er. Das Blut rauschte ihm in den Adern, er fühlte sich wie ein Rennpferd kurz vor dem Start. Er hatte seinen Kurs festgelegt. Er wollte nicht nur Katherine zur Frau. Ihr Vater mußte seinen Titel und seinen Besitz zurückbekommen. Als Liam vor kurzem der Verschwörung und des Hochverrats bezichtigt wurde, waren die Beschuldigungen falsch. Sollten solche Beschuldigungen erneut gegen ihn vorgebracht werden, wären sie berechtigt. Er mußte mit großer Umsicht vorgehen — wie alle Verräter.

»Gut«, sagte Elisabeth und legte ihm die Hand auf den Arm. »Ich überlege, wie ich Euch für das belohnen kann, was Ihr für mich getan habt«, sagte sie mit einem tiefen Blick in seine Augen. »Ich verlasse mich auf Euch, Liam. Ihr seid mein goldener Pirat.«

»Ich bin für jede Belohnung dankbar. Aber im Grunde brauche ich keine.«

»Jeder Mensch will belohnt werden. Scheut Euch nicht, einen Wunsch zu äußern, Liam. Ich werde ihn mit Freuden erfüllen.«

Liam verneigte sich erneut. Wenn die Zeit reif war, würde er die Königin an ihr Versprechen erinnern. »Ich danke Euch, Bess.«

»Keine Ursache«, lächelte Elisabeth. »Ihr dürft Euch zurückziehen, Liam.«

Er wandte sich zum Gehen.

Elisabeth griff rasch nach seiner Hand. »Auf baldiges Wiedersehen«, raunte sie hastig.

Er zögerte nur einen Herzschlag. Dann drückte er ihre Hand, beugte sich vor und hauchte einen zarten Kuß auf ihre Wange. »Auf baldiges Wiedersehen, Bess.«

Einen Augenblick später war er gegangen.

Elisabeth blickte ihm mit den sehnsüchtigen Augen eines jungen Mädchens nach.

»Die Königin hat mich Euch als Kammerzofe zugeteilt«, sagte das Mädchen. Sie war zierlich, blond und hübsch. Ihr Name war Helen.

Katherine konnte ihr Glück noch immer nicht fassen. Sie durfte nicht nur bei Hofe bleiben, die Königin hatte sie zur Hofdame ernannt. Nie im Traum hätte sie gedacht, daß ihr, der Tochter eines irischen Verräters, eine solche Ehre zuteil werden könnte. Gestern noch wußte sie nicht, wohin sie sich wenden sollte, und schon heute hatte sie eine ehrenvolle Aufgabe.

»Helen«, wandte Katherine sich an das Kammermädchen, »ich würde gerne baden. Kannst du mir saubere Kleider bringen, während meine schmutzigen Sachen gewaschen werden?« Alle Hofdamen waren prächtig gekleidet. Und sie besaß nur ein einziges, ausgewaschenes Kleid.

»Ich werde mich bemühen«, antwortete Helen lächelnd.

»Gut.« Als Helen sich zum Gehen wandte, stand Liam O'Neill auf der Türschwelle.

Katherines Herz pochte wild. Sie dachte an den leidenschaftlichen Kuß. Er hatte ihr Verlangen geweckt, das nun erneut mit erschreckender Macht auf sie einstürmte. In ihr Verlangen mischte sich Scham. Sie hatte sich unverzeihlich gehen lassen, hatte nicht nur seinen Kuß erwidert, sie hatte seine nackte Brust, seinen Bauch mit schamloser Kühnheit gestreichelt. Und das alles im Salon der Königin. Sie biß sich auf die Lippen.

Liam blickte sie ernst an. »Ich komme, um mich zu verabschieden.«

Katherine wandte ihm den Rücken zu. Sie schämte sich ihres Verlangens. »Ich dachte, Ihr wärt längst fort.« Sie bemühte sich um einen gleichgültigen Ton.

»Könnt Ihr denn gar nicht zeigen, daß Ihr etwas für mich empfindet?« fragte Liam schroff.

Katherine blieb ihm die Antwort schuldig. Schweigen breitete sich zwischen ihnen aus. Katherine dachte an seinen Heiratsantrag auf dem Schiff. Sie mußte verrückt sein, überhaupt daran zu denken. Und wieso quälte sie dieser Schmerz in der Brust?

Plötzlich lagen seine Hände auf ihren Schultern. »Wann gibst du endlich nach?« Sie hatte nicht gehört, daß er hinter sie getreten war.

Katherine schüttelte ihn ab. »Rührt mich nicht an!«

Seine Augen glänzten. »Du hast keine Angst vor mir, Katherine. Du hast Angst vor deiner Leidenschaft — du hast Angst vor der Frau in dir.«

»Nein. Ich habe Angst vor Euch — mehr nicht.« Sie weigerte sich, seine Worte zu akzeptieren.

Er lachte. »Was bist du nur für eine Lügnerin. Gestern im Salon der Königin hattest du keine Angst vor mir.«

»Ich hatte offenbar den Verstand verloren«, stammelte sie errötend.

»Offenbar.« Seine Augen glühten. Er drehte sie um und zog sie an sich. »Willst du mich ohne Abschiedskuß gehen lassen?«

Katherines Puls raste. Schmerz umkrallte ihr Herz. Diesmal ging er wirklich. Wenn er auf See blieb? Sein Leben bestand aus Kampf und Piraterei. Eine schamlose kleine Hexe in ihrem Kopf flüsterte ihr ein, ein Abschiedskuß sei keine Sünde. Vielleicht sah sie ihn nie wieder. Schuldete sie ihm nicht ein wenig Dank für alles, was er für sie getan hatte?

»Welche Gedanken quälen dich?« fragte Liam.

Nein, sie würde ihn nicht küssen. Es war Sünde. »Wo ... wohin fahrt Ihr?« fragte sie bang.

»Spanische Schiffe plündern«, antwortete er, und seine Augen blitzten schalkhaft. »Die Königin hat mir Freibriefe ausgestellt.«

Plötzlich begriff Katherine. Er war ein Freibeuter im Auftrag der Krone. »Das hätte ich mir denken können! Wieso habt Ihr mir das nicht gleich gesagt?«

»Und welchen Unterschied hätte das gemacht? Ich hatte keinen Auftrag, das französische Handelsschiff zu überfallen.«

Sie dachte an den Pulverdampf, das zersplitterte Deck, die verkohlten Schiffsplanken, die Verwundeten. »Nein.«

Er hob ihr Kinn. »Sei nicht traurig, Katherine. Ich werde nie ein eleganter Höfling sein und auch kein Edelmann.«

»Dessen bin ich mir wohl bewußt«, antwortete sie spitz. Und deshalb konnte sie ihn niemals heiraten.

»Katherine — hüte dich vor dem Leben bei Hofe!« Seine Stimme klang besorgt. »Es ist voller Intrigen, Klatsch und Bosheit. Traue keinem! Und hüte dich vor Männern wie Leicester.«

»Ich kann auf mich selbst aufpassen«, entgegnete sie schnippisch.

Er lachte. »Ja, das kannst du.« Und mit ernstem Gesicht fügte er hinzu: »Leicester wird versuchen, dir unter die Röcke zu greifen, noch ehe die Woche um ist.«

Katherine erschrak.

»Ich werde ihn töten, wenn er sich an dem vergreift, was mir gehört«, fügte er knirschend hinzu.

Katherine versuchte vergeblich, ihn von sich zu schieben. Er verstärkte seinen Griff. »Du kannst leugnen, soviel du willst, aber *du gehörst mir.* Nenn es Leidenschaft, nenn es Besessenheit. Du bringst mich um den Verstand, Katherine — ich kann nicht von dir lassen.«

Sie schüttelte den Kopf, ihre Finger krallten sich in sein Hemd, ihr Herz hämmerte wild, sie konnte kaum atmen.

»Denk an meine Worte, Katherine. Wenn die Zeit reif ist, kehre ich zu dir zurück. Das schwöre ich.«

Mühsam rang sie nach Worten. »Nein!« Sie schob ihn heftig von sich. »Ihr seid ein eingebildeter, arroganter Affe!« Gleichzeitig erfüllte sie die Tatsache, von diesem Mann begehrt zu werden, mit Stolz und Verwunderung.

Mit einem tiefen Stöhnen preßte er sie an seinen erregten Körper. Katherine verharrte reglos, sich seiner harten Männlichkeit erschreckend bewußt.

»Schon besser.« Seine Augen hefteten sich auf ihre bebenden Lippen. »Sehr viel besser.« Seine Lippen strichen sanft über ihren Mund.

Sie konnte ihm nicht widerstehen. Es war ihr letzter Kuß, was immer er schwören mochte! Liam lehnte sie gegen die Wand und schob sein Knie zwischen ihre Schenkel. Katherine grub ihre Fingernägel in seinen Nacken, als er ihr das Kleid von den Schultern schob, ihre Brüste entblößte und seine Hände um ihre Rundungen wölbte. Sie warf den Kopf in den Nacken, stöhnte vor Lust. Liam leckte ihre Brustspitzen, die sich ihm entgegenreckten. Dabei rieb er seinen Schenkel an ihrem Geschlecht. Mit jeder Bewegung stieß sein pulsierender Phallus gegen ihr pochendes Fleisch. Katherine vergrub ihr Gesicht an seinem Hals. Im nächsten Augenblick glitt seine Hand unter ihre Röcke, seine Finger spielten an ihren geschwollenen, feuchten Schamlippen. Katherine erschauerte stöhnend. Liam liebkoste sie, bis sie zuckend an ihn sank und flehte: »Bitte nicht! Nicht mehr!«

Er hielt sie umschlungen. Sie klammerte sich an ihn. Allmählich kehrte ihr Verstand wieder. Sie fürchtete, seinem spöttischen Blick zu begegnen.

»Kate«, murmelte er heiser, »süße, kostbare Kate.« Er hob ihr Kinn und zwang sie, ihm in die rauchgrauen Augen zu sehen. »Du gehörst mir. Mir. Denk daran in langen, einsamen Nächten — oder wenn Leicester und Männer seiner Sorte dir nachstellen.« Er löste sich von ihr. An der Tür drehte er sich noch einmal um. »Ich komme zurück. Ich komme zu dir zurück.«

Später brachte ein Diener ein großes, in Leinen eingeschlagenes Bündel. Katherine hatte sich gerade umgezogen. Sie war immer noch schwach und verwirrt von Liams leidenschaftlicher Umarmung.

»Was ist das?« fragte sie.

»Ein Geschenk von Liam O'Neill«, antwortete der Lakai. Katherines Puls raste. »Legt es aufs Bett.«

Nachdem der Diener gegangen war, eilte sie zum Bett und riß das Bündel auf. Zum Vorschein kam ein türkisgrünes, mit Silberfäden besticktes Kleid. Darunter lagen zwei weitere Kleider, nicht minder kostbar. Außerdem waren Halskrausen beigefügt, Hauben, Unterröcke und zarte Unterhemden. Katherine breitete die Kleider sorgfältig aus.

»Fahr zum Teufel, Liam!« flüsterte sie, blinzelte eine Träne zurück und hielt sich das türkisfarbene Kleid vor, barg das Gesicht in der weichen Seide. Seine Worte hallten in ihr nach. *Du gehörst mir. Mir ...*

Sie holte tief Luft, das Kleid noch immer an sich gepreßt. Was hatte er vor?

War es Mildtätigkeit, Großzügigkeit? Wollte er sie damit bestechen, weil er wußte, wie sehr sie sich nach Luxus sehnte? Oder wollte er nur beweisen, daß sie ihm gehörte?

Was immer sein Plan war, er irrte. Katherine blickte wehmütig auf die ausgebreiteten Kleider, die sie nicht tragen durfte. Ihr Stolz ließ es nicht zu.

Sie blickte an dem Kleid hinunter, das Helen ihr gebracht hatte. Ein schlichtes, braunes Samtkleid, das einst hübsch gewesen sein mochte, mittlerweile aber an den Ellbogen abgeschabt und am Saum ausgefranst war. Katherine seufzte. Entschlossen nahm sie eine plissierte Halskrause von Liams Kleiderbündel, befestigte sie mit zitternden Fingern und betrachtete sich im Spiegel über dem Frisiertisch. Die Halskrause verschönerte das schlichte Kleid beträchtlich. Katherine nahm sich vor, schnell zu vergessen, von wem sie stammte.

»Helen?« rief sie.

Das Mädchen erschien. »Mistreß?«

»Bitte, häng diese Kleider weg, ich werde sie nicht tragen.« Ihre Stimme klang ein wenig unsicher.

Helen nickte. »Mistreß, der Graf von Ormond wartet in der Galerie auf Euch.«

Katherine erstarrte.

»Soll ich ihm sagen, daß Ihr anderweitig beschäftigt seid?« fragte Helen listig.

Katherine ermannte sich. »Nein, nein«, antwortete sie hastig. Auf dem Weg nach unten schalt sie sich, dumm zu sein, sich vor ihm zu fürchten. Sie war nun eine Hofdame der Königin. Selbst wenn Ormond der Todfeind ihres Vaters war, er war auch ihr Halbbruder, der ihr nichts zuleide tun würde. Nun nicht mehr.

Katherine betrat die Galerie und zögerte. Durch die Fenster im Westen konnte sie flanierende Damen und Herren draußen im Park sehen. Die Fenster zur anderen Seite des Raums blickten auf die Themse, wo sich große und kleine Boote drängten. Auf der Uferstraße bewegten sich Kutschen, Reiter und Passanten. In der langen Galerie ergingen sich Höflinge und Edeldamen oder standen plaudernd in Grüppchen herum.

Katherine sah Ormond im selben Augenblick, als der Graf sie entdeckte. Sie blieb abwartend stehen, während er sich aus einer Gruppe von Edelleuten löste und auf sie zukam. Er war wie bei ihrer letzten Begegnung dunkel gekleidet. Katherine versuchte, ihr wild schlagendes Herz zu beruhigen.

Mit ernster Miene nahm er ihren Arm. »Ich habe mit Euch zu sprechen, Katherine.«

»Was gibt es, Mylord?«

»Ich möchte meine Schwester näher kennenlernen.«

Katherine fühlte sich unbehaglich. Sie dachte an Liams Mahnung, niemand bei Hofe zu trauen. »Woher dieses plötzliche Interesse?« Sie bemühte sich um einen leichten Plauderton.

Sie schlenderte neben ihm die Galerie entlang. »Das ist doch ganz normal«, antwortete er.

Katherine spürte, daß er etwas von ihr wollte. Sie entzog ihm ihren Arm.

»Seid Ihr glücklich, Katherine? Über die Ehre, Hofdame der Königin zu sein?«

»Ja, sehr«, lächelte Katherine. »Ich fühle mich sehr geehrt. Obgleich ...«

»Obgleich was?«

»Obgleich ich immer noch hoffe, sie wird meinen Wunsch erfüllen.«

»Euren Wunsch?«

Ihre Blicke trafen einander. »Meinen Wunsch zu heiraten.«

»Aha. Ihr trauert also Hugh Barry nicht nach.«

Katherine hob das Kinn. »Mylord, Hugh war viele Jahre mein Verlobter. Als ich glaubte, er sei bei Affane gefallen, trauerte ich um ihn — und meine Trauer gab den Ausschlag, mich in ein Kloster nach Frankreich zu schicken. Als ich meinen Vater in Southwark aufsuchte, erfuhr ich, daß Hugh lebt, und war überglücklich.« Sie blieb vor einem Portrait König Heinrich VII. stehen.

»Und?« Ormond stand seitlich hinter ihr.

Katherine wandte sich halb zu ihm um. »Es war sehr schmerzlich zu erfahren, daß unsere Verlobung gerichtlich für ungültig erklärt worden war. Ich entdeckte eine Seite in

Hugh, die ich nicht vermutet hätte.« Ihre Gesichtszüge verhärteten sich. »Nun bin ich erleichtert, daß wir nicht geheiratet haben.«

»Was hat er getan?«

Katherine stiegen Tränen in die Augen. Sie schüttelte heftig den Kopf.

»Was hat er getan, Katherine?«

Sie schluckte. »Er hat ... er hat sich nicht wie ein Edelmann benommen. Doch ich bin ja nun keine Edelfrau mehr.«

Ormund blickte sie lange durchdringend an. »Das tut mir leid«, murmelte er schließlich. »Es muß schwer sein, alles zu verlieren, was man besessen hat.«

Sie hob den Blick, unsicher, ob er Mitgefühl für ihr Schicksal zeigte oder nicht. »Wenn es Euch leid tut, Mylord, so könnt Ihr mir in meiner Situation helfen.«

Seine Kiefermuskeln bewegten sich. Doch er schwieg.

Katherine fühlte sich unbehaglich. Der Mann war nicht zu durchschauen. »Verlange ich zuviel? Von meinem Halbbruder?«

»Ihr habt noch nicht einmal den Ansatz gemacht, eine Bitte auszusprechen«, erklärte Ormond.

»Es tut mir leid, davon angefangen zu haben. Verzeiht.« Katherine wandte sich zum Gehen. »Ich brauche Eure Hilfe nicht.« Nein, dieser Mann hatte keinen Funken Mitgefühl für sie übrig.

Ormond hielt sie zurück. »Ihr seid unserer Mutter sehr ähnlich«, sagte er fast zärtlich.

Katherine erschrak.

»Ich spreche nicht von Eurer Schönheit.« Er seufzte. »Unsere Mutter war sehr freimütig, entschlossen und klug.«

»Ist das ein Lob?«

»Vielleicht. Wenn Ihr den Ehrgeiz habt, wie sie zu sein.« Seine Stimme klang bitter.

»Natürlich will ich sein wie sie«, platzte Katherine heraus.

»Tatsächlich? Wißt Ihr überhaupt, wovon Ihr sprecht? Joan war stark und klug, aber sie löste auch den größten Skandal ihrer Zeit aus, als sie die Affäre mit Eurem Vater begann.«

»Sie ist tot, und Ihr zieht ihre Liebe in den Schmutz«, entgegnete Katherine empört.

»Liebe?« Er lachte bitter. »Euer Vater war ein halbes Kind, als Joan mit dem Gedanken spielte, ihn zu heiraten, kurz nach dem Tod meines Vaters. Um *das* zu verhindern, wurde sie umgehend mit Sir Bryan verheiratet. Doch als Sir Bryan erkrankte, begann unsere Mutter mit Eurem Vater ausgedehnte Reitausflüge zu unternehmen — dem damals Achtzehnjährigen, jünger als ich. Joan war zwanzig Jahre älter als Gerald. Überall tuschelte man über die Affäre. Unsere Mutter zeigte sich öffentlich mit ihm, auf Treibjagden quer durch Munster, auf dem Pferdemarkt in Galway. Sie hielt sich sogar längere Zeit als Gast in Askeaton auf. Ihre Respektlosigkeit dem sterbenden Sir Bryan gegenüber war skandalös. Sie war eine Schande für sich selbst, die Herzogin von Ormond, für mich und meine Brüder.«

Katherine hatte sich nie Gedanken über den großen Altersunterschied ihrer Eltern gemacht — viele Witwen heirateten jüngere Männer. Doch nun konnte sie Tom Butlers Schmerz nachempfinden. »Es muß schwierig für Euch gewesen sein«, flüsterte sie. Das indiskrete Verhalten ihrer Mutter erschreckte sie. Andererseits fand sie ihren eisernen Willen, sich nicht dem Diktat gesellschaftlicher Zwänge zu beugen, bewundernswert.

»Mehr als schwierig«, entgegnete er bitter. »Die Feindschaft zwischen Ormond und Desmond geht viele Generationen zurück. Die Tatsache, daß meine Mutter eine Liebesbeziehung mit einem Desmond anfing, war ein direkter Affront gegen mich und meine Familie — war und ist unverzeihlich.«

Katherine straffte die Schultern. »Sie liebte meinen Vater leidenschaftlich. Es war eine Liebesheirat.«

»Ja, sie liebte ihn«, entgegnete Ormond düster. »Und auch das war unverzeihlich.«

»Sie liebte auch Euch«, entgegnete Katherine mitfühlend. »Ich war ein kleines Mädchen, als mein Vater eine Armee gegen Euch zusammenstellte. Meine Mutter vergoß bittere Tränen aus Angst um *Euch.* Sie widersetzte sich meinem Vater und ritt ihm nach, als er gegen Euch in den Kampf zog.«

»Ja.« Ormonds Gesichtszüge waren weich geworden. »Beinahe zwei Wochen ritt sie zwischen Gemahl und Sohn hin und her, zwischen unseren beiden großen Armeen, die wie Wölfe auf der Lauer lagen, um jeden Augenblick loszuschlagen. Die Soldaten auf beiden Seiten fingen an, sie Engel des Friedens zu nennen. Sie flehte FitzGerald und dann mich an, immer wieder, wir sollten von unserem kriegerischen Vorhaben ablassen. Sie war unermüdlich in ihren Friedensbemühungen.« Er blickte wehmütig aus dem Fenster. »Sie war wahrhaftig ein Engel des Friedens.«

»Und?« Katherine wagte kaum zu atmen.

Ein dünnes Lächeln flog über Ormonds Züge. »Ich weiß nicht, wer von uns zuerst aufgab. Jedenfalls fand die Schlacht nicht statt. Beide Armeen, die ihres Gemahls und die ihres Sohns, kehrten um und ritten nach Hause.«

Katherines Augen schwammen in Tränen. »Unsere Mutter war eine *große* Frau.«

»Sie war wunderbar, klug und eigensinnig. Zu eigensinnig. Der Skandal um sie und Gerald war ihr völlig gleichgültig. Sie lachte darüber.« Ormond blickte seine Schwester an.

Katherine dachte an Liam — und an ihre Leidenschaft. Sie wußte nun, daß ihre dunkle Seite nicht nur ein Erbe ihres Vater war, sondern auch ein Erbe ihrer Mutter.

Aber sie glich ihrer Mutter nicht in allen Aspekten. Sie würde vor Scham sterben, wenn es um sie und Liam O'Neill einen Skandal gäbe.

»Hat er Euch mißbraucht?« fragte Ormond unvermutet.

Katherine erschrak. »Wer?« fragte sie unschuldig.

»Der Pirat. Die ganze Stadt spricht davon. Der Bankettsaal hat gesehen, wie O'Neill Euch küßte, bevor er mit Euch nach Irland aufbrach. Und kürzlich sollt Ihr beide in den Privatgemächern der Königin in höchst kompromittierender Umarmung gesehen worden sein.«

Katherine errötete tief.

»Seid Ihr meiner Mutter Joan ähnlicher, als ich dachte?«

»Nein!« widersprach sie zornig. »Ich will keinen Skandal! Ich lache nicht über häßliche Gerüchte! Ich will nichts von dem Piraten, nur daß er mich in Frieden läßt! Ich will einen anständigen, gottesfürchtigen Mann heiraten. Nur das ist mir wichtig!«

Ormonds Blicke durchbohrten sie. »Und was wünscht Euer Vater?«

»Das weiß ich nicht«, entgegnete Katherine bitter. »Ich habe ihn nur einmal gesehen. Er weiß vermutlich noch gar nicht, daß Hugh die Verlobung gelöst hat. Wahrscheinlich ist es ihm gleichgültig. Ihn interessiert nur seine bejammernswerte Situation.«

Ormond blickte sie immer noch unverwandt an.

»Mylord«, Katherine rang um Fassung, »ich bin der Königin sehr dankbar, mir diesen Posten verschafft zu haben. Aber in meinem Alter haben die meisten Frauen bereits Kinder. Ich habe nicht mehr viel Zeit.« Ihre Augen suchten seine. »Könnt Ihr mir nicht helfen, Sir? Ihr seid der Vetter der Königin. Könnt Ihr Euch nicht für mich verwenden? Mein innigster Wunsch ist, einen anständigen Edelmann zu heiraten.«

Seine Halbschwester hatte Titel und Besitz verloren. Sie hatte nichts als ihre Schönheit — auf die Männer wie Hugh Barry und Liam O'Neill scharf waren. Ormond hatte eigentlich kein Interesse am Wohlergehen seiner Halbschwester. So unschuldig und aufrichtig wie sie sich gab, konnte sie nicht sein. Sie hatte allen Grund, mit ihrem Vater Pläne zu schmieden, um das Verlorene wiederzuerlangen. Wenn sie ihrer Mutter wirklich ähnlich war, würde sie ihre Schönheit einsetzen, um einen mächtigen Mann wie Liam O'Neill zu umgarnen, und ihn zu ihrem Verbündeten machen. In diesem Fall wäre ihr Heiratswunsch eine ausgeklügelte List.

Liam O'Neill zeigte großes Interesse an ihr, und es war ratsam, sie seinem Einfluß zu entziehen. »Ja«, sagte Ormond unvermutet, »ich werde mich für Euch verwenden, Katherine.«

Katherine entfuhr ein Laut des Entzückens, sie klatschte begeistert in die Hände. »Ich danke Euch, Mylord.«

Ormond lächelte süßsauer und wandte sich brüsk ab, für den Fall, daß sie auf die Idee verfiel, ihn zu umarmen. Er war entschlossen, einen Ehemann für sie finden, würde auch die Königin davon überzeugen. Katherines Begeisterung verwirrte ihn, sie wirkte so kindlich echt. Und dennoch konnte sie nicht echt sein.

Katherine FitzGerald war mit Sicherheit eine Verräterin, und Ormond war fest entschlossen, sie als solche zu entlarven.

15. Kapitel

»Katherine«, flüsterte Lady Hastings. »Stimmt es, was man so hört?«

Katherine wartete gemeinsam mit sechs Hofdamen im Vorzimmer des königlichen Schlafgemachs auf das Erscheinen der Monarchin. In einiger Entfernung standen etwa ein Dutzend Edelleute, Grafen, Barone und Ritter, allesamt Hofbeamte oder Günstlinge der Königin, darunter Katherines Halbbruder, Graf von Ormond, neben ihm der Oberstallmeister, Graf von Leicester, Lord Robert Dudley. Außerdem zwei Dutzend Leibgardisten der Königin in roten Uniformröcken.

Die Damen verstummten, um Katherines Antwort nicht zu überhören. Sie spürte Leicesters Augen auf sich ruhen. »Verzeiht, Lady Hastings, wovon sprecht Ihr?« fragte Katherine unschuldig.

Anne Hastings kicherte hinter ihrem Fächer. Ihre Augen schossen Blitze. »Ich bitte Euch, Katherine, das wißt Ihr genau. Der ganze Hof spricht von nichts anderem. Liam O'Neill soll eines von König Philipps Schiffen, randvoll mit Gold und Silber, gekapert haben.«

Katherines Herz klopfte wild. Ormond hatte also nicht gelogen, als er behauptete, der Hof tuschle darüber, daß Liam sie in aller Öffentlichkeit geküßt hatte.

Kaum daß das Gerücht seiner letzten Eskapade den Hof erreicht hatte, bestürmten die Hofdamen sie mit indiskreten Fragen über den Piraten. Und Katherine stellte verwundert fest, daß die verheirateten Edeldamen in hohen Rängen, die überdies sehr schön waren, ein geradezu unschickliches Interesse an dem Piraten bekundeten. Katherine gab vor, ihn nur flüchtig zu kennen, und wich den aufdringlichen Fragen aus.

Liam O'Neill war das Tagesgespräch bei Hofe. Bereits einen Tag nachdem er den Palast verlassen hatte, sollte er eine spanische Galeone angegriffen haben. Keine beliebige spanische Galeone: ein Kriegsschiff mit Silbermünzen und Goldbarren beladen, das König Philipp in die Niederlande schickte, um Herzog Alba in seinem Kampf gegen die holländischen Protestanten zu unterstützen. Die *Sea Dagger* war halb so groß wie das spanische Kriegsschiff und verfügte über kaum die Hälfte der Bordgeschütze. Und dennoch hatte Liam den Angriff gewagt.

Kurz darauf waren Gerüchte über den wunderbaren Sieg des Piraten eingegangen, denen niemand so recht Glauben schenkte. Wie konnte ein winziges Piratenschiff ein mächtiges spanisches Kriegsschiff besiegen? Vermutlich war die Geschichte genau umgekehrt. Katherine durchrieselten Kälteschauer. Sie sah Liam angekettet in einem spanischen Kerker schmachten. Noch schlimmer war der Gedanke, er könne in der Schlacht gefallen sein.

»Katherine?« Lady Hastings wiederholte ihre Frage, lauter diesmal. »Ist Euer Pirat wirklich so verwegen und kaltblütig?«

Katherines Wangen röteten sich. Sie begegnete Leicesters unverfrorenem Blick. Er hatte offenbar Lady Hastings Frage gehört. »Er ist nicht mein Pirat, Lady Hastings. Ich verwahre mich gegen solche Unterstellungen!«

Anne tätschelte Katherines Arm mit ihrem orientalischen Elfenbeinfächer. »Wenn er nicht Euer Pirat ist«, raunte sie, »seid Ihr eine Närrin — und ich übernehme ihn gern.«

Katherine blieb der Mund vor Schreck offen stehen. Gottlob wurde sie durch das Erscheinen der Königin einer Antwort enthoben.

Es verging kein Tag, an dem Katherine nicht über die prachtvolle Erscheinung der Monarchin in ehrfurchtsvolles Staunen versetzt wurde. Heute war die Herrscherin ganz in Weiß gekleidet. Ihr Brokatgewand war mit Silberfäden durchwirkt und mit Perlen übersät. Das cremefarbene Unterkleid war aus leichterer Seide. Um die schmale Taille trug sie in Gold gefaßte Perlenschnüre. Den Ausschnitt zierte ein Geschmeide aus Rubinen und Perlen, die Ohrgehänge waren ebenfalls aus Rubinen und Perlen gearbeitet. Ihre Halskrause war ein riesiges hauchfeines Gebilde, mit winzigen schimmernden Perlen besetzt. Das rote Haar zierte eine zierliche, glitzernde Krone. Die Damen versanken in einen Hofknicks, die Herren verneigten sich tief.

Die Königin verharrte. Vor ihr nahmen die Edlen, auch sie prachtvoll gewandet und mit Juwelen geschmückt, Aufstellung. Der Zug setzte sich in Bewegung. Hinter den Baronen, Grafen und Rittern des Hosenbandordens schritt der Lordkanzler, der die Staatssiegel in einer roten Seidenmappe trug, flankiert von zwei livrierten Staatsdienern, von denen einer das königliche Zepter, der andere das Staatsschwert in einer roten Scheide hielt.

Nun folgte die Königin im Kreise ihrer Leibgarde, Aristokraten von höchstem Rang, aus besten Familien. Sie trugen goldene Streitäxte über der Schulter. Ihre vier Ehrendamen schlossen sich dem Zug an, danach reihten die königlichen Kammerfrauen sich ein. Katherine und sechs weitere Hofdamen bildeten die Nachhut.

Das königliche Gefolge durchschritt den Audienzsaal, wo sich eine große Schar Höflinge und Bittsteller versammelt hatte. Als die Königin an ihnen vorbeischritt, sanken alle in die Knie. In der Vorhalle der Kapelle verharrte der Zug. Der Königin wurden einige Bittsteller vorgestellt, die sie mit einem huldvollen Lächeln empfing. Rufe wurden laut. »Gott schütze die Königin!« Elisabeth dankte und betrat hinter den Edlen die Kapelle zur Morgenmesse.

Katherine kniete in einer der letzten Reihen und fand endlich Muße, über Anne Hastings Frage nachzudenken. Ja, sie glaubte den Gerüchten. Sie traute Liam die Kaltblütigkeit zu, ein mit Goldschätzen beladenes Kriegsschiff des spanischen Königs zu überfallen. Vermutlich lachte er bereits über seinen gelungenen Coup — falls er nicht in Ketten lag, falls er noch lebte.

Katherine faltete die Hände und flehte zu Gott, seine schützende Hand über den Piraten zu halten.

Wenige Stunden später ritt Katherine in Begleitung von zwölf Soldaten der königlichen Garde über die London Bridge. Die Soldaten gaben ein prächtiges Bild ab in ihren roten Uniformröcken, auf deren Rücken eine goldene Rose gestickt war. Sie trugen vergoldete Helebarden, die Griffe mit rotem Samt bezogen. Das Zaumzeug der edlen Rassepferde war mit Silber beschlagen. Katherine kam sich in ihrem abgetragenen braunen Samtkleid und dem grauen Umhang vor wie eine Vogelscheuche. Doch wichtig war allein, daß die Monarchin ihr gestattet hatte, ihren Vater zu besuchen. Die Königin hatte sogar darauf bestanden, daß ihre Zofe sie begleitete.

Katherine war bereits einige Wochen bei Hof, hatte den Besuch jedoch immer wieder hinausgezögert. Sie konnte nicht vergessen, daß ihr Vater sie an Liam O'Neill verschachern wollte.

Die Tore von St. Leger House standen diesmal offen, und die Schar ritt klappernd auf den gepflasterten Innenhof. Eleanor erschien auf der breiten Steintreppe mit vor Staunen aufgerissenen Augen.

Der Hauptmann der Garde, Sir John Hawke, saß ab und half Katherine aus dem Sattel. Er sah blendend aus in seiner roten Uniform. Der Inbegriff eines strammen Soldaten und Edelmanns. Er hielt sie einen Moment länger als nötig, bevor er sie auf den Boden stellte.

Sir John machte ihr den Hof, das spürte Katherine deutlich. Ein Mann wie er, aus guter Familie, mit einem tadellosen Ruf, wäre eine ausgezeichnete Partie für sie. Doch nachts verfolgte nicht Sir John sie in ihren Träumen, sondern Liam O'Neill.

Sir John verneigte sich. Katherine berührte seinen Arm und warf ihm einen koketten Blick zu. »Danke, Sir. Ihr seid zu gütig.«

Seine Augen funkelten.

Sie ging ihrer finster blickenden Stiefmutter entgegen. »Wir haben gehört, daß du nun Hofdame der Königin bist«, empfing Eleanor sie. »Bist du zur Verräterin an deinem Vater geworden, Katherine?«

»Wie kannst du so etwas sagen!« entgegnete Katherine entrüstet.

Eleanor drehte sich brüsk um und betrat das Haus. Katherine blieb einige Sekunden verdattert stehen, bevor sie ihr folgte.

In der düsteren Halle stand Gerald, auf einen Stock gestützt. »Die Königin hat dich in ihre Obhut genommen, Katie? Das ist gut.«

Erleichtert umarmte sie ihren Vater. »Du bist also nicht böse, Vater?«

Helen betrat die Halle mit einem Korb Erfrischungen über dem Arm.

»Keineswegs«, beschwichtigte Gerald und fragte beim Anblick des Mädchens: »Wen bringst du uns da, Katie?«

Mit einem Blick über die Schulter antwortete sie: »Die Königin hat mir eine Zofe zur Verfügung gestellt, Vater.«

Gerald nickte bedächtig und führte Katherine an den Tisch. »Wie ich höre, hat Barry die Verlobung gelöst.«

Katherine setzte sich, ihr Vater nahm mühsam neben ihr Platz. »Ja«, antwortete sie mit belegter Stimme. »Hugh hatte nie etwas für mich übrig. Ihm ging es nur darum, die Tochter eines Grafen und die damit verbundene Mitgift zu heiraten.«

Gerald tätschelte ihren Rücken. »So sind die Männer eben«, murmelte er und beugte sich interessiert vor. »Erzähl mir von Desmond.«

Katherine wurde noch trauriger. »Ach Vater, dort hat der Krieg viel Schaden angerichtet.«

Eleanor kam aus der Küche mit einem Holztablett in der Hand, gefolgt von einer alten Dienerin, die einen Krug Bier und drei Becher brachte.

»Alles niedergebrannt und verwüstet, stimmt's?« Damit knallte Eleanor das Brett mit Brot und Käse auf den Tisch.

»Ja. Es ist viel zerstört«, nickte Katherine.

»Askeaton?«

»Ich war nicht in Askeaton. Liam sagte, die Burg ist nicht mehr bewohnt, wie viele unserer Häuser.«

Gerald nickte finster.

»Aha, jetzt heißt er schon Liam«, bemerkte Eleanor schnippisch.

Katherine errötete.

Gerald bedachte Eleanor mit einem finsteren Blick. »Hast du etwas von meinem Vetter FitzMaurice gehört? Mich wundert, daß er nicht auf Askeaton wohnt.« Gerald ballte die Fäuste.

Eleanor beugte sich zu Katherine. »Der Kerl ist hinter dem Titel und dem Land deines Vaters her«, zischte sie ihr ins Ohr. »Er wird der Königin so lange zusetzen, bis er bekommt, was er will. Und wir leben wie die Bettler!«

Katherine wurde das Herz schwer. »Ich bin froh, daß die Verlobung gelöst ist«, sagte sie mit fester Stimme. »Wie könnte ich Barry heiraten, wenn er sich mit FitzMaurice gegen dich verbündet?«

»Du bist ein gutes Kind, Katherine«, antwortete Gerald. Sein Blick irrte unstet umher. Plötzlich stand er auf. »Ich habe keinen Hunger«, verkündete er. »Komm, Katie, begleite mich, ich brauche etwas frische Luft.«

Katherine erhob sich und stützte ihren Vater beim Verlassen der Halle. Helen wollte ihr folgen. Gerald wandte sich freundlich an sie. »Wir brauchen dich nicht, Kind. Vielleicht kannst du dich in der Küche nützlich machen.«

Helen machte einen Knicks und verschwand.

Vater und Tochter spazierten Arm in Arm über den Hof.

Am Tor standen die Gardisten in ihren prachtvollen Uniformen und wandten sich diskret ab. Gerald blieb stehen. »Wir dürfen niemandem trauen«, raunte er.

Katherine war verblüfft. »Wirst du in deinem Haus bespitzelt?«

»Das ist nicht mein Haus«, antwortete er. »Und Cecil hat überall seine Spitzel, das kannst du mir glauben.«

Geralds nächste Worte erschreckten Katherine noch mehr. »Traue niemand«, knurrte er finster. »Auch nicht deinem kleinen Stubenmädchen.«

»Aber Vater! Das ist lächerlich. Die Königin selbst hat sie für mich ausgesucht!«

»Hör mir gut zu, Tochter. Du darfst *keinem* Menschen trauen.«

Katherine nickte beklommen. War ihr Vater wegen Cecils Spionen mit ihr nach draußen gegangen — oder weil er fürchtete, ihre Zofe könne sie bespitzeln? Der Gedanke jagte ihr Kälteschauer über den Rücken.

»Erzähl mir von O'Neill.«

Katherines Beklommenheit wuchs. »Willst du über den Piraten sprechen?«

»Genau über den.« Gerald blickte sie durchdringend an. Katherine spürte, wie ihr die Hitze in die Wangen stieg. »Er ist nur ein Pirat«, entgegnete sie knapp und wünschte, ihr Vater würde das Thema wechseln.

Gerald nahm die Hand seiner Tochter. »Ich brauche dringend deine Hilfe, mein Kind. Willst du deinem armen, verbannten Vater helfen?«

Ihr Herz hämmerte wild. »Wie denn?«

»Du hast eine gute Stellung bei Hofe. Mach dir die Königin zur Freundin. Bemüh dich, sie behutsam für unsere Sache einzunehmen. Sie war mit Joan befreundet. Wenn sie Vertrauen zu dir faßt, können wir sie dazu bewegen, meine Verbannung rückgängig zu machen. Dann kehre ich nach Irland zurück und übernehme Desmond wieder. Die Lords werden sich mir anschließen — und das Volk ebenfalls.«

Katherines Vater stand nun aufrecht, mit funkelnden Augen vor ihr. Die Königin hatte ihm zu Unrecht alles weggenommen. Aber . . . allein der Gedanke, der Königin zu schmeicheln, um etwas zu erreichen, war ihr unangenehm. Es schien ihr nicht richtig, ihre Freundschaft für ein bestimmtes Ziel zu benutzen.

Gerald nahm den Arm seiner Tochter. »Und mit O'Neill müssen wir ebenso vorsichtig umgehen.«

Katherine hatte Mühe zu atmen. »W . . . wieso?«

»Er begehrt dich. Ein Mann, der eine Frau haben will, ist leicht zu beeinflussen. Ich brauche ihn, den Herrn der Meere. Er kann mir helfen, nach Irland zurückzukehren. Er könnte FitzMaurice Schaden zufügen, der sich auf die Nachschublieferungen der Spanier, Franzosen und Schotten verläßt. Wir müssen O'Neill auf unsere Seite bringen.«

»Was verlangst du von mir?« fragte Katherine bang.

»Laß ihn zappeln. Laß ihn nicht an dich heran, mein Kind. Männer, die eine Eroberung gemacht haben, langweilen sich schnell. Es ist die Jagd, die ihnen Spaß macht. Spiel mit ihm, aber erhöre ihn nicht. Wenn seine Begierde groß genug ist, bringe ich ihn dazu, dich zu heiraten, Katherine.«

Katherine erschrak zutiefst. Sie hatte geglaubt, dieses abscheuliche Thema sei vom Tisch. Nun erst begann sie zu begreifen, welche Gefahr ihr drohte. »Vater . . . er ist ein Pirat«, preßte sie hervor. »Ich verstehe nicht . . . Ich bin deine *Tochter.* Wie kannst du nur eine Verbindung mit ihm vorschlagen?«

»Weil wir keine anderen Verbündeten haben«, knurrte Gerald. »O'Neill ist der Schlüssel für meine Zukunft und meine Freiheit, Katie. Und das betrifft dich ebenfalls.«

»Er kapert Schiffe, er ist ein Räuber, ein Gesetzloser, er ist von niederem Stand — er ist gewissenlos!« Katherine rang verzweifelt die Hände.

Gerald durchbohrte sie mit Blicken. »O'Neill begehrt dich. Er ist eine Art Wink des Schicksals, meine Liebe. Und wir müssen unser Glück beim Schopf fassen.«

Katherine wandte sich zitternd ab. »Ich wünsche mir eine

standesgemäße Heirat«, flüsterte sie. »Ich verlange doch nur das, was mir zusteht.«

»Du bist ohne Stand und Titel, solange ich nicht wieder in Desmond herrsche«, entgegnete Gerald schneidend. »Das ist der Grund, warum Barry dich nicht mehr haben wollte. Alle Männer von Stand teilen seine Meinung. Du hast keine Wahl, Katie.«

Katherine straffte die Schultern und reckte das Kinn. Sie schluckte. »Ich kann nicht«, preßte sie hervor.

»Du wirst mir gehorchen«, entgegnete Gerald scharf. »Du bist meine Tochter und schuldest mir Gehorsam.«

Katherine wich einen Schritt zurück.

»Katie«, setzte er versöhnlicher hinzu. »Du bist die einzige, die mir helfen kann, begreifst du das nicht? Du *mußt* mir helfen.«

Katherine drängte die Tränen zurück, sie mußte sich in ihr Los schicken. Dennoch verschwieg sie ihrem Vater, daß Liam O'Neill ihr bereits einen Heiratsantrag gemacht hatte. Sie aber hatte nicht die Absicht, ihre Träume von einer glücklichen Zukunft aufzugeben. Und in diesen Träumen war kein Platz für Liam O'Neill.

16. Kapitel

Die Königin liebte Maskenbälle. Das Thema dieses Mummenschanzes war die Geschichte der fünf Töchter des afrikanischen Flußgottes Niger. Die Vermummten waren als Sklaven und Sultane verkleidet, als Prinzen und Prinzessinnen, Nymphen und Seejungfrauen, Drachen und eine Vielzahl anderer fantasievoller und schauriger Ungeheuer.

Katherine bestaunte Göttinnen der griechischen Mythologie in durchsichtigen Schleiern, afrikanische Stammesfürsten, die Blumen und Fruchtgebinde als Kronen trugen, und alle anderen Masken. Ihr fehlte das Geld, um sich ein Kostüm anfertigen zu lassen. Doch Helen hatte eine rote mit

Paletten und Federn geschmückte Satinmaske aufgetrieben. Die trug sie zu ihrem braunen Samtkleid.

Der Festzug war gegen Mitternacht beendet, und die Königin applaudierte den Maskierten begeistert. Nun begann das eigentliche Vergnügen. Die Gäste tranken und aßen und amüsierten sich, und das Fest würde sicher bis in die frühen Morgenstunden dauern.

Flöten, Harfen, Trommeln und Violinen stimmten eine irische Gigue an. Ungeachtet der Schwierigkeiten, die ihr die aufmüpfigen irischen Lords bereiteten, liebte die Königin diesen irischen Tanz sehr. Und Katherine klatschte begeistert in die Hände, vermochte kaum die Füße stillzuhalten.

Leicester führte die Königin auf das Tanzparkett. Er war als Julius Caesar kostümiert, trug eine kurze weiße Toga, die eine Schulter und einen Teil seiner muskelbepackten Brust freigab. An einem breiten Ledergürtel hing ein alter Silberdolch. Auf dem Kopf trug er einen Lorbeerkranz aus schimmerndem Metall, das aussah wie echtes Gold. Die Königin war eine anmutige Tänzerin, und Leicester stand ihr an Leichtfüßigkeit in nichts nach.

Im Gedränge nahm jemand Katherine von hinten am Arm. »Kommt, Mistreß FitzGerald, lehrt mich den Tanz Eurer Heimat.«

Katherine blickte in die lebhaften blauen Augen von John Hawke. Er hatte auf eine Verkleidung verzichtet, trug aber eine Halbmaske zu seinem prächtigen roten Uniformrock und der hellen engen Hose. »Da sage ich nicht nein«, strahlte sie. »Ich kann kaum die Füße stillhalten.«

Und als er sie auf dem Tanzparkett herumwirbelte, stellte sie fest, daß er die Gigue mit großer Kunstfertigkeit tanzte, obwohl er kein Ire war. Niemand bei Hof war Ire, mit Ausnahme des Grafen von Ormond, der das Fest bereits verlassen hatte und damit seinem Ruf, ein prüder Sonderling zu sein, wieder einmal gerecht wurde.

Katherines braune Samtröcke flogen, das cremefarbene Unterkleid wirbelte um ihre schlanken Beine, die im Takt hüpften. Sie hatte vor dem Fest das Kleiderbündel von Liam noch einmal durchwühlt und purpurfarbene Strumpfbänder hervorgeholt, die sie zu ihren cremefarbenen Strümpfen trug. Sie paßten zwar nicht zu dem braunen Samtkleid und schon gar nicht zur roten Satinmaske, doch Katherine scherte sich nicht darum. Lachend warf sie die Beine höher, wirbelte im Kreis und stampfte mit den Füßen im wilden Takt. Sir John hielt ihre Hände und ließ sich von ihr mitreißen. Das Paar wiegte und drehte sich zur feurigen Gigue in erstaunlicher Harmonie und lachte einander strahlend in die Augen. Seine Blicke auf ihre Strumpfbänder an ihren schlanken Schenkeln, auf ihren wogenden Busen entgingen ihr nicht, schmeichelten ihr vielmehr. Sie hatte sich nie im Leben so amüsiert. Am Ende des Tanzes sank sie atemlos an seine Brust.

»Niemand tanzt die Gigue besser als Ihr!« keuchte er an ihrem Ohr.

Sie schob ihn lachend von sich. »Ich wäre eine schöne Irin, wenn ein paar englische Damen und Herren mir darin etwas vormachen würden!«

»Das klingt beinahe nach Rebellion«, raunte eine tiefe Stimme hinter ihr.

Katherine drehte den Kopf. Leicesters Gesicht war ihrem sehr nah. Sir John nahm die Hände von ihr.

»Wollt Ihr mit mir tanzen?« fragte Leicester höflich.

Katherines Blick suchte instinktiv nach der Königin, die mit einem ihrer Favoriten tanzte. »Diesen Tanz kenne ich nicht«, entgegnete Katherine fahrig. Die Herrscherin neigte zur Eifersucht und würde es nicht gerne sehen, wenn Katherine mit Robert Dudley tanzte.

Leicester nahm ihren Ellbogen. »Ich unterweise Euch.«

Katherines Blick flog hilfesuchend zu John Hawke. Doch schon schob Anne Hastings ihre Hand in seine Armbeuge und forderte ihn mit einem verführerischen Lächeln zum Tanz auf. Katherine wurde von Leicester zum verhaltenen Rhythmus der Musik geführt. Er lächelte ihr zu, sein Blick wanderte zu ihrem vom Mieder flach geschnürten Busen, ruhte auf ihrer nackten Haut. Katherines Puls beschleunigte sich.

»Dieses Kleid unterstreicht Eure Vorzüge nicht sonderlich, meine Liebe«, bemerkte Leicester.

»Dessen bin ich mir wohl bewußt«, entgegnete sie schnippisch. Sie dachte an Liams Warnung, sie solle sich vor Leicester hüten, der ihr unter die Röcke gehen würde. Sie war nun drei Wochen bei Hofe, war dem Grafen häufig begegnet, wenn er die Königin aufsuchte. Doch heute redeten sie zum ersten Mal miteinander.

»Ihr müßt Samt und Seide tragen, funkelnde Smaragde und Perlen.«

Katherine stolperte. »Und Ihr würdet mir das alles schenken?«

Sein dunkler Blick heftete sich auf ihre Lippen, die sie rot bemalt hatte. »Ja, das würde ich. Seit Ihr bei Hofe seid, Katherine, weicht Ihr mir aus. Ihr habt keinen Grund, vor mir Angst zu haben. Ich will Euch nichts Böses.«

»Nein?« fragte sie spitz. »Was wollt Ihr denn von mir?«

Sein schönes Gesicht wurde ernst. »Ich will Euer Freund sein, das habt Ihr bereits bemerkt.«

Ja, wie Hugh Barry, der sie zu seiner Hure machen wollte. Katherine wollte sich entziehen, doch Leicester hielt sie mit eisernem Griff. »Katherine, Ihr macht einen Fehler. Ich bin einer der reichsten und mächtigsten Männer im Land. Ich würde Euch sogar heiraten, Liebste. Ich brauche keine Mitgift, ich brauche eine liebevolle Frau und gesunde Söhne. Das ist auch Euer Wunsch, und Ihr seid dafür gebaut, kräftige Söhne zur Welt zu bringen. Aber ich darf nicht heiraten.« In seiner Stimme lag keine Bitterkeit, nur leise Trauer. »Ich werde nicht heiraten. Doch eines Tage, mit Gottes Hilfe ...« Er blickte zur Königin hinüber. Katherine wußte, daß er eines Tages König von England sein wollte, selbst wenn er es nicht aussprach. »Kommt, wir müssen alleine sprechen. Ich will nicht länger warten.«

Katherine erschrak, als er seinen Arm um ihre Mitte legte und sie durch die Menge schob. Sie warf einen Blick über die Schulter. Elisabeths Augen folgten ihnen. Katherine stemmte sich gegen ihn. Doch Leicester ließ sich nicht beirren, schob sie durch die lärmende, lachende Menge, bugsierte sie in einen leeren Korridor und dort in einen düsteren Alkoven. Er schob ihr die Maske nach oben und hielt sie eng an sich gepreßt.

»Sagt nicht nein«, raunte er heiser. »Katherine, ich bin ein Freund Eures Vaters.«

Katherines Widerstand erlahmte.

»Ich habe mich gegen Ormond gestellt, als er Euren Vater nach Affane als Gefangenen vor die Königin geschleppt hat. Butler wollte Euren Vater damals schon entmachten. Ich habe mich all die Jahre für FitzGerald eingesetzt.«

Katherines Gedanken rasten. Leicester war der Vertraute der Königin. Er könnte sich für ihren Vater einsetzen. Sie schüttelte langsam den Kopf.

»Sagt nicht nein.« Seine Augen glühten. »Ich bringe Euch nach Kenilworth. Dort wird es Euch an nichts fehlen. Wir müssen nur diskret sein.«

»Diskret!« zischte sie und versuchte erneut, sich ihm zu entwinden. »Ihr wißt gar nicht, was das Wort diskret bedeutet. Die Königin sah, wie wir den Ballsaal verließen! Sie wird mich noch heute nacht aus ihren Diensten entlassen!«

Leicester überlegte einen Moment. »Das ist vielleicht das Beste«, meinte er. »Es ist für uns beide nicht gut, wenn Ihr bei Hofe bleibt.«

Katherine traute ihren Ohren nicht. »Es gibt kein *uns!* Ich will nicht in Ungande fallen. Bei Gott, niemals!«

»Ihr verliert die Fassung«, mahnte er und zog sie fest an sich.

Katherine sträubte sich. Mehrmals war ihr seine Männlichkeit in den engen Hosen aufgefallen, doch sie war der Meinung, wie andere Damen auch, er trage ein Hodenpolster. Heute trug er mit Sicherkeit keinen Hodenschutz, er trug auch nichts anderes unter seiner römischen Toga. Sein erigierter Phallus rieb sich an ihren Samtröcken. »Ich habe bemerkt, wie Ihr mich anseht«, raunte er und drückte sie gegen die Wand. »Haltet Ihr mich für einen dummen Jungen?«

Katherine rang nach Luft. »Tut es bitte nicht, Mylord«, flehte sie. Er war ein schöner Mann, den sie gern ansah, der aber kein Verlangen in ihr weckte wie Liam O'Neill.

Er beugte sich über sie, doch Katherine drehte blitzschnell das Gesicht zur Seite. Statt ihren Mund zu küssen, legten seine Lippen sich auf die zarte Haut ihres Halses. Eine Hand glitt in ihr Mieder, sein Daumen kreiste um ihre Brustknospe, die sich ihm hart entgegenreckte.

Da auch ihm die ernsten Konsequenzen bewußt waren, wenn man ihn mit Katherine in einer verfänglichen Situation ertappte, ließ er schließlich von ihr ab.

»Ihr werdet Spaß daran haben, Katherine«, versprach er.

Katherine entwischte ihm, blickte ihn mit großen, erschrockenen Augen an, scheute sich aber, ihm zu sagen, daß es nie eine Affäre zwischen ihnen beiden geben würde. Er war einer der mächtigsten Männer im Königreich. Wenn einer ihrem Vater helfen konnte, so der Graf von Leicester, der wesentlich einflußreicher war als Liam O'Neill.

»Ein Nein akzeptiere ich nicht«, flüsterte er.

Würde er sie in sein Bett zwingen, hätte sie nichts gegen ihn in der Hand, nicht einmal, wenn er sie mit Gewalt nahm, da die Königin ihr die Schuld geben würde — nicht ihm. Wenn sie aber klug war, könnte sie ihn benutzen. Mit einem unterdrückten Schrei floh sie — nicht zurück in den Ballsaal, sondern die Treppe hinauf in ihre Kammer.

Die einzige Kerze auf dem Tisch verbreitete einen trüben, flackernden Schein. Katherine hängte die schöne Maske und ihr Kleid an einen Haken an der Wand. Helen, die ihr beim Entkleiden helfen sollte, war nicht da; sie feierte vermutlich mit dem Gesinde im Küchentrakt.

Umständlich öffnete sie die Haken des Reifrockes und legte das steife Fischbeinkorsett auf die Truhe am Fußende des Bettes, streifte Unterhemd und Beinkleider ab, setzte sich und rollte die Strümpfe herunter.

Die Unterseiten ihrer Brüste, wo die Fischbeinstäbchen in ihr Fleisch drückten, waren von roten Striemen durchzogen. Das war der Preis, den Frauen für das Einschnüren bezahlten. Katherine begann sich sanft zu massieren. Bislang war das ein unschuldiges, allabendliches Ritual. Nun spürte sie ein süßes Kribbeln, als ihre Brustknospen sich strafften. Katherine dachte an Leicesters Berührung. Ein Mann, den jede Frau gern heiraten würde, mächtig und reich, männlich und schön. Doch Leicester war nicht für sie bestimmt. Er gehörte der Königin.

Katherine seufzte. Sie knetete ihre Brüste. Ihre Brustspitzen ragten durch ihre Finger, rosig und schmerzlich erregt. Die fiebernde Hitze zwischen ihren Schenkeln verwirrte sie.

»An wen denkst du, an John Hawke, Robin Dudley — oder an mich?«

Katherine sprang mit einem spitzen Schrei auf.

Liam stand in der offenen Tür ihrer Kammer. Beinahe hätte sie ihn nicht erkannt. Er war als Mohr kostümiert, trug weite weiße Hosen, dazu eine breite purpurfarbene Schärpe und seinen Degen. Sein breiter Oberkörper war nackt und dunkelbraun. Arme, Hals, Gesicht und auch sein Haar waren dunkel gefärbt. Um die Kostümierung zu vervollständigen, trug er einen roten Turban. Seine grauen Augen standen im leuchtenden Kontrast zu seiner dunklen Haut.

Nun schlug er die Tür mit dem Fuß zu, warf den Turban von sich und trat auf sie zu. Sein Blick wanderte über ihre elfenbeinhelle Haut, verharrte auf ihren wogenden Brüsten, den vorspringenden Knospen, senkte sich zu dem pelzigen Dreieck zwischen ihren Schenkeln.

»Wie lange beobachtet Ihr mich schon?« rief Katherine verwirrt, mit hochroten Wangen.

Sein Lächeln war unangenehm. Er wölbte die Hand um seine geschwollenen Lenden. »Lange genug, um eine delikate Darbietung zu genießen, besser als die unten im Korridor.«

Er hatte ihr nachspioniert. In ihre Verlegenheit mischte sich Zorn. Mit einer raschen Bewegung riß sie das Laken vom Bett und bedeckte sich. Liam zog ihr mit einer ebenso raschen Bewegung das Leintuch weg und schleuderte es durch die Kammer. Er packte ihre Arme. »Du bist mir eine Antwort schuldig.«

Sie reckte das Kinn. Ihre nackten Brustspitzen berührten sein Brusthaar. »Ich schulde Euch nichts, Schurke.«

»Ich habe dich beobachtet. Zuerst hast du schamlos mit Hawke geschäkert, dann mit Dudley!«

Sie fauchte verächtlich und versuchte, sich seinem Griff zu entwinden, um ihn zu ohrfeigen. Er lachte nur und wölbte eine Hand um ihr Gesäß. Sie erstarrte. Er zog sie an sein hartes Geschlecht. Katherine keuchte in fiebernder Begierde.

Seine gespreizten Finger wanderten tiefer, zwischen ihre Gesäßfalte und begannen an ihrer Scham zu spielen.

Seine glühenden Augen ließen nicht von ihr. »Du bist ganz naß. Gleich kommst du! An wen hast du gedacht?«

»An Leicester!« rief sie und wußte, daß sie ihn damit in Rage versetzte.

Er schleuderte sie von sich. Katherine fiel quer übers Bett. »Verdammtes Luder! Ich wußte es!«

Katherine raffte sich hoch, auf Händen und Knien. »Er bietet mir mehr als Ihr«, keuchte sie mit belegter Stimme. Sie wußte, daß sie ihn quälte. Sie wußte auch, was geschehen würde, und sie wollte es, wollte es mehr als alles in der Welt.

Liam stand drohend vor ihr. »Was bietet er dir? Was Katherine?« donnerte er. »Außer seinem steifen Schwanz?«

Sie kauerte vor ihm. Sein Blick flog gierig zu ihren leise bebenden Brüsten. »Kenilworth«, schleuderte sie ihm entgegen.

Liam lachte trocken. »Wie dumm du bist. Die Königin macht dich einen Kopf kürzer, wenn du ihn heiratest. Und ihm nimmt sie alles, was sie ihm geschenkt hat. Begreifst du das nicht?«

»Ihr seid nur eifersüchtig, weil er mir mehr zu bieten hat als Ihr«, entgegnete sie trotzig. »Weil er ein Edelmann ist und Ihr nur ein nichtswürdiger Pirat, Shane O'Neills Sohn.«

»Kann er dir mehr geben?« Er packte ihre Hand und rieb

seine pulsierende Männlichkeit an ihrer Handfläche. »Er soll gut gebaut sein — aber das bin ich auch. Willst du Vergleiche ziehen, Katherine, ehe du dich entscheidest?«

Katherine stöhnte, unfähig zu sprechen. Die Muskeln in ihrem Unterleib krampften sich zuckend zusammen. Liam stieß sie nach hinten, sie fiel mit gespreizten Beinen. Ihre Blicke senkten sich ineinander. Katherine war sich ihrer Schamlosigkeit wohl bewußt, wußte, daß sie im Begriff war, ihre tapfer verteidigte Jungfräulichkeit zu verlieren. Und plötzlich war sie ihr nicht mehr wichtig.

Liam spreizte ihre Knie noch weiter. »Du treibst mich zum Wahnsinn.« Er verschlang ihre geöffnete Weiblichkeit mit hungrigen Blicken. Plötzlich schob er seinen Mittelfinger tief in sie, bis er an ihr Jungfernhäutchen stieß. Katherine wölbte sich ihm entgegen. Er bewegte sich nicht. Sie stöhnte wild.

»Leicester hat dich also noch nicht gehabt.« Seine Finger kneteten ihr Fleisch unsanft. »Und er bekommt dich nicht, Katherine. Hast du mich verstanden?«

Sie blinzelte ihn verstört an, begriff, was er soeben getan hatte. »Elender Schuft!« kreischte sie, richtete sich auf und versuchte, seine Hand von ihrer Scham zu reißen. Er hielt sie ungerührt fest. »Wollt Ihr mich untersuchen? Wie ein Arzt? Schamloser Dreckskerl!«

»Schwer zu glauben, daß du im Kloster erzogen wurdest«, höhnte er und steckte zwei Finger in sie. Katherine atmete hörbar ein und verharrte reglos.

»Leg dich hin!« befahl er. »Nicht daß Leicester sich darum scheren würde, ob du Jungfrau bist oder nicht. Aber er wird mir nicht nehmen, was ich als mein Eigentum markiert habe!«

Katherine sehnte nichts — *nichts* — so sehr herbei, als Liams steifen Penis in sich aufzunehmen. Doch seine Worte erzürnten sie. Wütend fuhr sie hoch, ihre Fäuste bearbeiteten seine Brust. Er packte ihre Handgelenke und lachte ihr ins Gesicht.

»Ich gehöre Euch nicht«, fauchte sie. »Ich gehöre nur mir und eines Tages meinem Ehemann.«

Liam zog sie an sich. »Liebling«, murmelte er verführerisch und zärtlich. »Kein anderer Mann wird dich heiraten.« Und sein Mund legte sich auf ihre Lippen, zwang sie, sich zu öffnen, duldete keinen Widerstand.

Ihr war, als habe er sie mit eiskaltem Wasser übergossen, das ihr Verlangen aber nicht abkühlte. Sie begehrte diesen abscheulichen Mann. Sie wollte, daß er seinen Penis in sie trieb, sie stieß wie ein Hengst eine heiße Stute. Aber sie wollte keine Hure sein, nicht seine und nicht die von Leicester. Sie wollte einen Ehemann, ein Heim, Kinder. Danach hatte sie sich so viele Jahre gesehnt, weitaus länger, als sie sich nach Liams kraftvollem Körper und seine wilden Liebkosungen sehnte.

Sie entzog ihm ihren Mund. »Hört auf!« Tränen stiegen in ihr hoch.

»Keine Spielchen mehr!« keuchte er in ihr Gesicht.

»Nein«. Tränen liefen ihr über die Wangen. »O Gott, was ist nur mit mir geschehen?« schluchzte sie erstickt. Die Frau, die aus ihr herausbrach, war eine völlig Fremde. Wieso begehrte sie ihn so sehr?

»Verfluchte Hexe«, preßte er hervor, drehte ihr Gesicht zu sich und zwang sie, ihn anzusehen. »Willst du immer noch die unschuldige Jungfrau spielen?«

Sie blickte in seine glühenden, silbergrauen Augen. »Ich kann nicht«, wisperte sie hilflos. »Mein Gott, ich bin so schlecht, Liam — ich will dich haben. *Ich will dich.* Aber ich kann dir meine Unschuld nicht geben. Ich kann nicht.«

Sein Mund verzerrte sich ungläubig und enttäuscht. »Diese Spiele bringen einen Mann um«, stieß er schließlich rauh hervor.

Katherine schluckte. »Sie bringen auch mich um«, flüsterte sie.

Ihre Blicke senkten sich ineinander. Er zwang sie, sich auf den Rücken zu legen. Noch während sie ihre Schenkel öffnete, wollte sie widersprechen. »Sei still!« murmelte er und legte ihr einen Finger auf den Mund. Katherine schloß die Augen.

Liam küßte sie sanft. Dann drang seine Zunge tief in sie ein, besitzergreifend und gierig. Seine Hand liebkoste sie zwischen den Schenkeln, sein Daumen grub sich zwischen ihre feuchten, geschwollenen Schamlippen. Katherine schrie. Dann leckte seine Zunge ihre hochgereckte Klitoris, seine Lippen saugten an ihr. Und Katherine explodierte zukkend, sie weinte und jauchzte zugleich.

Liam lag neben ihr, zog sie in seine Arme. Benommen nahm sie wahr, wie er ihre Hand um seinen pulsierenden Penis legte. Ihre Lider flogen hoch. Liam hielt ihre Hand, zwang sie, seinen harten, langen Schaft zu streicheln. Fasziniert verschlang sie seinen Anblick. Ihr Puls schlug hämmernd. Sie hatte davon geträumt, ihn zu berühren. Und jetzt tat sie es wirklich. Ihr Griff wurde fester. Katherine beugte sich über ihn und küßte seine geschwollene pflaumenförmige Eichel. Liam reckte sich ihr entgegen. Sie streichelte ihn, zunächst etwas ungeschickt, doch seine Hand führte sie. Dann liebkoste sie ihn mit schnellen Bewegungen. Liam schrie auf.

Katherine legte sich auf ihn, spürte seine Nässe auf ihrem Bauch. Lange lagen sie eng umschlungen.

Keiner bemerkte Helen, die in einer dunklen Ecke der Kammer stand.

17. Kapitel

»Mistreß? Bitte, wacht auf!«

Katherine grub brummend das Gesicht tiefer ins Kissen. Es war so warm und wohlig unter den Decken. Sie wollte nicht aufwachen, noch nicht. Sie war zu müde, zu benommen, um sich zu bewegen. Helen rief wieder ihren Namen. Katherine drehte sich seufzend zur anderen Seite. Und plötzlich stand ihr die letzte Nacht klar vor Augen.

Liam. Mein Gott, Liam war in ihrer Kammer gewesen, sie hatten sich geliebt, sie hatten sich sündig und wunderbar geliebt. Und sie war immer noch Jungfrau. Sie bewegte die Zehen, spannte die Beinmuskeln an. Er hatte sie nicht einmal, nein zweimal geliebt, und das zweite Mal hatte unendlich lang gedauert, bis sie ihn angefleht hatte, von ihr zu lassen. Ihre Wangen glühten.

Katherine lag reglos mit offenen Augen, hörte, wie Helen sich in der Kammer zu schaffen machte. Liam war fort. Sie war eingeschlafen und hatte nicht bemerkt, daß er gegangen war. Sie fühlte sich unendlich einsam und verlassen. Wann würde sie ihn wiedersehen?

Sie mußte verrückt sein. Wie konnte sie über sein Fortgehen traurig sein? Wie konnte sie sich dieser sündhaften Nacht so träumerisch und sehnsüchtig erinnern? Sie war verrückt. Sie war Aristokratin. Sie hatte kein Recht, diese unaussprechlichen Dinge zu tun.

Katherine lag wie gelähmt vor Entsetzen, schloß die Augen. Sie hatte genau das getan, was ihr Vater von ihr verlangt hatte. Tiefe Scham erfüllte sie. Sie wollte sich nicht auf Geralds Machenschaften einlassen. Und sie wollte nicht mit O'Neill verheiratet werden. Aber sie hatte die Rolle der Hure ausgezeichnet gespielt. Ihre wahre Natur war weitaus sündiger und gewöhnlicher, als sie je befürchtet hatte.

Vielleicht ahnten die Männer, die ihr lüsterne Blicke zuwarfen, ihr sinnliches Wesen. Vielleicht durchschauten alle ihre wahre Natur. War das der Grund, warum Hugh Barry und der Graf von Leicester sie zur Geliebten machen wollten, nicht aber zu ihrer Gemahlin? Ahnten Männer die verbotene Leidenschaft, die in ihr schlummerte?

Welche Ironie. Hugh Barry und der Graf von Leicester wollten sie zur Hure, Liam O'Neill aber wollte sie zur Gemahlin.

Katherine umschlang ihr Kissen. Vielleicht würde Gerald sie doch noch mit O'Neill verheiraten. Die Tatsache, daß sie den Verführungskünsten des Piraten erlegen war, rückte diese Möglichkeit bedrohlich näher.

Was aber war daran so fürchterlich?

Katherine erschrak über ihre eigenen Gedanken.

»Die Königin wünscht Euch zu sprechen, Mistreß.« Helens Stimme drang in ihre wirren Gedanken. »Ihr kommt heute gar nicht aus den Federn.«

Katherine richtete sich kerzengerade auf. Die Königin! »O Gott! Wie spät ist es? Warum hast du mich nicht früher geweckt!« Katherine sprang aus dem Bett, nackt wie Gott sie schuf.

»Kurz vor acht, und die Königin wünscht Euch noch vor der Morgenmesse zu sprechen. Ich konnte Euch nicht wach kriegen, so erschöpft wart Ihr von den Vergnügungen der vergangenen Nacht.«

Katherine blickte entsetzt in Helens große, blaue Augen, die sie unschuldig anlächelten. Nein, sie wußte nichts. Woher sollte sie auch? Helen meinte die Maskerade in der Großen Halle.

»Beeilt Euch, Mistreß, Ihr dürft die Königin nicht verärgern.«

Helen hielt ihr die Unterwäsche hin. Katherine hätte liebend gerne gebadet, doch dafür blieb keine Zeit. Hastig schlüpfte sie in die Batistwäsche. »Warum will die Königin mich sprechen?«

Helen zuckte die Achseln, half ihr, den Reifrock einzuhaken. »Ich weiß nicht, Mistreß. Lady Anne wollte Euch abholen. Ich sagte Ihr, daß Ihr die Königin umgehend aufsuchen werdet.«

Um viertel vor acht begann der Dienst der Hofdamen bei der Königin. Katherine schlüpfte hastig in ihr Kleid. Plötzlich entdeckte sie ein rotseidenes Päckchen mit einer roten Schleife auf der Truhe liegen.

»Was ist das?« flüsterte sie.

Helen reichte ihr das Päckchen achselzuckend. »Ich weiß nicht. Es lag schon da, als ich kam, um Euch zu wecken.«

Es konnte nur von Liam sein. Hastig löste Katherine die Schleife. Ihre Augen weiteten sich. »O Gott, was ist das? Wie schön!«

Sie und Helen blickten bewundernd auf das weiße, durchsichtig gewobene, in zarten Mustern durchbrochene Stoffgespinst. »So etwas habe ich noch nie gesehen«, rief Katherine begeistert.

»Ich schon«, flüsterte Helen ehrfurchtsvoll. »Das ist spanische Spitze.«

Katherine ließ das zarte Gewirk durch ihre Hände gleiten. »Spanische Spitze.« Sie stellte sich das Wundergespinst als Verzierung an den Ärmeln und am Ausschnitt ihres Kleides vor. »Wie wunderschön.«

»Ja. Nicht einmal die Königin besitzt so feine Spitzen«, sagte Helen. »Der spanische Botschafter hat sie zum ersten Mal bei einem Empfang getragen. Jeder hat darüber getuschelt. Die Damen werden vor Neid erblassen, wenn sie wissen, daß Ihr welche besitzt.«

Katherine breitete die Spitze auf dem Bett aus. Ein versiegeltes Briefchen fiel heraus. Ihr Puls überschlug sich, als sie das Siegel brach. Auf dem Pergament waren nur drei Worte gekritzelt. *Viel Spaß, Liam.*

Katherine hielt das Papier an die Brust, dachte beklommen an die leidenschaftliche Nacht, an ihr sündiges Benehmen. Hastig zerknüllte sie das Papier, trat entschlossen an den Kamin und warf es ins Feuer.

Die Königin wartete. »Helen, ich muß mich beeilen, knöpf mir das Kleid zu und frisier mich.« Helen ging ihr geschickt zur Hand und hielt ihr danach die Tür auf.

Doch Katherine wandte sich noch einmal um, nahm einen kleinen Zierdolch vom Tisch und schnitt einen schmalen Streifen der durchsichtigen Spitze ab. Vor dem Spiegel über dem Frisiertisch steckte sie den Streifen in den Ausschnitt und zupfte ihn zurecht, so daß er keck zwei Finger breit hervorlugte. Dann rauschte sie an Helen vorbei.

Katherine wollte im Boden versinken, als die Königin sie mit finsterer Miene empfing und den anwesenden Damen befahl, das Gemach zu verlassen. In kurzen Gedankenblitzen dachte Katherine an ihren Tanz mit Leicester, wie er sie durch die Menge geschoben und in den dunklen Alkoven gedrängt hatte. Ihr Magen krampfte sich angstvoll zusammen. »Tretet näher!« befahl die Königin schneidend. Katherine gehorchte.

»Ist aus Euch eine lüsterne Dirne geworden, Mistreß FitzGerald?«

Katherines Augen weiteten sich. »Ich ... verstehe nicht?«

»Reicht Euch die Aufmerksamkeit eines einzigen Mannes nicht?«

Katherine schluckte. »Eure Majestät, ich weiß nicht ...«

»Ich habe Euch gestern mit Lord Robert beobachtet!« Die Augen der Königin loderten vor Zorn.

»Wir ... haben nur getanzt«, stammelte Katherine.

»Aha. Habt Ihr mit ihm den Ballsaal verlassen, um draußen zu tanzen?«

Katherine fand keine Worte. Sie dachte an Leicesters Mund an ihrem Hals, an seine Hand in ihrem Mieder. »Ich will ... seine Nachstellungen nicht, Eure Majestät«, entgegnete sie mit bebender Stimme.

»Nein? Zieht Ihr Sir John Hawke vor – oder Liam O'Neill?«

Katherine war elend zumute. »Ich ... was ...«

»Hat der Pirat Euch letzte Nacht besucht oder nicht?« fragte die Königin streng.

Katherine stockte der Atem. Wie konnte die Königin davon wissen? *Helen.* Helen mußte sie beobachtet haben. Dann hatte ihr Vater also doch recht. Helen war eine Spionin. »Ja«, hauchte Katherine hilflos.

Die Brauen der Königin zogen sich bis zur Stirnmitte hoch. »Ihr gesteht also ein heimliches Treffen mit ihm in Eurer Kammer?«

Katherine nickte.

Blitzschnell schlug ihr die Monarchin den Handrücken übers Gesicht. Katherine zuckte vor Schmerz zusammen. Einer der Ringe der Königin hatte ihr die Wange zerkratzt. Der Gehorsam gegenüber der Königin verbot ihr, ihre brennende Wange zu betasten. »Wie könnt Ihr es wagen, Euch wie eine Hure an Unserem Hof aufzuführen!«

Katherine kämpfte mit den Tränen.

»Eure Mutter würde sich für Euch schämen«, schalt Elisabeth. »Sie hatte wenigstens so viel Stil, sich mit dem Erben eines Herzogtums einzulassen!«

Katherine senkte den Kopf.

»Wollt Ihr heiraten, Mädchen — oder eine Schlampe werden?« Katherine war unfähig zu antworten. »Heraus mit der Sprache!« zeterte die Königin.

Katherine hob den Kopf. »Ich ... will heiraten.«

»Das behauptet auch Ormond«, fuhr die Königin etwas milder fort. »Wir haben Euch aufgenommen, weil Wir Eure Mutter liebten und Wir uns für Euch verantwortlich fühlen. Ormond hat sich dazu entschlossen, sich Eurer Sache anzunehmen. Er hat Uns ersucht, Euch zu verheiraten, obwohl Euer Vater in Ungnade ist. Wir haben darüber nachgedacht, aber jetzt ...«

Katherine stand starr vor Entsetzen. Sie durfte ihre Chance nicht verspielen. »Königliche Hoheit ...«

»Schweigt! Wie sollen Wir einen anständigen Gemahl für Euch finden, wenn Ihr wertlos seid — wenn Ihr nicht einmal mehr Eure Unschuld habt — wenn Ihr das Kind eines anderen tragt?«

Katherine befeuchtete die Lippen. »Ich trage kein Kind.«

»Liam O'Neill ist ein berüchtigter Frauenheld. Sagt mir bloß nicht, er sei impotent!«

»Ich lüge nicht!« rief Katherine händeringend. »Er hat mir die Unschuld nicht genommen. Ich schwöre, bei allem, was mir heilig ist! O Gott, es tut mir leid, es tut mir so leid!«

Die Königin musterte sie verächtlich. »Auf die Knie, und bittet um Verzeihung!«

Katherine gehorchte. »Königliche Hoheit, ich bitte um Verzeihung.«

»Steht auf und trocknet Eure Tränen, Katherine«, gebot ihr die Monarchin ein wenig sanfter.

Katherine stand auf.

»Ihr dürft nicht leichtsinnig sein. Ihr seid sehr schön, und viele Männer machen Euch Avancen. Ihr dürft nicht nachgiebig werden. Nicht einmal einen gutaussehenden

Kerl wie Liam O'Neill dürft Ihr erhören.« Ihr Blick verdunkelte sich.

»Ihr habt recht«, flüsterte Katherine, »ich habe große Fehler begangen.«

»Das Leben bei Hofe scheint Euch nicht zu bekommen«, meinte die Königin sinnend. »Geht auf Eure Kammer und denkt über Euer Verhalten nach. Wir werden unterdessen überlegen, was weiterhin mit Euch geschehen soll.«

Mit diesen Worten war Katherine entlassen. Bestürzt verließ sie die Gemächer der Königin. Draußen waren die Hofdamen der Königin, ihre Ratgeber und auserwählte Edle versammelt, um der Monarchin ihre Aufwartung zu machen. Mit gesenktem Blick bahnte Katherine sich einen Weg durch die Menge. Bis jemand ihren Arm berührte und sie gezwungen war, den Blick zu heben. Sie blickte in Leicesters fragende Augen.

Mit einem leisen, spitzen Schrei riß Katherine sich los und rannte den Korridor entlang.

Ich bin in der Falle, dachte sie verwirrt. Es schien keinen Ausweg aus ihrem Dilemma zu geben, sie war gefangen in einem Spinnennetz heimlicher Intrigen und ehrgeiziger Machtgelüste.

Zum Abendessen durfte Katherine ihre Kammer verlassen. Beim Betreten des Bankettsaals fürchtete sie, der ganze Hof würde wissen, daß sie bei der Königin in Ungnade gefallen war. Doch die Blicke, die sie musterten, waren weder schadenfroh noch höhnisch, sondern nur voller Bedauern. Katherine zögerte, wußte nicht, wo sie Platz nehmen sollte. Dann entdeckte sie Anne Hastings, die ihr zuwinkte.

»Armes Ding!« flüsterte Anne ihr zu, als Katherine sich neben sie setzte. »Macht Euch bitte keine allzu großen Sorgen.«

Anne legte einen Arm um sie. »Ihr seid nicht die erste, auf die Leicester ein Auge geworfen hat und die von der Königin scharf zurechtgewiesen wurde. Sie verteidigt nur den Mann, den sie für sich beansprucht.«

Katherine atmete erleichtert auf. »Anne? Was redet man denn sonst noch über mich?«

Anne bedachte sie mit einem prüfenden Seitenblick. »Nicht viel.« Sie wischte sich den Mund. »Nun ja, ein seltsames Gerücht geht um. Euer Pirat soll das Maskenfest heute nacht besucht haben.«

Katherine gefror das Blut in den Adern.

»Stimmt das?«

»Ich weiß nicht«, murmelte Katherine verlegen.

»Ich glaube es nicht. Ein Mann wie er könnte sich noch so sehr verkleiden, man würde ihn erkennen.« Anne nagte an einem Hühnerbein.

Katherine fiel ein Stein vom Herzen. Wenn das als einziges Gerücht über Liam O'Neill kursierte, war ihr Ruf gerettet. Doch sie wurde sich mit aller Klarheit bewußt, daß sie beinahe ihr Leben ruiniert hätte. Das durfte nie wieder geschehen. Sie war nicht gewillt, ihre Träume und Lebenspläne aufzugeben, ungeachtet dessen, was ihr Vater von ihr verlangte.

Es mußte einen anderen Weg geben, Gerald zu helfen, einen Weg, der nicht erforderte, Leicesters Mätresse oder O'Neills Ehefrau zu werden.

Katherine dachte an den Grafen von Ormond. Allem Anschein nach verwendete sich ihr Halbbruder bei der Königin für sie, einen passenden Heiratskandidaten zu finden. Welche Ironie: Von allen Männern bei Hofe stellte sich der erbittertste Feind ihres Vaters als Katherines zuverlässigster Verbündeter heraus.

»Sie hat gestanden. Sie war letzte Nacht mit Liam O'Neill zusammen.«

Ormond lief rot an. »Ich bringe den Kerl um.«

Die Königin achtete nicht auf ihn. Ihr Blick ruhte auf Leicester, der bei ihren Worten versteinerte. Elisabeth schenkte ihm ein honigsüßes Lächeln. »Ist Euch nicht wohl, lieber Robin?«

In Dudley kam wieder Leben, ein Lächeln breitete sich auf

seinem dunklen, schönen Gesicht aus. »Ein tollkühner Kerl, dieser Pirat, sich uneingeladen in die Kammer einer Hofdame zu schleichen.«

»Vielleicht hat sie ihn eingeladen?« Die Königin ließ Leicester nicht aus den Augen. »Er ist ein sehr attraktiver Mann.«

Leicesters Lächeln schwand. »Ich bezweifle, daß Mistreß FitzGerald irgendeinen Mann zu sich auf die Kammer einlädt.«

»Aha ... Ihr scheint sie gut zu kennen?«

Leicesters Kiefer spannte sich an. »Ich kenne sie nicht gut, und das wißt Ihr. Wir haben nur einmal miteinander getanzt!«

»Und hinterher einen Kuß getauscht?«

Leicesters Augen sprühten Funken. Elisabeth zuckte nicht mit der Wimper, als er an sie herantrat. Aber ihr Puls beschleunigte sich in seiner Nähe. »Ich bin ein Mann, Bess«, knurrte er verhalten. Seine Worte waren nur für sie bestimmt. »Und wenn ich ihr einen Kuß raube, was kümmert's Euch?« Seine Augen leuchteten wie glühende Kohlen. »Ich würde nicht anderswo jagen, wenn Ihr mir gewährtet, was ich begehre.«

Elisabeth erbebte. Sie wünschte, mit ihm allein zu sein. Dudley würde sie stürmisch in die Arme schließen, und wenn sie sich noch so sehr wehrte. Die Frau in ihr fühlte sich geschmeichelt, die Regentin war erzürnt.

Sie wußte nicht genau, was seine glatten Worte wirklich bedeuteten. Sprach er von ihrem Körper, den sie ihm bislang verweigert hatte — oder von ihrem Thron? »Ich werde Euch verwehren, was mir beliebt, Robin«, entgegnete sie kalt.

Leicester blickte sie weiterhin unverwandt an. Elisabeth wurde bang ums Herz. Vielleicht provozierte sie Dudley zu sehr. Dann lächelte sie ihn strahlend an und berührte seine Hand unter der Rüschenmanschette. »Verzeiht, Liebster. Ich neige wie viele Frauen zur Herrschsucht.«

Er entspannte sich. »Laßt mich heute nacht zu Euch kommen, Bess.«

Ihr Blick flackerte unruhig. »Ich brauche Bedenkzeit.«

Er nahm ihre Hand, hinderte sie, ihm den Rücken zuzukehren. »Ich komme, Bess.« Es klang wie eine Drohung.

Elisabeths Herz schlug hämmernd. Seit Wochen hatte sie keinen Abend mit Dudley allein verbracht. Endlich nickte sie und bemerkte das triumphierende Funkeln in seinen Augen.

Elisabeth wandte sich an Ormond. »Ich stimme Euch zu, Tom. Wir müssen einen Ehemann für sie finden.«

Ormonds Gesicht hellte sich auf, während Leicester neben ihr unruhig wurde. In diesem Augenblick trat Cecil vor. »Habt Ihr Eure Meinung geändert, königliche Hoheit?«

»Ja«, entgegnete Elisabeth knapp. Es war nichts Ungewöhnliches. Die Monarchin war dafür bekannt, von einer Sekunde zur nächsten eine gegenteilige Meinung zu vertreten. Elisabeth war gewillt, ihre Pläne — wenn auch nicht alle — ihren engsten Vertrauten mitzuteilen. »Ich habe die Person näher kennengelernt und halte sie für zu naiv, um sich an Umsturzplänen zu beteiligen. Allerdings würde es mich nicht wundern, wenn einer dieser schlauen Füchse, ihr Vater oder O'Neill, sie für ihre Machenschaften benutzen sollten. Deshalb wünsche ich, sie als Figur vom Schachbrett zu nehmen, ehe das Spiel beginnt.«

William Cecil schwieg. Seiner Meinung nach hatte das Spiel längst begonnen. Er hatte vor einigen Tagen seltsame Nachrichten von seinen Spionen erhalten. Die *Sea Dagger* lag in der Dingle Bay nahe Askeaton vor Anker. Diese Bucht wurde auch von dem Papisten FitzMaurice benutzt. Der Pirat war ein ausgesprochen schlauer Bursche. Doch Cecil behielt seine Weisheit für sich. Der Pirat mußte weiterhin freie Hand haben.

Elisabeth setzte ihre Ausführungen fort. »Ich möchte das Mädchen mit einem loyalen Untertan verheiraten«, verkündete sie. »Als verheiratete Frau ist sie für Liam wertlos — und auch für ihren Vater.«

»Habt Ihr einen treuen Untertan im Auge?« fragte Ormond mit grimmiger Zufriedenheit.

Elisabeth nickte. Im Grunde ihres Herzens waren ihre Beweggründe, Katherine zu verheiraten, höchst eigennütziger Natur.

Das Mädchen war zu schön, um bei Hofe zu bleiben, eine ständige Versuchung für Elisabeths Günstlinge. Die Königin duldete nicht, daß Katherine Graf Leicester den Kopf verdrehte, ebensowenig behagte ihr, daß Liam O'Neill offenbar bis über beide Ohren in sie verschossen war. Selbst der liebe, gute Tom schien sich zu ihr hingezogen zu fühlen. Das Mädchen bei Hofe aufzunehmen war ein grober Fehler gewesen.

Elisabeth gefiel der Gedanke, Katherine in einem abgelegenen Landgut in Cornwall zu wissen — mit einer Schar kleiner Kinder am Rockzipfel. Ein Lächeln umspielte die Lippen der Monarchin. Weder Leicester, noch O'Neill, noch der Schwarze Tom würden sie dann noch sonderlich attraktiv finden.

»Ich habe bereits mit dem Bräutigam gesprochen.« Sie strahlte. »John Hawke hatte zwar ehrgeizigere Pläne, als eine bettelarme, katholische Irin zu heiraten, doch ich werde ihr ein florierendes Landgut als Mitgift vermachen.« Elisabeth war die Güte selbst. »Sir John hat sich bereit erklärt. Die Hochzeit findet am 15. April statt, also in sechs Wochen. Nun bleibt mir nur noch, das Mädchen von ihrem Glück zu unterrichten.«

Und Cecil fragte sich, welchen Zug der Pirat als nächsten planen würde.

18. Kapitel

»Katherine!«

Katherine hatte soeben den Speisesaal verlassen und drehte sich um. John Hawke trat auf sie zu. »Kann ich mit Euch sprechen?«

Sie blickte in sein hübsches Gesicht, in seine glänzenden

Augen. »Ihr scheint guter Dinge zu sein, Sir«, schmunzelte sie. »Habt Ihr gute Nachrichten für mich?«

Seine blauen Augen suchten die ihren. »Wir wollen ein wenig in der Galerie spazieren.« Er schob ihre Hand durch seine Armbeuge und lächelte sie rätselhaft an.

»Ihr seid wirklich guter Dinge, Sir. Darf man den Grund erfahren?« fragte Katherine schelmisch.

»Seid Ihr in allen Dingen so neugierig, liebste Katherine?« flüsterte er in vertraulichem Tonfall.

Hawke tat verliebter als sonst, seine Frage klang zweideutig. Katherine wurde argwöhnisch. John hatte sich bisher stets höflich und zuvorkommend ihr gegenüber verhalten, im Gegensatz zu Leicester oder Liam. Sie entzog ihm ihre Hand, als sie die Galerie entlang schlenderten, die fast leer war, da die meisten Höflinge im Bankettsaal dinierten.

»Habe ich Euch gekränkt?« fragte er besorgt.

Sie wandte ihm ihr Gesicht zu. »Ich weiß nicht recht.«

Hawke blieb stehen. »Katherine, es liegt mir fern, Euch zu brüskieren.« Er machte eine Pause. »Ich habe gute Nachrichten.«

»Und die wären?«

Seine Augen senkten sich tief in ihre. »Die Königin wünscht uns zu verheiraten, und ich habe zugestimmt — vorausgesetzt, Ihr wollt mich nehmen.«

Katherine stockte der Atem. Ungebeten schoß ihr das Bild von Liams Gesicht durch den Kopf, und es kostete sie Mühe, es zu vertreiben. Ihre Lider flatterten.

»Ihr seid bleich geworden. Ich dachte, ich bedeute Euch etwas.«

Katherine bemühte sich um Fassung. »Aber gewiß. Es kommt nur so überraschend!«

»Wollt Ihr mich heiraten, Katherine?« fragte Hawke.

Katherine starrte Sir John Hawke immer noch verdattert an. Den Hauptmann der Garde, einen feinen und edlen Herrn. Ihre Träume könnten wahr werden. Ihre Träume von einem gutaussehenden, edlen Gemahl, einem Heim und vielen süßen Kindern. Sie mußte nur ja sagen.

Wieder schoß ihr Liam durch den Kopf. Verwirrt verdrängte sie das ungebetene Bild.

»Wollt Ihr mich nicht heiraten?« fragte John gepreßt.

Katherine ergriff seinen Arm. »Nein! Ja! Ich will Euch heiraten!« Sie befeuchtete die Lippen. »Ja, ich will Euch heiraten, Sir John.«

Er strahlte. Dann legte er seine Hände auf ihre Schultern. Katherine wurde starr. Gleich würde er sie küssen. Seine blauen Augen waren dunkler geworden.

»Ihr seid eine schöne Frau, Katherine, und ich bin sehr glücklich, daß Ihr meine Gemahlin werden wollt«, sagte er mit belegter Stimme. »Seid Ihr schon einmal geküßt worden?«

Katherine errötete. »Ja«, flüsterte sie. Plötzlich stand alles vor ihr, was sie getan hatte. Letzte Nacht war sie geküßt und liebkost worden und ... damit nicht genug. Von einem anderen Mann. Und heute verlobte sie sich. Sie fühlte sich schmutzig und unwürdig, Sir Johns Verlobte zu sein.

Gottlob wußte Sir John nichts — und durfte nie etwas davon erfahren.

»Das stört mich nicht«, entgegnete John Hawke ein wenig verkrampft. »Ihr habt mit Sicherheit eine Menge glühender Verehrer.« Er machte keine Anstalten, sie zu küssen.

Katherine schluckte. Sie würde kein Geständnis ablegen — aber sie wollte auch nicht lügen. Bald würde dieser Mann ihr Gemahl sein, sie durfte ihre Ehe nicht mit Lügen beginnen. »Ich hatte einige Verehrer«, flüsterte sie mit einem dünnen Lächeln. »Ab heute aber werde ich jeden in seine Schranken verweisen, der mir Avancen macht.«

»Niemand wird es wagen, Euch Avancen zu machen, Katherine«, versprach er mit funkelnden Augen. »Ich bin einer der besten Fechter in ganz England. Wir sind verlobt. In sechs Wochen werden wir heiraten. Keiner — auch nicht dieser Pirat — wird es wagen, das zu berühren, was mir gehört.«

Sollten die beiden Männer sich duellieren, wird einer sterben, oder sie bringen sich gegenseitig um, dachte Katherine mit kaltem Grausen. Hawke zog sie an sich und legte seinen Mund auf ihre Lippen.

Sie hielt seine breiten Schultern. Sein Kuß war sanft, zärtlich, nicht fordernd, stellte Katherine erleichtert fest. Doch plötzlich drängten seine Lippen sich zwischen ihre. Katherine war nicht in Stimmung. Sie stöhnte leise, nicht vor Verlangen, sondern in leisem Erschrecken. Er mißverstand sie und drückte sie gegen die Wand. Sie ließ sich von ihm küssen, ohne seine Liebkosung zu erwidern. Sie war sich seiner heißen, geschwollenen Lenden bewußt, durfte ihn nicht von sich stoßen. Er war ihr Verlobter, er sah gut aus, war ein Edelmann, und er war gütig. Doch ihr Körper blieb völlig gleichgültig.

Warum konnte sie für ihn nicht die Leidenschaft empfinden, die sie letzte Nacht für Liam O'Neill empfunden hatte?

Endlich löste er seine Lippen von ihr. Katherine zwang sich, ihm in die Augen zu sehen. Sie würde sich an ihn gewöhnen. Bald würde sie sich nach seiner Umarmung sehnen, wie sie sich letzte Nacht nach Liams Umarmung gesehnt hatte. Einen Moment lang glaubte sie Verwirrung in seinen Augen zu lesen, Verwirrung und Enttäuschung.

Doch dann legte er lächelnd seinen Arm um sie, und Katherine wußte, daß sie ihn mißverstanden hatte.

Die Hochzeit sollte in der St. Pauls Kathedrale in London stattfinden. Die Königin und ihr gesamter Hofstaat würden der Trauung beiwohnen. Danach würden Braut und Bräutigam nach Barby Hall reiten, auf das Landgut, das die Königin Katherine zur Hochzeit geschenkt hatte, dort würden sie die Hochzeitsnacht verbringen. Umgehend wurde mit den Vorbereitungen begonnen. Katherine wurde von der Königin beurlaubt, um sich mit ihrem Verlobten auf das Schloß seiner Vorfahren in Cornwall zu begeben, damit sie seinen Vater kennenlernen konnte.

Katherine war glücklich. Bald würde sie die Gemahlin eines edlen Ritters sein, der im Dienste der Königin eine glänzende Karriere vor sich hatte. Eines Tages würde er vielleicht sogar zum Ritter des Hosenbandordens ernannt oder in den Kronrat aufgenommen werden. Erst vor einem Monat hatte Sir William Cecil die Peerswürde erhalten und war nun neben Lord Burghley Schatzmeister des Königreiches — einer der mächtigsten Männer Englands.

Katherine war glücklich. Mit einem Mal fiel ihr alles in den Schoß, wovon eine Frau träumte. Sie mußte sich nicht länger über räuberische Piraten ärgern, die sich nachts mit sündigen, lüsternen Absichten in ihre Kammer schlichen, über Piraten, die harmlose Handelsschiffe ausplünderten und unschuldige junge Frauen entführten.

Katherine wußte, daß ihr großes Glück beschieden war.

Die Aufforderungen ihres Vaters, ihn aufzusuchen, die seit ihrer Verlobung mit Sir John ständig bei ihr eingingen, hatte sie nicht beachtet.

Sie verdrängte ihr schlechtes Gewissen, ihrem Vater den Gehorsam verweigert zu haben. Zu gegebener Zeit würde sie mit ihrem Gemahl über das Schicksal ihres Vaters sprechen. Sir John stand in hohem Ansehen bei der Herrscherin, ihm würde es mit Sicherheit gelingen, die Rückkehr ihres Vaters nach Irland durchzusetzen.

Das Paar brach umgehend nach Cornwall auf. Katherine kam der eilige Aufbruch sehr gelegen, nicht nur, um Gerald und Eleanor aus dem Weg zu gehen, sondern auch, um Liam auszuweichen, der dreist genug sein könnte, erneut in ihre Kammer einzudringen — diesmal mit katastrophalen Konsequenzen.

Unterdessen wälzte Katherine sich Nacht um Nacht ruhelos in ihren Kissen, nicht in Gedanken an ihren Verlobten, sonderen an den verwegenen Piraten.

Sir Henry Hawke war ein korpulenter, dennoch gutaussehender Mann, der die Ankömmlinge begrüßte, ehe sie aus dem Sattel gestiegen waren. Katherine las in seiner bitteren Miene, daß er über die Wahl seines Sohnes nicht glücklich war. Sie war Irin. Ihr Vater war Gefangener der Königin und in Ungnade. Und außerdem war sie Katholikin.

Sie und John hatten ein kurzes Gespräch über die religiöse

Erziehung ihrer Kinder gehabt. Er war überzeugter Protestant und haßte das Papsttum. Man ließ das Thema fallen, ehe es zu einem Streit kam.

Sir Henry Hawke war von der Braut seines Sohnes nicht begeistert. Er hatte gehofft, sein vielversprechender Sohn würde eine reiche Erbin aus dem Hochadel heimführen. Doch Sir Henry war nicht unhöflich oder unfreundlich zu ihr und begann bald aufzutauen.

Am zweiten Tag ihres Aufenthalts, einem milden, sonnigen Märztag machte das Paar einen Ausritt in die Moorlandschaft.

John erzählte ihr, welche Gäste zu dem Festbankett geladen waren, das sein Vater zu Ehren des Brautpaars gab. Eine Gelegenheit, bei der sie die benachbarten Lords und Ladys kennenlernen würde. Zu Katherines großem Erstaunen stellte sie fest, daß Lord Hixley von Thurlstone Manor ihr unmittelbarer Nachbar war.

»John, meine beste Freundin aus dem Kloster in Frankreich ist Juliet Stratheclyde, die Erbin von Thurlstone und Lord Hixleys Mündel«, rief sie begeistert.

»Stratheclyde starb vor einigen Jahren«, meinte John nachdenklich. »Ja, es gibt eine Tochter. Ich wußte aber nicht, daß sie im Kloster lebte.«

»John! Wollen wir nach Thurlstone reiten und Juliet besuchen? O bitte!«

John lächelte. »Wie schön du bist, Katherine, wenn deine Augen strahlen. Komm, auf nach Thurlstone!«

Sie warteten in der großen Halle, bewunderten die kostbaren Gobelins, die Silbergefäße, die Polstersessel. Juliet machte einen Ausritt und Lord Hixley inspizierte die Minen. Doch der Verwalter schickte Juliet einen Stallburschen entgegen. John und Katherine vertrieben sich die Zeit mit Plaudern.

Und bald hörte Katherine leichte, eilige Schritte. Gleich darauf stürmte Juliet in die Halle, wunderschön anzusehen mit ihren dunklen Locken, rosigen Wangen und glänzenden

Augen. Sie trug ein smaragdgrünes Reitkleid. »Katherine! Katherine!«

Die beiden Mädchen umarmten einander stürmisch. »Du warst immer schon eine Schönheit, doch das rauhe Klima in Cornwall scheint dir ausgezeichnet zu bekommen, Juliet. Du bist noch schöner geworden!«

»Katherine, wie süß von dir. Das Kompliment kann ich nur zurückgeben. Aber wie kommst du hierher?« Juliets Blick wanderte über Katherines Schulter zu Hawke. Ihr Lächeln schwand. Sie blickte ihn unverwandt an.

Katherine schmunzelte, da Juliet die Augen nicht von ihrem gutaussehenden Verlobten wandte. Sie stellte John vor und wurde ein wenig unsicher. Hawke starrte Juliet mit der nämlichen verwunderten Intensität an. Eine merkwürdige Stille legte sich über den Raum — eine Stille voll knisternder Spannung.

Hawke schien wieder zum Leben zu erwachen. Er verbeugte sich förmlich. »Lady Stratheclyde«, murmelte er, »erfreut, Eure Bekanntschaft zu machen.« Sein Blick, der mit Juliets Blick verschmolzen war, wanderte nun über ihre Figur — in unmißverständlich männlicher Bewunderung.

Juliet schien keine Worte zu finden. Unruhig flog ihr Blick zu Katherine und wieder zu John zurück. »Sir John ... ich gratuliere Euch ... Euch und Katherine ... zu Eurem Glück.«

Hawkes Gesichtszüge waren angespannt. Er nickte.

Juliet lächelte gezwungen. »Katherine, ich freue mich so für dich«, begann sie hastig, allerdings etwas schrill. »Wie glücklich du sein mußt! Wann findet die Trauung statt? Und wo? Wie lange bleibst du auf Hawkehurst?«

Katherine warf John einen Seitenblick zu, der den Damen den Rücken zugewandt hatte und einen Gobelin studierte, der Wilhelm den Eroberer bei der Schlacht von Hastings darstellte. »Wir heiraten am fünfzehnten April in London. Und in Hawkehurst bleiben wir nur noch zwei Nächte.«

Juliet machte ein trauriges Gesicht. »Wie schade. Dann sehe ich dich nicht wieder.«

»Kommst du denn nicht zum Bankett, das Johns Vater uns zu Ehren gibt?« fragte Katherine.

»Ich denke nicht«, antwortete Juliet.

»Bist du nicht eingeladen?«

Juliet zögerte. »Doch, doch ... aber mein Onkel hat wohl abgesagt.«

»Und warum?«

Juliet blieb ihr die Antwort schuldig. »Katherine, ich würde dich so gern noch einmal sehen, bevor du abreist.« Katherine nahm ihre Hand. »Machen wir einen Spaziergang?« Sie wandte sich an ihren Verlobten. »John, hast du etwas dagegen, wenn ich mit Juliet ein wenig spazierengehe?«

Erst jetzt drehte er sich wieder um. Sein Blick glitt zu Juliet, blieb auf ihrem feinen, herzförmigen Gesicht haften. »Katherine, wir dürfen uns nicht verspäten. Wir haben Gäste zum Abendessen.«

»Ich weiß, nur ein paar Minuten. Bitte.«

Er nickte. »Bleib nicht zu lange!«

Juliet nahm Katherines Hand und warf Hawke einen dankbaren Blick zu. Die beiden Mädchen eilten in den Garten. Unter einem Kirschbaum blieben sie stehen. »Juliet, bedrückt dich etwas?«

Juliet machte ein unglückliches Gesicht. »Ich beneide dich«, flüsterte sie, »einen Mann wie Sir John zu heiraten.«

Katherine erwartete beinahe, daß Juliet ihr gestand, sie habe sich in John Hawke verliebt.

»Mein Onkel will mich an meinem sechzehnten Geburtstag verloben, in acht Wochen. Er hat die Liste der Heiratskandidaten auf drei zusammengestrichen. Lord Carey ist dreimal so alt als ich, zweimal verwitwet und hat sechs Kinder. Ralph Benston ist ein schlaksiger, pickeliger *Junge,* der seine Hände nicht von mir lassen kann. Und der dritte, Simon Hunt, ist zwar freundlich, aber unglaublich fett. Ich hasse sie alle drei!« rief Juliet.

»Ach Juliet«, seufzte Katherine, teils erleichtert, teils aus aufrichtigem Mitleid mit Juliet, sie wußte nicht, wie sie die Freundin trösten konnte. Eine Dame von Stand heiratete nicht aus Liebe; wichtig war, daß sie eine gute Partie machte. »Kannst du Hixley nicht bitten, dir einen Gemahl auszusuchen, mit dem du einverstanden bist?«

»Unmöglich!« antwortete Juliet bitter. »Meine Gefühle kümmern ihn nicht. Ihm wäre Lord Carey am liebsten, der mir schauerliche Angst einjagt. Ich weiß nicht, was ich tun soll. Wie kann ich einen völlig Fremden heiraten, der nur Thurlstone besitzen will? Mit dem ich mein ganzes Leben verbringen muß?«

Katherine nahm ihre Hand. »Du bist so schön, Juliet. Ich bin sicher, daß die drei Männer dich mindestens ebenso begehren wie Thurlstone.«

Juliet errötete. »Welch entsetzlicher Gedanke! Könntest du mit einem Mann, den du nicht liebst, das Bett teilen? Dich von ihm berühren und küssen lassen?« Sie schüttelte sich angeekelt.

Katherine dachte an Liam O'Neill. Schuldgefühle beschlichen sie. Sie wurde einer Antwort enthoben, denn Juliet fuhr bitter fort: »Aber du hast dieses Problem nicht. Du heiratest einen gutaussehenden Edelmann. Wie sehr ich dich beneide, Katherine.« Sie wandte errötend den Blick ab. »Du mußt sehr glücklich sein«, flüsterte sie.

»Ja, ich *bin* glücklich«, entgegnete Katherine beschämt.

Kurz darauf verabschiedeten sich die Verlobten, und Juliet winkte ihnen lange nach. Katherine winkte zurück. Hawke hielt den Blick nach vorne gerichtet, drehte sich nicht einmal um. Irgendwie machte er einen verstörten Eindruck auf Katherine.

Ich irre mich, dachte sie bedrückt. *Zwischen den beiden hat nicht plötzlich ein Blitz eingeschlagen. Juliet findet ihn attraktiv, wie jede Frau. Aber ich werde seine Gemahlin sein. Er findet sie hübsch — mich aber liebt er.*

Um die Sache noch schlimmer zu machen, drängte Liam O'Neill sich wieder einmal in ihre Gedanken und lächelte ihr spöttisch zu.

19. Kapitel

Gerald saß alleine in der düsteren Halle von St. Leger House und grübelte über seine Tochter nach.

Sie hatte sich ihm widersetzt, ihn im Stich gelassen. Geralds letzte, verzweifelte Hoffnung war geschwunden. Die Königin hatte Katherine mit einem Engländer verlobt, einen loyalen Untertan der Krone, Sir John Hawke, Hauptmann ihrer Garde. Begriff denn Katherine nicht, daß jeder Tag, den ihr Vater im Exil in Southwark zubrachte, ihn seinem schmachvollen Tod näherbrachte? So konnte er nicht weiterleben, verarmt, machtlos, unter Hausarrest. Wie konnte sie ihm das antun?

Katherine war ebenso eigensinnig wie ihre Mutter. Und plötzlich überkam Gerald eine starke Sehnsucht nach seiner ersten Gemahlin, Joan. Sie war sechsunddreißig und er sechzehn, als sie sich kennengelernt hatten, und ihre Leidenschaft war grenzenlos. Joan war immer noch eine atemberaubende Schönheit, weitaus reizvoller als jedes junge Mädchen. Und im Bett … Gerald seufzte. Sie kannte Tricks, von denen er nicht einmal geträumt hätte. Ihre Leidenschaft war ebenso stark wie ihr Wille.

Und sie hielt ihm unverbrüchlich die Treue, ungeachtet der Tatsache, daß ihr Sohn, der Graf von Ormond, und Gerald erbitterte Feinde waren. Joan hatte ihren Gemahl *nie* betrogen. Sie war ihm treu bis in den Tod.

Der Gedanke, daß sie alleine in Askeaton gestorben war, erfüllte Gerald bis heute mit tiefem Gram.

»Gerald? Warum sitzt du im Dunkeln?« fragte seine Frau, die geräuschvoll die Halle betrat und Kerzen anzündete, bis ein düsterer Schein die karg eingerichtete Halle beleuchtete. In mancher Beziehung erinnerte ihn Eleanor an Joan. Sie war schön und klug — und eigensinnig war sie auch. »Ich denke nach«, antwortete er mürrisch.

»Du kannst nichts dagegen tun«, brummte sie, als errate sie seine Gedanken. »Du solltest deine treulose Tochter enterben!«

Gerald würde Katie niemals etwas Böses antun. Sie war ungehorsam und verdiente eine Zurechtweisung, aber sie war seine einzige Tochter, sein einziges Kind mit Joan. »Sie enterben?« lachte er bitter. »Mir gehört nichts — wie kann ich sie enterben?«

»John Hawke und sie sind heute nach London zurückgekehrt. Wenn du nicht mit ihr sprichst, tu ich es.« Eleanors Augen blitzten.

Gerald warf ihr einen prüfenden Blick zu. »Ich will keine Unstimmigkeiten zwischen euch beiden«, mahnte er. »Noch ist nicht alles verloren. Nicht, bevor die Kirchenglocken läuten.«

Eleanor blinzelte ihn verständnislos an. »Woran denkst du, mein Gemahl?«

Gerald lächelte. »Bring mir Schreibzeug, Liebste. Und wir brauchen einen Boten, auf den absoluter Verlaß ist.«

Eleanor kam mit Federkiel, Tintenfaß und Pergament wieder. Ihre Augen flackerten neugierig. »Was hast du vor, Liebster?«

Gerald dachte einen Augenblick nach, dann begann er zu schreiben. »Ich kenne die Männer. Ich informiere den Piraten über die Geschehnisse. Wenn einer klug — und tollkühn genug — ist, um die Ereignisse aufzuhalten, dann ist es Liam O'Neill«, lächelte er. »Ich denke, die Zeit dürfte gerade noch ausreichen, um ihn ausfindig zu machen — und ihm Gelegenheit zu geben, die Dinge wieder ins Lot zu bringen.

Earic Island im Atlantischen Ozean

Der Winter fegte noch einmal mit eisiger Kälte und heulendem Sturmgebraus über die kahle Insel. Nur im Süden des felsigen Eilands trotzte ein Fichtenwald den Naturgewalten. Die Küste war ein schmaler Sandstreifen mit verstreuten Felsbrocken, von dem senkrechte Klippen anstiegen. Die Wogen brachen sich auch im Sommer tosend gegen das Felsgestein. An der Nordseite der Insel schnitt eine tiefe, schmale Hafenbucht ins Land, die an beiden Seiten von Wehrtürmen und starken Geschützen bewacht war. In der Bucht lagen neben der *Sea Dagger* weitere Schiffe O'Neills vor Anker, alle mit schlanken Rümpfen, für Schnelligkeit und Wendigkeit in Seegefechten gebaut.

In die Rundung der Bucht schmiegte sich ein Dorf, in dem die Seeleute und Schiffsbauer lebten und arbeiteten. Manche hatten Frau und Kinder mitgebracht. Es gab einen Schmied, Metzger, Bäcker, Müller, Zimmermann und Kaufmann und mehrere Bierschänken.

Vom Dorf wand sich ein schmaler Pfad die schroffen Felsen zu Liams Festung hinauf. Oben auf der abgeflachten Granitplattform thronte eine mittelalterliche Burg. Eine Zugbrücke spannte sich über eine tiefe Schlucht. Das Vorwerk war mit schweren Fallgittern versehen, der Innenhof von hohen Steinmauern umgeben. Viereckige Wachttürme mit schmalen Mauerschlitzen beherrschten die vier Ecken der Wehrburg. Im Hof stand ein dreistöckiger Wohnturm mit der großen Halle und mehreren Kammern in den Stockwerken darüber. In früheren Zeiten mochte die Festung einem vertriebenen Lord oder einem Piraten als Unterschlupf gedient haben. Vor kurzem war an dem quadratischen Turm ein großes Herrenhaus aus Ziegel angebaut worden, mit Fenstern aus Glas statt Tierhäuten vor den Öffnungen wie im alten Bau. Das Herrenhaus hatte ein Schindeldach und fünf hohe Kamine.

Liam hatte das Haus erbaut, um der Düsternis des alten, gespenstischen Turmbaus zu entfliehen. Er glaubte zwar nicht an Gespenster, dachte aber, ein neues, helles Haus würde ihn von den Gefühlen der Einsamkeit befreien, die ihn beschlichen, wenn er sich auf der Insel aufhielt. Doch das prachtvolle Haus mit seinen polierten, kunstvoll geschnitzten Wandtäfelungen und luxuriösen Polstermöbeln vermochte ihn nicht zu ermuntern. Er hatte es aufgegeben, in dem neuen Haus zu leben, da er sich dort noch einsamer fühlte als in den alten, kalten Steinmauern.

Liam saß allein an einem schweren, alten Eichentisch. Macgregor, auf einem Hocker neben dem mannshohen Kamin, spielte eine leise Melodie auf dem Dudelsack. Guy kauerte zu seinen Füßen und lauschte der Musik; der Feuerschein spiegelte sich in seinem Kindergesicht. Liam fand keine innere Ruhe. Die Tage verstrichen träge, eintönig und leer.

Zum wiederholten Mal entfaltete er den Brief seiner Mutter, der vor zwei Wochen datiert war. Jedesmal, wenn er englischen Boden betrat, besuchte er Mary Stanley, doch letztes Mal hatte sich keine Gelegenheit gefunden.

»*Mein lieber Sohn Liam*«, schrieb sie, »*ich denke viel an Dich und hoffe Dich wohlauf. Möge Gott seine schützende Hand über Dich halten. Ich könnte es nicht ertragen, wenn Dir etwas zustoßen würde.*

Der letzte Klatsch über Dich bereitet mir Sorgen. Wie konntest Du Lady Katherine FitzGerald entführen?

Liebster Liam, ich weiß, daß Du Deinem Vater Shane nicht gleichst, daß du niemals grausam sein könntest wie er. Katherine soll ihrer Mutter, der Herzogin von Ormond und späteren Gräfin von Desmond, sehr ähnlich sein. Ich erinnere mich gut an Joan. Sie war eine große Schönheit, klug und willensstark. Wenn ihre Tochter ihr gleicht, befürchte ich große Spannungen zwischen Dir und ihr. Lieber Liam, ich bitte Dich, das Mädchen mit Zurückhaltung und Höflichkeit zu behandeln. Ihr persönlicher Wert überwiegt bei weitem ihren politischen Wert.

Vergiß bitte nicht, daß Joan immer gut zu uns beiden war, als Du noch ein Kind warst. Von allen Menschen, die ich in jenen traurigen und zugleich glücklichen Tagen (da Du mein einziges Glück warst) kennenlernte, gehörte sie zu den wenigen, die nicht grausam zu mir waren. Ich weiß, daß Du ihrer Tochter kein Leid antust. Und ich habe Verständnis dafür, daß Du Gefallen an ihr findest. Ich flehe Dich aber an, sei behutsam mit ihr, wenn Du ihre Zuneigung gewinnen willst.

Hoffnung erfüllt mich neben meiner Liebe zu Dir ...«

Liam hatte den Brief an die zehn Mal gelesen. Er gehörte nicht zu den Menschen, die mit Bedauern auf ihr Leben zurückblicken; nur Narren grübeln über Dinge nach, die nicht zu ändern sind. Seine Mutter verurteilte ihn zwar nicht, weil er ein Pirat war, doch Liam wußte, daß sie sich insgeheim wünschte, eines Tages könne aus ihm ein ehrbarer Engländer werden. Er war weder Ire noch Engländer und zu einem Leben auf See verurteilt. Seine Mutter wußte das ebenso wie er.

Liam faltete den Brief sorgsam, legte ihn in eine hübsche Kassette und verschloß sie mit einem zierlichen Schlüssel, den er am Gürtel trug. Dann stellte er die Kassette in den Eichenschrank.

Liam wanderte ruhelos auf und ab. Bislang war er mit der Einsamkeit des Lebens auf der Insel fertig geworden. Doch jetzt ... jetzt verfolgte ihn das Bild der feuerroten Verführerin, wo er ging und stand. Sogar seine Mutter schrieb von ihr.

Katherine hatte seinen Heiratsantrag entrüstet abgelehnt. Eine Woge aus Zorn und Demütigung wallte in Liam hoch. Sein Stolz hatte ihm verboten, sie erneut zu bitten, ihre Entscheidung noch einmal zu überdenken.

Liam starrte ins Feuer, die Fäuste geballt. Katherine war bei Hofe gut untergebracht. Das Spiel hatte begonnen, und das Ende war noch nicht abzusehen. Liam überlegte, ob er Katherine gegen ihren Willen zur Frau nehmen sollte. Auf keinen Fall konnte er sie einem anderen Mann überlassen. Sein lauter Fluch hallte unheilvoll von den kahlen Steinmauern wider.

Macgregor hatte aufgehört zu spielen. Er und der Junge blickten ihn besorgt an. Liam warf dem Burschen ein schiefes Lächeln zu. Guy stand auf. »Kapitän, braucht Ihr etwas?« Sein ängstlicher Blick suchte Liams Augen.

Ich brauche diese rothaarige, leidenschaftliche Frau! dachte Liam zähneknirschend.

»Nein, Guy.«

Guy blieb unschlüssig stehen.

»Setz dich und hör Macgregor zu.« Guy hockte sich wieder hin.

»Da kommt jemand«, sagte Macgregor.

Auch Liam hörte das entfernte Läuten der Glocke vom Wachtturm. Kurz darauf trat einer seiner Männer mit von der Kälte gerötetem Gesicht ein, hinter ihm ein dick vermummter Fremder. »Kapitän, ein Bote.«

Liam beobachtete den Fremden scharf, der seine Kapuze abnahm und die Handschuhe auszog. Er mußte mit dem monatlichen Versorgungsschiff gekommen sein. Liam bedeutete ihm mit einem Kopfnicken, Platz zu nehmen.

Kurz darauf erschien ein Diener mit heißem, gewürzten Wein und einem Imbiß. »Jack, wärme dich in der Küche auf und iß etwas Warmes«, sagte Liam zu seinem Wachtposten, der sich das nicht zweimal sagen ließ und in die Küche eilte.

Liam setzte sich dem Boten gegenüber. Macgregor fing wieder leise an zu spielen.

»Wer schickt Euch?« fragte Liam leise.

»Gerald FitzGerald.«

Liam straffte die Schultern. Der Mann holte ein versiegeltes Pergament unter dem Umhang hervor. Liam trat damit ans Feuer. Beim Lesen weiteten sich seine Augen, sein Gesicht wurde kalkweiß.

Katherine FitzGerald hatte sich mit Sir John Hawke verlobt. Die Hochzeit sollte am fünfzehnten April in der St. Pauls Kathedrale stattfinden. Die Königin hatte ihr als Mitgift ein Gut in Kent geschenkt.

Liam kochte vor Wut. »Was ist heute für ein gottverdammter Tag?« brüllte er.

Macgregor legte den Dudelsack beiseite. »Der dreizehnte März«, antwortete er.

Liam stand zornbebend da. Doch als er sprach, war seine Stimme eiskalt. »Wir brechen nach London auf«, verkündete er tonlos. Seine Stimme verriet nicht, daß das wilde Tier in ihm ausgebrochen war. »Auf der Stelle!«

Doch der Schneesturm vereitelte die Abfahrt. Zwölf lange Tage.

London, 15. April 1571

Die mächtigen Glocken der St. Pauls Kathedrale läuteten, ihr voller Klang schwang über die Stadt London hinweg. Auf der Straße vor der Kathedrale drängten sich Kutschen, Karossen und Pferde der Hochzeitsgäste. Berittene Soldaten patrouillierten und sorgten für Ordnung. Hunderte schaulustiger Bürger säumten die Straße. Die Hochzeit eines Paares aus dem Hochadel war ein großes Ereignis, und alle wollten das Brautpaar sehen.

Endlich erschienen die Frischvermählten. Die Menge reckte die Hälse, Frauen gerieten in Verzückung. Sir John Hawke trug seine rotgoldene Paradeuniform, sein prächtiges Zeremonienschwert, hohe, glänzende, schwarze Stiefel und einen schwarzen Federhut. Ein ehrfurchtsvolles Raunen flog durch die gaffende Menge. Die Braut war von märchenhafter Schönheit.

Sie trug ein perlenbesticktes weißes Samtkleid und eine gleichfalls perlenbestickte Haube mit einem durchsichtigen Schleier.

Die Menge jubelte dem Paar zu, warf Samenkörner und wünschte den Vermählten Glück und reichen Kindersegen. Erst als die beiden in die wartende, von zwei Apfelschimmeln gezogene Karosse gestiegen waren, fiel einigen der Zuschauer auf, daß weder die Braut noch der Bäutigam gelächelt hatte. Und das erschien den Zuschauern doch irgendwie eigenartig.

Die Flammen prasselten in dem hohen Granitkamin und verbreiteten eine wohlige Wärme in dem holzgetäfelten Schlafgemach von Barby Hall. Frisches, duftendes Binsenstroh war auf den Eichendielen verstreut. In der Mitte stand ein breites Himmelbett. Die blauen Samtdecken und Pelze waren zurückgeschlagen.

Katherines Herz schlug wild. Die Erschöpfung nach der Trauungszeremonie und dem anschließenden Hochzeitsfest im Richmond Palast war verflogen. Sie war nervös. Nun war sie John Hawkes Gemahlin. Katherine schloß die Augen und ließ sich von Helen aus dem schweren Obergewand und dem Reifrock helfen.

Sie dachte an ihren Vater, der statt einer Gratulation einen Brief mit bitteren Vorwürfen geschickt hatte. Und wieder schlich ungebeten der Pirat in ihre Gedanken. Selbst am Abend ihrer Hochzeit mußte sie an seine heißen Küsse denken, die sie mit tiefer Beschämung erfüllten.

Ihr Herz schlug wie eine Trommel. *Was hatte sie getan?* Auch dieser Gedanke beschlich sie ungebeten. Für Zweifel und Selbstvorwürfe war es nun zu spät. Und außerdem war sie beinahe sicher, John Hawke zu lieben. Ja, sie war glücklich. Sie hatte alles erreicht, wovon sie je geträumt hatte.

Katherine holte tief Atem und trat an den Kamin, um ihre kalten Hände zu wärmen. Sie war verheiratet. Sie würde ihren Gemahl mit offenen Armen in ihrer Hochzeitsnacht empfangen.

Helen hatte Katherines wilde, rote Haarmähne gelöst, die ihr bis zu den Hüften floß. »Wie schön Ihr seid, Mistreß. Sir John wird sehr verliebt sein.«

Katherine dachte an John, der sie den ganzen Tag nicht ein einziges Mal angelächelt hatte. Seltsam, war auch er nervös? Zweifelte er? Plötzlich mußte sie an Juliet denken, die bald einen Fremden heiraten würde. Juliet hatte mit ihrem Onkel an der Hochzeit teilgenommen, und Katherine war der Blick nicht entgangen, mit dem sie John angesehen hatte. Und plötzlich schoß ihr ein absurder Gedanke durch den Kopf: Juliet sollte an ihrer Stelle sein, Juliet sollte als Braut John Hawke in ihrer Hochzeitsnacht erwarten.

Katherine durchrieselte ein Schauer. *Es wird alles gut werden,* redete sie sich ein. Kalter Schweiß bildete sich auf ihren Handflächen. *Wenn wir die Nacht verbracht haben.*

Helen zog sich zurück. Katherine war allein. Sie fröstelte in ihrem hauchdünnen, spitzenbesetzten Nachthemd aus elfenbeinfarbener Seide, die jede Rundung ihres schlanken Körpers ahnen ließ. Katherine wünschte, sie hätte ein weniger verführerisches Nachthemd gewählt.

Sie hörte schwere Schritte auf der Treppe. Johns Familie, seine engsten Freunde und Gefolgsleute hatten das Paar nach Barby Hall begleitet. Katherine stand reglos, den Blick starr auf die Tür gerichtet. Sie hörte die lallenden Stimmen von Johns angetrunkenen Freunden, die ihm wohlgemeinte und ziemlich obszöne Ratschläge für die Hochzeitsnacht gaben. Am liebsten hätte sie sich ins Bett verkrochen, wußte aber, daß sie standhaft bleiben mußte.

Die Tür wurde aufgerissen. John stand auf der Schwelle. Hinter ihm eine Schar junger Männer mit roten, verschwitzten Gesichtern und lüsternen Blicken, die zotige Bemerkungen machten und dreckig lachten. Katherine erbleichte, schlang schützend die Arme um sich. Johns Augen weiteten sich bei ihrem Anblick. Dann drehte er sich um, fluchte gotteslästerlich und schlug seinen geilen Freunden die Tür vor der Nase zu.

Dann sah er sie unverwandt an. Er trug nur Hose und Hemd. Seine Augen funkelten lüstern; ein Blick, den Katherine nur zu gut kannte. Sie errötete. John starrte sie immer noch unverwandt an. Katherine lächelte zaghaft und ließ die Arme sinken. Sein Blick wanderte über ihre Brüste und tiefer zu dem pelzigen Dreieck zwischen ihren Schenkeln. Ein wilder Gedanke durchzuckte sie. Heute nacht durfte er nicht an Juliet denken. Katherine erschrak über sich selbst.

»John«, begann sie zaghaft, »möchtest du einen Kelch Wein?«

Bevor er antworten konnte, brach unten ein ohrenbetäubender Krach los. John erbleichte. Eine Männerstimme schrie. Gleich darauf ertönte Waffengeklirr, wild und gewalttätig.

Der Gefechtslärm kam näher, schwere Männerstiefel polterten die Treppe herauf.

John wirbelte fluchend herum. Er war nur halb bekleidet und unbewaffnet. Er riß die Tür auf.

Katherine stand wie versteinert.

Liam O'Neill stürmte in das Gemach.

Seine Degenklinge war blutverschmiert. Sein Blick flog zu Katherine. Eine Sekunde später bohrte sich die Stahlspitze in Johns Kehle. John wich zur Wand zurück. Katherine schlug die Hände vor den Mund. Liam bedachte sie mit einem wilden Lächeln.

»Anscheinend komm ich noch zur rechten Zeit«, preßte er zähnefletschend hervor.

Katherine rang nach Luft.

»Dafür bringe ich Euch um«, schrie Hawke.

»Wie denn?« lachte Liam. »Eure Gefolgsleute sind ein Haufen Hampelmänner. Sie sind bereits außer Gefecht gesetzt und gefesselt. Euren Degen habe ich eigenhändig zerbrochen. Wenn Ihr allerdings sterben wollt, nur zu! Ich schicke Euch mit Freuden zur Hölle.«

John knurrte und versuchte, sich der Degenspitze zu entziehen. Ein blutiges Rinnsal sickerte in seinen Hemdkragen.

»Nein!« schrie Katherine und wollte sich zwischen die Rivalen werfen.

»Nimm sie, Mac«, befahl Liam ungerührt.

Katherine wurde sich jetzt erst der Gegenwart des Schotten bewußt, der sie mit Bärenpranken packte.

Weitere Männer stürmten herein. Liam gab knappe Befehle. Man riß John die Arme brutal nach hinten und fesselte sie mit Eisenringen. Liam steckte den Degen in die Scheide und warf John unsanft aufs Bett. Einer der Eindringlinge legte ihm weitere Eisenringe um einen Fußknöchel und kettete ihn an den Bettpfosten.

Hawke keuchte schwer. »Damit kommt Ihr nicht durch.«

Der Überfall schien Liam sichtliches Vergnügen zu bereiten. Doch nun schwand sein Lächeln, seine Augen schossen Blitze. »Heute nehme ich ihr die Unschuld, wie ich es schon vor einem Monat in Whitehall hätte tun müssen.«

Hawke bäumte sich gegen die Eisenfesseln auf. »Euer Todesurteil ist besiegelt. Ich verfolge Euch und bringe Euch um. Ihr seid ein toter Mann.«

»Sie gehört mir. Sie hat immer mir gehört.« Liam wandte sich ab.

Katherine versuchte blindlings zu fliehen. Ein sinnloser und törichter Versuch, da O'Neills Männer die Tür blockierten. Katherine versuchte sich schreiend zwischen den bärenstarken Kerlen durchzudrängen, die wie eine lebende Mauer dastanden.

Liam packte Katherine von hinten an den Haaren. Sie schrie vor Schmerz und stand reglos, keuchend wie ein wildes Pferd, jede Faser angespannt. Liam wickelte ihr Haar langsam um seine Faust. Als sein Gesicht ihrem ganz nah war, lächelte er kalt.

Katherine begriff seine Absicht. Sie verharrte reglos, starrte ihn mit aufgerissenen Augen an.

Plötzlich ließ er ihr Haar los, warf sie über die Schulter und verließ mit langen Schritten den Raum. Katherine strampelte mit Händen und Füßen. Er schlug ihr mit der flachen Hand auf den Hintern. Sie hörte auf, sich zu wehren. Tränen stiegen ihr in die Augen. Sie hob den Kopf und begegnete John Hawkes zornigem Blick ein letztes Mal. Sie sah, daß er nicht nur wütend auf Liam war, er war auch halb wahnsinnig vor Sorge um sie.

Liam rannte polternd die Treppe hinunter und aus dem Haus, Katherine wurde grob auf seiner Schulter auf und ab geworfen. Dann stellte er sie unsanft auf die Füße. Ein Umhang wurde ihr über die Schultern gelegt. Er stopfte ihr einen Knebel in den Mund und hob sie auf einen mächtigen, unruhig tänzelnden, grauen Hengst. Eine Sekunde später schwang er sich hinter sie in den Sattel, legte den Arm um sie wie ein stählerndes Band und galoppierte los.

»Ich habe dir versprochen«, raunte er heiser in ihr Ohr, »ich hole dich, wenn die Zeit reif ist.«

Katherine blickte starr vor sich hin, ihre Augen schwammen in Tränen. Wilde, verzweifelte Wut kochte in ihr.

II.
DIE BRAUT

20. Kapitel

Katherine hielt sich krampfhaft am Sattelknauf fest, als Liam in halsbrecherischem Galopp durch die Nacht jagte. Sein Arm umklammerte sie mit eisernem Griff. So donnerten sie die dunkle Straße entlang, dem Meer zu, gefolgt von seinen Männern. Die Nacht war schwarz, kalt und mondlos. Das mächtige Pferd raste dennoch in gestrecktem Galopp dahin, den Kopf vorgereckt, die Ohren angelegt, wild schnaubend. Liam trieb den Hengst zu noch größerer Eile an. Katherine versuchte in dem schwarzen Nichts etwas zu sehen, nahm aber nur dunkle Schatten wahr, die an ihr vorbeihuschten.

Die Lähmung des Schocks fiel allmählich von ihr ab. Wut kochte in ihren Adern wie brodelnde Lava, der Knebel hinderte sie am Schreien.

Plötzlich lenkte Liam das Pferd von der Straße ab. Katherine entfuhr ein erstickter Schrei, als sie bemerkte, daß er das Pferd zwang, einen steilen, schmalen Felsenpfad hinunterzusteigen. Katherines Hände klammerten sich fester um den Sattelknauf. Sie würden sich mit Sicherheit den Hals brechen. Das Pferd schlitterte mit eingeknickten Hinterläufen den Steilhang hinunter. Tief unten konnte Katherine das Tosen der Brandung hören.

Das Pferd rutschte, schlitterte, stolperte den mörderischen Pfad nach unten. Liam trieb das Tier an. Katherine liefen die Tränen haltlos übers Gesicht. Endlich hatte das Tier sandigen Boden unten den Hufen und hüpfte vor Erleichterung. Einen Moment später war Liam aus dem Sattel gesprungen und zog Katherine vom Pferd. Auch die anderen Reiter hielten an. Katherine taumelte vor Erschöpfung. Liam fing sie auf.

Zornentbrannt schlug sie ihm mit beiden Fäusten ins Gesicht. Doch Liam packte ungerührt ihre beiden Handgelenke und hielt sie fest. Er gab seinen Männern geflüsterte Befehle. Katherines Tränen flossen unaufhaltsam. Der Schurke hatte es gewagt, sie in ihrer Hochzeitsnacht zu entführen.

Männer näherten sich. Wie Gespenster tauchten sie aus dem Meer auf, zogen die Boote wie unförmige Schatten hinter sich her.

Katherine verlor jeden Mut. Sie glaubte, die riesigen Segel der *Sea Dagger* am Horizont zu erkennen, deren Segel wie Silberschwingen gegen den Nachthimmel schlugen. Es gab keine Flucht für sie. Bald hatte der Pirat sie auf sein Schiff geschleppt, und Gott allein wußte, ob er sie je wieder freigab.

Und dann wäre alles zu spät.

Liam hob sie hoch. Katherine versuchte, ihn wegzustoßen, warf gehetzte Blicke über die Schulter nach etwaiger Rettung, flehte zu Gott, John möge auf wunderbare Weise oben an den Klippen auftauchen. Doch nichts bewegte sich dort oben. Nur ein paar Bäume schwankten im Wind. Dann wurde sie in das Ruderboot gehoben.

Sie durfte nicht aufgeben. Als Liam sich ins Boot schwang, sprang Katherine auf, in einem letzten verzweifelten Fluchtversuch, blitzschnell und in tödlicher Entschlossenheit. Sie hing bereits halb über dem Bootsrand, bevor Liam ihre Absicht durchschaute und ihr nachsetzte. Das eiskalte Wasser raubte ihr den Atem, als sie in die Brandung sprang. Verzweifelt versuchte sie, an Land zu waten. Liam griff nach ihr, bekam aber nur ihren Umhang zu fassen. Katherine rannte weiter, achtete nicht auf ihre Nacktheit, nicht auf die bittere Kälte.

Sie zerrte an ihrem Knebel, dessen Knoten zu fest gebunden war, um ihn zu lösen. Dann hörte sie Liams klatschende Schritte hinter sich im Wasser, sein Keuchen, näher und näher. Katherine warf einen entsetzten Blick über die Schulter. Sein Gesichtsausdruck sagte ihr, daß ihr Schicksal besiegelt war. Doch die grauenvolle Erkenntnis spornte sie nur noch mehr an, um ihr Leben zu rennen. Liam packte ihr Handgelenk und riß sie nach hinten. Katherine sackte gegen ihn, schlug wild um sich, dann verloren beide das Gleichgewicht und stürzten in die eiskalte Brandung.

Einen Augenblick lang war sie frei. Sie raffte sich auf, rannte los, doch in der nächsten Sekunde hatte Liam von hinten die Arme um sie geschlungen und sie sich erneut über die Schulter geworfen. Wie von Sinnen bearbeitete sie seinen Rücken mit Faustschlägen. »Du kannst nirgendwo hinlaufen, Katherine«, knurrte er und watete zum Boot zurück, das in der Brandung schaukelte. »Jetzt gehörst du mir.«

Katherine war von blindem, tödlichen Haß erfüllt.

Das Ruderboot kam längsseits des Piratenschiffs. Katherine saß schlotternd auf der schmalen Bank, den Wollumhang eng um ihren eiskalten Körper gewickelt. Den Knebel hatte Liam entfernt. Er stand vor ihr und langte nach der Strickleiter. Dann streckte er ihr die Hand entgegen.

In Katherines Augen stand Mord. Sie weigerte sich, seine Hand zu nehmen. Sie würde sich ihm widersetzen, und wenn es ihren Tod bedeutete. Sie blickte in die schwarzen Fluten. Sollte sie den Sprung wagen?

Die See würde das Ende all ihrer Träume bedeuten. Aber damit würde sie auch Liam O'Neill für immer entkommen.

Fluchend zog er sie auf die Füße. »Närrin!« knirschte er und schwang sie ein drittes Mal über die Schulter.

»Laßt mich los!« schrie sie gellend und bäumte sich gegen ihn auf.

»Wenn du weiter strampelst, werden wir beide naß, aber sterben wirst du nicht, Katherine«, entgegnete er seelenruhig.

Sie hörte auf, um sich zu schlagen. Liam kletterte behende die Strickleiter hinauf. Katherine hing mit dem Gesicht nach unten und blickte in das unheilvolle schwarze Wasser, das ihr beängstigend nah schien. Unwillkürlich krallte sie sich an seinem Rücken fest. Oben angelangt, nahm einer der Seeleute dem Kapitän die Last von der Schulter und stellte Katherine auf die Füße. Sie begann wieder zu atmen.

Liam hatte sich über die Reling geschwungen und ergriff ihren Arm. Vergeblich versuchte sie sich loszureißen. Er schob sie vor sich her, den engen Gang hinunter in seine Kabine.

Katherine stand schwer atmend in der Mitte des Raums, während Liam eine Kerze nach der anderen entzündete. Dann trat er auf sie zu und streckte die Hand nach ihrem tropfnassen Umhang aus. Katherine wich zurück. Ihre Augen schossen wilde Blitze. »Fahrt zur Hölle!«

Er verschränkte die Arme und betrachtete sie gelassen.

»Ihr habt mein Leben zerstört!« schrie Katherine gellend.

Ein schiefes Lächeln umspielte seine Lippen. »Du wirst dich bald von dem Schock erholt haben, das verspreche ich dir!«

Katherine hüllte sich fester in den nassen Umhang. Ihre Wut heizte ihr ein, sie fror nicht mehr. »Wollt Ihr mich wieder verführen? Diesmal nicht!«

»Nein?« Er trat auf sie zu. »Was soll diesmal anders sein als das letzte Mal — oder das erste Mal?«

Katherine schob wütend die Erinnerung an die Nacht des Maskenballs von sich, als er sie mit seinem Mund vor Wollust halb um den Verstand gebracht und sie ihn mit der Hand zum Höhepunkt gebracht hatte. Sie verdrängte die Erinnerung an seinen ersten Kuß, seine ersten Liebkosungen, auch daran, als er sie ans Bett gefesselt und ihr die Kleider mit dem Dolch vom Leib geschnitten hatte. Sie weigerte sich, an diese Momente zu denken — das war Vergangenheit. »Diesmal habt Ihr meine Träume zerstört!« schrie sie.

Seine Augen glitzerten. Katherine durchrieselte jetzt ein angstvoller Schauder. »Liebst du Hawke?« fragte er im Plauderton.

»Ja!« spuckte Katherine ihm ins Gesicht, um ihn zu kränken, zu demütigen.

»Vielleicht bist du doch eine Hure«, entgegnete er schroff. »Ich dachte nämlich, du hättest es auf Leicester abgesehen.«

Seine Worte trafen sie wie ein Schlag ins Gesicht, sie wurde aschfahl und begann zu zittern, nicht wegen der eisigen

Kälte, sondern weil er recht hatte. Sie war eine Hure. Denn sie wußte trotz allem, was er ihr angetan hatte, was in diesem Bett geschehen würde, und sie wußte, daß sie seine Liebkosungen herbeisehnte — obgleich sie jetzt die Ehefrau eines anderen war.

»Katherine ...« Liams Brust hob und senkte sich schwer.

Sie wich seinem Blick aus, floh in die entfernteste Ecke der Kabine. »Faßt mich nicht an!« kreischte sie. Panik erstickte ihre Wut. Woher sollte sie die Kraft nehmen, ihm Widerstand zu leisten, ihre eigene sündige Natur zu bändigen? Sie durfte sich seinen Verführungskünsten nicht aussetzen, unter keinen Umständen. »Bitte, gebt mich frei«, wisperte sie. »Laßt mich zu John zurückkehren. Bitte, tut mir das nicht an.«

Liam blickte sie lange an. »Ich kann nicht«, sagte er schließlich.

»Was heißt das, Ihr könnt nicht?« Katherine erschrak über ihre eigene, schrille Stimme. »Natürlich könnt Ihr mich freigeben, mich zu John zurückschicken! Ihr seid der Herr hier, Ihr könnt tun und lassen, was Ihr wollt!«

Seine Mundwinkel zogen sich nach oben. »Ja, ich bin der Herr der Piraten, der Winde und der Meere. Wohin das Auge reicht, ich beherrsche alles.« Sein Blick bohrte sich in sie. »Und dich, Katherine, beherrsche ich ebenfalls.«

»Mich beherrscht Ihr nicht!« schluchzte sie.

»Nein?« Eine seiner Augenbrauen zog sich in die Stirnmitte.

»Habt Ihr Spaß an Eurer Niedertracht?« fragte sie bitter. »Das ist es doch? Ihr liebt das Leben eines Gesetzlosen, nur Euch selbst und sonst niemand Rechenschaft schuldig zu sein!« Und eine blitzschnelle Erkenntnis schoß ihr durch den Kopf. »Ihr liebt es, Shane O'Neills Sohn zu sein.«

Seine Nüstern blähten sich vor Zorn. *»Ich hasse es, sein Sohn zu sein.«*

Katherine trat auf ihn zu. »Dann verhaltet Euch so, als wärt Ihr nicht sein Sohn«, flehte sie leise. »Spielt einmal den Gentleman Liam, und gebt mich frei.«

Er zog die Luft hörbar ein. Sein Blick bohrte sich in ihre Augen. »Du verlangst zu viel.«

Katherine blickte in seine funkelnden grauen Augen, sah sein Verlangen, seine Wollust; sie hatte verloren. Panik kroch wieder in ihr hoch. Ihr Blick flog zur Tür, ihrem einzigen Fluchtweg.

Liam war mit zwei Sätzen an der Tür, versperrte sie und steckte den Schlüssel ein.

Katherine schlotterte nicht nur vor Kälte.

Er trat auf sie zu, sie wich zurück. »Ich werde sehr geduldig mit dir sein, Katherine. Zärtlich und liebevoll.« Liam lächelte, wie er ein verängstigtes Kind anlächeln würde. Katherine drückte den Rücken gegen den Bücherschrank. Wohin sollte sie nur fliehen?

»Ich kann ohne dich nicht leben, Katherine.« Er trat einen Schritt näher, seine Stimme klang weich und einschmeichelnd. »Ich kann keinen klaren Gedanken fassen. Du verfolgst mich in meinen Träumen. Mein Verlangen nach dir treibt mich zum Wahnsinn.«

Ihre Brustknospen preßten sich schmerzhaft gegen die nasse Wolle des Umhangs.

Er lächelte hilflos. »Meine Lenden sind hart und drohen zu platzen vor Sehnsucht nach dir.« Er blieb dicht vor ihr stehen. »Du bist naß, du frierst.«

Er berührte sanft eine nasse Haarsträhne, die ihr im Gesicht klebte.

Von seiner Fingerspitze sprang ein Funke über, eine Hitze, die ihren ganzen Körper durchzuckte. Katherine wich entsetzt zurück. »Nein!« Sie rannte zur Tür und rüttelte vergeblich daran.

Liam seufzte, es kostete ihn große Mühe, seine Ungeduld zu zügeln. Seine Männlichkeit war zum Bersten gespannt, er brauchte dringend Erleichterung. Noch nicht, noch nicht. Ob ihr klar war, daß er die Wahrheit sagte?

Sie stand mit dem Rücken gegen die Tür gedrückt. »Ich will zu John zurück«, flüsterte sie.

Jähzorn brauste in ihm hoch, mit Mühe bewahrte er die

Fassung. »Ich bringe dich nicht zu John zurück. Ich will dich haben, und ich werde dich bekommen. Bald liegst du willig und warm in meinen Armen.«

»Nein.«

»Du frierst«, stellte er sachlich fest, öffnete einen Wandschrank und holte ein seidengefüttertes Handtuch hervor. »Komm zu mir, Katherine.«

Zähneklappernd schüttelte sie den Kopf.

»Willst du dir den Tod holen?«

Katherine konnte den Blick nicht von ihm lösen. Ihre Lippen waren leicht geöffnet, ihre Wangen gerötet.

»Komm«, wiederholte er zärtlich.

Sie rührte sich nicht vom Fleck.

»Komm«, bat er verführerisch.

Sie bewegte sich langsam auf ihn zu, wie in Trance.

Er reichte ihr das Handtuch. Dabei klaffte ihr Umhang auf. Liam sah ihre großen, roten Brustknospen unter dem nassen Seidenhemd, das an ihr klebte. Er schob den Umhang von ihren Schultern. Katherine rührte sich nicht, sie schien kaum zu atmen.

»Du bist ganz naß.«

Ihre großen Augen suchten seine. »Halt«, flüsterte sie heiser.

Unbeirrt schob Liam das nasse Seidenhemd nach oben, entblößte ihre langen Beine, den pelzigen Hügel ihrer Weiblichkeit, ihre geschwungenen Hüften, ihre Brüste. Er zog ihr das Hemd über den Kopf und ließ es zu Boden fallen. Seine Augen senkten sich tief in ihre.

Liam legte ihr das Handtuch um die Schultern und begann sie trockenzureiben. Er stellte sich hinter sie und rieb ihre Arme.

»Du bist eine wunderbare Frau«, murmelte er. Katherine stand wie gelähmt, nur ihr Atem ging schwer. »Alles an dir bezaubert mich, erregt mich.«

Er blickte über ihr Schulter auf ihre vollen Brüste. »Dein Busen ist wunderschön.« Er trocknete sie mit der seidigen Seite des Handtuchs. Katherine entfuhr ein erstickter Laut.

Ihr Brustspitzen sprangen noch weiter vor. Sie schwankte. Er wölbte seine Hände um ihre Rundungen. »Ich liebe deine Brüste«, raunte er und knetete sie zärtlich. Seine Daumen umkreisten ihre Knospen. Katherine stöhnte.

»Du zitterst«, murmelte er in ihr Ohr, sein heißer Atem streifte ihre Wange. »Du frierst, Kate.« Nun rieb er ihren Bauch mit trägen Bewegungen. Dabei stieß sein mächtig erregter Phallus gegen ihre Gesäßfalte.

»Bald wird dir ganz, ganz warm sein, Liebste«, raunte er und bewegte das Handtuch tief und tiefer. »Ich seh dich so gerne an, Kate.«

Katherine stand kerzengerade da, schluckte schwer. Er schob das Seidentuch zwischen ihre Schenkel und zog es vor und zurück. Katherine erbebte.

»Mach die Beine breit«, bat er, »damit ich dich überall abtrocknen kann.«

Sie gehorchte stöhnend.

Liam legte die Seide über ihr Geschlecht und erforschte durch das kühle Material ihre Schamlippen, öffnete sie, bis sein Zeigefinger den kleinen Hügel fand und durch die Seide hindurch umkreiste. Katherine sackte an seine Brust, schrie auf, und er spürte ihre konvulsivischen Zuckungen gegen seine Handfläche.

Er schlang einen Arm um ihre Mitte, hob sie hoch und legte sie bäuchlings aufs Bett. Seine Finger fanden sie erneut. Sie explodierte und bäumte sich ihm wild entgegen.

Liam liebkoste sie immer noch. Halb um den Verstand gebracht, riß er sich die Hose auf, grub seine Hände in ihre Gesäßbacken, hob ihre Hüften zu sich und stieß die riesige, pulsierende Eichel seines Penis in sie. Katherines Zuckungen verebbten, sie verkrampfte. Und Liam stöhnte, rasend vor blinder Leidenschaft, gefangen in ihrer heißen, nassen Enge, während ihre Muskeln sich an seiner Eichel festsaugten.

Mit schier übermenschlicher Anstrengung verharrte er so. Die Sehnen an seinem Hals traten hervor, Schweißperlen glänzten auf seiner Stirn, seiner Brust. Er küßte ihre Wange.

Katherine wimmerte. Ihr Gesäß bewegte sich kreisend unter ihm. Mit einem wilden Schrei packte er ihre Hüften und drang vollends in sie ein.

Katherine schrie auf, als sein Schaft ihr Jungfernhäutchen durchstieß. Liam war entfesselt, konnte nicht mehr an sich halten. Er stieß wild in sie hinein, immer wieder, hatte nie im Leben solche Lust empfunden. Sie war naß und wand sich unter ihm. Seine Hand glitt unter sie, wölbte sich um ihre triefende Weiblichkeit. Katherine bäumte sich ihm entfesselt entgegen. Liam stieß noch tiefer in sie. Und als sein Samen sich zuckend entlud, schrie er ihren Namen, schrie ihn immer wieder.

Nachdem die Zuckungen endlich verebbt waren, er wieder zu Atem gekommen war, erhob er sich und blickte auf Katherine herab. Er sah das Blut zwischen ihren Schenkeln und konnte nicht glauben, was er getan hatte.

Katherine spürte, wie er sich aus ihr zurückzog und sich von ihr hob. Sie lag mit geschlossenen Augen; ihr Verstand schrie verzweifelt: Liam — komm zurück!

Sie spürte seinen Blick. Katherine krallte ihre Hände in die Laken und versuchte, ihren fiebernden Körper unter Kontrolle zu bekommen. Doch die Erregung ließ nicht nach. Vielleicht kam er zu ihr zurück.

Doch er kam nicht.

Sie schluckte. Es war alles so schnell gegangen. Sein riesiges, heißes Eindringen, ihr Bersten, seine Explosion. Sie mußte ihn noch einmal spüren. Nicht einmal, sondern unablässig, tief und endlos ...

Katherine stöhnte erstickt und rollte sich zu einer Kugel zusammen. Auf der Seite liegend, öffnete sie endlich die Augen.

Er stand angezogen vor ihr, sein kantiges Gesicht ernst. Seine grauen Augen glühten, sein blondes Haar klebte ihm feucht und zerzaust in der Stirn. Er blickte auf sie herab, als sehe er sie zum ersten Mal. Katherine wurde unbehaglich zumute.

Sie richtete sich auf und bedeckte ihre Nacktheit mit einem Kissen.

»Habe ich dir weh getan?« fragte er heiser.

Katherine begriff die absurde Frage nicht.

»Habe ich dir weh getan?« wiederholte er.

Nun verstand sie. Allmählich beruhigte sich ihr Herzschlag, nicht aber die Sehnsucht zwischen ihren Beinen. Sie drückte das Kissen an sich. Endlich begriff sie, daß es geschehen war. Es war passiert. Er hatte ihre Unschuld genommen, und sie war erleichtert.

Katherine saß reglos. Ihre Unschuld war der letzte Wert, den sie besaß.

Und sie war mit John Hawke verheiratet.

Es war noch kein Tag vergangen, daß sie neben John Hawke vor dem Traualtar gestanden hatte. Und nun saß sie im Bett des Piraten, und ihr Fleisch pochte vor Verlangen nach ihm.

Sie sah Hawke an den Bettposten gefesselt, mit wutverzerrtem Gesicht.

Bestürzung begann sich in ihr auszubreiten, schlug wie eine Woge über ihr zusammen. Dann sah sie das Blut auf dem Laken.

Sie hatte ihre Unschuld verloren. Sie war die Ehefrau eines anderen — doch Liam hatte sie entjungfert. Und sie hatte sich ihm schamlos hingegeben. Sie wünschte sich nichts sehnlicher, als sich ihm wieder hinzugeben.

»Katherine?«

Sie funkelte ihn wütend an. »Geh weg!« zischte sie.

Er zuckte zusammen. »Ich wollte dir nicht weh tun, Katherine.«

Sie rutschte nach hinten, bis sie gegen das Kopfende des Bettes stieß, das Kissen hielt sie immer noch krampfhaft an sich gedrückt. »Geh weg! Geh mir aus den Augen!«

»Es tut mir leid«, flüsterte er schuldbewußt. »Ich wollte nicht ... Ich habe die Beherrschung verloren ... Es tut mir leid.«

Katherine hörte ihm nicht zu. Sie war wie betäubt. Doch

sie begriff die endgültige Wahrheit. Sie hatte weit mehr verloren als ihre Unschuld. Sie hatte ihre Träume verloren – ihr war nichts geblieben.

21. Kapitel

Whitehall

Königin Elisabeth erbleichte.

Vor ihr stand John Hawke, zorngerötet, die Faust um den Degengriff geballt. Er wirkte zerzaust in seiner makellosen Uniform. »Ich bitte Euch, königliche Hoheit, mich darin zu unterstützen, meine Braut zurückzuholen«, forderte er.

Elisabeth erhob sich langsam von ihrem Thron. Ihr Blick suchte Cecils Augen. »Ich kann es einfach nicht glauben.«

Cecil legte dem Offizier die Hand auf die Schulter. »Euer Zorn führt Euch auf Abwege.«

Hawke fletschte die Zähne. »Ihr irrt, Mylord. Mein Zorn führt mich genau ans Ziel. Ich werde den Schurken zur Strecke bringen.«

Elisabeth wandte beiden Männern den Rücken zu. Eifersucht brachte ihr Blut in Wallung. Ihr goldener Pirat hatte sich ihrem Willen widersetzt und sich an dem Mädchen vergangen.

Der Galgen war noch zu schade für ihn.

Bebend vor Zorn, wandte sie sich an Cecil. »Ich verlange, daß er mir vorgeführt wird, um mir Rede und Antwort wegen seines anmaßenden Verhaltens zu stehen!«

»Ich bringe Euch den Schuft mit Freuden«, stieß Hawke zwischen den Zähnen hervor.

Elisabeth hatte sich wieder unter Kontrolle und wandte sich an Cecil. »Ist O'Neill auf politischen Abwegen? Oder treibt ihn animalische Lust?« Sie befürchtete das Schlimmste.

»Es ist zu früh, um das sicher sagen zu können«, antwortete Cecil gelassen.

Der Gedanke an das Mädchen entfachte den Zorn der Königin aufs neue. »Sie hat ihn betört, so wie sie Robin und Tom betört hat«, fauchte sie. »Und ich habe sie bei Hofe aufgenommen, ihr eine ehrenvolle Position verschafft, die ihr gar nicht zusteht. Das Mädchen trifft nicht weniger Schuld als ihn! Möglicherweise haben die beiden die Sache sogar gemeinsam ausgeheckt!«

»Königliche Hoheit«, warf Hawke ein, »Katherine machte nicht den Eindruck, mit ihrer Entführung einverstanden zu sein. Sie war vom Auftauchen des Piraten völlig verwirrt, ja entsetzt.«

Cecil eilte ihm zu Hilfe. »Vielleicht urteilt Ihr zu streng über sie, Majestät«, versuchte er einzulenken. »Vermutlich ist sie auch diesmal unschuldiges Opfer und Beute des skrupellosen Piraten.«

»Ich denke anders«, entgegnete Elisabeth streng. »Und ich weiß nicht, wieso Ihr sie verteidigt, William. Es sei denn, sie hat auch Euch den Kopf verdreht!«

Cecil schwieg.

Die Königin wandte sich an Hawke. »Ich habe sie mit Euch verheiratet, damit Ihr sie beaufsichtigt«, herrschte sie ihn an.

Hawke neigte schuldbewußt den Kopf.

Elisabeth wandte sich wieder an Cecil. »Was jetzt?!«

»Wir können nichts tun«, erwiderte Cecil ruhig.

»Nichts tun?« Elisabeths Stimme überschlug sich.

Wieder ergriff Hawke eilig das Wort. »Er hat sie mit Sicherheit auf seine Insel im Norden verschleppt. Königliche Hoheit, ich bitte Euch, gebt mir drei Schiffe und einige hundert Soldaten, und ich stürme die Insel und vernichte den Verbrecher.«

Nur zu gern hätte Elisabeth ihm diese Bitte erfüllt.

Doch Vorsicht hielt sie zurück — oder war es ihre Schwäche für den Schurken? Bei dem Gedanken, Liam O'Neill könnte von Hawkes Schwert durchbohrt in seinem Blute liegen, krampfte sich Elisabeths Herz zusammen. Ihr gesunder Menschenverstand sagte ihr allerdings, daß Hawke den Piraten nicht im Zweikampf besiegen würde. Wieder stieg Zorn in ihr hoch. Hawke würde ihn wahrscheinlich überhaupt nicht zu fassen kriegen.

Andererseits konnte ein rachsüchtiger Mann über sich selbst hinauswachsen. Wenn einer es schaffte, den verfluchten Piraten festzunehmen, dann war es John Hawke. »Die Insel soll uneinnehmbar sein, wie ich höre«, entgegnete die Monarchin gereizt.

Cecil nickte. »Ja, das sagt man.«

»Nichts und niemand ist völlig unbesiegbar«, entgegnete Hawke arrogant.

Cecil legte die Hand auf Hawkes breiten Rücken. »Es ist unvernünftig, die Festung wegen einer Frau zu stürmen, John. Die Insel kann nur unter großen Verlusten an Menschen und Material eingenommen werden.«

Hawke glaubte, seinen Ohren nicht zu trauen. »Guter Gott!« schrie er. »Der Bastard mißbraucht sie — schändet sie.«

Elisabeth dachte an die Spitzelberichte über Katherine. Man hatte sie in Liams Armen gesehen, und sie hatte sich — wie es schien — bereitwillig von ihm küssen lassen.

»Das ist sehr bedauerlich«, sagte Cecil zu Hawke.

Hawke machte einen Kniefall vor der Königin. »Hoheit, ich flehe Euch an, gewährt mir die Bitte. Ich muß mit diesem Kerl abrechnen! Ich lege Euch Liam O'Neills Kopf zu Füßen!«

Elisabeth blickte in seine lodernden Augen. »Es tut mir aufrichtig leid, John«, entgegnete sie leise, »aber Lord Burghley hat recht. Es geht nicht an, daß Wir Soldaten und Schiffe für eine Frau opfern — so sehr Wir den Kopf dieses Schurken haben wollen.« Sie verschwieg, daß sie gar nicht über die Mittel verfügte, um eine solche Operation zu finanzieren, es sei denn, sie zog sie von dringenderen Vorhaben ab.

Hawke straffte die Schultern. Wut und Enttäuschung spiegelten sich in seinem Gesicht. Und ohne um Entlassung zu bitten, machte er auf dem Absatz kehrt und verließ den Raum. Elisabeth seufzte und verfluchte im stillen Liam

O'Neill. Schließlich wandte sie sich mit tränenfeuchten Augen an Cecil. »Wie konnte er mir das antun?«

Cecil nahm ihre Hand. »Liebste Elisabeth, der Pirat weiß, daß er Euch nicht bekommen kann. Und als Mann muß er seine Lust befriedigen. Aber er ist Euch sehr zugetan, Bess.«

»Pah!« schnaubte Elisabeth verächtlich, hoffte jedoch, daß Cecil recht hatte. »Was mag er wohl als nächstes tun? Wird er sie heiraten?«

Cecil blickte sie forschend an. »Für den Papst hat die Eheschließung zwischen Hawke und Katherine keine Gültigkeit, da sie nicht nach katholischem Ritual vollzogen wurde. O'Neill könnte sich also jederzeit katholisch mit ihr trauen lassen.«

Elisabeth erbleichte und ballte die Fäuste. »Und der Papst würde die Trauung auch noch persönlich vollziehen«, zischte sie. »Nur um mir eins auszuwischen!«

»Zumindest würde er dem Paar seinen Segen geben«, nickte Cecil zustimmend. Königin Elisabeth war vor einem Jahr exkommuniziert worden. Der Papst hatte zu diesem Mittel gegriffen, um die katholische Abspaltung in Schottland zu unterstützen. »Allerdings ist Liam Protestant.«

»Sein Vater war Katholik. Der Schurke könnte ohne weiteres zum anderen Glauben übertreten.« Elisabeth ging ruhelos auf und ab. »Wenn er sie heiratet, haben wir den Beweis, daß er mit FitzGerald konspiriert. Mehr Beweise brauchen wir nicht.« Sie fuhr zu Cecil herum. »Ich werde niemals meine Zustimmung zu Katherines Scheidung von John Hawke geben, selbst wenn Liam sie heiraten wollte!«

William neigte den Kopf.

»Was werden wir tun?« fragte die Königin.

»Wir warten«, entgegnete Cecil. »Wir warten ab, wie die Dinge sich entwickeln.« Cecil wußte allerdings nur, was nicht zu erwarten war. O'Neill war viel zu klug, um sich die Finger zu verbrennen. Cecil wußte *nicht,* was von O'Neill zu erwarten war.

Hawke achtete nicht auf die Blicke der Höflinge, die ihn neugierig musterten, als er durch die Korridore des Palastes eilte. Manche bemitleideten ihn, andere waren schadenfroh. Einige Herren, die seinen wachsenden Einfluß mit Eifersucht und Mißgunst verfolgten, lachten hämisch hinter ihm drein. Auch diese Affen ignorierte er, sonst hätte er einen von ihnen aufspießen müssen, und seine Königin hätte *ihn* in den Tower geworfen.

»Sir John?«

Hawkes Herz setzte einen Schlag aus. Er verlangsamte seine Schritte.

»Sir John?«

Er verharrte und drehte sich nach der zierlichen Gestalt von Lady Juliet um. Und als er sie sah, vergaß er seinen Kummer und Zorn. Sie hatte geweint. Ihr süßes Gesicht war fleckig und ihre Nase gerötet. »Lady Stratheclyde«, grüßte er und verbeugte sich zackig.

Sie drückte ein durchweichtes Taschentuch an die Nase und verhaspelte sich beinahe beim Sprechen. »Ich wollte Euch nur sagen, wie leid es mir tut, sehr leid sogar.«

Er blickte sie wortlos an.

»Und … ich mache mir große Sorgen um Katherine!« Tränen liefen über Juliets Wangen.

Hawke konnte dem Drang kaum widerstehen, sie in die Arme zu schließen. »Ich weiß Eure Besorgnis zu schätzen«, entgegnete er ziemlich schroff.

»Was wird nun geschehen?«

Hawke blickte sie an, sah aber nicht Juliet, sondern seine schöne Braut — in den Armen von Liam O'Neill. Und er sah keine Vergewaltigung. Bei Gott! O'Neill war ein gutaussehender Bursche, ein Frauenheld. Konnte Katherine ihm widerstehen?

»Mylord?« fragte Juliet zaghaft.

Hawke verdrängte seine eifersüchtigen Gedanken. Wie hübsch Juliet aussah, obwohl sie geweint hatte. »Nichts wird passieren«, antwortete er knapp. »Die Königin verweigert mir Truppen und Schiffe, und mir fehlen die Mittel, um die verdammte Insel zu stürmen, auf der er sich verkriecht.«

Juliet hielt den Atem an.

Hawke machte erneut eine knappe Verbeugung. »Danke für Eure Anteilnahme«, sagte er und wandte sich zum Gehen. Doch sie legte ihm die Hand auf den Ärmel. Langsam drehte er sich zu ihr um.

»Ich weiß nicht, ob Euch das hilft«, sagte sie errötend. »Aber ich bin sicher, daß O'Neill ihr nichts Böses antut. Er ist zwar ein Pirat, aber er ist auch ein Gentleman.«

»Wenn er ihr nichts antut, warum macht Ihr Euch Sorgen um sie?« entgegnete Hawke spöttisch.

Juliet errötete tiefer. Sie wich seinem Blick aus, wußte keine Antwort.

Juliet war Katherines Freundin. Was verbarg sie vor ihm? Hawke mußte kein Hellseher sein, um die Wahrheit zu erraten. Ihm waren schließlich Gerüchte zu Ohren gekommen. Gerüchte über O'Neill und Katherine. Vielleicht hatte Katherine der Freundin ein Geheimnis anvertraut. Nein, O'Neill würde ihr nichts antun. Doch selbst wenn Katherine sich vornahm, Hawke treu zu bleiben, würde sie irgendwann den Verführungskünsten dieses O'Neill erliegen.

Ein dumpfes Klopfen an der Tür weckte Katherine. Sie war erst nach Mitternacht eingeschlafen und fuhr benommen hoch. Langsam erlangte sie volles Bewußtsein, schwang die Beine über die Bettkante und strich die Röcke glatt. Sie hatte in dem Kleid geschlafen, das sie in einer Truhe in der Kapitänskajüte gefunden hatte. Zweifellos hatte es einst einer der Geliebten des Piraten gehört. Ein Kleid aus goldgelber, in sich gemusterter Seide, mit winzigen Glasperlen bestickt. Im Vorbeigehen warf Katherine einen Blick in den Spiegel. Seltsamerweise sah sie frisch aus, obgleich ihr das Haar zerzaust und wirr über den Rücken hing.

Katherine öffnete die Tür und draußen stand Guy, der Schiffsjunge. »Der Kapitän möchte, daß Ihr an Deck kommt, Mylady.«

»Es ist kurz vor Sonnenaufgang«, meinte Katherine schlaftrunken.

»Wir laufen Earic Island an«, entgegnete Guy eindringlich. »Kommt Ihr?«

»Earic Island?«

»Dort wohnt der Kapitän.«

Das Herz wurde ihr schwer. Als sie dem Jungen folgte, überlegte sie, wieso Liam an einem Ort wohnte, der Earic Island hieß. ›Earic‹ war der gälische Name für Blutzoll — das Geld, das ein Mörder der Familie des Opfers bezahlte, das er umgebracht hatte. In früheren Zeiten wurde Blutzoll entrichtet, mit dem der Verbrecher sich von seiner Schuld freikaufte.

Der Morgen war kühl, und sie trug keinen Umhang. Fröstelnd blieb sie an Deck stehen. Liam stand auf dem Vordeck und blickte der aufgehenden Sonne entgegen. Er trug nur Hosen, ein Leinenhemd und schenkelhohe Stiefel. Der rötliche Schein des Sonnenaufgangs verlieh seinem blonden Haar einen feurigen Schimmer.

Katherine fühlte sich elend und verzweifelt. Seit er die Kabine — und sie — in der ersten Nacht verlassen hatte, hatte sie an nichts anderes denken können als an ihn, seinen Körper, seine Liebkosungen.

Er begehrte sie weniger als sie ihn, sonst wäre er längst zu ihr zurückgekommen.

Katherine schloß die Augen. Sie mußte sich endlich das Ausmaß ihrer Leidenschaft eingestehen für einen Mann, den sie verachtete, den sie niemals respektieren konnte, einen Mann, der Mord und Raub als sein Geschäft betrieb. Sie konnte ihm nicht widerstehen, schlimmer noch, sie begehrte ihn leidenschaftlich. Und nun war sie seine Gefangene. Er würde sie nehmen, wenn ihn die Lust überkam. Und sie würde sich ihm mit Freuden hingeben, obgleich sie mit einem anderen Mann verheiratet war. Er würde sie nehmen, bis er ihrer überdrüssig war und sie verstieß.

Und dann würde sie nicht wissen, wohin sie gehen sollte. Kein Mann auf der ganzen Welt würde die Mätresse eines

Piraten haben wollen. Hawke würde sich von ihr scheiden lassen.

Katherine biß sich auf die Lippen. Liam hatte sie gebeten, seine Frau zu werden, nun aber war sie seine Mätresse geworden.

»Dort drüben wohne ich«, sagte Liams Stimme hinter ihr.

Katherine zuckte zusammen, sie hatte sein Kommen nicht bemerkt. Sie versank in seinem dunklen Blick, bemerkte die unrasierten Wangen, den Schwung seiner vollen Lippen.

Seine Nähe versetzte sie in knisternde Spannung. Katherine verschränkte die Hände, um ihr Zittern zu verbergen. »Earic Island. Guy hat es mir gesagt.« Sie sprach ein wenig atemlos. »Ich hoffe, Ihr habt der Insel nicht diesen Namen gegeben.«

»Doch, das habe ich.«

»Warum?«

Er zuckte die Achseln. »Warum nicht? Mein Geschäft ist das Blutvergießen — und ich habe noch keinen Penny Blutzoll bezahlt.«

Katherine glaubte, einen traurigen Schatten über seine Augen fliegen zu sehen. Sie blinzelte in die rote Sonne. Dann sah sie die Insel. Gezackte, nackte Felsen im Dunst des Morgennebels. Ein wahrer Piratenunterschlupf. Dort schien kein wie immer geartetes Leben möglich. Doch dann entdeckte sie alte Burgmauern auf einer felsigen Plattform. »Wächst dort irgend etwas? Gras oder Bäume?«

»Auf der Südseite gibt es einen Wald mit gutem Wildbestand«, erklärte er. »Aber es wird nicht bejagt.«

Ihre Blicke trafen sich.

»Ich will nicht, daß das Wild ausgerottet wird. Alles, was wir zum Leben brauchen, wird mit dem Schiff aus Belfast gebracht.«

»Warum lebt Ihr eigentlich hier? An einem so gottverlassenen Ort?«

»Wo soll ich sonst leben?« Sein Blick schweifte zur Insel hinüber.

Katherine wußte keine Antwort. Die Sonne stieg höher.

Die Felseninsel in wabernden Nebelschleiern in der kühlen, grauen See wirkte abweisend und unheimlich.

An der Schwelle der großen Halle blieb Katherine stehen. Liam sprach mit dem Verwalter. Diener und Mägde machten sich im Hintergrund zu schaffen. Der hohe Raum war düster und kalt. Sie zog den Umhang, den er ihr beim Anlegen des Schiffes gegeben hatte, enger um die Schultern.

Katherine wußte nicht, was sie erwartet hatte, jedenfalls kein feuchtes, klammes Haus. Ihr Elternhaus Askeaton war auch eine alte Burg, allerdings mit allen Annehmlichkeiten ausgestattet.

Verwirrt dachte sie an seine luxuriös eingerichtete Kabine auf dem Schiff, an die edle Holztäfelung, die kostbaren Teppiche, die Polstersessel, den silberbeschlagenen Nachtstuhl.

Katherine trat an den mannshohen Kamin, in dem ein Feuer prasselte. Die Einrichtung der Halle bestand aus einem alten, langen Tisch, zwei Bänken, zwei Stühlen und einer verkratzten Anrichte. Als Wandschmuck diente ein verblichener Gobelin. Unablässig hörte man das Pfeifen des Windes durch das alte Gemäuer. Katherine graute vor dem Gedanken, hier einen ganzen langen Winter verbringen zu müssen.

Liam war hinter sie getreten. »Ich zeige dir unsere Kammer.«

Sie sträubte sich gegen das Wort ›unser‹ und wandte sich um.

»Ihr habt bekommen, was Ihr wolltet. Warum laßt Ihr es nicht gut sein und gebt mich frei?«

Er blickte ihr tief in die Augen, dann auf ihre bebenden Lippen. »Ich habe noch längst nicht bekommen, was ich von dir will, Katherine.« Er machte auf dem Absatz kehrt und durchquerte die Halle.

Ein Schauer jagte ihr über den Rücken. Zögernd folgte sie ihm. Was meinte er damit? Er hatte ihre Unschuld. Was wollte er noch?

Im zweiten Stockwerk befanden sich nur zwei Kammern. An der Burg war seit ihrer Entstehung vor Jahrhunderten keine bauliche Veränderung vorgenommen worden. Liam stieß eine schwere alte Eichentür auf und bückte sich unter dem niederen Türstock. In der Mitte der Kammer stand ein breites, schlichtes, mit Pelzen bedecktes Bett. Die Fenster waren mit Tierhäuten abgedichtet. Liam entzündete eine Kerze. Katherines Enttäuschung wuchs. In seiner Schiffskajüte lagen kostbare Teppiche. Wieso lag hier kein einziger Teppich? Wieso gab es keinen Tisch, keinen Stuhl? Am Fußende des Bettes stand eine Truhe, in einer Ecke stand ein Nachtstuhl. Nicht einmal Feuer brannte in dem großen Kamin.

»Euer Schiff gefällt mir besser«, platzte Katherine heraus.

Liam blickte sie an. »Mir auch.« Dann trat er an den Kamin, enzündete einen Fidibus und hielt ihn an das locker geschichtete Reisig. Bald hatte er mit kundigen Händen ein Feuer entfacht.

Sie betrachtete seinen breiten Rücken. Durch das dünne Leinen seines Hemdes zeichnete sich das Spiel seiner Muskeln ab. Ihr Blick wanderte tiefer, zu seinen strammen Gesäßbacken. »Wann werdet Ihr meiner überdrüssig sein?« Ihre Stimme klang gepreßt.

»Ich werde deiner nie überdrüssig sein, Kate.« Sein Blick bohrte sich in ihre Augen. Dann verließ er ohne ein weiteres Wort den Raum. Katherine blickte noch lange verständnislos auf die verschlossene Eichentür.

Erschöpft sank sie aufs Bett. Wie hatte er das nun wieder gemeint?

Und dann sah sie John Hawkes wutverzerrtes Gesicht vor sich.

Wenn sie nur fliehen könnte. Sie mußte fliehen.

Unten am Hafen gab es ein Dorf, in dem seine Männer mit ihren Frauen und Kindern lebten. Das Dorf hatte auf Katherine einen ganz normalen Eindruck gemacht: strohgedeckte Steinhäuser mit Vorgärten. Sie hatte sogar Rosenstöcke an den Hauswänden gesehen und den Turm einer Dorfkirche mit einem Kruzifix auf dem Dach, ein seltsamer Anblick in Anbetracht der Tatsache, daß hier nur gottlose Verbrecher hausten.

Katherine befeuchtete ihre trockenen Lippen. Ob sie sich allein dort hinunter wagen würde? Das Dorf machte einen verschlafenen, friedlichen Eindruck. Die letzten zwei Tage hatte sie auf der *Sea Dagger* unter Piraten gelebt, und vor Wochen schon einmal, als er sie zum ersten Mal entführt hatte. Keiner der Männer hatte sie respektlos behandelt. Im Gegenteil. Die Männer brachten Liam O'Neill große Achtung entgegen. Und Katherine hatte weder ein hartes Wort von ihm gehört, noch eine Peitsche bei ihm gesehen.

Wie konnte sie da im Dorf einen Verbündeten finden, der ihr bei der Flucht half?

»Woran denkst du, Katherine? Sehnst du dich nach Hawke?«

Katherine sprang auf die Füße. »Ständig schleicht Ihr Euch an.«

Er lächelte dünn. »Nein. Ich habe keinen Grund, in meinem Haus herumzuschleichen. Du hängst trüben Gedanken nach.«

Er hielt eine Art Schmuckkassette in der Hand.

Unschlüssig stand er da, dann setzte er sich hastig neben sie und drückte ihr das Kästchen in die Hand. »Das ist für dich.«

Argwohn und Neugier kämpften in ihr. »Was ist das?«

»Ein Geschenk.«

Sie schob das Kästchen unwirsch von sich. Ihr Stolz war stärker als ihre Neugier. »Ich will es nicht haben.«

»Warum nicht?«

»Ich bin keine Hure, die sich mit Flitterkram bezahlen läßt.«

Seine Kiefermuskulatur spannte sich an. »Ständig benutzt du diesen geschmacklosen Ausdruck, nicht ich.«

Sie sprang auf die Füße, die Hände in die Hüften gestemmt. »Es ist doch egal, welchen Ausdruck ich benutze. Tatsache ist, daß Ihr mich zur Hure gemacht habt und ich mich nicht dafür bezahlen lasse.«

Auch er war aufgestanden. »Ich will dich nicht dafür bezahlen, daß du mit mir das Bett teilst, Katherine.«

Er bezahlte sie für ihre Liebesdienste, mochte er es nennen, wie er wollte. Sie kam sich hilflos und billig vor.

»Ich will dir nur schöne Dinge schenken, Katherine. Ich will meinen Reichtum mit dir teilen. Warum weist du mich zurück?«

»Ich bin nicht käuflich. Ihr aber versucht, mich zu kaufen!« entgegnete sie trotzig.

»Warum läßt du nicht zu, daß ich mein Gewissen erleichtere?« schrie er plötzlich.

»Ihr habt kein Gewissen«, zischte sie ihm ins Gesicht. »Sonst würdet Ihr keine Menschen töten — und unschuldige junge Mädchen entführen.«

»Wie recht du hast.« Blitzschnell zog er sie an sich.

»Ich hure kein zweites Mal mit Euch«, schrie sie zornentbrannt. Sie war wütend, seine Gefangene zu sein, und noch wütender gegen sich selbst, weil sie so sehr nach ihm fieberte. Sie mußte sich gegen ihn wehren, bevor er noch einen Schritt weiter ging.

»Du hast nie die Hure für mich gespielt«, flüsterte er. Sein Mund war ihrem sehr nahe, seine grauen Augen funkelten. »Und du wirst es nie sein.« Er grub seine Hand in ihre Nackenhaare und bog ihren Kopf nach hinten. »Ich will weit mehr von dir als deinen Körper besitzen, Katherine.«

Katherine riß sich zusammen, bereit, sich gegen ihn zu wehren.

22. Kapitel

Sie grub ihre Fingernägel in Liams Schultern und versuchte, ihn von sich zu schieben. Er aber hielt ihr langes Haar wie ein Tau um seine Faust gewickelt und hinderte sie, ihr Gesicht abzuwenden.

Seine Lippen drängten sich fordernd in ihren fest verschlossenen Mund. Sie war sich seiner harten Schwellung an ihrer heißen Weiblichkeit bewußt.

Liam zog ihr den Kopf weiter in den Nacken und schob sie gegen das Bett. Hilflos spürte sie, wie ihr letzter Widerstand brach, preßte aber weiterhin die Lippen aufeinander, bis seine Zunge ihren Mundwinkel liebkoste. Dabei riß er ihr das Mieder auf. Sein Mund schloß sich um eine Brustknospe. Katherine schrie auf, vermochte nicht, sich länger gegen ihn zu wehren.

Liam lachte leise, sinnlich. Dann saugte und nagte er an ihren Brüsten, drückte ihre Schultern sanft nach hinten und zwang sie, sich aufs Bett zu legen.

Hastig schob er ihre Röcke hoch und riß ihr mit beiden Händen die Unterwäsche vom Leib. Katherines Hand tastete über seine Wölbung und nestelte an den winzigen Perlmuttknöpfen seines Hosenbundes. Liam schob ihre Hand weg und entblößte seinen Phallus, der sich ihr gierig entgegenreckte. Katherine stöhnte, konnte nicht widerstehen und berührte ihn erst zaghaft, wölbte dann die Hände um sein samtiges Fleisch und streichelte ihn mit gleitenden Bewegungen.

»Nun ist Schluß mit der Ziererei«, schalt Liam. »Hast du mich verstanden, Katherine?«

Sie wimmerte leise.

Und schon drang sein Schaft in sie. Katherine bog sich ihm entgegen, ebenso wild, wie er zustieß. Ihr Stöhnen mischte sich mit seinem. Katherines Explosion kam fast sofort.

Benommen, immer noch zuckend, spürte Katherine verwirrt, wie er sich zurückzog. Sie protestierte. Er besänftigte sie, lag keuchend und zitternd auf ihr, küßte ihr Ohr, ihren Hals. »Liam«, flüsterte sie und streichelte seinen Rücken zart mit den Fingernägeln. Ihr Becken kreiste sanft unter ihm.

»Du bist unersättlich«, murmelte er heiser. »Ich aber auch.«

Wieder schob er seinen Schaft in sie, diesmal sehr langsam. Katherine kreiste mit den Hüften, sie wollte mehr. Er zog sich unendlich langsam zurück. Katherine fauchte.

Lachend nagte er an ihren Brustspitzen. Seine zum Platzen gespannte Eichel stieß sanft gegen ihre Schamlippen, glitt vor und zurück. Katherine öffnete sich weit für ihn, glaubte, den Verstand zu verlieren. Und plötzlich war es um sie geschehen. Sie klammerte sich an ihn, verlor sich in der Spirale ihrer Entladung, die für beide überraschend kam.

Liam hielt sie keuchend fest, sein Penis pochte hart zwischen ihren Beinen. »Lüsternes Biest«, raunte er in ihr Ohr. »Hast du immer noch nicht genug?«

»O Gott, nein«, wimmerte Katherine. »Ich will dich in mir. Tief in mir.«

Er lachte kehlig. »Ganz kannst du mich nicht verschlingen, mein Schatz.«

»Nein?« gurrte sie verführerisch.

Er lächelte verschmitzt. »Ich glaube nicht.« Er hob sich auf die Knie und bot sich ihr an. Geschmeidig griff sie nach ihm. Liam warf den Kopf in den Nacken, ließ sich stöhnend in ihre Hand gleiten. An seinem Hals traten die Sehnen hervor, seine Brustmuskulatur bewegte sich rollend. Katherines Puls raste. Sie genoß es, Macht über ihn zu haben.

Liam stieß in ihre gewölbte Hand, seine Schläfen pochten. Sein Phallus zuckte. Dann löste er sich behutsam aus ihrem Griff, beugte sich über sie und rieb seinen Schaft an einer hochgereckten Brustspitze, dann an der anderen. Katherine lag still, sah ihm zu. Seine Eichel war so rot und geschwollen, daß sie glaubte, er würde jede Sekunde zwischen ihren Brüsten explodieren.

»Gefällt es dir, sündig zu sein, Kate?«

Sie nickte benommen.

»Halte deine Brüste für mich, drück sie zusammen«, forderte er. Katherine gehorchte.

Liam stieß heftiger, schneller. Katherine begann zu wimmern, kreiste heftiger mit den Hüften. Ihre Weiblichkeit loderte vor Verlangen. Und schließlich konnte sie nicht mehr an sich halten, sie bettelte: »Liam, bitte! Bitte stoß mich, bitte!«

Mit einem tiefen gutturalen Schrei rammte Liam seinen

Schaft in sie. Ihr Fleisch war naß und glitschig von ihren Körpersäften. Katherine schlang ihre langen Beine um seine Hüften, bettelte um mehr, flehte, sie tiefer zu stoßen. Und Liam stieß rhythmisch in sie. Ihre aufeinanderschlagenden Körper machten klatschende Sauggeräusche. Katherine schluchzte und jauchzte ihrem erneuten Höhepunkt entgegen. Als sie sich zuckend aufbäumte, zog Liam sich zurück, brach auf dem Bett zusammen, zuckend und stöhnend in seiner eigenen Entladung.

Katherine tauchte langsam aus ihrer Benommenheit auf, rollte sich zur Seite, ihr nacktes Bein streifte seinen bekleideten Schenkel. Liam lag auf dem Bauch, das Gesicht ihr zugewandt, die Augen geschlossen. Warum hatte er das getan? Warum hatte er sich im letzten Moment aus ihr zurückgezogen?

Seine Lider hoben sich, ihre Blicke trafen einander. »Ich bin ausgelaugt. Du bereitest mir das Paradies auf Erden.«

Warum sagte er so etwas? Er war ein erfahrener Liebhaber, hatte unzählige Frauen gehabt. Vermutlich waren Schmeicheleien einem Mann wie ihm in Fleisch und Blut übergegangen.

Er rollte zur Seite, sein Blick wanderte über ihre nackten Brüste. Katherine wollte sich mit ihrem zerrissenen Mieder bedecken, doch er hielt ihre Hand fest. »Du brauchst nichts zu verstecken. Du bist die schönste Frau, die ich je gesehen habe.«

»Hör auf!«

Er setzte sich auf. »Aber es stimmt.«

Katherine blickte ihm forschend in die Augen. »Warum hast du das getan? Warum hast du ...« Sie stockte errötend.

»Warum ich nicht in dir gekommen bin?« Sein Gesicht war sehr ernst. »Beim ersten Mal hatte ich die Beherrschung verloren. Auch diesmal war es unendlich schwer, aber ich will meinen Samen nicht in dich spritzen, Katherine.«

»Willst du mich davor bewahren, ein Kind zu bekommen?« fragte sie verwundert.

Er schwang die Beine über den Bettrand, stand auf und

durchquerte den Raum. »Ich bin nicht so verantwortungslos, meine Bastarde in die Welt zu setzen«, sagte er schließlich, mit dem Rücken zu ihr. Dann drehte er sich ruckartig um. »Ich will keine Kinder. Und ich werde keine Kinder haben. Ich werde keine Kinder hinterlassen.«

Katherine blickte ihn verwundert an, Wehmut stieg in ihr hoch.

Katherine konnte und wollte sich nicht bewegen. Das Feuer im Kamin war längst niedergebrannt, der Mond war aufgegangen und wieder verblaßt. Es war Tag.

Jeder Muskel tat ihr weh, sie war wund gerieben. Liam und sie hatten sich in jeder nur möglichen Stellung geliebt und ihren unersättlichen Hunger aneinander gestillt. Sie hatte aufgehört zu zählen, wie oft er über sie hergefallen war. Katherine lächelte träge und streckte sich wie eine Katze, dann richtete sie sich auf.

Sie war allein. Liam hatte sie das letzte Mal im hellen Morgenlicht geliebt. Bevor sie eingeschlafen war, hatte sie verschwommen wahrgenommen, wie er aufstand. Sie wunderte sich, welche Geschäfte ihn zwangen, das Liebeslager nach einem solchen Tag, einer solchen Nacht zu verlassen. Katherine schlug die Bettdecke zurück und stand auf. Ihr Herz jauchzte.

Sie versuchte, ihr Glücksgefühl zu dämpfen. Sie war eine gefallene Frau, die Mätresse eines Piraten, sie sollte bedrückt und verzweifelt sein. Katherine blickte sich in dem kahlen Raum um. Nein, sie hatte keine Lust, sich düstere Gedanken über Dinge zu machen, die nicht zu ändern waren. Sie wollte nur an Liams wunderschöne Zärtlichkeiten, seine leidenschaftlichen Umarmungen und seine Manneskraft denken.

Aber er hatte sich geweigert, seinen Samen in sie zu entladen. Einerseits war sie froh darüber. Auf keinen Fall wollte sie ein Kind von ihm. Andererseits war es traurig, daß ein Mann keine Kinder haben wollte.

Sie schob ihre trüben Gedanken beiseite. Ihr Blick fiel auf

die Kassette, die er ihr gestern morgen schenken wollte, dann auf ihre Kleider, die auf dem Fußboden verstreut lagen. Sie hob ihre zerfetzte Unterwäsche auf. Auch das goldgelbe Kleid war zerrissen. Sie würde es flicken. Es war viel zu kostbar, um es wegzuwerfen.

Ihr Blick kehrte zu der emailbeschlagenen Kassette zurück.

»Ich will deine Geschenke nicht, Liam O'Neill«, rief sie plötzlich wütend.

Trauer erstickte ihr Glücksgefühl. Sie setzte sich wieder aufs Bett, zog die Pelzdecke über ihre Blöße und starrte düster auf das Kästchen. Im Schloß steckte ein kleiner Messingschlüssel, an dem sie drehte. Der Deckel sprang auf. Und Katherine verschlug es den Atem.

Auf Samt gebettet lag ein kostbarer Halsschmuck. Fünf große Rubine, von Diamanten umgeben, in Gold gefaßt. Das ›Geschenk‹ war kein billiger Tand. Es war ein kostbares Schmuckstück, einer Prinzessin würdig, nicht einer Hure.

Wie in Trance nahm sie den Halsschmuck aus der Kassette, hielt ihn sich vor und wandte sich dem Wandspiegel über der Kommode zu. Beim Anblick ihres Spiegelbildes ließ sie die Rubinkette fallen, als hätte sie sich an ihr verbrannt.

Sie sah eine nackte Frau mit wilder, roter Haarmähne, deren Mund geschwollen und wund geküßt war, deren Augen in unverhohlener Gier glühten, während sie sich das kostbare Kollier an den nackten, bebenden Busen hielt. Im Spiegel hatte sie nicht Katherine FitzGerald, die Tochter eines Grafen gesehen, sonderen eine teuer bezahlte Kurtisane.

Katherines Herz hämmerte, hastig streifte sie das zerrissene Kleid über, versuchte, das Haar mit den Fingern zu glätten. Erst dann hob sie den Halsschmuck vom Fußboden auf, legte ihn in die Kassette zurück und drehte den Schlüssel um. Dann eilte sie die Treppe hinunter.

Liam stand am Kamin und blickte gedankenverloren ins Feuer. Guy hockte auf dem Fußboden und spielte mit einem jungen Wolfshund. Macgregor saß am langen Tisch, in ein

Buch vertieft. Ein Buch? Katherine hätte nicht gedacht, daß er lesen konnte.

Über Liams entrückten Gesichtsausdruck huschte ein warmes Lächeln, als er sie auf der untersten Stufe stehen sah.

Unsagbare Trauer senkte sich in Katherines Herz, als sie Liam ansah, sein stolzes, schönes Gesicht, seine stattliche, hochgewachsene Gestalt, seine rätselhaften grauen Augen. Was sie die letzten vierundzwanzig Stunden zusammen getrieben hatten, war kein Liebesspiel gewesen, sondern zügellose Unzucht.

Liam O'Neill war zwar kein Frauenschänder wie sein Vater, aber ein verbrecherischer Pirat, an dessen Händen Blut klebte.

»Guten Tag, Katherine.« Seine Stimme klang gelassen. »Wir werden bald zu Mittag essen.« Sein Blick fiel auf das zerrissene Mieder, das sie über dem Busen zusammenhielt. »Ich habe befohlen, die Kleidertruhe vom Schiff heraufzubringen. Sie muß jeden Moment da sein. Dann kannst du dich vor dem Essen umkleiden.«

Ihr Herz drohte vor Schmerz zu zerspringen. Sie trat auf Liam zu und hielt ihm die Schmuckkassette hin. »Das kann ich nicht annehmen.«

Sein Gesichtsausdruck war undurchdringlich. Er nickte.

»Ich will keine Geschenke von dir.«

»Gut. Das ist eine Entscheidung, die du treffen mußt.« Seine Stimme klang unbeteiligt.

Katherine war zum Weinen zumute. Sie wandte ihm unvermittelt den Rücken zu. Ihr Blick fiel auf den gedeckten Tisch. Sie war mit brüllendem Hunger aufgewacht. Nun war ihr Appetit verflogen. Sie war in ernster Gefahr, weigerte sich aber, die Gefahr beim Namen zu nennen. Sie wußte nur eines. Sie mußte fliehen, wenn es ihr auch noch so schwerfiel.

Wenige Tage später saß Katherine mit Guy auf dem Fußboden beim Würfelspiel. Der sonst so stille Junge strahlte und jauchzte, wenn er sie besiegte. Als Einsatz dienten Zweige und Steine, obwohl Guy lieber um echte Münzen spielen wollte. Mit glühenden Backen klatschte er in die Hände. Katherine lächelte. »Gegen dich habe ich keine Chance. Ich gebe mich geschlagen.«

Guy grinste glücklich, hob den Blick, und sein Grinsen wurde noch breiter. Katherine blickte über die Schulter. Liam beobachtete sie. Ihr Herzschlag beschleunigte sich. Sie war sich der späten Stunde wohl bewußt — und was bald in ihrer Kammer oben passieren würde.

Denn Liam nahm sie jede Nacht, und ihre wilden Umarmungen dauerten oft bis zum Morgengrauen. Manchmal fiel er sogar am hellen Tag über sie her. Und Katherine wies ihn nie zurück.

Ihre Blicke trafen einander. Katherine spürte, wie ihre Wangen sich röteten. Er näherte sich ihr, seine Hand berührte ihre Schulter. »Hast du im Kloster Würfeln gelernt, Kate?«

Katherine lachte nervös. »Gewiß nicht. Ich habe es von meinem Vater und meinem Onkel gelernt.«

Er ging neben ihr in die Hocke, sein Blick glitt zärtlich über sie. »Und deine Mutter? Hat sie es nicht verboten?«

Katherine lächelte. »Sie wußte nichts davon.«

Er lachte und wandte sich an Guy. »Hoffentlich plünderst du die Dame nicht völlig aus«, meinte er ernsthaft.

Guy errötete. »Nein, Sir.«

»Ein Gentleman läßt eine Dame gewinnen.« Liam erhob sich, bedachte Katherine mit einem langen Blick und ging. Sie blickte ihm nach. Ihr Puls jagte. Doch dann sah sie Guys fragendes Gesicht und tätschelte seine Hand. »Spielen wir weiter oder nicht?« fragte sie heiter.

»Ja Lady, wir spielen«, rief er begeistert. »Muß ich Euch wirklich gewinnen lassen?«

Katherine konnte nicht schlafen. Liam lag auf dem Rücken und atmete tief und gleichmäßig, sein Körper noch schweißnaß von der Liebe. Katherines Herz krampfte sich zusammen.

Die Juninächte auf der Insel waren kühl. Sie zog die Bettdecke hoch. Beim Abendessen hatte Liam ihr eröffnet, daß er am Morgen die Anker lichten würde.

Katherine hatte töricht reagiert und gefragt, wohin er segeln würde. Er hatte sie mit seinem undurchdringlichen Blick angesehen und geantwortet, es sei unnötig, das zu wissen.

Tränen brannten in ihren Augen. Wie konnte sie nur eine Sekunde lang vergessen, daß ihr Geliebter ein Pirat war? Daß seine Piraterei Teil eines ausgeklügelten und gefährlichen politischen Spiels war?

Liam verließ die Insel. Das bedeutete, daß sie endlich Gelegenheit hatte zu fliehen.

Das Feuer im Kamin brannte noch und tauchte seinen prächtigen Körper in rötlichen Schimmer. Das Herz wurde ihr schwer. Um so mehr Grund, jetzt zu gehen, bevor er sie wegschickte, was er mit Sicherheit eines Tages tun würde.

Katherine schlang die Arme um sich, ließ ihren Tränen freien Lauf. Nein, sie liebte ihn nicht. Aber er hatte sie zu seiner Sklavin gemacht mit seiner Sinnlichkeit, mit seiner Kraft und seiner Zärtlichkeit. Sklaven konnten ihren Herren entkommen; und sie mußte ihm entkommen.

Morgen stach er in See. Sie würde ins Dorf gehen mit der Kassette, in der das Rubinkollier lag. Für einen so hohen Preis würde sie mit Sicherheit jemand finden, der ihr half, die Insel — und Liam — zu verlassen.

23. Kapitel

Katherine schleppte sich mühsam den steilen, steinigen Weg vom Dorf zur Burg hinauf, eingehüllt in einen grauen Mantel, um nicht erkannt zu werden. Liam war im Morgengrauen aufgebrochen, und sie hatte sich kurze Zeit später unbemerkt aus der Burg geschlichen, war neben einem Fuhrwerk her gelaufen, die Kapuze tief ins Gesicht gezogen.

Nun brannte die Sonne vom blauen Himmel. Ihre Stimmung paßte keineswegs zu dem heiteren Tag, obgleich sie ihr Ziel erreicht hatte. Ein Seemann hatte die Kassette mit dem kostbaren Schmuck angenommen und versprochen, ihr bei der Flucht behilflich zu sein.

Über der Burg zog ein Habicht seine Kreise. Ja, sie war glücklich, redete sie sich ein. In wenigen Tagen, wenn das Schiff aus Belfast eintraf, wollte der Seemann Kontakt mit ihr aufnehmen. Und wenn das Schiff nach Nordirland auslief, würde sie, in einer Kiste versteckt, an Bord sein.

Katherine ärgerte sich über ihre zwiespältigen Gefühle, über den Kloß, der ihr im Hals saß, und über den vermaledeiten Piraten überhaupt. Sie mußte gehen, bevor das Undenkbare geschah — bevor sie sich in ihn verliebte.

Sie weigerte sich, darüber nachzudenken, welcher Empfang ihr in England bereitet würde. Sie mußte zu Hawke zurückkehren, mit dem sie dem Gesetz nach verheiratet war. Wie würde sie ihm gegenübertreten, wie der Königin? Doch niemand würde ihr die leidenschaftlichen Nächte mit Liam anmerken, hoffte sie zumindest.

Und was war mit ihrem Vater? Katherine hatte seit ihrer Entführung nicht an ihn gedacht. Wie würde er sie empfangen? Würde er ihr Vorwürfe machen, weil sie sich seinem Befehl widersetzt hatte. Sie hatte den Piraten nicht geheiratet, war statt dessen seine Mätresse geworden.

»Katherine!«

Sie blieb erschrocken stehen. Guy kam ihr keuchend den schmalen Weg entgegen. Hinter ihm tauchte Macgregor auf.

Katherine zwang sich zu einem Lächeln. »Guten Morgen, Guy!«

»Wo wart Ihr?« fragte der Junge außer Atem. »Wir haben überall nach Euch gesucht!«

Ohne Macgregor anzusehen, fuhr sie Guy durch die Haare. »Mir war langweilig«, log sie, »deshalb habe ich einen Spaziergang gemacht.«

»Ich hätte Euch begleitet«, ereiferte sich Guy. »Der Kapitän hat mir extra befohlen, auf Euch aufzupassen.«

»Lady Katherine«, meldete Macgregor sich zu Wort, »wenn

Ihr das nächste Mal die Burg verlaßt, werde ich Euch begleiten.«

Katherine reckte das Kinn. »Glaubt Ihr, ich mache einen Fluchtversuch?«

Er blickte sie schweigend an.

»Ihr wißt genau, daß ich nicht fliehen kann«, sagte sie. »Aber ich lasse mich nicht in dieses trostlose Gemäuer einsperren.« Damit rauschte sie an Macgregor vorbei. Guy blieb ihr auf den Fersen.

»Katherine?«

»Was gibt's, Guy?«

»Seid Ihr nicht glücklich hier?«

Der Junge würde traurig sein, wenn sie nicht mehr da war. Sie wählte deshalb ihre Worte mit Bedacht. »Ich bin nicht unglücklich, Guy. Aber meine Familie und meine Freunde leben anderswo. Ich bleibe nicht für immer hier.«

Tränen glitzerten in den Augen des Kindes. »Ich dachte, Ihr seid anders als die anderen und bleibt. Aber Ihr geht genauso wie die anderen.«

Katherine stockte der Atem. *Die anderen.* Wie viele andere waren vor ihr hier gewesen? Sie wollte es nicht wissen.

»Ja, ich bin genau wie die anderen.« Und sie beschleunigte ihre Schritte.

Gelangweilt und zugleich unruhig schlenderte sie zum neuen Haus hinüber. Guy trottete hinter ihr her. Sie hatte Margeriten gepflückt, die auf einem Rasenstück im Vorhof blühten.

Auf Zehenspitzen versuchte sie, durch ein Glasfenster zu spähen. Doch die Vorhänge waren zugezogen. Sie wandte sich an Guy. »Liam hat einmal von diesem Haus gesprochen. Wieso wohnt er in dem zugigen, modrigen Steinhaufen und nicht hier?«

Guy zuckte die Achseln. »Ich bin seit zwei Jahren beim Kapitän, aber hier hat er nie gewohnt.«

Wieso baute Liam ein schönes, großes Haus und ließ es leerstehen? »Warst du mal drin?«

»Nein, nie. Es ist immer verschlossen.«

Sie warf Guy einen verschwörerischen Blick zu, eilte zur Frontseite und rüttelte an dem hohen Eichenportal.

»Was habt Ihr vor?« fragte Guy neugierig.

Sie zwinkerte ihm zu. »Ich will das Haus erforschen.«

Guy bekam große Augen. »Wahrscheinlich hat der Verwalter den Schlüssel. Aber mir gibt er ihn nicht. Und der Kapitän wird vielleicht wütend, wenn er herausfindet, was wir getan haben.«

»Das laß nur meine Sorgen sein. Ich versuche, den Verwalter zu beschwatzen, mir den Schlüssel zu geben.«

Lachend drehten die beiden sich um und standen vor Macgregor.

»Kann ich Euch behilflich sein, Lady Katherine?« fragte er höflich.

Katherine hatte ihre Meinung über den grobschlächtig wirkenden Mann längst geändert, den sie anfangs für einen primitiven Grobian gehalten hatte. Er sprach zwar selten mit ihr, aber wenn, dann tat er es mit ausgesuchter Höflichkeit und großem Respekt.

»Ich möchte mir das Haus gerne von innen ansehen«, entgegnete Katherine ein wenig hochnäsig.

»Niemand betritt das Haus des Kapitäns.«

»Warum nicht?«

Er zuckte die Achseln. »Es steht mir nicht zu, ihn danach zu fragen.«

»Wer hat den Schlüssel?«

»Der Kapitän.«

»Und der Verwalter?«

Macgregor seufzte. »Ich besorge den Schlüssel. Aber Ihr müßt dem Kapitän erklären, daß es Euer Wunsch war.«

Katherine entfuhr ein Laut des Entzückens. Guy blieb der Mund vor Staunen offen stehen.

Nicht einmal bei Hofe hatte sie solche Pracht gesehen. Intarsienverziertes Parkett, die Wandtäfelung aus poliertem Mahagoni. Staunend schritt sie durch die Eingangshalle, vorbei an den Seidentapeten mit kostbaren Ölgemälden in vergoldeten Rahmen. An der Schwelle zum Speisesaal verharrte sie.

Der Raum war mit dunkler Eiche getäfelt. In der Mitte stand ein runder Eßtisch auf geschwungenen Beinen, die in kunstvoll geschnitzten Köpfen von Fabelwesen endeten, umgeben von gepolsterten Stühlen. Auf dem glänzenden Parkett lag ein riesiger Perserteppich.

In den bis zur Decke reichenden verglasten Vitrinen standen Terrinen, Geschirr, Vasen und Kerzenleuchter aus getriebenem Silber. In der Mitte des Raumes hing ein prachtvoller mehrarmiger Kerzenleuchter von der Kassettendecke. Katherine eilte in den angrenzenden kleineren Salon, der nicht minder prunkvoll eingerichtet war. An den Wänden hingen Gemälde, die Fenster waren mit schweren Damastdraperien verhangen. An einer Wand stand ein verglaster Schrank, angefüllt mit ledergebundenen Büchern. Ein ausladender Schreibtisch, der auf vergoldeten Löwenpranken stand, beherrschte den Raum.

Katherine sank in einen seidenbezogenen Sessel.

»Ist Euch nicht gut?« flüsterte Guy.

Katherine schüttelte den Kopf. »Ich verstehe diesen Mann nicht.«

Guy schaute sich ehrfurchtsvoll in dem Raum um.

»Ich verstehe ihn nicht«, wiederholte Katherine. »Er spielt den Piraten, dabei ist er ein Edelmann. Er spielt den wilden Mann, ist aber belesen und klug. Er nennt die modrige Burg sein Heim — und nebenan hat er ein Haus, das eines Prinzen würdig wäre.«

Guy setzte sich auf einen Hocker. »Er ist ein großer Mann.«

»Er plündert und raubt, Guy. Er ist ein Pirat.«

Guy hob seine mageren Schultern. »So ist die Welt nun mal. Das hat er mir selbst gesagt. Wenn du dir nicht nimmst, was du willst, wird dir alles genommen.«

Katherine blickte den Jungen verwundert an. Liam hatte recht. In dieser Welt herrschte Macht vor Recht. Sie hatte das am eigenen Leib zu spüren bekommen. Und Liam hatte diese schmerzliche Erfahrung mit Sicherheit auch gemacht. Vermutlich sehr früh in seiner Kindheit, damals vielleicht, als Shane O'Neill ihn seiner Mutter entrissen hatte.

Das würde einige Widersprüche in seiner Persönlichkeit erklären — einerseits war er der rauhe Pirat, andererseits der charmante, gebildete Gentleman.

Schweren Herzens schlich Katherine sich aus dem Burgtor, wie schon vor einigen Tagen. Ein Küchenmädchen hatte ihr eine Botschaft überbracht. Das Frachtschiff aus Belfast war angekommen.

Sie rannte ins Dorf, schrak bei jedem Geräusch zusammen. Jeden Augenblick glaubte sie, Macgregor könne sie am Arm packen.

Sie wollte sich mit dem Seemann am Hintereingang einer Bierschänke treffen, direkt am Hafen. Katherine sah ihn neben ein paar Bierfässern herumlungern. Unsicher spähte sie in die Runde.

Nichts schien ungewöhnlich. Ein Fuhrwerk ratterte die Straße entlang, Männer gingen ihren Geschäften nach. Drüben auf der anderen Straßenseite pries eine Frau frischen Fisch an. An der Straßenecke lehnte eine grell bemalte Dirne an einer Hausmauer. Direkt am Kai spielten zwei Buben mit einem Ball. Und dann gefror Katherine das Blut in den Adern. Weiter hinten an einem der letzten Stege lag die *Sea Dagger* vor Anker.

Katherine verlangsamte ihre Schritte. An Deck eilten Männer hin und her, Kisten und Fässer wurden entladen. Ihre Augen glitten suchend über das Piratenschiff. Sie wollte Liam ein letztes Mal sehen, bevor sie auf dem Frachtschiff nach Belfast der Insel für immer den Rücken kehrte.

»Lady?«

Katherine schrak zusammen. Erleichtert stellte sie fest, daß es nur der Seemann war. »Ihr habt mich erschreckt! Wann ist die *Sea Dagger* eingelaufen?«

»Heute morgen.«

Katherine schluckte. Liam war schon vor Stunden angekommen. War er noch an Bord, um das Entladen der Beute zu beaufsichtigen? Wieso war er nicht gekommen, um sie zu begrüßen? »Können wir an Bord gehen?«

»Ja, Mylady«, lächelte der Seemann.

Katherine schloß die Augen, Zweifel und Verwirrung schnürten ihr das Herz ab. Sie durfte nicht länger zögern, durfte jetzt nicht schwach werden. »Wo ist Liam?« fragte sie mit belegter Stimme.

Der Seemann blickte sie unsicher an.

Katherine fuhr sich mit der Zunge über die Lippen. Ihr Herzschlag jagte. Sie mußte ihre Zweifel besiegen.

»Direkt hinter dir, Katherine.« Liams Stimme klang weich — und gefährlich.

Katherine spürte, wie der Boden unter ihren Füßen schwankte. Mit letzter Kraft drehte sie sich um. Liam stand vor ihr und blickte sie kalt an. Von seiner Hand baumelte das Rubinhalsband, mit dem sie den Seemann bestochen hatte.

24. Kapitel

Liam warf dem Mann das kostbare Schmuckstück zu. »Behalt es, Jacko. Du hast deine Sache gut gemacht.«

Katherine legte die Hand an den Mund, ihre Augen waren weit — ungläubig, angstvoll. Jacko grinste, sackte den Schmuck ein, salutierte und ging. Katherines Blick wanderte zu Liams Gesicht. Seine Augen waren wie aus Eis.

Sein Zorn machte ihr angst. Gleichzeitig aber beruhigte sich ihr Pulsschlag. Erleichterung breitete sich in ihr aus. Er packte ihren Arm und zog sie an sich. »Ich wußte gar nicht, daß du so unglücklich bist, Katherine.«

Sie blickte in sein schönes Gesicht. Hatte sie ihn wirklich verlassen wollen? Ihre Augen wurden feucht. »Ich … ich war eigentlich nicht unglücklich, Liam.«

Er lachte trocken. »Warum dann?« fragte er barsch.

Am liebsten hätte sie sich in seine Arme geworfen, bezwang sich aber. »Ich war es mir schuldig.«

Er blickte sie wortlos an.

»Ich konnte die Situation nicht passiv über mich ergehen lassen«, fügte sie leise hinzu.

»Ich kenne dich nicht passiv.«

Sie errötete. »Das ist nicht fair.«

»Das Leben ist nicht fair. Und Heuchelei kann ich nicht ausstehen.« Er drehte sie unsanft in die Richtung, aus der sie gekommen war, und zerrte sie mit sich. Katherine hatte Mühe, mit ihm Schritt zu halten. Sich aus seinem eisenharten Griff befreien zu wollen war sinnlos. Dorfbewohner, die ihnen begegneten, gafften ihnen mit unverhohlener Neugier nach, manche grinsten schadenfroh. Liam beschleunigte seine Schritte. »Was hast du vor?« keuchte sie atemlos.

»Wir werden die Sache ein für allemal regeln.«

»Was heißt das?«

Statt einer Antwort lächelte er kalt. Katherine bekam nun wirklich Angst. Er war so wütend. Es hatte keinen Sinn, wenn sie ihm erklärte, daß sie ihn gar nicht wirklich hatte verlassen wollen. Plötzlich bog er nach rechts ab in die Dorfmitte.

»Ich will wissen, wohin du mich bringst«, keuchte Katherine, die neben ihm herlaufen mußte.

»In die Kirche«, knirschte er zwischen den Zähnen, ohne sie anzusehen.

Durch die Blätter der flirrenden Silberbirken schimmerte die weißgetünchte Kirche. »Liam, bleib stehen! Das ist doch sinnlos!« rief sie und versuchte, sich seinem Klammergriff zu entwinden.

Schweigend zerrte er sie den gepflasterten Weg entlang und die drei Steinstufen zum Kirchenportal hinauf.

»Was fällt dir ein?« protestierte sie, als er das Portal mit der Schulter aufstieß, das mit lautem Knall gegen die Mauer krachte.

»Es ist Zeit, daß wir heiraten«, knurrte er.

In der Kirche war es kühl und still. Durch die bunten Glasfenster zu beiden Seiten des Mittelschiffs fiel dämmriger Lichtschein auf den Altar, den ein goldenes Kruzifix schmückte. Eine katholische Kirche, stellte Katherine fest, was ihre Verwirrung nur steigerte.

»Liam«, flüsterte sie verzweifelt, »du weißt doch, daß ich verheiratet bin.«

Seine eisgrauen Augen bohrten sich in ihre. »Ich weiß auch, daß deine Ehe mit Hawke nie vollzogen wurde. Vermutlich hat er sich bereits von dir scheiden lassen. Im übrigen werden Ehen zwischen Katholiken und Häretikern vom Papst nicht anerkannt. Nach deinem eigenen Glauben bist du nicht mit Hawke verheiratet, Katherine.«

»Aber du bist auch Protestant«, wandte sie hilflos ein, begriff allmählich, daß er es todernst meinte.

»Mein Glaube geht nur mich etwas an«, sagte er leise. »Pater Michael wird sich nicht weigern, uns zu trauen. Ich habe ihn auf die Insel gebracht, habe ihm diese Kirche gebaut, und ich bezahle ihn. Er wird mich katholisch taufen und uns hinterher verheiraten.«

Katherine entfuhr ein erstickter Schrei. Sie hatte sich immer eine katholische Heirat gewünscht — aber nicht mit einem Piraten, Gott behüte!

»Liam«, rief eine männliche Stimme.

Vom Eingang zur Sakristei eilte ein Priester im schwarzen Gewand auf sie zu. Er war jung, dunkelhaarig und lächelte Liam freudig entgegen.

»Pater Michael«, grüßte Liam leise, »ich möchte Euch Katherine FitzGerald vorstellen.«

Pater Michael wandte sich an sie. »Ich freue mich, Euch kennenzulernen, Mylady.« Seine blauen Augen leuchteten gütig und heiter. »Seid mir in unserem Gotteshaus willkommen.«

Katherine war unfähig zu sprechen.

»Ich wünsche, daß Ihr uns traut«, fuhr Liam fort.

Der Priester schien keineswegs erstaunt. »Soll die Trauung sogleich vollzogen werden?«

»Ja«, antwortete Liam, und seine Stimme hallte durch die leere Kirche. »Die Trauung soll auf der Stelle vollzogen werden.«

Katherine schwankte der Boden unter den Füßen. Liam fing sie auf und schleppte sie den Mittelgang entlang vor den Altar. Sein Blick war entschlossen, und Katherine wußte, daß nichts ihn von seinem Vorhaben abbringen konnte — weder Gott noch der Teufel.

Katherine stand am winzigen Fenster der Schlafkammer und blickte ins Leere. Sie mußte ihr Schicksal hinnehmen. Und ihr Schicksal war offenbar Liam O'Neill.

Hawke hatte sich mit großer Wahrscheinlichkeit von ihr scheiden lassen.

War es nicht besser, die Ehefrau des Piraten zu sein und nicht seine Hure? Kein anderer Mann würde sie nehmen, nachdem sie wochenlang mit ihm zusammengelebt hatte. Ihr Vater konnte sie nicht bei sich aufnehmen, sie wäre heimatlos und bettelarm.

Was war so schlimm daran, Liams Ehefrau zu sein? Noch dazu, da sie sich so sehr nach ihm verzehrte, vermutlich im Begriff war, sich in ihn zu verlieben.

Sie war erschöpft und ratlos. Fröstelnd schlang sie die Arme um sich.

Katherine wurde sich mit einem Mal der Stille in der Kammer bewußt, obwohl sie nicht allein war. Sie wandte den Blick über die Schulter. Liam stand reglos an der geschlossenen Tür und beobachtete sie aufmerksam.

Ihr Herzschlag schlug unregelmäßig.

Sein Gesicht war ernst. Er hatte doch seinen Willen durchgesetzt. Wieso wirkte er so bedrückt? Irgendwie gehemmt. Katherine konnte den Blick nicht von ihm wenden. Schließlich fuhr er sich mit der Hand durch die Haare — eine Geste der Hilflosigkeit.

Katherine befeuchtete ihre Lippen. »Und jetzt?«

Er blickte sie unverwandt an. »Was meinst du, Katherine?«

»Ich weiß nicht«, entgegnete sie verzagt.

»Ich will keinen Kampf mehr mit dir«, fuhr er mit belegter Stimme fort.

Sie zuckte zusammen, ihre Augen suchten seine. »Dann solltest du in Zukunft aufhören, grob mit mir umzugehen, Liam.«

»Vielleicht.«

Eine lastende Stille legte sich zwischen sie. Katherine war sich der Spannung in ihrem Körper, zwischen ihren Schenkeln, in ihren Hüften und in ihrem Kopf glasklar bewußt. Sie war mit Liam verheiratet. Es war ihre Hochzeitsnacht. Jetzt hatte er den Segen der Kirche, sie in sein Bett zu nehmen, sie zu begatten. Warum stand er da und blickte sie so ernst an? Was hielt ihn zurück, über sie herzufallen, wie er es so oft getan hatte?

Er hatte die Arme über der Brust verschränkt. »Ich frage mich, ob Friede zwischen uns möglich ist.«

Ein Stich bohrte sich in ihr Herz. »Ich ... weiß nicht.«

Seine Züge verhärteten sich.

Katherine schluckte. »Wir könnten ... es versuchen.«

Sie ersehnte nichts mehr als Frieden und Harmonie, sie war den ständigen Kampf leid. Sie sehnte sich nach dem Schutz seiner Umarmung, nach seinem Körper, seiner Lust. Sie errötete. »Wir sind jetzt verheiratet. Es wäre ... verrückt zu streiten.«

Mit drei raschen Schritten war Liam bei ihr, blieb dicht vor ihr stehen, ohne sie zu berühren. »Ich glaube, ich bin verrückt, Kate, all das getan zu haben, all das riskiert zu haben — für dich.«

Ein wildes, heißes, jauchzendes Glücksgefühl stieg in Katherine hoch. Sie beherrschte sich, dämpfte ihren inneren Jubel.

»Vielleicht schaffen wir es«, sagte sie. »Wir können es schaffen.«

Liam atmete tief durch. Sein Gesicht verschwamm vor ihren tränenverschleierten Augen. Sie legte ihre Hand an seine Wange. Liam schloß die Augen. Dann drückte er einen innigen Kuß in ihre Handfläche.

Als ihre Lippen diesmal ineinander verschmolzen, war es der Auftakt zu weit mehr als einer lustvollen, fleischlichen Vereinigung.

Katherine bemerkte im Halbschlaf, wie Decken über ihren nackten Körper gebreitet wurden, hörte merkwürdige Geräusche, die bald vertrauter wurden — Mägde füllten eine Wanne mit heißem Wasser.

Allmählich begann ihr benommener Verstand zu arbeiten. Sie lag im Bett in der Schlafkammer, die sie seit Wochen mit Liam teilte. Sie erinnerte sich an alles. Liam hatte sie nicht gehen lassen, und ihr Verlangen hatte seine Leidenschaft immer wieder entfacht. Das erste Mal war unendlich sanft, unendlich zärtlich gewesen, das zweite Mal zügellos und wild. An den Rest erinnerte sie sich nur verschwommen. Seine Hände, seine Lippen, sein mächtiges Eindringen, seine geflüsterten Zärtlichkeiten und sündigen Lüsternheiten, alles verschwamm ineinander. Doch kein einziges Mal hatte Liam seinen Samen in sie gespritzt, nicht einmal.

Trauer spülte Katherines satte Trägheit fort. Sie hatte sich immer Kinder gewünscht. Und jetzt war sie seine Frau. Warum verweigerte er ihr seine Kinder? Welche dunklen Dämonen trieben ihn zu diesem unnatürlichen Verhalten? Jeder Mann wünschte sich Erben: Unsterblichkeit. Nur er nicht.

»Ich bin nicht so verantwortungslos, meine Bastarde in die Welt zu setzen. Ich will keine Kinder, und ich werde keine Kinder haben.« Seine Worte hallten in ihrem Kopf wider.

Katherine öffnete die Augen. Sonnenlicht strömte ins Zimmer. Es mußte bald Mittag sein. Sie sah den Mägden zu, die duftende Rosmarinzweige ins dampfende Badewasser streuten. Sie sollte sich freuen, doch eine tiefe Niedergeschlagenheit bemächtigte sich ihrer. Sie richtete sich auf, hielt das Laken vor ihre Blöße. Und dann erschrak sie.

Liam stand in der Tür. Als ihre Augen einander trafen, flog ein zaghaftes Lächeln über seine Gesichtszüge.

»Guten Morgen, Kate.« Er trat ans Bett, küßte die Innenseite ihre Hand und blickte ihr dabei tief in die Augen. Die Mägde beeilten sich tuschelnd, die Kammer zu verlassen. Katherines Wangen glühten. Sein Blick war so zärtlich, ließ sie wissen, daß er mehr für sie empfand, als er bisher eingestanden hatte. Diese Erkenntnis machte sie aber um so trauriger.

Er setzte sich neben sie aufs Bett. »Du machst ein trauriges Gesicht. Welche dunklen Gedanken quälen dich?«

Sie musterte ihn prüfend, dann platzte sie heraus. »Liam, jetzt sind wir verheiratet, und du willst sicher Kinder haben, oder?«

Sein Lächeln gefror. Abrupt stand er auf. Seine Augen sprühten Funken.

»Nein, Katherine. Ich dachte, du hast das begriffen. Ich setze keine Kinder in die Welt.«

Katherine zog die Bettdecke bis zum Hals. »Das verstehe ich nicht.«

»Das kann ich mir denken«, entgegnete er barsch.

»Aber ich bin deine Frau.« Verzweiflung und Zorn stiegen in ihr hoch. »Ich habe weiß Gott nicht darum gebeten, aber nun ist es geschehen. Und ich habe gewisse Rechte.«

»Ich will nicht, daß meine Söhne gezwungen sind, als Seefahrer die Meere zu durchkreuzen, weil sie keine Heimat haben. Und eine Tochter hätte noch weniger Chancen. Nein, ich will keine Kinder.«

Katherine schüttelte verständnislos den Kopf. »Bitte, Liam. Es ist sehr wichtig. Wir müssen darüber reden. Wir müssen ...«

»Nein!«

Katherine zuckte unter seinem scharfen Ton zusammen.

Seine Augen glühten. »*Nein.* Ich werde keine Huren und Piraten in die Welt setzen.«

Katherine schrie auf — als die Tür hinter ihm ins Schloß krachte.

25. Kapitel

Der Brief traf einen Monat später ein, im August. Liam brachte ihn, als er von seiner zweiten Reise zurückkehrte, die nicht länger als eine Woche dauerte. Katherine erkannte das Siegel des Grafen von Desmond. Ihr Herzschlag setzte aus. Der Absender war ohne jeden Zweifel ihr Vater, der nach wie vor die Insignien benutzte, auf die er kein Recht mehr hatte.

Liam beobachtete sie prüfend, als sie den Brief anstarrte. »Ich gehe nach oben und nehme ein Bad.« Dann lächelte er verführerisch. »Vielleicht wäschst du mir den Rücken, wenn du den Brief gelesen hast.«

»Danke, Liam«, entgegnete Katherine leise und blickte ihm nach, wie er die Treppe hinaufstieg. Sie war ihm dankbar, daß er ihr Zeit gab, das Schreiben in Ruhe zu lesen. Seit ihrer Entführung und noch mehr seit ihrer Heirat hatte sie aufgehört, an die Welt außerhalb ihrer Insel zu denken. Ihr Vater gehörte zu dieser Welt, und eigentlich wollte sie gar nicht wissen, was er ihr zu sagen hatte.

Sie trat an den Kamin. Zögernd brach sie das Siegel.

1. Juli 1571

Liebste Katie, warum schreibst du mir nicht? Was ist geschehen? Der Hof war in Aufruhr über deine Entführung, die Königin zornentbrannt, ebenso John Hawke. Doch Ihre Majestät schlug ihm die Bitte ab, Dich und O'Neill festzusetzen.

Beherzigst du meine Bitte? Ist O'Neill ein feuriger Verehrer? Wird er sich für meine Sache einsetzen? Meine Situation ist unverändert. Meine Sorgen werden immer größer. Ich sieche im Exil dahin. FitzMaurice in Desmond ist stark wie eh und je. Die Königin rauft sich die Haare, weil sie den Schurken nicht zu fassen bekommt. Philipp von Spanien unterstützt ihn aktiver denn je, und auch Katharina von Medici beliefert ihn. So kann es nicht weitergehen, liebste Katie. Bald hat sich FitzMaurice in Desmond so sehr eingenistet, daß ihn nur noch ein Gotteswunder aus meinem Land vertreiben kann.

Katie, auch wenn du jetzt mit Hawke verheiratet bist, mußt du O'Neill für unsere Sache gewinnen, wenn du das nicht bereits getan hast. Wir brauchen O'Neill als unseren größten Verbündeten. Schick ihn zu mir!
Dein dich liebender Vater
Gerald FitzGerald

Mit flatternden Fingern zerknüllte Katherine den Brief und warf ihn ins Feuer. *Sie war immer noch mit John Hawke verheiratet.*

Der Puls dröhnte in ihren Schläfen. Der Brief war am 1. Juli datiert, vielleicht hatte Hawke sich unterdessen scheiden lassen. Irgend etwas stimmte nicht. Liam hatte sie am 15. April entführt — wieso zögerte er so lange?

Katherine sank in einen Stuhl, unfähig, einen klaren Gedanken zu fassen. *Hatte sie zwei Ehemänner?* Hilfesuchend blickte sie zur Treppe, dachte an Liam. Sie hatte ihn mittlerweile ins Herz geschlossen. Nein. Katherine war sich bewußt, daß sie ihn liebte.

Katherine kämpfte gegen ihre aufsteigende Panik an. Gleichzeitig wurde ihr erschreckend klar, daß sie sich nicht länger auf Liams Insel verstecken durfte. Sie durfte ihre Pflicht ihrem Vater gegenüber nicht länger vernachlässigen, der darauf angewiesen war, daß sie ihm half. Sie mußte endlich Liam davon überzeugen, sich für ihren Vater zu verwenden. Und sie durfte auch nicht länger der Frage nach ihrer eigenen Zukunft ausweichen.

Katherine rannte die Treppe hinauf.

Liam lag im warmen Badewasser, als Katherine die Kammertür hinter sich zuschlug. Sie wirkte besorgt. Was hatte ihr rebellischer Vater geschrieben? Liam hatte geahnt, daß der Brief keine guten Nachrichten enthielt. Seufzend erhob er sich aus der Wanne. »Was ist passiert, Katherine?« fragte er zärtlich.

Sie war sehr bleich. Rasch trat sie zu ihm und reichte ihm ein Handtuch. »Was macht dich traurig, Liebste?«

Ihr Busen wogte. Sie sprach hastig. »Vater ist verzweifelt. Er macht sich Sorgen um mich. Sein Cousin hat seinen gesamten Besitz an sich gerissen. Wenn FitzMaurice nicht bald von Perrot festgesetzt wird, besteht Gefahr, daß er nie mehr aus Desmond verjagt werden kann.« Sie schluckte. »Ich habe dich noch nie um etwas gebeten, Liam. Aber jetzt habe ich eine große Bitte an dich.«

Liam blickte sie mit ruhigen, grauen Augen an.

»Du mußt dich für meinen Vater verwenden, Liam.« Katherine hatte Mühe weiterzusprechen. »Er ist das Opfer einer großen Ungerechtigkeit. Liam, ich flehe dich an, ihm zu helfen.«

Liam nahm ihre beiden Hände in seine. »Für dich begehe ich liebend gerne einen Verrat, Katherine.«

»Du tust, worum ich dich bitte?« rief sie beglückt.

»Ich helfe deinem Vater bereits«, sagte er mit großem Ernst. Er hatte FitzMaurice nur einmal vor einigen Monaten getroffen, doch das hatte ihm gereicht. Seit dieser Zusammenkunft hatte er den Rebellen und seine Soldaten gut versorgt. Gut genug, daß sie sich gegen die britischen Truppen behaupten konnten. Nie zuvor waren die Männer besser ernährt, besser bewaffnet und besser versorgt gewesen.

Liam wußte genau, wie gefährlich sein Plan war. Der Plan, einen Mann nach oben zu bringen, um ihn anschließend zu stürzen, war riskant und konnte nur zu leicht fehlschlagen. Wenn er versagte, würde FitzMaurice in Desmond regieren und Liam hätte ihm dazu verholfen. Katherine würde das nie verstehen. Sie würde über seinen scheinbaren Verrat zutiefst bestürzt sein.

»W ...wie denn?« stammelte Katherine verdattert. »Wann?«

Liam streichelte ihre Wange. »Katherine, mein Leben ist die Politik. Ich lebe für und mit der Politik. Aber ich will nicht, daß die Politik zwischen uns steht.« Er hob ihr Kinn, schaute ihr in die Augen, küßte sie zärtlich und hungrig zugleich.

Sie erwiderte seinen Kuß. »Ich bin dir so dankbar, Liam. Aber wie? Bekämpfst du FitzMaurice auf See?«

Er hob ihre Hand an die Lippen und küßte sie. »Psst. Du bist eine kluge Frau, Kate. Aber halt dich von der Politik fern. Wenn du nicht am Ort des Geschehens bist, hast du auf niemand Einfluß.«

Katherine blickte ihm zärtlich in die Augen. »Soll ich das als Kompliment verstehen?« Ihre Stimme bebte. »Willst du damit sagen, wenn ich bei Hofe wäre oder in Irland, könnte ich Männer wie meinen Vater und FitzMaurice beeinflussen?«

Er studierte ihr bezauberndes Gesicht. Er durfte ihr nicht sagen, daß sie bereits auf die Schicksale dieser Männer einwirkte, da sie es war, die Liam dazu bewegt hatte, sich an einer Verschwörung zu beteiligen, die im Erfolgsfall alle existierenden Machtverhältnisse verändern würde, was auch Katherine und ihn betreffen würde. »Katherine, eine Frau wie du kann Berge versetzen«, antwortete er mit einem geheimnisvollen Lächeln.

Katherine errötete. »Meine Mutter war eine solche Frau«, sagte sie nach einer Weile.

»Und du hast ihre Intelligenz, ihre Zähigkeit und ihre Schönheit geerbt.«

»Ich bin keine Schönheit, Liam.«

»Im Kloster hat man dich zu Bescheidenheit erzogen. Aber Frauen, die Einfluß auf Männer ausüben, wissen ihren Wert zu schätzen. Bescheidenheit steht dir nicht an.«

Katherine furchte die Stirn. »Warum sagst du das?«

»Weil du im Gegensatz zu deiner Mutter naiv und unerfahren bist. Eines Tages brauchst du vielleicht scharfe Waffen. Bescheidenheit wäre dir dann nicht von Nutzen, mein Schatz.« Er wußte nicht, warum er so unverblümt gesprochen hatte — vielleicht, weil ihm der Galgen drohte, falls sein vermeintlicher Verrat bekannt wurde. Sollte sein Plan mißlingen, sollte er festgenommen und gehängt werden, mußte Katherine sich allein durchs Leben schlagen. Er haßte den Gedanken. »Du bist eine verführerische Frau, und Männer denken nur an eins, wenn sie dich sehen. Du kannst jeden Mann um den Finger wickeln. Und ein Mann, den du zum Sklaven gemacht hast, erfüllt dir jeden Wunsch, selbst gegen sein besseres Wissen und seine eigenen Interessen.« Er dachte an seine Geschäfte mit FitzMaurice. Er dachte an den Tower, und er dachte an den Richtblock.

Katherine fühlte sich unbehaglich bei seinen Worten. »Das höre ich nicht gern, Liam. Und außerdem habe ich dich nicht versklavt.«

Er lachte. »Nein?« Zugleich legte er ihre Hand um seine pulsierende Männlichkeit. »Seit du die Kammer betreten hast, schwillt mein Schaft und kann jeden Augenblick platzen.«

Sie entzog ihm ihre Hand, den Tränen nah.

Er zog sie in die Arme. »Verzeih, Liebste. Verzeih, daß ich nur an meine Lust denke, wenn du unglücklich bist. Was bekümmert dich noch?«

»John Hawke hat sich nicht von mir scheiden lassen«, weinte sie an seiner Schulter. »Ich fürchte, ich bin immer noch mit Hawke verheiratet.«

»Ich weiß«, preßte Liam zwischen den Zähnen hervor.

»Was?« Sie starrte ihn mit großen Augen an.

»Was hat das schon zu bedeuten? Wir sind verheiratet in deinem Glauben, Katherine. Ist das nicht genug?«

»Aber Hawke sieht mich als seine Frau — ganz England tut das.«

»Ich kenne das scheußliche Gefühl, von der ganzen Welt verhöhnt zu werden, Kate.« Er bemerkte ihren zärtlichen Blick. »Ich brauche kein Mitleid. Und du brauchst auch kein Mitleid — nicht einmal dein Selbstmitleid.«

Sie blickte ihn verdutzt an.

»Wir sind jetzt vor dem Gesetz Gottes verheiratet. Du gehörst zu mir. Oder willst du immer noch nach England zurück — und zu John Hawke?« Sein Blick hatte sich verdunkelt.

»Nein«, flüsterte sie.

»Du bleibst bei mir — freiwillig, ohne Zwang?«

»Ja.« Katherine blickte ihn so zärtlich, so liebevoll an, daß es ihm die Sprache verschlug. Und dann sagte sie, als würde sie einen Schwur leisten: »Ich verlasse dich nicht, Liam. Niemals.«

Seine Augen wurden weit. Sein Griff wurde fester. Die Adern an seinen Schläfen traten vor.

»Ich verspreche es«, sagte sie heiser. »Was auch geschieht.«

Liam stieß einen Laut aus, der sich tief aus seiner Brust löste und wie ein glückliches Stöhnen klang. Dann küßte er sie leidenschaftlich und innig. Katherine öffnete ihm willig die Lippen, ihre Zunge kam ihm entgegen. Liam schmeckte ihre Tränen und wußte, daß es Tränen des Glücks waren. Sekunden später hob er sie hoch, legte sie aufs Bett und riß ihr die Röcke hoch. »Ja, Liebling, ja«, flehte sie.

Beglückt von ihrem Geständnis, benommen von der Hitze ihrer Scheide, stieß er in sie, immer wieder, den Blick tief in ihre Augen gesenkt, und hoffte, sie möge die Liebe darin lesen, die er für sie empfand, eine Liebe, die er so lange verborgen hatte. Katherine klammerte sich an seine Schultern, begann zu weinen, und er wußte, daß ihr Höhepunkt nahte. Er konnte kaum noch an sich halten, hielt inne, kämpfte darum, die Beherrschung nicht zu verlieren, um seinen Samen nicht in ihren heißen, empfängnisbereiten Leib zu verströmen.

»Liam«, keuchte Katherine und hielt seine Wangen umfangen, »bitte bleib, bitte!«

Sein zum Zerbersten gespannter Schaft pochte in ihrer engen Scheide. Wie gerne hätte er sich in ihr entladen, heiß und strömend. »Nein Katherine«, keuchte er heiser. »Ich kann nicht.«

Sie spannte ihre Muskeln an, saugte sich an ihm fest, hielt sein Gesicht in ihren Händen.

»Ich liebe dich«, rief sie bebend. »Ich will Kinder von dir, Liam, bitte!«

Er lag angespannt und reglos über ihr, nur sein Penis pulsierte in ihr. Panik kroch in ihm hoch. Wie konnte er, der dem Galgen so nah war, dieser wunderschönen, geliebten Frau ein Kind machen? Schweißtropfen bildeten sich auf seiner Stirn.

»Liam, ich will ein Kind von dir«, schluchzte Katherine. Tränen liefen ihr übers Gesicht. »Liam — ich liebe dich!«

Liam bedeckte ihren Mund mit seinen Lippen und statt sich aus ihr zurückzuziehen, bohrte er sich tief in sie, immer wieder. Rasend in seiner Exstase, pumpte er seinen Samen zuckend in ihren Leib. Katherine klammerte sich an ihn und weinte vor Freude.

26. Kapitel

Richmond

An diesem milden Herbstnachmittag glitt die königliche Barke die Themse entlang, ihr vergoldeter Bug durchschnitt die Wellen, Gischt spritzte hoch. Einundzwanzig Männer bedienten die Ruder. Elisabeth, ganz in Gold gewandet, lehnte sich in die Polster zurück. Das Deck der Barke war mit frischen Blütenblättern bestreut. In Begleitung Ihrer Majestät befanden sich zwei Hofdamen, von denen eine die Laute spielte, sowie einige Herren.

In der Ferne tauchte der Palast von Richmond auf. Türme, Kuppeldächer und Kamine ragten in den blauen Himmel. Das Schiff fuhr durch die noch sommerlich grüne Landschaft an weitläufigen Obstgärten vorüber.

Die Barke wurde am Steg vertäut, Schwäne näherten sich mit gravitätisch gebogenen Hälsen. Die Königin ließ sich von zwei Herren an Land helfen und strebte mit verkniffener Miene auf dem Kiesweg den Palasttoren zu. Die Hofdamen hatten Mühe, Schritt mit ihr zu halten.

Elisabeth war gereizter Stimmung. Am Vormittag war ihr der Besuch von Sir John Perrot gemeldet worden. Sicher gab es wieder Ärger mit dem aufrührerischen Irland. Sie hatte genügend andere Sorgen. Erst vor kurzem war ein Komplott aufgeflogen, das vorsah, ihre Cousine Maria Stuart zu befreien, Elisabeth zu ermorden und eine katholische Rebellion in England anzuzetteln, mit Hilfe der Truppen des Herzogs Alba aus den Niederlanden. Die Rebellen wollten Maria Stuart auf Englands Thron setzen. Der Herzog von Norfolk war einer der Rädelsführer der Verschwörung, unterstützt von Rom und Philipp von Spanien. Erst vor einer Woche hatte Elisabeth den spanischen Botschafter des Landes verwiesen. Norfolk lag in Ketten im Tower. Den Papst ignorierte sie einfach.

Dieser Anschlag gegen sie war nur einer von zahlreichen politischen Konflikten. Wenn wenigstens Perrot ihr den Kopf des Rebellen FitzMaurice auf einem Silbertablett präsentieren würde, denn auch der irische Papist trachtete danach, sie zu stürzen.

Elisabeth fühlte sich elend und niedergeschlagen. Niemand konnte wirklich nachvollziehen, wie schwierig, ermüdend und gefährlich es war, Königin zu sein.

Richmond war der größte ihrer Paläste, ein unübersichtliches Gewirr verschachtelter Gebäude mit Zwiebeltürmen und Kuppeldächern, ummauerter Innenhöfe und Gärten. Elisabeth strebte unbeirrt dem mittleren Hof zu und betrat die Halle im Westflügel.

Die Königin schritt durch den großen Raum und die breite Treppe hinauf. Höflinge sanken vor ihr auf die Knie. In ihren Privatgemächern erwartete sie der Präsident des Geheimen Staatsrats von Munster bereits ungeduldig. Ohne Cecil und ihren Cousin Tom zu beachten, richtete sie ihren Blick auf den beleibten Perrot. Der rothaarige Mann machte einen erstaunlich eleganten Kniefall. »Königliche Hoheit«, grüßte er, »stets Euer treu ergebener Diener.«

Er war ihr Halbbruder, als solcher freilich nie offiziell anerkannt. »Sir John.« Elisabeth gab ihm mit einem knappen Wink zu verstehen, sich zu erheben. »Ihr bringt Uns hoffentlich gute Nachrichten.«

John blickte ihr unverwandt in die Augen. »Ja. Denn es empfiehlt sich zu wissen, wer die Verräter Englands sind.«

Elisabeth warf Cecil und Ormond einen irritierten Blick zu. Cecil wirkte gelassen wie immer, doch ihr Vetter war zornrot im Gesicht. »Wir wissen, wer die Verräter in Irland sind, und kennen ihren Anführer, diesen wahnsinnigen FitzMaurice. Werdet Ihr ihn festnehmen, bevor der Winter einsetzt und unsere Truppen aushungert?« Es war extrem schwierig, die britischen Truppen im Winter zu versorgen; jedes Jahr verlor die Krone mehr Soldaten durch Fieber, Unterernährung und Kälte, als im Kampfgeschehen.

»Ich werde den Schurken fassen, verlaßt Euch drauf«, entgegnete Perrot kühn. Doch dieses Versprechen hatte er bereits mehrmals gemacht.

»Wir sind diese Rebellion leid«, erklärte Elisabeth gereizt. »Wenn Ihr nicht in der Lage seid, einen einzigen Mann festzunehmen, müssen Wir einen anderen, fähigeren Mann auf seine Fersen heften.«

Sir Johns feistes Gesicht rötete sich.

Cecil hüstelte und näherte sich der Königin. »Ihr solltet Euch Sir Johns Bericht anhören, Hoheit. Es gibt eine Erklärung, warum es unseren Truppen bisher nicht gelang, ihn unschädlich zu machen.«

»Ja«, knurrte John, »ein zielstrebigerer Verbündeter unterstützt ihn, als Philipp von Spanien es ist.«

»Der spanische König hat in seinem Reich selbst genügend Probleme«, versetzte Elisabeth bissig. »Er hilft den Iren nur, um mir eins auszuwischen!« Die Königin straffte die Schultern. »Wer hilft dem papistischen Verräter? Wer wagt es?«

Perrot lächelte, als genieße er den Augenblick. »Der berüchtigte halbirische Pirat, der Herr der Meere.«

Elisabeth starrte ihn fassungslos an. Dann zwang sie sich zu einem Lächeln. »Liams einziges Verbrechen, so schamlos es sein mag, bestand darin, die Tochter FitzGeralds auf seine Insel zu entführen, um mit ihr dort ein zügelloses Leben in Sünde zu führen. Dadurch erhärtet sich zwar der Verdacht, daß Liam mit FitzGerald unter einer Decke steckt und er ihm hilft, seine Macht und sein Land wiederzuerlangen. Aber das ist sein ganzes Verbrechen.«

»Majestät«, widersprach Perrot eisig, »ich habe FitzMaurice ein Jahr lang durch ganz Südirland gejagt. Ich weiß, wovon ich spreche. Mir ist gleichgültig, daß O'Neill die Tochter von FitzGerald zu seiner Geliebten gemacht hat. Mir ist auch gleichgültig, ob er sie geheiratet hat oder nicht. Der Hurensohn von einem Piraten liefert FitzMaurice Proviant und Waffen.«

Elisabeths Knie zitterten. Tom schien Perrot zu glauben. Auch Cecil schien seiner Meinung zu sein. »Nein!« schrie sie. Ein Schmerz wie ein Degenstich durchbohrte ihr Herz. »Nein, Ihr irrt! Mein goldener Pirat mag sich für FitzGerald verwenden, aber er würde nie, *niemals* den Mann unterstützen, der öffentlich erklärt hat, mich vom Thron zu stürzen!« Sie war den Tränen nahe. Niemals würde Liam sie so schmachvoll betrügen.

»Ich irre mich nicht«, schrie Perrot außer sich vor Zorn. »Ich habe einen Spion unter den Rebellen, Majestät. Er hat gesehen, wie die beiden sich trafen, mehr als einmal. Und er hat die *Sea Dagger* beobachtet, die dreimal seit dem Frühling entladen wurde. *Ich weiß, wovon ich spreche.«*

Elisabeth wandte sich ab. Cecil führte sie zu einem Stuhl. In Elisabeths Augen brannten Tränen. Ormond kniete vor ihr, nahm ihre Hand.

»Wie kann das sein?« flüsterte sie tonlos. »Wie kann er mir das antun?«

Tom küßte ihr die Hand. »Er hat kein Herz«, antwortete er. »Ihm ist nichts heilig, er hat keine Ehre. Es war ein Fehler, Bess, ihn zu Eurem Vertrauten zu machen.«

»Aber . . .« Sie barg ihr Gesicht in den Händen, unterdrückte ein Schluchzen. Dann blickte sie Tom an. »Aber er ist mir treu ergeben. Dessen bin ich sicher.«

»Nein«, widersprach Tom heftig. »Ich bin Euch treu ergeben, ich habe Euch gern, Bess. Ich war stets Euer Verbündeter, und wir sind Vetter und Cousine. O'Neill ist Shanes Bastard. Das erklärt alles.«

Elisabeth drückte Toms Hände. Wie konnte sie vergessen, daß der Pirat der Sohn eines wüsten Barbaren und Mörders war? Wie konnte sie je den Augenblick vergessen, als sie seinem Vater zum ersten Mal begegnet war, damals, als junge

Königin? Bei Gott! Sie war betrogen und hintergangen worden. Als Frau und als Königin. Sie war eine Närrin!

Sie wandte sich an Cecil. »Warum habt Ihr nichts davon gewußt?« fragte sie schneidend. »Habe ich Euch nicht Tausende von Pfund zur Verfügung gestellt, damit Ihr Eure Spione überall einschleust? Warum habt Ihr nichts davon gewußt, Lord Burghley?«

»Es gab Anzeichen, die darauf hindeuteten, Majestät«, antwortete Cecil, ohne mit der Wimper zu zucken. »Doch mir scheint es unsinnig, daß Mary Stanleys Sohn einen papistischen Verrückten unterstützt. Deshalb hielt ich es für meine Pflicht, mich zunächst vom Wahrheitsgehalt zu vergewissern, ehe ich Euch mit dummen Gerüchten beunruhige.«

Vielleicht hatte Cecil recht. Es gab keinen plausiblen Grund, warum O'Neill Verrat üben sollte. Obgleich er kein gottesfürchtiges Leben führte, war er überzeugter Protestant. Welche anderen, nichtreligiösen Gründe mochten den Ausschlag geben, FitzMaurice zu unterstützen?

»Der Schuft wird allem Anschein nach sehr gut bezahlt«, erklärte Ormond. »Wir müssen FitzMaurice ausschalten, und vorher muß O'Neill festgesetzt werden.«

Elisabeth war zu wütend, zu gedemütigt, um einen klaren Gedanken fassen zu können.

»Liam O'Neill hat keinen Funken Ehre im Leib«, fauchte sie mit bebender Stimme. »Er ist ein Pirat, ein Mörder, dem es nur um seinen Profit geht. Er ist ein Verräter an der Krone.«

Perrot knurrte zustimmend. Cecil und Tom standen reglos und stumm.

»Ich will seinen Kopf«, kreischte die Königin.

Perrot trat näher. »Setzt einen Preis auf seinen Kopf aus. Heftet ihm Drake oder Frobisher auf die Fersen. O'Neill mag noch so viele Haken schlagen, Drake bringt ihn zu Fall.«

Elisabeth schluckte mühsam. Der Gedanke, Liam O'Neill von ihrem größten Seefahrer verfolgen zu lassen, jagte ihr Kälteschauer über den Rücken. Wer würde den Kampf gewinnen? Vielleicht würde sie beide Männer verlieren.

Elisabeth schloß die Augen. Sie mußte ihren goldenen Piraten festnehmen und ihn wegen Hochverrat vor Gericht stellen. Und dann ... kam er an den Galgen.

Elisabeth räusperte sich. »Ihr habt recht, Sir John. Derjenige, der mir Liam O'Neill bringt, wird mit fünfzigtausend Pfund belohnt.«

Cecils Augen weiteten sich. »Unser Staatshaushalt ist stark belastet, Majestät«, murmelte er warnend.

»Was schert mich das?!« schrie sie gellend. Sie hatte keine Lust, jetzt an Geld zu denken. »Ich will seinen Kopf!« Dann sah sie das goldblonde Haupt auf eine Lanze gespießt, und ihr Magen drohte sich umzudrehen. »Ich will ihn lebend«, preßte sie hervor. Sie mußte mit ihm sprechen, mußte eine Erklärung für sein Handeln von ihm erfahren.

Und plötzlich kam ihr ein Gedanke, der ihr das Blut in den Adern gefrieren ließ. Es gab einen Mann, der nach Liam O'Neills Kopf lechzte, dessen Motivation größer war als Habgier. Ein Mann, der aus Rache handelte, der einen tiefen, dunklen und persönlichen Haß gegen den Herrn der Meere hegte.

»Schickt John Hawke zu mir!« rief sie schneidend.

Juliet zügelte die dreijährige, vor kurzem zugerittene Stute. Sie saß sehr sicher im Sattel des nervös tänzelnden Tieres.

Unter ihr lag Hawkehurst. Das große Herrenhaus war Jahrhunderte alt und ein wenig baufällig. Doch Juliet liebte das alte Gemäuer, fand es viel hübscher als ihr protziges Elternhaus mit den vielen Türmen, Erkern und bunten Glasfenstern. Ihr war bang ums Herz. Aber was war dabei, wenn Katherines Freundin John Hawke einen Besuch abstattete? Der Verwalter von Thurlstone hatte berichtet, daß Hawke gestern nachmittag angekommen sei.

Tief in ihrem Innern wußte Juliet, daß sie sich selbst belog.

Sie verdrängte ihre bangen Gedanken. Als sie ihn das letzte Mal gesehen hatte, war er wütend über Katherines Entführung gewesen. In welcher Stimmung mochte er diesmal sein? Trauerte er um sie?

Juliete lenkte die temperamentvolle, kastanienbraune Stute den Hügel hinunter. Je näher sie dem hohen Steintor von Hawkehurst kam, desto banger wurde ihr ums Herz. Die Hufe der Stute klapperten auf dem Kopfsteinpflaster im runden Innenhof. Juliets Puls hämmerte. Das Pferd tänzelte in engen Kreisen, schnaubte unruhig. Das schwere, verwitterte Portal öffnete sich; Hawke trat heraus.

Juliet hatte vergessen, wie hochgewachsen, wie dunkel er war. Sie hatte vergessen, daß er ihr ein wenig Angst machte. Und sie hatte vergessen, wie schön er war.

Er trug ein einfaches Hemd, eine abgetragene Lederweste, Reithosen und Stiefel. Er eilte die Treppe herunter und nahm die Zügel der Stute, die sich sofort beruhigte. Seine ernsten Augen suchten Juliets Blick.

Juliet spürte, wie ihr die Röte in die Wangen stieg. Nein, er konnte ihre geheimsten Gedanken nicht erraten. Er konnte nicht wissen, welch sündige Gedanken sie nachts überfielen.

Ebensowenig konnte er wissen, mit welcher Sorgfalt sie sich für diesen Besuch gekleidet hatte. Ein Kleid nach dem anderen hatte sie verworfen, sich schließlich für ein dunkelgrünes, pelzbesetztes Taftkostüm entschieden, das ihren elfenbeinhellen Teint und ihr dunkles Haar unterstrich. Dazu trug sie einen passenden pelzgefütterten Umhang. Hawke aber hatte keinen Blick für ihr modisches Aussehen, sein Blick war auf ihr Gesicht fixiert.

»Guten Tag, Lady Stratheclyde. Welche Überraschung.« Er klang ernst.

Juliets Nervosität stieg. Sie hätte nicht kommen dürfen, nach den aufwühlenden Träumen, in denen John Hawke sie schamlos geküßt hatte.

»Ich hörte, Ihr seid aus London zurück«, brachte sie hervor und räusperte sich.

Hawke blickte sie weiterhin unverwandt an.

»I … ich hoffe, ich komme n … nicht ungelegen«, stammelte sie.

Sein Gesicht verfinsterte sich. Er schien wenig erfreut.

Und seine nächsten Worte bestätigten ihre Befürchtung. »Ich habe sehr viel zu tun.«

Damit machte er ihr klar, daß er kein Interesse an ihr hatte. Juliet fühlte sich tief gekränkt, senkte den Blick, nestelte an den Zügeln. Wäre sie nur nicht gekommen.

Er murmelte etwas in sich hinein. Dann legten seine starken Hände sich um ihre Mitte und hoben sie vom Pferd. Bei seiner Berührung stockte Juliet der Atem. Als er sie auf die Beine stellte, lehnte sie sich gegen die Stute und blickte stumm zu ihm auf. Ihr Puls jagte.

»Lady Stratheclyde?«

Plötzlich wußte sie es mit aller Deutlichkeit. Sie war nicht nach Hawkehurst gekommen, um sich nach Katherine zu erkundigen. Sie war gekommen, um John zu sehen. Sie war gekommen, weil sie diesen Mann heimlich, sündig begehrte, den Ehemann ihrer besten Freundin — obgleich sie mit Lord Simon Hunt verlobt war.

Sie holte tief Luft. Sie mußte so schnell wie möglich wieder fort, ehe er ihre wahren Gefühle erriet, ehe sie ihre liebste Freundin betrog, ehe sie ihren Verlobten betrog. »Ich ... ich fühle mich nicht wohl. Ich bin nicht mehr ans Reiten gewöhnt«, log sie. »Mir ist ein wenig flau.«

Er blickte sie prüfend an. »Wirklich? Ich habe nie eine Frau besser reiten sehen als Euch. Dabei ist die junge Stute noch gar nicht richtig zugeritten.« Er nahm ihren Ellbogen; Juliet zuckte ein wenig zusammen.

Sein Kompliment bereitete ihr ein unendliches Glücksgefühl.

»Kommt ins Haus. Ein Krug Bier hilft Euch wieder auf die Beine.«

Juliet ließ sich wie benommen durch die Halle, an den langen Tisch führen, wo sie sich setzte. Er rief nach Erfrischungen und blickte sie wieder unverwandt an, machte aber keinen Versuch, eine Unterhaltung in Gang zu bringen.

»Sir John«, begann Juliet unsicher, »ich komme, weil Katherine meine beste Freundin ist. Ich hoffte, Ihr wißt Neues von ihr.«

Hawkes Gesicht verschloß sich wieder. »Nein.«

»Keine Nachricht?« fragte sie erstaunt.

»Nein. Kein Wort.«

John blickte über Juliets Schulter aus dem Fenster über das Moor, das nebelverhangen auf den Winter wartete. Sie versuchte, seine Empfindungen in seinen Augen zu lesen. Er war immer noch zornig über Katherines Entführung, aber sie las keine Trauer.

Juliet verschränkte die behandschuhten Hände in ihrem Schoß. »Sicher ist sie wohlauf, und er behandelt sie nicht schlecht.«

Hawke wandte ihr den Rücken zu. »Ja. Er hat ihr wohl kaum Gewalt angetan. Hätte sie sein Mißfallen erregt, hätte er sie längst nach Hause geschickt.«

Juliet erschrak über die Bedeutung seiner Worte. Liam hatte Katherine verführt, und sie war ihm zu Willen. Juliets Wangen brannten. Sie verspürte den unwiderstehlichen Drang, John zu trösten. Hastig erhob sie sich und nahm seine Hand. Hawkes strahlend blaue Augen bohrten sich in ihre.

»Katherine wollte nicht entführt werden«, sagte sie endlich nach langem Schweigen. »Ihr sehnlichster Wunsch war, Euch zu heiraten.«

John blickte sie ausdruckslos an.

»Wenn Ihr etwas von ihr hört«, fuhr Juliet unsicher fort, »laßt Ihr es mich wissen?«

Hawke nickte.

»Wann kehrt Ihr an den Hof zurück?« fragte Juliet unschlüssig.

»Heute abend.«

Sie verbarg ihre Enttäuschung. Sie hatte gehofft, er würde ein paar Tage in Cornwall bleiben. Aber es war besser, wenn er schnell wieder abreiste. Für alle.

Hawkes nächste Worte erschreckten sie. »Die Königin hat mich beauftragt, O'Neill gefangenzusetzen. In einer Woche steche ich in See.«

»Was habt Ihr mit ihm vor?« fragte sie tonlos.

»Die Königin will seinen Kopf.« Dabei blickte er ihr direkt in die Augen.

Entsetzen klammerte sich um Juliets Herz. »Sir John ... er ist gefährlich! Bitte, paßt auf Euch auf ... Gottes Segen sei mit Euch.«

Damit wandte sie ihm hastig den Rücken zu. Er durfte ihre Besorgnis nicht erkennen, eine Besorgnis, zu der sie kein Recht hatte. Sie eilte zur Tür.

Seine starken Hände hielten sie zurück. Juliet wandte sich halb nach ihm um. Seine blauen Augen glühten.

»Danke, Lady Stratheclyde für Eure Segenswünsche«, flüsterte er rauh.

Ein jauchzendes Glücksgefühl stieg in ihr hoch.

»Und wenn Ihr einen Augenblick wartet, begleite ich Euch nach Thurlstone.«

Sie durfte noch ein wenig länger mit ihm zusammen sein. Sie war selig. Und dann dachte sie an seinen tödlichen Auftrag, und das Glücksgefühl machte einer eisigen Angst Platz, Hawke könne im Kampf gegen Liam O'Neill tödlich verwundet werden.

Sein Tod würde ihr das Herz brechen. Ihre Gefühle waren nicht die Schwärmerei eines jungen Mädchens für einen schönen Mann. Sie hatte sich in den Ehemann ihrer besten Freundin verliebt — kurz bevor sie mit Lord Hunt an den Traualtar trat.

27. Kapitel

Dingle Bay, Ireland

Die *Sea Dagger* lag vor Anker, während eine Ladung, kostbarer als Schießpulver, eilig in kleine Boote verladen und an Land gerudert wurde, wo die Männer von FitzMaurice warteten. Liam war mit der ersten Ladung Proviant an Land gegangen. Bald würde der Winter über Irland hereinbrechen.

Es war ein kalter, stürmischer Tag. Liam trug einen schweren Wollmantel, sein Atem bildete Dampfwolken vor seinem Mund.

Neben ihm stand Hugh Barry. Beide Männer beobachteten das Entladen des Piratenschiffs unter Aufsicht von Liams erstem Steuermann. »Damit werden wir die Hälfte des Winters überstehen«, sagte Barry.

»Das denke ich auch«, antwortete Liam. »Im Januar sehen wir uns wieder, aber nicht hier.« Dingle Bay hatte er bereits zweimal angelaufen. »Südlich von Galway gibt es eine schmale Bucht. Kennt Ihr die?«

Barry nickte.

Liam studierte den Mann, in dessen Gesicht sich im letzten Jahr vorzeitige Falten eingegraben hatten. Er war stark abgemagert. Liam haßte Hugh Barry längst nicht mehr. Die Rebellen kämpften auf verlorenem Posten, und Liam empfand Mitleid mit ihm.

»Wie geht es Katie?« fragte Barry unvermittelt.

»Es geht ihr gut«, entgegnete er gleichmütig.

»Bleibt sie aus freien Stücken bei Euch, O'Neill? Oder ist sie immer noch Eure Gefangene?«

Liam unterdrückte ein Lächeln. »Aus freien Stücken, Barry«, antwortete er knapp. Ihre Heirat verschwieg er wohlweislich. Sollte er je in Gefangenschaft geraten, war es für Katherine besser, wenn man nicht wußte, daß sie seine Ehefrau war; das würde ihr eine Menge Hohn und Verachtung ersparen. »Ich dachte, FitzMaurice will mich treffen. Wo zum Teufel bleibt er?«

»Keine Ahnung«, antwortete Barry. Sein Blick schweifte über die bewaldeten Hügel.

Schon als er vor Stunden in Dingle Bay vor Anker ging, hatte Liam eine seltsame Unruhe ergriffen. Seine Mission war zwar nicht ungefährlich, doch er hatte sich schon in weit gefährlicheren Situationen befunden, ohne diese seltsame Unruhe zu spüren.

Wieso erschien FitzMaurice zu einem vor Monaten vereinbarten Treffen nicht pünktlich?

»FitzMaurice kommt bestimmt nicht mehr«, stellte er unvermittelt fest, und seine Hand schloß sich um seinen Degengriff.

»Was? Woher wollt Ihr das wissen?«

Liam blieb ihm die Antwort schuldig. Unheil lag in der Luft. Sein Blick schweifte über die Bucht. Dann rief er seinen Männern Befehle zu, sich mit dem Löschen der Ladung zu beeilen und die *Sea Dagger* fertig zum Ankerlichten zu machen. »Ich treffe mich mit FitzMaurice ein anderes Mal«, sagte er zu Barry. Er spürte die Gefahr ganz deutlich und watete bereits durchs flache Wasser der Brandung.

»In zwei Monaten«, rief Barry ihm nach.

Liam nickte. Dann schrie jemand.

Dem Schrei folgte eine Gewehrsalve.

Liam wirbelte mit gezücktem Degen herum. Britische Truppen stürmten den Hügel herunter, bewaffnet mit Musketen und Degen. »Zum Schiff!« schrie Liam seinen Männern zu.

Wieder donnerte eine Gewehrsalve. Einige Rebellen gingen zu Boden. Andere zogen ihre Schwerter und Lanzen und griffen die britischen Soldaten an. Liam erschrak, als er Kavallerie den Hügel herunterreiten sah. Die irischen Rebellen trugen Felle, keine Eisenrüstungen, waren mit Messern und Dolchen ausgerüstet, einige trugen Schwerter und nutzlose Lanzen.

Barry hatte sein Schwert gezogen und rannte seinen Männern zu Hilfe.

Liam hörte seinen Schrei, wandte den Kopf und sah ihn fallen. Blut quoll aus einer Schußwunde in der Brust, knapp unter dem Schulterbein.

Nun folgte ein erbitterter Kampf. Die Iren setzten sich tapfer gegen die Briten zur Wehr, doch ihre unhandlichen Waffen konnten gegen die leichten, rasiermesserscharfen Rapiere wenig ausrichten, mit denen die Briten die Rebellen niedermähten, wenn sie ihnen nicht mit Musketen in den Rücken schossen. Das Massaker würde nicht lange dauern. Liam stürzte sich ins Kampfgeschehen.

Hugh versuchte vergeblich, auf die Beine zu kommen. Liam riß ihn hoch. Im gleichen Augenblick sprengte ein Reiter heran.

O'Neill ließ Barry fallen und stellte sich dem Soldaten mit gezücktem Degen. Auch der Brite hatte den Degen gezückt. Liam parierte den Stoß der scharfen Waffe mit solcher Wucht, daß der Reiter das Gleichgewicht verlor und hintenüber aus dem Sattel fiel. Liam stürzte sich auf ihn und stieß zu. Eine Sekunde später zuckte der Mann mit durchbohrtem Herzen im Todeskampf.

Liam wandte sich wieder nach Barry um, der taumelnd auf die Beine kam und versuchte, sein Schwert zu heben. Der Pirat riß ihm die Waffe aus der Hand, schleuderte sie von sich, warf sich den kleineren Mann über die Schulter und rannte in die Brandung. Seine Männer waren bereits in die Boote gesprungen. Liam watete durch die aufspritzende Gischt zum nächsten Boot, warf Barry über den Bootsrand und zog sich selbst hoch. Zwei Männer legten sich in die Ruder. Eine Musketenkugel pfiff knapp an Liams Kopf vorbei. Die Männer duckten sich.

Er spähte über den Bootsrand zum Strand zurück. Die meisten Rebellen lagen tödlich verwundet oder sterbend im Sand. Manche rannten den Hügel hinauf. Ein großer, beleibter Mann, viel zu schwer für das zierliche Pferd, ritt knöcheltief ins Wasser. Er trug keinen Helm, sein rotes Haar glänzte. Er starrte Liam direkt ins Gesicht. Es konnte kein anderer sein als Sir John Perrot.

Perrot schüttelte dem Ruderboot die geballte Faust hinterher. O'Neill wußte, daß er soeben nur durch ein Gotteswunder dem sicheren Tod entronnen war.

Katherine stand in der Küche, als Guy angelaufen kam. Gemeinsam mit zwei Küchenmägden kochte sie Obst und Gemüse ein. Die ganze Woche hatten die Frauen damit zugebracht, Früchte zu trocknen, Konfitüren zu kochen und Liköre zu destillieren. Noch bevor Guy den Mund aufmachte, wußte Katherine, daß Liam nach Hause gekommen war.

Hastig wusch sie sich die Hände, als Guy atemlos berichtete, daß Verwundete unter den Heimkehrern waren. »Dem Kapitän fehlt nichts, aber er läßt ausrichten, Ihr sollt Arzneien und ein Bett vorbereiten.«

Katherine befahl den Mädgen, ihren Arzneikorb, heißes Wasser, Seife und saubere Leintücher in die obere Kammer zu bringen. Dann rannte sie nach oben, riß die Tierhäute beiseite, um frische, kalte Luft einzulassen. Gegen alle Warnungen der Ärzte war sie davon überzeugt, daß frische Luft gesund sei.

Sie deckte das Bett auf. Ein Diener war hinter ihr eingetreten. »Laßt mich das machen, Mylady«, sagte er.

»Mach Feuer, Ned«, befahl sie und war schon wieder im Korridor.

Als sie die schmalen Steinstufen hinuntereilte, hörte sie Liams melodisch tiefe Stimme. Ein Diener hatte ihm den Umhang abgenommen. Sein Hemd und seine engen Hosen waren blutbespritzt. »Liam, bist du unverletzt?« rief sie und warf sich in seine Arme.

Er lächelte zärtlich. »Mir geht es gut, Kate. Aber dein alter Freund hat was abgekriegt.«

Erst jetzt sah Katherine den Verwundeten auf der notdürftig gebastelten Bahre; er war bewußtlos und schweißbedeckt. Ihre Augen weiteten sich erschrocken, als sie Hugh erkannte. »Guter Gott!« Sie beugte sich über ihn und legte ihm die Hand auf die heiße Stirn. Die Wunde war entzündet und mußte sofort versorgt werden. Hugh öffnete die Augen, starrte ins Leere, ohne sie zu erkennen.

»Bringt ihn nach oben«, befahl Katherine und wandte sich an den Verwalter. »Ich brauche Essig, Branntwein und verschimmeltes Brot.«

»Verschimmeltes Brot? Wir haben kein ...«

»Besorgt mir auf der Stelle verschimmeltes Brot«, befahl sie schroff, raffte die Röcke und eilte die Treppe hinauf, entschlossen, das Leben des Mannes zu retten, den sie einst geliebt hatte.

»Ich dachte, daß du es bist«, flüsterte Hugh einige Tage später.

Katherine machte die Tür hinter sich zu und trat lächelnd an sein Bett. Er war fieberfrei, sein Blick klar. Katherine wußte, daß er das Schlimmste überstanden hatte.

»Anfangs habe ich dich für einen Engel gehalten«, sagte Hugh rauh.

»Ein Engel bin ich wohl kaum«, lachte Katherine und dachte an die vergangene sündige Nacht in Liams Armen.

»Du hast dich verändert, seit ich dich zum letzten Mal sah.« Er versuchte sich aufzurichten, sank aber erschöpft wieder in die Kissen zurück. »Und ich bin schwach wie ein neugeborenes Kind.«

»Ja, aber die Wunde heilt gut«, tröstete Katherine ihn, »und in ein paar Tagen bist du wieder auf den Beinen.«

»Wie kann ich dir danken?« fragte Hugh. »Du hast mir das Leben gerettet.«

»Ich habe dich gepflegt, wie ich jeden Kranken pflegen würde. Du mußt dich nicht bei mir bedanken«, wehrte Katherine ab.

Hugh blickte ihr forschend in die Augen. »Vielleicht fällt mir was ein, wie ich dir danken kann.«

Katherine zuckte die Achseln. Dann sah sie Liam in der Tür stehen. Lächelnd trat sie auf ihn zu. Er legte seinen Arm um ihre Schulter. »Du erstaunst mich immer wieder«, schmunzelte er.

»Solange Ihr auf meiner Insel seid, bitte ich Euch nur um eines«, sagte Liam leise.

»Ihr könnte alles von mir verlangen«, antwortete Barry. »Euch habe ich die Freiheit und Katie mein Leben zu verdanken.«

Die beiden Männer saßen vor dem Kamin und nippten an irischem Whisky. »Katherine weiß nichts von meinen Geschäften mit FitzMaurice, und ich möchte nicht, daß sie etwas davon erfährt.«

»Wollte sie nicht wissen, wie ich auf Euer Schiff gekommen bin? Noch dazu als Verwundeter?« fragte Hugh erstaunt.

Liam blickte sinnend in sein Glas. »Ich habe sie belogen. Ich sagte, ich hätte *Euch* Proviant für den Winter gebracht, und wir seien von Banditen überfallen worden.«

»Und sie glaubte Euch?«

»Ja«, antwortete Liam knapp. »Es ist besser, sie zu belügen. Die Wahrheit würde sie nicht verstehen.«

»Ich könnte es ihr nicht verdenken, wenn sie sich hintergangen fühlt«, nickte Barry zustimmend.

Katherine stand wie gelähmt an der Schwelle zur Halle. Sie hatte jedes Wort gehört. Das Tablett mit frischer Fleischpastete in ihren Händen fiel krachend auf den Steinboden.

Beide Männer sprangen auf. Liam erbleichte, als er sie in der Tür stehen sah.

»Sag, daß es nicht wahr ist«, raunte sie heiser. »Liam?«

Er trat auf sie zu. »Du hast mich nicht richtig verstanden, Kate«, versuchte er sie zu beschwichtigen und berührte ihre Wange.

Sie wich zurück. »Ich hörte, wie du zu Hugh sagtest, daß du mich belogen hast. Daß du mit dem Todfeind meines Vaters in Verbindung stehst! Warum?«

Liam schluckte. »Liebes, es ist nicht so, wie du jetzt denkst.«

Sie schlug ihm die Hände weg, ungläubig, mit steigendem Zorn — und in Panik. »Nein! Sag mir die Wahrheit, sag mir, daß ich es falsch verstanden habe, bevor ich ins Dorf gehe und jeden deiner Leute über deine geheimen Seefahrten ausfrage!«

»Du verstehst es falsch«, widerholte er hilflos.

Katherine sah die Qual und die Angst in seinen Augen. Ihr Herz krampfte sich vor Schmerz zusammen. Sie wandte sich an Barry. »Hugh?«

Barrys Blick wich ihr aus.

»Was macht er, Hugh?« Er antwortete nicht, und sie schrie: »Du verdankst mir dein Leben. Antworte mir, Hugh!«

»Ich verdanke auch Liam mein Leben, Katie«, antwortete er zögernd.

Katherine ballte die Fäuste. Hilflosigkeit machte nackter Angst Platz. »Wie habe ich dich mißverstanden, Liam? Wie?«

»Es ist nur eine List«, antwortete er, »meine Hilfe für FitzMaurice.«

Katherine starrte ihn fassungslos an. Ihr Busen wogte. Ihre Welt brach zusammen. Seine Antwort war das Eingeständnis seiner Schuld. »Du leugnest also nicht. Du leugnest nicht, daß du dem Todfeind meines Vaters hilfst?«

»Katherine — ich helfe ihm zwar, aber nicht, wie du denkst. Ich habe die Interessen deines Vaters im Sinn.«

Er unterstützte FitzMaurice. »Die Interessen meines Vaters?« hauchte sie tonlos. Wie konnte Liam sie so schamlos belügen und betrügen?

Liam redete leise und beschwichtigend auf sie ein, doch Katherine wandte ihm den Rücken zu, bedeckte ihr Gesicht mit den Händen, zitterte haltlos. Sie hörte kein einziges seiner Worte. Ihr geliebter Liam unterstützte FitzMaurice. Noch vor wenigen Monaten hatte sie ihn gebeten, sich für ihren Vater zu verwenden. Er hatte sie belogen, hatte ihr versichert, er helfe Gerald — sie könne ihm vertrauen. Und sie hatte ihm vertraut.

Liam hatte sie nie geliebt.

Barry verließ die Halle, um die beiden allein zu lassen, Katherine bemerkte es nicht einmal.

»Katherine«, flüsterte Liam und packte sie von hinten an den Schultern. »Ich versuche, dir das Spiel zu erklären. Du mußt mir genau zuhören.«

Katherine schüttelte ihn angewidert ab und blickte ihn haßerfüllt mit verzerrtem Gesicht an. »Nein! Es gibt nichts zu erklären! Schuft! Lügner! Betrüger!« Sie schlug mit den Fäusten auf ihn ein.

Liam rührte sich nicht von der Stelle, als sie schluchzend seine Brust mit Fäusten bearbeitete, um eine Liebe weinte, die sie nie besessen hatte, die nie existierte; um einen Verrat weinte, der so unermeßlich qualvoll war. In ihrem Schmerz, ihrem Haß und ihrem blinden Tränenfluß sah sie nicht, daß auch ihm die Tränen in die Augen gestiegen waren.

»Ich versuche, dir zu erklären, warum ich FitzMaurice seit einem Jahr unterstütze«, sagte er tonlos. »Aber du weigerst dich, mir zuzuhören, du willst mir nicht vertrauen. Du hast kein einziges Wort von dem gehört, was ich sagte.«

Ein ganzes Jahr unterstützte er den papistischen Wahnsinnigen schon? Er hatte sich also, kurz nachdem sie einander kennenlernten, mit dem Cousin ihres Vaters verbündet.

»Nein.« Sie hielt abwehrend die Hände vor sich. Sie hatte noch nie einen Menschen so gehaßt, wie sie Liam O'Neill haßte. »Faß mich nicht an!«

»Du mußte mir zuhören«, rief Liam am Rande der Verzweiflung.

»Dir höre ich nie wieder zu«, schrie sie und wünschte ihn so zu verletzen, wie er sie verletzt hatte.

»Ich verfolge einen Plan, Katherine«, versuchte Liam es von neuem.

Katherine wich zurück. »Nein!« schrie sie. Hätte sie nur den Brief ihres Vaters nicht verbrannt.

»Katherine, mein Plan ist gefährlich und kann fehlschlagen.« Er blickte sie eindringlich an. »Der erste Schritt bestand darin, FitzMaurice zu stärken.«

»Nein!« schrie Katherine hysterisch. »Nein!«

»Du bist aufgebracht, das verstehe ich.« Er trat an die Anrichte und goß ihr ein Glas Whisky ein.

»Hier, trink das!«

Katherine schlug ihm das Glas aus der Hand, das auf den Steinfliesen zerschmetterte.

»Ich will dir nicht weh tun«, beschwichtigte Liam sie erneut. »Das habe ich nie gewollt.«

»Mir kannst du nicht weh tun«, fauchte sie. Doch ihr tränenüberströmtes Gesicht strafte sie Lügen. »Wir sind aus dem gleichen Holz geschnitzt«, fuhr sie fort und lachte bitter. »Beide sind wir glänzende Schauspieler — beide benutzen wir den anderen für unsere Zwecke.«

Liams Schultern strafften sich. Katherine funkelte ihn voll Hohn und Verachtung an.

»Du bist zu aufrichtig, um ein falsches Spiel zu treiben«, entgegnete Liam.

»Ach, wirklich?« Sie lachte schrill. »Willst du nicht hören, wovon ich spreche ... Liebling?«

»Ich glaube nicht.« Seine grauen Augen waren ausdruckslos.

»Erinnerst du dich an den Brief, den mein Vater mir im Juli schrieb?« fragte Katherine.

Liam nickte zögernd.

»Ich habe ihn verbrannt. Weißt du auch warum?«

»Nein. Und ich will es nicht wissen.« Sein Blick wich nicht von ihr.

Es war totenstill in der Halle, nur Katherines Keuchen war zu hören. »Ich verbrannte ihn, weil du seinen Inhalt nicht erfahren solltest.«

Liam blickte in ihre haßglühenden Augen. »Willst du mir sagen, was in dem Brief stand?«

»Ja!« schrie sie und schlug wieder nach ihm, doch Liam reagierte nicht. »Ja! Noch bevor ich mit Hawke verheiratet war, verlangte mein Vater von mir, *dich* zu benutzen. Dich in mein Bett zu locken und vor den Traualter zerren! Hast du verstanden, Liam?«

Allmählich begann Liam zu begreifen, Entsetzen breitete sich in seinem Gesicht aus.

»Und ich habe ihm den Gefallen getan«, schrie sie lachend und weinend zugleich. »Es war ein abgekartetes Spiel, Liam. Und mein Lustgestöhn war nur Theater, um dich verrückt zu machen, um dich an mich zu fesseln. Ich habe dir vorgespielt, daß ich ohne dich nicht leben kann, daß ich dich liebe, dich begehre!« Wieder liefen ihr Tränen übers Gesicht. »Als Gegenleistung solltest du meinem Vater helfen ... nicht diesem FitzMaurice!«

»Wenn es nur Theater war, warum weinst du dann?« fragte er heiser.

»Weil ich das Spiel verloren habe! Ich habe alles verloren.

Weil du gottverdammter Hurensohn ein falsches Spiel mit mir getrieben hast und dem papistischen Verräter hilfst.«

Liam starrte sie an wie eine Fremde, wie ein Ungeheuer.

Katherines Lächeln war grausam. »Ich habe dummerweise geglaubt, dich überlistet zu haben. Aber du warst dumm genug zu denken, ich könne den Sohn von Shane O'Neill tatsächlich lieben.«

Liam atmete hörbar ein.

Katherine machte auf dem Absatz kehrt.

»Du bist ein Miststück, Katherine.« Sie blieb wie angewurzelt stehen und drehte sich nach ihm um.

Sein Gesicht war wutverzerrt. »Ein kaltes, verräterisches Miststück.«

Ihre Augen wurden weit.

»Hawke kann dich haben.« Damit machte er kehrt und ging zur Tür.

»Geh!« kreischte Katherine. »Geh! Geh und komm nie wieder! Hoffentlich versinkst du mit deinem verfluchten Schiff auf den Meeresgrund! Hast du verstanden, Liam O'Neill?«

Er antwortete nicht. Nur seine Schritte hallten im Korridor. Am nächsten Tag setzte die *Sea Dagger* Segel.

Und diesmal kam er nicht zurück.

III.
DER TOWER

28. Kapitel

Januar 1572 — Richmond

Richmond war der wärmste von Elisabeths Palästen, deshalb verbrachte sie die Wintermonate gerne hier. Ein Feuer prasselte im Kamin ihres Privatgemaches. Durch die Fenster zum Garten sah Elisabeth, wie der Wind an den kahlen Ästen der Obstbäume zerrte. Der Himmel war grau verhangen, bald würde ein Schneesturm einsetzen. Aus der Ferne war das unheimliche Grollen eines schweren Wintergewitters zu hören.

Elisabeth hatte ihre Hofdamen entlassen und war allein. Ormond hatte um eine dringende Unterredung gebeten. Toms Hauptinteresse galt Irland, und sie machte sich auf das Schlimmste gefaßt.

Elisabeth wanderte ruhelos auf und ab, ihre Nerven waren zum Zerreißen gespannt. Gestern hatte sie Marias Balg James als König von Schottland anerkannt, obgleich sie sich geschworen hatte, diesen Schritt niemals zu tun. Doch die Umstände hatten sie schließlich dazu gezwungen. Die Intrigen und Anschläge wegen Englands Schottlandpolitik und Elisabeths Verhaltens Maria gegenüber wollten nicht aufhören, ebensowenig die Einmischung fremder Mächte. Elisabeth spürte die kalten Finger der Angst, die ihr die Kehle zuschnürten, sie zu ersticken drohten. Jedesmal, wenn ein Monarch irgendwo auf der Welt gestürzt wurde, sah sie sich in seiner Lage. Sie hatte nicht den Wunsch, ihren Thron — geschweige denn ihren Kopf — zu verlieren, schon gar nicht in jungen Jahren.

Ormond stürmte in das Gemach. »Er ist verrückt geworden!«

Elisabeth straffte die Schultern. »Von wem sprecht Ihr? Von FitzMaurice?« Perrot hatte FitzMaurice in den Westen Irlands verjagt, wo er sich versteckte. Ob der fanatische Papist je entmachtet werden würde? So wie dieser verfluchte Liam O'Neill ihn versorgte, würde er noch einen Winter durchhalten.

»Nein, nicht der Papist. Ich spreche von Eurem sauberen Piraten, diesem Liam O'Neill!«

»Was hat Liam getan?«

»Er hat wieder ein Schiff überfallen, diesmal eine spanische Galeone, die nach Holland unterwegs war, nicht nach Irland. Das zweite Schiff, das er in vierzehn Tagen kapert. Das andere war nach Edinburgh unterwegs. Er ist verrückt geworden wie eine tollwütige Bulldogge!«

Früher hatte Liam seine Schläge gezielt geführt. Nun schlug er wild um sich, kaperte jedes Schiff, das seinen Weg kreuzte. Wieso provozierte er die Spanier, die Nation, die ihn mit Goldbarren und Silbermünzen bezahlte, um FitzMaurice zu unterstützen? Sein Verhalten war unbegreiflich.

»Liam scheint den Verstand verloren zu haben«, stimmte Elisabeth ihrem Vertrauten zu. »Was haltet Ihr davon, Tom?«

Butler lächelte kalt. »Er ist ein ehrloser, raffgieriger Schurke. Erhöht den Preis auf seinen Kopf — und wir können nur beten, daß Hawke ihn endlich unschädlich macht.«

»Können wir nicht Karten spielen?« fragte Guy.

Katherine blickte aus dem schmalen Fenster der Halle auf das Schneetreiben, das seit Tagen auf der Insel wütete. Sie zog den Umhang enger um die Schultern, hörte die Worte des Jungen kaum, der ihr sein blasses, ängstliches Gesicht entgegenhob.

Irgendwo da draußen segelte der verfluchte Verräter durch die stürmische Nordsee. Angst krallte sich um ihr Herz.

Sie begriff noch immer nicht, wie Liam es fertiggebracht hatte, sie zu umschmeicheln, sie leidenschaftlich zu lieben, während er heimlich mit FitzMaurice Geschäfte machte. Sie mußte ihm völlig gleichgültig gewesen sein.

Vor fast zwei Monaten hatte er die Insel verlassen. Seither hatte sie nichts von ihm gehört. Und es war ihr gleichgültig, ob ihn das Schicksal ereilt hatte, das sie ihm gewünscht hatte. Wenn er nur mit seinem Schiff auf dem Meeresgrund lag und von den Fischen gefressen wurde.

Guy zupfte sie am Ärmel. »Wenn Ihr nicht mit mir Karten spielen wollt, lest Ihr mir dann etwas vor, Katherine?« Der Junge schaute traurig zu ihr auf.

Katherine strich ihm über den Kopf. »Ja, gleich.«

»Katherine wird dir später etwas vorlesen, Guy.«

Katherine wandte sich um. Macgregor hatte sich lautlos genähert und stand vor ihr. Liam hatte den Schotten auf der Insel gelassen. Sollte er sie bewachen, falls sie fliehen wollte? Doch wohin sollte sie gehen? Zu ihrem Vater? Zu John Hawke? Zur Königin?

»Mylady, ich möchte mit Euch sprechen.«

Katherines Wangen wurden rot. Was wußte er? Nein, er konnte nichts bemerkt haben. Die einzige Person, die davon wußte, war ihre Zofe. Und Katherine hatte ihr den heiligen Eid abgenommen, Schweigen zu bewahren.

Katherine wandte sich an Guy. »In ein paar Minuten lese ich dir was vor. Geh und hol dir ein Honigbrot in der Küche.«

Guy nickte erleichtert und rannte los. Katherine wandte Macgregor den Rücken zu. Würde der Schneesturm nie aufhören? Der Wind heulte durch das alte Gemäuer wie ein Rudel Wölfe. Wenn sie den ganzen Winter auf dieser gottverdammten Insel verbrachte, würde sie den Verstand verlieren. Und wie mochte es erst auf dem Piratenschiff sein? Kalt, einsam und gefährlich.

»Er war noch nie um diese Jahreszeit auf See«, sagte Macgregor hinter ihr.

»Was schert mich das!« entgegnete sie schroff.

»Schert es Euch auch nicht, ob er in Gefangenschaft geraten oder auf Grund gelaufen ist? Oder im Schneesturm an einer Felsküste zerschellt und mit Mann und Maus ertrunken ist?«

Katherine verschränkte die Arme. »Diesem Schicksal wird er kaum entgehen. Er ist ein Pirat.«

»Weiß er davon?« fragte der Schotte.

Katherine stockte der Atem. »Wovon?« fragte sie, ohne sich vom Fenster abzuwenden.

»Weiß er, daß Ihr sein Kind erwartet?«

Katherine glaubte, in Ohnmacht zu fallen. Schwindelanfälle waren ihr nicht mehr fremd. In den letzten Wochen hatte sie häufig unter Schweißausbrüchen und plötzlicher Übelkeit gelitten. Vermutlich waren diese Zustände auf das wachsende Leben in ihrem Leib zurückzuführen. Sie blieb Macgregor die Antwort schuldig.

»Lady Katherine, auch wenn Ihr Euch in den Umhang hüllt, sind mir einige Veränderungen an Euch aufgefallen. Bitte, sprecht offen mit mir.«

Katherine fuhr wütend herum. »Es ist mein Kind«, fauchte sie trotzig. »Nicht seines!«

»Weiß er davon?« fragte Macgregor sanft.

»Er hat keinen Anspruch«, schrie sie.

»Ihr wollt mir keine Antwort geben. Aber ich glaube nicht, daß er Euch allein gelassen hätte, wenn er davon wüßte, und wenn er noch so gekränkt wäre. Wann kommt das Baby?«

Katherine blickte den Schotten aufsässig an. »Ein Mann muß ein Herz haben, um gekränkt zu sein. Liam aber hat kein Herz!« Tränen traten ihr in die Augen.

»Liam hat ein großes Herz, und wenn Ihr das nicht erkennt, seid Ihr die falsche Frau für ihn«, entgegnete Macgregor leise.

»Ja, ich bin die falsche Frau für ihn!« Sie blickte den Schotten düster an. »Und ich hoffe, daß er tot ist.«

Macgregor hielt ihrem Blick unverwandt stand. Und Katherine erschrak über die Trauer in seinen Augen. »Wann, Katherine?«

»Im Juli, denke ich«, antwortete sie barsch.

»Im Dorf ist eine Hebamme. Laßt Euch von ihr untersuchen.«

Und plötzlich fühlte Katherine sich unendlich erleichtert, daß ihr Geheimnis entdeckt war. Sie hatte solche Angst gehabt. Schwanger und allein zu sein, war ein furchterregender Zustand. Sie hatte niemand, dem sie die vielen Fragen stellen konnte, die ihr auf dem Herzen brannten. »Ja«, nickte sie, und die Farbe kehrte in ihre Wangen zurück. »Je früher, desto besser, denke ich.«

Südlich von Galway, Irland

Liam äugte angestrengt zu dem schmalen Küstenstreifen der Bucht hinüber. Alles in ihm warnte ihn davor, an Land zu gehen. In den vergangenen zwei Monaten auf See war ihm klar geworden, daß er gejagt wurde. Dreimal hatten britische Schiffe die *Sea Dagger* erspäht und Jagd auf sie gemacht. Dreimal war es Liam gelungen, seinen Verfolgern durch geschickte Manöver zu entkommen. Nur einmal war es zu einem kurzen Gefecht der Bordgeschütze gekommen.

Er war ein Gejagter, wurde wegen Hochverrates an der Krone verfolgt. Früher hatte er gefürchtet, daß es so kommen würde, hatte sich darauf vorbereitet, als Gejagter zu leben.

Nun aber war es ihm gleichgültig.

Im Gegenteil, er forderte die Jagd heraus. Seine Instinkte sträubten sich, an Land zu gehen. Dennoch kletterte Liam ins Ruderboot und befahl den Männern, sich in die Ruder zu legen. Ein Kampf würde sein Blut kühlen.

Plötzlich stand Katherines Bild vor ihm. Er war froh, daß er ihr seinen Plan nicht erklärt hatte, wie er ihrem Vater helfen wollte, Desmond wiederzuerlangen. Das falsche Luder. Das betrügerische Weib — seine Ehefrau, die ihn von Anfang an belogen und benutzt, ihm ihre Liebe nur vorgegaukelt hatte.

Er stand im Bug und beobachtete den sich nähernden Küstenstreifen. Kein Zeichen der irischen Rebellen, kein Zeichen von FitzMaurice. Doch irgendwo lauerte Gefahr, er spürte sie beinahe körperlich. Und er freute sich darauf.

»Macht Euch bereit«, raunte er seinen Männern zu. »Wir werden erwartet.« Er hatte zwischen den Bäumen Metall aufblitzen sehen.

Die zwei Ruderboote wurden an Land gezogen. Seine zwölf Gefährten sprangen an Land, jeder stumm und angespannt. Liams Hand umklammerte den Degengriff. Und als die Reiter aus dem Wald stürmten, warf er den Kopf in den Nacken und lachte verächtlich.

Eine kalte Todessehnsucht packte ihn, und dennoch würde er bis zum letzten Atemzug kämpfen.

Als aber immer mehr berittene Soldaten den Hügel herunterstürmten, hinter ihnen Infanterie, wurde Liam klar, daß er einer unbezwingbaren Übermacht gegenüberstand. Zwölf Mann gegen einige hundert bis an die Zähne bewaffneter Soldaten. Und so rasch seine Todessehnsucht ihn gepackt hatte, so schnell war sie verflogen. Er war es seinen Männern schuldig, sie unversehrt aus diesem Fiasko herauszuholen. Er durfte kein Massaker zulassen, so sehr er den Kampf herbeisehnte.

»Werft die Waffen weg!«, befahl er und steckte seinen Degen in die Scheide. »Nehmt die Hände über den Kopf!«

Die Männer gehorchten. Die Truppen galoppierten auf das kleine Grüppchen zu. Pferde schnaubten, wieherten, stiegen mit angelegten Ohren hoch. Die Kavallerie umringte die Piraten, schnitt ihnen den Fluchtweg zu den Booten ab. Liams Augen verengten sich, als er in dem Anführer der Reiter John Hawke auf einem schwarzen Schlachtroß erkannte. Hawke lächelte böse.

Im stillen gratulierte Liam seiner Königin, den Mann auf ihn anzusetzen, der ihn am meisten haßte.

Hawke brachte sein Pferd nahe an ihn heran. »Ergebt Ihr Euch kampflos, O'Neill?«

»Wollt Ihr, daß ich kämpfe?« fragte Liam gelassen zurück. Er sah Katherine im durchsichtigen Seidennachthemd im

Brautgemach auf Barby Hall vor sich. Hatte Hawke sich mittlerweile von ihr scheiden lassen? Er konnte sie getrost haben, wenn er sie noch wollte.

»Und ob ich das will«, antwortete Hawke leise, den Blick unverwandt in Liams Augen geheftet.

»Kommt, Hawke! Kämpft gegen mich!«

Hawke glitt vom Pferd.

»Wollt Ihr Rache für Katherine? Wollt Ihr mich töten für die Nächte, die sie lüstern in meinem Bett verbrachte?«

Hawke erbleichte, zückte den Degen. »Bastard. Ich werde deinen Kopf auf eine Lanze spießen, das garantiere ich dir!«

Liam lachte. Beide Degen stießen vor, parierten die Hiebe des Gegners. Mit gekreuzten Klingen standen die Rivalen einander dicht gegenüber, wie zwei kämpfende Hirsche, deren Geweihe ineinander verhakt waren. Blitzschnell wichen sie zurück, schlugen erneut aufeinander ein. Keiner der Kämpfenden konnte einen Vorteil erringen. Beide bewegten sich blitzschnell und kampferprobt. Wieder kreuzten sich die Klingen. Die Gegner keuchten, Mordlust funkelte in ihren Augen.

Liam wich zurück, schlug eine Finte, griff an und stieß zu. Diesmal gelang es ihm, Hawkes Verteidigung zu durchbrechen. Blitzschnell zog er ihm die Klinge quer über die Wange, auf der sich ein roter Strich abzeichnete.

Hawke knurrte gefährlich und stieß erneut zu, Liam blockierte den Hieb. Die beiden umkreisten einander in einem mörderischen Todestanz, die Klingen sausten pfeifend durch die Luft. Hawkes Degen schlitzte Liams Hemd auf, ein dünner roter Strich erschien auf seiner Brust.

Die Kämpfenden wichen zurück, Schweiß lief ihnen über die Gesichter. Und wieder gingen sie wie zwei mächtige Hirsche aufeinander los, stießen mit unverminderter Wucht zu. Die dünnen Klingen vibrierten singend. Stahl kreischte gellend, wenn die Schneiden übereinander glitten. Schweiß tropfte den Männern in die Augen. Diesmal war Liam schneller als Hawke. Er durchbrach die Blockade des Gegners, seine Degenspitze bohrte sich in die Brust des Soldaten, gefährlich nahe an seinem Herzen. Doch Liam stieß nicht zu.

Hawke stand unbeweglich, nur sein Brustkorb hob und senkte sich schwer.

Liam entblößte die Zähne zu einem mörderischen Lächeln. »Wollt Ihr am Leben bleiben?« fragte er kalt, die Degenspitze vibrierte an der Brust des Gegners.

Hawke erwiderte Liams Lächeln. »Und Ihr?«

Aus den Augenwinkeln bemerkte Liam ein Dutzend Musketenläufe auf seinen Kopf gerichtet.

»Laßt die Waffen fallen, Pirat«, befahl Hawke. »Ihr habt den Zweikampf gewonnen — ich aber habe Euch besiegt. Waffe weg! Auf der Stelle!«

Langsam zog Liam den Degen zurück und ließ die lange, glänzende Klinge in den Sand fallen.

Ohne auf das Blut zu achten, das aus der leichten Stichwunde quoll, bückte Hawke sich rasch, hob den Degen auf und reichte ihn einem Soldaten. Mit zwei Sätzen war er bei Liam und zog ihm den Dolch aus dem Gürtel. Liam stand wie aus Stein. Zwei Soldaten rissen ihm die Arme auf den Rücken, Eisenringe schnappten um seine Handgelenke.

»Im Namen Ihrer Hoheit Elisabeth, der Königin von England«, verkündete Hawke, »Ihr seid verhaftet.«

Wieder war eine Woche vergangen. Katherine zählte die Tage, sehnte den Frühling und die Geburt ihres Kindes herbei. Die Hebamme hatte ihre Schätzung bestätigt. Das Kind würde im Juli zur Welt kommen.

Katherine strich über ihren geschwollenen Leib. Ohne den schützenden Umhang war ihr Zustand für jedermann sichtbar. Katherine liebt ihr Kind, auch wenn sie den Vater haßte.

Sie mußte an die Zukunft denken. Ihre Liebe zu Liam war durch seinen Verrat gestorben, sie konnte nicht länger auf der Insel bleiben. Sie wollte aber auch nicht zu ihrem Vater zurückkehren, um mit ihm im Exil zu leben. Zu John Hawke konnte sie nicht, ebensowenig an den Hof nach London. Sie wußte nur eines: Irgendwie mußte sie weg von dieser Insel. Irgendwie mußte sie nach Irland zurück.

Der Gedanke an Irland war wie ein Leuchtfeuer für ein Schiff in sturmgepeitschter Nacht. Sie wollte zurück in die Heimat. Einer ihrer Onkel würde sie und ihr Kind bei sich aufnehmen.

Katherine wußte nicht, wie sie es schaffen sollte, die Insel zu verlassen. Macgregor bewachte sie mit Adleraugen. Der Schotte beschützte das, was er für Liams Besitz hielt. Doch Liam hatte keine Rechte an ihrem Kind. Das Kind gehörte ihr ganz allein. Er hatte seine Rechte verwirkt, als er ihre Liebe schamlos verriet und sich mit FitzMaurice verbündete.

Sie mußte fliehen, bevor das Kind zur Welt kam, bevor Liam zurückkehrte. Doch irgendwie fand sie nicht die Kraft, einen Fluchtplan auszuarbeiten.

Ein lautes Klopfen ließ sie hochfahren. Rasch ging sie zur Tür der kleinen Kammer, in die sie noch am gleichen Tag umgezogen war, an dem sie von Liams Verrat erfahren hatte.

Katherine öffnete. Macgregor stand erschreckend bleich im dunklen Flur. Es mußte etwas Furchtbares geschehen sein. »Was ist los?«

»Bereitet Euch auf das Schlimmste vor«, murmelte der Schotte, trat ein und ließ sich schwer auf den einzigen Stuhl in der Kammer fallen.

»Was ist geschehen?« schrie sie. »Ist Liam tot?«

Macgregor blickte sie unverwandt an. »Nein, noch nicht.« Nach einer Pause fuhr er fort. »Er wurde festgenommen, Katherine. Sir John Hawke nahm ihn und seine Männer letzte Woche südlich von Galway gefangen. Die *Sea Dagger* konnte entkommen. Liam nicht.«

Katherine hatte ein taubes Gefühl im Kopf. Der Boden schwankte unter ihren Füßen.

»Er ist der Gefangene der Königin«, fuhr Macgregor fort, und seine Stimme klang dumpf und von weit er, wie durch dichten Nebel. »Man bringt ihn in Ketten in den Tower. Er wird wegen Hochverrats angeklagt und verurteilt. Und dann kommt er an den Galgen.«

Katherine schrie. Noch während sie das Bewußtsein verlor, sah sie ihn mit gebrochenem Genick und fahlem Gesicht am Galgen hängen.

29. Kapitel

Richmond

Cecil überbrachte die Botschaft der Königin. »Sir John Hawke hat Liam O'Neill festgenommen, Eure Hoheit. Der Gefangene befindet sich auf dem Weg nach London.«

Elisabeth stockte der Atem. »Seid Ihr sicher, William?«

Cecil hielt eine schmale Pergamentrolle hoch. »Sir Johns Nachricht. Sobald er O'Neill im Tower abgeliefert hat, erstattet er Eurer Majestät persönlich Bericht. In seinem Schreiben nennt er keine Einzelheiten.«

Elisabeth hatte daran gezweifelt, ob einer ihrer Offiziere den irischen Schurken dingfest machen könnte. Doch nun war es geschehen. Er saß im Tower, wo alle Verräter hingehörten. Sie sollte begeistert sein. Doch es war ein anderes Gefühl, das ihren Herzschlag beschleunigte. »Ja, das sind wirklich gute Nachrichten«, sagte sie endlich gedehnt.

Cecil neigte den Kopf. »Es ist ratsam, unsere nächsten Schritte sorgsam zu überlegen«, meinte er leise.

Elisabeth war ihm für seine Worte dankbar. Die Vorstellung, O'Neill an den Galgen zu bringen, war ihr ausgesprochen unangenehm. Doch der Mann war ein Hochverräter und verdiente die Todesstrafe. Ein Exempel mußte statuiert werden. Wenn der Gedanke nur nicht so scheußlich wäre. »Was denkt Ihr, Cecil?«

»O'Neill *ist* der Herr der Meere. Er hat uns viele Jahre gute Dienste geleistet. Wir sollten sämtliche Aspekte der irischen Problematik in Betracht ziehen und überlegen, ob der Galgen wirklich die beste Lösung ist.«

Elisabeth nickte erleichtert. »FitzMaurice ist in den Untergrund gegangen. Perrot weiß nicht einmal, wo er sich aufhält.«

»Und der Pirat hat ihn gut versorgt. Er wird sich vor dem Frühling nicht wieder blicken lassen.«

»Wir *müssen* den Rebellen in diesem Frühjahr festsetzen!« schnaubte Elisabeth verärgert. »Ich will kein weiteres Jahr Krieg gegen den Schuft führen. Es reicht! Der verfluchte Ire hat England bereits zu viel Geld gekostet!«

Cecil breitete die Hände aus. »FitzMaurice ist ein schlauer Fuchs. In dem neuen Vertrag mit Spanien müssen wir eindeutig klarstellen, daß wir die spanische Einmischung in Irland nicht länger dulden.«

»Das gilt auch für Schottland«, fügte Elisabeth heftig hinzu.

»Unsere Chancen stehen gut, Hoheit. Mit O'Neill im Gefängnis und ohne die Unterstützung der Spanier wird FitzMaurice bald gefaßt sein.«

»Das hoffe ich inständig«, murmelte die Königin.

Cecil blickte ihr in die Augen, und dann sagte er etwas Merkwürdiges. »FitzGerald machte uns nicht halb so viel Schwierigkeiten wie sein tollwütiger Vetter.«

Elisabeth erwiderte seinen Blick. Ihr Ratgeber hatte wieder einmal recht. FitzGerald war wie eine lästige Stechmücke. Dem Mann ging es nur darum, das Land Desmond wie ein Despot zu regieren, ohne Einmischung von außen.

Längst bereute Elisabeth den Tag, an dem sie sich dem Beschluß des Kronrates gebeugt und Gerald FitzGerald seine Besitztümer und seine Titel entzogen hatte. Cecil war damals der einzige, der Bedenken im Hinblick auf Südirlands Zukunft anmeldete, wenn Graf Desmond entmachtet wäre. Und nachdem FitzMaurice an die Macht gekommen war, ging es ihm nicht darum, der erste unter den irischen Lords zu sein. Er wollte die katholische Religion wieder einführen und Englands Königin vom Thron stürzen.

Es gab kein Fenster, kein Licht. In der Zelle war es stockfinster. Und es stank nach den Exkrementen ungezählter Gefangener, die vor ihm in dem Loch eingekerkert waren. Durch die dicken Mauern drang kein Laut von außen. Der Kerker lag viele Klafter tief unter der Erde.

Wie würde sein Leben wohl enden? Welche Ironie! Er, *Shane O'Neills Sohn* lag wegen einer Frau in Ketten, die er einst geliebt hatte.

Dieser Gedanke versetzte ihm einen bohrenden Stich. Er schloß die Augen. Nein, es war nicht Liebe. Es war nur Wollust, grenzenlose Wollust. Er hatte seinen unersättlichen Hunger nach ihr mit Liebe verwechselt.

Es war sinnlos, an Katherine zu denken. Mit ihr war er fertig. Ihr zuliebe hatte er sich auf ein gefährliches Spiel eingelassen und nicht erkannt, was für ein hinterhältiges Weibsstück sie war. Er mußte überlegen, wie er der Henkersschlinge entkommen konnte.

Liam wollte leben. Er hatte seinen letzten Schachzug noch nicht gemacht. Und er brauchte einen Partner. Er brauchte die Königin. Bess würde mit Sicherheit nach ihm schicken, um ihn zur Rede zu stellen, ihm Vorhaltungen zu machen. Liam kannte sich mit Frauen aus. Die Königin hatte ihn ins Herz geschlossen und war über seinen Verrat rasend vor Zorn. Er mußte Geduld haben, um die Tage, vielleicht auch Wochen zu überstehen, die sie ihn in diesem finsteren Kerker schmoren ließ. Und dann mußte er ihr schmeicheln, um sie buhlen — wie er einst um Katherine gebuhlt hatte.

Liam begann, ruhelos die wenigen Schritte in der Zelle hin und her zu wandern. Er wollte frei sein, um sein Leben als Herr der Meere weiterzuführen, ein Leben, das ihm unterdessen freilich schal und öde geworden war.

Bis vor kurzem war Katherine der lohnende Preis gewesen, seine geliebte Frau, ihre gemeinsame Rückkehr nach Irland. Er hatte sich eine strahlende Zukunft mit ihr ausgemalt. Dieser Traum war geplatzt wie eine Seifenblase. Dennoch wollte er seine Freiheit.

Katherine war mit Macgregor und Guy völlig erschöpft von der stürmischen Seereise in London angekommen. Kurz nachdem sie erfahren hatte, daß Liam im Gefängnis saß, hatte sie die Insel verlassen. Alles hatte sich geändert. Sein Leben stand nun auf dem Spiel.

Liam hatte sie betrogen und verdiente Bestrafung. Sie würde ihm seinen Verrat nie verzeihen, und dennoch: Den Tod wünschte sie ihm nicht. Sie mußte die Königin um seine Begnadigung bitten.

Die drei Reisenden stiegen im Gasthof ›Zum Weißen Bär‹ ab. Macgregor hatte Erkundigungen eingezogen und erfahren, daß der Hof in Richmond weilte, Liam im Tower eingekerkert und noch nichts über sein Schicksal entschieden war.

Katherine schaute in den Spiegel. Die Augen in ihrem bleichen Gesicht waren von erschreckend dunklen Ringen umgeben. Sie hatte einen Auftrag zu erfüllen. Sie mußte sich für Liam O'Neill einsetzen, auch wenn sie nie wieder zu ihm zurückkehren würde.

Elisabeth wanderte im Audienzsaal auf und ab. Sie hatte befohlen, den Piraten zu ihr zu bringen, sie konnte nicht länger warten. Sie wollte ihn auf Knien vor sich liegen sehen; er sollte sie um Gnade anflehen, seine absurden Erklärungen für sein schamloses Verhalten stammeln.

»Beruhigt Euch, Bess«, murmelte Leicester an ihrem Ohr.

»Wie könnte ich«, zischte sie, gereizt wegen seiner Ruhe. Robin haßte jeden Rivalen. Und sie hatte Liam stets den Vorzug gegeben.

Mit Genugtuung hatte er registriert, daß Liam sich als Verräter entpuppt hatte. Immer wieder hatte er betont, Liam müsse unverzüglich vor Gericht gestellt, verurteilt und gehängt werden.

Elisabeth wünschte, Leicester wäre nicht hier. Auch Ormonds und Cecils Gegenwart behagte ihr nicht. Andererseits brauchte sie das Urteil ihrer Berater in O'Neills Fall. Sie selbst war zu voreingenommen.

Die Flügeltüren wurden aufgestoßen. Elisabeth blickte einem Dutzend rotuniformierter Leibgardisten entgegen, angeführt von Sir John Hawke. Neben ihm ging der Gefangene.

Elisabeths Herz machte einen Sprung, ihre Augen weiteten sich, erschreckt über sein Aussehen.

Sein Hemd war blutverklebt und grau vor Dreck. Seine Hosen waren fleckig und zerrissen. Selbst auf die Entfernung stieg Elisabeth sein scharfer Körpergeruch in die Nase. Seine Wangen waren mit einem verfilzten Bart bedeckt. Ihre Blicke trafen einander. Und das Mitleid der Königin schwand.

Wie stolz und unerschrocken er vor ihr stand! Diesen Mann vermochte kein Sterblicher zu besiegen. Selbst dem Tod würde er noch mit dem Mut eines Löwen entgegenblikken.

Liam stand hocherhobenen Hauptes vor ihr, blickte ihr verwegen in die Augen, der Hauch eines Lächelns umspielte seine Lippen.

Nein, Liam hatte weder vor dem Tod noch vor seiner Königin Angst. Als Frau konnte Elisabeth ihm kaum widerstehen, als Königin forderte sie Furcht und Unterwürfigkeit von ihm.

Wieso hatte er sich gegen sie gestellt? Sie dankte Gott — und ihrem eisernen Willen —, daß sie ihn nicht ermuntert hatte, mit ihr das Bett zu teilen. Die Königin bemühte sich, ihre Unruhe zu verbergen. »Tretet näher, Pirat«, forderte sie kühl.

Liam trat vor, ohne den Blick von ihr zu wenden. Er hatte die Stirn, sie mit fester Stimme anzusprechen. »Ich bitte um Verzeihung, Eure Majestät«. Erst dann sank er auf die Knie.

»Ihr scheint nicht die Spur von Reue zu empfinden.«

»Ich bereue zutiefst.« Er hob den Kopf. »Ich bitte Euch um Verzeihung, nicht nur für meine vermeintlichen Verbrechen, sondern auch dafür, in diesem schmutzigen Zustand vor Euch erscheinen zu müssen.«

Sie blickte ihn streng an. Es war ihr nicht entgangen, daß er von vermeintlichen Verbrechen gesprochen hatte.

Sein Blick war zu kühn, zu männlich, zu verheißungsvoll.

Elisabeth erbebte. Sie fühlte sich nicht als mächtige Königin, sondern unsicher wie ein scheues, unberührtes Mädchen.

Die schweren Eisenringe mußten ihm Schmerzen bereiten. Sollte er getrost leiden für all das, was er ihr angetan hatte. »Erhebt Euch!«

Liam kam geschmeidig auf die Füße. »Ich danke Euch.«

Elisabeth fühlte sich unbehaglich. Jedes Wort, jede Geste wurde von ihren Ratgebern genau beobachtet und registriert. Doch sie durfte die Höflinge nicht entlassen. »Wenn Ihr das nächste Mal bei mir vorsprecht, nehmt vorher ein Bad. Euer Anblick und Euer Gestank sind eine Zumutung und Beleidigung«, schalt sie ihn unverblümt.

»Ich hoffe, es gibt ein nächstes Mal.« Liam neigte den Kopf. »Ich kann mich selbst in diesem Zustand nicht ausstehen«, fügte er heiter hinzu.

»Wo ist John Hawkes Gemahlin?« fragte die Königin unvermittelt.

Sein arrogantes Lächeln schwand. Eine gefährliche Kälte flackerte in seinen Augen.

»Auf meiner Insel.«

Plötzlich hatte Elisabeth das dringende Bedürfnis, mit ihm allein zu sein. Sie mußte die ganze Wahrheit erfahren. »Laßt uns allein!« rief sie in die Runde ihrer Höflinge.

Ormond bedachte O'Neill mit einem düsteren Blick und verließ neben Cecil den Raum. Leicester schien nicht die Absicht zu haben, der Königin zu gehorchen. Mit besorgt gerunzelter Stirn trat er auf sie zu. »Majestät«, begann er zu protestieren.

Elisabeth hob das Kinn. »Auch Ihr, Mylord. Ich wünsche mit dem Verräter unter vier Augen zu sprechen.«

»Das halte ich nicht für klug«, entgegnete Dudley, zornrot im Gesicht.

»Ich bin die Königin, und wenn ich die Entscheidung treffe, nicht klug zu sein, so ist das allein meine Sache«, herrschte Elisabeth ihn an.

Dudley machte auf dem Absatz kehrt und stapfte verärgert aus dem Gemach.

Nur Hawke stand immer noch steif und unbeweglich neben der Tür. »Das gilt auch für Euch, Sir John.«

Hawke verbeugte sich ebenso zornrot wie Leicester. »Ich bitte um Verzeihung, Majestät, aber der Pirat ist ein gefährlicher Mann. Ich halte es nicht für richtig, Euch mit ihm allein zu lassen.« Er zögerte. »Und ich würde gern etwas von meiner Gemahlin erfahren.«

»Der Pirat ist ein Verräter, aber er wird mir nichts antun. Über Eure Gemahlin werde ich Euch später unterrichten. Hinaus!« befahl sie unmißverständlich.

Er klappte die Absätze zusammen und verschwand.

Elisabeth verschränkte die Hände. Ihr Blick verschmolz mit dem Liams. »Würdet Ihr mir etwas antun, ungehobelter Schurke?«

»Nein.« Sein Lächeln war eine zärtliche Liebkosung.

Elisabeths Herz begann zu schmelzen. Das war der Liam, den sie kannte, den sie ins Herz geschlossen hatte. Dieser verdammte, verräterische, habgierige Schuft! Nervös nahm sie ihre Wanderung wieder auf. »Ihr habt viele Jahre die Meere unsicher gemacht, und Wir haben Euch stets gewähren lassen. Wir hatten ein stillschweigendes Abkommen. Ihr habt Unserer Sache nie geschadet, im Gegenteil. Wir erteilten Euch manchen Geheimauftrag.« Sie drehte sich zu ihm um. »Warum? Warum habt Ihr Euch als Verräter gegen Uns gestellt?«

Liam wurde sehr ernst. »Ich bitte Euch, mir zuzuhören, Bess.«

Es gefiel ihr nicht, daß er sie so vertraulich ansprach. Sie straffte die Schultern. »Ich höre. Ich warte. Ich warte seit langem auf eine Erklärung.«

»Es war nie meine Absicht, Euch Leid zuzufügen.«

Elisabeths Herz krampfte sich zusammen. Sie fühlte sich nicht als Königin, nur als eine Frau, die nie gewagt hatte, ihre Lebensträume zu verwirklichen.

»Ich bin kein Anhänger des Papstes, das wißt Ihr genau. Ich habe zu viele Verbrennungen auf dem Scheiterhaufen während der Regierung Eurer Schwester Maria ansehen müssen, um einen Fanatiker wie FitzMaurice ernsthaft zu unterstützen.«

»Deshalb begreife ich Eure Handlungsweise nicht, Liam«, rief Elisabeth verzweifelt. »Ihr habt *mich* betrogen, Liam. Eure Freundin und Königin!«

»Nein.« Liam trat einen Schritt näher. »Ich habe Euch nicht betrogen. Seit vielen Jahren verfolgt Ihr die Rebellen in Irland erfolglos. Lord Perrot schafft es nicht, FitzMaurice festzunehmen, das weiß jeder. Aber ich«, er legte eine dramatische Pause ein, seine Augen funkelten verwegen, »ich kann den Papisten unschädlich machen, Bess. Und wenn Ihr mir die Freiheit gebt, tue ich es.«

Elisabeth hielt den Atem an. »Wollt Ihr mich verhöhnen?« rief sie erbost. »Ihr wagt es, mich um Eure Freiheit zu bitten? Ihr seid ein *Verräter.* Und Verräter *müssen* hängen.«

Liam blickte sie furchtlos an. »Bitte hört mich an, Bess«, sagte er geduldig.

Elisabeth ballte die Fäuste. »Welchen Grund könnte es wohl geben, Euch freizulassen?«

Er lächelte bescheiden. »Ich war nie ein Verräter. Unter großen Gefahren für mich und meine Gefolgsleute habe ich mich mit FitzMaurice verbündet — um Euren schlimmsten Feind in Irland an Euch ausliefern zu können.«

Elisabeth blickte ihn fassungslos an.

»Setzt Ihr keine Spione in Irland ein, Bess?« fragte er besorgt. »Wieso wundert Ihr Euch, daß ich für Euch spioniere? Wer hätte bessere Voraussetzungen, wer wäre besser in der Lage als ich, FitzMaurice in eine Falle zu locken?«

Elisabeths Gedanken rasten, hin und her gerissen zwischen Logik, die ihr gebot, ihm nicht zu glauben, und ihrer Zuneigung zu ihm, die neue Nahrung und Hoffung schöpfte.

»Ich habe mir sein Vertrauen erschlichen, um ihn zu Fall zu bringen«, erklärte Liam O'Neill gelassen. Und dann lächelte er das Lächeln eines Siegers, der das Spiel beherrschte. »Und wenn mir das gelingt, erwarte ich eine hohe Belohnung von Euch, Majestät.«

Elisabeth wandte sich ab. Welche Belohnung mochte er von ihr erwarten? Eine Belohnung, die kein anderer Mann wagen würde zu verlangen, eine sehr persönliche, sehr intime Belohnung. Sie spürte seine Liebkosungen, seine Küsse beinahe körperlich. Elisabeth straffte die Schultern, verdrängte die törichten Gedanken. Sie war Königin. Es war unter ihrer Würde, auf männliche Verführungskünste hereinzufallen.

Eine ganze andere Frage erhob sich. Wagte sie es? Wagte sie es, ihrem goldenen Piraten Vertrauen zu schenken, nach allem, was er getan hatte?

Katherine hatte die Kapuze ihres pelzbesetzten Samtumhangs tief ins Gesicht gezogen, als sie durch das Nordtor des Richmond Palastes schritt. Macgregor und Guy waren in ihrer Begleitung.

Bald würde man sie erkennen. Bislang hatte sie nicht daran gedacht, wie sie bei Hofe aufgenommen werden würde. Erst auf der Barke nach Richmond überlegte sie, welche Spekulationen, welche Aufregung ihr plötzliches Auftauchen auslösen würde. Zunächst mußte sie sich darum bemühen, eine Audienz bei der Königin zu erhalten. Um den Rest wollte sie sich später kümmern.

Die drei Besucher überquerten einen Innenhof und eilten die breite Steintreppe hinauf. Katherine war sich der Absurdität bewußt, sich ausgerechnet für den Mann einzusetzen, der sie und ihren Vater betrogen hatte.

Sie mußte eine Audienz bei der Königin bekommen, doch das war vermutlich noch die leichteste ihrer Aufgaben. Aber wie sollte sie die Königin davon überzeugen, Liam zu begnadigen? Bislang war ihr kein vernünftiges, kein plausibles Argument zu seiner Verteidigung eingefallen.

Falls Liam niemand von ihrer Heirat erzählt hatte, hielt alle Welt sie für John Hawkes Gemahlin, und Katherine wollte es dabei belassen. Ihre zweite Heirat war der Sache nicht dienlich. Und außerdem hatte sie nicht die Absicht, je wieder zu Liam zurückzukehren, sollte er begnadigt werden. Der Pirat hatte sie zutiefst verletzt und gedemütigt. Ein Teil von ihr liebte Liam immer noch, obwohl ihr Verstand ihr sagte, wie absurd und töricht dieses Gefühl war. Aber sie würde nie wieder Vertrauen zu ihm haben.

Sein Verrat hatte eine bleibende Narbe in ihrem Herzen hinterlassen.

Auf der Schwelle der Halle blieb sie stehen. In dem großen Raum befanden sich viele Höflinge. Katherine blickte vorsichtig in die Runde nach einem vertrauten Gesicht und entdeckte Anne Hastings im Kreise einiger Hofdamen. »Wartet hier!« flüsterte Katherine Macgregor und dem Jungen zu, drängte sich durch die Menge und näherte sich der Baronin von hinten.

»Anne«, flüsterte sie hastig.

Anne fuhr herum. »Bei allen Heiligen! Katherine! Was machst du denn hier?« Und dann musterte sie die Freundin mit einem wissenden Blick, der Katherine einigermaßen verwirrte.

»Ich muß dringend die Königin sprechen«, sagte Katherine hastig. »Wir reden später, in Ruhe«, fügte sie hinzu.

»Ihre Majestät ist im Audienzsaal«, antwortete Anne rasch.

Katherine drückte ihr die Hand und wandte sich zum Gehen.

»Katherine!« rief Anne ihr nach. »Warte!«

Doch Katherine hörte sie nicht mehr. Sie winkte Macgregor zu und drängte sich mit gesenktem Blick weiter durch die Halle, vorbei an den adeligen Herren und Damen. Ihr Herz hämmerte wild. Erst als sie die große Halle verlassen hatte und im Vorzimmer zum Audienzsaal stand, hob sie den Kopf. Im gleichen Augenblick schlossen sich die hohen Flügeltüren hinter etwa einem Dutzend adeliger Herren, Vertraute der Königin und Offiziere der königlichen Leibgarde, die soeben das königliche Gemach verließen. Die Königin gab anscheinend eine Privataudienz.

Katherine mußte warten, ihre Unsicherheit und Angst wuchsen.

Nach einiger Zeit wurden die Türen erneut geöffnet. Gespräche verstummten. Die Leibgardisten traten vor, um einem Besucher Geleitschutz zu geben.

Doch es war kein Besucher, um den sie Aufstellung nahmen. Es war ein Gefangener. Liam. Er stand in der Tür, verwahrlost und schmutzig, die Handgelenke auf dem Rücken gefesselt — und stolz wie ein Löwe.

Katherines erschrockener Aufschrei zerriß die Stille. Blicke fuhren zu ihr herum.

Liam hatte ihre Stimme erkannt.

Ihre Blicke trafen sich. Obwohl er sie verraten und betrogen hatte, krampfte Katherines Herz sich zusammen, ihre Augen füllten sich mit Tränen. Die Kapuze rutschte ihr in den Nacken und gab ihr Gesicht frei. Sie kümmerte sich nicht mehr darum, unerkannt zu bleiben.

Ein Raunen ging durch die Menge. Köpfe neigten sich einander tuschelnd zu.

Erst jetzt bemerkte Katherine die Königin, die hinter Liam stand und sie ebenso verblüfft anstarrte wie alle anderen. Und dann setzte Katherines Herzschlag aus. Der Offizier in der roten Uniform, der die königliche Garde anführte, war niemand anderer als John Hawke.

30. Kapitel

Katherines Blick flog zu Hawke, der wie versteinert dastand. Dann blickte sie wieder zu Liam. Sollte er sich über ihr Erscheinen bei Hofe wundern, so ließ er sich nichts anmerken.

Katherine wäre am liebsten in den Boden versunken. Sie schämte sich, Hawke zu begegnen. Sie hatte sich schamlos mit Liam vergnügt, während sie Johns rechtmäßige Gemahlin war. Wie peinlich, ihm jetzt zu begegnen, in aller Öffentlichkeit, umgeben von sensationslüsternen Höflingen, just in dem Augenblick, da er Liam in den Tower abführte. Und sie selbst war im Begriff, die Königin um Gnade für den

Mann zu bitten, der sie in ihrer Hochzeitsnacht entführt hatte, den alle Welt für ihren Liebhaber hielt.

Katherine bemühte sich angestrengt, Liam nicht mit einem zweiten Blick zu streifen. Fest entschlossen, ihn zu ignorieren, war sie sich freilich der Gaffer und ihres aufgeregten Getuschels deutlich bewußt. Hatte Liam etwas über ihre Heirat verlauten lassen? Hielt John sich noch für ihren Ehemann? Wie würde er reagieren, wenn er die Wahrheit erfuhr? Wie dem auch sei, Katherine wußte, daß alle Anwesenden sie für eine Hure hielten und sie verachteten. Dies war der fürchterlichste Moment in ihrem Leben.

Um die Sache noch schlimmer zu machen, bemerkte Katherine den Grafen von Leicester. Sein Gesichtsausdruck wandelte sich von Staunen in dunkles, lüsternes Begehren. Auch ihr Halbbruder, der Graf von Ormond, war anwesend, seine Miene noch finsterer als sonst.

Katherine war wie betäubt.

Die Königin rauschte an Hawke und Liam vorbei, und Katherine versank in einem tiefen Knicks.

»Dieses Zusammentreffen erscheint mir höchst seltsam«, sagte die Königin schneidend.

»Eure Majestät«, stammelte Kahterine.

»Steht auf! Wir sprechen allein. *Sofort*.«

Es war ein Befehl, dem Katherine nur zu gerne gehorchte, nicht nur, um all den gaffenden Höflingen und ihren beiden Ehemännern zu entfliehen. Genau aus diesem Grund war sie an den Hof gekommen. Etwas unbeholfen kam sie auf die Füße. Jemand stützte sie von hinten — Macgregor. Krampfhaft hielt Katherine ihren Umhang zusammen. Ihre Schwangerschaft wäre der nächste Schock für die Höflinge gewesen.

»Bringt den Gefangenen in den Kerker«, befahl Elisabeth.

Hawke nickte. Dann glitt sein Blick erneut zu Katherine. Er wunderte sich über ihr Erscheinen bei Hofe. Und er war wütend.

Erriet er ihre Absicht? Verachtete er sie für ihren Sündenfall? Katherine konnte ihm seinen Zorn nicht verdenken.

Wie zornig würde er erst sein, wenn er erfuhr, daß sie Liams Kind unter dem Herzen trug.

Hawke stieß Liam vor sich her. Katherine konnte nicht widerstehen, dem Gefangenen einen letzten Blick nachzuwerfen. Wenn er sie nur nicht betrogen hätte, wenn er sie nur liebte, dann wäre ihr Herz nicht so zerrissen und wund.

Er ging mit geraden Schultern und hocherhobenen Hauptes. Er war so stolz, so gelassen, so furchtlos — als wäre er Herr der Lage, nicht der Gnade einer zornigen Königin ausgeliefert, als sei er nicht nur der Herr der Meere, sondern auch der Sieger in diesem tödlichen Spiel. Doch er war das Opfer. Katherine schauderte und erschrak, als sie den durchdringenden Blick der Königin auf sich spürte.

»Folgt mir!« befahl Elisabeth. Katherine betrat den Audienzsaal, die Flügeltüren schlossen sich. Sie war mit der Monarchin allein.

»Ich wundere mich nicht, Euch hier zu sehen, Katherine«, begann die Königin.

Katherine versuchte ihre Gedanken zu sammeln, um zusammenhängende Sätze zu formulieren. Sie mußte äußerst vorsichtig sein.

»Ihr seid also Eurem Liebhaber an den Hof gefolgt. Wollt Ihr um Gnade für den Verräter bitten?« Elisabeths Augen funkelten böse.

Katherine war erleichtert. Die Königin wußte nichts von ihrer Heirat. Liam hatte geschwiegen.

»Ja«, sagte sie leise. »Ich bitte untertänigst um Gnade für ihn, Eure Majestät.«

»Ihr seid nicht anders als Eure schamlose Mutter«, entgegnete Elisabeth verächtlich.

Katherine zuckte zusammen. Die Königin war nichts als Vorwurf und Zorn. Katherine schluckte angstvoll. Das hatte sie nicht erwartet. Bei ihrer letzten Unterredung war die Königin gütig und freundlich zu ihr gewesen.

Nun stand sie mit zornrotem Gesicht vor ihr, wies mit anklagendem Zeigefinger auf sie und ließ sie nicht zu Wort kommen.

»Schon als ich Euch zum ersten Male sah, hätte ich wissen müssen, daß Ihr eine Verführerin seid wie Eure Mutter!«

Katherine rang nach Atem. »Ich bin keine Verführerin«, stammelte sie, fassungslos über die bösartige Attacke.

Elisabeth lachte. »Leugnet nicht! Habt Ihr O'Neill nicht schon vor Eurer Verlobung mit John Hawke betört? Ihr habt seine fleischlichen Lüste geweckt! Ihr habt ihn so weit gebracht, daß er Eure Entführung plante, vermutlich habt Ihr ihn auch zu der Verschwörung gegen mich überredet.«

Katherine schrie entsetzt auf.

Doch die Königin war nicht zu halten. »Eure Mutter war eine Hure!« schrie sie. »Sie nahm Euren Vater in ihr Bett, während ihr Ehemann im Sterben lag! Ihr seid genau wie sie! Ihr seid die Geliebte des Piraten geworden, obwohl Ihr mit einem *ehrbaren* Mann verheiratet seid.«

»Nein«, widersprach Katherine. Sie mußte an sich halten, um der Königin nicht zu sagen, daß ihre Ehe mit Hawke nie vollzogen wurde und daß Liam ihr Gemahl war. Es stand ihr nicht zu, ihrer Monarchin zu widersprechen. Und Liam war nur noch auf dem Papier ihr Ehemann.

»Nein?« Elisabeth holte aus und schlug Katherine mit dem Handrücken ins Gesicht. »Auf die Knie!« schrie sie gellend.

Katherine taumelte nach hinten. Sie spürte, wie Blut ihre Wange entlanglief. Tränen stiegen ihr in die Augen, nicht vor Schmerz, nein, vor Angst — und ohnmächtiger Wut.

»Auf die Knie!« befahl die Königin erneut.

Katherine holte tief Atem. Sie zitterte am ganzen Körper, wagte aber nicht, sich zu widersetzen. Umständlich sank sie auf beide Knie.

Die Königin wanderte erregt auf und ab. »Ich gebe Euch an all dem die Schuld«, fauchte sie. »Ihr habt meinen Piraten verführt, so wie Ihr versucht habt, Leicester und Ormond zu verführen.«

Katherine biß sich auf die Zunge. Wie ungerecht, wie grausam.

Die Königin blieb vor ihr stehen und blickte auf Katherines gesenkten Kopf herab. »Ormond war dagegen, Euch bei

Hofe aufzunehmen. Ihr aber habt ihn umgarnt. Und Robin! Robin wirft Euch feurige Blicke zu, als wolle er Euch im nächsten Augenblick bespringen! Wart Ihr mit ihm bereits im Bett?«

Katherines Atmen ging flach und schnell. Sie brachte kein Wort über die Lippen, vermochte nur hilflos den Kopf zu schütteln.

Die Königin stand wie eine Rachegöttin über ihr. »Wenn Ihr es wagt, mit ihm zu schlafen, landet Ihr auf dem Schafott.«

»Nein«, krächzte Katherine.

»Huren haben an meinem Hofe nichts verloren.«

Endlich fand Katherine ihre Sprache wieder. »Eure Majestät«, rief sie empört, »ich habe meinen eigenen Bruder nicht verführt und auch Lord Dudley nicht.«

»Hoffentlich sagt Ihr die Wahrheit, das kann ich Euch nur raten«, zischte die Königin voller Verachtung. »Nein, Liam trifft nicht die Schuld, wenn er sich das genommen hat, was Ihr ihm so freimütig angeboten habt. Ihr seid die Missetäterin. Ihr seid diejenige, die fortgeschickt werden muß.«

»Ich habe Liam geliebt«, hauchte Katherine tonlos.

»Ach?«

Erschrocken blickte Katherine zur Königin auf. Wie konnte sie das sagen, nachdem Liam sie so abscheulich hintergangen hatte? Andererseits, was blieb ihr anderes übrig nach der gemeinen Verleumdung der Königin? Es war schließlich die Wahrheit.

»Und was habt Ihr an ihm geliebt?« zischte die Königin. »Seine Schmeicheleien? Oder war es die Größe seines Geschlechts?«

Katherine errötete bis unter die Haarwurzeln.

»Antwortet!« befahl die Königin schneidend.

Katherines Kehle war ausgetrocknet. »Was kann ich darauf antworten, Majestät?« stammelte sie.

»Hat er Euch im Bett Vergnügen bereitet, Katherine?«

Sie hielt dem durchdringenden Blick der Königin stand,

ohne zu antworten. Ihre flammendroten Wangen gaben die Antwort, die Elisabeth haben wollte.

»Hure«, zischte die Königin und wandte ihr den Rücken zu.

Katherine schloß die Augen, drängte die Tränen ihrer hilflosen Wut zurück. Warum haßte die Königin sie so sehr? Katherine war verzweifelt, sah keine Möglichkeit, sich gegen die bösartigen Anschuldigungen zu verteidigen. Sie hatte keinen Menschen, der sich für sie einsetzte. Sie war völlig allein.

Endlich faßte sie den Mut zu sprechen. »Hoheit«, begann sie zaghaft, »ich nehme die Schuld auf mich, Liam verführt zu haben. Ihr habt recht. Und ... es tut mir unendlich leid.« Sie senkte den Kopf, ihr Stolz lag im Widerstreit mit ihrer Vernunft. »Ich bitte Euch um Verzeihung.«

Sie spürte den stechenden Blick der Königin. »Ich bin nicht gewillt, Euch zu verzeihen«, sagte Elisabeth schließlich ruhiger und weniger gehässig.

Katherine wagte es, die Monarchin anzusehen. »Wäre es nicht ungerecht, Liam die Schuld zuzuweisen, da ich die Missetäterin bin?«

In Elisabeths Augen leuchtete ein Funke Sympathie auf. »Ich wußte nicht, daß Ihr fähig seid zu debattieren, Katherine.«

»Ich würde niemals wagen, mit Euch zu debattieren, Hoheit«, widersprach Katherine demütig.

»Eure Mutter war eine scharfsinnige und entschlossene Frau. Sie kniete mehr als einmal vor mir, um mich um Nachsicht für ihren Gemahl zu bitten.«

Katherine hielt dem Blick der Königin auch weiterhin stand, wagte aber nicht zu hoffen, daß die Unterredung eine positive Wendung nehmen könnte.

»Liam ist ein Verräter. Selbst wenn seine Fleischeslust der Grund dafür war, daß er den Verstand verlor. Er ist ein Verräter und verdient den Henkersstrick.«

Die Worte der Königin trafen Katherine wie ein Peitschenhieb. Doch ihr Gesicht blieb reglos. Sie mußte ihre Argumente mit Überzeugungskraft vorbringen, wenn sie Liam retten wollte. »Ihr kennt Liam, seit er in den Windeln lag, Majestät«, begann sie von neuem. »Habt Ihr nicht ein wenig Zuneigung übrig für den Jungen, der in Eurem Haus aufgewachsen ist?«

»Vielleicht«, entgegnete Elisabeth.

»Verdient er nicht aufgrund der langen Zeit, die er bei Euch gelebt hat, eine zweite Chance?«

»Nein«, antwortete die Königin tonlos. »Aus dem traurigen, einsamen Knaben ist ein gefährlicher Mann geworden. Ein Mann, der Hochverrat gegen mich begangen hat! Ich verabscheue ihn!«

Plötzlich begriff Katherine, warum die Königin sie so sehr haßte. »Verabscheut Ihr ihn?« fragte sie leise. »Oder bewundert Ihr ihn?«

Verblüffung, gefolgt von Zorn, spiegelte sich im Gesicht der Königin.

Bevor Elisabeth sie erneut schlagen konnte, begann Katherine wieder hastig zu sprechen. »Er ist ein Mann, den viele Frauen bewundern, Majestät, wegen seiner Männlichkeit und seines Edelmuts — auch wenn er nur ein Pirat ist. Ich bin eine von zahllosen Frauen, die er gehabt hat, und nach mir wird es andere Frauen geben — ich mache mir da nichts vor. Keine Frau kann einem solchen Mann widerstehen, nicht einmal eine große Monarchin.«

Elisabeths Zorn legte sich. »Ihr seid keine naive Unschuld mehr, stimmt's Katherine?« fragte sie nachdenklich.

Katherine ging nicht auf ihre Frage ein. »Majestät, Liam hat Euch große Dienste geleistet. Der Herr der Meere kann noch viel für Euch tun. Ich flehe Euch an, vergebt ihm seine Verbrechen. Verhängt über einen solchen Mann nicht die Todesstrafe. Bestraft ihn, aber übergebt ihn nicht dem Henker. Denkt an den Wert, den er für England darstellt.«

»Ich habe mein Vertrauen zu ihm verloren«, entgegnete Elisabeth müde.

Wie gut Katherine die Königin verstand, die unter Liams Betrug ebenso litt wie sie. »Ihr habt viele weise Ratgeber.

Einer der Herren weiß mit Sicherheit, wie Liam zum Nutzen Englands eingesetzt werden kann.«

Die Königin schwieg.

Katherine erhob sich unbeholfen. »Lebendig ist er Euch von weitaus größerem Nutzen als tot.«

»Wenn er am Galgen baumelt, dient er als abschreckendes Beispiel«, entgegnete Elisabeth düster.

Verzweifelt suchte Katherine nach weiteren Argumenten, um die Königin umzustimmen. »Ein vollstrecktes Todesurteil kann nicht widerrufen werden. Könnt Ihr damit leben?« Katherine sandte ein Stoßgebet zum Himmel, daß die Königin Liam mehr liebte, als sie bisher ahnte.

Doch die Königin schien ihre Worte gar nicht gehört zu haben. Fassungslos starrte sie auf Katherines Bauch.

Sie hatte beim Aufstehen vergessen, ihren Umhang zusammenzuhalten, jetzt gab er die Wölbung ihres Leibes frei. Katherine erbleichte.

»Ihr seid schwanger. Wie könnte es auch anders sein bei dem lüsternen O'Neill.«

Hastig raffte Katherine den Umhang wieder zusammen.

»Es ist doch *sein* Kind, oder?«

»Ja«, hauchte Katherine.

»Wann kommt es zur Welt?« fragte die Königin, so unfreundlich wie zuvor.

»Im Juli.«

»Schamlos — Ihr seid schamlos. Ich dulde keine Schlampe bei Hof — mit einem ledigen Kind im Bauch!«

Katherine bezwang sich, um der Königin nicht ins Gesicht zu schreien, daß ihr Kind kein Bastard sei. »Ihr wart mit Mary Stanley befreundet«, sagte sie statt dessen.

»Damals war ich noch nicht Königin«, entgegnete Elisabeth bissig.

Katherine wußte, daß sie verloren hatte. Und einen Augenblick hatte es so ausgesehen, als könne sie gewinnen.

»Das Kind kompliziert die Sache«, sagte Elisabeth düster. »Liam hat das Kind nicht erwähnt!«

»Er weiß nichts davon.«

Elisabeths Augen weiteten sich. Dann schmunzelte sie.

»Eure Hoheit«, setzte Katherine erneut an, mit bangem Herzen, »vielleicht könntet Ihr Liam begnadigen, damit er seinen Sohn kennenlernt?«

Die Königin lachte kalt. »Wenn ich den Schurken begnadige, dann hat das nichts mit seinem Bastard zu tun. Wieso eigentlich Sohn?« setzte sie argwöhnisch hinzu. »Habt Ihr die Astrologen befragt?«

»Ich weiß nicht, ob es ein Junge oder ein Mädchen wird«, antwortete Katherine zögernd.

»Ihr sucht umgehend einen Astrologen auf«, befahl die Königin. »Ich muß wissen, ob Ihr Liam einen Sohn schenkt.«

Die Königin war für ihren Listenreichtum bekannt. Was hatte sie vor?

»Weiß John Hawke davon?«

Katherine zuckte zusammen. »Nein.«

Wieder lächelte die Königin. »Dann wollen wir ihn rufen lassen. Er muß davon unterrichtet sein.«

Eine Welle der Panik stürzte über Katherine zusammen, drohte sie zu ersticken. Bislang war John Hawke die geringste ihrer Sorgen gewesen, und plötzlich stand sein Bild wie eine Todesdrohung vor ihr.

»Tretet ein, Sir John!« befahl die Königin.

Hawke betrat das Gemach, den Blick nicht auf die Königin, sondern auf Katherines gewölbten Leib gerichtet. Alle Farbe wich aus seinem Gesicht. Katherine hätte ihm die Nachricht lieber schonend unter vier Augen beigebracht. Sie senkte den Blick, fühlte sich einer Ohnmacht nahe.

»Sieh mich an, Katherine!« befahl Sir John.

Katherine gehorchte. Johns Mundwinkel waren vor Bitterkeit und Ekel nach unten gezogen. »Es tut mir leid«, stammelte sie zaghaft.

»Sag mir nur eins«, fuhr John fort. »Sag mir, daß du jede Minute bedauerst, die du in seinen Armen ... in seinem Bett verbracht hast.«

Katherine hielt erschrocken den Atem an, öffnete den Mund, um zu antworten, um zu lügen, brachte jedoch keinen Laut hervor.

Seine Züge verhärteten sich. »Was für eine dumme Frage«, murmelte er vor sich hin.

Und Katherine haßte sich. Hawke war ein guter, edler Mann. Er verdiente eine Frau, die ihn liebte, eine treue, liebevolle Frau. Sie durfte ihn nicht belügen.

»Eine ausgesprochen dumme Frage, John«, warf die Königin schneidend ein. »Es ist unwichtig, was Katherine damals für Liam empfand. Wichtig ist, daß sie das Kind eines anderen unter dem Herzen trägt, aber Eure Gemahlin ist.«

Katherine schwieg. Er würde sich von ihr scheiden lassen, jetzt da er die Wahrheit wußte.

Hawke verneigte sich und wandte sich wieder an Katherine. »Geht es dir gut, Katherine?« fragte er mit schmalen Lippen.

»Ich ... ich bin unglücklich.«

»Das wundert mich nicht«, antwortete Hawke. »Wann ... ist es soweit?«

»Im Juli.«

Sein Blick streifte erneut über die Wölbung ihres Bauches.

»Sir John, was habt Ihr mit Katherine vor?« fragte die Königin scharf.

Ein spöttisches Lächeln flog über sein Gesicht. »Was schlagt Ihr vor, Hoheit? Scheidung? Damit sie als Hure auf der Straße landet, um ihr Kind satt zu kriegen?«

»Sie hat nichts anderes verdient.«

Katherine stand wie gelähmt. »Ich gehe zu meinem Vater.«

»FitzGerald ist bettelarm«, entgegnete John. »Er kann kaum seine Frau und seinen kleinen Sohn ernähren.«

»Sie kann zurück nach Frankreich ins Kloster gehen«, schlug Elisabeth vor. »Dort soll sie ihr Kind zur Welt bringen. Wenn Ihr wünscht, daß sie bis ans Ende ihrer Tage im Kloster bleibt, geben Wir das Kind zu Pflegeeltern.«

Katherines flehender Blick suchte Johns Augen. »Nein.«

»Sie kommt nach Hawkehurst«, erwiderte John mit fester Stimme. »Wohin sie gehört.«

Katherine konnte nicht glauben, was sie gehört hatte. Er hatte nicht vor, sie zu verstoßen?

Er hob die Augenbrauen. »Was hast du erwartet, Katherine? Eine Scheidung? Damit du als Bettlerin endest? Eine, die stehlen muß, um nicht zu verhungern? Du bist meine Ehefrau. Auch wenn du Gefallen an der Verführung des verdammten Piraten gefunden hast. Dich trifft keine Schuld an der Entführung. Hätte ich an jenem Abend mehr Wachen aufgestellt, wäre ihm die Entführung nicht gelungen. Und du würdest mein Kind unter dem Herzen tragen.«

Katherine rang die Hände. »Du willst dich nicht von mir scheiden lassen?« hauchte sie fassungslos.

»Ich bin ein Mann, der stets seine Pflicht tut, Madam«, entgegnete John. »Ich trage die Verantwortung für dich ... und dein Kind.«

Katherine wußte, daß sie unendliches Glück hatte. Zu Liam, sollte er begnadigt werden, würde sie nie wieder zurückkehren. Sie mußte ein Kind großziehen, und John nahm sie und das Kind bei sich auf. Aber sie fühlte sich nicht glücklich. Sie fühlte sich schamlos und unmoralisch, verzweifelt und verwirrt. Sie war todunglücklich.

In ihrem Herzen flüsterte eine verräterische Stimme: *Wie kannst du ohne Liam weiterleben?*

»Gut gesprochen, Sir John«, lobte die Königin. »Ihr seid ein hochanständiger Mann.«

Hawke verneigte sich. »Wenn Ihr gestattet, werde ich meine Gemahlin morgen nach Hawkehurst begleiten.«

»Einverstanden. Unter einer Bedingung.«

John und die völlig verdutzte Katherine wandten sich der Königin zu.

Elisabeth lächelte. »Sie bleibt in Cornwall. Ich will sie nicht in London sehen, Sir John. Ich mißbillige ihr Verhalten zutiefst und wünsche nicht, daß ihr schlechtes Beispiel auf andere Hofdamen abfärbt. Ist das klar?«

Hawke nickte grimmig.

Katherine schluckte schwer. Sie mußte unter Hausarrest in Cornwall leben, als Strafe für ihre Sünden; verheiratet mit John Hawke.

Hawke streckte ihr die Hand entgegen. Katherine war unfähig, sie anzunehmen. Wenn sie bei Hawke blieb, wäre sie eine Gesetzesbrecherin. Keine Frau durfte zwei Ehemänner haben.

Er preßte die Lippen aufeinander und nahm ihren Arm. »Ich bringe dich auf dein Zimmer«, sagte er. »Ich halte es für angebracht, wenn du deine Unterkunft nicht verläßt, bis wir morgen früh aufbrechen.«

Als John sie aus dem Gemach führte, warf Katherine einen verzweifelten Blick über die Schulter und begegnete dem triumphierenden, feindseligen Blick der Königin.

Die Königin hatte gewonnen. Katherine hätte nie erwartet, daß das Ergebnis ihres Kampfes ein abgeschiedenes Leben in Cornwall als Hawkes Frau bedeuten würde. Sie dachte an Liam, der in Eisen gekettet im Kerker schmachtete. Panik packte sie.

Im Vorzimmer blieb Katherine unvermittelt stehen, fuhr zu John herum und klammerte sich an seiner Uniform fest. »John! Ich muß dir etwas gestehen«, schrie sie. »Ich ... ich bin mit O'Neill verheiratet ... Ich habe die Heiratsurkunde bei mir.«

31. Kapitel

Hawke starrte sie fassungslos an.

Katherine war völlig verwirrt. Wieso hatte sie ihm die Wahrheit gesagt? Ausgerechnet hier, im Vorzimmer der Königin? In Gegenwart der Höflinge und Hofdamen, die die Köpfe zusammensteckten und über sie tuschelten? Es war zu spät. Sie konnte ihre Worte nicht zurücknehmen. Irgendwie war sie erleichtert.

Hawke packte sie am Arm. »Hier ist nicht der richtige Ort,

um zu reden«, knurrte er und schob sie vor sich her. Die Menge teilte sich und machte Platz. Sie bemerkte Anne, die ihr teilnahmsvoll zunickte.

Dann stolperte Katherine über ihre Röcke, als sie bemerkte, wer hinter Anne stand. Leicester lächelte.

Hawke stützte sie. »Gehören die beiden zu dir?«

Macgregor und Guy waren ihnen gefolgt. »Ja.« Sie zögerte. »Ich habe den Jungen ins Herz geschlossen. Und Macgregor hat mich nach London begleitet.«

Hawke wandte sich an Macgregor. »Ich habe keine Verwendung für Piraten«, knurrte er unfreundlich. »Ebensowenig meine Gemahlin.«

Katherines Herz krampfte sich zusammen. »Laßt es gut sein«, murmelte sie, an Guy und Macgregor gewandt. »Ich komme schon zurecht.«

Hawke eilte mit ihr einen langen Korridor entlang. Macgregor und Guy blieben zurück. Im Freien lockerte Hawke den Griff. Er zog sie in einen Arkadengang.

»Widersprich mir, falls ich mich irre. Du warst doch ebenso erschrocken wie ich, als O'Neill dich in unserer Hochzeitsnacht entführte.«

Katherine nickte langsam.

»Aber er hat dich mit seinem hübschen Gesicht und seinem Lächeln betört.«

Katherine wagte nicht zu sprechen.

»Und als er dich bat, ihn zu heiraten, hast du willig zugestimmt.«

Tränen sprangen ihr in die Augen. »Nein, John«, widersprach sie stockend. »So war es nicht.«

»Wie war es dann?« fragte er.

»Er zerrte mich in die Kirche, ohne auf meine Proteste zu achten. Er behauptete, du hättest dich vermutlich längst von mir scheiden lassen. Der katholische Priester hat uns umgehend getraut.« Sie schlang die Arme um sich. Niemals würde sie John erzählen, daß sie schon damals im Begriff war, sich in ihren Entführer zu verlieben.

»Er zwang dich also, ihn zu heiraten?« fragte Hawke streng.

Sie biß sich auf die Lippen. »Ich habe jedenfalls zwei Ehemänner. Was soll ich denn tun?« rief sie.

John nahm wieder ihren Arm. Und als er sprach, war sein Tonfall beschwichtigend und freundlich. »Weiß jemand von dieser Eheschließung?«

Sie schüttelte den Kopf.

»Sprich mit niemand darüber.«

»Warum nicht?« Angst schnürte ihr die Kehle zu.

»Weil wir gesetzlich verheiratet sind, Katherine. Und der Pirat kommt an den Galgen. Ich habe nicht die Absicht, dich zu verstoßen. Ich bin ein Ehrenmann.«

Katherine blickte verdattert zu ihm auf.

»Versteh mich nicht falsch«, fuhr er grimmig fort. »Mir gefällt die Sache keineswegs. Aber wenn der Pirat tot ist, werden wir irgendwann die scheußliche Geschichte vergessen. Ohne diese Überzeugung würde ich dich vermutlich verstoßen.«

Katherine liefen die Tränen über die Wangen, sie schüttelte den Kopf.

»Warum weinst du?« fragte er verärgert. »Um ihn? Liebst du ihn?«

Sie entzog ihm ihren Arm, rang die Hände. »Er ist der Vater meines Kindes. Ich will nicht, daß er am Galgen endet.«

»Er wird hängen«, sagte Hawke bitter. »Die Königin darf keine Nachsicht üben. Es ist das Beste für alle Beteiligten. Denk an die Zukunft deines Kindes.«

Ihr Kind. Das Kind eines verräterischen Piraten, das alle Welt als Bastard verachten, schlimmer noch, als Liam O'Neills Sohn brandmarken würde.

Plötzlich verstand Katherine, was es für Liam bedeutet hatte, als Shane O'Neills Sohn aufzuwachsen, daß er diesen Makel nie loswerden konnte. Und sie erinnerte sich an ihren letzten bösen Streit, in dem sie ihm gesagt hatte, daß sie ihn nie lieben könnte, weil er der Sohn von Shane O'Neill war.

Katherine fühlte sich elend. Wie konnte sie nur so kalt, so grausam gewesen sein?

Würde ihr Kind unter den Verbrechen seines Vaters leiden, wie Liam gelitten hatte?

Katherine wischte sich die Tränen vom Gesicht und blickte zu John auf. »Bist du gewillt, mein Kind großzuziehen?« fragte sie mit bebender Stimme. »Willst du ihm ein guter Vater sein?« Ihr Herz drohte zu zerspringen. *Liam. Es tut mir so leid. Aber ich muß unser Kind beschützen!*

»Ich werde deinem Kind nicht nur ein guter Vater sein, Katherine, ich werde ihm meinen Namen geben«, versprach Hawke mit fester Stimme. »Auch wenn es ein Junge ist.«

Katherines Brust entrang sich ein qualvolles Schluchzen.

»Und du wirst mir eigene Söhne schenken«, fuhr John fort.

Katherine nickte, vermochte ihrem Tränenfluß keinen Einhalt zu gebieten. Sie mußte alles tun, um ihr Kind zu beschützen. Ihr blieb keine andere Wahl. Selbst wenn ein Wunder geschah und Liam dem Kerker entkam, könnte sie nie wieder zu ihm zurückkehren — obgleich ihr nun klar geworden war, daß sie ihn immer noch unendlich liebte.

Sie mußte sich der Wirklichkeit stellen. Sie glaubte nicht mehr daran, daß Liam begnadigt werden würde. Kein Gefangener war je aus dem Tower entkommen. Nur ein Wunder konnte ihn noch retten.

Katherine aber hatte aufgehört, an Wunder zu glauben. Sie mußte alles tun, was in ihrer Macht stand, um Liam zu retten. Alles. Es war ihr Abschiedsgeschenk an ihn.

Katherine beschloß, auf ihrem Zimmer zu bleiben und nicht zum Abendessen in die große Halle zu gehen. Sie brauchte Zeit, um nachzudenken, und außerdem wollte sie den neugierigen, lüsternen Blicken der Höflinge nicht begegnen. Die Reise nach Cornwall war in Übereinstimmung mit John wegen ihrer totalen Erschöpfung um einige Tage verschoben worden. Katherine blieb ein kleiner zeitlicher Spielraum, um einen mächtigen Verbündeten zu finden.

Vor ihrer Abreise mußte sie Liam noch einmal sehen, ohne zu wissen, wie sie das anstellen sollte.

An John wagte sie sich nicht zu wenden.

Ein dunkles, schönes Männergesicht tauchte vor ihrem inneren Auge auf. Sein Lächeln war verführerisch und gefährlich, sein Blick verwegen und begehrlich. Robert Dudley, Graf von Leicester. Einer der mächtigsten Männer bei Hofe. Er konnte ihr helfen.

Und Katherine wußte, welchen Preis sie für seine Hilfe bezahlen mußte. Doch sie war bereit zu bezahlen, wenn sie Liam noch einmal sehen durfte.

Sie wagte nicht, Leicester direkt anzusprechen. Die Worte der Königin, sie aufs Schafott zu schicken, wenn sie es wagen sollte, mit ihm ins Bett zu gehen, hallten ihr in den Ohren. Es gab nur einen Menschen, dem Katherine vertraute. Sie hatte Anne Hastings benachrichtigt und um ihren Besuch gebeten.

Es klopfte, Katherine sprang auf.

Anne trat ein, Katherine verriegelte die Tür, die beiden Frauen umarmten sich. »Ich freue mich so sehr, dich zu sehen, Katherine. Ich habe mir große Sorgen um dich gemacht. Du bist so schön geworden!«

»Danke, daß du gekommen bist, Anne.«

»Wie könnte ich nicht«, antwortete Anne schalkhaft. »Du hast fast ein ganzes Jahr mit dem gefährlichsten und begehrtesten Mann Englands verbracht! Und du bist ihm nach London nachgereist, obgleich dir klar sein mußte, wie du hier empfangen wirst!«

Katherine setzte sich aufs Bett.

Anne musterte sie fragend. »Nun? Ist er so männlich? Unvergleichlich? Unersättlich? Sehr mitgenommen siehst du jedenfalls nicht aus. Bald bringst du sein Kind zur Welt.«

Katherine war enttäuscht von der Freundin. »Warum überzeugst du dich nicht selbst, Anne?«

»Verzeih, ich wollte dich nicht verletzen. Aber du mußt mich verstehen. Mein Gemahl ist ein fetter Lustgreis. Ich freue mich für dich, Katherine, daß du einen so aufregenden Mann gehabt hast. Ich wünschte, der Pirat hätte mich entführt.«

Anne meinte es nicht böse. »Ich fürchte, man wird ihn hängen«, meinte Katherine düster.

»Deine Befürchtung ist berechtigt. Die Königin haßt Verräter und wird ihn zum Tode verurteilen.«

»Du bist mir eine große Hilfe.«

»Wenn du deinen Piraten liebst und ihn retten willst, mußt du so klug sein wie deine Mutter. Die Ratgeber der Königin sind sich uneins. Cecil will O'Neill nicht dem Henker übergeben.«

Ein winziger Funke keimte in Katherines Herz. »Lord Burghley hat die Königin schon mehrmals umgestimmt!«

»Aber Leicester haßt O'Neill«, fuhr Anne fort. »Ihm kommt sein Tod gerade recht. Er drängt die Königin zu raschem Handeln. Er warnt sie vor den Rebellen, die sich in England gegen sie verschwören könnten. Er kennt ihre Angst vor einem Aufstand und bringt sie dazu, an Liam ein abschreckendes Beispiel zu statuieren.«

Katherines Herz machte einen angstvollen Satz. *Leicester.* »Anne, ich bitte dich um einen einzigen Gefallen.«

Anne tätschelte ihre Hand. »Ich tue alles für dich, was in meiner Macht steht.«

»Bitte überbring Leicester eine Botschaft von mir.«

Anne erschrak. »Katherine!« Dann erst schien sie zu begreifen. »Du weißt nicht, was du tust!«

»Im Gegenteil, Anne. Ich weiß, was ich tun muß.«

Die Glocken der Kapelle schlugen Mitternacht. Nervös zählte Katherine die Schläge. Sie saß auf einer Bank im Garten, eingehüllt in ihren pelzgefütterten Umhang. Ihre Handflächen waren feucht, ihr Mund war trocken. Sie fröstelte.

Dann sah sie ihn durch die kahlen Bäume hindurch an der Gartenmauer. Eine hochgewachsene, kräftige, schwarzumhüllte Gestalt, die sich rasch näherte. Katherines Nägel gruben sich in ihre Hände. Sie stand auf.

Leicester lächelte. »Wißt Ihr, wie mir zumute war, als ich Eure Nachricht erhielt?«

Katherine bebte. Sie konnte nicht sprechen. Die Wolken

am Nachthimmel teilten sich. Sein schönes Gesicht war nun deutlicher zu sehen.

Er hob die Hand und schob ihre Kapuze zurück. »Mein Gott, seid Ihr schön«, raunte er heiser. Seine Hand berührte ihre Wange.

Katherine mußte sich zwingen, nicht zurückzuzucken. »Ich bin unförmig dick.« Leicesters dunkle Augen versanken in ihren. »Ihr tragt sein Kind. Kein Wunder. Ich wußte immer, daß Ihr leicht empfänglich seid und einem Mann viele Kinder schenken würdet.«

Katherine antwortete nicht.

Leicesters Blick wanderte über ihr Gesicht. »Habt Ihr an mich gedacht, Süße? Wenn der Pirat seinen Schaft in Euch stieß, habt Ihr da an mich gedacht?«

Katherines ganzer Körper war angespannt.

»Ich habe oft an Euch gedacht«, fuhr Leicester fort. »Ich begehre Euch immer noch. Mehr denn je.« Er nahm ihre Hand und drückte sie gegen seine prallen Lenden.

Katherine entzog ihm ihre Hand. »Ich bin schwanger!«

»Manche Frauen haben es in diesem Zustand besonders gern.«

Katherine war schockiert und voller Angst. Sie hatte nicht gedacht, daß sie ihn in ihrem jetzigen Zustand interessierte. »Ich nicht.«

»Das glaube ich Euch nicht.« Leicester zog sie an sich. Katherine sträubte sich, ohne sich direkt zu wehren. Sie spürte seine Männlichkeit an ihrer Hüfte. »Ihr seid eine leidenschaftliche Frau. Das wußte ich vom ersten Augenblick an. O'Neill wurde Eurer nicht überdrüssig, er behielt Euch fast ein Jahr auf der Insel. Ich kann mir vorstellen, daß er Euch ein paar Tricks beigebracht hat, einem Mann Lust zu verschaffen.« Leicesters Mund strich über ihre Lippen. »Aber seit ein paar Wochen sitzt er im Gefängnis. Ihr müßt Euch nach ihm sehnen. Ich nehme seinen Platz gern ein, Liebste.«

Katherine schüttelte den Kopf. »Hört auf, bitte!«

»Ihr habt mich rufen lassen«, sagte er leichthin. »Was wollt Ihr von mir, Katherine?«

Sie drückte ihre Handflächen gegen seine Brust. »Ich brauche Eure Hilfe.«

»Ich weiß. Und ich kann mir gut vorstellen, welche Hilfe Ihr braucht.«

Katherine starrte ihn an.

Er lächelte. »Die Königin sagte mir, daß Ihr sie um das Leben des Piraten gebeten habt. Es war richtig, zu mir zu kommen. Nur ich kann Euch helfen. Die Königin kann mir keine Bitte abschlagen.«

»Werdet Ihr sie davon überzeugen, Liam zu begnadigen?« brachte Katherine heiser hervor.

»Seid Ihr bereit, den Preis zu bezahlen, den ich verlange?«

Sie nickte bangen Herzens.

Er lächelte und rieb sich an ihr. »Heute nacht?«

»Nein!« Sie stieß ihn von sich, von Panik ergriffen.

Er beobachtete sie interessiert — kühl und voller Selbstvertrauen, ein Raubtier, das sich seiner Beute sicher war.

Katherine blickte ihn atemlos an. »Zuerst müßt Ihr Liams Freilassung bewirken. Erst dann komme ich zu Euch. Nach der Geburt meines Kindes.«

Er lachte. »Ich soll warten, bis der Pirat frei ist? Und bekomme Euch nur einmal? Die Bedingungen sind unannehmbar, Katherine. Bei der Königin würde ich in Ungnade fallen, wenn sie je von unserer Affäre erführe. Und schließlich geht es um das Leben Eures Liebhabers. Nein, einmal ist mir nicht genug.«

Katherine schüttelte den Kopf. Sie mußte stark bleiben. »Wenn Liam frei ist, komme ich zu Euch, aber nur einmal.« Sie verschränkte die Arme, um ihr Zittern zu verbergen. »Wenn Ihr es wünscht, auch vor der Geburt des Kindes.«

»Und wenn ich mich weigere?«

»Dann werdet Ihr mich nicht bekommen«, antwortete Katherine wesentlich gelassener, als sie sich fühlte.

»Ich könnte Euch jetzt nehmen«, sagte er lauernd. »Und Ihr würdet nicht wagen, Euch zu beschweren.«

Katherine japste nach Luft. »Dann bekommt Ihr mich aber nicht freiwillig«, flüsterte sie angstvoll. »Ich biete Euch eine lange Nacht voller Lust und Vergnügen, Dudley. Ich zeige Euch alle meine Verführungskünste.« Die Stimme versagte ihr. Tränen liefen ihr übers Gesicht.

Er blickte sie lange an. »Einverstanden.«

Katherine war nicht erleichtert. »Da ist noch etwas.«

Er hob die Augenbrauen.

»Ich möchte Liam sehen, ein einziges Mal, für den Fall, daß es Euch nicht gelingt, ihn freizubekommen.«

»Verstehe.«

»Wenn Ihr den Besuch in den nächsten zwei Tagen nicht für mich arrangiert, dann ist unser Abkommen null und nichtig«, sagte Katherine verwegen.

Dudley lächelte gefährlich. »Werdet Ihr ihm bei Eurem Besuch das geben, was Ihr mir jetzt verweigert?«

Katherine blickte ihm direkt in die Augen. »Das geht Euch nichts an.«

»Zwei Gefälligkeiten müssen zweimal bezahlt werden, Katherine.«

Katherine nickte und wandte sich zum Gehen.

Er hielt sie am Ärmel fest. »Nicht so schnell. Ich will unseren Handel mit einem Kuß besiegeln.«

Ein Geräusch weckte ihn.

Ein kratzendes Geräusch. Zuerst dachte er, es sei eine Ratte. Er richtete sich auf dem Steinboden auf, um das Biest zu erschlagen, wenn es noch einmal näherkam.

Doch das Kratzgeräusch blieb aus. Er hörte ein deutliches Klicken. Liam fuhr hoch. Die Tür seiner Zelle wurde entriegelt.

Es war wie immer stockfinster. Zweimal am Tag wurde ihm ein Blechnapf mit Haferschleim gebracht. Das half ihm, sich einigermaßen zeitlich zu orientieren. Es war weit nach dem Abendessen, vielleicht schon Mitternacht. Er stand auf, war jetzt hellwach. Der Besucher war entweder ein Freund oder ein Mörder.

Die Tür wurde weit aufgerissen. Heller Lichtschein blendete den Gefangenen. Er hob den Arm schützend vor die

Augen. Er erkannte den Wärter, hinter ihm eine unbekannte Gestalt im langen Umhang mit Kapuze.

Nun hörte er das Rascheln von Frauenröcken. Liam ließ den Arm sinken. Entweder er träumte, oder er hatte den Verstand verloren.

Katherine betrat die Zelle.

Sie hielt die Laterne hoch und blieb wie angewurzelt stehen. Die beiden blickten einander unverwandt an. Der Wärter schloß die Tür hinter Katherine.

»Liam«, flüsterte Katherine heiser, »o Gott, Liam – geht es dir gut?«

Sie erschien ihm von überirdischer Schönheit, ein himmlischer Engel. Liam stand still, wagte nicht zu atmen. Dann erinnerte er sich, daß sie ihn nur benutzt hatte, um ihrem Vater zu helfen. Sie war eine Verräterin, eine falsche Schlange. Sie würde niemals den Sohn von Shane O'Neill lieben, das hatte sie ihm ins Gesicht geschleudert.

»Was willst du?« fragte er, und seine Stimme hallte von den Mauern wider. Er wollte die Besorgnis ignorieren, die er in ihren Augen las. Das und noch etwas, das nicht sein durfte.

»Ich wollte dich sehen«, antwortete sie bang.

»Warum?«

In ihren Augen glitzerten Tränen. Sie senkte den Kopf.

»Warum?« fragte er erneut. »Bist du nicht glücklich, daß ich hier verrecke, wie es einem Piraten zukommt?«

Sie blickte ihn an.

Er hob die Faust. »Bist du nicht glücklich, Weib, daß dein Ehemann – Shane O'Neills Sohn – sterben wird? Dann bist du frei, um den untadeligen John Hawke zu umgarnen. Oder hast du das bereits getan?«

Sie blickte ihn traurig an, eine Träne lief ihr über die Wange. »Es tut mir leid.«

Er stand wie gelähmt.

Sie wandte sich zur Tür, hob die Hand, um zu klopfen.

»Nein!« Mit einem Satz war er bei ihr und hielt ihr Handgelenk fest.

»Katherine«, flüsterte er gequält. Ihr Verrat zählte nicht mehr. Sie war hier, nur das zählte. Und sie hatte gesagt, es tue ihr leid. Er war ein romantischer Narr, denn in seiner Brust keimte Hoffnung. »Katherine — warum bist du gekommen?«

Sie wandte sich zögernd um. Sie standen einander sehr nahe. Sie sprach sehr leise. »Ich bin gekommen, um dir zu sagen ... daß ich nicht will, daß du stirbst.«

Hoffnung überwältigte ihn. »Du sorgst dich um mich.«

Zitternd hielt sie den Atem an. »Liam ... ja.«

Er nahm ihr Gesicht in beide Hände, ihr wunderschönes Gesicht. Ein Gesicht, das ihn jahrelang verfolgt hatte, seit er sie zum ersten Mal gesehen hatte, vor vielen Jahren im Kloster. Er war schmutzig und stank erbärmlich, aber er mußte sie küssen. Sein Mund legte sich auf ihre Lippen. Die heiße, unwiderstehliche Macht seiner Liebe drohte ihn zu verschlingen, eine Liebe, an die er nicht geglaubt hatte, die er nie wollte, die ihn damals und auch jetzt wieder versklavte. Eine Liebe, die sein Handeln bestimmte, die am Anfang dieses gefährlichen Spieles stand, die ihn schließlich in den tiefsten Kerker des Towers verbannt hatte.

Katherines Lippen bebten unter seinen.

Eine Woge der Lust ergriff Liam, heiß und berauschend. Er ergriff Katherines Schultern. Er wollte sie haben, sie beherrschen, sie unterwerfen mit der Kraft seines Körpers, so wie sie ihn mit ihrer Schönheit, ihrem Stolz, ihrer Willenskraft und ihrer Klugheit unterjochte. »Katherine, ich begehre dich.«

Sie klammerte sich an ihm fest, taumelte gegen ihn, ihr Becken schmiegte sich weich an ihn. »Ja«, flüsterte sie.

Er schlang seine Arme um sie, stöhnte laut, barg sein Gesicht an ihrem Hals. Seine Männlichkeit war riesig und kurz davor zu zerbersten. Doch es war undenkbar, obgleich ihre Einladung deutlich genug war.

»Liam, ich habe Angst.« Ihre Finger fuhren durch sein Haar, sie küßte seine Stirn. »Ich begehre dich auch Liebling. *Ich brauche dich.*«

Sein letzter Widerstand brach bei ihren Worten. Liam blickte tief in die meergrünen Augen. Das war keine Heuchelei, kein Spiel. Verlangen funkelte dunkel in ihren Augen und noch etwas Größeres. Etwas Unwiderrufliches, Unendliches.

Die Worte brannten ihm auf der Zunge. *Ich liebe dich. Ich habe dich immer geliebt. Und ich werde dich immer lieben.*

Er küßte sie leidenschaftlich. Katherine stieß einen leisen Schrei aus. Seine Lippen saugten sich an ihr fest, seine Finger betasteten sie, umfingen jede Rundung. Dann lagen seine Hände auf ihrem gewölbten Bauch und verharrten reglos.

Die Rundung wölbte sich hart.

Katherine lachte und schluchzte zugleich. »Ja, Liam, ich bekomme ein Kind von dir.«

Er hob den Kopf und blickte ihr fassungslos in die Augen, während seine Hand unablässig über ihren Leib strich. »Mein Kind«, flüsterte er schließlich rauh. Allmählich drang durch den Schleier des Schocks ein überirdisches Glücksgefühl.

Und plötzlich starb sein Glücksgefühl. Er dachte an seine Kindheit. »O Gott«, stieß er hervor, zerrissen zwischen jauchzender Freude und tiefer Hoffnungslosigkeit.

»Freust du dich nicht?«

Er trat einen Schritt zurück. »Du verstehst das nicht.« Plötzlich war er wieder der kleine Junge, hörte den grausamen Spott, den Hohn. *Shane O'Neills Bastard.*

Sie berührte seinen Arm. »Ich verstehe. Liam ... Ich werde dieses Kinds beschützen. Es wird nicht leiden, wie du gelitten hast, das schwöre ich.«

»Die Welt wird ihn verfluchen und verspotten. Er ist mein Sohn, daran kannst du nichts ändern.«

Sie schwieg.

»Was hast du vor?«

Zwei rote Flecken leuchteten auf ihren Wangen, Zeichen ihrer Schuld.

Und wieder dachte er an ihren Verrat, wie listig und klug sie war. »Was hast du vor, Katherine?«

»Die Königin ist wütend. Hawke sagt, man hängt dich.«

Hawke. John Hawke — ihr zweiter Ehemann. »Noch bin ich nicht tot, Kate. Und ich habe nicht die Absicht, bald zu sterben — oder hast du mich schon aufgegeben?«

»Ich will nicht, daß du stirbst!«

»Und ich werde nicht sterben. Ich werde aus diesem Gefängnis fliehen, wieder zur See fahren und das Spiel zu Ende bringen, das ich begonnen habe«, rief er. »Und du wirst mit mir kommen. Du und das Kind.«

Sie schwieg. Ihr Schweigen sagte ihm alles, was er hören mußte. »Du bist meine Ehefrau.« Er hob ihr Kinn, zwang sie, ihm in die Augen zu schauen. »Hat er dich im Bett gehabt, Katherine?«

»Nein!« rief sie entrüstet.

Liam glaubte ihr nicht. Sie betrog ihn. Das Blut rauschte in seinen Ohren. Plötzlich drohten die engen Mauern der Zelle über ihm zusammenzubrechen. »Du bist mir eine Antwort schuldig, Katherine.«

»Hawke sagt, du kommst an den Galgen. Ich tue alles, was in meiner Macht steht, um das zu verhindern«, rief sie. »Hawke sagt ...« Sie stockte.

Hawke. Hawke. Hawke. »Was sagt er sonst noch?«

»Er gibt deinem Kind seinen Namen — selbst wenn es ein Junge wird!«

Nun begriff er. Die Zukunft — ihre Zukunft mit John Hawke. Beide lebten zufrieden in Hawkehurst, sein Sohn würde als kleiner englischer Lord heranwachsen, mit Federbarett, Samtwams und enger Hose, unterrichtet von den besten Lehrern. Ein wohlerzogener Knabe, der Englisch, Französisch und Latein parlierte, der sich manierlich in den besten Gesellschaftskreisen zu bewegen wußte. Und Katherine würde John Hawke weitere Kinder schenken, wie es sich gehörte.

Liam haßte den Mann.

Und er haßte sie.

Mit einem Wutschrei schlug er die Faust gegen die feuchte Zellenwand. Katherine schrie erschrocken auf. Liam schlug erneut gegen die Mauer, immer wieder. Bis er merkte, daß Katherine sich weinend an seinen Rücken klammerte und ihn schluchzend anflehte aufzuhören.

Keuchend starrte er auf seine blutige Faust, dann legte er die Stirn an die Wand. Katherine lehnte sich an ihn, immer noch haltlos schluchzend. Liam spürte, wie ihm die Tränen übers Gesicht liefen. Zum ersten Mal in seinem Leben zweifelte er an sich selbst.

Er würde alles verlieren. Seine Frau, sein Kind, sein Leben.

Die Angst lähmte ihn.

Doch irgendwann floß neue Kraft durch ihn. Die Angst blieb zwar, doch nun pulsierte Entschlossenheit durch seine Adern. Er mußte seine Freiheit erlangen, bevor Katherine den furchtbaren Schritt tat und zu John Hawke zurückkehrte. Bevor sie sich John hingab oder einem anderen Mann, in der Hoffnung, ihn für ihre Zwecke benutzen zu können. Bevor sie sich zum politischen Opfer machte, ihr Leben opferte, und bevor er, Liam, wirklich dem Wahnsinn verfiel.

32. Kapitel

Hawkehurst

Vor genau einem Jahr war Katherine zum ersten Mal nach Hawkehurst gekommen, damals als John Hawkes Verlobte. Seither schien eine Ewigkeit vergangen.

Nun kehrte sie nach Hawkehurst zurück mit dem Kind eines anderen unter dem Herzen.

Der Troß kam nur langsam auf der holprigen Straße durch die Moorlandschaft vorwärts. Den Hauptteil der Reise reiste Katherine in der Kutsche, doch heute bestand sie darauf, im Sattel zu sitzen.

Vor einem Jahr hatte Katherine das windgepeitschte, mit Heidekraut und Ginster bedeckte Moor wildromantisch gefunden. Jetzt kam ihr die Landschaft abweisend und öde vor.

Schon wurden die Schieferdächer und Kamine des alten Herrenhauses sichtbar. Katherine spürte einen unangenehmen Druck in der Magengegend. Ihr Leben war völlig aus den Fugen geraten. Wie konnte sie als Hawkes Ehefrau leben, wenn sie sich so verzweifelt nach einem anderen Mann sehnte, dessen Kind sie bald zur Welt bringen würde, der bald am Galgen enden würde? Wie?

Der Schmerz drohte ihr das Herz zu zerreißen. Wenn nur Leicester die Königin überreden konnte, Liam zu begnadigen. Doch wenn ihm das gelang, mußte sie ihren Teil des Vertrags erfüllen, den sie mit dem Grafen geschlossen hatte. Sie fühlte sich ohnmächtig, verzweifelt und unendlich einsam.

Der Troß mit den zwölf Gefolgsleuten ritt in den gepflasterten Innenhof, das Hufeklappern hallte von den Mauern wider. Hawke half Katherine aus dem Sattel. »Mein Vater hält sich in London auf. Eine Begegnung mit ihm bleibt dir also vorerst erspart.«

Katherine war so sehr in Gedanken bei Liam gewesen, daß sie gar nicht an den frostigen Empfang gedacht hatte, den Hawkes Vater ihr zweifellos bereiten würde.

»Du bist müde«, fuhr Hawke fort. »Geh nach oben und ruh dich aus.«

Er machte ein besorgtes Gesicht. Warum war er so freundlich zu ihr? Wirkte er doch beinahe ebenso unglücklich wie sie. »Danke, John.« Sie wandte sich zum Gehen.

»Katherine.«

Sie dreht sich um. »Wir müssen die Vergangenheit hinter uns lassen«, sagte er leise. »Es wird nicht einfach sein. Nicht für dich und gewiß nicht für mich. Aber wir müssen es versuchen.« Er zwang sich zu einem Lächeln.

Katherine konnte ihm keine Antwort geben. In diesem Augenblick, im Schloßhof in der warmen Frühlingssonne, erkannte sie, daß es ihr unmöglich sein würde, die Vergangenheit — und Liam — zu vergessen.

»Wir müssen es versuchen«, wiederholte Hawke eindringlich. »Du wirst das Kind hier zur Welt bringen. Und bald wird das Gerede aufhören.«

Katherine schüttelte den Kopf. »Das Gerede wird nie aufhören. Sie werden über mich noch reden, wenn ich tot bin — genau wie über meine Mutter.«

»Nein«, widersprach Hawke matt. »Wenn wir erst Kinder haben und glücklich miteinander sind, hört das Gerede auf.«

Katherine erschrak. John Hawke war ein guter Mann, aber sie würde nie und nimmer mit ihm glücklich werden.

»Versprich mir eins, Katherine, daß du die Vergangenheit und den Piraten vergißt und mir eine treue Frau sein wirst.«

Katherine schlang die Hände um ihren geschwollenen Leib. Sie konnte ihm das Versprechen nicht geben. Sie würde Liam nie vergessen. Nie.

Ein Muskel in Hawkes Gesicht zuckte. »Du weigerst dich, mir das Versprechen zu geben — nach allem, was ich für dich und dein Kind tue?«

Katherine hatte Mühe zu sprechen. »Du verlangst Unmögliches von mir«, hauchte sie.

Hawke schnaubte wütend.

»Es tut mir leid«, rief sie verzweifelt. »Es tut mir leid! Aber ich kann ihn nicht vergessen. Ich liebe ihn, trotz allem, was er getan hat. Gott steh uns bei!«

Hawke blickte sie fassungslos an. Katherine schlug die Hände vors Gesicht und weinte leise. »Er wird hängen, Katherine.« Hawkes Stimme war kalt. »Was dann? Träumst du von einem Gespenst?«

Damit ließ er sie stehen.

Katherine wußte, daß sie ihr Leben lang um Liam trauern würde, wenn er gehängt werden würde.

Mit geballten Fäusten stapfte Hawke ziellos aus dem Burgtor und gewahrte einen Reiter in der Ferne, der auf die Burg zuhielt. Er erkannte die kastanienbraune Stute.

Er hatte Juliet seit Monaten nicht gesehen. Sein Herz klopfte schneller. Wenn sie ihn nur nicht so bewundernd mit ihren großen blauen Augen anschauen würde.

Da sie Katherines Freundin war, würde sie jetzt wohl häufiger nach Hawkehurst zu Besuch kommen.

Juliet zügelte die temperamentvolle Stute. Ihre Wangen waren gerötet. Ihre blauen Augen strahlten. Ob sie je geküßt worden war? Gereizt schob Hawke den unpassenden Gedanken beiseite.

»Sir John«, begann sie atemlos, »ich freue mich, Euch zu sehen.«

»Wollt Ihr meine Frau besuchen?« Er war absichtlich unhöflich.

»Ja«, antwortete sie zaghaft.

»Sie ist in der Halle. Sie wird sich bestimmt freuen, Euch zu sehen.«

Juliet war verlegen und verwirrt.

Hawke kam sich vor wie ein Bauerntölpel. Er verbeugte sich steif. »Bitte verzeiht meine schlechten Manieren. Wir sind soeben angekommen, und ich bin noch müde von der Reise.«

»Ich hätte nicht kommen dürfen.« Juliet wendete die Stute. Bevor er sich klar machte, was er tat, hatte er mit einer Hand die Zügel gepackt und die andere auf Juliets Knie gelegt.

Juliet erschrak bei der Berührung.

Auch Hawke erschrak. Ihre Blicke trafen sich, flohen einander.

Hawke atmete tief und zwang sich zu einem Lächeln. »Lady Stratheclyde, bitte steigt ab. Katherine braucht eine gute Freundin.«

Juliet blickte ihn eine halbe Ewigkeit an, bevor sie vom Sattel glitt. Hawke stützte sie.

Juliet wich zurück. »Wie geht es Katherine?«

»Besser, als man erwarten würde«, entgegnete er, unfähig, den Blick von ihr zu wenden.

»Und Euch, Sir John? Wie geht es Euch?«

Das Blut rauschte ihm in den Ohren. Er wußte, daß sie ihn nicht nach seinem körperlichen Wohlergehen fragte. Plötzlich wollte er ihr sein Herz ausschütten, seine Qualen gestehen — ihr, der Sechzehnjährigen. Und sie blickte ihn mit ihren großen blauen Augen an, als sehne sie sich danach, ihn zu trösten. »Mir geht's gut«, antwortete er steif. Eine Lüge. »Und ich bin froh, daß Katherine wieder da ist.« Noch eine Lüge. Nein, er war keineswegs froh.

Juliets schmales Gesicht war angespannt, dann lächelte sie gezwungen. »Ich bin auch froh, daß Katherine wieder da ist«, flüsterte sie. Und dann strahlte ihr Lächeln gekünstelt, ihre Stimme klang ein wenig zu hoch. »Jetzt kann sie zu meiner Hochzeit kommen, wenn ich im Dezember Lord Hunt heirate.«

Hawke zuckte wie unter einem Peitschenhieb zusammen. »Ihr heiratet Simon Hunt?« Er sah den wabbeligen Viscount vor sich; sah, wie er Juliet mit schmatzenden Küssen traktierte.

Juliet blickte in die Ferne, wandte ihm ihr makelloses Profil zu. »Ja.«

In Hawke stieg eine Welle der Eifersucht hoch. Schweigend geleitete er sie ins Haus, ihren Blick meidend. Aber er konnte nicht aufhören, sich Juliet in Simon Hunts Armen vorzustellen.

Elisabeths bevorzugte Sommerresidenz war Whitehall, und im Vorfrühling zog der gesamte Hof um. Die Bäume entlang der Themse trieben zarte Blätter und Knospen; Narzissen und Osterglocken blühten.

Elisabeth wanderte unruhig im Audienzsaal auf und ab. Eine unerledigte Sache hing über ihr wie eine schwarze Wolke. Sie wandte sich an die Herren, die sie hatte rufen lassen — Ihren Cousin Tom Butler, den Grafen von Leicester und William Cecil.

»Ich muß O'Neill verurteilen oder ihn begnadigen. Er kann nicht endlos im Tower schmachten.«

Sogleich redeten die Herren durcheinander. Ormond entsetzte der Gedanke, den Piraten zu begnadigen. Leicester war mit einem Mal gegen seine Verurteilung. Cecil schwieg wie immer.

»Er behauptet, er liefert mir FitzMaurice. Soll ich ihn dafür nicht begnadigen?«

Ormond war fassungslos. »Ihr werdet dem Kerl doch nicht wieder vertrauen!«

Die Königin musterte ihren Cousin prüfend. »Wenn er mir FitzMaurcie bringt, hat sich die Begnadigung gelohnt.«

»Er lügt!« brauste Ormond auf. »Er ist der Verbündete des Papisten. Ihr vergeßt, daß er Shane O'Neills Sohn ist. Meine Schwester kam an den Hof mit seinem Kind im Bauch. Bei Gott! Und vor Jahren kam die bedauernswerte Mary Stanley mit Shanes Sohn im Bauch an den Hof! Welche Ironie, daß der Sohn jetzt an Katherine das gleiche Verbrechen beging wie sein Vater an Mary Stanley. Es wäre Wahnsinn, diesem O'Neill noch einmal zu vertrauen.«

»Beschuldigt Ihr O'Neill etwa der Vergewaltigung?« fragte Leicester. »Auch wenn ich es nicht gerne sage, aber Katherine schien keinen Haß gegen den Piraten zu hegen, als ich sie zum letzten Mal sah.«

Ormond hatte keine Chance zu antworten. Die Königin trat nahe an Leicester heran. »Und wann war das, Robin?«

Er erschrak. »Wie bitte, Bess?«

Elisabeth wiederholte ihre Frage nicht. Vor einer Woche sollte es ein seltsames Stelldichein im Garten von Richmond gegeben haben, wurde unter den Hofdamen gemunkelt. Ein Rendezvous um Mitternacht. Ihre Informantin hatte geschworen, die Frau sei Katherine gewesen. Das Gesicht des Mannes hatte sie nicht gesehen, aber er war hochgewachsen, breitschultrig und dunkel. Elisabeths Blicke durchbohrten Robin. Betrog er sie mit Katherine FitzGerald? Reichte es nicht, daß die Schlampe Liam betört hatte?

Leicester sprach weiter, als habe Elisabeth ihm keine Frage gestellt. »Wenn O'Neill FitzMaurice an die Krone ausliefern kann, muß er die Freiheit erhalten.«

Elisabeth hob eine Augenbraue. »Ihr habt Eure Meinung

geändert, liebster Robin. Vor wenigen Tagen habt Ihr mir geraten, ihn unverzüglich zu verurteilen und das Urteil ebenso rasch zu vollstrecken.«

Leicester lächelte. »Wir können uns die irischen Kriege nicht länger leisten. FitzMaurice ist ein zu starker Gegner. Wenn O'Neill ihn stürzen kann, ist es doch besser, ihm die Freiheit zu schenken, als ihn zu hängen. Kein anderer kann den Papisten zu Fall bringen.«

Dudley hatte seine Meinung zu rasch und zu radikal geändert. Dahinter steckte diese Person, das spürte Elisabeth deutlich.

»Eure Hoheit, bitte«, meldete Cecil sich zu Wort. »Auf Sir John Perrot ist kein Verlaß. Das hat er bewiesen, als er den Papisten zum Duell forderte und sich damit vollends zum Narren machte.«

»Auf Sir Johns Hilfe rechne ich nicht mehr«, entgegnete Elisabeth und blickte ihrem engsten Vertrauten tief in die Augen, »seitdem mir die unerhörte Geschichte zu Ohren kam.«

Leicester und Ormond lachten leise.

»Er muß verrückt geworden sein«, fuhr die Königin unwirsch fort. »Den Rebellenführer zum Duell zu fordern!«

»Noch dazu in seinem Alter und bei seiner Leibesfülle«, grinste Leicester.

»Und FitzMaurice, der schlaue Fuchs, tauchte gar nicht erst auf und machte Sir John völlig lächerlich«, lachte Ormond, und Leicester lachte mit.

»Schluß damit!« befahl die Königin.

»Es ist ein schwieriges Land«, meinte Cecil bedächtig.

»Kann ich dem Piraten trauen?« fragte Elisabeth.

Cecil lächelte. »Wenn O'Neill uns den Papisten ausliefert, wäre das von großem Nutzen. Gleichzeitig aber haben wir einen verwesenden Kadaver am Hals.«

»Was meint Ihr damit?« fragte Leicester.

Cecil bedachte Leicester mit einem Seitenblick. »Angenommen, FitzMaurice ist ausgeschaltet: Wer wird dann Südirland regieren?«

»Ich regiere Südirland«, antwortete Ormond.

»Ihr seid mehr Engländer als Ire und ein überzeugter Protestant«, gab Cecil zu bedenken. »Die irischen Lords tolerieren Euch, aber sie werden Euch niemals Gefolgschaft leisten.«

Ormond biß die Zähne aufeinander. »Ihr wart immer dagegen, daß FitzGerald seine Machtstellung in Irland verliert!« knurrte er. »Aber es ist zu spät. Die Iren müssen mich als ihren mächtigsten Lord akzeptieren. Es gibt keine andere Möglichkeit.«

»Es gibt immer eine andere Möglichkeit«, widersprach Cecil seelenruhig.

Elisabeth wußte, daß er bereits beschlossen hatte, was zu tun sei, wenn sie den Piraten begnadigen und der ihr FitzMaurice bringen würde. »Welche Möglichkeit haben wir, William?«

»Gebt dem Piraten die Freiheit«, sagte Cecil. »Er soll sein Spiel zu Ende führen. Laßt den Fuchs laufen. Und wir beobachten, welche Haken er schlägt.«

»Ihr könnt Shane O'Neills Sohn nicht vertrauen«, unterbrach Ormond wütend.

Cecil lächelte. »Ihm vertrauen? Das weiß ich nicht. Aber wir können ihn kontrollieren.«

Schweigen.

Cecil sprach in die Runde. »Der königliche Astrologe hat vorhergesagt, daß seine Mätresse einen Sohn zur Welt bringt. Was wäre einfacher, als einen Mann mit seinem Kind, seinem einzigen Erben unter Druck zu setzen?«

Alle standen starr. Dann erhellten die Gesichter sich zu einem breiten Lächeln. Und Elisabeth klatschte in die Hände. »Wie klug von Euch!« rief sie begeistert.

Cecil lächelte und dachte, daß er kaum so klug war wie der Pirat, der — wenn alles so verlief, wie Cecil vermutete — sich tatsächlich als Meisterspieler erwies.

33. Kapitel

Liam wußte, daß demnächst eine Schicksalswende eintreten würde.

Sein düsteres, stinkendes Verlies war mit einer engen Kammer in einem der höheren Stockwerke im Tower vertauscht worden. Er konnte baden und sich rasieren. Man hatte ihm frische Kleider und etwas Anständiges zu essen gebracht. Und dann wurde Liam zur Königin geführt.

Sie erwartete ihn im Vorzimmer ihrer Privatgemächer. Liam glaubte zunächst, sie sei allein, bis er Cecil im dunklen Hintergrund wahrnahm.

»Ihr scheint in besserer Verfassung zu sein, Pirat«, empfing Elisabeth ihn.

Liam verneigte sich und machte einen Kniefall. »Ich bin Euch dankbar, daß ich baden und frische Kleider anziehen durfte, Eure Hoheit. Dankbarer, als Ihr Euch vorstellen könnt.«

»Ich hatte keine Lust, eine stinkende Ratte zu empfangen«, entgegnete sie. »Steht auf!«

Liam gehorchte.

»Was mache ich nur mit Euch, Verräter?«

»Habt Ihr meinen Vorschlag erwogen?« fragte Liam.

»Das habe ich, doch der Kronrat ist geteilter Meinung. Einige Herren befürchten eine weitere List. Wollt Ihr mich wieder betrügen?«

»Liebste Bess, ich habe Euch nie betrogen und werde es nie tun.«

Sie musterte ihn prüfend. »Ich habe lange nachgedacht«, sagte sie schließlich. »Euer Wort ist mir nicht genug.«

Liam neigte den Kopf zur Seite, wartete gespannt.

»Ich brauche ein Unterpfand als Garantie, daß Ihr den Vertrag einhaltet.«

Sein Herz machte einen Satz. Wollte sie Katherine gegen ihn benutzen? »Woran denkt Ihr, Majestät?« fragte er leise.

»An das Kind«, antwortete sie.

Liam erschrak. Früher hatte man Kinder häufig als politisches Unterpfand benutzt. Doch diese Zeiten waren längst vorbei.

Liam irrte. »Nach der Geburt nehme ich das Kind in meine Obhut«, verkündete die Königin. »Euer Sohn bietet die Gewähr für Euer Wohlverhalten. Wenn Ihr mir FitzMaurice ausliefert, bekommt Ihr das Kind zurück.«

Liam erinnerte sich an seine Erziehung bei Hofe. Nun sollte sein eigenes Kind den gleichen Grausamkeiten ausgeliefert sein. Der Gedanke war ihm zutiefst zuwider.

»Liam?« fragte Elisabeth verwundert.

Er reagierte nicht. Bilder eines kleinen Buben tauchten vor ihm auf, umringt von einer Schar höhnischer Kinder. Nie zuvor hatte er daran gezweifelt, FitzMaurice festzunehmen, doch plötzlich war er sich seiner Sache nicht mehr so sicher. Angst kroch in ihm hoch. Was würde dann aus seinem Kind werden? »Und wenn es mir nicht gelingt, den Papisten auszuliefern?« fragte er mit rauher Stimme.

Elisabeths Augen verengten sich. »Wenn Ihr Euer Versprechen nicht haltet, werde ich einen ehrbaren Mann finden, der das Kind adoptiert.«

Liam atmete schwer.

»Und Euch lasse ich von meinen besten Seefahrern jagen«, fügte die Königin hinzu, »und Ihr landet endgültig im Tower.«

Sein Plan mußte gelingen, um einem unschuldigen Kind ein schmachvolles Leben zu ersparen. »Ich werde Euch FitzMaurice ausliefern«, sagte er mit fester Stimme. »Und Ihr werdet mir Katherine gemeinsam mit dem Kind ausliefern.«

»Niemals!« rief die Königin empört. »Katherine bleibt bei ihrem Gemahl John Hawke. Ich verhandle nicht mit Euch, Schurke. Das ist mein einziges Angebot. Bringt mir FitzMaurice, und Ihr bekommt das Kind.«

Liams Herz schlug pochend gegen seine Rippen. Er hatte so viel riskiert, um die Frau zu gewinnen, die er liebte. Das Kind allein genügte ihm nicht. Er holte tief Luft. Das Spiel war noch nicht zu Ende. Es gab noch viel zu regeln. Gerald lebte immer noch in der Verbannung in Southwark. Liam hatte Elisabeth seine Vermählung mit Katherine nicht gestanden. Fall er wirklich am Galgen enden würde, würde John Hawke sich um Katherine und seinen Sohn kümmern.

Liams Blick begegnete dem Cecils, und er wußte, daß Burghley ihn verstand. Er spürte, daß er in Cecil einen Verbündeten hatte, glaubte ein aufmunterndes Funkeln in Burghleys Augen wahrzunehmen. Damals, vor fünf Jahren, hatte William Cecil heftig dagegen protestiert, den Grafen von Desmond zu enteignen. Die beiden Männer blickten einander in die Augen. Dann wandte Liam sich an die Königin. »Läßt Hawke sich nicht von Katherine scheiden?«

»Er ist ein nobler und verantwortungsvoller Mann. *Ihr* könnt sie jedenfalls nicht haben. In diesem Punkt bin ich unerbittlich. Ihr müßt das Mädchen vergessen und Eure Fleischeslust bei anderen stillen.« Elisabeth war tief errötet.

Liam schwieg, dann hob er gleichgültig die Achseln. »Ihr irrt. Ich will die Frau für das Kind, nicht für mich selbst. Ich kann mir mein Vergnügen bei anderen Frauen holen.«

»Ach wirklich?« Elisabeths Gesichtszüge waren weicher geworden. »Ist Eure Liebe für sie bereits erloschen?«

»Nun, Bess, haltet Ihr *mich* der Liebe für fähig?«

Ihre Augen senkten sich in seine. »Ich halte keinen Mann der Liebe für fähig«, antwortete sie. »Alle Männer sind auf das Anhängsel fixiert, das sie zwischen den Beinen tragen. Aber die Frau ist sehr schön und lasterhaft. Sie hat Leicester und Ormond verführt. Und natürlich Euch.«

Liams Puls jagte. Meinte die Königin das wörtlich? Der Gedanke machte ihn rasend. Dennoch: Er würde Katherine alles vergeben, was sie getan hatte. Elisabeth war eifersüchtig auf die schöne Rivalin, ein Umstand, der es ihm erleichtern würde, Elisabeth zu beeinflussen.

»Nun? Akzeptiert Ihr meine Bedingungen? Nach der Geburt kommt das Kind in meine Obhut. Euch gelingt dann die Flucht aus dem Tower — um den Schein zu wahren. Wenn Ihr mir FitzMaurice bringt, bekommt Ihr das Kind wieder.«

Liam nickte. »Ich akzeptiere.« Er beugte sich über die

Hand der Königin und küßte sie. »Ich werde Euch nicht enttäuschen. Stets Euer treuer Diener, Majestät.«

»Das bezweifle ich«, entgegnete sie schnippisch, doch ihre Wangen färbten sich.

Er blickte in die Augen nicht der mächtigen Königin, sondern in die einer eifersüchtigen, verzweifelten Frau. Er hatte die Chance zu gewinnen. Denn er hatte noch eine Trumpfkarte im Ärmel, die er erst am Ende auszuspielen gedachte.

Hawkehurst

Katherine schrie. Sie schrie und schrie.

Juliet hielt ihre Hand, strich ihr das feuchte Haar aus der Stirn, redete beruhigend auf sie ein. »Bald hast du es überstanden. Sei tapfer, Katherine!«

Katherine hörte sie nicht. Sie hatte gewußt, daß die Wehen schmerzhaft sein würden, aber sie hatte nicht geahnt, daß der Schmerz sie um den Verstand bringen würde. Es war, als drehe sich ständig ein scharfes Messer in ihrem Leib um. Mein Gott, Liam! Wie sehr sie ihn gebraucht hätte.

Dann ließ der Schmerz nach, und Katherine weinte. Es würde nicht lange dauern, und die Qualen würde von neuem beginnen, schlimmer denn je.

In den frühen Abendstunden hatten die Wehen eingesetzt, um Mitternacht waren sie sehr schmerzhaft geworden, bei Sonnenaufgang war das Kind immer noch nicht da, und Katherine war völlig erschöpft und schweißgebadet. Nun war es bereits Mittag geworden.

»Katherine!« rief Juliet aufgeregt, »die Hebamme sieht den Kopf des Kindes! Jetzt mußt du pressen, Liebste! Preß, so fest du kannst!«

Katherine stöhnte laut unter dem nächsten stechenden Wehenschmerz.

»Ihr müßt pressen, pressen, Mylady!« rief Ginny. »Das Kind muß raus!«

Die Worte der Hebamme machten Katherine Angst. Sie

hatte keine Kraft mehr zu pressen. Das Kind steckte im Geburtskanal und würde ersticken, wenn sie es nicht herausdrückte.

Katherine keuchte. Sie mußte ihre letzte Kraft aufbieten, um das Kind zu gebären. Liams Kind mußte leben. Sie spannte die Bauchmuskulatur an, preßte, so gut sie konnte, und drückte dabei Juliets Hand.

»Ja, gut so, Katherine. So ist es gut. Ich sehe den Kopf!« rief Juliet.

Katherine sackte schluchzend in die Kissen zurück. Sie hatte keine Kraft mehr. »Liam«, stöhnte sie, »o Gott, ich brauche Liam!«

Juliet erbleichte.

Katherine wußte nicht, ob es das erste Mal war, daß sie Liams Namen schrie, und es war ihr gleichgültig. Liam müßte bei ihr sein, ihre Hand halten, ihr in der schlimmsten Stunde ihres Lebens beistehen.

»Preßt, Mylady, preßt! Und schenkt dem armen Wurm endlich das Leben«, rief Ginny aufgeregt, und ihre schweren Brüste wogten.

Liams Bild schwamm undeutlich vor Katherine. Sie mußte sein Kind zur Welt bringen. Das war der wichtigste Augenblick in ihrem Leben. Stöhnend stützte sie sich auf die Ellbogen, keuchte und preßte. Sie mußte es schaffen — für ihn! Sie mußte es schaffen! Die Hebamme jauchzte begeistert. Und im gleichen Augenblick wußte Katherine, daß sie das Kind zur Welt gebracht hatte.

Der Schmerz war verflogen. Katherine war unendlich erleichtert. Und eine große innere Kraft durchflutete sie. Sie reckte den Hals, um zu sehen, wie die Hebamme zwischen ihren Schenkeln hantierte. »Ist es gesund?« japste die junge Mutter, sah einen dunklen Haarschopf, ein rosiges Bündel, bedeckt mit weißem Schleim und Blut.

»Gesund und kräftig«, lächelte Ginny und schnitt die Nabelschnur durch.

»Ist … es ein Junge … oder ein Mädchen?« keuchte Katherine.

Ginny hob das Neugeborene hoch. »Ein Junge, Mylady. Ihr habt Eurem Gemahl einen strammen Knaben geboren.«

Tränen strömten Katherine übers Gesicht, als sie ihr Kind sah, Liams Sohn. Das Neugeborene hatte ein rundes Gesichtchen, die Nase war ein wenig plattgedrückt von der Geburt, Arme und Beine wirkten erstaunlich lang, die kleinen Fingerchen ballten sich zu Fäustchen. Und seine blauen Augen waren weit offen — das Bübchen blickte seine Mutter unverwandt an. Katherine hatte nie etwas Schöneres in ihrem Leben gesehen. Eine Welle unendlicher Liebe spülte über sie hinweg. Sie streckte beide Arme aus.

»Was für ein strammer Junge«, lobte die Hebamme. »Ich mache ihn nur noch ein wenig sauber.«

»O Katherine«, rief Juliet, ihre Augen schwammen in Tränen. Sie ergriff Katherines Hände. »Du hast einen Sohn, einen wunderschönen, gesunden Sohn.«

Katherine sank in die Kissen zurück, ohne den Blick von ihrem Kind zu wenden. Ginny wickelte das Neugeborene in saubere Leintücher und eine weiche Decke. Katherine streckte wieder die Arme aus. »Gib mir mein Söhnchen«, bat sie leise, mit glänzenden, glücklichen Augen.

Ginny trat mit dem Kind zu ihr.

Doch John Hawke versperrte ihr den Weg. »Nein!«

Beim Klang seiner strengen Stimme wandte Katherine den Kopf. »Mein Sohn«, flüsterte sie verwirrt. »Ich will meinen Sohn in den Armen halten.«

Hawkes Gesicht war finster und angespannt. »Nein«, wiederholte er. »Ginny, bring das Kind nach unten!«

»Ich will meinen Sohn«, stammelte Katherine, sich mühsam aufrichtend. »Ich will mein Kind. Warum darf ich mein Kind nicht haben?«

Juliet starrte Hawke fassungslos an, bleich und mit großen Augen.

Hawkes Gesichtszüge waren wie versteinert. »Es ist besser, wenn du das Kind gar nicht erst in die Arme nimmst. Dann ist es leichter für dich.«

»W ... was?« schrie Katherine gellend. Sie saß nun im Bett,

Juliet stützte sie. »Hawke! Ich will meinen Sohn!« Entsetzt blickte sie zur Hebamme, die mit dem Kind im Arm aus der Kammer huschte. »Mein Sohn! Gebt mir meinen Sohn!«

»Katherine, bitte hör mir zu!« versuchte Hawke sie zu beschwichtigen.

»Nein!« kreischte Katherine, warf die Bettlaken beiseite und sprang aus dem Bett. Sie mußte sich festhalten, um das Schwindelgefühl zu überwinden. Eine grauenhafte Panik krallte sich um ihr Herz. »Du hast gelogen! Du hast gelogen! *Ich will meinen Sohn*!«

»Ich habe nicht gelogen, aber meine Pläne zählen nicht mehr«, antwortete Hawke bitter. »Es ist der Wille der Königin, das Kind in ihre Obhut zu nehmen, aus Gründen, die sie mir nicht nannte.«

Katherine starrte ihn mit irrem Blick an.

»Ich mußte meine Einwilligung geben«, fuhr Hawke fort. Dann senkte er den Blick. »Ich stehe im Dienst der Königin, Katherine. Ich konnte ihren Befehl nicht verweigern.«

Katherine schrie gellend. Das nackte Grauen brach über ihr zusammen. »Sie nimmt mir mein Kind weg? Und du läßt es zu? Das kannst du mir nicht antun!«

Katherine schrie und schluchzte, krümmte sich vor Schmerz, einem Seelenschmerz, der unvergleichlich qualvoller war als der körperliche Schmerz der Geburtswehen. Dann richtete sie sich mit vor Angst und Schmerz verzerrtem Gesicht auf und starrte Hawke mit irrsinnig flackernden Augen an. »Ich will meinen Sohn!« schrie sie heiser. »Gib mir meinen Sohn zurück!«

»Ich kann nicht«, entgegnete Hawke, und nach kurzem Zögern setzte er leise hinzu: »Es tut mir leid.« Damit wandte er sich ab und verließ die Kammer.

Katherine rang nach Luft, taumelte. Juliet fing sie auf, bevor sie zu Boden stürzte.

»Laß mich los!« kreischte Katherine. »Laß mich los, sie nehmen mir mein Kind weg! Hilf mir, lieber Gott! *Hilf mir, bitte*!«

Tränen strömten ihr übers Gesicht. Juliet hielt sie fest.

»Katherine, Liebste! Bitte, beruhige dich! Du kannst nichts dagegen tun.«

Katherine achtete nicht auf sie. Mit übermenschlicher Kraft riß sie sich von Juliet los, taumelte zur Tür. Es kostete sie unendliche Anstrengung, die schwere Eichentür zu öffnen. Sie torkelte auf den Flur, klammerte sich an der Balustrade fest. »Ginny! Komm zurück! Ginny! Hilfe! Sie nehmen mir mein Kind!«

Doch niemand antwortete auf ihre Schreie. Katherine brach zusammen, zerkratzte die Holzdielen mit blutigen Fingernägeln und stöhnte wie ein verwundetes Tier.

Die grüne Moorlandschaft war mit gelben und weißen Blüten übersät. Darüber spannte sich ein strahlend blauer Himmel. Doch Hawke hatte keinen Blick für den prachtvollen Frühlingstag. Er hörte nur Katherines Schreie, nicht ihre Schreie bei der Geburt, sondern die Schreie der wahnsinnigen Mutter, als er der Hebamme befahl, das Kind wegzubringen.

Im Hof standen gesattelte Pferde und Soldaten sowie eine geschlossene Kutsche für die Amme und das Neugeborene bereit. Elisabeth hatte befohlen, Hawke solle das Kind persönlich nach London bringen. Die Königin hatte mehrmals betont, wie wichtig die Sicherheit des Kindes sei.

Hawke fühlte sich hundeelend. Seine Frau liebte diesen O'Neill über alles. Heute hatte Hawke endlich begriffen, daß sie bis zu ihrem Tod um ihren Geliebten trauern würde. Möglicherweise würde sie Hawke eine brave Ehefrau sein, nie wieder den Namen des Piraten erwähnen, Hawke den Haushalt führen, ihm das Bett wärmen, ihm sogar ein halbes Dutzend Söhne schenken, aber sie würde niemals aufhören, Liam O'Neill zu lieben.

Und er nahm ihr das Kind weg, das sie von dem Geliebten hatte. Bitterer Gallegeschmack sammelte sich in seinem Mund. Einer Mutter das Kind aus den Armen zu reißen war ein abscheuliches Verbrechen. Ein Verbrechen, das er kein zweites Mal begehen würde — auch nicht für seine Königin.

»Wie konntet Ihr das nur tun!«

Hawke fuhr herum und blickte in das wütende Gesicht eines Engels. »Ich hielt Euch für einen anständigen, edlen Mann. Doch was Ihr getan habt, ist eine ungeheure Abscheulichkeit!« rief Juliet zornentbrannt.

Ihre Anschuldigungen trafen ihn wie Dolchstiche. »Ich durfte mich der Königin nicht widersetzen!« verteidigte er sich.

»O doch, das dürft Ihr!« rief sie.

»Ihr versteht das nicht!«

»Ich verstehe sehr wohl«, entgegnete Juliet bitter. »Und ich weiß, daß ich mich in Euch getäuscht habe. Ihr seid kein Edelmann. Ihr seid eifersüchtig, weil Katherine einen anderen Mann liebt. Vielleicht habt Ihr diese Untat schon länger geplant!« Wütend ballte sie die Fäuste. »Um O'Neills Kind loszuwerden!« Sie reckte das Kinn und wartete auf seinen Widerspruch.

Er widersprach nicht, sie hätte ihm auch kein Wort geglaubt.

»Wie fühlt sich Katherine?« fragte er kleinlaut.

Juliet lachte schrill. »Wie sich Katherine fühlt? Sie ist vollkommen zusammengebrochen. Und Ihr tragt allein die Schuld.«

Hawke erbleichte.

Juliet raffte die Röcke und eilte ins Haus zurück.

Mit zusammengekniffenem Mund schwang Hawke sich auf das Pferd, das ein Stallburche heranführte. »Schickt nach der Amme und dem Säugling«, befahl er einem Soldaten. »Wir brechen auf.«

Katherine redete mit niemand, auch nicht mit Juliet. Sie lag zwei Tage im Bett, um wieder zu Kräften zu kommen. Länger konnte sie nicht warten.

Sie zog niemand ins Vertrauen, weder Juliet noch Ginny, die tief bekümmert waren. Am dritten Tag nach der Geburt ihres Sohnes zog Katherine ein schlichtes Dienstbotenkleid an, das sie sich von einer Küchenmagd hatte bringen lassen, die sie zum Schweigen vergatterte. Unter dem Kleid befestigte sie einen Dolch an ihrem Schenkel.

Nachts, als alles schlief, schlich Katherine aus dem Haus, über dem geborgten Kleid einen alten grauen Umhang. Lautlos huschte sie in den Stall, darauf bedacht, die Stallburschen nicht zu wecken, die hinter dem Holzverschlag schliefen. Sie wählte das Pferd, mit dem sie aus London gekommen war. Wilde, kalte Entschlossenheit gab ihr die Kraft, die lammfromme Stute zu satteln. Als sie die Tore von Hawkehurst passiert hatte, überkam sie eine bleierne Schwäche. Sie mußte sich am Sattelknauf festklammern. Sie durfte nicht schlapp machen, nicht, bevor sie ihre Aufgabe erfüllt hatte.

Whitehall

»Ich muß zur Königin!«

Es war früher Morgen, die Königin hatte ihre Privatgemächer noch nicht verlassen. Im Vorzimmer hatten sich bereits mehrere Höflinge und Bittsteller versammelt. Katherine wurde von zwei uniformierten Wachen aufgehalten. »Ich muß zur Königin!« wiederholte sie.

Die Verzweiflung in ihrer heiseren Stimme ließ viele Köpfe herumfahren. »Wie bist du hier hereingekommen, Weib?« fragte ein Soldat. »Fort mit dir! Gemeines Volk hat hier nichts zu suchen.«

Katherine straffte die Schultern. Ihr Umhang war zerrissen und staubbedeckt. Ihr Haar hatte sich gelöst und hing ihr wirr ins Gesicht. Die Haube hatte sie unterwegs verloren. Ihre Hände waren schmutzig, und ihr bleiches Gesicht war schweißbedeckt. Sie hatte seit Tagen nichts gegessen und fühlte sich unendlich schwach. Aber sie hatte es bis in den Palast geschafft und hatte nicht die Absicht, sich jetzt zurückweisen zu lassen. »Ich bin nicht gemeines Volk«, zischte sie. »Ich bin Katherine FitzGerald, Tochter von Gerald FitzGerald, dem Grafen von Desmond!«

Ein Raunen ging durch die Schar der Höflinge. Katherine war nun Mittelpunkt des Interesses, doch sie scherte sich nicht darum. »Ich verlange, die Königin zu sprechen«, fauchte sie und ballte die Fäuste.

»Du bist nicht die Tochter eines Grafen«, entgegnete der Soldat. »Was soll das Theater? Hinaus! Hinaus mit dir, bevor ich dich eigenhändig vor die Tür setze.«

Mit wutverzerrtem Gesicht versuchte Katherine sich zwischen den beiden Soldaten hindurchzudrängen. Die beiden Wachen stießen sie grob zurück. Katherine taumelte rückwärts, wurde von Männerarmen aufgefangen, die sie an den Schultern festhielten. »Ich bin Katherine FitzGerald«, schrie sie mit sich überschlagender Stimme.

»Katherine.« Leicester drehte sie zu sich um und zwang sie, ihn anzusehen. »Mein Gott! Was ist mit Euch geschehen?«

»Dudley!« rief Katherine und klammerte sich an ihm fest. »Ich muß die Königin sprechen! Sie hat mein Kind geraubt! Ich will mein Kind wiederhaben!«

Leicesters Wangenmuskeln traten hervor. Dann gab er den Wachen ein Zeichen, worauf ein Soldat klopfte. Ein Türflügel wurde einen Spalt geöffnet. Der Soldat sprach leise mit einer Hofdame, die unsichtbar blieb. Kurz darauf erschien Elisabeth mit besorgtem Gesicht, dicht gefolgt von Ormond. »Robin? Was ist so dringend, daß es nicht länger . . .« Sie stockte mitten im Satz, den Blick auf Katherine fixiert.

»Ich will meinen Sohn«, rief Katherine atemlos. »Ihr habt kein Recht dazu! Ich verlange meinen Sohn . . . auf der Stelle!«

Ein Kreis von Neugierigen hatte sich zusammengeschart. Alle Anwesenden wurden Zeugen dieser unerhörten Anschuldigung. Die Höflinge erbleichten bei Katherines dreisten Worten. Dudley murmelte eine Warnung. Doch Katherine war blind vor Zorn.

Elisabeth trat einen Schritt vor. »Robin, nehmt Eure Hände von ihr!«

Dudley ließ zögernd die Hände sinken.

Die Königin durchbohrte Katherine mit ihren dunklen Augen. »Ihr wagt es, Forderungen an Uns zu stellen?«

»Sie ist außer sich wegen des Kindes. Sie weiß nicht, was sie redet«, versuchte Ormond zu beschwichtigen.

»Schweigt!« befahl die Königin. Und alle Anwesenden zuckten vor Schreck zusammen.

Katherine tastete nach dem Dolch unter ihren Röcken. Mörderischer Zorn kochte in ihr, seit die Königin ihr das Kind weggenommen hatte. »Ihr habt mein Kind gestohlen, wie eine gewöhnliche Diebin«, schrie Katherine anklagend. »Wissen das Eure Höflinge etwa nicht?« Sie lachte schrill. »Warum denn nicht, Hoheit? Darf Euer Hofstaat nicht wissen, wer Ihr in Wahrheit seid? Eine Kindsentführerin — eine Diebin unschuldiger Kinder!«

Den Anwesenden verschlug es den Atem. Auf den Wangen der Königin bildeten sich rote Flecken. Ormond war totenbleich geworden. »Unverschämte Person!« zischte die Königin. »Schafft sie mir aus den Augen. Werft sie ins Gefängnis von Bridewell — wohin alle Huren gehören!«

Soldaten traten vor. Doch Katherine war nicht in den Palast gekommen, um in den Kerker zu Huren und Vagabunden geworfen zu werden. Sie bückte sich, raffte die Röcke und nestelte nach dem Dolch.

Instinktiv hielt Leicester ihren rechten Arm fest. »Tut es nicht!« warnte er entsetzt.

Katherine schüttelte ihn ab und zog den Dolch unter den Röcken hervor. Gleichzeitig näherten sich fünf Soldaten mit Ormond an der Spitze. Verschwommen nahm Katherine wahr, daß man sie von dem abhalten wollte, was sie tun mußte. Das bestärkte nur ihren Entschluß.

Ormond erkannte ihre Absicht. »Nein, Katherine«, warnte er und stürmte auf sie zu.

Leicester versuchte, ihr Handgelenk zu fassen. Doch in ihrem irrsinnigen Zorn entschlüpfte Katherine dem Zugriff der Männer und zückte die Klinge.

»Sie hat ein Messer! Sie will mich umbringen!« kreischte die Königin.

Es entstand ein heilloser Tumult. Elisabeth wich zurück, ihre Berater stellten sich schützend vor sie, während ein Dutzend Soldaten sich auf die Attentäterin stürzte. Plötzlich bekam Katherine Angst. Leicester schob sie in die Richtung, aus der sie gekommen war. »Flieh, Katherine!«

Und Katherine wirbelte herum und stürmte los, vorbei an Ormond, der keine Anstalten machte, sie aufzuhalten. Im Gegenteil, er breitete die Arme aus und hielt die Soldaten einige Sekunden ab, ihr zu folgen.

»Sie ist wahnsinnig!« kreischte die Königin im Kreis der Männer, die sich schützend um sie scharten. »Die Person ist wahnsinnig! Ergreift sie!«

Die Soldaten zückten die Waffen und stürmten los. Katherine rannte den Korridor entlang, schwere Stiefel polterten hinter ihr her.

Mit einem hastigen Blick über die Schulter erkannte sie entsetzt, daß einer der beiden Männer, die ihr bedrohlich nahegekommen waren, kein anderer war als ihr Gemahl John Hawke.

Sie war verloren. In der nächsten Sekunde würde einer der beiden zugreifen. Selbst wenn sie sich mit der Waffe wehrte, würde man sie überwältigen. Und dann würde man sie ins Gefängnis von Bridewell werfen, wo die Huren eingelocht waren. Von dort gab es kein Entrinnen. Sie würde ihr Kind nie wieder sehen.

Katherine glaubte, jede Sekunde eine schwere Soldatenhand auf ihrer Schulter zu spüren. Doch nichts geschah.

Sie warf wieder einen Blick über die Schulter. John Hawke war ihr ganz nah, ihre Blicke trafen einander. Und in seinen Augen erkannte sie die stumme Botschaft, die er nicht aussprechen durfte. Und dann formten seine Lippen das Wort: *»Flieh!«*

John Hawke streckte die Hand nach ihr aus, stolperte und stürzte. Er fiel so unglücklich, daß er den Soldaten neben sich mitriß und beide Männer sich auf der Erde wälzten und den ganzen Korridor blockierten. Die nächsten Soldaten hinter ihnen konnten nicht rechtzeitig ausweichen und stürzten über das bereits auf dem Boden liegende Menschenknäuel.

Katherine rannte um ihr Leben.

Sie kauerte hinter einem Abfallhaufen neben dem Lagerschuppen gegenüber von St. Leger House, hatte stechende Kopfschmerzen, und ihr leerer Magen drehte sich immer wieder um. Den ganzen Nachmittag war sie durch London gelaufen, um ihre Verfolger abzuschütteln.

Die Abenddämmerung war angebrochen. Der Himmel hatte sich rosa und grau verfärbt, lange Schatten boten ihr Schutz. Sie fuhr sich mit der Zunge über die aufgesprungenen, trockenen Lippen und spähte zu den Soldaten der Königin hinüber. Diese waren, angeführt von John Hawke, in den gepflasterten Hof geritten und sprachen mit ihrem Vater. Sie konnte die Worte nicht verstehen, die gewechselt wurden, aber sie wußte, was gesprochen wurde. Hawke erkundigte sich, ob sie da sei, und ihr Vater antwortete wahrheitsgemäß, daß er sie nicht gesehen habe.

Mehrere Soldaten saßen ab und betraten das Haus. Sie würden das Haus und die nähere Umgebung durchsuchen.

Katherine war völlig verzweifelt und todmüde. Wenn man sie jetzt entdeckte, wäre sie nicht mehr in der Lage zu fliehen. Sie schickte flehende Stoßgebete zum Himmel.

Und dann saßen die Soldaten wieder auf, der Trupp wendete und zog ab. Katherine schaute ihnen nach, wie sie die Straße entlang ritten, auf die Tower Bridge zu. Und plötzlich drehte Hawke sich im Sattel um und schaute nach hinten — nicht auf das Haus, sondern auf den Abfallhaufen —, genau in ihre Richtung.

Katherine zuckte zusammen. Ihr Herz schlug wild. Doch er hatte sie nicht gesehen. Er gab seinen Männern keinen Befehl, umzukehren und sie festzunehmen.

Mühsam kam Katherine auf die Beine. Die Soldaten waren nicht mehr zu sehen. Langsam schleppte sie sich über die Straße. Ihr Vater stand immer noch im Hof.

Und dann trat Gerald auf die Wachen zu, sprach mit ihnen. Die Männer wandten sich nach Osten — weg von Katherine —, in die Richtung, in die Gerald deutete. Dann warf er ihr einen kurzen, eindringlichen Blick zu. Katherine faßte Mut und lief durch das Hoftor, während Gerald und die beiden Wachen auf die Rückseite des Hauses zugingen. Katherine nutzte die Chance, rannte die Treppen hinauf und brach in der Eingangshalle zusammen.

Sie wußte nicht, wie lange sie auf dem Fußboden kauerte, zu schwach, auch nur einen Muskel zu bewegen. Doch dann kniete ihr Vater neben ihr. »Katie? Mein Gott, Katie! Was ist passiert?« Er berührte ihre schmutzige Wange.

Katherine sank ihm weinend in die Arme. Er streichelte ihr Haar. Schluchzend erzählte sie ihm, was passiert war. »Was soll ich nur tun, Vater? Mir ist mein Kind genommen worden! Liam wird mit Sicherheit zum Tode verurteilt! Und mein Schicksal wird nicht viel besser sein, denn ich habe versucht, die Königin zu erstechen!«

Gerald half ihr auf die Füße und stützte sie. »Wir müssen sorgfältig planen, mein Kind. Ich glaube, deine Lage ist nicht ganz so aussichtslos, wie sie scheint.«

Ein Hoffnungsschimmer keimte in Katherine auf. Es war gut, daß sie bei ihrem Vater Zuflucht gesucht hatte. Er war ein Held, ein Mann, der Berge versetzen konnte. Sie klammerte sich am Revers seines verblichenen Wamses fest. »Glaubst du wirklich, Vater? Wie meinst du das?«

Gerald lächelte. »Anscheinend kennst du die letzten Neuigkeiten noch nicht.«

»Welche Neuigkeiten?« raunte sie heiser.

»Dein Geliebter ist nicht mehr im Tower, Katie. Vor zwei Tagen ist Liam O'Neill entkommen. Und die *Sea Dagger* wurde vor der Küste von Essex gesichtet. Sie segelte nach Norden, auf Irland zu.« Gerald lächelte. »Der Herr der Meere ist frei, Katie. Liam O'Neill ist frei.«

Katherine schwankte und sank ihrem Vater ohnmächtig an die Brust.

IV.
DER PREIS

34. Kapitel

Whitehall

Stunden waren vergangen, seit die Wahnsinnige versucht hatte, sie zu ermorden, und Elisabeth hatte sich von ihrem Schock und ihrem Zorn noch nicht erholt. Es waren schon mehrere Anschläge gegen sie verübt worden, seit sie 1558 den Thron bestiegen hatte. Doch nicht einmal in ihren schlimmsten Alpträumen hatte sie gedacht, von einer Frau getötet zu werden, noch dazu von einer, der sie nur Gutes getan hatte.

»Bitte Bess! Es bringt nichts, wie eine Tigerin im Käfig auf und ab zu wandern.«

Elisabeth fuhr herum. Leicester hatte ihr Schlafgemach betreten. Sie lief zu ihm, ohne auf die Hofdamen zu achten, die verstört beieinander standen. Nachdem die Königin Anne Hastings ins Gesicht geschlagen hatte, gaben sie es auf, die Herrscherin beruhigen zu wollen. Elisabeth warf sich in Leicesters Arme. »Habt Ihr sie festgenommen? Ist die Schlampe im Kerker?«

»Psst, Liebste. Beruhigt Euch. Ein Glas Branntwein tut Euch jetzt gut.« Leicester tätschelte ihr den Rücken. Dann warf er den Damen einen gebieterischen Blick zu, die hastig mit raschelnden Röcken das Gemach verließen. Mit der Spitze seines Samtschuhs stieß er die Tür zu.

»Ist das Weibsstück hinter Schloß und Riegel?« schrie Elisabeth aufgebracht. »Ist Katherine FitzGerald festgenommen?«

»Nein.«

Elisabeth rang nach Luft. »Was?! Seid Ihr nicht in der Lage, eine Verrückte festzunehmen? Eine Wahnsinnige, die mich ermorden wollte?« kreischte die Königin.

Leicester war an die Anrichte getreten, um der Königin ein Glas Branntwein einzugießen, das er ihr nun reichte. »Trinkt!« befahl er.

Elisabeth gehorchte.

Leicester wartete, bis die Königin einen kräftigen Schluck genommen hatte. »Wer weiß, wohin die Wahnsinnige jetzt flieht.«

»Zu ihrem rebellischen Vater selbstverständlich.«

»Hawke war in St. Leger House. Dort ist sie nicht.«

Elisabeths Hand krallte sich an seinem Wams fest. »Und Ihr, Robin? Habt Ihr sie gesehen? Lehmbespritzt und mit zerzaustem Haar? Habt Ihr die Augen gesehen? Das Flackern des Irrsinns?«

»Elisabeth«, versuchte er sie zu beschwichtigen.

»Antwortet mir!« herrschte die Königin ihn an.

»Ja.«

»Wollt Ihr noch immer mit ihr ins Bett?«

Er blickte ihr unverwandt in die Augen. »Erwartet Ihr von mir, wie ein Mönch zu leben, wenn Ihr mir verwehrt, was ich begehre?«

Wütend schleuderte Elisabeth das kostbare Glas zu Boden, das in tausend Scherben zersplitterte. »Sie ist zu ihm gelaufen. Zu O'Neill. Vielleicht liegen sich die beiden bereits in den Armen. Dabei habe ich dem Schuft gesagt, er würde sie nie bekommen!«

»Wen liebt Ihr eigentlich, Bess?« fragte Leicester scharf. »Ihn oder mich?«

Elisabeth preßte die Lippen aufeinander.

Er seufzte. »O'Neills Schiff wurde auf hoher See gesichtet. Katherine hält sich mit Sicherheit noch in der Nähe der Stadt auf. Die beiden können nicht zusammen sein.«

»Ich will sie hängen sehen«, kreischte Elisabeth.

»Liebste, bitte, denkt doch nach! Die Frau ist vor Kummer wahnsinnig — sie wußte nicht, was sie tat. Sie ...«

»Schweigt! Wagt bloß nicht, das Frauenzimmer zu verteidigen, Robin. Ich warne Euch!«

Leicester schwieg.

Elisabeth trat ans Fenster und blickte auf die graue, träge fließende Themse. »Sie wird wegen Hochverrat verurteilt, Robin. Ich muß sie hängen.«

»Sie hat versucht, die Königin zu töten. Sie kann nicht hier bleiben!«

»Sie ist meine Tochter. Ihr Ehemann ist auf der Flucht. Sie bleibt, Eleanor, wenigstens so lange, bis ich einen sicheren Ort weiß, wohin ich sie schicken kann.«

Katherine hörte sich die Auseinandersetzung zwischen ihrem Vater und Eleanor teilnahmslos an. Sie war zu schwach, um den Kopf zu heben, den sie auf ihre verschränkten Arme auf die Tischplatte gebettet hatte. Liam war die Flucht gelungen, das machte sie glücklich. Er war gerettet. Doch nun mußte sie ihren Teil der Abmachung erfüllen, die sie mit Graf Leicester getroffen hatte.

»Sie ist wahnsinnig — sieh sie dir an!« zischte Eleanor.

Den Mund seiner Tochter umspielte ein seltsames Lächeln, gleichzeitig liefen ihr die Tränen über die Wangen. »Sie hat vor kurzem entbunden, und du weißt, was man ihr angetan hat. Laß sie in Frieden!«

Katherines Fingernägel kratzten auf der Tischplatte. War sie wahnsinnig? Sie war selbst zutiefst erschrocken, daß sie versucht hatte, die Königin zu töten. Sie hatte in irrsinnigem Zorn gehandelt, wegen ihres neugeborenen Kindes, das die Königin ihr geraubt hatte. Ein trockenes Schluchzen schüttelte ihren Körper.

Würde ihr Kind unter den Verbrechen seiner Eltern leiden? Liam, der Verschwörer, war entflohen. Und Katherine hatte versucht, die Königin zu töten. Was hatte Elisabeth mit ihrem kleinen Sohn vor?

Vielleicht würde Leicester ihr noch einmal helfen.

Gerald beugte sich über sie. »Katie«, sagte er leise, »geh zu Bett. Du brauchst dringend Schlaf.«

Katherine lächelte unter Tränen zu ihrem Vater auf. »Werde ich je mein Kind wiedersehen, Vater? Wird es ernährt und umsorgt und geliebt? Wie soll ich bloß weiterleben?«

Er strich ihr über das zerzauste Haar. »Wir sprechen morgen darüber, Kind, wenn du ausgeruht bist.«

Er half ihr aufzustehen. »Und Liam?« preßte sie mit erstickter Stimme hervor. »Werde ich ihn je wiedersehen?«

Gerald lächelte zuversichtlich. »Daran habe ich keinen Zweifel.«

»Ich weiß, daß sie hier ist.«

Gerald, eine Kerze in der Hand, stand dem Grafen von Leicester in der düsteren Halle gegenüber. »Die Soldaten der Königin waren zweimal hier und haben das Haus vom Speicher bis zum Keller durchsucht. Katherine ist nicht hier, Mylord.«

Leicester lächelte. Das Kerzenlicht flackerte über seine dunklen, schönen Gesichtszüge. »Gerald, Ihr vergeßt, daß ich Euer Freund bin«, erwiderte er leise. »Und ich bin Katherines Freund.« Seine dunklen Augen glühten. »Ich will sie beschützen. Ich will sie nicht an den Galgen bringen.«

Gerald zögerte. Leicesters Interesse an seiner Tochter war offenkundig. Und Katherine hatte den Vater ins Vertrauen gezogen, bevor sie in einen ohnmachtsähnlichen Schlaf gesunken war. Er wußte nun auch, daß sie Liam O'Neill im letzten Oktober auf der Pirateninsel geheiratet hatte. Gerald wägte die Alternativen ab. Sollte Katherine die Geliebte des Grafen werden? Dudley war immerhin der mächtigste Mann in England. Oder sollte sie zu O'Neill zurückkehren?

Gerald hatte seinen Entschluß rasch gefaßt. Leicester war zwar einflußreich, doch vor vier Jahren war es ihm nicht gelungen, die Königin umzustimmen, als Gerald wegen Hochverrates verurteilt wurde. Nein, Liam O'Neill konnte mehr für Geralds Sache tun als Graf Leicester.

»Ich weiß, daß sie hier ist«, wiederholte Leicester mit wachsender Ungeduld.

»Sie ist völlig erschöpft und krank. Sie schläft.«

Leicesters Augen funkelten. Er nickte zufrieden. »Ich komme in einer Woche wieder, wenn die Aufregung sich gelegt hat. Ich besitze ein kleines, abgelegenes Landgut in Northumberland. Dort kann sie sich erholen. Versteckt sie gut. Ich werde Euch eine Warnung zukommen lassen, wenn die Königin noch einmal Soldaten schickt.«

Gerald nickte und schüttelte dem Grafen lächelnd die Hand. Leicester verließ die Halle und verschwand mit wehendem Umhang in der pechschwarzen Nacht.

Katherine war so erschöpft, daß sie im selben Augenblick einschlief, als ihr ächzender Körper die Matratze berührte. Sie schlief traumlos, ohne sich einmal umzudrehen, einen ganzen Tag.

Sie erwachte benommen, erfüllt von brennender Qual.

»Katherine?« flüsterte es.

Katherine lächelte. Sie träumte von Liam. Welch ein Trost.

»Katherine.« Seine Stimme war tief und rauh. Er berührte ihre Wangen mit unendlicher Zartheit.

Katherine seufzte.

»Wach auf, Kate!«

Sie wollte nicht aufwachen, nicht jetzt, wenn sie träumte, daß Liam bei ihr war. Ihre Lider flatterten, und ihr Blick fand ihn in der Dunkelheit. Er saß auf der Bettkante mit ernstem, angespanntem Gesicht. Katherine war verwirrt. Wie konnte ein Traum so echt wirken?

»Katherine!« Er beugte sich über sie, nahm ihr Gesicht in seine starken, warmen Hände. »Ich habe in Bristol gehört, daß du die Königin angegriffen hast.«

Sie war unendlich müde. War das gar kein Traum? Keine Halluzination? Saß Liam wirklich neben ihr auf dem Bett? »Liam?«

Und dann lagen sie einander in den Armen. Er drückte sie an seine Brust, Katherine klammerte sich an ihn. Er war ihre Zuflucht, ihr Fels in der Brandung gegen Unrecht und das Böse. Jetzt war sie in Sicherheit; sie wurde geliebt.

»Ich war nicht für dich da«, flüsterte er erstickt. Er umfing ihr Gesicht, hob es zu sich auf. »Verzeih mir, Geliebte.«

»Liam«, flüsterte sie noch immer benommen.

Er küßte sie verhalten. Katherines Zunge kam ihm entgegen. Und dann drang er tief in ihre Mundhöhle, konnte sich nur mühsam von ihr lösen.

»Liam«, flehte sie und suchte seinen Mund.

»Kate. Du hast vor kurzem ein Kind geboren.« Er brachte ein klägliches Lächeln zustande.

Katherine barg ihr Gesicht an seiner Brust und bedeckte sie mit zarten Küssen.

»Nein«, flüsterte er, bettete ihren Kopf an seinen Hals, ihre Wange an seine Brust und streichelte ihr zärtlich den Rücken. »Katherine, du hast mir so sehr gefehlt«, raunte er.

Die Wärme seines Körpers und seine zärtlichen Liebkosungen lullten sie ein. Ihre Lider wurden schwer, sie vermochte sie kaum offen zu halten. »Liam, ich liebe dich.«

»Katherine, schlaf nicht ein. Ich muß mit dir reden.«

Sie konnte die Augen nicht offen halten. »Später«, murmelte sie seufzend.

»Katherine«. Er hob ihr Kinn. Sie öffnete die Augen, doch ihre Lider waren sehr schwer.

»Ich kann dich nicht mitnehmen«, sagte er eindringlich. »Ich muß FitzMaurice in die Falle locken und ihn festnehmen. Begreifst du?«

Katherine hatte keine Lust, über Politik zu sprechen.

»Wenn er außer Gefecht und dein Vater rehabilitiert ist, dann hole ich dich. Und wir werden für immer zusammen sein. Verstehst du mich?«

Sie blinzelte. Es fiel ihr schwer, sich zu konzentrieren. Was hatte er gesagt? Seine Stimme war so weit entfernt.

»Und wenn ich dich hole, bringe ich unser Kind.« Er rüttelte sie sanft. »Katherine?«

An der Schwelle der dunklen Leere seufzte sie: »Ich vertraue dir, Liam.«

»Katherine, hör mir zu! Hier bist du nicht sicher. Ich schicke dich nach Stanley House in Essex.«

Sie versuchte zu nicken.

Er streichelte ihr Haar. »Hast du ein einziges Wort verstanden von dem, was ich gesagt habe?« flüsterte er.

Sie hatte keine Kraft zu antworten. Kurz bevor der Schlaf sie endgültig umfing, glaubte sie ihn sagen zu hören: »Ich liebe dich, Katherine.«

Die Morgensonne schien grell in die Kammer, als Eleanor sie weckte. Katherine hätte ewig weiter schlafen können. Jeder Muskel in ihrem Körper brannte, ihre Knochen schmerzten. Es dauerte lang, bevor sie begriff, warum sie sich so zerschlagen fühlte.

O Gott! Die Königin hatte ihr Neugeborenes weggenommen, und sie war wie eine Furie mit dem Messer auf die Monarchin losgegangen.

Vorsichtig streckte sie sich. Sie brauchte Kraft, um zu überleben. Irgendwie mußte sie ihr Kind zu sich holen. Und sie mußte sich vor den Soldaten der Königin verstecken.

Aber wie?

Eleanor half ihr beim Baden und Ankleiden. Katherine betrachtete sich in dem teilweise blinden Wandspiegel. Sie war bleich und mager geworden. Wenn Liam sie in diesem Zustand kennenlernen würde, würde er keinen Blick an sie verschwenden. Ein schmerzhafter Stich durchzuckte sie.

Ihr Blick glitt zum Bett. Hatte sie nicht eben von Liam geträumt?

»Du siehst nicht besonders anziehend aus.« Eleanors Stimme drang in ihre Gedanken. »Hör auf, dich vor Kummer zu verzehren«, fuhr ihre Stiefmutter eindringlich fort. »Du kannst dich zu Tode grämen oder um dein Leben kämpfen. Deine Mutter war eine Kämpferin.«

»Ja, ich muß stark sein wie sie«, murmelte Katherine.

»Laß die Vergangenheit ruhen. Überleg, was du von der Zukunft erwartest, und verfolg deine Ziele.« Eleanors Stimme wurde leiser. »Die Königin will dich an den Galgen bringen, Katherine. Hier kannst du nicht bleiben.«

Eleanor hatte recht. Sie mußte alles tun, um ihr Kind wieder zu bekommen. Zunächst aber mußte sie London verlassen. Doch wohin sollte sie sich wenden?

Die Antwort war einfach. Liam.

Er war frei, er war aus dem Tower geflohen. Sie wollte nicht ohne ihn leben. Sie *konnte* nicht ohne ihn leben. Es war Zeit, sich endlich die Wahrheit einzugestehen. Sie mußte ihm sagen, wie sehr sie ihn liebte, ihn bitten, bei ihm bleiben zu dürfen, wohin er auch ging. Würde er ihr helfen, ihr gemeinsames Kind wieder zu bekommen? Nun waren sie beide Gesetzlose, beide von der Krone verfolgt — welche Ironie.

Katherine blickte wieder nachdenklich auf das leere Bett. Sie hatte von Liam geträumt, einen wunderschönen Traum. Er hatte sie in den Armen gehalten, sie geküßt und getröstet.

»Ich habe ein paar Sachen für dich zusammengepackt«, meldete Eleanor sich wieder zu Wort.

Katherine drehte sich zu ihr um.

»Deshalb habe ich dich geweckt. Dein Vater schickt dich zu Mary Stanley nach Essex.«

Katherine erschrak.

»O'Neill war heute nacht hier. Es ist sein Wunsch. Du mußt aus London fort. Bei uns bist du nicht sicher, Katherine.« Eleanor klang freundlich und besorgt.

Katherine war zu keiner Antwort fähig, sie versuchte, ihre wirren Gedanken zu sammeln. *Ich schicke dich nach Stanley House.* O Gott! Liam war letzte Nacht wirklich hier gewesen, doch sie hatte im Halbschlaf geglaubt, seinen Besuch nur zu träumen.

Wieso hatte er sie nicht mitgenommen?

Katherine versuchte, sich an seine Worte zu erinnern. Hatte er nicht gesagt, er wolle wiederkommen, um sie zu holen? Sie schlug die Hände vor ihr erhitztes Gesicht. Ja, er hatte versprochen, zurückzukommen — mit ihrem Kind —, sobald er FitzMaurice festgenommen und ihren Vater rehabilitiert hatte.

O Gott!

Katherine schloß die Augen und betete zu Gott um Beistand. Sie flehte inständig, ihre Wünsche mögen erfüllt werden. Liam solle in all seinen Unternehmungen von Erfolg gesegnet sein, er solle ihren Sohn zurückbringen — und zu ihr zurückkommen. Wenn jemand das schaffte, dann war es Liam O'Neill, der Herr der Meere.

35. Kapitel

Juliet hatte ihren Onkel überredet, nach London reisen zu dürfen. Da er wußte, wie bang sie der bevorstehenden Hochzeit entgegensah, hoffte er, sie mit seiner Einwilligung aufzuheitern. Doch Juliet verschwieg ihm den wahren Grund ihrer Reise.

Das Gerücht, Katherine habe einen Anschlag auf die Königin verübt, hatte sich wie ein Lauffeuer bis nach Cornwall verbreitet. Juliet sorgte sich um die Freundin.

Ihr Onkel Richard hatte sie in einem gepflegten Gasthof einquartiert und ihr einige Dienstboten mitgegeben, da sie Einkäufe machen wollte. Der Kutscher blinzelte nur verwundert, als sie ihm auftrug, nach Whitehall zu fahren und nicht auf den Markt in Cheapside.

Nun stand Juliet zaghaft im Bankettsaal, ohne auf das seltsame Deckengemälde des Himmelsgewölbes zu achten oder die üppigen Fruchtkörbe, die über den langen Tafeln hingen. Suchend wanderten ihre Blicke über die Höflinge, die an den langen Tischen speisten, sie konnte aber John Hawke nirgends entdecken.

Juliet fragte einen vorbeigehenden Offizier nach ihm und erfuhr, daß er sich im Wachraum aufhalte. Der Soldat erklärte ihr den Weg. Juliet verließ den Bankettsaal und überquerte den Appellhof, den Umhang fest um die Schultern gezogen. Es war ein windiger, regnerischer Novembertag.

Im Flur des Kasernenbaus blieb Juliet plötzlich stehen. Hawke war aus dem Wachraum getreten und hatte sie bemerkt. Sie fühlte, wie Röte ihr in die Wangen stieg. Sie war gekommen, um sich nach Katherine zu erkundigen. In Wahrheit aber wollte sie John Hawke sehen.

Auch Hawke stand wie angewurzelt und blickte ihr über die Länge des Korridors entgegen. Beim letzten Mal hatte sie ihm bittere Vorwürfe ins Gesicht geschleudert; dabei hatte er nur seine Pflicht der Königin gegenüber erfüllt.

Hawke schritt auf sie zu, die Sporen seiner hohen, glänzenden Stiefel klirrten. Er sah atemberaubend gut aus in seinen engen Reithosen und der roten Uniform.

»Lady Stratheclyde.« Hawke verneigte sich zackig vor ihr.

Juliet senkte verlegen den Blick. »Sir John. Ich ... ich habe von Katherine gehört«, stammelte sie. »Bitte sagt, daß es nicht stimmt.«

Er nahm ihren Ellbogen. »Gehen wir nach draußen.«

Seine Berührung löste eine Hitzewelle in ihr aus. Der Park war leer an diesem naßkalten Tag. Hawke führte sie zu einer abgelegenen Laube unter ein paar alten Eichen. »Hat Katherine die Königin wirklich angegriffen?«

John blickte ihr in die Augen. »Ja.«

»Mein Gott!«

»Es war nicht ihre Schuld«, entgegnete John gequält. »Sie war vor Kummer außer sich. Gottlob wurde die Königin nicht verletzt — und Katherine konnte entkommen.«

»Gottlob«, wiederholte Juliet tonlos. »Wie geht es Katherine jetzt?«

»Ich weiß es nicht, Juliet. Ich weiß nicht einmal, wo sie ist.«

Juliet rang die Hände.

»Macht Euch bitte keine Sorgen um sie.« Hawke ergriff ihre Hände. Juliet zuckte zusammen, und er gab sie erschrocken frei. »Verzeiht!«

Wenn ich nur nicht so ungeschickt im Umgang mit Männern wäre, dachte Juliet verzweifelt. Doch Hawke war Katherines Ehemann, und sie selbst mußte in einem Monat Simon Hunt heiraten. »Wie sollte ich mir keine Sorgen um sie machen? Sie ist alleine und unglücklich.«

»Ich glaube nicht, daß sie alleine ist.«

Juliet blickte zu ihm auf. Hawke wußte mehr, als er ihr sagte. Er vermied es, sie anzusehen. »O'Neill gelang die Flucht aus dem Tower.«

Ob sie bei ihm ist? überlegte Juliet. Und plötzlich wußte sie, daß die beiden zueinander gehörten. Ein warmes Glücksgefühl durchrieselte sie. Wieso aber zeigte Hawke kein Bedauern, daß seine Frau zu einem andern gegangen war. »John, es tut mir leid«, hauchte Juliet.

Sein Blick wanderte über ihr Gesicht. »Wirklich? Das ist nicht nötig. Katherine liebt ihn. Und er liebt sie. Es war falsch von mir, sie zu zwingen, bei mir zu bleiben.«

Juliets Herz krampfte sich zusammen. »Ich habe Euch beschuldigt, eigensüchtig und ehrlos zu sein«, flüsterte sie bebend. »Das tut mir leid. Ich habe mich geirrt. Ihr seid selbstlos und nobel. Vergebt mir, Sir John!«

Er sah sie unverwandt an. »Was ich getan habe, war abscheulich.« Seine Seelenqual spiegelte sich in seinen Augen. »Ich habe ihr das neugeborene Kind entrissen. Das kann ich nie vergessen. Nicht ihre Schreie, nicht ihr Schluchzen.« Seine Stimme klang belegt. »Ich träume nachts davon. Jede Nacht.«

»Aber Ihr habt den Befehl der Königin ausgeführt.«

Tränen schimmerten in Johns Augen. »Trotzdem war es falsch, und ich wußte, daß es falsch war. Katherine wird als Attentäterin gesucht, ihr Kind ist bei einer Amme. Es war nicht Katherines Schuld.«

»Es war die Schuld der Königin«, rief Juliet entrüstet. »Wie konnte sie so grausam sein!«

»Es war genauso meine Schuld.« John schluckte schwer und wandte sich ab.

Juliet empfand seinen Schmerz wie ihren eigenen. »John!« Sie trat einen Schritt näher und berührte ihn, legte die Arme um ihn. Er litt solche Qualen. Sie liebte ihn und mußte ihn trösten. Hawke wandte sich ihr verwundert zu. Sie lächelte durch Tränen und legte ihre Wange an seine Brust. Ihre Hände strichen über seinen Rücken; sie drückte ihn zärtlich an sich, als sei er nicht ein großer, stattlicher Mann, sondern ein kleiner, unglücklicher Junge.

Hawke stöhnte, und seine kraftvollen Arme preßten sie an sich. Mit einem kleinen Aufschrei blickte Juliet zu ihm hoch. Seine blauen Augen sprühten Feuer, der Schmerz war gewichen. Und plötzlich erkannte Juliet männliche Begierde.

»Juliet«, raunte John heiser. Seine Hand grub sich in ihr hochgestecktes Haar. Perlenverzierte Haarspangen lösten sich, und eine Kaskade dunklen Haars quoll über seine Hand.

Juliet war wie gelähmt, konnte kaum atmen. Sie blickte ihm hypnotisiert in die Augen.

Er stöhnte, seine beiden großen, warmen Hände wölbten sich um ihr Gesicht, und plötzlich lag sein Mund auf ihrem.

In ihren Träumen waren seine Küsse zart und weich gewesen. Dieser Kuß aber war anders als der Kuß ihrer Träume.

Seine Lippen strichen begehrlich über ihren halb offenen Mund. Und plötzlich drang seine Zunge in sie, umfing ihre Zunge. Juliet klammerte sich an seine breiten Schultern. In ihrem Körper strömte eine kribbelnde Hitze, die Sinne drohten ihr zu schwinden. Bebend reckte sie sich ihm entgegen, und ihre Lippen verschmolzen in einem leidenschaftlichen Kuß mit seinen.

Irgendwann löste Hawke sich mühsam von ihr.

»Mein Gott«, keuchte er und strich ihr zart über die Lockenmähne, die ihr bis zur Hüfte reichte. Dann liebkoste er mit bebenden Fingerspitzen ihre Wangen. »Juliet.«

Juliet schmiegte sich atemlos an ihn, lächelte benommen zu ihm auf. »Ich liebe dich«, hauchte sie von ganzem Herzen.

Er erstarrte.

Und Juliet wurde sich bewußt, was sie gesagt — und getan hatte. Ihre Traumwelt zerbarst. John Hawke war kein freier Mann. Und sie war verlobt. Erschrocken nahm sie die Hände von ihm, als habe sie sich verbrannt. Sie wich taumelnd zurück.

»Bitte bleib!« bat er, nahm sie bei den Schultern und zog sie an sich. »Bitte bleib!«

Juliet war nicht fähig zu sprechen.

»Katherine gehört zu O'Neill«, sagte John. »Ich werde Canterbury um eine Scheidung ersuchen.«

Juliets Gedanken schwirrten durcheinander. Hatte sie richtig gehört? Das alles mußte ein Traum sein.

Doch seine nächsten Worte bewiesen, daß ihre kühnsten Träume wahr geworden waren. »Juliet«, begann er stockend, »Juliet ... willst du meine Frau werden? Bitte sag ja!«

»Ja, John, ja«, jauchzte Juliet.

Hawke lächelte. »Ich glaube, ich liebe dich schon seit langer Zeit.«

»Und ich liebe dich, seit ich dich zum ersten Mal gesehen habe«, strahlte sie.

Er nahm ihre Hand. »Ich spreche noch heute mit deinem Onkel. Ich denke, ich kann ihn von den Vorzügen unserer Verbindung überzeugen. Schließlich sind wir Nachbarn.«

»Und wenn er seine Zustimmung verweigert?« fragte Juliet bang.

»Dann brennen wir einfach durch«, lächelte Hawke verschmitzt.

Wie romantisch, wie aufregend. Juliet lachte. Und dann bemerkte sie seinen glühenden Blick und wurde ganz still.

Er beugte sich über sie, und Juliet reckte sich ihm entgegen. Und das Paar entschwebte in einen uralten Tanz in der Laube unter den alten Eichen, einen Tanz, den die Liebenden ihr Leben lang nicht vergessen würden.

Katherine war froh, London den Rücken zu kehren. In Stanley House würde sie niemand suchen. Gerald hatte ihr eröffnet, daß Leicester von ihrem Unterschlupf in St. Leger House wußte und daß er plane, sie in wenigen Tagen auf sein Landgut im Norden zu bringen. Katherine mußte schleunigst aus London verschwinden.

Ihr war klar, daß sie in Leicesters Schuld stand. Er hatte Liams Flucht ermöglicht. Doch sie wollte das, was sie tun mußte, so lange wie möglich hinausschieben. Panik trieb sie zur Eile an. Sie lief nicht nur vor den Soldaten der Königin fort, sondern auch vor dem mächtigen Liebhaber der Königin.

Mary Stanley erwartete sie. Als Katherine in den Innenhof des Herrenhauses ritt, öffnete sich das Portal, und eine schlanke, blonde, elegant gekleidete Frau trat ins Freie.

Wie sehr Liam seiner Mutter glich! Sie war blond und grauäugig und sehr schön. Ihr Gesicht war eine feinere, weibliche Ausgabe seiner Gesichtszüge. Mary hatte in ihrem Leben viel gelitten und sich dennoch Haltung und Eleganz bewahrt.

Katherine glitt vom Pferd. Einer der Männer ihrer Begleitung half ihr. Sie war ein wenig ängstlich, wie Mary sie empfangen würde. Doch Liams Mutter begrüßte sie mit einer herzlichen Umarmung, und Katherine war erleichtert.

»Mein Sohn hat mir viel von dir erzählt. Mir ist, als wären wir alte, gute Freundinnen«, sagte Mary, während sie die Tür zu einer Kammer im ersten Stock öffnete.

»Ich wünsche mir, Eure Freundin zu sein, Lady Stanley.«

»Nenn mich Mary, das genügt.« Liams Mutter betrat die Kammer, öffnete einen Schrank, hängte Katherines Umhang an einen Haken und schlug die Daunendecke des Betts zurück. Katherine blickte aus dem Fenster auf das sanfte Hügelland, durch das sich ein Bach schlängelte.

Liams Mutter beobachtete sie. »Liam wünscht, daß ich dich umsorge, wie ich ihn verhätscheln würde«, lächelte sie.

Es tat unendlich gut, von dieser Frau akzeptiert zu werden. »Ihr seid mehr als großzügig. Vielen Dank«, antwortete Katherine gerührt. »Seht Ihr Liam häufig?«

»Leider nicht. Er führt ein unstetes Leben. Es ist nicht ungefährlich für ihn, Englands Boden zu betreten. Aber wir schreiben uns. Er schaut vorbei, wenn es ihm möglich ist.«

Mary sprach mit großer Liebe von Liam. Und Katherine war darüber sehr erleichtert. Manche Frauen würden ein Kind hassen, das ihnen ein Frauenschänder aufgezwungen hatte. Nicht diese Frau.

»Stört es Euch nicht, daß ich hier bin?« platzte Katherine heraus.

»Du bist Liams Ehefrau. Die Mutter seines Sohnes. Die Frau, die er liebt. Nein, du störst mich nicht.«

Liam hatte Katherine nie gesagt, daß er sie liebte. »Hat Liam Euch das gesagt?«

Mary schmunzelte. »Über das, was Liam mir in all den Jahren gesagt hat, könnte ich ein Buch schreiben, Katherine. Seit er dich zum ersten Mal sah, war er in dich verliebt.«

»Vielleicht liebt er mich jetzt. Ich hoffe es wenigstens«, antwortete Katherine verwundert. »Aber er hat mich nicht geliebt, als wir zusammen auf seiner Insel lebten. Er hat mich betrogen. Er gab vor, mich zu lieben, unterstützte aber FitzMaurice, den Feind meines Vaters.« Sie hatte Liam zwar vergeben, doch die Trauer über seinen Verrat war geblieben.

Mary war ernst geworden. »Hier in Essex hat es viele Verbrennungen gegeben, Katherine. Während der Regierung der Blutigen Maria lebten wir in Angst und Schrecken, selbst eingekerkert und auf dem Scheiterhaufen verbrannt zu werden. Wir alle mußten diese Exekutionen mit ansehen. Ich wollte Liam die bestialischen Leiden ersparen, er war noch so jung — doch die katholischen Priester zwangen ihn, den grauenhaften Verbrennungen beizuwohnen.«

Welche Grausamkeit, ein Kind zu zwingen, solche Greuel anzusehen! »Was wollt Ihr damit sagen?«

»FitzMaurice ist nicht nur katholisch wie du. Er ist ein *Wahnsinniger.* Er verbrennt alle Menschen, die nicht katholisch sind, nicht anders als die Blutige Maria. Liam würde ihn nie unterstützen. Er hat sich zwar katholisch mit dir trauen lassen — aber er würde nie und nimmer FitzMaurice unterstützen.«

»Aber er hat es getan«, flüsterte Katherine.

»Mein Sohn ist ein schlauer Fuchs. Sein Plan war, FitzMaurice aufzubauen, um ihn stürzen zu können. Ich weiß von ihm, daß es noch heute Befürworter bei Hofe gibt, die deinen Vater in Desmond einsetzen wollen — zu gegebener Zeit, nachdem FitzMaurice entmachtet ist.«

Katherine hielt sich benommen an der Tischkante fest.

»Das ganze Leben ist Politik, mein Kind«, fuhr Mary fort.

»Ich habe viele Jahre am Königshof gelebt und kann ein Lied davon singen. Männer kommen und gehen. Machtpositionen wechseln. Liam hat sich vorgenommen, FitzMaurice zu entmachten. Und ein anderer wird seine Position einnehmen.«

Katherine starrte Liams Mutter sprachlos an.

»FitzMaurice ist zu mächtig geworden, seine Rebellion zu erfolgreich, Katherine. Jeder weiß, daß es für England wesentlich vorteilhafter wäre, wenn dein Vater wieder die Macht in Desmond hätte.«

Katherine schrie auf. Plötzlich war ihr Liams Vorgehen klar. Sie hätte ihm vertrauen müssen. Wie klug, wie kühn, wie außergewöhnlich war Liam!

Katherine suchte erneut Halt am Tisch. »Ein verwegener Plan«, flüsterte sie. »Aber warum? Warum sollte er so etwas tun? Warum beging er einen Verrat, um meinen Vater wieder in Desmond einzusetzen? Ich würde es vielleicht verstehen, wenn das Spiel vor kurzem begonnen hätte, nachdem wir verheiratet waren. Aber er gestand mir auf der Insel, daß sein Bündnis mit FitzMaurice viel früher begonnen hatte, kurz nachdem er mich und Juliet auf dem französischen Schiff entführt hatte.«

Mary blickte sie durchdringend an. »Ich frage dich, mein Kind, warum soll ein mächtiger und reicher Mann wie Liam einen kleinen französischen Frachter kapern, ein Schiff mit wertloser Ladung?«

»Ich weiß es nicht.«

Nun lächelte Mary wieder. »Weil die Ladung zwar für die Welt wertlos war, Katherine, nicht aber für ihn. Für Liam war die Ladung von unschätzbarem Wert.«

Katherine begriff immer noch nicht.

»Katherine, du warst auf diesem Schiff — und mein Sohn wollte dich.«

Mary mußte sich irren, überlegte Katherine. Denn Liam hatte damals noch gar nichts von ihrer Existenz gewußt. Doch plötzlich stellte sie sich die Frage: *Stimmte das?*

36. Kapitel

Januar, 1573

Liam stand auf dem Vordeck und suchte mit dem Fernglas den schäumenden Atlantik ab. Er segelte einem gewaltigen Wintersturm entgegen. Doch er wollte nicht umkehren, um die Sicherheit eines schützenden Hafens aufzusuchen. Nicht, bevor er die Identität des Schiffes ausgemacht hatte, das der Wachtposten vor Stunden entdeckt hatte, ein Schiff, das Kurs auf Südirland hielt.

Seit drei Monaten kreuzte Liam in den Küstengewässern der grünen Insel und verhinderte, daß FitzMaurice mit Nachschub versorgt wurde. Vor kurzem hatte man ihm berichtet, daß die Rebellen nur noch ein verlotterter, ausgehungerter Haufen seien und sich in den zerklüfteten Bergen von Kerry versteckten. In regelmäßigen Abständen überfielen sie Dörfer und raubten alles Eßbare, das sie finden konnten, und überließen die Bewohner dem sicheren Hungerstod — im übrigen auch sie Iren; Männer, Frauen und Kinder, unschuldige Opfer dieses aufreibenden Krieges.

Es war ein abscheuliches Geschäft.

Liam mußte sich gegen Gefühle des Mitleids für FitzMaurice und seine Männer wehren. Er konnte die Hungersnot nicht verhindern, die in Südirland wütete; eine Folge jahrelang marodierender Banden von irischen Rebellen und englischen Soldaten. Er mußte FitzMaurice zu Fall bringen.

Bald hatte Liam die Identität des kleinen Schiffes festgestellt, das vor ihm herjagte. Es kam aus Schottland. Lächelnd ließ er das Fernglas sinken und befahl, die *Sea Dagger* zu wenden und die nächste Bucht anzulaufen.

Die schottische Ladung sollte FitzMaurice erreichen. Die Schotten wußten nicht, daß das Schießpulver, das sie geladen hatten, unbrauchbar war. Es würde nicht explodieren und sämtliche Musketen, die damit geladen wurden, unbrauchbar machen. FitzMaurice brauchte die Munition dringend, ebenso dringend wie Lebensmittel, die ihm verwehrt wurden.

Die *Sea Dagger* pflügte die rauhe See und jagte dem drohenden Wintersturm davon.

Richmond — 1. März 1573

Sir John Perrots Bote war noch ein halbes Kind. Seine rote Uniform war lehmverkrustet und zerrissen. Keuchend und zu Tode erschöpft, stand er vor der Königin. »Eure Majestät, der Präsident von Munster schickt Euch diese Botschaft«, stammelte er atemlos und reichte Elisabeth eine versiegelte Pergamentrolle.

Die Königin kannte den Inhalt der Botschaft bereits. Gerüchte verbreiteten sich schneller, als ein Bote reiten konnte. Sie brach das Siegel mit klopfendem Herzen, las die drei Zeilen und hob den Kopf. »Es ist wahr«, rief sie. »FitzMaurice hat sich vor einem Monat Sir John in Kilmallock ergeben.«

»Ja«, nickte der Bursche. »Und er bot ein trauriges Bild. Abgemagert und blaß und halbnackt.«

Elisabeth warf den Kopf in den Nacken und lachte laut.

Leicester trat neben sie und schlang einen Arm um ihre Taille. »Welch wunderbare Nachricht!«

Sie umarmte ihn kurz und heftig. »Ja! Endlich ein papistischer Verräter weniger!« Sie las die letzte Zeile des Schreibens noch einmal. Perrot schrieb, daß Liam O'Neill eine sehr wichtige Rolle zugekommen sei, als es darum ging, den Rebellen in die Knie zu zwingen. Ihr goldener Pirat hatte sie diesmal nicht betrogen.

Elisabeth entließ den Boten. Cecil gab ihr durch Blicke zu verstehen, daß er mit ihr sprechen wollte. Sie seufzte. Konnte er nicht einfach diesen Triumph genießen? »William?«

»Wir haben wichtige Dinge zu besprechen«, murmelte Cecil.

Leicester trat neben die Königin und lächelte Cecil herausfordernd an.

»Sprecht! Ich habe vor Robin keine Geheimnisse.« Sie schenkte ihm ein warmes Lächeln. »Ich werde heute abend mit ihm speisen.«

Leicesters Miene erhellte sich. »Ihr macht mich zum glücklichsten Mann der Welt, liebste Bess«, murmelte er geschmeichelt.

Cecil reagierte verärgert auf die dumme Koketterie. »Südirland ist ohne Führer. Wir *müssen* verhindern, daß sich wieder ein papistischer Verräter an die Stelle von FitzMaurice setzt.«

»Ich weiß, was Ihr als nächstes sagen werdet«, unterbrach Elisabeth ihn mit umwölkter Stirn.

»Tatsächlich? FitzGerald hätte nie seiner Ämter enthoben werden dürfen, Eure Majestät. Er ist zwar eigensinnig, aber er stellt keine Gefahr dar. Ihm geht es nur um seine eigene Macht. Gebt ihm die Freiheit und seine Titel wieder, bevor ein anderer, gefährlicherer Mann sich zum Anführer aufschwingt.«

Elisabeth wanderte erregt auf und ab. Sie konnte den arroganten, dreisten Iren nicht ausstehen. Und Ormond, der sich augenblicklich in Leinster um seine Geschäfte kümmerte, würde keineswegs beglückt sein, wenn sein alter Rivale in Desmond wieder in Amt und Würden wäre.

Leicester trat an ihre Seite. »Ausnahmsweise bin ich Burghleys Meinung, Hoheit. FitzGerald ist im Grunde genommen harmlos. Gebt ihn frei, bevor sich ein zweiter FitzMaurice mit Unterstützung der Spanier gegen Eure Herrschaft auflehnt.«

Elisabeth seufzte.

»Wir werden einen Vertrag aufsetzen, der ihn der Krone verpflichtet«, sagte Cecil. »Wenn wir ihn wieder einsetzen, machen wir ihn zu Eurem Verbündeten.« Cecil lächelte listig. »Soll er getrost in Südirland Krieg führen. Dann können wir uns anderweitig engagieren, wie es seit langem unser Bestreben ist.«

Cecil war ein wahrhaft kluger Mann. Irland war ein lästiger Unruheherd. Elisabeth nickte.

»So soll es sein«, antwortete sie entschlossen. Wir begnadigen den anmaßenden kleinen Verräter. Bei Gott, wie lästig!«

Es gehörte zu Cecils Aufgaben, sich über die Pläne und Schachzüge wichtiger Persönlichkeiten auf der ganzen Welt zu informieren, weniger über die Machenschaften bei Hofe. Doch sobald O'Neills Ankunft gemeldet wurde und Elisabeth in ihre Privatgemächer enteilte, um sich für die Audienz mit ihm vorzubereiten, zog auch Cecil sich zurück und befahl den Piraten zu sich.

O'Neill betrat den Raum mit ausdruckslosem Gesicht. Cecil schickte seine Sekretäre und Beamten hinaus. Seinen Mund umspielte ein dünnes Lächeln.

»Mylord, Ihr wünscht mich zu sprechen?« begann Liam die Unterredung.

»Ich möchte Euch gratulieren«, entgegnete Cecil, »für Euer perfekt inszeniertes Spiel.«

Liam blinzelte unschuldig. »Welches Spiel?«

»Nun, ich spreche von politischen Spielen, von äußerst gefährlichen, politischen Spielen.«

Liam zog die Augenbrauen hoch. »Tatsächlich?«

»Eine Sache verstehe ich allerdings nicht ganz.«

Liam wartete.

»Woher wußtet Ihr, daß Katherine FitzGerald an Bord des französischen Frachters war?«

Liam machte ein erstauntes Gesicht. »Wieso sollte ich wissen, daß sie an Bord war, Mylord?«

Cecil lachte. »Hört auf damit! Ihr habt das Schiff doch nur gekapert, weil Ihr wußtet, daß sie an Bord war. Damit hat das Spiel begonnen.«

Liam legte den Kopf ein wenig schief. Nach einer Weile nickte er. »Stimmt.«

»Das dachte ich mir. Ihr hattet damals schon vor, sie zu heiraten und FitzGerald wieder einzusetzen.«

Liam blickte Cecil direkt in die Augen. Es konnte nicht schaden, ihm die Wahrheit zu sagen. »Ich wußte zwar, daß

Katherine mir gehören mußte, aber der Gedanke, sie zu heiraten und ihren Vater wieder in seine Ämter einzusetzen, kam mir erst, nachdem ich sie entführt hatte.«

»Ihr habt sie also entführt, um Euch mit ihr zu vergnügen?« fragte Cecil mit hochgezogenen Brauen.

»Habt Ihr nie eine Frau so sehr begehrt, Mylord?«

»Nein«, entgegnete Cecil knapp. »Aber woher wußtet Ihr von ihren Plänen? Hatte ihr Vater Kontakt zu ihr?«

»Nein. Ihr Vater wußte nicht, daß sie das Kloster verließ.«

Cecil blickte ihn fragend an.

Liam lächelte. »Die Äbtissin informierte mich über Katherines Reise mit Lady Juliet Stratheclyde. Ich war seit einigen Jahren Katherines anonymer Gönner.«

Liam erwartete die Königin im Vorzimmer ihrer Privatgemächer, ohne auf die geschäftig hin und her eilenden Hofdamen zu achten, die ihm verführerische Blicke zuwarfen. Endlich erschien Elisabeth, nachdem sie ihn nahezu eine Stunde hatte warten lassen. Sie hatte sich große Mühe mit ihrer Garderobe gegeben: Sie war ganz in Weiß gekleidet. Selbst ihr Perlenschmuck wirkte jungfräulich.

»Laßt uns allein!« befahl sie und strahlte Liam an.

Wollte sie ihm mit der Wahl ihrer Garderobe zu verstehen geben, daß sie noch unberührt war? Jedenfalls war sie zu alt, um Weiß zu tragen. Es ließ ihren Teint fahl erscheinen. Liam machte einen Kniefall.

»Bitte Liam, erhebt Euch.«

»Ja, Hoheit«. Liam erhob sich.

Ihr Blick glitt rasch über seine Gestalt, sein Gesicht und heftete sich in seine Augen.

»Habe ich Euch meine Loyalität bewiesen?« fragte er gelassen.

Sie lächelte. »Ja, gewiß. Doch Ihr seid ein böser Junge, mich in solche Unruhe zu versetzen!« Sie nahm seinen Arm, schmiegte sich an ihn und blickte ihm tief in die Augen. »Ihr seid wahrhaftig mein Lieblingspirat.«

»Ich bin stets Euer ergebener Diener«, murmelte er.

»Dann habt Ihr mich also gern«, gurrte sie. Ihr geschnürter Busen preßte sich gegen seinen Arm. Die Einladung war unmißverständlich.

Liam dachte an Katherine. Er mußte die letzten Spielzüge äußerst umsichtig ausführen. Er legte ihre Hand in seine Armbeuge, strich mit den Fingerkuppen zart ihre Wangenlinie entlang. Ihre Haut fühlte sich spröde an von der dick aufgetragenen Puderschicht. »Und nun, Bess?«

Ein wenig atemlos flüsterte sie: »Du hast mich nie geküßt, Liam.«

»Wollt Ihr einen Kuß oder mehr?«

Sie errötete. »Was denkst du?«

Ein Rückzieher war unmöglich. Er hoffte, ihr Verlangen mit einem Kuß zu stillen, schlang die Arme um sie und küßte sie. Ihre Lippen öffneten sich willig, sie klammerte sich an ihn. Liam ließ seine Zunge kreisen. Elisabeth erbebte, preßte sich an ihn, ihre Zunge drängte sich in seinen Mund. Nach einer Weile löste er sich von ihr.

Sie hob ihren verschwommenen Blick, berührte mit den Fingerspitzen ihre prallen Lippen. Ihre Augen wanderten zu seinen Lenden.

Liam war nicht erregt und hatte auch nicht die Absicht, den Anschein zu erwecken.

Elisabeth seufzte theatralisch. »Ihr hättet mich vor Jahren küssen sollen, Schurke.«

Ihr neckischer Ton erleichterte ihn. Sie schien nicht die Absicht zu haben, ihre Jungfräulichkeit zu opfern. Er lachte. »Majestät, ich fürchtete, meinen Kopf zu riskieren.«

»Das bezweifle ich.« Sie musterte ihn eindringlich. In ihren Augen glitzerte etwas anderes als fleischliches Verlangen.

»Wie geht es Katherine?«

Er zuckte zusammen. »Ich weiß es nicht.«

»Nein?«

»Nein.«

»Lügt mich nicht an, Schurke. Sie muß auf Eurer Insel sein. Sie ist spurlos verschwunden.«

»Auf meiner Insel ist sie nicht.«

»Warum nicht?« fragte sie mit großen Augen. »Habt Ihr das Interesse an ihr verloren?«

Liam blieb ihr die Antwort schuldig.

»Ich gebe Euch, wie abgemacht, Euren Sohn zurück«, fuhr Elisabeth schneidend fort. »Habt Ihr sie etwa geheiratet?«

»Wie Ihr wißt, ist sie mit John Hawke verheiratet.« Liam hütete sich, sein Geheimnis preiszugeben.

Elisabeth lächelte amüsiert. »Das war einmal. Er hat sich vor Monaten von ihr scheiden lassen und wird sich in Kürze mit Juliet Stratheclyde vermählen.«

Liam war völlig verdattert. Dann durchströmte ihn ein unbändiges Glücksgefühl.

»Werdet Ihr sie heiraten?« fragte Elisabeth argwöhnisch.

»Ja.«

»Sie wollte mich töten«, rief Elisabeth aufgebracht. »Sie ist eine Verbrecherin. Die Hure gehört an den Galgen!«

»Könnt Ihr nicht vergeben, Bess?« fragte Liam sanft. »Sie war wahnsinnig über den Verlust ihres Kindes. Könnt Ihr nicht Katherine vergeben und sie begnadigen . . . mir zuliebe?«

»Ihr werdet sie heiraten, ob ich ihr vergebe oder nicht, stimmt's?« fauchte die Königin mit wutverzerrtem Mund.

Wie eifersüchtig und kleinlich sie ist, dachte Liam. Die Zeit für seinen vorletzten Schachzug war gekommen. »Ihr habt FitzGerald in Irland wieder eingesetzt. Wie soll der Mann den Süden ohne Verbündete zusammenhalten? Habe ich mich nicht als zuverlässig erwiesen, Bess? Denkt über die Vorteile nach, die ein Bündnis zwischen FitzGerald und mir bringen würde. Ich habe nichts für blutige Kriege übrig. Ich würde mein Bestes tun, um ihn von Intrigen und Machenschaften fernzuhalten.«

»Wie diplomatisch geschickt Ihr seid«, entgegnete die Königin und machte ein unglückliches Gesicht. »Natürlich ist mir ein Bündnis zwischen Euch und FitzGerald lieber, als daß der Kerl sich wieder mit einem wildgewordenen katholischen Lord zusammentut.«

Nun spielte Liam seine letzte Karte aus, seinen höchsten Trumpf. »Wenn Katherine meine Frau ist, habt Ihr auch nichts mehr von ihr zu befürchten. Dafür verbürge ich mich.«

Elisabeth wollte empört widersprechen.

»Ich meine nicht, Katherine als Messerstecherin«, setzte Liam beschwichtigend hinzu.

Elisabeths Busen wogte erregt.

»Sie gehört mir«, erklärte Liam mit fester Stimme. »Und kein anderer Mann wird es wagen, das Territorium zu überschreiten, das Liam O'Neill gehört. Nicht einmal der Graf von Leicester.«

Elisabeth erbleichte. »Er begehrt sie noch immer«, schrie sie. »Er war außer sich über ihr Verschwinden, das haben mir meine Spitzel hinterbracht!«

Liam empfand plötzlich tiefes Bedauern für Elisabeth, die selbst ihren intimsten Günstling bespitzeln ließ.

»Ich würde Leicester kaltblütig töten«, fuhr er fort, »wenn er versuchen sollte, sich ihr zu nähern.«

»Dann nehmt sie!« kreischte Elisabeth wutentbrannt. »Heiratet sie! Und macht ihr noch ein Dutzend Bälger!«

Liam war noch nicht fertig. »Die Begnadigung, Bess. Werdet Ihr sie begnadigen?«

»Hab' ich nicht genug für Euch getan? Ich gebe Euch Euren Sohn zurück. Ich stimme der Heirat zu.«

»Vor einiger Zeit habt Ihr mir versprochen, ich dürfe jederzeit einen Wunsch äußern als Belohnung für meine Dienste. Ich habe Euch stets treu gedient, Bess. Ich ersuche Euch um Katherines Begnadigung.«

»Nun gut! Ich begnadige sie!« rief die Königin trotzig. »Aber eins will ich Euch sagen! Wenn sie mir je wieder unter die Augen tritt, lasse ich sie festnehmen! Habt Ihr mich verstanden, Liam? Ich will diese Person nie wieder an meinem Hof sehen!«

»Sehr wohl, Hoheit«, lächelte Liam.

Er hatte gewonnen. Die Trophäe gehörte ihm. Katherine gehörte ihm.

37. Kapitel

Liam hatte einen offiziellen Straferlaß für seine Verfehlungen von der Krone erwirkt und zugleich eine Auszeichnung für seine Verdienste bei der Entmachtung und Ergreifung von FitzMaurice erhalten. Die Königin hatte Andeutungen über eine weitere Belohnung gemacht, falls es ihm gelingen sollte, den Frieden in Südirland zu bewahren. Damit hatte Elisabeth ihm praktisch zugesagt, ihn eines Tages in den Adelsstand zu erheben und ihm Ländereien zu vermachen, so daß er seinem Sohn dereinst Titel und Besitz vererben konnte.

Liam marschierte auf die *Sea Dagger* zu, die nicht weit vom Steg des Richmond Palastes vor Anker lag. Neben ihm ging eine dralle junge Frau, die Mühe hatte, mit ihm Schritt zu halten. In den Armen trug sie seinen Sohn.

Liam konnte den Blick nicht von dem blonden Säugling mit den blauen Augen wenden, die wach und neugierig die Welt bestaunten. Katherine hatte ihm einen prächtigen Sohn geschenkt. Und er wollte ihr das Kind bringen, wie er es versprochen hatte.

Bei ihrer letzten Begegnung war sie völlig schlaftrunken, aber sie hatte ihm gesagt, daß sie ihn liebe und ihm vertraue.

Liam war krank vor Sehnsucht nach ihr. Ob sie die Wahrheit gesagt hatte? Ob ihre Gefühle sich mittlerweile geändert hatten? Er konnte es kaum erwarten, sie in die Arme zu schließen.

»O'Neill!«

Liam erkannte die Stimme, die ihn von hinten angerufen hatte, drehte sich um und wartete. Ormond kam auf ihn zu. Liam war völlig konsterniert. Diesen Mann hatte er sich zum Feind gemacht.

»Kehrt Ihr zu Katherine zurück?« fragte Ormond und blieb vor Liam stehen.

»Ja.«

»Sie hat ihren Vater in Bristol getroffen. Vor einer Woche sind beide nach Irland zurückgekehrt.«

Das wußte Liam bereits. Seine Mutter hatte ihm einen ausführlichen Brief geschrieben.

Nach einigem Zögern hielt Ormond ihm ein Päckchen hin. »Gebt ihr das. Ich glaube, sie freut sich darüber.«

Liam musterte den Grafen von Ormond forschend, dessen dunkle Augen keine Gefühle preisgaben. »Was ist das?«

»Meine Mutter führte ein Tagebuch. Ich habe es nach ihrem Tod an mich genommen. Vielleicht findet Katherine Gefallen daran.«

Liam war verblüfft.

Ormonds Blick wich ihm aus. »Versteht mich nicht falsch«, knurrte er. »Ich bin nach wie vor FitzGeralds Feind. Und ich bin nach wie vor entschlossen, ihm das Genick zu brechen, wenn er es noch einmal wagen sollte, sich gegen mich oder die Meinen — oder meine Königin zu stellen! Daß Katherine meine Halbschwester ist, hat damit nichts zu tun!«

Liam glaubte ihm, konnte aber nicht umhin zu schmunzeln.

»Amüsieren Euch meine Worte?« fragte Ormond aufbrausend.

»Beruhigt Euch, Tom! Gebt zu«, scherzte Liam, »daß Ihr Katherine ins Herz geschlossen habt.«

Ormond biß die Zähne aufeinander. »Mag sein. Und hört mir genau zu: Wenn Ihr sie nicht heiratet, werde ich Euch zur Rechenschaft ziehen. Und wenn ich Euch an den Haaren vor den Traualtar schleifen muß.«

»Wir sind bereits verheiratet«, erklärte Liam seelenruhig.

Ormonds Augen weiteten sich. »Ihr habt meine Schwester geheiratet?«

»Ja«, grinste Liam. »Aus politischen Gründen haben wir es geheimgehalten.«

Ormond knurrte. Seine Augen funkelten. »Ja, natürlich. Ich behalte das Geheimnis für mich.« Dann zog er die Stirn kraus. »Aber glaubt nur nicht, daß sich etwas ändert, jetzt, da Ihr mein Schwager seid. Ich mache keine Ausnahme, wenn es darum geht, meine Königin zu schützen.«

Liam verneigte sich. »Alle Achtung.«

»Soll das ein Kompliment sein?« fragte Ormond erstaunt.

Noch bevor Liam antworten konnte, begann das Baby zu krähen.

Die Köpfe der beiden Männer fuhren herum. Die Amme drehte sich zur Seite, beruhigte das Kind und gab ihm die Brust. Liam und Ormond blickten einander in die Augen. »Euer Sohn«, sagte Ormond stockend. Und dann: »Der Enkel meiner Mutter.«

»Euer Neffe, Ormond«, ergänzte Liam gelassen.

Eine verräterische Röte stieg dem strengen Ormond ins Gesicht. »Wollt Ihr mich mit diesen Familienbanden um den Finger wickeln?!«

Liam lachte. »Ich denke nicht daran.« Dann verneigte er sich.

»Mylord, Katherine wird sich über Euer Geschenk freuen. Ich bedanke mich in ihrem Namen.«

Doch Ormond hörte nicht hin. Er war völlig versunken in den Anblick des säugenden Kindes.

Kylemore Forest

Gerald FitzGeralds Ritt von Dublin Castle war ein einziger Triumphzug. Seine Landsleute säumten die Straße und jubelten ihm zu, gemeines Volk und Edle gleichermaßen. Und als Gerald den großen Forst erreicht hatte, der sich weit in die Ballyhoura-Berge zog, war er von Hunderten begeisterter Gefolgsleute umringt. Gekleidet in der Tracht eines gälischen Häuptlings, stellte er sich aufrecht in die Steigbügel und machte sich bereit, eine Rede zu halten. Das Gejohle erstarb, alle lauschten gebannt.

Katherine ritt neben Eleanor, mit freudig pochendem Herzen und tränenfeuchten Augen. Sie und Eleanor wechselten glückliche Blicke, dann drückten sie einander die Hände. Gerald warf die Arme hoch.

»Mein Volk«, schrie der blasse, gebrechliche Mann, »ich bin wieder da. Der Graf von Desmond ist zurückgekehrt.«

Der Jubel hallte in der Lichtung wider.

»Desmond soll Euch nie wieder streitig gemacht werden«, versprach Gerald, und seine Stimme ging fast im Gröhlen seiner Leute unter. Als der Lärm sich gelegt hatte, schrie er wieder: »Nie wieder werden Engländer es wagen, Euch in die Wälder und Sümpfe zu verjagen! Der Graf von Desmond schützt seine Leute und seinen Besitz! Auf Desmond! Hurra, hurra, hurra!«

Katherine konnte nicht glauben, daß ihr Vater eine aufrührerische Rede gegen die Krone schwang — daß er es wagte, genau dort wieder anzuknüpfen, wo er vor acht Jahren aufgehört hatte. Eleanor war bleich geworden, nicht minder erschrocken als sie.

Doch die Edlen und Gemeinen, Bauern und Hirten schrien begeistert Beifall, hoben drohend Speere und Dolche, schwenkten Fahnen und Wimpel.

»Nie wieder!« brüllte Gerald. »Kein Prinz, keine Königin, kein Gott regiert dieses Land, nur der Graf von Desmond!«

Die Menge war außer Rand und Band.

Und Gerald strahlte, in den Steigbügeln stehend, mit fiebrig glänzenden Augen.

Katherine blickte aus dem Fenster ihrer Schlafkammer auf den Fluß unterhalb von Askeaton Castle, das auf der Felseninsel thronte. Auf der anderen Uferseite spitzte der Turm der Klosterkirche durch die Bäume. Dort lag ihre Mutter begraben. Hinter Kirche und Friedhof schlossen sich sanfte grüne Hügel an, den Horizont begrenzte dunkler Mischwald aus Ulmen, Eichen und Fichten. Diese Landschaft war ihr so vertraut wie ihr eigenes Spiegelbild, und Katherine war glücklich, wieder zu Hause zu sein.

Gleichzeitig sehnte sie sich nach Liam und ihrem kleinen Sohn. Wo mochte Liam sein? Hatte er nicht versprochen, zu ihr zurückzukommen und ihr das Kind zu bringen?

Er hatte FitzMaurice zu Fall gebracht. Ihr Vater war in Desmond wieder in Amt und Würden. Was hielt ihn nun von ihr fern, warum kam er nicht?

Hatte er bei ihrer Entführung tatsächlich schon von ihrer Existenz gewußt?

»Katherine?«

Erschrocken wandte sie sich um. Ihr Vater hatte ohne anzuklopfen die Kammer betreten. Er machte ein sehr ernstes Gesicht. »Vater? Ist etwas nicht in Ordnung?«

»Du hast Besuch.«

Katherines Hand flog an ihren Busen.

»Der Graf von Leicester«, fuhr Gerald fort.

Es dauerte eine Weile, bis Katherine begriff, was das bedeutete. Er hatte sie bis nach Südirland, bis nach Askeaton verfolgt, um sich zu holen, was ihm zustand. Katherine stand wie angewurzelt. »Leicester ist einer der mächtigsten Männer Englands.« Ihr Vater blickte ihr eindringlich in die Augen. »Du darfst ihn nicht verärgern, Katherine.«

»Vater«, begann sie matt.

»Nein!« schnitt er ihr das Wort ab. »Enttäusche mich nicht. Tu, was du tun mußt.« Damit verließ er die Kammer.

Katherine blickte ihm nach, Die Brust war ihr wie zugeschnürt, sie war unfähig, einen Schritt zu tun. *Tu, was du tun mußt.*

Leicester wartete in der Großen Halle auf sie und erhob sich bei ihrem Eintreten. Sein dunkler Blick glitt über ihre Gestalt. Seine Lippen waren ein schmaler Strich.

Katherines Herzschlag dröhnte in ihren Ohren. Sie fühlte sich einer Ohnmacht nahe. In einiger Entfernung blieb sie stehen und überlegte in panischem Entsetzen, ob er sie auf der Stelle, hier in der Halle, nehmen würde.

»Habt Ihr vor, mir zu verwehren, was mir zusteht?«

Katherine brachte kein Wort über die Lippen.

»Wir machen einen Spaziergang«, sagte er im Befehlston, trat auf sie zu und nahm ihren Arm.

Der Garten. Er hatte vor, im Garten über sie herzufallen. Katherine ging stumm neben ihm her, als er sie nach draußen führte, den Hof überquerte und den Schloßgarten betrat. Als er unter einem Apfelbaum stehenblieb, hatte Katherine ihre Panik ein wenig unter Kontrolle. Leicester ließ ihren Arm los.

»Ihr seid vor mir weggelaufen«, sagte er, seinen Blick auf ihren Mund geheftet.

»Ja.«

»Ihr wollt mich also betrügen.« Seine Stimme war sanft, doch seine Augen funkelten wütend.

Katherine hob den Kopf. »Ich bin in Eurer Schuld. Und wenn Ihr darauf besteht, gebe ich Euch, was Ihr begehrt. Aber ...«

»Ich bestehe darauf.«

Sie erschrak. »Bitte, Robin. Tut mir das nicht an.« Sie hatte ihn noch nie so vertraulich angesprochen.

Er hob eine Augenbraue. »Ich begehre Euch seit langem, Katherine. Wie könnt Ihr glauben, mich von meinem Vorhaben abbringen zu können? Entweder Ihr kommt freiwillig heute nacht, oder ich hole mir, was mir zusteht.«

Sie erbebte. »Ihr müßt mich nicht mit Gewalt nehmen«, sagte sie und blickte ihm in die Augen. »Aber ich liebe Liam.«

Sein Gesicht wurde abweisend. »Das ist nicht mein Problem.« Er machte auf dem Absatz kehrt und ließ sie stehen.

Katherine blickte ihm nach. Sie würde die Nacht überleben. Doch sie dachte sehnsüchtig an Liam und wünschte, ein Wunder möge geschehen.

Der Nachmittag zog sich endlos hin. Katherine stand am Fenster und schaute auf die Flußlandschaft. Unten in der Halle saß Leicester mit ihrem Vater. Hin und wieder drangen sattes Männerlachen und Gesprächsfetzen zu ihr herauf. Ihr Vater schien bereits ziemlich betrunken zu sein. Doch Robin Dudley hörte sich nüchtern an.

Die blaue Himmel verblaßte. Die Sonne sank tiefer. Die Männer lachten dröhnend, eine Magd quietschte.

Katherine klammerte sich am Fenstersims fest. Der Himmel färbte sich rosa, die Sonne hing als flammender Feuerball über dem Wald.

Katherines Panik wuchs. Ob sie ihm einen Schlaftrunk einflößen könnte?

Im violetten Himmel stand nun eine bleiche Mondsichel. Und dann sah Katherine das Schiff. Schwarz und schlank, die silbrigweißen Segel gehißt, jagte es den Fluß aufwärts auf sie zu.

Katherine jauchzte auf.

Die *Sea Dagger. Liam. Liam war gekommen.*

Und dann dachte sie an den Mann, der unten in der Halle mit ihrem Vater trank. Und ihr Glück und ihre Freude verwandelten sich in kalte Angst. Sie wirbelte herum, rannte aus dem Zimmer, die schmalen, glatten Steinstufen hinab.

Mitten in der Halle blieb Katherine wie angewurzelt stehen. Ihr Vater stand ein wenig schwankend auf. »Wer kommt da?« nuschelte er.

Katherines Blick erfaßte Leicester. »Liam«, flüsterte sie.

Leicesters Gesichtszüge erstarrten. Langsam kam er auf die Füße.

Liam betrat die Halle.

Er trug enge Hosen, hohe Stiefel und ein offenes Leinenhemd. Der schönste Anblick, den Katherine je gesehen hatte. Ein unendliches Glücksgefühl durchströmte sie, raubte ihr den Atem.

Und er hatte nur Augen für sie. »Katherine!«

Mit einem Aufschrei stürzte sie sich in seine Arme. Liam hielt sie umschlungen, hob sie hoch, drehte sich im Kreis mit ihr. Und plötzlich verharrte er. Er hatte Leicester entdeckt.

Sie blickte zu Liam auf, ihre Blicke verschmolzen ineinander. »Es ist nichts passiert«, flüsterte sie gehetzt.

»Was will er?« Liams Stimme klang bedrohlich.

»Ich … ich habe ihm meinen Körper versprochen für seine Hilfe. Er hat die Königin bewogen, dich freizugeben.«

Katherine klammerte sich an Liams breite Schultern, spürte sein zorniges Erbeben. »Ich liebe dich so sehr, Liam. Ich hätte alles getan, um dein Leben zu retten.«

Sein Blick wurde weich. »Katherine. Du hast mir so sehr gefehlt.« Seine Arme schlossen sich um sie. »Du wirst deinen Teil der Abmachung nicht erfüllen.« Er schob sie sanft von sich und wandte sich an Leicester.

»Habt Ihr gehört, Dudley. Welche Abmachung Ihr auch mit *meiner* Gemahlin getroffen habt, ich breche sie hiermit.«

Leicester bekam große Augen. »Seit wann denn das?«

»Seit einiger Zeit«, entgegnete Liam abweisend.

Leicesters Blick glitt zu Katherine, sie nickte.

Doch Liam war noch nicht fertig. »Habt Ihr sie berührt?«

Leicester begriff die Herausforderung. Seine Hand fuhr zum juwelenbesetzten Griff seines Degens.

Liam knurrte, und im nächsten Augenblick sauste seine Klinge singend durch die Luft. »Ich werde Euch von einem gewissen Anhängsel befreien, auf das Ihr so stolz seid. Dann vergeht Euch die Lust, unschuldige Frauen zu bedrohen.«

Auch Leicester hatte seinen Degen gezogen. Schweißtropfen glänzten an seiner Schläfe. »Ihr seid verrückt. Katherine wandte sich an mich. Sie war mit dem Handel einverstanden. Aber sie hat mir das Bett noch nicht gewärmt, O'Neill.«

»Nein!« flüsterte Katherine, als Liam drohend auf Leicester zuging.

»Habt Ihr sie angefaßt?« fragte Liam barsch und griff mit einem blitzschnellen Ausfallschritt an. Die Klinge sauste pfeifend kreuz und quer durch die Luft. Und plötzlich flatterte ein Fetzen von Leicesters Samtwams an der Degenspitze.

»Nein«, antwortete der fahl gewordene Graf.

Katherine warf sich mit einem Aufschrei zwischen die Rivalen. »Liam, ich flehe dich an!« Mit dem Rücken zu Leicester, stand sie vor ihm. Liams Degenspitze streifte ihren Busen. Erschrocken zog er die Waffe zurück. Katherine ging auf ihn zu. »Liam, hör auf mit dem Wahnsinn! Es ist nichts passiert! Bitte! Du darfst Dudley nichts antun! Denk an mich, denk an unseren Sohn! Diesmal wird die Königin dich hängen!«

Katherines Augen sprühten Funken. Sie blickte ihn unverwandt an, bis sie sah, wie seine Mordlust sich legte. »Liam«, stammelte sie mit erstickter Stimme.

Er steckte den Degen in die Scheide zurück und breitete die Arme aus. Katherine barg lachend ihr Gesicht an seiner Brust, er umschlang sie innig, bevor er sie sanft von sich schob. Dudley ließ die Liebenden nicht aus den Augen.

Sein Mund verzog sich zu einem spöttischen Lächeln. »Ich reise morgen ab. Doch hütet Euch, O'Neill. Ich gebe nur ungern auf, was mir zusteht.«

Ein Beben durchlief Liam. Katherine legte ihm beschwichtigend die Hand auf den Arm. Leicester machte kehrt. Gerald eilte heran, ernüchtert wie es schien, führte den Grafen zum Tisch und redete beschwichtigend auf ihn ein.

»Wir haben uns soeben einen Feind gemacht«, sagte Katherine sehr leise.

Liam drückte sie an sich. »Leicester ist schlau. Auch wenn er jetzt unser Feind ist, Katherine, bleibt er unser Verbündeter hier in Irland. Denn Ormond haßt er weit mehr als uns. Die beiden sind Rivalen um die Gunst der Königin.«

Er streichelte ihr Haar, ihren Rücken, nahm ihr Gesicht in beide Hände. »Kommst du zu mir zurück, Kate? Bleibst du an meiner Seite, bringst du meine Kinder zur Welt, liebst du mich?«

»Ja«, wisperte sie. »Ja!«

Und dann vereinten ihre Lippen sich in einem tiefen, innigen Kuß. Irgendwann hob er den Kopf. »Ich habe dir etwas mitgebracht, Liebste.«

Katherines Finger krallten sich an seinem Hemd fest. »Unseren Sohn!«

Liam lächelte zärtlich und schaute über ihre Schulter.

Katherine fuhr herum. Im Eingang stand eine Frau mit einem Bündel im Arm. Katherine raffte die Röcke und rannte los.

Tränen liefen ihr übers Gesicht. Die Frau reichte ihr das Bündel. Katherine drückte das schlafende Kind an sich. »Mein Sohn«, flüsterte sie mit erstickter Stimme.

Liam stand neben ihr. »Die Königin hat ihm keinen Namen gegeben«, sagte er. »Das ist nun deine Aufgabe, Liebste.«

Katherine küßte behutsam die pfirsichweiche Wange und wiegte ihr Söhnchen. Es begann zu strampeln, machte die Augen auf und schaute seiner Mutter direkt in die Augen.

Katherines Freudentränen strömten ohne Unterlaß. »Wie hübsch du bist, ganz der Papa.« Sie blinzelte zu Liam hoch. »Ich möchte ihn Henry nennen, nach dem Vater der Königin, aus Dankbarkeit für Ihre Majestät.«

Liam lachte. »Aber Kate, du bist ja politisch geworden!«

Katherine lachte und Henry O'Neill gähnte herzhaft.

Mondlicht erhellte die Kammer.

Liam zog Katherine heftig in seine Arme. Sein Mund legte sich auf ihren, seine Zunge drang fordernd, hungrig in sie.

Seine Hände wölbten sich um ihre Brüste. Katherine schob die Finger in sein offenes Hemd, tastete fahrig über seine Brustmuskulatur. »Gieriges Weib«, hauchte er an ihren Lippen, streifte sich das Hemd über den Kopf und warf es von sich.

Katherine lachte kehlig. »Ja, ich bin sehr hungrig, und das aus gutem Grund.« Ihre Finger glitten seine Hüften nach unten, strichen über die harte Erektion zwischen seinen Schenkeln. »Ich glaube nicht, daß ich heute nacht satt werde.«

»Wollen wir wetten?«

»Ach wirklich?« Sie lächelte verführerisch, umkreiste seinen Nabel mit ihrem Daumen. Ihre flache Hand strich zart über seine geschwollene Männlichkeit.

Liam knurrte leise, und plötzlich lag Katherine flach auf dem Rücken. Er kniete über ihr. »Komm zu mir!« hauchte sie.

Er öffnete ihr Mieder, entblößte ihre Brüste, beugte sich über sie, sein Mund fand ihre Brustspitzen. Katherine reckte sich ihm entgegen, flüsterte atemlos seinen Namen. Seine Lippen saugten sich an ihren Brüsten fest, während seine

Hände ihre Röcke hochschoben. Mit einem Ruck zerriß er ihre Unterwäsche und wölbte seine Hand über ihre feuchte Scham.

Sein Zeigefinger begann, ihre Schamlippen zu umkreisen. Katherine wölbte sich ihm stöhnend entgegen.

»Glaubst du immer noch, daß du nicht satt wirst heute nacht?« raunte er und beugte den Kopf über ihre Scham.

Seine Zunge umkreiste flatternd ihre spitze, vibrierende Klitoris. Katherine spreizte die Beine, versenkte seinen Kopf zwischen ihren Schenkeln. Und dann schrie sie, schrie und schrie.

Sie sank in die Kissen zurück, verharrte träge in ihrer Lust, bis Liam sie zart in den Oberschenkel biß und den Kopf hob. Sein Gesicht war gerötet, seine Augen glänzten fiebrig. »Und was, bitte, war das?« fragte er neckend.

Sie lächelte träge. »Das war nicht schlecht für den Anfang«, gurrte sie. »Aber satt bin ich noch lange nicht.«

Seine Augen verdunkelten sich. Und dann war sein Mund wieder mit ihr beschäftigt. Katherine japste, hielt sich an seinen Schultern fest. Seine Zunge neckte und leckte sie, seine Lippen saugten sie aus. Ihre Hüften kreisten und zuckten. Dann tauchten seine Finger in sie ein. »Liam, bitte! Komm zu mir! Ich will dich haben!« Doch es war zu spät. Schon zerbarst sie japsend in wilden Zuckungen.

Als sie die Augen wieder öffnete, streichelte er ihr Gesicht. Sein heißer, hungriger Blick fuhr ihr wie ein Feuerstrahl zwischen die Beine.

»Ich gebe mich geschlagen«, hauchte sie und streckte die Arme nach ihm aus.

Er lächelte angespannt, führte ihre Hand über seine nackte Brust bis zu seinem muskelharten Bauch. Katherines Finger tasteten fahrig in seinen Hosenbund.

Sie brannte erneut vor Verlangen. Den Blick tief in seine Augen gesenkt, sagte sie: »Ich brauche dich, Liam.«

Er lachte kehlig, erregt und glücklich. Dann schob er sich über sie, schlang seine Arme um sie, sein Mund fand ihren. Seine Zunge stieß in sie, Katherines Zunge saugte sich an ihm fest. Sie hob ihm die Hüften entgegen und drückte ihre heiße Weiblichkeit gegen seinen pochenden Schaft.

Stöhnend löste er sich von ihr. »Kate, es ist so lange her. Ich kann nicht warten.« Dabei zerrte er an seiner Hose. Die Perlmuttknöpfe sprangen klimpernd über den Fußboden. Katherines Hände fanden, was sie suchten. Ihre Fingerkuppen liebkosten seine pralle, feuchte Eichel. Liam schrie ihren Namen und stieß in ihre gewölbte Hand.

Lachend und weinend zugleich, führte sie ihn in ihre Vagina. Stöhnend tauchte Liam in sie ein, drang so heftig in sie, daß ihr Kopf gegen das Kopfende des Bettes stieß.

Sie spürte keinen Schmerz. Sie spürte nur den Mann, der auf ihr lag, der in ihr war, den Mann, den sie liebte.

Die Hände um ihre Gesäßbacken gekrallt, hob er sie hoch, um sich tiefer in sie zu bohren. Katherine schlang die Beine um seine Hüften.

Er pumpte sich wie rasend in sie. Sie schrie. Liam keuchte. Ihre Muskeln saugten sich an ihm fest. Und wieder zerbarsten grelle Blitze in ihrem Kopf. Sein Schaft schwoll noch mehr an, riesig und hart, und dann spürte sie, wie sein heißer Samen sich tief in sie ergoß.

Er hielt sie eng umschlungen, keuchte schwer, wälzte sich zusammen mit ihr zur Seite. Lange lagen sie eng umschlungen. Liam küßte ihre Stirn.

Es dauerte lange, bevor Katherine sich bewegen konnte. Sie stützte sich auf den Ellbogen, streichelte seine Brust, sein Gesicht. Ihre Augen glänzten. Liam öffnete die Augen und lächelte selig. Das Herz ging ihr über. »Ich liebe dich«, flüsterte sie.

Sein Lächeln schwand. »Wie sehr habe ich mich danach gesehnt, diese drei Worte zu hören.«

»Ich habe dich immer geliebt«, wiederholte Katherine. »Und es tut mir leid, daß ich je an dir gezweifelt habe.«

»Psst.« Er legte ihr den Finger auf den Mund. »Ich hätte dir von Anfang an sagen müssen, welches Spiel ich vorhabe. Vielleicht trifft mich die Schuld an all dem, was wir in den letzten Monaten gelitten haben.«

»Mach dir keine Vorwürfe«, bat Katherine. »Was geschehen ist, ist geschehen. Ich kann alles vergessen, Liam.«

»Und auch vergeben?« fragte er.

»Es gibt nichts zu vergeben«, antwortete sie mit Unschuldsmiene.

Er stützte sich auf den Ellbogen und küßte sie unendlich zart.

»Katherine«, sagte er später, »wir werden zwar die meiste Zeit in Desmond leben. Aber hast du etwas dagegen einzuwenden, ein paar Wochen im Sommer auf Earic Island zu verbringen? Im neuen Haus.«

»Natürlich nicht. Ich freue mich drauf.« Und dann lächelte sie verschmitzt. »Eine Sache allerdings gibt mir zu denken.«

Er bemerkte den Schalk in ihren Augen. »Und was könnte das sein, Kate?«

Sie wurde ganz ernst und setzte sich auf. »Hast du gewußt, daß ich an Bord des französischen Schiffes war?«

Auch er setzte sich auf. »Ja, natürlich.«

»Hast du das Schiff meinetwegen gekapert?«

»Ja.« Er machte ein schuldbewußtes Gesicht.

»Das verstehe ich nicht!«

»Wie solltest du?« Er streichelte ihren Arm. »Ich habe dich zum ersten Mal gesehen, als du sechzehn warst, Katherine. Ich verbrachte eine Nacht in dem Kloster, weil ich in der Nähe Geschäfte zu erledigen hatte. Ich sah dich und war hingerissen. Vom ersten Augenblick an war ich von dir besessen.«

Katherine starrte ihn fassungslos an.

»Die Äbtissin wollte meine Fragen nicht beantworten«, fuhr er fort. »Und ich stellte tausend Fragen. Mein Interesse an dir war ihr nicht geheuer. Als ich ihr allerdings anbot, für deine Unterkunft zu bezahlen, konnte sie nicht ablehnen, da dein Vater aufgehört hatte, Geld zu schicken. Und da ich dein Wohltäter war, schrieb sie mir regelmäßig und hielt mich über dich auf dem laufenden.«

»Du hast für meinen Unterhalt bezahlt?« fragte Katherine benommen.

Er wurde noch schuldbewußter. »Ich bin ein Mann, Katherine. Ein Pirat. Und du warst eine schutzlose, schöne junge Frau. Ich begehrte dich damals beinahe so leidenschaftlich wie heute. Du warst noch zu jung, und ich wollte warten. Damals waren meine Motive freilich weniger edel als heute.« Er lächelte verlegen. »Ich hatte vor, dich zu meiner Geliebten zu machen, nicht zu meiner Ehefrau. Doch als ich dich kennenlernte, wurde mir bald klar, daß mir eine Affäre nicht genügte.« Er beugte sich vor und hauchte einen zarten Kuß auf ihre Lippen.

Kälteschauer jagten ihr über den Rücken. »Aber du hast getan, als würdest du mich nicht kennen«, brachte sie mühsam hervor.

»Wie hätte ich mich dir verständlich machen können? Ich begriff, daß du dich meinen Verführungskünsten noch heftiger widersetzen würdest, wenn du wüßtest, daß deine Entführung von langer Hand geplant war.«

»Ja«, hauchte Katherine. »Ich wäre rasend vor Zorn gewesen.«

Liam nahm sie in die Arme. »Kannst du mir verzeihen, daß ich dein Schicksal in die Hand genommen habe?«

Nun lachte sie und schlang die Arme um ihn. »Jetzt wird mir klar, daß du alles, was du seit meiner Entführung getan hast, meinetwegen, wegen deiner Liebe zu mir getan hast.«

Er lächelte ihr in die Augen. »Ja, Katherine.«

»Du hast einmal gesagt«, flüsterte sie, »daß du mein Schicksal bist. Jetzt endlich begreife ich deine Worte.« Sie nahm sein Gesicht in ihre Hände. »Ich liebe dich, Liam. Und ich danke Gott, daß du ein Pirat bist.«

Seine Augen waren feucht geworden. Er blickte sie lange und unverwandt an. »Ich liebe dich, Katherine«, sagte er schließlich rauh. »Ich habe dich immer geliebt, und ich werde dich immer lieben.«

Anmerkung der Autorin

Dieses Buch ist frei erfunden, doch ich habe mich bemüht, mich an historische Gegebenheiten zu halten. Als Romanautorin bin ich allerdings in erster Linie daran interessiert, meinen Lesern eine spannende Geschichte zu erzählen. Daher habe ich mir dichterische Freiheiten gestattet, wo immer die Dramaturgie es erforderlich machte.

Alle wichtigen Personen der Handlung, mit Ausnahme von Hugh Barry, Mary Stanley, Katherine und Liam, haben tatsächlich existiert, und es war mir eine große Freude, sie so zu porträtieren, wie sie vermutlich tatsächlich gelebt haben. Die Familie Barry ist frei erfunden. Auch Mary Stanley ist eine fiktive Figur, doch die Familie Stanley und ihre Verbindung zu Königin Catherine Parr hat es tatsächlich gegeben.

Leicester und Ormond waren Günstlinge der Königin, vielleicht sogar ihre Liebhaber. Elisabeth nannte Tom häufig ›meinen schwarzen Gemahl‹. Leicester heiratete 1578 Lettice, die Herzogin von Essex, und verärgerte damit die Königin zutiefst. Seine Gemahlin durfte nie wieder bei Hofe erscheinen.

Ormonds Mutter Joan heiratete FitzGerald, einen um zwanzig Jahre jüngeren Mann. Königin Elisabeth und Joan waren tatsächlich befreundet.

Gerald FitzGerald wollte Südirland wie ein Despot regieren, ohne Einmischung der Königin. Er wurde von Ormond in der Schlacht von Affane festgenommen. Historiker sind geteilter Meinung, ob er später nach Irland zurückkehren durfte, nachdem er 1565 in Ketten nach London geschleppt worden war, oder ob er acht Jahre in Gefangenschaft verbrachte. 1568 wurde er wegen Hochverrats verurteilt und lebte unter Hausarrest in St. Leger House in Southwark.

FitzGerald heiratete seine zweite Frau, Eleanor, keine vier

Wochen nach dem Tod seiner ersten Frau, Joan Butler FitzGerald. Eleanor war eine willensstarke, kluge und schöne Frau, die sich wiederholte Male bei Hofe um die Begnadigung ihres Gemahls einsetzte.

FitzMaurice war Geralds Cousin. Eleanor beschuldigte ihn, die Macht ihres Gemahls in Desmond zu untergraben und an sich reißen zu wollen. Einige Historiker behaupten freilich, daß FitzMaurice und FitzGerald insgeheim miteinander verbündet waren. Wie dem auch sei, FitzMaurice entpuppte sich als der fähigere Führer und die größere Gefahr für England, als FitzGerald es je war. Nach seiner Festnahme im Frühling 1573 wurde Königin Elisabeth und ihren Ratgebern klar, daß Gerald das kleinere von zwei Übeln war und daß er wieder eingesetzt werden müsse.

Später setzte FitzMaurice seinen Kampf gegen die Königin und ihre häretische Religion von Frankreich und Spanien aus fort. Mit einer kleinen Schar Getreuer gelang ihm die Landung in Irland, wo er einen Guerillakrieg anzettelte. 1579 wurde FitzMaurice von einem Bauern im Streit um ein Pferd erschlagen.

Unmittelbar nach seiner Rückkehr nach Irland setzte Gerald FitzGerald seinen Widerstand gegen England fort. Er hatte nichts aus seiner langen Gefangenschaft gelernt. Zum Zeitpunkt der Ermordung seines Cousins hatte er die Rebellion wieder voll im Griff. Die Briten übten grausame Vergeltung mit einer Politik der verbrannten Erde, in deren Folge dreißigtausend Iren eines furchtbaren Hungertodes starben. 1583 endete die große Rebellion. Gerald FitzGerald wurde entmachtet und getötet. Sein abgeschlagener Kopf wurde nach Kilkenny gebracht, damit Ormond sich von seinem Tod überzeugen konnte. Auch der Königin wurde der Kopf des Toten präsentiert.

Shane O'Neill war ein barbarischer Clanhäuptling, der raubend und mordend durch die Lande zog und es besonders auf Mitglieder des O'Donnell Clans abgesehen hatte. Er unterwarf sich der Königin im Jahre 1562 in ähnlicher Weise, wie ich es zu Beginn des Romans geschildert habe. Geschichtliche Aufzeichnungen erwähnen nichts von einer Ehefrau oder von Kindern. Es ist anzunehmen, daß er eine Menge Bastarde in die Welt setzte — Söhne wie Liam, die durch die widrigen Umstände gezwungen waren, am Rande der Gesellschaft oder sogar als Gesetzlose zu leben. 1567 wurde Shane schließlich ermordet — von einem O'Donnell.

Weiterhin ist in den Chroniken nicht die Rede von Kindern zwischen Gerald und Joan FitzGerald, was nicht verwundert. Zur Zeit ihrer Vermählung war Joan etwa vierzig Jahre alt. Selbst wenn sie eine gemeinsame Tochter gehabt hätten, wäre ihre Geburt mit großer Wahrscheinlichkeit nicht registriert worden, da die Geburt von Töchtern — zumal in Adelskreisen — keine Beachtung fand und somit auch von der Geschichte vergessen wurde.